CLODAGH MURPHY

Der letzte Exfreund meines Lebens

Buch

Kate O'Neill will endlich sesshaft werden und eine Familie gründen. Als Köchin war sie bisher überall auf der Welt unterwegs, doch nun ist es Zeit, sich um die Zukunft Gedanken zu machen. Und als ihr eigentlich total beziehungsphobischer Freund Brian sie schließlich fragt, ob sie seine Frau werden möchte, sagt sie Ja. Und das, obwohl er noch nicht mal einen Ring für sie hat. Doch Kate weiß, dass er sie tief im Inneren über alles liebt.
Aber: Kates exzentrische Mutter Grace ist davon besessen, Kate vor dem – wie sie findet – größten Fehler ihres Lebens zu bewahren. Eine Hochzeit mit dem »Ökofreak« kommt auf keinen Fall infrage! Mithilfe der gesamten Großfamilie O'Neill tut sie alles, um die Verlobung zu untergraben und zu sabotieren. Sie schreckt noch nicht einmal davor zurück, Will Sargent, den Manager der ultracoolen Rockband Walking Wounded – und Kates Jugendliebe, die sie nie vergessen konnte – mit vor ihren Karren zu spannen. Widerstrebend willigt dieser ein und bietet Kate einen Job als Köchin für seine Band an, während diese, weit weg von Dublin, an ihrem neuen Album arbeitet. Aber wird Kate sich in Tuscany endlich eingestehen, dass Will der Mann ihres Lebens ist, oder geht Grace' Plan nach hinten los und treibt die widerspenstige Tochter direkt zurück in die Arme von Brian?

Autorin

Clodagh Murphy wurde 1961 in Dublin geboren. In den 1980ern zog sie nach London und blieb dort für ein paar Jahre, bevor sie in ihre Heimatstadt zurückkehrte. Hier lebt die Tante von fünf Neffen und einer Nichte noch heute, zusammen mit ihrem geliebten Laptop.

Der letzte Exfreund meines Lebens ist ihr erster Roman.

Clodagh Murphy

Der letzte Exfreund meines Lebens

Roman

Aus dem Englischen
von Uta Hege

blanvalet

Die Originalausgabe erschien 2009 unter dem Titel
»The Disengagement Ring« bei Hachette Books Ireland,
a division of Hachette UK Ltd, Dublin

Verlagsgruppe Random House FSC-DEU-0100
Das FSC®-zertifizierte Papier *Holmen Book Cream*
für dieses Buch liefert Holmen Paper, Hallstavik, Schweden.

1. Auflage
Deutsche Erstausgabe April 2012 bei
Blanvalet Verlag, einem Unternehmen der
Verlagsgruppe Random House GmbH, München
Copyright © 2009 by Clodagh Murphy
Copyright © 2012 für die deutsche Ausgabe
by Blanvalet Verlag, in der Verlagsgruppe
Random House, München
Umschlaggestaltung: © bürosüd°, München unter Verwendung
von Motiven von Getty Images/STOCK4B-RF;
Getty Images/Digital Vision/D-BASE
Redaktion: Anita Hirtreiter
LH · Herstellung: sam
Satz: DTP Service Apel, Hannover
Druck und Bindung: GGP Media GmbH, Pößneck
Printed in Germany
ISBN: 978-3-442-37721-3

www.blanvalet.de

In Liebe für meine Mutter

1

Die Sonne strömte durch die Buntglasfenster von St. Jude's und warf vielfarbige Muster auf den blank polierten Holzboden und das Kleid von Kate O'Neill, die auf einer Wolke feinster Seide zu den Klängen des Hochzeitsmarschs den Mittelgang entlangglitt. Sie fühlte sich vollkommen schwerelos, als würde sie über dem Boden schweben und wie ein Heliumballon davonfliegen, hielte sie sich nicht am Arm ihres Vaters fest. Auf den Bänken links und rechts des Gangs verrenkten die Leute sich den Hals, um die Braut vorbeischreiten zu sehen, und Kate sog die bewundernden Blicke und die sehnsüchtigen Seufzer glücklich in sich auf. Nie zuvor in ihrem Leben hatte sie sich derart schön und stark gefühlt.

Es stimmte, was alle sagten, dachte sie. Dies war wirklich der glücklichste Tag im Leben einer Frau.

Mit huldvollem Nicken quittierte sie die lächelnden Gesichter und die guten Wünsche ihrer Freunde und Verwandten und bewegte sich gemessenen Schrittes auf die große, breitschultrige Gestalt, die mit gesenktem dunklem Schopf vor dem Altar stand, zu. Sie war gerührt, als sie entdeckte, dass auch Johnny Depp unter den Gästen war und tapfer lächelte und sich dabei von ihren Verwandten tröstend auf die Schulter klopfen ließ – der arme, liebe Johnny, dessen Herz gebrochen war. Während er sie aus seinen dunklen Augen anschaute, stoben Funken zwischen ihnen, und Panik überfiel sie. Hätte sie ihn vielleicht doch nicht fallen lassen sollen, um ...?

In diesem Augenblick – sie war nur noch einen halben Meter vom Altar entfernt – drehte sich der andere junge Mann zu ihr um. Wills Lächeln war so zärtlich und so warm, dass alle ihre Zweifel gewichen waren. Er nahm ihre Hand, sah sie bewundernd an, und sie wusste, alles war genau, wie es sein sollte. Denn sie war sich völlig sicher ...

PIEP! PIEP! PIEP!

»Du lieber Himmel!« Kate fuhr erschrocken auf, schlug auf den Aus-Knopf ihres Weckers, blickte auf die Leuchtziffern – acht Uhr –, ließ sich wieder in die Kissen fallen und versuchte, noch desorientiert von ihrem Traum, herauszufinden, wo sie sich befand und welcher Tag es war. Helles Sonnenlicht fiel durch das Fenster auf die Poster von Brad Pitt, Johnny Depp und Leonardo DiCaprio, die Schminksachen und die Parfümflakons auf der Frisierkommode und den noch immer mit Teenie-Sachen vollgestopften Schrank. Sie war in ihrem alten Kinderzimmer. Und da drüben an dem Drehspiegel prangte das grauenhafte Kleid. Dies war der große Tag, und um vierzehn Uhr müsste sie zu den Klängen des Hochzeitsmarschs das Kirchenschiff von St. Jude's durchschreiten – nur, dass dies im Wachzustand weniger ein Traum als eher ein Albtraum für sie war.

Sie blickte lächelnd auf das Bild von Johnny Depp. Er schaute sie mit einem rätselhaften Lächeln an und wirkte einfach obermegacool. Kein Wunder, dass du mir im Traum erschienen bist, ging es ihr durch den Kopf. Aber warum in aller Welt war auch Will Sargent darin aufgetaucht? Okay, sie würde heute Nachmittag das Kirchenschiff durchqueren, es würde der Hochzeitsmarsch gespielt und Will vorne am Altar stehen – allerdings wäre sie nicht die Braut und er wäre nicht der Bräutigam. Und sie dachte sowieso nicht mehr auf diese Art an ihn ... oder vielleicht doch? Sie hatte ihre dumme Schwärmerei aus ihrer Teenie-Zeit für ihn bereits vor Jahren überwunden, weshalb also träumte sie mit einem Mal von einer Hochzeit mit ihm? Das brachte sie völlig aus dem Konzept.

Als Kate von unten erste Lebenszeichen hörte, wusste sie, dass sich das Aufstehen nicht mehr verschieben ließ. Rachels großer Tag fing mit einem Familienfrühstück an, und sie hatte strikte Anweisung, auf alle Fälle daran teilzunehmen, ganz egal wie müde sie noch war.

»Im wahren Leben hätte ich eindeutig dich gewählt«, versicherte sie Johnny Depp, warf ihre Bettdecke zurück und stand entschlossen auf.

Die Beweise dafür, dass sie erst vor ein paar Stunden angekommen war, waren überall im Raum verteilt. Auf der Suche nach den Zahnputzsachen hatte sie die Schmutzwäsche aus ihrem Rucksack auf dem Fußboden verstreut, und jetzt hüpfte sie durchs Zimmer, wich den Tüten aus dem Duty-Free-Shop aus, stolperte über eine Gruppe handgeschnitzter Holz-Massai, sammelte das Shampoo, den Conditioner, die Seife und das Deo ein und marschierte Richtung Bad.

Meine Güte!, dachte sie mit einem Mal. Sie hatte keinen sauberen Slip und auch keinen sauberen Büstenhalter mehr. Statt Rachel zu bitten, ihr etwas zu leihen, wühlte sie in ihrer Handtasche nach ihrem Handy und rief hektisch ihren Mitbewohner Freddie an.

Nach der Dusche und dem Frühstück fühlte Kate sich wieder halbwegs wie ein Mensch. Sie stand vor dem Drehspiegel in ihrem Zimmer und begutachtete ihren nackten Körper. Erst nach einer zweimaligen Spülung hatte sie die Knoten aus den Haaren rausgekriegt, aber jetzt sah sie strahlend schön aus. Sie hatte eine wunderbare Bräune, und vor allem hatte diese Reise ihrer Figur gutgetan. Sie hatte während der letzten drei Monate als Köchin auf einer Überlandexpedition zwischen Kampala und Kapstadt in Afrika verbracht. Die Arbeit war so anstrengend gewesen, dass sie vor Erschöpfung öfter fast in Tränen ausgebrochen war, doch sie hatte jeden Augenblick des Trips geliebt. Und vor allem hatte er sich eindeutig bezahlt gemacht, erkannte sie, als sie sich den Kopf verrenkte und auf ihren Po und ihre Oberschenkel sah, die höchstens noch halb so dick wie vorher waren. Und sie hatte sogar eine Taille! Wow!

Dann blickte sie nochmals auf das Kleid und stieß einen abgrundtiefen Seufzer aus. Was für eine schreckliche Vergeudung – denn in diesem grässlichen Ballon würde unter Garantie kein Mensch erkennen, dass sie gertenschlank geworden war. Nun, sagte sie sich und zog dabei das Kleid vom Bügel, am besten brächte sie den ersten Schrecken sofort hinter sich.

Sie streifte sich das Ding über den Kopf, und die Rohseide auf der nackten Haut fühlte sich kühl und herrlich sexy an. Dann aber trat sie einen Schritt zurück, schaute in den Spiegel und verzog unglücklich das Gesicht. Wie in aller Welt sollte sie ihrem Schwarm aus Teenie-Zeiten gegenübertreten, wenn sie derart unförmig aussah?

»Freddie ist hier, mein Schatz«, ertönte von unten die Stimme ihres Vaters, und eine Sekunde später klopfte es an ihrer Tür. »Bist du angezogen?«, fragte er, betrat dann allerdings, ohne eine Antwort abzuwarten, kurzerhand den Raum.

»Freddie!«, kreischte Kate, wirbelte zu ihm herum, stürzte durch das Zimmer und warf sich ihm an die Brust. »Du hast mir gefehlt«, erklärte sie, als er sie in die Arme nahm. Denn das konnte niemand so gut wie er.

»Du mir auch.« Er blickte sie lächelnd an. »Also, wie war Afrika?«

»Super – ich werde dir später alles ganz genau erzählen.

Tut mir leid, dass ich gestern Abend nicht mehr heimgekommen bin. Mein Flug hatte Verspätung, und ich musste direkt vom Flughafen hierher.«

»Das war ganz schön knapp, nicht wahr?«

»Ich weiß. Meine Familie hat mir deshalb schon die Hölle heiß gemacht, doch die Reise ging einfach viel länger als geplant. Eine Zeit lang war ich nicht mal sicher, ob ich überhaupt rechtzeitig kommen würde. Rachel war schon völlig außer sich und hat mir noch immer nicht verziehen, dass ich nicht rechtzeitig zur Probe in der Kirche hier gewesen bin.«

»Aber ...« Sie machte sich von Freddie los und zupfte an dem voluminösen Rock des Kleids. »... dafür hat sie sich mit diesem Ding an mir gerächt.«

Freddie winkte mit der Tüte, mit der er hereingekommen war. »Ich habe dir Unterwäsche mitgebracht. Ich fürchte, ich habe nichts Glamouröses in deinen Schubladen entdeckt, aber schließlich habe ich bisher noch nie in der Unterwäsche einer Frau herumgewühlt.«

»Egal. Danke, Freddie, du hast mir das Leben gerettet.« Sie wandte sich erneut dem Spiegel zu. »Mach mal den Reißverschluss zu, ja?«

Freddie tat wie ihm geheißen, und Kate zog eine Grimasse, als sie das ganze Ausmaß des Grauens sah. Dann drehte sie sich wieder zu ihm um, wobei sie erbost mehrere Meter Rohseide mit einem Fuß zur Seite schob.

»Ich liebe Hochzeiten.« Freddie warf sich bäuchlings auf ihr Bett und schaute sie bewundernd an. »Sie sind so wunderbar romantisch.«

»Das würdest du ganz sicher nicht mehr denken, wenn du das hier tragen müsstest. Guck mich doch nur an – ich sehe aus wie ein Heißluftballon!«

»Tja«, stellte er boshaft fest, »sieht aus, als hättest du noch

Platz für ein paar mehr Leute an Bord – ganz zu schweigen davon, was du alles unter diesem Rock verstecken kannst.«

»Nichts, denn garantiert wird Rachel meinen Rock nachher noch lüften, um zu sehen, ob ich vielleicht in Turnschuhen aufgelaufen bin.«

»In Turnschuhen!« Freddie rollte mit den Augen.

»Sie ist einfach nicht davon ausgegangen, dass ich so viel abnehmen würde.« Kate raffte den Stoff in ihrem Rücken, bis das Kleid so eng wie vorgesehen an ihrem Körper lag. So sah es deutlich besser aus.

»Du hast wirklich jede Menge abgenommen, stimmt's? Mit der Figur und dieser tollen Bräune schaust du einfach super aus.«

»Danke – aber trotzdem sehe ich in diesem Kleid wie eine Dampfwalze aus.«

»Also bitte, mach dich nicht verrückt. Wenn du dich noch ein bisschen schminkst, schaust du sicher fantastisch aus. Du bist bestimmt nur so nervös, weil du Lampenfieber hast.«

»Mein Aussehen wäre mir egal, wenn nicht auch der dämliche Will Sargent in der Kirche wäre«, stieß sie unglücklich aus. »Warum in aller Welt muss ausgerechnet dieser Mensch Trauzeuge meiner Schwester sein?«

»Oje.« Freddie fuhr zusammen. »Dann bist du also noch immer nicht über ihn hinweg?«

»Doch. Er ist für mich so etwas wie ein Bruder, weiter nichts.«

»Aber war er nicht der erste Mann für dich?«

»Ja, schon.«

»Tja, das war ja wohl nicht besonders brüderlich. Hat er dich nicht nach irgendeinem Schulball flachgelegt?«

»Ja, aber das darfst du keinem Menschen gegenüber je erwähnen. Weil sonst niemand etwas davon weiß – wahrscheinlich nicht mal Will.«

»Was soll das heißen, nicht mal Will?«

»Er war an dem Abend so betrunken, dass er sich ganz sicher nicht daran erinnern kann, was geschehen ist. Zumindest hat er nie auch nur mit einem Wort erwähnt, dass er etwas davon weiß.«

»Gott! Kein Wunder, dass du derart fertig warst.«

»Inzwischen hege ich nur noch leichte Rachefantasien. Du weißt schon, wie die, dass er mich trifft, wenn ich wirklich toll aussehe und mit irgendeinem superattraktiven, mehr als vorzeigbaren Typ zusammen bin.«

»Ja sicher, diese Fantasie! Aber du schaust klasse aus – und hast auch einen Freund. Das heißt, den gibt es doch wohl noch?«

»Ja, aber er kommt nicht auf das Fest.«

»Brian kommt nicht auf das Fest?« Freddie versuchte, sich nicht anmerken zu lassen, wie erfreut er war.

»Nein. Anscheinend findet er meine Familie, wenn sie geballt auftritt, ›überwältigend‹. Und außerdem veranstaltet er heute irgendeinen Workshop. ›Schreien zur Befreiung des inneren Kindes‹ oder so.«

Freddie kicherte. »Ist er gut im Schreien? Ich meine, du weißt schon – gut genug, um es zu unterrichten?«

»Halt einfach die Klappe, Freddie. Ich höre dir nämlich gar nicht zu.«

»Egal«, erklärte er. »Immerhin hast du ja mich. Hör zu, ich werde Nadel und Faden suchen und dein Kleid ein bisschen enger machen.«

Kate blickte ihn lächelnd an. »Danke, Freddie, du bist echt ein Schatz.«

»Aber alles der Reihe nach. Vorher brauchen wir beide allerdings einen Drink.«

»Unten in der Küche gibt es jede Menge Sekt. Und falls du auch noch was zu essen findest, bring was mit. Ich habe schon wieder einen Bärenhunger. Und wenn ich bis vierzehn Uhr genügend Brote esse, passt mir ja vielleicht sogar das Kleid.«

»Hallo, Mrs O.«, grüßte Freddie, als er die Mutter seiner Mitbewohnerin auf der Treppe traf.

»Freddie«, grüßte Grace O'Neill ihn atemlos zurück. »Was macht Kate? Ich wollte gerade rauf, um ihr zu sagen, dass sie runterkommen soll. Der Friseur wird jeden Augenblick erscheinen, und vor allem ist die arme Rachel völlig außer sich, und Kate sollte sie beruhigen. Das ist schließlich ihr Job als Brautjungfer.«

»In Ordnung, Mrs O., ich sage ihr Bescheid. Ich gehe nur vorher nur schnell in die Küche und hole ihr eine Tasse Tee.«

»Es ist auch noch Sekt im Kühlschrank – bedienen Sie sich ruhig. Und nennen Sie mich Grace.« Sie hasste die Bezeichnung »Mrs O.«, weil sie einfach entsetzlich proletarisch klang, wie etwas aus den *EastEnders*. Und sie hatte die Seifenoper, die in einem Arbeiterviertel Londons spielte, immer schon gehasst.

»Hi, Rachel«, grüßte Freddie Rachel, die im Wohnzimmer in einem Sessel thronte und sich ihre Nägel frisch lackieren ließ. In dem offenen Seidenmorgenmantel und der sexy Unterwäsche sah sie wirklich reizend aus. »Wie geht's der hübschen Braut?«

»Hi, Freddie – wo zum Teufel bleibt Kate? Sag ihr, dass sie runterkommen und sich die Nägel machen lassen soll. Orla ist gleich mit mir fertig, und dann hat sie Zeit für sie. Außerdem taucht der Friseur sicher jede Minute auf, und sie muss mir in mein Kleid helfen und …«

»Du schaust wirklich fantastisch aus«, unterbrach Freddie sie mit zuckersüßer Stimme.

»Danke.« Rachel blickte ihn mit einem noch süßeren Lächeln an.

»Kate ist gerade dabei, sich anzuziehen«, erklärte Freddie.

»Was?«, explodierte sie. »Sie kann das Kleid nicht anziehen, solange sie nicht geschminkt und fertig frisiert ist. Sag ihr, dass sie es wieder ausziehen und in ihrem Bademantel runterkommen soll.«

»Sie hat es nur kurz anprobiert.«

»Das hätte sie schon vor einem Monat machen sollen«, stieß Rachel schnaubend aus. »Und, wie passt es ihr?«

»Es sieht entsetzlich aus. Könnte ich mir vielleicht Nadel und Faden leihen?«

»In einem Kasten da drüben in dem Schrank«, antwortete Rachel schlecht gelaunt, wobei sie Freddie mit einem Fuß die Richtung wies und er daraufhin auf der Suche nach dem Nähkästchen im Schrank verschwand. »Es ist ihre eigene Schuld, wenn es nicht passt«, fuhr sie fort. »Sie hätte nicht zusagen sollen, die Brautjungfer zu spielen, denn sie nimmt die Rolle gar nicht ernst. Erst hat sie die Anproben verpasst, und dann hat sie einfach jede Menge abgenommen, nachdem wir uns extra die Mühe gemacht und Maß an einem der Zelte genommen haben, die sie sonst immer getragen hat. Außerdem hat sie den Junggesellinnenabschied verpasst und sogar die Probe in der Kirche, obwohl sie mir versprochen hat, bis dahin hier zu sein. Und als wäre das nicht bereits schlimm genug, ist sie gestern Abend aufgetaucht und hat wie eine Vogelscheuche auf Crack ausgeschaut.«

Freddie nickte unverbindlich und zog sich, um einen weiteren Angriff auf die Freundin zu vermeiden, mit der hoffnungsvollen Frage: »Tee?« aus dem Wohnzimmer zurück.

»Ganz sicher nicht.« Sie kicherte vergnügt. »Aber bist du wohl so lieb und holst mir ein Glas Sekt? Er steht im Kühlschrank – schenk dir ruhig auch selber einen ein.«

»Du hast schon zum Frühstück jede Menge Sekt getrunken, Rachel«, ertönte die schrille Stimme ihrer Mutter, die in diesem Augenblick in der Tür des Wohnzimmers erschien. »Du willst doch bestimmt nicht durch die Kirche torkeln. Und«, fügte sie streng hinzu, während Freddie auf der Suche nach dem Sekt in Richtung Küche lief, »du solltest nicht in deiner Unterwäsche hier herumsitzen, wenn Freddie kommt.«

»Oh, das ist ihm egal. Schließlich ist er schwul.«

»Das ist mir bekannt. Aber was hat das eine mit dem anderen zu tun? Auch wenn er schwul ist, ist er schließlich keine Frau.«

»Nun, aber so aufregend, wie er es sicher findet, wenn er mich in Unterwäsche sieht, könnte er auch eine sein.«

»Weshalb ist er überhaupt so früh hier aufgetaucht? Schließlich gehört er nicht zur Familie.«

»Er ist als Kates Begleiter hier.«

»Heißt das, dass der Öko nicht kommt?«

»Nein, aber sprich Kate bloß nicht darauf an. Ich will nämlich auf keinen Fall, dass sie mit roten, verquollenen Augen durch die Kirche läuft und aussieht wie die Brautjungfer von Dracula.«

Freddie machte sich über die Reste eines ausgedehnten Sektfrühstückes her, schob sich ein paar trockene Cocktailwürstchen in den Mund und durchforstete den Kühlschrank, als Kates Vater in die Küche kam.

»Ich hätte gern einen dreifachen Whiskey, Junge.«

»Na, aufgeregt, Mr O.?«

»Ich brauche was, um meine Schmerzen zu betäuben. Diese verdammten Schuhe, die mir meine Frauen aufgezwungen haben, drücken wie die Sau.« Er verzog als Zeichen seines Leidens schmerzlich das Gesicht.

Freddie liebte diesen Mann. Er war das unkomplizierteste Mitglied der Familie, und Kate hatte sehr viel von ihm geerbt. Freddie zog den Korken aus einer der Sektflaschen und schenkte vier Gläser ein. »Wie wäre es stattdessen mit einem Sektchen, Mr O.?«

»Lieber nicht.« Jack klopfte sich auf den Bauch. »Von dem Kribbelzeug kriege ich Blähungen, und ich habe schon genug davon beim Frühstück in mich reingekippt. Schließlich will ich nicht wie ein Büffel furzen, wenn ich meine Tochter zum Altar führe.«

»Das würde sie Ihnen sicher nie verzeihen.«

»Wie finden Sie es, dass der Öko nicht kommt?« Jack sah Freddie fragend an.

»Traurig, Mr O.« Obwohl Jack nur den Spitznamen des Kerls verwendete, war Freddie klar, dass von Kates Freund, den sämtliche O'Neills verabscheuten, die Rede war. »Anscheinend muss er arbeiten.«

»Haha! Der Kerl weiß sicher nicht mal, wie man das Wort ›Arbeit‹ schreibt. Eines Tages würde ich mir wirklich gern von ihm erklären lassen, was genau er macht.«

»Nun, heute scheint er Leuten beizubringen, wie man schreit.«

»Meine Güte.« Jack rollte die Augen gen Himmel. »Doch sie haben eindeutig den Richtigen für diesen Job ausgewählt. Denn es wird bestimmt nicht lange dauern, bis die Leute sich die Haare raufen, wenn er ihnen einen Vortrag hält. Ich kann diesen Schwachkopf mit seinen recycelten Pullovern und seinen Tofuzigaretten einfach nicht ausstehen.«

»Am schlimmsten ist seine widerliche Selbstgefälligkeit«, stimmte ihm Freddie zu. »Er guckt auf jeden runter, der eine echte Arbeit hat, leiht sich hingegen ständig Geld von Kate.«

»Ich weiß. Aber sie hat ihn anscheinend gern. Wir müssen einfach hoffen, dass sie irgendwann Vernunft annimmt.«

Freddie bestrich Brot mit Butter und teilte die verbliebenen Würstchen und den Speck zwischen zwei Scheiben auf. »Vielleicht lernt sie ja jemand Nettes kennen, wenn sie allein auf der Hochzeitsfeier ist.« Er klappte die Brothälften zusammen, schnitt sie in der Mitte durch und türmte sie auf einem Teller auf.

»Sie werden sich doch um sie kümmern, oder, Freddie?«, fragte Jack.

»Natürlich, Mr O. Ich bin immer für sie da.« Freddie füllte die Gläser auf, segelte aus dem Raum, brachte Rachel und ihrer Mutter den bestellten Sekt, kehrte zurück in die obere Etage und schob die Tür des Zimmers seiner Freundin, da er mit dem Nähkästchen, den Broten, einer Sektflasche und ihren beiden Gläsern schließlich voll beladen war, mit dem rechten Fuß auf.

»Und, wie stehen die Aktien unten?«, erkundigte sich Kate.

»Nun, ich kann mit Bestimmtheit sagen, dass die gute Rachel stocksauer auf dich ist. Und deine Mutter macht den Eindruck, als würde sie kurz vor einem Nervenzusammenbruch stehen.«

»Das überrascht mich nicht.« Die O'Neill-Kinder scherzten oft, ihre Mutter, eine ehemalige Schauspielerin, hätte zwar der Bühne den Rücken gekehrt, führe dafür allerdings eben einfach jetzt zuhause all die Dramen weiter auf.

»Rachel sagt, dass du das Kleid noch einmal ausziehen und im Morgenmantel runterkommen sollst, um dir die Haare und die Nägel machen zu lassen.« Er legte seine Beute auf das Bett und klappte das Nähkästchen auf. »Aber lass es noch kurz an, damit ich es feststecken kann. Und erzähl mir von Afrika«, bat er, den Mund voller Stecknadeln.

»Oh, es war einfach fantastisch! Superharte Arbeit, doch die hat sich auf jeden Fall gelohnt.«

»So, fertig«, meinte er nach einem Augenblick.

Kate stieg wieder aus dem Kleid, zog ihren Bademantel an und warf sich auf ihr Bett. »Oh Gott, am liebsten würde ich mich wieder hinlegen und drei Tage durchschlafen.«

»Müde?« Freddie zerzauste ihr das Haar.

»Total erledigt«, gab sie zu.

»Das erinnert mich an was – ich habe am Montag einen Komparsenjob für uns. Ist das für dich okay?«

»Auf jeden Fall. Ich kann das Geld gebrauchen, weil ich wieder einmal völlig pleite bin. Was für eine Produktion?«

»*Northsiders*.« Ab und zu besserte Freddie, der Kostümdesigner war, seine Haushaltskasse mit Komparsenjobs auf, und wenn Kate – was oft der Fall war – gerade keine Arbeit hatte, machte sie bei diesen Dingen mit. Auch bei *Northsiders*, der neuesten einheimischen Seifenoper, hatte sie schon ein paar Auftritte gehabt.

»Ich habe ihnen gesagt, ich würde dich mitbringen, aber es ist auch okay, wenn du nicht willst.«

»Nein, das wäre sogar super. Weil Afrika, finanziell gesehen, das reinste Desaster war. Ich habe kaum das Geld für den Rückflug zusammengekriegt – kurzfristig dachte ich, wenn ich mich nicht an einen Kamelhändler verkaufe, würde ich bis an mein Lebensende irgendwo dort unten festsitzen. Daher muss ich umgehend in die Gänge kommen und mir eine neue Arbeit suchen – doch das kann noch ein paar Tage warten.« Sie richtete sich mühsam wieder auf. »Aber jetzt gehe ich wohl besser runter und lasse mich aufbrezeln.«

»Eins nach dem anderen«, erklärte Freddie ihr und drückte ihr ein Sektglas in die Hand.

Kate setzte sich zu ihm auf den Boden, lehnte sich mit dem Rücken an ihr Bett und biss herzhaft von einem Sandwich ab. »Mmm, das Brot schmeckt einfach toll.«

»Und, hast du auf deinen Reisen jemand Nettes kennengelernt?«

»Oh, bitte, Freddie, fang jetzt bloß nicht damit an – diese Frage werden mir nachher wahrscheinlich sämtliche Verwandten stellen, das ist schon schlimm genug.«

»Also bitte, irgendwelche Klatschgeschichten wird es doch wohl geben – schließlich warst du drei Monate unterwegs und willst doch sicher nicht behaupten, dass es in der ganzen Zeit nicht eine Bettgeschichte gab.«

»Es gab nirgendwo Betten, falls ich dich daran erinnern darf. Es war ein Camping-Trip.«

»Dann also vielleicht irgendwelche Schlafsack-Storys, die du mir erzählen kannst? Denn du meinst ja wohl nicht ernsthaft, ich würde glauben, dass du in der ganzen Zeit immer ganz allein in deinem kleinen Zelt gelegen hast.«

»Natürlich«, antwortete sie, setzte aber gleichzeitig ein schuldbewusstes Grinsen auf.

»Du hast also die Zeltklappe für niemanden aufgemacht?«

»Nun«, räumte sie ein. »Da war dieser Australier, der in Nairobi zu uns gestoßen ist …«

»So gefällt es mir schon besser.« Freddie schenkte ihnen beiden nach. »Erzähl mir mehr – fit oder schlaff?«

»Oh, fit. Auf alle Fälle fit.«

»Glatt oder behaart?«

»Glatt.«

»Mmm – er gefällt mir schon jetzt. Beschnitten oder nicht?«

Kate rümpfte die Nase. »Nicht.«

»Tja, ich nehme an, man kann nicht alles haben. Groß oder klein?«

Sie setzte ein selbstzufriedenes Lächeln auf. »Nicht nur groß, sondern …«

»Gigantisch?«

»Sagen wir es so: Wenn der Grand Canyon gevögelt werden müsste, wäre er genau der Richtige für diesen Job.«

»Oh Gott.«

Tom McAuley erwachte aus einem tiefen Schlaf oder einem noch tieferen Koma – was von beidem, wusste er nicht so genau. Auf alle Fälle kehrte langsam, aber sicher das Gefühl in seinen Körper zurück. Sein Mund fühlte sich taub und pelzig an, und ihm tat jeder Knochen – das heißt, jeder Knochen, den er spüren konnte – weh. Er versuchte, sein Gehirn in Gang zu bringen und herauszufinden, wo er sich befand, welches Datum und, vor allem, was mit ihm geschehen war. Vielleicht hatte er einen Unfall gehabt und lag im Krankenhaus. Er machte seine Augen einen Spaltbreit auf, und der stechende Schmerz, den das blendend grelle Licht verursachte, schien seine Vermutung zu bestätigen.

Etwas stieß gegen sein Bein. »Glaubst du, dass er noch lebt?«, drang aus weiter Ferne eine Stimme an sein Ohr.

»Keine Ahnung ... versuch's doch mal mit einem Tritt«, schlug eine andere Stimme vor.

Wenn diese beiden Typen Ärzte waren, mussten sie im Umgang mit Patienten noch viel lernen, dachte Tom. Er versuchte, seine Augen weiter aufzumachen, denn es wäre sicher besser, wenn er möglichst gleich ein Lebenszeichen von sich gab, damit er nicht im Leichenschauhaus landete. Vor lauter Schmerzen wäre er fast wieder ohnmächtig geworden, doch er schaffte es, die Augen lange genug aufzuhalten, um in die Gesichter seiner beiden besten Freunde, Will Sargent und Lorcan O'Neill, zu sehen.

Tja, falls ich gestorben bin, bin ich ganz eindeutig nicht im Himmel, dachte er. Denn da kämen die beiden niemals hin.

Er machte seine Augen abermals zu und wünschte sich, er schliefe einfach wieder ein. Wach zu sein war nämlich alles andere als angenehm. Aber irgendein Gedanke lauerte in seinem Hinterkopf, irgendwas, woran er sich erinnern musste ... weil es wirklich wichtig war.

»He, Tom!« Will klatschte direkt neben einem seiner Ohren in die Hände. »Los, wach auf – heute ist dein großer Tag!«

Mein großer Tag? Tom versuchte sich zu konzentrieren. Das Letzte, woran er sich erinnern konnte, war, dass er in Wills prachtvollem Haus in Dalkey eingelaufen war. Um seinen JUNGGESELLENABSCHIED zu begehen!

»Himmel!« Jetzt riss er die Augen auf und richtete sich kerzengerade auf. Ihm war entsetzlich schwindelig und furchtbar schlecht.

»Ich glaube, er ist wach«, stellte Will mit amüsierter Stimme fest.

»W-welcher Tag ist heute? Wie viel Uhr ist es? Was ist passiert?«

»Heute ist Samstag, der erste Juli«, erklärte Will so langsam und so deutlich, als würde er mit einem kleinen Kind sprechen. »Dein Hochzeitstag, mein Lieber. Es ist kurz nach neun – du hast also noch knapp fünf Stunden Zeit. Und zu deiner Frage, was passiert ist, nun ... wo soll ich anfangen?«

Tom sah sich suchend um, fand aber keinen Hinweis darauf, was geschehen war. Er lag auf der Couch im Wohnzimmer des Freundes, Spuren einer Party bemerkte er allerdings nicht. Anscheinend hatten seine Kumpel alles außer ihm wieder längst wieder auf Vordermann gebracht.

»Ich erinnere mich daran, dass ich zu dem Junggesellenabschied hergekommen bin ...«

»Ja?«

»Nun ...« Tom überlegte angestrengt. »Nun, das ist alles«, gab er schließlich zu.

»Oje. Dann gibt's wirklich jede Menge zu erzählen.« Will wandte sich an Lorcan. »Los, fangen wir an.«

Sie beugten sich über ihn, packten seine Arme, zerrten ihn vom Sofa. Und zum Dank kotzte er ihnen die Schuhe voll.

»Mein Schädel«, stöhnte Tom und richtete sich über der Toilette auf. »Er fühlt sich total seltsam an.«

»Das überrascht mich nicht«, bemerkte Will gedehnt.

»Nein, das meine ich nicht. Ich meine, er ist seltsam ... kalt.«

Will und Lorcan tauschten vielsagende Blicke miteinander aus, und Tom starrte sie fragend an. Was hatten diese Blicke zu bedeuten? Vorsichtig strich er mit einer Hand über seinen Skalp.

»Meine Güte!«, brüllte er. »Was ist mit meinem Haar passiert? Es ist nicht mehr da!«

»Werd jetzt bloß nicht panisch.« Lorcan tätschelte ihm sanft die Schulter, aber er stand auf, schob seinen Kumpel aus dem Weg und baute sich vor dem Badezimmerspiegel auf. »Ich bin kahl«, stieß er mit ungläubiger Stimme aus. »Verdammt, ich bin ritzeratzekahl.« Er wandte sich wieder seinen beiden Freunden zu, doch die bedachten ihn mit einem treuherzigen Blick. »Verflucht, dies ist mein Hochzeitstag, und ich habe keine Haare mehr«, heulte er mit zunehmender Panik.

»Nein, du bist nicht kahl.« Will trat neben ihn. »Du hast mindestens noch einen Viertelzentimeter Haare auf dem Kopf, und man hat mir erzählt, der Military-Look wäre im Augenblick echt angesagt.«

»Rachel wird mich umbringen! Weil schließlich der Military-Look nicht das Thema unserer Hochzeit ist.«

»Sieh es doch einfach positiv«, schlug ihm Lorcan grinsend vor. »So bist du viel aerodynamischer.«

»Ich werde heute heiraten und nicht an der verdammten Olympiade teilnehmen.«

»Du wirst hysterisch, Tom. Warte.« Lorcan rannte aus dem Bad und kam einen Moment später mit einer Papiertüte zurück. »Hier, probier's mal damit«, schlug er vor und drückte Tom die Tüte in die Hand.

Tom sah ihn unsicher an, setzte dann aber die Tüte auf, zog sie sich bis auf die Ohren und wandte sich erneut dem Spiegel zu.

»Nun, ich nehme an, das ist eine kleine Verbesserung ...«, stellte er fest und drehte seinen Kopf, um sein Profil zu sehen.

»Du sollst das Ding nicht aufsetzen, du Blödian!« Lorcan riss ihm die Papiertüte vom Kopf. »Du sollst da reinatmen.«

»Und was soll mir das nützen?«

»Es soll dir dabei helfen, dich zu beruhigen.«

»Aber dann bin ich noch immer kahl!«, schrie Tom den Kumpel an.

»Tja, ich finde, dass dir das durchaus steht. Und es fühlt sich wirklich super an.« Will rieb ihm den Kopf. »Rachel wird total begeistert sein.«

Auch Tom betastete erneut die Reste seines Haars. Es fühlte sich tatsächlich herrlich an – unglaublich weich. Plötzlich umspielte ein Lächeln seinen Mund, doch als er die Erleichterung in den Gesichtern seiner Freunde bemerkte, schränkte er sofort ein: »Trotzdem bin ich ein toter Mann. Wie ist das überhaupt passiert?«

»Phoenix hat dir die Haare abrasiert.«

»Und das habt ihr einfach zugelassen?«

»Du hattest ihn darum gebeten oder ihn vielmehr auf Knien angefleht.«

»Aber ihr müsst doch gewusst haben, dass ich nicht ganz bei Sinnen war. Ihr hättet es verhindern müssen.«

»Das hätten wir ja auch getan, aber bis wir wussten, was passierte, hatte er bereits die Hälfte abrasiert. Und wenn wir ihn seine Arbeit nicht hätten beenden lassen, hätte es wahrscheinlich noch viel schlimmer ausgesehen.«

»Was in aller Welt ist nur in mich gefahren?«, fragte Tom.

»Anscheinend wolltest du dieselbe Frisur haben wie er.«

»Aber Phoenix ist kein Skinhead.«

Lorcan schüttelte den Kopf. »Inzwischen doch – das heißt, er ist ein Hare Krishna, ein Buddhist oder sonst was in der Art.«

»Seit wann?«

»Seit Dienstag, glaube ich«, erklärte Will. »Aber wie dem auch sei, er hatte sich die Haare abrasieren lassen, und du hast die ganze Zeit von seinem tollen Aussehen geschwärmt und keine Ruhe gegeben, bis er endlich den Rasierer holen gegangen ist. Und du kannst dich wirklich an gar nichts mehr erinnern?«

Tom überlegte angestrengt. »Nein, an nichts.«

»Nun, das ist im Augenblick egal. Denn jetzt müssen wir uns darauf konzentrieren, dich für deinen großen Tag in Form zu bringen«, meinte Will.

»Das ist auch was, was ich nicht verstehe«, sagte Tom. »Wie kann heute schon Samstag sein? Der Junggesellenabschied war am Mittwoch, und wenn heute Samstag ist, ist er drei Tage her.«

»Es war eine wirklich tolle Party«, stellte Lorcan fest.

»Ich wünschte mir, ich könnte mich daran erinnern.«

»Du wirst dich an den heutigen Tag erinnern«, versicherte Will ihm gut gelaunt. »Und das ist das Wichtigste.«

Tom starrte ihn an, als wäre er jetzt vollends übergeschnappt. »Du glaubst doch wohl nicht wirklich, dass ich diese Sache durchziehe?«

»Wovon redest du? Natürlich wirst du diese Sache durchziehen. Schließlich ist es nur ein neuer Haarschnitt und nicht das Ende der Welt.«

»Das denkst du vielleicht! Aber du musst dich auch nicht mit Rachel auseinandersetzen.«

»Das musst du so oder so«, klärte ihn Lorcan nüchtern auf.

»Nicht wenn ich durchbrenne«, konterte Tom, und in seine Augen trat ein irrer Glanz. »Ich könnte nach Südamerika fliegen. Ich wollte immer schon einmal die Ruinenstadt Machu Picchu sehen.«

»Red doch keinen Unsinn, Tom«, bat Will ihn streng. »Du fährst heute nicht nach Peru, sondern in die Kirche, wo du Rachel heiraten wirst.«

»Bitte, Lorcan«, flehte Tom. »Du weißt, wie furchteinflößend deine Schwester manchmal ist. Ich kann ihr unmöglich ohne Haare gegenübertreten.«

»Dann gibt es nur noch eine Möglichkeit.« Will tauchte hinter Tom im Spiegel auf, schnappte sich den elektrischen Rasierer vom Regal, steckte den Stecker in die Steckdose und schaltete ihn ein. Anschließend fuhr er mit dem Gerät entschlossen durch sein eigenes Haar, bis die erste dichte Strähne auf den Boden fiel.«

Lorcan starrte ihn entgeistert an. »Was zum Teufel machst du da?«

»Das nennt man Solidarität, Kumpel. Du bist als Nächster dran.«

»Könntest du vielleicht das Telefon weglegen, Schätzchen?«, sagte Tony, Freddies äußerst tuntiger Freund und Stylist, zu Rachel. »Solange dieses Ding an deinem Ohr klebt, kann ich dein Gesicht nicht schminken.«

»Einen Augenblick«, winkte Rachel ab. »Ich muss nur noch einmal kurz telefonieren.« Sie drückte die Wiederwahltaste und hielt sich das Gerät erneut ans Ohr. Toms Handy klingelte und klingelte, und schließlich sprang zum x-ten Mal die Mailbox an.

»Scheiße!« Sie drückte auf den roten Knopf, gab Lorcans Handynummer ein, und beim zweiten Klingeln ging er dran.

»Lorcan, wo steckst du?«, fragte sie und fügte, bevor er eine Antwort geben konnte, ungeduldig hinzu: »Ist Tom bei dir?«

»Ja, natürlich ist er hier. Wir – ähm – wir haben die Nacht bei ihm verbracht. Oder eher er mit uns bei Will.«

»Bei Will?«, quietschte Rachel. »Was habt ihr da gemacht?«

»Nun, Will ist der Trauzeuge – und ich der zweite Trauzeuge, oder wie man so was nennt.«

Rachel knirschte mit den Zähnen. »Einfach auch Trauzeuge.«

»Tja, so ist es schließlich Tradition, oder etwa nicht?«

»Nein, es ist Tradition, im Haus des Bräutigams zu sein, wo seine ganzen Kleider und die anderen Sachen sind.«

»Oh.«

»Hör zu, gib mir einfach kurz Tom, okay?«

»Musst du jetzt wirklich mit ihm sprechen? Du siehst ihn doch sowieso nachher.«

Ihr Bruder klang wie Basil Fawlty, der versuchte, seine resolute Frau Sybil zu hintergehen. »Er ist doch wohl bei euch, oder etwa nicht?«

»Nun, ja«, bestätigte ihr Lorcan zögerlich.

»Dann lass mich mit ihm sprechen.«

»Es ist nur so, dass er gerade … beschäftigt ist.«

»Wo seid ihr jetzt? Bei Will?«

»Nein ... nein, wir sind woanders.«

»Lorcan«, knurrte Rachel, »hol Tom endlich ans Telefon!«

»Schon gut, schon gut.«

Rachel hörte, wie er laut Toms Namen rief. Offenbar hielt er sein Handy dabei etwas von sich weg, und so drangen eine Reihe von Geräuschen an ihr Ohr – jede Menge Stimmen und etwas, was wie das Spritzen von Wasser klang. »Er kommt«, erklärte Lorcan ihr.

»Wo steckt ihr, Lorcan?«

»Wir sind, hm ...« Er stieß ein nervöses Lachen aus. »Du wirst es nicht glauben, aber wir sind im Forty Foot.«

»Was?«, explodierte Rachel. »Was in aller Welt macht Tom am Morgen unserer Hochzeit im Forty Foot?«

Lorcan blickte auf Tom, der sich genau in diesem Augenblick angeregt mit einer ausnehmend verführerischen jungen Dame unterhielt. Das Forty Foot, ein in Sandycove gelegenes ehemaliges Nacktschwimmbad ausschließlich für Männer, schrieb inzwischen Badekleidung vor und stand jedem offen, der verrückt – oder wie im Fall von Tom, verkatert – genug für ein Bad in den eisigen Fluten des Meeres war. Aber auch wenn sie Tom zu Anfang hatten zwingen müssen, amüsierte er sich jetzt anscheinend königlich.

»Im Grunde war es Wills Idee«, klärte Lorcan seine Schwester auf. »Er dachte, es würde ihn für seinen großen Tag ausnüch..., ähm, erfrischen.«

»Hat Tom etwa einen Kater?«, fragte Rachel argwöhnisch. »Ich hatte Will extra darum gebeten, den Junggesellenabschied ein paar Tage früher auszurichten und dafür zu sorgen, dass Tom am Abend vor der Hochzeit nichts mehr trinkt.«

»Nun, die Party war auch schon am Mittwoch. Nur hat sie etwas länger gedauert als geplant.«

»Wie viel länger?«

»Um … zwei Tage.« Lorcan fuhr zusammen, wurde dann aber davor bewahrt, weitere Erklärungen abgeben zu müssen, weil in diesen Augenblick ein vollkommen ermatteter, klatschnasser Tom auf der Bildfläche erschien.

Er drückte ihm den Hörer in die Hand.

»Hallo, Liebling.«

Rachel konnte hören, wie seine Zähne klapperten. »Tom! Was zum Teufel machst du noch im Forty Foot? Du müsstest dich längst fertig machen. Also wirklich, muss ich denn an alles selber denken? Will und Lorcan sollten dir behilflich sein, statt dich zum Saufen zu verführen und es mir zu überlassen, die Scherben einzusammeln. Ich hoffe nur, du hast es noch geschafft, dir die Haare schneiden zu lassen. Und vergiss ja nicht …«

Tom lauschte mit halbem Ohr, während Rachel ihm Befehle gab, und verfolgte sehnsüchtig, wie Lorcan kopfüber ins Wasser sprang und direkt auf die Spanierin mit der goldfarbenen Haut zuschwamm. Selbst aus der Ferne war zu sehen, wie heiß der Flirt zwischen den beiden war. Dann verschwanden sie zusammen hinter einem Felsen, und falls Tom nicht bereits vorher wieder nüchtern gewesen war, war er es jetzt auf jeden Fall. Denn plötzlich ging ihm auf, dass er im Begriff stand, einen riesengroßen Schritt zu gehen.

Hinter dem Felsen blickte Lorcan in zwei dunkle Augen.

»Übrigens, wie heißt du überhaupt?«

»Carmen.«

»Die Abkürzung von Carmencita, nehme ich an«, entgegnete er und kam sich ungeheuer clever vor.

»Nein – für María del Carmen.«

Himmel, ihr Akzent war wirklich süß. Sie hatte eine dunkle, raue Stimme, die ihn in Kombination mit ihrem gutturalen spanischen Akzent wohlig erschaudern ließ.

»Ich bin Lorcan.«

Sie wiederholte seinen Namen, der aus ihrem Mund fremd und exotisch klang.

»Ich bin heute noch auf eine Hochzeit eingeladen. Möchtest du vielleicht mitkommen?«

»Ich komme immer gern.«

Lorcan lachte. »Von wem hast du denn diesen Ausdruck gelernt?«

»Von irischen Männern.«

Gott, sie war einfach erstaunlich, dachte er und hätte sie am liebsten aus dem Wasser auf den Fels gezerrt, ihr den Badeanzug ausgezogen und sich auf den nassen, geschmeidigen Körper gestürzt. Es war schon ewig her, seit er zum letzten Mal von einer Frau so angetan gewesen war. Die Kälte des Wassers und die Hitze des Verlangens nahmen ihm die Luft.

»Und wer wird heiraten? Du hoffentlich nicht.«

»Meine Güte, nein! Mein Freund Tom – der Typ, der sich eben mit dir unterhalten hat. Er heiratet meine Schwester.«

Sie blickte dorthin, wo sich Tom und Will gerade abtrockneten. »Ich dachte, ihr wärt eine Gruppe buddhistischer Mönche«, meinte sie und nickte in Richtung von Lorcans kahl rasiertem Kopf.

»Oh nein, wir sind keine Mönche – ganz eindeutig nicht.«

»Sonst hast du niemanden, den du mitnehmen kannst?«

»Nein. Eigentlich wollte ich allein auf die Feier gehen. Ich habe nämlich letzte Woche mit meiner Freundin Schluss gemacht.«

»Was dich nicht gerade traurig zu machen scheint.«

»Das tut es ganz sicher nicht«, gab Lorcan grinsend zu. »Weil sie nämlich wirklich ätzend war.«

Carmen lachte fröhlich auf.

»Also, wirst du kommen – zu der Hochzeit, meine ich? Es wird Sekt und Kuchen geben«, lockte er.

»Nun, ich liebe Sekt«, erklärte Carmen ihm. »Also gut, ich komme mit.«

Aus dem Augenwinkel nahm er wahr, dass Will und Tom anfingen, sich anzuziehen.

»Hör zu, ich muss zurück zu meinen Freunden, denn sie wollen langsam los. Aber warum kommst du nicht einfach mit und frühstückst erst einmal mit uns?«

»Sicher.«

»Gut. Ich kann dich danach nach Hause fahren, falls du dich vor der Hochzeit noch umziehen willst.«

»Ich wohne gleich da drüben.« Sie nickte in Richtung der Häuser direkt am Meer. »Wenn ihr ein paar Minuten warten könnt, hole ich noch schnell mein Zeug und komme mit. Okay?«

»Okay.«

Das ist bestimmt ein Traum, ging es Lorcan durch den Kopf. So unkompliziert war keine Frau. Die meisten Frauen, die er kannte – seine Schwester Rachel, Wills dämliche Freundin Tina und auch Sarah, seine eigene Ex –, bildeten sich jede Menge darauf ein, möglichst anstrengend zu sein.

Sie zogen sich aus dem Wasser, und er folgte Carmen dorthin, wo sie ihre Kleider hatte liegen lassen, und sah sie mit großen Augen an, als sie die Sachen, ohne sich auch nur ein bisschen abzutrocknen, über ihren Badeanzug zog. Dann schob sie sich das dicke schwarze Haar hinter den Kopf, schüttelte es kraftvoll aus und spritzte Lorcan dabei nass. Schließlich schob sie ihre Füße in die Schuhe, bückte sich nach ihrer Tasche und lief mit einem »Ich bin gleich wieder zurück« in Richtung Straße davon.

»Bis gleich, María del Carmen«, rief ihr Lorcan hinterher,

und erst auf dem Weg zurück zu Will und Tom fiel ihm die enorme Wölbung seiner Badehose auf.

Zurück in seinem Haus blickte sich Will zufrieden um, denn die anderen machten sich begierig über das von ihm zubereitete ausgiebige Frühstück her. Obwohl er selbst inzwischen nicht mehr trank, war er ein Experte für die Folgen übertriebenen Alkoholkonsums, da die Mitglieder von Walking Wounded, der Band, deren Manager er seit dem Ende seiner Zeit am College war, regelmäßig über die Stränge schlugen und es dann jedes Mal an ihm war, dafür zu sorgen, dass die Horde wieder auf die Beine kam. Was einer der Gründe dafür war, dass man ihn so gern als Trauzeugen verpflichtete, ging es ihm durch den Kopf. Schließlich war die Aufgabe, den Bräutigam rechtzeitig und in halbwegs ordentlichem Zustand in die Kirche zu bugsieren, verglichen mit der Anstrengung, vier Hooligans – vor allem eine Zeitbombe wie Owen Cassidy – Abend für Abend pünktlich und vor allem nüchtern auf die Bühne zu verfrachten, das reinste Kinderspiel.

»Woher kommst du, Carmen?«, fragte er.

»Aus Galizien. Und du? Du bist auch kein Ire, oder?«

»Nein, oder zumindest kein hundertprozentiger. Ich bin in England aufgewachsen. Aber meine Mutter kam aus Irland und ist, als ich fünfzehn war, mit mir hierher zurückgekehrt.«

»Dann bist du also ein Adoptivsohn dieses Landes?« Carmens Augen funkelten.

»Eher ein Adoptivsohn meiner Mutter«, stellte Lorcan lachend fest.

»Sie scheint wirklich nett zu sein«, sagte Will zu Lorcan, als die junge Frau auf der Toilette war. »Bringst du sie nachher zu der Hochzeit mit?«

»Ja«, erklärte Lorcan und sah dabei hochzufrieden aus.

»Vielleicht lenkt das ein bisschen von meinen Haaren ab«, antwortete Tom in hoffnungsvollem Ton.

»Was willst du damit sagen?«

»Nun, sie steht nicht auf der Sitzordnung, oder?«, bemerkte Tom. »und ich glaube nicht, dass es auf Rachel allzu großen Eindruck macht, wenn du mit einem Mädchen auf die Hochzeit kommst, dem du heute früh zum ersten Mal begegnet bist.«

»Sarah stand auf der Sitzordnung«, erinnerte Lorcan seinen Freund. »Deshalb bin ich sicher, dass es einen Platz für Carmen geben wird. Und wenn nicht, setzt sie sich eben einfach bei mir auf den Schoß.«

»Du meinst wohl eher auf deinen Schwanz.«

»Kommt Tina zu der Feier?«, erkundigte sich Lorcan bei Will.

»Ja, ich treffe sie dort. Sie kommt direkt von der Freundin, bei der sie übernachtet hat.«

Tina war alles andere als glücklich darüber gewesen, dass sie wegen des Junggesellenabschieds des Hauses verwiesen worden war – aber schließlich war sie inzwischen meistens unzufrieden, außer wenn sie irgendwo in einer Zeitschrift abgelichtet war. In letzter Zeit kamen sie beide nicht mehr wirklich miteinander aus, und er hatte zwischen Schuldgefühlen und Erleichterung geschwankt, weil er sie ein paar Tage nicht sah. Ein Teil ihres Problems war, dass Tina, deren Model-Karriere sich dem Ende neigte, etwas anderes machen wollte und deswegen geradezu versessen darauf war, ihren Namen und ihr Foto möglichst oft gedruckt zu sehen. Und gegen seinen Willen hatte sie auch Will in dieses Spiel mit einbezogen und lud jedes Mal, wenn sie in Dublin war, unzählige Speichellecker oder Möchtegernberühmtheiten zu sich – das heißt, zu ihm – nach Hause ein. Und als wäre das nicht bereits schlimm genug, sorgte sie dafür, dass ihnen auf allen ihren Wegen eine Truppe Paparazzi folgte, und inzwischen galten sie – wofür er sich entsetzlich schämte – als echt angesagtes Schickimicki-Paar. Sie hatte sogar versucht, ihn dazu zu überreden, sein Haus für *MTV Cribs* zu öffnen, ohne Zweifel in der Absicht, dass man dort sie selbst dekorativ in einem der Räume lungern sah.

»Ich habe gehört, ihr beide hättet euch verlobt?« Tom schaute ihn fragend an.

»Das ist nur ein bösartiges Gerücht«, antwortete Will. »Das hat diese verdammte Klatschkolumnistin behauptet, die mit Tina befreundet ist. Wahrscheinlich hat Tina ihr diesen Floh ins Ohr gesetzt.«

»Meine Güte! Dann werde ich Rachel sagen, dass sie ihren Brautstrauß möglichst nicht in ihre Richtung werfen soll.«

»Danke, das ist wirklich nett.«

Das Gespräch brach ab, als Carmen wieder in den Raum gesegelt kam. »Dieses Haus ist echt der Wahnsinn«, stellte sie bewundernd fest und setzte sich wieder an den Tisch. »Auf dem Weg vom Klo zurück hätte ich mich fast verlaufen. Wohnt ihr alle hier?«

»Nein, nur Will«, erklärte Lorcan ihr.

»Ist das das Haus deiner Eltern?«, erkundigte sie sich.

»Nein, meins.«

»Und du lebst hier ganz allein? Aber es ist riesengroß!«

Will zuckte mit den Schultern, als wolle er sich dafür entschuldigen.

»Und es gehört tatsächlich dir?«, hakte Carmen weiter nach. Lorcan und Tom rutschten unbehaglich auf ihren Stühlen und sahen den Freund verstohlen von der Seite an.

»Ja.«

»Wow! Dann musst du wirklich reich sein!«, rief sie aus.

Will lächelte freundlich, sagte jedoch nichts.

Mit einem Mal schlug Tom so krachend auf den Tisch, dass die anderen zusammenfuhren, und fragte mit donnernder Stimme: »Hat Tessa oben ohne auf dem Tisch getanzt?«

»Was?«

»Plötzlich ist es mir wieder eingefallen – gestern oder vorgestern Abend oder wann auch immer. Hat Tessa ihre Kleider ausgezogen und oben ohne auf dem Tisch getanzt?«

Lorcan lachte. »Das hättest du wohl gern.«

»Du meinst, sie hat es nicht getan? Ich könnte schwören, dass ich mich daran erinnere, wie …«

»Ich sage dir, das hast du nur geträumt.«

Will war klar, Lorcan und Tom hatten das Thema absichtlich gewechselt, weil sie wussten, dass er es nicht mochte, wenn sein Geld zur Sprache kam. Aber Carmen hatte ihn vollkommen arglos darauf angesprochen, und auch wenn er das Bemühen seiner Freunde wirklich rührend fand, war es ihm gleichzeitig furchtbar peinlich, dass sie dachten, er wäre so empfindlich.

»Warum hast du mir meine Illusionen nicht gelassen?«, knurrte Tom.

»Wenn ich es recht bedenke, hat tatsächlich jemand oben ohne auf dem Tisch getanzt. Auch wenn es nicht Tessa war.«

»Will, du warst doch nüchtern«, wandte Tom sich an den anderen Freund. »Hat jemand bei meinem Junggesellenabschied oben ohne auf dem Tisch getanzt?«

Will lächelte. »Oh ja – aber es stimmt, was Lorcan sagt. Tessa war es nicht.«

»Und wer war es dann?«

»Owen.«

»Iiiiii!«

Alle anderen lachten.

»Wir sollten langsam duschen gehen«, erklärte Will, stand auf und räumte die leeren Teller fort. »Das Gute an einem so großen Haus ist, dass jeder ein eigenes Badezimmer hat.«

Später standen Will und Lorcan vor dem Spiegel und banden sich gegenseitig die Fliegen zu.

»Gott, wir sehen wirklich seltsam aus, findest du nicht auch?«, stöhnte Will, als seine Fliege fertig war. »Kahl rasiert im Smoking – wie zwei Rausschmeißer.«

»Du schaust vielleicht seltsam aus«, klärte Lorcan ihn mit einem schiefen Grinsen auf. »Ich hingegen sehe einfach super aus.«

Tatsächlich stand der kahle Look ihm besser als dem Freund, denn durch ihn wurden die großen Hundeaugen mit den ultralangen, seidig weichen Wimpern und die sinnlich vollen Lippen, die die Frauen schwindlig machten, sogar noch betont. Mit ihrer olivenfarbenen Haut und ihren dunklen Haaren waren sämtliche O'Neills unglaublich attraktiv. Rachel galt als echte Schönheit, aber Lorcan schaute noch umwerfender aus.

»Sei heute bitte besonders nett zu Kate«, bat Lorcan seinen Freund. »Sie kommt nämlich allein.«

Das würde sicher nicht so einfach, dachte Will. Er hatte den Eindruck, dass er Lorcans pummeliger kleiner Schwester nicht mehr unbedingt sympathisch war – und das bestimmt aus gutem Grund, sagte er sich schuldbewusst. Obwohl er praktisch zur Familie gehörte, hatten Kate und er sich in den letzten Jahren kaum gesehen, denn anscheinend ging die Kleine ihm absichtlich aus dem Weg. Und die wenigen Male, wenn sie sich getroffen hatten, hatte sie auf sein Bemühen sich zu unterhalten nur mit kurzen, nichtssagenden Sätzen reagiert. Was, da sie sich früher immer gut verstanden hatten, wirklich schade war. Doch wenn jemand schuld am Ende dieser Freundschaft war, dann er allein. »Hat sie sich eigentlich inzwischen von ihrem Freund getrennt?«

»Leider nein. Aber er kommt nicht mit. Anscheinend findet er uns ›überwältigend‹ und hat Angst, wir würden ihn bei lebendigem Leib verschlingen oder so.«

Will lachte gut gelaunt. »Ein solches Glück müsste er haben.« Ihn selber hatten die O'Neills bereits vor einer halben Ewigkeit »verschlungen«, was aus seiner Sicht sein bisher größtes Glück gewesen war.

»Das stimmt. Wenn wir wirklich diesen Typen schlucken würden, würden wir ihn sicher sofort wieder ausspucken. Weil er nämlich einfach ungenießbar ist.«

»Aber du musst zugeben, dass eure Familie manchmal ziemlich ... griechisch wirkt.«

»Griechisch?«, fragte Lorcan ihn verständnislos.

Will sah ihn lächelnd an. »Du weißt schon, was ich damit sagen will.«

»Dass wir manchmal ziemlich theatralisch sind.«

»Nein – obwohl deine Mutter sicher eine wirklich furchteinflößende Medea abgeben würde.«

»Dann meinst du also inzestuös?«

»Nein, ich dachte eher daran, dass ihr euren Freunden jede Menge Gutes tut, man jedoch niemals euer Feind sein will. Schließlich habe ich am eigenen Leib erfahren, was für ein Glück es ist, ein Freund eurer Familie zu sein.«

Will hatte von den griechischen Qualitäten der Familie – ihrer unerschütterlichen Treue gegenüber Freunden und Verwandten und auch ihrer grenzenlosen Gastfreundschaft – in hohem Maße profitiert, doch sosehr er die O'Neills auch liebte, konnte er durchaus verstehen, dass ein anderer diesen Clan vielleicht als überwältigend empfand. Sie bildeten eine eingeschworene Gemeinschaft, waren alle talentiert, dekadent und gastfreundlich, aber um es mit ihnen aufzunehmen, durfte man nicht allzu zart besaitet sein. Die größten Sünden, die ein Mensch nach Ansicht der O'Neills begehen konnte, waren, langweilig zu sein und/oder ihre Gastfreundschaft auszuschlagen. Und Will hatte den Eindruck, dass Kates Freund beider Vergehen für schuldig befunden worden war.

»Ich nehme an, dass Mum manchmal tatsächlich ziemlich furchteinflößend ist«, gab Lorcan unumwunden zu. »Und Rachel erst recht. Ich denke lieber nicht darüber nach, was aus uns beiden geworden wäre, wäre Tom tatsächlich getürmt.«

»Rachel hält niemanden gefangen.«

»Apropos gefangen, ich werde mal gehen und Tom etwas auf Trab bringen. Wir sehen uns dann gleich unten.« Lorcan ging zur Tür, blieb dort aber noch einmal stehen. »Glaubst du wirklich, dass wir wie die Griechen sind?«

»Ja, aber im positiven Sinn«, versicherte ihm Will.

Im positiven Sinn, sagte sich Will und rückte an seiner Fliege herum. Die O'Neills hatten ihm nicht nur das Leben gerettet, sondern ihn vor einem Leben als Herumtreiber bewahrt. Seine eigene Familie hatte immer Geld gehabt, deshalb hatten sie ihn nie gezwungen, etwas in der Schule zu erreichen oder hart zu arbeiten, weil sich nur auf diese Art ein angenehmer Lebensstandard erwirtschaften ließ. Trotzdem hatte er dank der O'Neills und vor allem Lorcan einiges erreicht. In der Schule war Lorcan sein bester Freund gewesen, und als er aufs College gegangen war, hatte er das auch getan, denn er wäre ihm ganz egal wohin gefolgt. Und als er entdeckt hatte, dass er die Fähigkeit zu harter Arbeit und auch die erforderliche Disziplin dafür besaß, hatte das ihn selbst am meisten überrascht.

Als Kind war er gleichzeitig privilegiert und unterprivilegiert gewesen. Seine talentierten, wohlhabenden Eltern hatten ihn willkürlich entweder total verwöhnt oder vernachlässigt. Seine Mutter, Helen Kilgannon, eine wunderschöne, aber psychisch instabile Künstlerin, die als irische Aristokratin Erbin eines riesigen Vermögens gewesen war, hatte seinen Vater, Philip Sargent, in den ersten Jahren ihrer Ehe unterstützt, bis aus dem notorischen Radaubruder und Frauenhelden ein berühmter (und kürzlich zum Ritter geschlagener) Bühnenautor geworden war. Kurz nach Wills Geburt hatte er den ersten renommierten Preis erhalten und zum ersten Mal in seinem Leben selber richtig Geld verdient.

Will schien damals alles zu haben, was einem Jungen wichtig war. Bis seine Welt ein paar Wochen nach seinem fünfzehnten Geburtstag aus dem Gleichgewicht geraten war. Sein Vater hatte seine Mutter wegen der glamourösen Hauptdarstellerin in seinem letzten West-End-Stück verlassen, und Helen war in einer tiefen Depression versunken und nur hin und wieder daraus aufgetaucht, dann aber in eine solche Unruhe verfallen, dass es für den Jungen noch schwerer gewesen war. Während einer dieser Phasen hatte sie sich Will geschnappt und war mit ihm nach Irland zurückgekehrt, um dort ein neues Leben »unter ihren eigenen Leuten« zu beginnen. Anfangs hatte Will diese Umwälzung gehasst, weil er ständig für seinen »piekfeinen« englischen Akzent und für den sprichwörtlichen Silberlöffel in seinem Mund verspottet worden war.

Seine Situation hatte sich erst gebessert, als er sich mit Lorcan angefreundet hatte, der an ihrer Schule ausnehmend beliebt gewesen war. Durch ihn hatte er Zugang zu einem großen Freundeskreis gefunden und sogar eine Ersatzfamilie gehabt. Wobei sein Leben zuhause immer unerträglicher geworden war. Seine Mutter war tiefer und tiefer in ihrer Depression versunken, und er hatte hilflos mit ansehen müssen, wie sie immer verzweifelter geworden war.

Dann hatte er sie eines Sonntagsmorgens, knapp ein Jahr nach ihrem Umzug, tot in ihrem Bett gefunden: Helen hatte sich mit Schlaftabletten umgebracht.

Sein Vater war (wenigstens ohne seine neue Frau) auf die Beerdigung gegangen, doch Will hatte ihm, außer sich vor Trauer, die kalte Schulter gezeigt, weil er seiner Meinung nach die Schuld am Tod seiner Mutter trug. Danach hatte Philip darauf bestanden, dass er mit nach England käme, um die Schule zu beenden. Will hatte ihm widerstrebend zugestimmt, denn er hatte sich davor gefürchtet, den Ort zu verlassen, an dem er zum ersten Mal in seinem Leben glücklich und daheim gewesen war, sich aber gleichzeitig gefreut, dass sein Vater ihn bei sich in England haben wollte, er also nicht auch von ihm im Stich gelassen worden war. Tatsächlich hatte sich ein Teil von ihm danach gesehnt, mit seinem klugen, amüsanten Vater zusammen zu sein. Und vor allem hatte er sich darauf gefreut, der Stachel im Fleisch der Frau zu werden, von der das Leben seiner Mutter zerstört worden war.

Kaum jedoch war er in England angekommen, hatte ihn sein Vater in ein Internat gesteckt. Seine neue Frau hatte gerade ein Baby auf die Welt gebracht, und das Letzte, was sie wollte, war ein schlecht gelaunter, feindseliger Teenager in ihrem Haus. Außerdem war Philip ein Verfechter von privaten Schulen; er hatte nämlich selbst ein Internat besucht und für seinen Sohn eine der besten Schulen Englands ausgesucht. Den Umzug nach Irland hatte er niemals gebilligt, auch Helens schwachsinnigen Wunsch, Will bei sich zuhause zu behalten, hatte er schon immer als idiotisch abgetan, und nun, da er für die Erziehung seines Sohnes zuständig war, hatte er dafür sorgen wollen, dass er eine möglichst ordentliche Ausbildung bekam.

Also war Will ins Internat verfrachtet worden, und sein Vater hatte sich wieder ganz seiner neuen Familie zugewandt. Das hatte für Will das Fass endgültig zum Überlaufen gebracht. Wenn er schon allein war, hatte er beschlossen, dann wenigstens an einem Ort, an dem er glücklich war. Deshalb war er an einem stürmischen Novembertag durch das Ausgangstor des Internats marschiert und immer weiter gelaufen, bis er zwei Tage später bei den O'Neills gelandet war. Es war Teil der O'Neill-Familienlegende, dass sie eines Abends die Tür geöffnet und Will dort draußen vorgefunden hatten, bis auf die Haut durchnässt und zitternd wie ein junger Hund. Er hatte nicht genügend Geld für eine Fahrkarte gehabt und deswegen den ganzen Weg von Dun Laoghaire zu Fuß zurückgelegt.

Als er aufgebrochen war, hatte er nur daran gedacht, der Schule zu entkommen und Lorcan wiederzusehen. Zu seinem Entsetzen war ihm plötzlich klar geworden war, dass er einfach den O'Neills seine Probleme aufgeladen hatte, denn das Letzte, was er wollte, war, eine Last für seinen Freund und dessen Familie zu sein. Doch zu seiner riesigen Erleichterung hatten die O'Neills das auch nicht so gesehen. Während er tropfnass in ihrer Küche gestanden hatte, hatte sich die gesamte Familie um ihn geschart und ein Riesenaufheben um ihn gemacht.

Grace hatte ihm die Haare mit einem Handtuch trocken gerubbelt und gefragt: »Warum hast du nicht angerufen? Wir hätten dich abgeholt.«

»Ich hatte kein Geld mehr fürs Telefon«, hatte er erwidert und verschämt den Kopf gesenkt.

Er war geistig und körperlich total erschöpft gewesen, aber als die Familienmaschinerie um ihn herum in Gang gekommen war, hatte sich die Unsicherheit der letzten beiden Tage allmählich gelegt, und er hatte sich etwas entspannt. Nie zuvor in seinem Leben hatte er sich so sicher und umsorgt gefühlt. Helen und auch Philip waren derart launisch, chaotisch und ich-fixiert gewesen, dass er meistens ganz auf sich gestellt gewesen war, und nachdem sein Vater die Familie verlassen hatte, hatte er sich obendrein auch noch um seine Mutter kümmern müssen, so als wäre sie das Kind. Aus diesem Grund hatte es ihn ungemein erleichtert, dass jetzt endlich einmal jemand anderes die Kontrolle übernommen hatte. Und im Schutz des Handtuchs hatte er gegrinst und es einfach genossen, verhätschelt zu werden, weil das völlig neu für ihn gewesen war.

Lorcan hatte ihn mit raufgenommen und in seinem Schrank nach trockenen Kleidern für den Freund gewühlt. Dann waren sie wieder in die Küche zurückgekehrt, und Kate hatte ihm Brot und Suppe, Schokoladenkuchen sowie literweise heißen, süßen Tee – das beste Mittel gegen einen Schock – serviert. Conor, der Älteste, hatte das Gästezimmer aufgeräumt, Rachel hatte dort ein Bett für ihn gemacht, Jack hatte ihm auf die Schulter geklopft und ihm erklärt, es würde alles gut, und Grace hatte versucht herauszufinden, was genau geschehen war.

»Ich gehe nicht zurück.« Mehr hatte er nicht gesagt. Er hatte gehofft, es würde hart klingen, aber alle hatten sehen können, dass er den Tränen nahe gewesen war.

»Ah, also bitte, Junge, es wird alles gut«, hatte Jack geknurrt. »Wie wäre es mit einem Tropfen Whiskey in deinem Tee?«

Jacks mürrische Freundlichkeit hatte bewirkt, dass er tatsächlich in Tränen ausgebrochen war. Er hatte sich die Fäuste vors Gesicht geworfen, doch eine fette Träne war in seinen Suppenteller getropft.

Schließlich hatte Grace ihm Philips Telefonnummer entlockt.

»Ich gehe nicht zurück«, hatte er sie erneut gewarnt, als sie zum Telefon gegangen war.

»Natürlich nicht«, hatte sie ihn beruhigt. »Wir werden dich nicht zwingen.« Wie jede ordentliche irische Mutter hatte sie nämlich eine abgrundtiefe Abscheu gegen jede Form von Privatschulen gehegt.

Dann war sie zu mütterlicher Höchstform aufgelaufen und hatte mehr als eine Stunde mit Philip telefoniert, um ihn dazu zu bewegen zu erlauben, dass Will hier in Irland blieb.

Was nicht leicht gewesen war. Anfangs hatte er darauf bestanden, dass Will umgehend zurück nach England kam und dort wieder zur Schule ging. Außerdem ging es ums Geld. Zwar hatte Helen ihrem Sohn ein Vermögen hinterlassen, aber das würde ihm erst mit einundzwanzig ausbezahlt werden. Bis dahin, hatte Philip Grace erklärt, war er für Will verantwortlich, und er würde ihn ganz bestimmt nicht unterstützen, wenn er tatsächlich in Irland bliebe.

»Sagen Sie ihm, dass ich mir eine Arbeit suchen werde«, hatte Will erklärt. »Ich brauche nicht mehr zur Schule zu gehen.«

»Er ist erst sechzehn«, hatte Philip eingewandt. »Er kann unmöglich allein irgendwo leben und tun und lassen, was er will.«

»Er bräuchte nicht allein zu leben«, hatte Grace Philip beruhigt. »Er könnte hier bei uns bleiben und wieder zusammen mit Lorcan zur Schule gehen. Das wäre für uns kein Problem. Wir alle haben Ihren Jungen furchtbar gern und hätten ihn wirklich gerne hier.«

»Er kann ja wohl nicht einfach losmarschieren und sich wie ein streunender Kater eine Familie suchen, die ihm besser als die eigene gefällt«, hatte Philip erbost geschnaubt.

»Ich habe Katzen wirklich gern«, hatte Grace erklärt.

Philip hatte geseufzt. »Hören Sie, geben Sie ihn mir.«

Schließlich hatte Will sich überreden lassen, kurz mit ihm zu sprechen. Doch er hatte ihm einfach in kaltem Ton erklärt, er ginge nicht zurück aufs Internat. Und wenn man ihn zwingen würde, liefe er noch einmal weg.

Letztendlich, nach langem Hin und Her, hatte Philip seine Niederlage eingestehen müssen. Da es zu der Möglichkeit, dass Will bei seinen Freunden bliebe und dort weiter in die Schule ginge, nur die Alternative gegeben hatte, dass der Junge sich mit irgendwelchen Aushilfstätigkeiten über Wasser hielte, bis er endlich einundzwanzig wäre, hatte er das kleinere Übel gewählt.

Aber Will hatte ihm nie verziehen und seit jenem Abend in der Küche der O'Neills nie wieder Kontakt zu ihm gehabt.

2

»Okay, die Vorstellung beginnt!«, verkündete Kate. Sie hatte die letzten fünf Minuten in der Hocke zugebracht und Rachels Röcke aufgebauscht. Sie war sich nicht ganz sicher, was sie machen sollte, hatte aber die ungefähre Vorstellung, dass von ihr als Brautjungfer erwartet wurde, sie würde eine gewisse Zeit an Rachels Brautkleid nesteln, bevor es endlich in die Kirche ging. Sie zog ein letztes Mal so kräftig an dem Rock, dass ihre Schwester einfach denken musste, sie meinte es ernst, und verkündete: »Auf geht's!«

»Mein Schleier! Denk an meinen Schleier!«, trällerte Rachel aufgeregt.

Mensch, dieser rote Teppich war ihr tatsächlich zu Kopf gestiegen, dachte Kate, ordnete jedoch pflichtbewusst den Schleier um das Gesicht der Schwester an. Rachel fuhr die ganz traditionelle Schiene: Sämtliche O'Neills hatten nicht nur beruflich, sondern auch privat einen ausgeprägten Sinn fürs Theatralische, und das hier war Rachels große Show.

Endlich waren sie bereit. Rachel nahm den Arm ihres Vaters, sie traten durch die Kirchentür, und der Organist begann mit dem Hochzeitsmarsch. Alle Gäste standen auf, einige von ihnen traten vor die Bänke, um Fotos von der wunderschönen Braut zu schießen, und unter Blitzlichtgewitter machten sie sich auf den langen Weg in Richtung des Altars.

So musste es sein, wenn man berühmt war, dachte Kate, die den Augenblick wider Erwarten tatsächlich genoss. Sie begegnete Freddies Blick, als sie an ihm vorüberging, und sah ihn mit einem breiten Grinsen an. Er hatte einen Platz neben ihrer verrufenen Tante Iris in einer der mittleren Sitzreihen erwischt.

Auf halbem Weg den Gang hinab blieb Rachel plötzlich stehen. Kate hatte nicht aufgepasst und lief von hinten auf sie auf. »Dad, bleib stehen!«, zischte ihre Schwester unter ihrem Schleier. »Halt!«

»Tut mir leid, Schätzchen, bin ich zu schnell?« Jack verlangsamte sein Tempo, bewegte sich aber weiter in die Richtung, wo der Bräutigam mit den Trauzeugen stand.

Rachel rührte sich noch immer nicht wieder vom Fleck. »Bleib stehen, Dad.« Dann schob sie sich möglichst dicht an ihn heran und flüsterte ihm zu: »Ich habe einen schrecklichen Fehler gemacht!«

»Ganz und gar nicht.« Ihr Vater lächelte nervös. »Keine Bange – Tom ist ein echt netter Kerl.« Er tätschelte Rachel aufmunternd die Hand und wollte sich wieder in Bewegung setzen, Rachel zerrte ihn allerdings zurück.

»Nein, Dad, stopp! Das ist total verkehrt!«

»Ist es nicht ein bisschen spät, um es sich noch mal zu überlegen?«, fragte Jack und schaute sich mit einem Lächeln der Verzweiflung um.

»Ich meine nicht, dass ich nicht mehr heiraten will«, stieß Rachel zwischen zusammengebissenen Zähnen aus. »Ich meine, irgendetwas stimmt hier nicht. Sieh doch.« Sie zeigte in Richtung des Altars. »Das hier ist irgendeine Skinhead-Hochzeit. Wir sind auf dem falschen Fest!« Sie klang wie eine schlechte Bauchrednerin.

Jack blickte sich um. Sämtliche Gäste, die die Braut verwundert musterten, waren ihm vertraut, und er zwinkerte ein paar Bekannten zu. Trotzdem hatte Rachel recht: Vorne am Altar hatten sich drei Skinheads aufgebaut. Hatten sie vielleicht alle in die falsche Kirche eingeladen? Oder zur falschen Zeit?

Auch Kate blickte in Richtung des Altars. »Himmel, du hast recht«, flüsterte sie. Wie hatte das passieren können?, wunderte sie sich. Und ausgerechnet Rachel – dieser vorbildlichen Braut!

»Natürlich habe ich recht«, schnauzte Rachel ihre Schwester an. »Ich gehe schließlich davon aus, dass ich meinen eigenen Verlobten noch erkenne. Was sollen wir jetzt machen?«

Während die drei verzweifelt überlegten, wie sich möglichst würdevoll der Rückzug antreten ließ, fingen die Hochzeitsgäste an zu raunen. Kate sah immer wieder über ihre Schulter, denn wahrscheinlich tauchte jeden Augenblick eine Braut in Springerstiefeln auf und mähte sie einfach um.

»O-oh, das ist wie in dem Film *Die Braut, die sich nicht traut*«, flüsterte Tante Iris Freddie zu, reckte zu seinem Entsetzen die geballte Faust und wisperte Rachel aufmunternde Worte zu, tatsächlich noch im letzten Augenblick das Weite zu suchen. Es war, als feuere sie ein Rennpferd, auf das sie beim Grand National gesetzt hatte, auf den letzten Metern an.

Vorne in der Kirche starrte Tom auf den Altar und wagte nicht, sich umzudrehen. Ich habe es gewusst, sagte er sich, ich hätte mich nie von Will und Lorcan dazu überreden lassen dürfen, diese Hochzeit durchzuziehen. Offensichtlich hatte Rachel sein fehlendes Haar gesehen und beschlossen abzuhauen.

Während der Organist entschlossen zum dritten Mal den Hochzeitsmarsch zum Besten gab, nahm er all seinen Mut zusammen und drehte sich um. Was er sah, war alles andere als ermutigend. Rachel, Kate und Jack hatten mitten im Gang die Köpfe zusammengesteckt und schienen aufgeregt zu debattieren. Jack schien Rachel zur Vernunft zu bringen und sie überreden zu wollen, jetzt auch noch den letzten Schritt zu gehen und ihn zu heiraten, selbst wenn er ein Glatzkopf war, dachte Tom unglücklich.

Aber dann geschah ein Wunder.

Rachel erkannte ihn, und mit einem Mal hellte sich ihre Miene auf. »Es ist Tom!«, hörte er sie keuchen. Sie schien überrascht zu sein, ihn hier zu sehen, aber durchaus angenehm. Tatsächlich schaute sie plötzlich sogar überglücklich aus.

»Seht doch! Es ist Tom«, quietschte sie erneut. Dann raffte sie ihre Röcke und kam ihm, dicht gefolgt von Kate, die sich verzweifelt an den Schleier klammerte, praktisch entgegengerannt.

Sie warf ihren Schleier zurück, umarmte ihn und bedeckte sein Gesicht mit Küssen. »Oh, ich bin so froh, dass du es bist«, brabbelte sie. »Ich habe dich erst nicht erkannt. Wir dachten, wir wären in der falschen Kirche gelandet oder so.«

»Mein Haar.« Tom strich sich über den Kopf. »Ich kann dir alles erklären ...«

»Es sieht super aus.« Rachel machte einen Schritt zurück und schaute ihn sich noch mal genauer an. Die Beinahekatastrophe einer ausgefallenen Hochzeit hatte seinen radikalen Haarschnitt in ein gänzlich neues Licht gerückt. »Warum hast du das gemacht?«

»Ich dachte einfach, dass die Hochzeit dann ein bisschen cooler wäre.« Ihm war richtiggehend schwindlig vor Erleichterung.

»Es fühlt sich fantastisch an«, erklärte sie ihm lachend. »Wirklich sexy.«

»Das haben die beiden anderen auch gesagt.« Tom nickte

seinen beiden Freunden zu. Rachel hatte sich bisher nur auf ihn allein konzentriert, jetzt aber lächelten die beiden anderen sie an.

Kate fing brüllend an zu lachen, als sie auch die beiden anderen Skinheads sah, Rachel kniff hingegen die Augen zusammen und bedachte sie mit einem bösen Blick. Sie hätte sich denken sollen, dass die zwei dahintersteckten. Trotzdem sagte sie: »Oh, ihr habt euch alle die Haare abrasiert. Das war eine ausgezeichnete Idee!« Ihr war klar, dass mehr dahintersteckte als Toms Wunsch nach Coolness, aber das war ihr egal. Sie war viel zu glücklich, dass er in der Kirche war und doch noch alles nach Plan verlief. Außerdem würden die Fotos von ihm sicher super aussehen.

Schließlich war es der Priester leid, die Hände zu ringen, und mit einem lauten Räuspern blickte er auf seine Uhr. »Guten Tag, alle miteinander!«, bellte er ins Mikrofon, und sämtliche Hochzeitsgäste wandten sich ihm zu.

»Jetzt geht's los«, erklärte Tom, nahm Rachels Hand und führte sie vor den Altar.

Den Gästen entfuhr ein kollektiver Seufzer der Erleichterung, weil jetzt doch alles in Ordnung war. Nur Tante Iris murmelte enttäuscht: »Immer dasselbe. Können Sie mich wecken, wenn's vorbei ist?«, und machte die Augen zu.

Bis das Hochzeitspaar samt Trauzeugen und Brautjungfer das Hotel erreichte, hatten sich die anderen Gäste schon seit über einer Stunde an der Bar bedient.

»Wo zum Teufel hast du so lange gesteckt?«, fragte Freddie Kate, als sie endlich zu ihm durchgedrungen war, und hielt ihr zwei riesige Gin Tonics hin. »Hier, kipp die erst mal runter – du bist hoffnungslos im Rückstand.«

»Mmm, danke.« Kate hob das erste Glas an ihren Mund, trank es mit einem Zug zur Hälfte aus und holte erst mal

Luft. »Wir mussten für dieses blöde Fotoshooting in den Park, und jetzt bin ich in diesem grauenhaften Aufzug verewigt«, stöhnte sie.

»Gott, ich wünschte mir, ich hätte im Park posieren können. Mich hat irgendeine Frau mit Riesentitten angemacht. Ich glaube, die wollte mich wirklich abschleppen.«

»Tja, wenn du auf ihre Titten gestarrt hast, muss sie ja wohl gedacht haben, dass du Interesse hast.«

»Ich konnte nichts dagegen tun! Sie hat während unseres Gesprächs ihre Körbchengröße erwähnt. Da musste ich doch gucken, ob sie übertrieben hat.«

»Gott, ich hasse solche Frauen.«

»Ich muss sagen, dein Will sieht wirklich lecker aus.«

»Du solltest ihn erst mit Haaren sehen«, erklärte Kate.

»Glatt oder gelockt?«

»Gelockt.«

»Oje.« Freddie zog eine Grimasse. »Dabei stehen wir beide eher auf glatt, nicht wahr? Trotzdem ist er wieder einmal einer dieser Heteros, auf die ich total abfahre. Was die Tragödie meines Lebens ist.«

»Normalerweise mag ich keine Locken, doch bei Will ist es was anderes.«

»Das glaube ich dir aufs Wort«, pflichtete ihr Freddie bei. »Oh, sieh nur, wer da kommt.« Carmen im Schlepptau, schob sich Lorcan durch das Gedränge auf sie zu. »Selbst mit Glatze sieht dein Bruder einfach traumhaft aus. Aber wer ist denn die sündige Schönheit, die er da bei sich hat?«

»Niemand scheint was über sie zu wissen, sie kann also noch nicht lange mit ihm zusammen sein.«

»Das ist Carmen«, verkündete Lorcan und zog seine Begleitung neben sich. »Carmen, dies ist meine Schwester Kate.«

»Freut mich, dich kennenzulernen, Kate.« Carmen reichte

ihr die Hand, und Kate mochte sie sofort. Ihr direkter Blick und ihr warmes Lächeln nahmen einen auf der Stelle für sie ein.

»Ein tolles Kleid hast du da an«, sagte sie bewundernd. Carmen trug ein kurzes brombeerfarbenes Etuikleid, in dem ihre gebräunte Haut besonders vorteilhaft zur Geltung kam. Es hatte einen breiten Schlitzausschnitt, weshalb ihr immer eine Seite von der Schulter glitt, aber ansonsten schmiegte sich der Jersey weich an jede Rundung ihres gertenschlanken Körpers an. Zusammen mit den Espadrilles an ihren Füßen und den weichen dunklen Löckchen, die ihr locker auf die Schultern fielen, verlieh es ihr ein lässiges und zugleich glamouröses Flair, und im Vergleich zu ihr kam sich Kate mit ihrem übertriebenen Make-up, dem aufgetürmten Haar und dem grauenhaften Kleid wie eine Drag-Queen vor.

»Danke. Es war das Erste, was mir vorhin in die Hände fiel.«

»Das ist Kates Mitbewohner Freddie«, setzte Lorcan die Vorstellung fort. »Wir arbeiten manchmal zusammen.«

»Oh? Was macht ihr denn?«

Kate und Freddie zogen die Augenbrauen hoch. Entweder die beiden waren wirklich noch nicht lange zusammen, oder sie verloren keine Zeit mit unnötigem Geschwätz.

»Ich bin Regisseur«, antwortete Lorcan an Carmen gewandt und fügte einschränkend hinzu: »Am Theater.« Er war es gewohnt, dass Frauen eine Grimasse zogen, wenn sie hörten, dass er nicht beim Film beschäftigt war. »Und Freddie ist Kostümdesigner. Tatsächlich wollte ich dich schon seit ein paar Tagen anrufen«, erklärte er dem Freund. »Ich versuche, eine Tourneetruppe zusammenzustellen – du weißt schon, einen Trupp, der umherreist und dem ungebildeten Pöbel die Kultur ein bisschen näherbringt. Hättest du vielleicht Lust, uns zu begleiten?«

»Na, und ob!« Freddie war begeistert von der Vorstellung, im Gefolge von Kates attraktivem Bruder durch Irland zu ziehen.

»Und was machst du, Kate?«, wollte Carmen wissen.

»Ich bin Köchin, aber – uff!«, entfuhr es Kate, als von hinten jemand auf sie aufprallte. Sie drehte sich um und entdeckte ihren sechsjährigen Neffen Jake, der versuchte, sich aus ihrem Kleid zu kämpfen, in dem er wie in einem Fallschirm gefangen war. »Hi, Jake. Komm, lass mich dir helfen.« Sie befreite ihn.

»Jake! Sag Entschuldigung zu Kate – schließlich hättest du sie beinahe umgerannt«, befahl Helen, ihre Schwägerin, die hinter dem Jungen hergetrottet war.

»Keine Angst, Helen. Das hätte er ganz sicher nicht geschafft, dafür schleppe ich mit diesem Kleid viel zu viel Ballast mit mir herum!«

»Sorry, Kate«, keuchte das Kind. »Spiderman ist hinter mir her. Ich bin der Bösewicht.« Obwohl Kates Bruder Conor sich bemühte, ihn zu fangen, stürmte Jakes vierjähriger Bruder Sam mitten durch das Gedränge auf sie zu. Dabei machte die Menge eine Art La Ola, denn sämtliche Gäste hielten ihre Gläser über ihre Köpfe, damit er sie ihnen auf seiner Jagd nicht aus den Händen schlug.

»Tja, mein Ruf als Supermum ist wohl dahin!«, stellte Helen mit einem müden Lächeln fest. Inzwischen hatte die ehemalige Schauspielerin mit einer eigenen Fernsehserie über Erziehung und Haushaltsführung einen regelrechten Kultstatus als Superhausfrau und -mutter erreicht. Sie war groß, blond, ungeheuer attraktiv und verströmte mit ihrem wie poliert wirkenden, gut geschnittenen Bob und dem maßgeschneiderten austernfarbenen Kostüm, das ihre auch nach der Geburt der Kinder noch mädchenhaft schlanke Figur vorteilhaft zur Geltung brachte, mühelose Eleganz.

Dicht gefolgt von einem rotgesichtigen Conor kam der kleine Sam auf seinen kurzen Knubbelbeinchen angerannt.

»Sam!« Kate sah ihn grinsend an. »Du trägst ja dein Spiderman-Kostüm!«

»Er hat sich strikt geweigert, seine neuen Sachen anzuziehen«, bemerkte Jake mit der Überlegenheit des Älteren.

»Anders hätten wir ihn nicht aus dem Haus gekriegt«, meinte Helen und gab kichernd zu: »Rachel ist außer sich.«

»Huh! Ich würde gern mal sehen, wie sie ihn dazu bringt, was anzuziehen, was er nicht anziehen will.«

Sam und Jake machten sich wieder aus dem Staub.

»Hier wird nicht gerannt, ihr zwei!«, schrie Conor ihnen vergeblich hinterher und begrüßte Kate mit einem Kuss.

»Hi, Lorcan«, sagte er zu seinem Bruder. »Ich habe letzte Woche dein neues Stück gesehen – war der totale Mist!«, brüllte er gut gelaunt.

»Uh, danke, Conor.«

»Ich rufe dich die Tage an und erkläre dir, was du verändern musst.«

»Na super!« Lorcan verzog das Gesicht, und um vom Thema abzulenken, stellte er den Bruder und die Schwägerin erst mal der neuen Freundin vor. »Helen ist eine echte Berühmtheit«, klärte er Carmen auf. »Sie ist eine Art Jane Asher auf Speed – Irlands Antwort auf Martha Stewart.« Als er Carmens verständnislosen Blick bemerkte, fügte er hinzu: »Sie ist eine Art Guru für Hausfrauen und hat eine eigene Fernsehshow.«

»Oh wirklich? Die habe ich noch nie gesehen.«

»Niemand guckt sie sich jemals wirklich an«, erklärte Lorcan ihr. »Sie läuft nämlich tagsüber, wenn richtige Menschen arbeiten.«

»Ich habe durchaus mein Publikum«, protestierte Helen milde.

»Es ist eine Art *Löwenzahn* für Erwachsene. Sie zeigt einem, wie man ein Essservice aus Teig bastelt, seinen eigenen Weihnachtsbaum häkelt und so.«

»Hör nicht auf ihn«, bat Helen Carmen lachend. »Es ist eine Lifestyle-Show. Darin wird gekocht, es gibt Beiträge über die Bewirtung von Gästen, Inneneinrichtung, lauter Sachen dieser Art. Nichts wirklich Berauschendes, aber ...«

»Stell dein Licht nicht unter den Scheffel, Helen«, bat Lorcan die Schwägerin. »Wenn zum Beispiel der Rauch deiner selbst gemachten Duftkerzen durchs Zimmer weht ...«

Währenddessen fragte Conor Kate nach ihren Karriereplänen aus. »Also, was steht bei dir als Nächstes an?«

Kate traute sich nicht zu sagen, dass sie keine Pläne hatte, deshalb erklärte sie ihm möglichst gut gelaunt: »Montag machen Freddie und ich bei *Northsiders* mit.«

»Okay.« Conor klang nicht wirklich überzeugt. »Das ist, wie viel, ein halber Tag?«

Sie hätte wissen sollen, dass er sich nicht so einfach abspeisen lassen würde, und murmelte verschämt: »Vielleicht ist es sogar ein ganzer Tag.« Conor meinte es nur gut, aber er gab ihr immer das Gefühl, dass sie eine Idiotin war.

»Ich meine, was hast du für langfristige Pläne?«

»Ich werde mich bei einer Zeitarbeitsfirma anmelden, während ich mich umsehe.«

»Lass das arme Mädchen doch in Ruhe«, kam ihr Helen zu Hilfe. »Schließlich ist sie gerade erst aus Afrika zurück.«

Die traurige Wahrheit war, dass Kate karrieremäßig eindeutig das schwarze Schaf in der Familie war. Nach ihrer Ausbildung zur Köchin hatte sie sich die Karriereleiter stetig hinuntergearbeitet und eine Reihe kurzfristiger Jobs ohne Zukunftsaussichten gehabt, bei denen sie hatte kochen können, ohne dem Druck einer Restaurantküche ausgesetzt zu sein. Kochen war ihre Leidenschaft, aber die meisten professionellen Küchen – riesige, hektische Orte, an denen größenwahnsinnige Tyrannen herrschten – machten ihr eine Heidenangst. Weshalb sie zwischen den diversen Küchenjobs als Serviererin gelegentliche Jobs als Caterer für irgendwelche privaten Feste und als Komparsin irgendwelcher Fernsehserien annahm, um über die Runden zu kommen.

»Helen könnte ein gutes Wort bei ihrem Produzenten für dich einlegen«, bot Conor ihr jetzt an. »Sie sind immer auf der Suche nach Leuten für irgendwelche neuen Kochshows – schließlich sind die augenblicklich total in.«

»Oh ja«, stimmte ihm Helen zu. »Und auch in meiner eigenen Sendung würde ich bestimmt noch einen Platz für dich finden.«

»Da siehst du's«, meinte Conor mit seiner Wieder-ein-Problem-gelöst-Stimme. »Du könntest in Helens Sendung auftreten und dir dort ein eigenes Publikum aufbauen.«

Warum, fragte sich Kate, gingen alle in ihrer Familie davon aus, dass sie Publikum haben wollte? »Ich will gar kein Publikum haben, Conor. Ich bin Köchin, keine Entertainerin.«

»Das ist heutzutage doch dasselbe, oder nicht? Mach deinen Namen im Fernsehen bekannt, und dir gehört die Welt. Danach könntest du machen, was du willst – Bücher schreiben, ein eigenes Restaurant eröffnen, was auch immer.«

Wahrscheinlich würde er ihr gleich noch vorschlagen, für Kochtöpfe oder Fertigmahlzeiten zu werben, dachte Kate.

»Und du schaust fantastisch aus – schlank, aber zugleich auch üppig. Du hast genau die richtige Menge an Kilos abgenommen, um noch so auszusehen, als ob dir deine eigene Küche schmeckt. Schließlich heißt es immer, dass man einem dünnen Koch nicht trauen soll.«

Kate war klar, dass Conor ihr nur schmeicheln wollte, doch sie musste zugeben, er machte seine Sache wirklich gut.

Fast fing sie an zu glauben, sie könnte die nächste Nigella Lawson werden, sich in einem tief ausgeschnittenen Oberteil über ihre Töpfe beugen, Soße von den Fingern lecken und verführerisch in die Kamera lächeln, während sie einen Braten aus dem Ofen zog. Aber das war eben Conors Stärke – er brachte immer das Beste in den Menschen zum Vorschein und sie dazu, nicht nur an sich selbst zu glauben, sondern auch andere dazu zu bewegen, das zu tun. Und seinem tyrannischen Charme verdankte er auch seinen eigenen Erfolg als Theaterproduzent.

Völlig unerwartet half ihr plötzlich Carmen aus der Patsche, denn sie riss die Augen auf und rief: »Mein Gott! Ist das etwa Phoenix?«

Sie folgten ihrem Blick in Richtung Tür, durch die Phoenix, Irlands größter Rockstar, in Begleitung seiner wunderschönen ägyptischen Gattin Summer, eines wirklich scharfen, schmalhüftigen Supermodels, den Raum betrat. Ein aufgeregtes Raunen ging durch die Gästeschar, und alle drehten sich nach ihnen um. Als Sänger der Walking Wounded war Phoenix das sichtbarste Bandmitglied und wahrscheinlich der bekannteste Ire der Welt, die legendären Ausschweifungen seiner Bandkollegen Rory und Owen Cassidy hatten hingegen die Namen der beiden in der letzten Zeit öfter als den seinen in die Schlagzeilen gebracht. Direkt hinter Summer und ihm kam das unsichtbarste Bandmitglied, seine kleine Schwester Georgie, die Drummerin. Während sich die anderen Gäste alle Mühe gaben, möglichst cool zu wirken und zu tun, als hätten sie sie nicht bemerkt, bauten sie sich in einer Ecke auf.

»Ihr kennt sie?«, wollte Carmen wissen.

»Will ist der Manager der Band«, erklärte Lorcan ihr.

Sämtliche Gäste führten sich wie schlechte Komparsen auf, gaben vor, in Gespräche vertieft zu sein und die Stars in ihrer Mitte gar nicht wahrzunehmen, warfen ihnen jedoch ein ums andere Mal verstohlene Blicke aus den Augenwinkeln zu. Deshalb blieb auch niemandem verborgen, dass einen Moment später Rory und Owen Cassidy mit ihren Freundinnen erschienen und die Gruppe in der Ecke vergrößerten. Sie alle waren vollkommen normal gekleidet, sahen aber trotzdem deutlich glamouröser als die anderen Gäste aus. Im Vergleich zu ihnen schauten alle anderen entweder entsetzlich altbacken oder übertrieben aufgetakelt aus.

»Ich weiß nicht, warum sie eingeladen worden sind«, stellte Conor fest. »Tom war ab und zu mit ihnen in der Kneipe, allerdings stehen sie einander nicht wirklich nahe.«

»Rachel wollte einfach was Besonderes«, bemerkte Helen kühl. »Sie verleihen der Feier eine gewisse Coolness und erhöhen ihre Chancen, dass über die Hochzeit in den Klatschspalten der Zeitungen berichtet wird.«

Kate schüttelte den Kopf. »Die Frage ist doch wohl eher, warum sie gekommen sind.«

»Will meint, weil es umsonst zu essen und zu trinken gibt«, klärte Lorcan seine Schwester auf.

»Aber sie schwimmen doch im Geld – da brauchen sie doch nicht extra irgendwohin zu gehen, nur weil es da umsonst etwas zu futtern gibt.«

»Ah, man kann zwar das Kind aus der Mietskaserne holen, nicht aber die Mietskaserne aus dem Kind. Will meint, sie können ihre Abtrinkermentalität einfach nicht abschütteln.«

»Sieht aus, als hätte Phoenix eure neuen Haarschnitte kopiert.« Kate blickte ihren Bruder mit einem wissenden Grinsen an. »Also, weshalb habt ihr euch wirklich alle drei die Haare abrasiert? Dass Toms Idee gewesen ist, kaufe ich euch nämlich nicht ab.«

»Ich könnte es dir verraten, doch dann müsste ich dich

umbringen«, gab ihr Lorcan lachend zu verstehen, klärte sie dann aber trotzdem auf.

Da es noch kein Zeichen dafür gab, dass das Essen gleich beginnen würde, und da noch immer sämtliche Gäste um die Bar versammelt waren, bewaffnete sich Kate mit zwei weiteren Gin Tonics und machte pflichtbewusst die Runde bei sämtlichen Verwandten, die ausnahmslos von ihr wissen wollten, wann die nächste Einladung zu einer Hochzeit zu erwarten war. Mit vom vielen angestrengten Lächeln schmerzendem Gesicht beschloss sie, dass sie eindeutig noch nicht genug getrunken hatte, um diese Gespräche halbwegs heil zu überstehen, und glitt, um sich Nachschub zu besorgen, abermals in Richtung Bar.

Sie kochte, denn es war einfach entsetzlich ungerecht. Endlich hatte sie mal einen Freund, den sie den anderen unter die Nase halten konnte, und wenn sie ihn jetzt erwähnte, sahen sie sie an, als hätte sie sich diesen Kerl nur ausgedacht. Was nützte es ihr, einen Freund zu haben, wenn er sich bei Anlässen wie diesem nicht wie eine Trumpfkarte aus ihrem Ärmel schütteln ließ?

»Hallo, Kate«, riss ein vertrauter Bariton sie aus ihren ganz privaten Grübeleien.

»Will, hi.« Lächelnd drehte sie sich zu ihm um, und er neigte den Kopf und gab ihr einen freundschaftlichen Wangenkuss.

»Ich habe dich schon eine Ewigkeit nicht mehr gesehen«, meinte sie, und sofort wurde ihr klar, dass das völlig idiotisch klang. Schließlich hatten sie den ganzen Nachmittag zusammen in der Kirche und danach im Park beim Fotografen zugebracht. »Ich meine, du weißt schon, vor heute Nachmittag«, brabbelte sie. »Davor hatte ich dich eine Ewigkeit nicht mehr gesehen.«

Gott, was redete sie für ein dummes Zeug? Sie hatte eindeutig zu viel getrunken. Aber, dachte sie, vielleicht war das sogar gut – vielleicht lockerte der Alkohol sie ja ein wenig auf. Denn sie war ihm gegenüber auf eine absurde Weise scheu. Es war vollkommen idiotisch. Die Nacht nach dem Schulball lag inzwischen über zehn Jahre zurück, doch sie hatte das Gefühl, als ob sie jetzt noch zwischen ihnen stünde. Auch wenn sich Will wahrscheinlich nicht einmal daran erinnern konnte, was damals geschehen war.

»Du siehst fantastisch aus«, erklärte er.

»Danke.«

»Du hast abgenommen, stimmt's?«

»Es überrascht mich, dass du das bemerkst.«

»Steht dir wirklich gut.«

»Du solltest mich erst ohne dieses Kleid sehen.«

»W-was?«, stotterte Will.

Kate wurde puterrot. »Ich habe damit nicht gemeint – du weißt schon –, dass du mich nackt sehen solltest. Ich wollte damit einfach sagen, dass das Kleid so voluminös ist, dass es mich erstaunt, dass du gesehen hast, dass ich dünner geworden bin«, stammelte sie in dem verzweifelten Bemühen, ihr Gesicht zu wahren. Aber es war zu spät – Wills Lächeln machte bereits deutlich, dass ihm aufgefallen war, was für eine Närrin sie doch war.

Himmel, sie ist wirklich süß, ging es ihm durch den Kopf. Ich hätte wirklich nichts dagegen, sie ohne dieses Kleid zu sehen. Also bitte, sagte er sich streng. Er hatte diesen Weg schon einmal eingeschlagen – und auch wenn er keine Ahnung hatte, wie weit er damals gegangen war, hatte er doch hoffentlich daraus gelernt. Die O'Neills hatten ihn bei sich aufgenommen, als er vollkommen am Ende und auf sich allein gestellt gewesen war, und er dankte es ihnen dadurch, dass er scharf auf das Nesthäkchen der Familie war.

»Ich habe gehört, was mit Toms Haar geschehen ist«, erzählte Kate. »Es war wirklich nett von euch, dass ihr euch aus Solidarität ebenfalls die Haare abgeschnitten habt.«

»Tja, wir konnten den armen Kerl doch nicht im Stich lassen.«

»Sieht wirklich cool aus.« Sie zeigte auf seinen kahl rasierten Kopf. »Steht dir.«

Will lächelte ein wenig schief. »Es wirkt längst nicht mehr so cool, seit Phoenix auf der Bildfläche erschienen ist. Jetzt schauen wir drei wie Möchtegernrocksänger aus.«

»Auf jeden Fall sieht's besser aus als das hier.« Kate wies auf ihr eigenes kastanienbraunes Haar, das einen blumengeschmückten Turm auf ihrem Schädel bildete. »Es tut richtig weh. Ich wünschte, ich könnte es endlich wieder offen tragen.«

»Die Fotos sind gemacht, es ist also bestimmt okay, wenn du das machst.«

»Oh, ich dürfte es bestimmt, nur glaube ich nicht, dass das so einfach geht. Selbst wenn ich all die Nadeln und das andere Zeug rausziehen würde, würde es bestimmt genauso stehen bleiben, wie es ist. Ich glaube, der Friseur hat irgendeine Art All-Wetter-Beize draufgesprüht. Damit übersteht diese Frisur wahrscheinlich sogar einem Wirbelsturm.«

»Wirkt ziemlich ... stabil.«

»Das ist genau das, was jede Frau sich wünscht – stabiles Haar.«

»Nun, ich gehe besser los und sage Phoenix und den Jungs Hallo. Warum kommst du nicht mit, und ich stelle sie dir vor?«

»Oh, ich bin mir sicher, dass sie keine große Lust haben, von jedem in ein Gespräch verwickelt zu werden«, meinte Kate.

»Sie werden nicht gerade von bewundernden Fans belagert«, antwortete Will. »Alle sind so damit beschäftigt, sich ihnen ja nicht aufzudrängen, dass bisher niemand auch nur ein Wort mit ihnen gewechselt hat.«

»Trotzdem ...«

»Komm schon«, lockte Will und reichte ihr die Hand. »Ich werde ihnen sagen, dass das nicht deine echten Haare sind«, stichelte er, als sie noch immer zögerten, zog sie dann einfach in Richtung seiner Band, und sie ließ es geschehen. Schließlich würden alle anderen sie beneiden, wenn sie gleich mit diesen coolen Typen spräche, dachte sie. Und, noch besser, Brian war ein echter Walking-Wounded-Fan und würde sicher grün vor Neid, wenn sie ihm erzählte, dass sie mit ihnen zusammen gewesen war. Geschähe ihm ganz recht, denn er hatte sie ja gnadenlos im Stich gelassen, indem er statt auf diese Feier zu dem blöden Schrei-Workshop gegangen war.

Es fühlte sich unwirklich an, mit so vielen berühmten Leuten – vor allem mit einem Idol wie Phoenix – zusammenzustehen. Bisher hatte sie diese Menschen nur zweimal auf einem Konzert gesehen, nachdem Lorcan und sie von Will mit VIP-Karten versorgt worden waren.

»Also, Leute, das ist Kate«, verkündete Will und fügte wie versprochen noch hinzu: »Das Haar ist nicht von ihr – das hat ihr ein Alien über den Kopf gestülpt.«

»Hi, Kate.« Lächelnd schüttelte Phoenix ihr die Hand. Das Lächeln seiner Frau war etwas angespannt, doch ihre Augen strahlten Wärme aus.

Aus der Nähe sahen Phoenix' leuchtend blaue Augen sogar noch leuchtender aus, vor allem mit dem kahl rasierten Kopf. Summer hatte sich dicht neben ihm aufgebaut, und er sprach so leise, dass Kate sich nach vorne beugen musste, um ihn zu verstehen, verströmte dabei aber ein Charisma, das beinahe mit Händen greifbar war. »Und was ist mit dir passiert?« Er wies auf den Kopf von Will. »Wurde dein Haar von Aliens entführt?«

»Das ist eine lange Geschichte«, setzte Will mit wehmütiger Stimme an, stellte dann allerdings erst einmal die anderen Bandmitglieder mitsamt ihrem Anhang vor. »Das hier sind Rory, Tessa, Georgie ...«

Owen war in natura fast noch attraktiver als auf all den Bildern in den Zeitungen. Er hatte einen wilden Mopp dichten rabenschwarzen Haars und von langen, dichten Wimpern eingerahmte, derart dunkle Augen, dass man die Pupillen nicht mehr sah. Sein bleiches, ausgelaugtes Gesicht war unrasiert, drückte jedoch eine jungenhafte Unschuld aus, die in einem seltsamen Kontrast zu den dunklen Ringen unter seinen Augen stand.

Sein älterer Bruder Rory hatte ein zerfurchtes, vorzeitig gealtertes Gesicht und müde Augen, die ihn deutlich älter wirklich ließen, als er war. Die zierliche Blondine, die an seinem Arm hing, hatte Kate bereits erkannt. Es war Tessa Bond, eine englische Fernsehmoderatorin und eine nicht nur Wärme, sondern Hitze suchende Rakete mit einem substanzlosen, übersprudelnden Naturell. Rory und sie wirkten nicht gerade wie das ideale Paar.

Georgie nickte ihr zu, wandte sich dann aber sofort schüchtern ab. Sie war ein winziges, mürrisch dreinblickendes Mädchen mit einer Wolke weichen dunklen Haars und riesengroßen grünen Augen, das sein bezauberndes Äußeres hinter hässlichen Klamotten und aggressiver Körperkunst in Form zahlreicher Piercings und Tätowierungen verbarg. Sie trug schlabberiges Sportzeug, und ein juwelenbesetzter Nabelring schien ihr einziges Zugeständnis an den festlichen Anlass zu sein.

Will geriet ins Stottern, als er zu Owens Freundin kam, einem hübschen blonden Mädchen, dem er nie zuvor begegnet war und das er sicher nicht noch einmal wiedersehen würde. Denn der gute Owen war zwar durchaus nett zu seinen Freundinnen, hatte allerdings die Aufmerksamkeitsspanne eines Vierjährigen mit ADHS. Doch zumindest hatte er einen besseren Geschmack als sein Bruder Rory, dachte Will.

»Dies ist Fiona«, stellte Owen Kate die junge Dame vor. »Und ich bin Owen.« Er hob abwechselnd eine Flasche Jack Daniel's an den Mund oder zog an einer Zigarette, aber sein Lächeln gab Kate das Gefühl, als wäre sie Angelina Jolie.

»Oh ja, ich weiß«, kicherte sie.

»Um Gottes willen, mach die Zigarette aus, Owen«, wies Will ihn an. »Du weißt, dass Rauchen hier drin verboten ist.«

»Oh, kein Problem«, entgegnete Owen, während er genüsslich weiter an der Selbstgedrehten zog. »Das ist kein Nikotin.«

»Nun, das ist nirgendwo erlaubt«, klärte Will ihn böse auf. »Und das war es auch noch nie.«

»Oh, richtig.« Gehorsam drückte er die Kippe aus.

Tessa musterte Kates Frisur und setzte ein selbstzufriedenes Lächeln auf.

»Mach dir keine Gedanken wegen deiner Haare, Kate«, beruhigte Owen sie. »Tessas Mund ist schließlich auch nicht echt. Sie hat ihre Lippen einem Schnabeltier im Zoo geklaut.«

Tessa bedachte ihn mit einem mörderischen Blick, aber Kate war die Einzige, die dämlich genug war zu lachen, und wurde dafür mit einem noch todbringenderen Blick der Widersacherin belohnt.

»Also, was machst du im Moment, Tessa?«, lenkte Will sie eilig ab.

»Auch wenn du es bestimmt nicht glaubst, nächste Woche bringe ich ein Buch heraus.« Sie sah ihn mit einem strahlenden Lächeln an, denn schließlich stand sie jetzt wieder im Mittelpunkt. »Stell dir vor, ich und ein Buch. Und es sind nicht nur Bilder, es hat sogar Wörter drin und so.« Sie kicherte kokett.

»Und was ist das für ein Buch?«

»Tja, es geht darin um die Reise, die ich in den letzten Jahren angetreten habe, und die Dinge, die ich über mich herausgefunden ...«

»Es ist ein Diätratgeber«, fiel ihr Rory tonlos ins Wort.

»Es geht nicht um eine Diät«, verbesserte ihn Tessa scharf. »Sondern um einen Ernährungsplan fürs Leben.«

»Oh, das ist ... ähm ... natürlich ein völlig neues Konzept«, erklärte Will.

Kate musste ein Schnauben unterdrücken.

»Ja, und es geht dabei auch um meine persönliche Geschichte, um die Reise, die ich gemacht, und das, was ich dabei über mich herausgefunden habe.«

»Aha.« Will nickte höflich mit dem Kopf. »Klingt fantastisch!«

»Oh ja, nach einem echten Bestseller«, murmelte Owen, während Phoenix etwas von einem Sitzplatz murmelte und die Gruppe verließ. Als auch Tessa und Rory sich zum Gehen wandten, um etwas zu trinken aufzutreiben, spitzte Owen hinter Tessas Rücken den Mund und erklärte Kate in verschwörerischem Ton: »Damit hast du dir eine Feindin fürs Leben gemacht, Kate. Und was ist mit dir, du widerlicher Schleimer?«, wandte er sich spöttisch an Will. »Ich hatte schon Angst, dass ich dich nur noch an deinem großen Zeh wieder aus ihrem Hintern ziehen kann, so wie du ihr in den Arsch gekrochen bist.«

»Bin ich nicht! Ich war einfach höflich.«

»Ich verstehe wirklich nicht, was Rory mit ihr macht«, fuhr Owen fort.

»Ich kann mir nicht vorstellen, dass es lange hält«, bemerkte Will. Schließlich waren Tessas Beziehungen nicht gerade für ihre Langlebigkeit bekannt.

»Sei dir da mal nicht so sicher«, meinte Owen düster. »Ich glaube, dass Rory auf der Suche nach einer Vaterfigur ist.«

»Einer Vaterfigur? Tessa?«

»Ja. Du weißt schon – jemand, der dir sagt, dass du das Letzte bist, und dich regelmäßig vertrimmt.«

Tom und Rachel hatten so lange für Fotos posiert, dass die Gäste bereits halb betrunken waren, bis man sie endlich zum Essen bat. Während alle in den Ballsaal gingen und sich setzten, stellte Helen ausnehmend verärgert fest, dass die Walking Wounded einfach einen Tisch besetzt hatten, wodurch der Sitzplan, über dem die Braut und sie wochenlang gebrütet hatten, völlig durcheinandergeraten war.

Und sie war nicht die Einzige, die sich an der Platzverteilung störte.

»Phoenix sollte neben mir sitzen«, beschwerte Tina sich bei Will. »Ich kann einfach nicht glauben, dass er mich im Stich gelassen hat, um mit seiner Band zusammen zu sein. Erst du und jetzt auch noch er. Ich weiß wirklich nicht, warum ich überhaupt gekommen bin.«

»Ich lasse dich nicht im Stich. Ich bin der Trauzeuge. Deshalb muss ich beim Brautpaar sitzen.«

»Während ich mich neben irgendeinen Fremden hocken kann!«

Helen, die in diesem Augenblick vorbeikam, hörte diesen Satz. »Tut mir leid, Tina«, erklärte sie. »Aber ich kann es nicht ändern. Deine Horde hat uns ganz schön in die Bredouille gebracht, Will.«

»Ihr hättet wissen müssen, dass sie unzertrennlich sind«, antwortete Will ihr kühl. »Und sag mir bitte, dass du nicht versuchen wolltest, Georgie mit jemandem zu verkuppeln.«

Helen lächelte schuldbewusst. Sie war eine begeisterte Kupplerin und leitete einfach als Hobby einen Single-Club, denn sie hatte das ehrliche Verlangen, andere ebenso glücklich unter die Haube zu bringen, wie sie selbst es schon seit Jahren war. »Und noch eins.« Sie beugte sich zu ihm vor und flüsterte ihm zu: »Ich glaube, Owen und sie koksen.«

»Davon gehe ich aus«, stimmte Will ihr unumwunden zu. »Und sie sind ganz sicher nicht die Einzigen.«

»Ja, aber ich meine, sie tun es an ihrem Tisch, wo es jeder sehen kann.«

»Was?« Will entfuhr ein Stöhnen, und er wünschte sich, die Leute lüden seine Band nicht ständig auf irgendwelche Feste ein und erwarteten von ihm, er würde dafür sorgen, dass die Horde sich benahm. Schließlich hatte er Rachel deutlich zu verstehen gegeben, dass er für seine Truppe nicht verantwortlich wäre, wenn sie sie einlud. Doch hier ging es um mehr, als darauf zu achten, dass es keinen Eklat auf Rachels Hochzeit gab. »In Ordnung, ich werde mit ihnen reden.«

»Danke.« Damit wandte sich Helen wieder Tina zu. »Ich habe Kates Freund Freddie neben dich gesetzt«, erklärte sie, legte eine Hand in Tinas Rücken und führte sie entschlossen an den Tisch.

Will ging währenddessen an den Tisch der Band. Tatsächlich hatte Owen seine gesamte Ausrüstung vor sich auf die Tischdecke gelegt, und Georgie und er zogen deutlich sichtbar ein paar Lines. »Um Gottes willen, Owen, pack das Zeug bloß wieder weg«, herrschte er ihn ungeduldig an. »Wenn du es schon nehmen musst, geh wenigstens aufs Klo!«

»He, reg dich ab, Will«, meinte Owen gut gelaunt. »Dies ist schließlich ein privates Fest.«

»Na und? Sicher weißt selbst du, dass dieses Zeug verboten ist!«

»Ja, aber wir sind doch unter Freunden, oder nicht? Wer sollte uns da schon verpfeifen?«

»Dann kennst du also jeden Ober und jede Serviererin persönlich?«, fragte Will zurück.

»Nein, aber ...«

»Denn du kannst dir verdammt sicher sein, dass sie wissen, wer du bist. Und sie werden nicht so gut bezahlt, dass sie die Kohle nicht gebrauchen könnten, die sie von den Journalisten angeboten kriegen, wenn sie ihnen eine Geschichte von dir und deinem Stoff auftischen.«

»Oh ... richtig. Tut mir leid.« Er nahm das Zeug vom Tisch und steckte es in seine Tasche. »Übrigens steht dir der Kojak-Stil nicht schlecht. Echt cool.«

»Danke.« Will lachte leise auf. Es war einfach unmöglich, auf Owen lange wütend zu sein.

Doch gerade als er sich wieder zum Gehen wenden wollte, erhob Owen sich von seinem Platz, nahm Georgies Hand und marschierte Richtung Tür.

»Owen.« Er zog ihn zurück. »Das Männer-Klo.«

Owen drehte sich um und sah Georgie mit einem entschuldigenden Lächeln an. »Tut mir leid, Babe, wird nicht lange dauern.«

Fiona verfolgte traurig das Geschehen und schaute aus, als wünschte sie sich, Owen hätte sie gebeten, mit ihm auf die Toilette zu gehen. Am liebsten hätte Will zu ihr gesagt, es gäbe keinen Grund zur Eifersucht, doch das war nicht wahr. Jede Freundin von Owen musste sich daran gewöhnen, die zweite Geige hinter Georgie Holland zu spielen, weil es zwischen den beiden eine ganz besondere, weit über Sex hinausgehende Verbindung gab.

Nachdem Owen den Saal verlassen hatte, verschränkte

Will die Arme vor der Brust und blickte Georgie drohend an. »Denk am besten nicht einmal daran, ihm hinterherzugehen«, warnte er und fügte, als er ihre rebellische Miene sah, in strengem Ton hinzu. »Also, nun mach mal halblang, ja?«

»Sorry, Will«, gab Georgie nach.

»Das Zeug ist sowieso nicht gut für dich. Ich dachte, du hättest damit aufgehört.«

»Habe ich auch – mehr oder weniger«, erklärte sie, schaute ihn dabei aber nicht an.

Will blickte auf Summer, die hilflos die Augenbrauen hochzog und mit ihren Schultern zuckte, woraufhin er neben Georgie Platz nahm.

»Wie geht es dir?«

»Ich bin okay.« Sie zog mit einem Finger Kreise auf der Tischdecke.

»Wirklich?«

»Ja, es geht mir gut.« Jetzt sah sie ihn mit einem unsicheren Lächeln an. »Mir fehlt es einfach, auf Tournee zu sein.«

»Ich weiß.«

Georgie war die Einzige der Band – wahrscheinlich die Einzige in allen Bands –, die es liebte, auf Tournee zu gehen. Sie liebte es, dass sie dann alle im Bus, in den Hotelzimmern und auf den Flügen aufeinanderhockten, liebte es, dass immer jemand in der Nähe war, wenn sie ihre Albträume bekam. Und vor allem wurde sie aufgrund der Hektik während der Tourneen kaum von Albträumen geplagt, denn sie machte nachts kein Auge zu und schlief dafür einfach am Tag. Und es war deutlich einfacher zu schlafen, wenn es um sie herum nicht dunkel war.

»Tja, bald geht's in die Toskana.«

»Darauf freue ich mich schon total.« Jetzt strahlte sie über das ganze Gesicht. »Das war echt eine super Idee von dir.«

Fiona sah noch immer vollkommen verloren aus, bemerkte Will. Er beneidete niemanden, der versuchte, in die eingeschworene Vierergruppe einzudringen, die die Band von Anfang an gewesen war. Es war nicht so, als ob sie anderen Menschen gegenüber feindselig gesonnen wären, doch sie brauchten sie ganz einfach nicht. Sie waren autonom und nie zufriedener und entspannter, als wenn sie allein waren, dann mussten sie nämlich niemals etwas erklären oder rechtfertigen, wer oder wie sie waren.

Beide Geschwisterpaare stammten aus Familien mit nur einem Elternteil. Georgie und Phoenix (mit bürgerlichem Namen Peter) waren nach dem Tod der Mutter von ihrem Vater großgezogen worden, und Owen und Rory von der Mutter, nachdem der Vater eines Tages nicht mehr heimgekommen war. Sie waren als Nachbarn aufgewachsen, und die Armut und der unversöhnliche Hass auf ihre jeweiligen Väter hatten sie vereint. Die Cassidy-Brüder hatten ihren alten Herrn gehasst, weil er ihre Mutter mit zwei kleinen Kindern im Stich gelassen hatte und einfach gegangen war, während Georgie und Phoenix der Gewalt des trunksüchtigen Vaters und, wie Will vermutete, im Fall des Mädchens noch Schlimmerem, ausgeliefert gewesen waren.

Als die drei Jungs beschlossen hatten, eine Band zu gründen, hatten sie Georgie, ohne sie auch nur zu fragen, zwei Trommelstöcke und ein Buch für Selbstlerner besorgt, ihr befohlen, jeden Tag zu üben, und sie dann in die Gruppe integriert, wo sie ein Auge auf sie haben und zugleich auch jede Chance zunichtemachen konnten, dass sie irgendwann mal einen Partner fand. Alle drei hatten den vehementen Wunsch, sie zu beschützen, und Will hatte schon oft gedacht, dass die Art, wie sie sich auf der Bühne aufbauten, symbolisch für ihr Beziehung war: Georgie gut versteckt im Hintergrund hinter den riesigen Drums, während Owen und

Rory drohend vor ihr ihre Gitarren schwenkten und Phoenix ganz vorn stand und jeden herausfordernd ansah, der ihnen zu nahe kam.

Musikalisch war die junge Frau das schwächste Glied der Band. In ihrer Anfangszeit hatte sie derart schlecht gespielt, dass mehrere Plattenfirmen vorgeschlagen hatten, sie durch jemand anderen zu ersetzen. Stattdessen hatten sie die Plattenfirmen getauscht und Georgie weiter zum Schlagzeugunterricht geschickt. Sie würde niemals eine wirklich gute Drummerin, aber jeder, der die Gruppe kannte, wusste, dass es ihnen um viel mehr ging als nur die Musik. Die Band war ihr Rettungsboot, und sie würden niemanden aus der Familie jemals über Bord werfen.

»Los, erfüll deine Pflicht als Trauzeuge.« Jetzt lächelte ihn Georgie an. »Mach dir um mich keine Gedanken.«

»Mach sie fertig, Glatze«, meinte Owen, als er Will auf dem Weg vom Klo entgegenkam.

Inzwischen hatte sich Grace' Schwester Iris, keine große Freundin übertriebenen Benimms oder aufgesetzter Coolness, auf den freien Platz am Walking-Wounded-Tisch gesetzt, denn ihr war der Sitzplan ebenso egal wie den Bandmitgliedern, und sie hatte sich gar nicht erst die Mühe gemacht zu gucken, welcher Platz für sie bestimmt gewesen war. Sie wusste ganz genau, was für fürchterliche Langweiler Helen für die passende Gesellschaft für eine sechzigjährige Witwe hielt. Helen meinte es nur gut, aber diese Jungs versprachen jede Menge Spaß und waren deshalb viel eher nach ihrem Geschmack.

Tessa starrte sie mit großen Augen an, als wäre sie ein Käfer, der durch ihren Salat gekrabbelt war.

Owen hingegen wirkte amüsiert. »Hi, ich bin Owen«, stellte er sich vor und gab ihr mit blitzenden Augen die Hand.

Was für ein hübscher Kerl. Ach, wäre ich doch vierzig Jahre jünger!, ging es Iris durch den Kopf.

»Sie kommen mir bekannt vor, meine Liebe«, sagte sie zu Tessa. »Habe ich Sie vielleicht schon mal im Fernsehen gesehen?«

Tessas Miene hellte sich sichtlich auf. Vielleicht war diese alte Schachtel doch nicht so verkehrt. »Das könnte durchaus sein. Ich bin Tessa Bond«, stellte sie sich begeistert vor.

Iris schaute sie mit einem leeren Lächeln an. »Oh, dann sind Sie nicht die, die ich dachte«, meinte sie.

»Wer dachten Sie denn, dass sie ist?«, fragte Owen, dem das Blitzen in Iris' Augen nicht verborgen geblieben war.

»Wie heißt noch mal diese Frau, die oben ohne gärtnert – Sie wissen schon, die mit dem strubbeligen Haar?«

Georgie prustete fröhlich in ihr Bier, und Owen brach in brüllendes Gelächter aus.

»Sie hat irgendeinen Männernamen – Jim oder Fred oder so«, fuhr Iris fort.

»Charlie Dimmock.« Tessa wurde dunkelrot vor Wut.

»Oh ja, genau die meine ich!«

Owen liebte diese fremde Frau.

»Ich sehe kein bisschen wie die verdammte Charlie Dimmock aus!«, stieß Tessa mit zornentbrannter Stimme aus.

»Tessa gärtnert nicht oben ohne«, erklärte Owen hilfsbereit. »Sie moderiert eine Gameshow im Fernsehen. Außerdem bringt sie nächste Woche ein Diätbuch raus.«

»Es ist kein Diätbuch«, setzte Tessa Iris mit einem steifen Lächeln in Kenntnis. »Es geht darin mehr um einen Plan für gesunde Ernährung. Diät ist ein so negatives Konzept – dabei geht es immer nur darum, sich irgendetwas zu versagen. Bei meinem Plan geht's darum, wie man seine Essgewohnheiten auf Dauer positiv verändern kann.«

»Das klingt wirklich interessant.« Iris riss den Mund zu

einem Gähnen auf. »Befolgen Sie diese Diät auch selbst, meine Liebe?«

»Ich mache keine Diät. Es ist ein Plan für gesunde Ernährung. Und ja, ich befolge ihn auch selbst.«

»Sie Arme«, meinte Iris, während sie ihr Brötchen dick mit Butter bestrich. »Ich habe Glück – ich konnte immer essen, was ich wollte, und habe nie auch nur ein Gramm zugelegt.«

»Super.« Owen sah sie grinsend an.

»Die pummeligen Mädchen, die ständig Diät machen mussten, haben mir immer leidgetan – muss doch sterbenslangweilig sein. Und es macht einen auch zu einem langweiligen Menschen, finden Sie nicht auch?«

Tessa wusste nicht mehr, was sie sagen sollte. Sie schnappte nach Luft wie ein Fisch an Land, und ihr Gesicht war eine Maske derart ungezügelten Zorns, dass eine andere Frau als Iris wahrscheinlich furchtsam zusammengefahren wäre. Iris hingegen war auch weiterhin die Ruhe selbst.

»Ich bin nicht pummelig.« Tatsächlich hatte sie sich durch zahlreiche fade Diäten fast bis an den Rand der Bulimie gebracht, passte dafür aber jetzt statt in eine bereits durchaus schlanke Kleidergröße 38 in Größe 32, die praktisch Anorektikerinnen vorbehalten war.

»Nein, natürlich nicht«, pflichtete ihr Iris bei. »Ihre Diät hat offenkundig Wunder bei Ihnen bewirkt – Sie sind selbst die beste Werbung für Ihr Buch.« Sie sah Tessa mit einem herablassenden Lächeln an. »Es wird sicher ein echter Verkaufsschlager.«

Wieder lachte Owen brüllend los. Die Alte war einfach der Hit!

Unbeeindruckt von Tessas mörderischem Blick stellte Iris sich den anderen vor. »Ich bin Rachels Tante mütterlicherseits«, erklärte sie.

»Wer ist Rachel?«, raunte Owen Rory zu.

»Was weiß denn ich?«

»Wir sind hier auf Rachels Hochzeit!«, fauchte Tessa. »Und die dreitägige Sauftour, auf der ihr alle wart, war der Junggesellenabschied des Bräutigams.«

Owen bedachte sie mit einem kalten Blick. »Das war keine Sauftour. Ich gehe nicht auf Sauftouren. Ich befolge nur meinen Getränkeplan fürs Leben«, verbesserte er sie und prostete ihr gut gelaunt mit seiner Whiskeyflasche zu.

Nachdem die endlosen Reden, Toasts und Vorträge vorüber waren und die Hochzeitstorte angeschnitten war, begann endlich das Amüsement.

»Uh, das war ja endlos«, stöhnte Kate, als sie Freddie fand. »Wenn ich nicht bald ins Bett komme, fallen mir vor lauter Schlafmangel die Augen hier im Ballsaal zu.« Bisher hatten Adrenalin und Alkohol sie aufrecht gehalten, doch das ging nur eine bestimmte Zeit. »Glaubst du, es ist aufgefallen, dass ich während der Reden eingeschlafen bin?«

»Du machst Witze, oder?«

»Nein … was willst du damit sagen?« Kate gefiel es nicht, mit was für einem Blick der Freund sie bedachte. »Freddie – was?«

»Oh, nichts. Es ist nur, als Will von der schönen Brautjungfer sprach, haben sich alle zu dir umgedreht und du …« Er zögerte und schaute sie grinsend an.

»Was?«

»Nun … du hast mit dem Gesicht auf deinem Teller friedlich vor dich hin gedöst.«

»Oh, mein Gott, Freddie!« Kate warf sich die Hände vors Gesicht.

»Du hast wirklich süß ausgesehen! Ist dir denn gar nicht aufgefallen, dass alle gelacht haben, als du die Augen wieder aufgeschlagen hast?«

»Doch, aber ich dachte, Will hätte etwas Witziges gesagt.«

»Er hat ein paar sehr nette Dinge über dich gesagt!«

»Oh, das musste er ja wohl«, tat Kate die Worte ihres Mitbewohners ab. »Schließlich steht es im Regelwerk für Trauzeugen, dass sie sagen müssen, die Brautjungfer wäre schön, selbst wenn sie die reinste Vogelscheuche ist. Und interpretier es bloß nicht über, wenn er mich zum Tanzen auffordert, denn auch das gehört einfach dazu. Ich wünschte mir, er würde es nicht tun – es ist einfach furchtbar erniedrigend.«

»Zumindest durftest du mit diesem göttlichen Geschöpf am Tisch des Brautpaars sitzen. Ich hingegen hatte Tina neben mir, die tödlich beleidigt war, weil ich nicht Phoenix war, und auf der anderen Seite eine Frau, die mir endlos was von einer Hefeunverträglichkeit vorgejammert hat.« Es schüttelte ihn bei dem Gedanken daran.

»Das dürfte Rachels Freundin Karen gewesen sein. Sie scheint gegen jede der Menschheit bekannte essbare Substanz allergisch zu sein.«

»Was sie nicht daran gehindert hat, alles, was auf ihrem Teller war, sowie alles, was die anderen übrig gelassen haben, in sich reinzustopfen, als gäbe es kein Morgen mehr. Wobei sie ständig von ihren *Down-under*-Problemen sprach. Ich habe so getan, als würde ich denken, die Rede wäre von Australien.«

»Nein!«

»Bis ich zu weit gegangen bin und ihr erklärt habe, ich hätte ein paar der glücklichsten Momente meines Lebens *down under* zugebracht. Darauf hat sie mich mit einem plötzlich ungeheuer interessierten Blick bedacht.«

Kate kicherte vergnügt.

»Deine schrullige Tante hat den besten Platz im ganzen Saal erwischt.« Freddie blickte dorthin, wo die gute Iris neben Owen saß und zusammen mit ihm ein Glas nach dem anderen zu kippen schien.

»Ich bin mir nicht sicher, wer von den beiden diesen Wettbewerb gewinnt«, erklärte Kate.

»Und da kommt auch schon unser hübscher Kerl.« Freddie nickte dorthin, wo Will die Tanzfläche verließ. »Hast du was dagegen, wenn ich mein Glück versuche? Du willst ihn ja anscheinend nicht mehr.«

»Ich glaube wirklich nicht, dass er auf Männer steht, aber versuch es ruhig – er gehört ganz dir.«

»Ach, wenn es doch so wäre.«

Kate verfolgte ängstlich, wie Freddie wie ein übergroßer Welpe auf Will zuhüpfte. Heteromänner fanden ihn manchmal ein bisschen einschüchternd, vor allem, wenn er auf sie stand. Trotzdem empfand sie eine gewisse Eifersucht, als Will lässig eine Hand auf Freddies Schulter legte und die beiden anfingen zu plaudern, als hätten sie sich immer schon gekannt.

Nun, natürlich mag er Freddie, sagte sie sich schlecht gelaunt. Wer mag ihn wohl nicht? Schließlich ist er ein echt toller Kerl.

»Hallo, Kate.« Mary, eine ihrer Gin trinkenden Tanten aus Cork tauchte plötzlich vor ihr auf. »Was hast du denn so in letzter Zeit alles gemacht?«

»In den letzten drei Monaten habe ich in Afrika gearbeitet.«

»Oh, wie schön.« Mary fing an zu strahlen. »Und, hast du dort jemand Nettes kennengelernt?«

Kate dachte an all die Leute, denen sie auf ihrem Trip begegnet war – die fröhlichen, ungeheuer talentierten Fahrer, die Passagiere aller Altersklassen und Nationalitäten, mit denen sie sich teilweise angefreundet hatte, die flüchtigen Begegnungen mit freundlichen Einheimischen in den Städten und Dörfern, durch die sie gekommen war – doch sie wusste, dass die Frage ihrer Tante keinem dieser Menschen galt. Für sie war »jemand Nettes« irgendein noch ungebundener junger Mann, der vielleicht Interesse daran hätte, sie zu heiraten. »Nein, Mary. Ich habe niemand Netten kennengelernt.«

»Oje. Wie schade«, meinte Mary, klang aber nicht im Geringsten überrascht.

»Meine verfluchte Verwandtschaft«, tobte Kate, als Freddie wiederkam. »Ich könnte den Mount Everest erklimmen, und trotzdem würden sie nur wissen wollen, ob mir dort oben ›jemand Nettes‹ begegnet ist!« Allmählich fing die Hochzeit an, sie zu deprimieren, merkte sie. Und dann legte der DJ auch noch eine Schnulze auf, und überall um sie herum sanken sich die Paare in die Arme, wiegten sich langsam im Rhythmus der Musik und knutschten um die Wette.

»Dein Will ist wirklich supernett«, erklärte Freddie ihr.

»Das habe ich bereits des Öfteren gehört.« Kate verfolgte unglücklich, wie Tina ihn auf die Tanzfläche zog, sich in seine Arme schmiegte und ihn Sekunden später regelrecht verschlang.

»Alles in Ordnung, Kate?«

Sie merkte, dass ihre Augen voller Tränen waren. »Ich bin es einfach leid, ständig das Mauerblümchen zu sein, Freddie. Immer die Brautjungfer, aber nie die Braut. Alle sagen, eine Hochzeit ist ein toller Ort, um Männer kennenzulernen, doch das ist eindeutig nicht wahr.«

»Die ganze Romantik geht dir offensichtlich ziemlich nahe.«

»Achte einfach nicht auf mich. Ich habe zu viel getrunken und zu wenig geschlafen, das ist alles«, bat sie schniefend. »Ich brauche mein eigenes Bett und meine eigenen Kleider, weiter nichts.«

»Aber willst du denn Männer kennenlernen?«, fragte Freddie neugierig. »Was ist mit Brian?«

»Ja, was ist mit Brian? Wo zum Teufel steckt er, wenn ich ihn mal brauche? Ich meine, er hat mich seit drei Monaten nicht mehr gesehen und statt bei der ersten sich bietenden Gelegenheit angestürzt zu kommen, hat er einen verdammten Termin mit mir gemacht.«

»Also, wann wirst du ihn sehen?«

»Morgen Abend.« Sie stieß einen abgrundtiefen Seufzer aus.

»Du scheinst dich nicht sonderlich darauf zu freuen.«

»Doch, es ist nur so, dass ...«

»Dass du wegen dem Typen von *Down-under* Schuldgefühle hast?«

»Nein, nicht im Geringsten. Diesbezüglich bin ich völlig aus dem Schneider. Bevor ich losgeflogen bin, haben Brian und ich ausgemacht, dass wir eine Beziehungspause einlegen und jeder von uns auch mit anderen in die Kiste springen kann.«

»Ich nehme an, das war seine Idee?«

»Natürlich war das seine Idee. Was sonst? Ich glaube, er hat dabei an jemand Bestimmtes gedacht. Wahrscheinlich an eins von seinen Groupies oder so.«

»Er hat Groupies?«

»Oh ja, jede Menge. Du wärst überrascht.«

»Ich wäre sogar total baff.« Wenigstens war dieser Schuss des kleinen Wichsers eindeutig nach hinten losgegangen, ging es Freddie hämisch durch den Kopf. »Also, wenn es das nicht ist, was stört dich dann daran, ihn wiederzusehen?«

»Es ist nur, dass ich weiß, er würde dann wieder eine ernsthafte Diskussion über ›unsere Beziehung‹ – wo wir stehen, wohin wir gehen, bla, bla, bla – vom Zaun brechen, während ich einfach nett mit ihm zu Abend essen, eine Flasche Rotwein trinken und Willkommenssex zum Abschluss will. Ich hätte mir, während ich unterwegs war, Gedanken über ›unsere Beziehung‹ machen sollen. Nur wünschte ich mir einfach, er würde mir nicht immer das Gefühl geben, als hätte ich morgen eine Prüfung und nicht genug dafür geübt.«

»Mach dir nichts draus. Montag machen wir uns einen netten Abend auf der Couch. Ich fürchte, den Sex kann ich nicht bieten, aber eine Flasche Wein und eine Pizza kriege ich noch hin. Und dann können wir einen Dr.-McDreamy-Marathon starten – schließlich habe ich drei Monate *Grey's Anatomy* für dich aufgenommen.«

»Gott, Freddie, wenn du stattdessen mit mir in die Kiste steigen könntest, würde ich Brian sofort fallen lassen.«

In diesem Augenblick legte der DJ *Dancing Queen* von Abba auf, und Freddie reichte Kate die Hand. »Komm«, forderte er sie auf, »sie spielen mein Lieblingslied!«

»Und ich dachte, wir könnten das Gemälde deiner Mutter, das im Flur hängt, abnehmen.« Auf der Tanzfläche erklärte Tina Will ihre Pläne für die Einladung der Zeitschrift *Hello!* zu einem Interview mit ihr in seinem »eleganten Herrenhaus«.

»Aber ich liebe dieses Bild.«

»Es ist einfach entsetzlich düster!«

»Nun, sie hat es kurz vor ihrem Tod gemalt.«

»Oh.« Tina machte ein mitfühlendes Gesicht. »Nun, darüber können wir uns später unterhalten«, meinte sie beschwichtigend. »Ich dachte, dass ich im Wohnzimmer vor dem Kamin posiere. Da könnten wir das andere Bild von deiner Mutter, diese kleine Bleistiftskizze, aufhängen. Die liebe ich. Und da du dich weigerst, dich ablichten zu lassen, dachte ich, es wäre nett, wenn du wenigstens in Form von diesem Bild zu sehen wärst.«

Will schaute auf sie herab. »Ich weigere mich ja gar nicht, mich ablichten zu lassen.«

»Ach nein?« Tinas Miene hellte sich vor Freude auf.

»Nein. Du kannst meine Urne auf den Kaminsims stellen und ein Foto davon machen lassen. Oder du kannst meine Asche im Wohnzimmer verstreuen, und sie können ein Bild von mir auf dem Teppich machen.«

»Was?«

»Du kannst sie sogar zu meiner Beerdigung einladen, wenn du willst, und dort neben meiner Leiche posieren«, fuhr er mit gut gelaunter Stimme fort.

»Was zum Teufel willst du damit ...«

»Denn das ist der einzige Weg, auf dem *Hello!* über die Schwelle meines Hauses kommt«, erklärte er. »Über meine Leiche.«

»Gott, wie egoistisch du doch manchmal bist!« Tina funkelte ihn zornig an.

»Du brauchst diesen Artikel nicht.«

»Nein, aber ich will ihn haben, und ich kann einfach nicht glauben, dass du mir bei meiner Karriere nicht ein bisschen helfen willst.«

»Du brauchst auch meine Hilfe nicht. Das kriegst du völlig mühelos allein hin.«

»Nur gut, dass ich zumindest ein paar echte Freunde habe. Tessa hat mich mit ihrem Verleger – keinem Geringeren als Dev Tennant – bekannt gemacht, und er hat sich bereit erklärt, mich unter seine Fittiche zu nehmen.«

Na super, dachte Will. Wenn sich der berüchtigte Dev Tennant seiner Freundin angenommen hatte, wäre es endgültig um seine Privatsphäre geschehen.

Als Will zu seinem Pflichttanz mit der Brautjungfer erschien, war Kate dankbar, dass der DJ abermals zu langsamer Musik übergegangen war. Freddie und sie zogen regelmäßig durch die heißesten Clubs der Stadt, aber wenn ihr die Jahre der Schulbälle etwas bewiesen hatten, dann, dass niemand, der in einem Ballkleid ausgelassen durch die Gegend hüpfte, jemals cool aussah, und vor allem reichte ihre Energie nur noch für ein paar schlurfende Schritte, gestützt von einem Partner, aus.

Sie stand auf und merkte dabei, dass sie ernsthaft betrunken war. Der Raum drehte sich übelkeiterregend, und sie machte die Augen zu und schwankte, den Kopf gegen Wills Brust gelegt, im Rhythmus der Musik. Dabei hatten die Wärme seines Körpers und das gleichförmige Pochen seines Herzens etwas Tröstliches für sie.

»Alles in Ordnung, Kate?« Will runzelte die Stirn.

»Alles prima. Ich bin einfach total erledigt. Schließlich war ich gestern den ganzen Tag unterwegs.«

»Du zitterst.«

»Mir ist ein bisschen kalt – das liegt nur am Schlafmangel.«

»Hier.« Will zog seine Jacke aus, legte sie ihr um die Schultern und zog sie erneut an seine Brust.

Dann spürte sie seine Hand in ihrem Haar. Langsam und vorsichtig zog er die Nadeln aus ihrer Frisur. Was ist mit der Beize, dachte sie und geriet in Panik. Ich schaue bestimmt wie eine Vogelscheuche aus. Mühsam hob sie den Kopf und blickte ihn ängstlich an.

»Schon gut«, wurde sie von Will beruhigt. »Ich bausche deine Haare einfach etwas auf – du wirst nicht komisch aussehen, versprochen.«

»Mmm.« Kate schmiegte sich zufrieden wieder an ihn an. Nachdem er die Nadeln rausgezogen hatte, massierte er zärtlich ihren Skalp, und ihre Anspannung nahm etwas ab. Gott, das ist unglaublich sexy, dachte sie. Wäre ich doch nur richtig wach, um es zu genießen.

Das Nächste, was sie wusste, war, dass sie sanft geschüttelt wurde. »Kate?«

»Hm?« Sie machte die Augen auf und merkte, dass sie eingeschlafen war und sich nur noch auf den Beinen hielt, weil Will sie mit seinen Armen wie mit einem Schraubstock umklammerte. »Himmel, tut mir leid.«

»Du Ärmste bist ja wirklich vollkommen erschöpft.« Er bedachte sie mit einem sorgenvollen Blick und zog sie von der Tanzfläche. »Komm, ich bringe dich nach Hause.«

»Das ist nicht nötig. Ich kann auch einfach ein Taxi nehmen.«

»Red doch keinen Unsinn. Es macht wirklich keine Mühe. Und vor allem kann ich nicht zulassen, dass du in diesem Zustand Taxi fährst, nur ist anscheinend sonst noch niemand zum Aufbruch bereit«, fügte er trocken hinzu, als Grace als Anführerin einer kilometerlangen Polonaise auf sie zugesprungen kam.

»Aber was ist mit dir?«

»Ich hätte nichts dagegen, eine Zeit lang zu verschwinden. Wenn man nichts trinkt, sind solche Feiern nach den ersten zehn Stunden etwas anstrengend.« Tina saß zufrieden mit Summer und Phoenix in einer Ecke, und bevor sie ihn vermissen konnte, wäre er bereits wieder zurück.

»Nun, danke, das ist wirklich nett von dir. Ich käme wirklich gern ins Bett. Ich bleibe heute Nacht bei Mum und Dad.« Vor lauter Dankbarkeit war sie den Tränen nahe.

»Ich werde nur schnell deinem Vater sagen, dass ich dich nach Hause fahre.«

Kurz darauf war Will verschwunden, und Kate sank auf einen Stuhl, legte den Kopf auf den Tisch und spürte einen Moment später eine Hand in ihrem Genick. »Okay, wir können fahren.« Sie richtete sich mühsam wieder auf und sah sich um. »Oh! Du bist es.«

Nachdem Kate von Will zum Tanzen aufgefordert worden war, hatte Freddie keine Zeit verloren und sich sofort auf die Suche nach Jack O'Neill gemacht.

»Mr O., ich habe gute Nachrichten für Sie«, verkündete er gut gelaunt, erzählte Jack, was Kate über Brian gesagt hatte, und schloss triumphierend: »Ich glaube, dass seine Rolle bald aus der Serie gestrichen werden wird.«

In diesem Augenblick tauchte Will bei ihnen auf. »Jack, ich bringe Kate nach Hause. Sie ist vollkommen erledigt.«

Bravo, Kate, dachte ihr Freund erfreut.

»Okay, Will, danke.« Mit einem Mal aber erstarrte Jack vor Schreck.

»Oh mein Gott!« Freddie war seinem Blick gefolgt.

»Hätte ich mir denken sollen, dass er gerade noch im rechten Augenblick erscheint, um seine Haut zu retten.«

Ein großer blonder Mann zog Kate in seine Arme.

»Wer ist denn das?« Will blickte die beiden anderen Männer fragend an und sah, wie Freddie dachte, ziemlich angesäuert aus.

»Das ist der verfluchte Öko«, schnaubte Jack erbost.

»Wer?«

Freddie tätschelte Will die Schulter. »Das, mein lieber William«, erklärte er, »ist der Freund von Kate – der gefürchtete Öko.«

»Schnell – jetzt!«, lachte Kate, raffte so viel wie möglich von dem Kleid, und bevor es wieder aus dem Wagen quellen konnte, warf Will eilig die Tür ins Schloss. »Jetzt habe ich meinen eigenen Airbag«, scherzte sie, als sich Will hinter das Lenkrad schwang.

»Tut mir leid, dass es etwas gedauert hat«, sagte er und ließ den Motor an. »Aber als plötzlich dein Freund erschien, dachte ich, dass du mit ihm nach Hause fahren willst.« Er hatte sich im Hintergrund gehalten, bis Kate zu ihm gekommen war und von ihm hatte wissen wollen, ob sein Angebot, sie heimzufahren, noch gültig war.

»Oh nein, Brian wollte noch ein bisschen bleiben. Außerdem ist er mit seinem Rad gekommen.«

»Ah, okay.« Er lenkte den Wagen auf die Straße. »Und einen Motorradhelm hättest du mit der Frisur bestimmt nicht auf den Kopf gekriegt.«

»Fahrradhelm«, verbesserte ihn Kate.

»Wie bitte?«

»Fahrrad-, nicht Motorradhelm. Weil Brian nicht Motorrad, sondern Fahrrad fährt.«

»Oh! Aha.«

Kate musste ein Kichern unterdrücken, als sie Wills verblüffte Miene sah.

»Eigentlich wäre ich ja auch mit meinem Rad gekommen«, entschuldigte er sich. »Allerdings hatte es einen Platten, weshalb mir nur noch der Jaguar blieb.«

»Das freut mich ungemein.« Will sollte bloß nicht denken, sie wäre einer dieser grauenhaften Anti-Snobs, die auf andere heruntersahen, nur weil sie schicke Autos fuhren.

Mit einem zufriedenen Gähnen schmiegte sie sich in die weichen Polster, denn das sanfte Schnurren des Motors schläferte sie ein. Am Ende war es doch ein guter Tag gewesen, dachte sie. Brian hatte nicht bis morgen warten können, um sie endlich wiederzusehen. Er hatte ihr erklärt, sie hätte ihm fürchterlich gefehlt, und sie vor den Augen aller anderen sinnlich mitten auf den Mund geküsst. Sie hoffte nur, ihre verdammten Tanten hätten es gesehen. Und sie selber hatte es beruhigt, wie sehr sie sich gefreut hatte, als er erschienen war, und wie gut er ihr auch nach der wochenlangen Trennung noch gefiel. Er war wirklich furchtbar attraktiv – und vor allem ungeheuer sexy, ging es ihr durch den Kopf. Es hatte sie nicht einmal gestört, dass er noch hatte auf der Feier bleiben wollen. Er hatte einen anstrengenden Tag gehabt und wollte bei ein paar Drinks und auf der Tanzfläche relaxen. Außerdem bot ihm das Fest die Chance, ihre Familie besser kennenzulernen. Und dann würden er und ihre Sippe sicher vollkommen begeistert voneinander sein.

»Glaubst du, einer von uns sollte ihm sagen, dass er nicht unsichtbar ist?« Lorcan blickte zornig auf die Tanzfläche, wo sich Brian Brust an Brust mit einer äußerst gut bestückten jungen Dame wand.

Aus irgendeinem Grund war Freddie, der Brian ebenfalls mit einem bösen Blick bedachte, sauer, weil sich dieser blöde Kerl von einer Körbchengröße F anbaggern ließ. Flatterhaftes Weibsbild, dachte er.

»Ist ihm denn nicht klar, dass Kates gesamte Familie und alle ihre Freunde sehen können, was er da treibt?«, fuhr Lorcan schnaubend fort.

»Er denkt anscheinend nicht, dass er Schuldgefühle haben muss. Weil er schließlich ein Freigeist ist.«

»Huh!«, stieß Jack knurrend aus. »Hauptsache frei. Freier Schnaps, freies Bier, freier Wein.«

»Und bestimmt auch freie Liebe«, raunte Freddie Lorcan leise zu. Schließlich wollte er Jack nicht aufregen.

»Glaubst du?«, fragte Lorcan ihn besorgt.

»Würde mich nicht überraschen.« Freddie seufzte abgrundtief. »Wie dein Vater schon gesagt hat: Hauptsache, es kostet nichts.«

Lorcan sah, dass Brians Partnerin verführerisch die Hüften kreisen ließ, wobei ihre übertrieben großen Brüste aus dem viel zu engen T-Shirt quollen, und dachte sehnsüchtig an Carmen. Ihm war klar, als echter Kerl sollte er denken, Brüste wären umso besser, je üppiger sie waren, aber er fand diese künstlich aufgeblähten Dinger einfach unsexy. Das und die Art, wie ihre Besitzerinnen sie einem stets unter die Nase hielten, dachte er, als Brians Partnerin den Kopf nach hinten warf und dabei den Busen so weit nach vorne streckte, dass sich ihm ein freier Blick in ihren tiefen Ausschnitt bot.

Aber Brian schien es zu gefallen, dachte Lorcan schlecht gelaunt und schaute sich suchend nach Carmen um. Sie brauchte ungewöhnlich lange auf dem Klo. Gerade, als er überlegte, ob sie vielleicht schon gegangen war, kam sie wieder auf ihn zu, und er atmete erleichtert auf. Am liebsten hätte er umgehend ein Hotelzimmer für sie beide genommen, sie hinter sich her gezerrt und dann die ganze Nacht geliebt. Gleichzeitig jedoch fand er sie wirklich nett und würde die Dinge, um sie nicht zu verschrecken, vielleicht besser langsam angehen. Deshalb küsste er sie, nachdem sie ihn erreicht hatte, nur züchtig auf die Stirn.

Carmen lächelte. »Du hast mir drei Dinge versprochen, wenn ich mit auf diese Feier komme«, rief sie ihm mit funkelnden Augen in Erinnerung. »Den Kuchen und den Sekt habe ich schon bekommen ...« Den Rest des Satzes ließ sie in der Luft hängen.

Lorcan konnte es kaum glauben, dass sie beide so auf einer Wellenlänge waren. »Ich werde ein Zimmer für uns buchen«, meinte er mit vor Erregung angespannter Stimme, hoffte aber gleichzeitig, dass dies kein Missverständnis war.

Carmen nahm ihm diese Angst, denn sie öffnete die Hand, in der bereits ein Zimmerschlüssel lag.

Lorcan strahlte wie ein Kind an Weihnachten. »Schließlich soll niemand sagen, ich hielte meine Versprechen nicht ein.« Mit wild klopfendem Herzen nahm er Carmens Hand und rannte mit ihr aus dem Saal.

3

»Trautes Heim, Glück allein.« Am nächsten Morgen seufzte Kate erleichtert auf, als sie die Tür der im angesagten Temple-Bar-Bezirk von Dublin gelegenen Mansardenwohnung öffnete, die Freddies und ihr Zuhause war. Sie hatte ihr Gepäck bis in den vierten Stock geschleppt, weshalb sie vollkommen erledigt war, wurde dafür aber begeistert von Didi und Gogo (ehemals Wladimir und Estragon), ihren beiden Hauskatern, begrüßt. Sie strichen ihr schnurrend um die Beine, und sie bückte sich und streichelte sie sanft. »Hallo, Jungs. Ihr habt mir auch gefehlt.«

Eigentlich waren es Freddies Katzen (»Die einzigen Miezen, die ich jemals haben werde«, stellte er die beiden meistens vor), denn er hatte sie als junge Streuner auf der Straße aufgelesen, mit nach Hause gebracht und nach den beiden Landstreichern aus *Warten auf Godot* benannt, womit er damals gerade beschäftigt gewesen war.

»Freddie!«, rief Kate. »Bist du zuhause?«

»Wir sind hier drüben«, rief ihr Mitbewohner aus dem Wohnzimmer zurück.

Wer ist wir?, fragte sich Kate.

Bevor sie Zeit für irgendwelche Nachforschungen hatte, kam ihr Mitbewohner bereits fröhlich in den Flur gehüpft.

»Deine Schwägerin ist ein Genie!«, flüsterte er aufgeregt und warf einen Blick in Richtung Wohnzimmer.

»Helen?« Sie sah ihn verwundert an, doch er nickte einfach mit dem Kopf, und so folgte sie argwöhnisch seinem

Blick. »Gibt sie dir etwa Unterricht im Serviettenfalten oder so?« Helens Schwanenserviette war wirklich beeindruckend, aber kaum etwas, wovon sich Freddie derart in Aufregung versetzen ließ.

»Nein«, erklärte Freddie lachend und informierte sie im Flüsterton: »Sie hat mich verkuppelt.«

»Oh! Das hast du gut gemacht!« Kate schlug ihm anerkennend auf die Schulter.

»Das hat Helen gut gemacht.«

»Also, wann ist das passiert?«

»Tja, du weißt doch, dass ich eigentlich an dem Tisch sitzen sollte, der von den Walking Wounded beschlagnahmt worden ist.«

»Ja.«

»Nun, Helen erwähnte, dass dort noch ein anderer Schwuler hätten sitzen sollen, und da ich Helen kenne, ging ich sofort davon aus, dass er extra meinetwegen eingeladen worden war. Also habe ich herausgefunden, wer er war, und ihn mir heimlich aus der Ferne angesehen. Als ich merkte, dass er wirklich verdammt gut aussah, habe ich mich vorgestellt. Der Rest ist, wie es so schön heißt« – er leckte sich lasziv die Lippen – »Pornografie.«

»Wow! Helen muss wirklich gut im Verkuppeln von Leuten sein. Ich hätte nicht gedacht, dass sie weiß, auf welchen Typ du stehst.«

»Ich auch nicht. Aber das ist das Beste an ihm – er ist gar nicht mein normaler Typ. Er ist wirklich nett.«

Kate hatte Freddie schon seit Jahren nicht mehr so aufgeregt erlebt.

»Er heißt Ken«, brabbelte er. »Und stell dir vor – er ist Rechtsanwalt!«

»Was du nicht sagst, ein Rechtsanwalt!«, ahmte Kate die bewundernde Stimme ihres Freundes nach.

»Nun, ich meine, das ist so erwachsen. Er hat einen echten Job – geht mit einem Anzug ins Büro und alles.«

»Wahnsinn!«, spottete Kate.

»Er hat sogar eine Aktentasche!«, führte Freddie unerschrocken weiter aus.

»Bist du sicher, dass er das nicht nur gesagt hat, damit du mit ihm in die Kiste steigst?«

»Wenn ja, hat es auf alle Fälle funktioniert.« Freddie bückte sich nach ihren Taschen und trug sie in ihr Zimmer. »Wenn du ausgepackt hast, komm, damit ich ihn dir vorstellen kann«, bat er und stellte ihre Taschen ab. »Dann gehen wir alle zusammen brunchen, trinken dabei jede Menge Alkohol und unterhalten uns über das Fest.«

»Oh Freddie, ich kann nicht.« Kate verzog unglücklich das Gesicht. »Ich habe keinen Cent mehr in der Tasche, und meine Kreditkarten sind an ihrem Limit.«

»Mach dir darüber keine Gedanken«, tat er ihren Einwand ab. »Schließlich bin ich dir was schuldig. Und vor allem könntest du bestimmt ein paar Champagnercocktails vertragen, um den nachhochzeitlichen Antiklimax zu bewältigen.«

»Das stimmt«, räumte sie ein.

»Und wir können doch wohl nicht die Hochzeit des Jahres vergehen lassen, ohne sie anschließend gründlich zu besprechen, oder? Also, wenn du fertig bist, warten zwei Prachtburschen darauf, mit dir auszugehen.«

Im Wohnzimmer fand Kate den Freund neben einem attraktiven Kerl mit einem wettergegerbten Gesicht und einem kantigen Kiefer auf dem Sofa vor. Der Fremde trug ein weiches Jeanshemd ihres Mitbewohners, in dem das intensive Blau seiner Augen vorteilhaft zur Geltung kam, und wirkte deutlich vielversprechender als die unzähligen Loser, mit denen Freddie bisher immer heimgekommen war.

»Ken, das ist meine Mitbewohnerin Kate. Kate, das hier ist Ken.«

»Hi.« Als sie sich die Hände gaben, meinte Ken: »Sie waren die Brautjunger, nicht wahr?«

»Oh, und ich dachte, meine Tarnung wäre perfekt.«

»Beinahe.« Es war wie beim Märchen von Aschenputtel, dachte er, nur eben verkehrt herum. In lässigen Jeans und T-Shirt und mit ihrem weich fallenden Haar sah sie deutlich hübscher und mindestens zehn Jahre jünger aus als in dem voluminösen grünen Kleid. Ihre klaren grünen Augen funkelten, und auf ihrer ungeschminkten, makellosen Haut lag ein wunderbarer Glanz. »Sie haben Ihre Sache wirklich wunderbar gemacht«, erklärte er. »Und bei den Reden leise vor sich hin zu schnarchen war eine ausgezeichnete Idee.«

»Danke. Ich dachte, die Nummer der ständig lächelnden und würdevollen Brautjungfer wäre langsam ausgelutscht.«

»Nun, den Fehler einer Wiederholung haben Sie eindeutig nicht gemacht«, bemerkte Ken. »Wobei mir Ihre neue Herangehensweise durchaus gefallen hat.«

Freddie warf einen Blick auf seine Uhr. »Okay, auf geht's. Wenn wir nicht allmählich losgehen, kommen wir zu spät.«

»Das Hemd steht Ihnen gut«, meinte Kate zu Ken, als sie neben ihm das Wohnzimmer verließ.

»Du solltest es behalten«, meinte Freddie. »Ich habe es sowieso nie an. Weiß gar nicht, warum ich es überhaupt gekauft habe – wahrscheinlich hatte ich gerade einen Holzfällermoment.«

Schön, wieder hier zu sein, sagte sich Kate, während sie durch die gewundenen Kopfsteinpflasterstraßen schlenderten und das friedliche Läuten der Glocken von Christchurch an ihre Ohren drang. Sie liebte es, in diesem Stadtteil zu leben.

Dank der unzähligen Clubs, Bars und Restaurants war hier allabendlich die Hölle los, aber am besten gefiel ihr die Ruhe sonntagvormittags. Touristen kamen aus den Hotels, Leute, die die Nacht zum Tag gemacht hatten, kehrten allmählich heim oder saßen, um nach der Aufregung der Nacht wieder herunterzukommen, noch immer in ihren schicken Kleidern, beim Frühstück vor einem der Cafés. Fröhlich kreischend stürzte eine Gruppe junger, verschleierter Mädchen, offenkundig Flüchtlinge von einem Junggesellinnenabschied, auf die Straße, ehe sie wie eine geisterhafte Erscheinung sofort wieder verschwand.

Dieses Leben hatte Kate vermisst – die späten sonntäglichen Frühstücke, bei denen Freddie und sie müde die Ausschweifungen der vergangenen Nacht an sich vorüberziehen ließen, versuchten, sich an Einzelheiten zu erinnern, oder einander von irgendwelchen desaströsen Dates berichteten. Insgeheim hatte sie diese Nachbesprechungen stets mehr genossen als die Club-Besuche und die Dates, auch wenn es, seit sie mit Brian zusammen war, beides nur noch selten für sie gab. Jetzt hörte sie sich die Geschichten ihres Mitbewohners halb erleichtert, weil sie selber nicht mehr auf der Suche war, und halb neidisch, weil sie keine solchen Abenteuer mehr erlebte, an.

Es herrschte Hochbetrieb im Restaurant, und während fröhliches Stimmengewirr und das Klappern von Geschirr an ihre Ohren drangen, glitten weiß beschürzte Ober mit riesigen Tellern voller Essen oder Krügen mit blutroten Bloody Marys und cremig gelben Bellinis zwischen den Tischen hindurch.

»Also, erzähl uns alles ganz genau«, bat Freddie, nachdem die Serviererin ihre Bestellung entgegengenommen hatte, stützte sich auf seinen Ellenbogen ab und bedachte Kate mit einem erwartungsvollen Blick.

»Es gibt nichts zu erzählen«, antwortete sie. »Klingt, als wärt ihr zwei diejenigen, die eine Menge zu erzählen haben. Meine Nacht war vollkommen ereignislos.«

»Also bitte! Als ich dich zum letzten Mal gesehen habe, wolltest du gerade mit Will verschwinden, aber dann tauchte plötzlich Brian auf – und trotzdem bist du mit Will abgehauen«, stellte Freddie fest.

»Ich bin nicht mit ihm abgehauen«, protestierte Kate und warf einen peinlich berührten Blick auf Ken.

»Du brauchst nicht diskret zu sein«, erklärte Freddie ihr. »Ken weiß sowieso genau Bescheid, denn ich habe ihn sozusagen auf den neuesten Stand gebracht.« Er wackelte mit seinen Augenbrauen wie Gaucho Marx.

»Worüber weiß er genau Bescheid?«

»Über dich und Will!«

Na super, dachte Kate.

»Guck nicht so besorgt! Du kannst Ken vertrauen«, versicherte Freddie ihr, »schließlich ist er Rechtsanwalt.«

Ken fing brüllend an zu lachen. »Der war wirklich gut!«

»Will hat mich nur heimgefahren.«

»Ich hatte befürchtet, dass du das sagen würdest.« Freddie klang enttäuscht.

»Weil es schließlich die Wahrheit ist.«

»Egal.« Plötzlich hellte sich Freddies Miene wieder auf. »Da kommen unsere Getränke. Nach ein paar Cocktails wirst du uns bestimmt erzählen, wie es wirklich war.«

»Ehrlich, Freddie, es gibt nichts zu erzählen.« Kate steckte sich den Strohhalm in den Mund, saugte an ihrem Cosmopolitan und entspannte sich, als die prickelnd frische Schärfe des Wodkas durch ihre Kehle rann. Der Alkohol wirkte beruhigend und gleichzeitig belebend, merkte sie. »Will hat mich wirklich nur nach Hause gebracht. Für irgendetwas anderes war ich viel zu erschöpft. Und außerdem«, fügte sie unglücklich hinzu, »habe ich ihm die Schulter vollgesabbelt, als ich beim Tanzen eingeschlafen bin – was ja wohl nicht wirklich sexy ist.«

»Wahrscheinlich nicht«, gab Freddie zu.

Sie wurden dadurch unterbrochen, dass ihr Essen kam, und Kate machte sich gierig über ihren geräucherten Schellfisch mit Rührei auf einem cremig zarten Kartoffelpüreebett her. »Himmel, das schmeckt einfach göttlich«, bemerkte sie mit vollem Mund.

»Lass besser noch ein bisschen Platz«, riet Freddie ihr. »Oder gehst du heute Abend nicht mit Brian essen?«

»Oh, wir gehen bestimmt wieder in einen dieser langweiligen Läden, in die er immer geht. Ihr wisst schon, billig und freudlos und ohne einen Cosmopolitan in Sicht.«

»Tja, der gestrige Abend hat mir eins bewiesen«, machte Freddie, dem das Essen neuen Mut verliehen hatte, deutlich. »Und zwar, dass du über Will noch immer nicht hinweggekommen bist.«

»Bin ich doch«, widersprach sie, wenn auch etwas halbherzig.

»Also bitte. Du hast eben selber zugegeben, dass du nicht mal mit ihm tanzen kannst, ohne dass dir das Wasser im Mund zusammenläuft.«

»Ich habe nur gesabbert, weil ich eingeschlafen bin. Natürlich bin ich über ihn hinweg«, versicherte sie ihm, obwohl es alles andere als überzeugend klang.

»Lügnerin«, schalt Freddie sie. »Weißt du, sie ist nicht über den Typ hinweg«, sagte er im Plauderton zu Ken.

»Okay«, gab sich Kate geschlagen. »Vielleicht bin ich nicht wirklich über ihn hinweg. Vielleicht schaffe ich das nie, aber was soll's?«

»Was soll's?«, fragte Freddie sie entsetzt.

»Ja, genau, was soll's? Okay, wenn Will mich fragen würde,

ob ich ihn morgen heiraten und zehn Kinder von ihm haben wollte, würde ich wahrscheinlich Ja sagen.«

»Habe ich es doch gewusst«, trumpfte Freddie auf.

»Aber dasselbe gilt auch für George Clooney, und ich kann dir versichern, dass das nie passieren wird.«

»Tja, mit George wahrscheinlich nicht«, pflichtete ihr Freddie bei. »Er ist anscheinend wirklich nicht zu bändigen«, fügte er wehmütig hinzu.

»Nicht mit George und auch nicht mit Will«, klärte ihn Kate entschieden auf.

»Dann ist das zwischen euch also Geschichte?«, hakte Ken nach, der inzwischen zum Du übergegangen war.

»Nicht mal das, da zwischen uns nämlich noch nie wirklich was war.«

»Und was ist damit, dass er der Erste für dich war?«, forschte Freddie nach.

Kate schüttelte den Kopf.

»Eine gemeinsame Nacht im Vollrausch macht noch keine echte Liebe. Aber wie dem auch sei«, fügte sie ein wenig munterer hinzu, »im Grunde spielt das alles keine Rolle. Weil ich schließlich mit Brian zusammen bin.«

»Obwohl du ihn nicht wirklich liebst.«

»Tue ich doch. Du magst ihn einfach nicht.«

»Er ist mir nicht wirklich unsympathisch«, schränkte Freddie ein.

»Doch, das ist er.«

»Okay, ich gebe zu, ich bin nicht unbedingt sein größter Fan, aber das ist es nicht. Auch wenn du Brian vielleicht liebst, ist Will einfach der Richtige für dich.«

»Wie Keanu Reeves in *Matrix*«, warf Ken hilfreich ein.

»Mmm.« Freddie war kurzfristig von dem Gedanken an Keanu abgelenkt. »Will ist die große Liebe deines Lebens«, wandte er sich nach einem Moment wieder seinem eigentlichen Thema zu. »Dein Neo, dein Mr Big, dein Heathcliff. Und das Leben ist einfach zu kurz, als dass man sich mit was Geringerem zufriedengeben soll. Man muss um die Dinge kämpfen, die man will.«

»Das tue ich. Ich kämpfe schon seit einer halben Ewigkeit darum, dass meine Familie Brian endlich akzeptiert.«

Freddie stieß einen frustrierten Seufzer aus.

»Vielleicht kann ich dir helfen«, meinte Ken. »Ich habe nämlich ein System ausgearbeitet, um rauszufinden, wie man sich entscheiden sollte, wenn man zwischen zwei Personen wählen muss.«

»Klingt toll! Schieß los«, bat Freddie ihn.

»Aber ich muss mich nicht entscheiden«, konterte Kate. »Will ist schließlich kein echter Kandidat.«

»Nun, neun von zehn Mal kommt sowieso der Mensch heraus, für den man sich entscheiden will. Das System soll einem also nur noch mal bestätigen, dass die Entscheidung richtig ist.«

Kate zweifelte noch immer.

»Los«, lockte Ken. »So kannst du Freddie wenigstens beweisen, dass du dich nicht nur deswegen mit deinem Freund begnügst, weil du diesen anderen nicht kriegst.«

Natürlich, dachte Kate zwanzig Minuten später unglücklich, war sie der eine von zehn Fällen, in denen Kens System zu einem anderen Ergebnis als sie selber kam.

Ken hatte behauptet, es wäre eine einfache mathematische Gleichung, weiter nichts, hatte ein Blatt Papier in zwei gleich große Hälften aufgeteilt und eine von ihnen für Will und die andere für Brian reserviert. Dann hatte er bei jedem Mann eine Pro- und eine Contra-Spalte eingerichtet und willkürlich Punkte von eins bis zehn für positive Eigenschaften zugefügt und für negative Eigenschaften subtrahiert. »Am Ende muss man nur die Punkte zählen, und schon hat man eine Antwort«, hatte er erklärt.

»Zum Beispiel kriegt man zehn Punkte für einen coolen Job. Will hat so ziemlich den coolsten Job der Welt. Noch cooler wäre nur, selbst in einer Band zu sein. Außerdem ist er stinkreich, dafür schreibe ich ihm noch einmal die volle Punktzahl auf. Und was macht dein Freund?«

»Er ist Psychotherapeut.«

»Nicht so cool, wie eine Band zu managen, aber immerhin noch ziemlich lukrativ«, schloss Ken.

»Nicht so, wie er es macht«, warf Freddie ein, als Ken den Kugelschreiber über Brians Positivspalte hielt.

»Wie macht er es denn?«

»Mit Tanzen und tibetanischen Klangschalen.«

»Ah.« Prompt strich Ken Brians Beruf in der Positivspalte durch und schrieb stattdessen »Träumer« auf der Negativseite auf. »Bandmanager, *dix points*«, erklärte er mit aufgesetztem Eurovisions-Akzent, »professioneller Hippie, *nul points*.«

»Das macht wirklich Spaß, findest du nicht auch?«, wandte Freddie sich grinsend an Kate. Er amüsierte sich anscheinend königlich bei diesem Spiel.

»Wirklich super«, stimmte sie ihm trocken zu.

Und auch weiter hatte Will Brian fast in allen Punkten ausgestochen, und Freddie und Ken hatten sich derart in das Spiel vertieft, dass Kate sich gefragt hatte, ob sie überhaupt noch wussten, dass sie nicht allein waren.

»Ich weiß noch einen Punkt!«, kreischte Freddie und sprang wie ein kleiner Junge, der von seinem Lehrer drangenommen werden wollte, unruhig auf und ab.

»Für Brian oder für Will?«

»Für Will. Er hat ein Grübchen im Kinn. Ein wirklich tiefes Grübchen«, fügte er hinzu, als keine Reaktion von seinem Liebsten kam. Ken dachte schweigend nach, erinnerte sich an das Grübchen, das er selber hatte, und schrieb Will lächelnd ein paar zusätzliche Punkte auf.

»Ich gehe davon aus, dass der Freund kein Grübchen hat?« Als Freddie glücklich nickte, schrieb er eine dicke, fette Null unter Brians Namen auf. »Mach dir keine Sorgen, Kate«, bat er in mitfühlendem Ton. »Noch ist alles offen. Vielleicht holt dein Brian ja noch auf.«

Kate sah auf den Zettel und war sich nicht sicher, ob nicht doch bereits alles entschieden war. Zwar hatte ihr Freund acht Punkte für sein gutes Aussehen, aber das war weniger als die zehn der Konkurrenz. Der einzige Vorteil, den er hatte, war sein glattes Haar, für das er im Gegensatz zu Will mit seinen Locken die volle Punktzahl von Ken bekam. Und in dem Bemühen, seinen Abstand gegenüber Will ein wenig zu verringern, hatte sie den beiden Freunden nicht erklärt, dass Wills Lockenpracht aus ihrer Sicht genauso sexy war.

»Und alle aus Kates Familie hassen Brian, aber sie lieben Will«, meldete sich Freddie erneut zu Wort.

Ken dachte darüber nach. »Das kann so oder so gewertet werden«, meinte er. »Stehst du deiner Familie nahe, Kate?«

»Nun, ziemlich ...« Kate sah eine Chance für ihren Freund.

»Machst du Witze?« Freddie schaute sie böse an und erklärte Ken: »Sie hocken ständig aufeinander.«

»Dann ist das natürlich wichtig«, beschloss Ken und machte Brians glattes Haar mit einem Schlag zunichte, da er Will erneut zehn Punkte gab und Brian dieselbe Punktzahl strich.

»Spricht denn gar nichts gegen Will?«, fragte er in dem Bemühen, fair zu sein.

»Nun ...« Freddie zögerte. »Eine Sache gäbe es ...«

»Und die wäre?«

Freddie schwieg einen Moment, da es ihm zu widerstreben

schien, laut auszusprechen, was ihm durch den Kopf gegangen war. »Er ist Alkoholiker«, räumte er schließlich ein.

Kate rang hörbar nach Luft. »Das ist er nicht!«

»Okay, ein trockener Alkoholiker«, gab Freddie zu.

»Trotzdem.« Auch Ken atmete zischend ein. »Dafür müssen wir ihm zwanzig Punkte abziehen. Was, wenn er beschließt, wieder damit anzufangen? Die meisten Alkoholiker haben nämlich mindestens einen Riesenrückfall, bevor sie endgültig trocken sind.«

»Zwanzig Punkte sind ja wohl ein bisschen hart.«

»Jede Art von Missbrauch, Sucht oder Gewalt gibt zwanzig Punkte Abzug«, klärte Ken ihn auf. »Das ist nicht verhandelbar.«

Freddie war begeistert. »Er ist wirklich streng, nicht wahr?«, wandte er sich an Kate.

»Aber Will ist kein Alkoholiker«, beharrte sie auf ihrem Standpunkt. »Und ist es auch nie gewesen.« Sie konnte diesen Vorwurf nicht einfach so stehen lassen, selbst wenn er Brian half. »Wie in aller Welt bist du denn auf die Idee gekommen, dass er einer ist?«

»Nun, er war sternhagelvoll, als er damals mit dir geschlafen hat. Und gestern auf der Hochzeit hat er nichts anderes als Mineralwasser und Cola in sich reingekippt. Das war wirklich süß«, stellte er mit einem sanften Lächeln fest.

»Und?«

Er zuckte mit den Schultern. »Früher hat er gesoffen wie ein Loch, und jetzt rührt er nichts mehr an – da braucht man doch wohl nur eins und eins zusammenzuzählen, oder etwa nicht?«

»Freddie, deine Berechnung ist total verkehrt. Bei dir ergeben eins und eins anscheinend elf.«

»Du meinst, er ist wirklich kein Alkoholiker?«

»Nein.«

»Und weshalb trinkt er dann nichts mehr?«

Ken und Freddie sahen sie durchdringend an.

»Weil er einfach keinen Alkohol verträgt. Er war früher schon nach einem Alcopop total hinüber und hatte ständig Blackouts, wenn er was getrunken hat. Lorcan meint, er hätte aufgehört zu trinken, da er es entsetzlich fand, nie zu wissen, was er gemacht hat oder mit wem er wo zusammen war.«

»Wow! Dann war er also niemals Alkoholiker?«

»Nein.«

»Und er hat das Trinken aufgegeben, weil er gegen das Zeug allergisch ist?«

»Ja.«

»Weißt du, was das heißt?«

»Was?«

»Dass er offenkundig wirklich nicht den allerkleinsten Fehler hat.«

Ken zählte die Punkte zusammen. »Freddie hat recht«, stellte er nüchtern fest. »Es ist ganz eindeutig. Du kannst einfach unmöglich lieber mit einem verarmten, Rad fahrenden Vegetarier als mit einem stinkreichen, motorisierten Fleischfresser zusammen sein. Das würde einfach keinen Sinn ergeben.«

Mit einer Sache hatte Freddie recht gehabt, sagte sich Kate, als sie vor ihrem Treffen mit Brian vor dem Spiegel stand. Das Leben war erschreckend kurz, und man musste sich die Dinge holen, die man haben wollte – weshalb sie beschlossen hatte, heute Abend ihre Karten offen auf den Tisch zu legen und dem guten Brian zu erklären, dass die Zeit des Überlegens abgelaufen war. Sie wollte heiraten und Kinder kriegen, und ihr war bewusst, dass sie das beides nie bekommen würde, wenn sie sein Spielchen weiter mitspielte. Sie war beinahe dreißig und mehr als bereit für die Gründung einer eigenen Familie. Doch für Brian standen sicher völlig andere Dinge auf dem Plan. Er war ein viel zu großer Freigeist – was laut Freddie lediglich eine Umschreibung für seine panische Angst vor einer festen Bindung war. Trotzdem wäre es wahrscheinlich besser, sie würde das jetzt herausfinden, denn dann könnte sie einen Schlussstrich ziehen und sich einen Typen suchen, mit dem sich ihr Traum von einer eigenen Familie realisieren ließ.

Bei diesem wichtigen Gespräch setzte sie am besten all ihre weiblichen Reize ein, nahm sie sich vor, und trug deshalb ihr neues Lieblingskleid, ein mit Mohnblumen bedrucktes Stück mit einem eng sitzenden Oberteil und einem weit schwingenden Rock im Stil der Fünfziger, der ihre Figur besonders vorteilhaft zur Geltung kommen ließ. Sie hatte sich das Kleid von einer Teilnehmerin der Expedition geborgt, da sie für das Abschiedsessen nichts Hübsches zum Anziehen gehabt hatte, und die Frau hatte darauf bestanden, dass sie es behielt. Sie hätte sich ein solches Kleid nie selber ausgesucht – es war lächerlich mädchenhaft und wahrscheinlich viel zu kostspielig für jemanden wie sie –, aber sie liebte dieses Stück und fand, dass es ihr wirklich ausgezeichnet stand.

Was Freddie ihr bestätigte, als er ein paar Minuten später wie vor jedem ihrer Dates zur Kostümprobe erschien. »Ein echtes Killer-Kleid«, erklärte er, und zu ihrer großen Freude quollen ihm bei ihrem Anblick regelrecht die Augen aus dem Kopf. »Du siehst fantastisch aus!«

»Danke«, lächelte Kate. »Okay, was für Schuhe ziehe ich am besten dazu an? Diese …« Sie griff nach flachen cremefarbenen Pumps, und er schüttelte den Kopf.

»Wie wäre es mit diesen?« Jetzt hielt sie genauso flache rote Ballerinas in die Luft.

Freddie stieß einen Seufzer der Verzweiflung aus. Er versuchte schon seit Jahren, Kate von ihren flachen Schuhen abzubringen, was ihm bisher aber leider nicht gelungen war.

Sie ließ traurig die Schultern hängen. »Welche dann?«
»Auf welchen Look zielst du denn ab?«
»Heirate-mich-oder!«, gab sie ohne zu zögern zu.
»In Ordnung, geh mal zur Seite.« Freddie kniete sich vor ihren Schrank und wühlte kurz darin herum. »Du hattest doch ... ah, ja!« Er tauchte mit einem Paar knallroter schleifenbesetzter Pumps mit kurzen, dünnen Absätzen aus den Tiefen ihres Kleiderschrankes auf.

»Sind die nicht ein bisschen übertrieben?«
»Zu dem Kleid?«, stieß Freddie quietschend aus. »Abgesehen davon schreien diese Schuhe einfach: ›Schnapp mich schnell, bevor es jemand anderes tut!‹.«

Kate schob ihre Füße in die Pumps und schaute sich erneut im Spiegel an. Freddie hatte recht: Die Schuhe passten haargenau zu den Mohnblumen auf ihrem Kleid, und durch die zusätzliche Höhe wurden ihre schlanken, gebräunten Beine noch betont.

»Perfekt.« Freddie bewunderte ebenfalls ihr hübsches Spiegelbild. »Damit haust du ihn um.«
»Das habe ich auch vor.«
»Und wahrscheinlich wird er nicht mal merken, wie ihm geschieht.«

Da Brian den Naturlook liebte, schminkte sie sich so, dass ihre Schminke nicht zu sehen war, bevor sie ihren Rougepinsel mit einem abgrundtiefen Seufzer auf ihren Frisiertisch fallen ließ. Warum, zum Teufel, ging es immer nur nach ihm? Und warum hatte sie bei jedem Treffen das Gefühl, sie müsse ihn zurückgewinnen und sich alle Mühe geben, damit sie ihm abermals gefiel?

Wahrscheinlich, weil sie wusste, dass ihm auf den Workshops alle Frauen zu Füßen lagen, wohingegen sie vor ihm noch nie richtig mit einem Mann liiert gewesen war. Sie war noch nie besonders selbstbewusst gewesen, und als sie Brian begegnet war, hatte sie nach einer Reihe Dates mit lauter hoffnungslosen Typen, die anscheinend nur darauf gewartet hatten, dass sich eine bessere Freundin für sie fand – was dann auch jedes Mal geschehen war –, ein besonderes Tief gehabt. Denn mit dem Talent, immer an die schlimmsten Kerle zu geraten, hatte sie inzwischen sogar ihrem Mitbewohner Konkurrenz gemacht.

Dann war allerdings Brian aufgetaucht und hatte sie aus ihrem Tief herausgeholt. Sie hatte damals für zwei Monate vegetarisch in einem Retreat Center in Galway gekocht, er hatte dort einen Wochenend-Workshop abgehalten, und sie hatte sich sofort in ihn verguckt. Weil er unglaublich attraktiv, gesellig und charismatisch gewesen war. Und zu ihrer Überraschung hatte sie ihm offenkundig ebenfalls gefallen, doch obwohl sie regelmäßig miteinander ausgegangen waren, war sie sicher davon ausgegangen, dass diese Geschichte ganz genauso enden würde wie sämtliche anderen Beziehungen zu Männern, die sie jemals eingegangen war, und hatte deswegen die ersten Wochen damit zugebracht, darauf zu warten, dass er ihr den Laufpass gab. Erst nach einem guten halben Jahr war ihr allmählich aufgegangen, dass Brian ihr fester Freund und sie selbst zum ersten Mal in einer richtigen Beziehung war.

Inzwischen währte die Beziehung hingegen fast zwei Jahre, und sie sehnte sich nach etwas mehr Verbindlichkeit. Sie liebte Brian, aber die drei Monate in Afrika hatten nicht nur ihrer Figur, sondern auch ihrem Selbstbewusstsein gutgetan. Wahrscheinlich, da es zum ersten Mal in ihrem Leben nur um sie gegangen war. Im Vergleich zu ihren drei erfolgreichen Geschwistern war sie sich zeit ihres Lebens wie das schwächste Tier in einem Wurf von Rassehunden vorgekommen, in Afrika jedoch, wo sie für die Menschen nicht ständig die jüngste und am wenigsten bedeutsame O'Neill gewesen war, hatte sie sich sexy, stark und selbstbewusst gefühlt.

Sie wusste nicht, wie Brian darauf reagieren würde, setzte sie ihm plötzlich die Pistole auf die Brust. Er hasste es, wenn eine Frau Besitzansprüche an ihn stellte, doch sie war es einfach leid, ständig cool und distanziert zu tun, obwohl sie in Wahrheit ausnehmend besitzergreifend und entsetzlich eifersüchtig auf die unzähligen Frauen, die sich pausenlos in seinem Dunstkreis aufzuhalten schienen, war. Diese blöden Workshop-Junkies mit dem abgeklärten Lächeln im Gesicht, schlabberigen, selbst gestrickten Pullis und den Jesuslatschen, die auf sie heruntersahen, weil sie sich ihr Geld mit Arbeiten verdiente, während sie Sozialhilfe bekamen, da ihnen auf diese Art genügend Zeit für ihre Hobbys blieb. Sie töpferten, schrieben Gedichte oder fabrizierten Kunstwerke, die außer ihnen niemand je verstand, und hatten ständig einen Ausdruck selbstgerechter Überlegenheit in den geschrubbten Gesichtern, als würde die Welt allein dadurch, dass sie sich nie schminkten und auch niemals hübsche Kleider trugen, vor dem Untergang bewahrt.

Aber heute Abend würde sie es diesen Weibern zeigen, sagte sie sich trotzig und trug einen dunkelroten Lippenstift auf ihre vollen Lippen auf. Brian war nämlich trotz seiner Prinzipien durchaus anfällig für etwas Glamour.

Dann drehte sie sich vor dem Spiegel hin und her und nickte zufrieden mit dem Kopf. In dem hübschen Kleid und mit den braunen, seidig glatten Beinen sah sie tatsächlich fantastisch aus. Sie hatte sich gestern von einer der zahlreichen Stylistinnen ihrer Schwester noch die Beine wachsen lassen, und das täten Brians Jüngerinnen sicher nie – sie konservierten ihre Beinbehaarung mit demselben Eifer wie den Regenwald, als hinge das Ökosystem der Erde davon ab.

Schließlich legte sie die großen Perlohrringe an, die sie in Afrika erstanden hatte, und schon klingelte es an der Tür.

Drei Sekunden später klopfte Freddie bei ihr an. »Drei Minuten bis Vorstellungsbeginn.«

Es war einer der Vorteile ihres im vierten Stock gelegenen und nur über eine Treppe zu erreichenden Apartments, dass noch immer etwas Zeit für letzte Tätigkeiten blieb, wenn jemand klingelte. Oder vielleicht auch der einzige, schränkte sie in Gedanken ein.

Sie schaute noch einmal in den Spiegel und erkannte, dass es ein Problem mit ihrem Outfit gab. Das ärmellose Kleid war für einen Sommerabend hier in Irland einfach viel zu kühl. Suchend sah sie sich im Zimmer um und entdeckte, dass am Haken an der Tür Wills Smokingjacke über ihrem Kleid von gestern hing. Mehr hatte sie bisher nicht ausgepackt.

Sie zog die Jacke an, blickte in den Spiegel und nickte zufrieden mit dem Kopf. Mit dem Jackett über dem Kleid wirkte sie ein wenig dekadent, als wäre sie gerade auf dem Weg von einer eleganten Party nach Hause. Trotzdem legte sie die Jacke noch mal ab, damit ihr Kleid, wenn Brian erschien, möglichst vorteilhaft zur Geltung kam, nahm erneut vor dem Frisiertisch Platz, schminkte sich zu Ende und bürstete ein letztes Mal ihr Haar.

Brian hockte auf dem Sofa, und Freddie fragte ihn gnadenlos nach dem Workshop vom Vortag aus. »Also, wie bringst du den Leuten bei zu schreien?«, erkundigte er sich neugierig. »Veranstaltest du dafür einen Kurs, oder wie machst du das?«

»Ich habe es ihnen weniger beigebracht als vielmehr ermöglicht«, erklärte Brian, der jedem, der bereit war zuzuhören, enthusiastisch Vorträge über seine Arbeit hielt. »Ich habe den Leuten erlaubt zu schreien und ihnen einen sicheren Ort geboten, an dem sie keine Angst haben müssen, das zu tun. Das ist unglaublich befreiend.«

»Das glaube ich.« Freddie nickte unbestimmt.

»Als Kinder drücken wir unsere Gefühle direkt aus«, fuhr Brian, nachdem er in Schwung gekommen war, theatralisch fort. »Wenn wir empört oder verängstigt oder wütend sind, schreien wir einfach los. Und dann werden wir erwachsen, werden sozialisiert und verlieren diese Spontaneität.«

»Genau«, fiel Freddie ihm ins Wort. »Dann hast du also Wutanfälle bei über Fünfundzwanzigjährigen ausgelöst.«

Doch Brian schluckte diesen Köder nicht. »Es war unglaublich bewegend«, führte er stattdessen weiter aus. »Manche Menschen haben sich total geöffnet.«

»Ich kann mir vorstellen, dass es auch ziemlich laut gewesen ist. Du musst ja Ohrensausen bekommen haben von dem ganzen Krach.«

»Du wärst überrascht, wenn ich dir sagen würde, wie wenig geschrien worden ist. Wir sind alle derart gehemmt. Es fällt den Menschen immer schwerer, derart laut zu werden, oft haben sie zum letzten Mal geschrien, als sie noch Kinder waren – und manche nicht mal dann.«

»Du meinst, so?« Freddie öffnete den Mund zu einem Schrei, der derart markerschütternd war, dass man ihn auch in einem billigen Horrorfilm an der Stelle hätte verwenden können, an der die Kreissäge zum Einsatz kam.

Im selben Augenblick kam Kate aus ihrem Zimmer und sah in der Erwartung, dass die Nachbarn klopfen würden, ängstlich Richtung Tür.

Brian aber lachte unbekümmert auf. »Okay. Offenbar bist du die Ausnahme.«

»Oh, ich kreische einfach gern«, gab Freddie unumwunden zurück.

Als Kate den Raum betrat, blickte Brian sie auf schmeichelhafte Weise lüstern an. »Wow, du siehst unglaublich aus!«, entfuhr es ihm. Kate machte sich nur selten derart chic, weshalb die Wirkung, wenn sie es dann tat, umso überwältigender war.

»Danke.« Sie schaute ihm lächelnd ins Gesicht. »Hast du Freddie gerade einen Crashkurs im Schreien gegeben, oder was?«

»Dabei braucht er keine Hilfe, denn er ist eindeutig ein Naturtalent. Doch ich habe ihm von meinem Workshop gestern erzählt.«

»War er gut?«

»Er hat uns alle unglaublich berührt. Wir hatten eine Frau, die hat den ganzen Tag nicht einen Ton herausgebracht, aber dann, am Schluss, hat sie eine Minute durchgehend geschrien. Was für sie ein echter Durchbruch war.«

»Erstaunlich«, hauchte Freddie atemlos.

»Das war bestimmt Suzanne«, stellte Kate mit bissiger Stimme fest.

»Stimmt, es war wirklich Suzanne.«

»Wer ist Suzanne?«, mischte sich Freddie, der die aufkommende Spannung spürte, eilig wieder ein.

»Brians Lockvogel«, erklärte Kate.

»Du hast einen Lockvogel?«, fragte Freddie Brian, und seine Stimme verriet einen bisher nicht vorhandenen Respekt. Vielleicht hatte der Typ ja doch versteckte Tiefen, überlegte er.

»Nein, ich habe keinen Lockvogel.«

»Wer ist sie dann?«

»Sie geht zu allen seinen Workshops und Gruppensitzungen und hat immer einen Durchbruch. Ganz egal worum es geht – Coabhängigkeit, Kindheitstraumata, verdrängte Erinnerungen, Überlebenden-Syndrom, was auch immer –, sie hat immer einen Durchbruch, bricht in Tränen aus, und auf diese Art ist Brian ein Erfolg pro Sitzung garantiert.«

»Klingt für mich nach einem Lockvogel«, stimmte Freddie ihr nickend zu.

»Sie ist kein Lockvogel«, wehrte sich Brian vehement. »Sie ist eine unglaublich mutige Frau, die eine ausnehmend schwierige Reise angetreten hat.«

Kate wurde rot vor Zorn. Sie hasste es, wenn er so sprach.

»Wow, und wohin ist sie unterwegs?«, fragte Freddie mit geheucheltem Interesse.

»Du weißt, was ich damit sagen wollte, Freddie«, fuhr Brian ihn an.

»Die Reise nach innen«, führte Freddie mit bedeutungsschwerer Stimme aus. »Die schwierigste Reise von allen.«

»Du solltest es selbst mal ausprobieren«, meinte Brian leicht gereizt. »Sieh dir doch mal eine meiner Männergruppen an.«

»Oh, ich glaube nicht, dass ich da wirklich reinpasse.«

»Also bitte, du bist schließlich nicht der einzige Schwule auf der Welt.«

»Aber manchmal fühlt es sich so an.« Freddie schüttelte unglücklich den Kopf.

»Wirklich, ich denke, du könntest einen wertvollen Beitrag leisten.« Zum ersten Mal, seit sie sich kannten, drückte Brians Blick so etwas wie Interesse an Kates Mitbewohner aus. »Wir erforschen sämtliche Aspekte der männlichen Reise, und du bist so offen und stehst derart in Verbindung mit deiner femininen Seite – die Gruppe könnte sicher jede Menge von dir lernen.«

Es war die Quelle seines Charismas, dass er jedem das Gefühl vermitteln konnte, er wäre der faszinierendste Mensch der ganzen Welt. Denn er konzentrierte sich auf eine Weise auf sein Gegenüber, die ihm das Gefühl gab, etwas ganz Besonderes zu sein.

»Hast du auch einen Lockvogel in deiner Männergruppe?«, erkundigte sich Freddie interessiert.

»Oh, ich bin mir sicher, dass Suzanne auch dort einspringt«, bemerkte Kate. »Entweder erforscht sie ihre maskuline Seite, versucht, ihren Penisneid zu überwinden oder irgendetwas anderes … Tja, ich nehme an, wir sollten langsam gehen.« Damit stand sie auf und zog Wills Smokingjacke an.

»Wem gehört denn die?« Brian runzelte die Stirn.

»Will«, erklärte sie geistesabwesend, während sie ihre Haare aus dem Kragen zog. »Ich habe gestern Nacht vergessen, sie ihm zurückzugeben – und das war mein großes Glück. Sie gefällt mir nämlich wirklich gut – vielleicht behalte ich sie einfach ganz.«

»Er wird sie sicher nicht vermissen«, stellte Brian sauertöpfisch fest. »Ich nehme an, er hat ein Dutzend weitere Jacketts im Schrank.«

Das war ganz sicher nicht als Kompliment gemeint, denn er fand es bereits unmoralisch, wenn man auch nur eine Jacke hatte, die nicht vorher schon von irgendjemand anderem zu den Altkleidern gegeben worden war. Deshalb müsste Kate verhindern, dass er auch noch das Designer-Label sähe – dann dächte er nämlich bestimmt, dass Will unrettbar verloren war.

»Dir steht sie sowieso viel besser«, warf ihr Mitbewohner ein und schaute Brian fragend an. »Also, wo wollt ihr beiden Hübschen hin?«

»Es darf nichts Teures werden«, warnte Kate. »Ich bin nämlich total pleite und habe noch keinen neuen Job.«

»Oh, was ich dir noch erzählen wollte«, mischte sich schon wieder Freddie ein. »Will hat in seiner Rede gestern groß Werbung für dich gemacht, vielleicht kriegst du ja dadurch einen Job. Er meinte, du wärst gerade frei, und hat deine Kochkünste über den grünen Klee gelobt.«

»Oh«, sagte Kate erfreut. »Das war aber nett von ihm. Auch wenn ich keine Ahnung habe, wie er die beurteilen kann. Schließlich hat er seit Jahren nichts von mir Gekochtes mehr probiert.«

»Ich nehme an, dass er sich daran noch aus der Zeit, als ihr zusammengewohnt habt, erinnern kann.«

»Wahrscheinlich«, meinte Kate. »Also, Brian, lass uns gehen.«

»Du hast mit Will Sargent zusammengelebt?«, fragte der in vorwurfsvollem Ton. »Das hast du mir bisher nie erzählt.«

»Was?« Kate erkannte, welcher Irrtum Brian gerade unterlief. »Oh nein. Ich habe nicht mit ihm zusammengelebt – ich meine, nicht auf diese Art. Er hat ein Jahr bei meiner Familie gewohnt. Aber das ist ewig her«, fügte sie hinzu. Schließlich hatte sie an diesem Wochenende schon mehr als genug mit ihm zu tun gehabt und einfach keine Lust mehr, sich noch länger mit ihm zu beschäftigen.

Doch Brian gab so schnell nicht auf. »Und warum hat er bei euch gewohnt?«

»Seine Eltern hatten sich getrennt, und seine Mutter war mit ihm hierhergezogen, hat sich aber ein paar Monate später umgebracht. Also hatte sein Vater ihn nach England zurückgeholt und ins Internat gesteckt. Dort hat er es gehasst, und deshalb lief er weg und tauchte eines Tages bei uns auf.«

»Oh, du erzählst es ganz verkehrt«, widersprach ihr Freddie schlecht gelaunt. »Er hat den ganzen Weg aus irgendeinem gottverlassenen Kaff im Norden Englands bis hierher zu Fuß zurückgelegt«, klärte er Brian auf. »Bevor er während eines schlimmen Sturms auf der Schwelle der O'Neills praktisch zusammengebrochen ist. Eine wunderbare Geschichte, findest du nicht auch?«, fragte er in wehmütigen Ton. »Klingt wie bei *David Copperfield*.«

»Das muss eine wirklich traumatische Erfahrung für ihn gewesen sein«, stellte Brian fest. »Er sollte in meine Gruppe für verlassene Kinder kommen. Vielleicht hilft ihm das.«

»Will ist zweiunddreißig«, meinte Kate.

»Du weißt ganz genau, dass diese Gruppe nicht für Kinder ist«, rief er ihr geduldig in Erinnerung.

»Außerdem ist er Engländer«, bemerkte sie in abschließendem Ton.

»Und was soll das heißen? Auch Engländer haben Gefühle.«

»Er hat diese typische englische Zurückhaltung. Irgendwo herumzusitzen und einem Haufen Fremder etwas von seiner Kindheit vorzujammern wäre sicher nicht sein Ding.«

»Es geht nicht darum, ›herumzusitzen und zu jammern‹«, belehrte Brian sie beleidigt.

»Was auch immer – ganz egal ob ihr dort euren Schmerz raustrommelt oder das verlassene Kind in eurem Inneren durch Tanz befreit –, das wäre ganz sicher nicht das Richtige für ihn. Und vor allem ist das alles endlos lange her. Er ist längst drüber hinweg.«

Daraufhin bedachte Brian sie mit einem mitleidigen Blick. »Man kommt nicht einfach so« – er schnipste mit den Fingern – »darüber hinweg, wenn man von den Eltern im Stich gelassen wird. Gefühle des Verlassen-worden-Seins gehen nämlich sehr tief. Ich habe Leute in meiner Gruppe, die weit über fünfzig sind und sich nach wie vor mit diesem Thema beschäftigen.«

»Wirklich?«

»Glaub mir, in seinem Inneren ist Will noch immer das verlassene Kind, das nach Liebe und Sicherheit verlangt.«

»Gott, glaubst du wirklich?«, fragte Kate entsetzt. Zwei Bilder von Will hatten sich ihr für alle Zeiten eingeprägt: das eine, wie er auf Helens Beerdigung allein am Grab der Mutter gestanden hatte, wobei sein dunkler Anzug und das dichte dunkle Haar seine Blässe noch betont hatten; das andere, wie er bis auf die Haut durchnässt und zitternd wie ein junger Hund in ihrer Küche gesessen hatte, nachdem er aus dem Internat geflüchtet war. Die Vorstellung, dass Will in seinem tiefsten Inneren vielleicht noch immer dieser verlorene, unglückliche Junge war, brach ihr das Herz.

»Vielleicht auch nicht«, antwortete Brian, dem das Spiel der Emotionen in ihrem Gesicht nicht verborgen geblieben war.

Kate zog überrascht die Augenbrauen hoch. »Aber du hast eben noch gesagt ...«

»Du kennst ihn besser als ich. Mangelnde Sensibilität und mangelnde Selbsterkenntnis können manchmal eben auch von Vorteil sein.«

»Nur weil er nicht ständig Nabelschau betreibt und irgendwelche Durchbrüche dabei erzielt, ist Will weder unsensibel noch fehlt es ihm an Selbsterkenntnis«, protestierte Kate. »Hingegen hat Suzanne nicht die geringste Selbsterkenntnis, sondern ist einfach entsetzlich egozentrisch. Was etwas vollkommen anderes ist.« Kate war sich bewusst, dass ihre Stimme schnippisch klang, doch das war ihr egal. Wahrscheinlich hatte Brian an Suzanne gedacht, als er ihr eine Beziehungspause vorgeschlagen hatte, ehe sie nach Afrika geflogen war. »Ich nehme an, Suzanne ist auch in der Gruppe für verlassene Kinder?«, fragte sie.

»In der Tat, das ist sie. Denn sie wurde adoptiert.«

»Das überrascht mich nicht. Wenn sie meine Tochter wäre,

hätte ich sie nämlich garantiert ebenfalls auf irgendeine fremde Türschwelle gelegt«, fauchte Kate.

»Sie kann manchmal wirklich etwas heftig sein«, gab Brian zu ihrer Überraschung zu. Denn tatsächlich hatte er, als Kate in Afrika gewesen war, seine Beziehung zu Suzanne gründlicher erforscht und war zu dem Schluss gekommen, dass ihre Bedürftigkeit äußerst anstrengend war. Das hatte ihm bewiesen, dass er doch lieber mit Kate zusammen war. Sie war deutlich weniger neurotisch als sämtliche anderen Frauen, die er kannte, was, da er sich beruflich ständig mit den Leiden anderer befasste, wunderbar entspannend war.

»Ich dachte, wir gehen eine Pizza essen«, schlug er fröhlich vor. »Ich weiß, wie gern du Pizza isst – und mach dir keine Sorgen, weil du gerade pleite bist. Ich lade dich zur Feier deiner Rückkehr ein.«

»Einmal vegetarisch de luxe«, verkündete die Bedienung fröhlich, während Kate sich alle Mühe gab, sich nicht anmerken zu lassen, wie enttäuscht sie von der mittelgroßen Pizza war, die die junge Dame schwungvoll zwischen ihnen auf die Tischplatte fallen ließ. Bereits kurz nach ihrem Kennenlernen hatte sie gelernt, dass es wörtlich zu verstehen war, wenn Brian ihr erklärte, er würde sie auf eine Pizza einladen. Und die eine Pizza, die es für sie beide gab, schnitt er immer feierlich in der Mitte durch, damit nicht einer mehr als der andere bekam. Beim ersten Mal hatte sie nichts dazu gesagt. Es hatte Brian bereits leicht schockiert, dass sie keine Vegetarierin war, und sie hatte seinen Schreck nicht noch dadurch vergrößern wollen, dass sie eine Pizza, mit der sie eine kleine afrikanische Nation einen Monat lang hätte ernähren können, ganz allein verschlang. Denn eins von Brians Lieblingsthemen war die Nahrungsmittelknappheit auf der Erde, und er sollte nicht denken, seine Freundin wäre schuld daran.

Außerdem hatte sie nicht erwartet, dass ihre Beziehung längerfristig hielte, und darum kein unnötiges Aufheben darum gemacht – weshalb sie jetzt gezwungen war, ihren Ärger zu verbergen, als er gut gelaunt die Pizza in zwei Hälften schnitt. Und nicht nur die Größe ihrer Mahlzeit störte sie, sondern auch die Tatsache, dass sie mal wieder vegetarisch war, während sie sich nach Salami sehnte, deren würzige Schärfe sich mit der fruchtigen Frische der Tomatensoße zu einem kulinarischen Höchstgenuss verband.

Wahrscheinlich war sie einfach undankbar. Schließlich hatte Brian sie zum Pizzaessen eingeladen, weil er dachte, dass es ihr gefiel. Es war ja nicht seine Schuld, dass sie niemals den Mut gefunden hatte, ihm zu sagen, dass sie lieber eine ganze Pizza mit Salami als nur eine halbe mit Gemüse aß.

Entschlossen, ihr Zusammensein trotzdem zu genießen, schob sie sich den ersten Bissen ihrer Pizzahälfte in den Mund – und siehe da: Sie schmeckte überraschend gut.

»Du hast mir wirklich gefehlt«, erklärte er und sah sie lächelnd an.

Sie wünschte sich, er hätte nicht so überrascht geklungen, setzte aber ebenfalls ein Lächeln auf und meinte: »Du mir auch.«

Manchmal konnte sie einfach nicht glauben, dass er tatsächlich mit ihr zusammen war. Sein schmales, kantiges Gesicht war unglaublich attraktiv, dank des jahrelangen Yogas und genügend Schlafs war er körperlich in Höchstform, und aufgrund des allzeit maßvollen Genusses ausschließlich gesunder Sachen hatte er eine fantastische Figur. Außerdem war er so fürsorglich und rücksichtsvoll. Ihre Familie mochte ihn verachten, doch sie wussten eben einfach nicht, wie süß er häufig war. Und auch Freddie mochte ihr erklären, dass nicht Brian, sondern Will der Richtige für sie wäre, aber in

Wahrheit hatte Will sie ziemlich mies behandelt – und es wäre ja wohl krank, sich nach einem Typen zu verzehren, dem sie völlig schnuppe war. Sie hatte Will geliebt; das hingegen, was sie mit Brian hatte, war real, erwachsen und beruhte, was das Allerbeste war, auf Gegenseitigkeit.

Auch der Sex mit ihm war toll. Sie blickte auf seine langen, schlanken Finger, die versonnen mit dem Stiel von seinem Weinglas spielten, dachte voller Sehnsucht an die Freude, die sie ihr bereiten konnten, und erwog, erfüllt von heißer Lust, den Rest der Pizza zu vergessen und ihn heimzuzerren, damit er endlich mit ihr in die Kiste sprang.

Er bemerkte ihren Blick und schaute sie mit einem intimen Lächeln an.

Sie schüttelte ihre Gedanken ab und wollte von ihm wissen: »Und, hast du dich gestern Abend auf der Hochzeit amüsiert?«

»Oh, ich war nicht lange dort, aber ja, es war echt amüsant.« Brian hatte kurzfristige Schuldgefühle, als er an das geradezu verzweifelt willige junge Mädchen dachte, mit dem er nach einer Weile von dem Fest verschwunden war. »Es war interessant, dich im Kreis deiner Familie zu sehen«, erklärte er. »Du bist total anders, wenn du mit ihnen zusammen bist. Dann wirst du zu einer O'Neill.«

»Ich bin eine O'Neill. Was also sollte ich anderes sein?«

»Genau das meine ich. Wenn du mit ihnen zusammen bist, bist du eine O'Neill. Wenn du allerdings mit mir zusammen bist, bist du einfach Kate.«

»Gott, du bist bestimmt der einzige Psychotherapeut, der es als Problem ansieht, wenn jemand seiner Familie nahesteht.«

»Das tue ich ja gar nicht. Ich finde lediglich, dass du dich etwas zu sehr darin ... verstrickst.«

Kate runzelte die Stirn. »Dass ich mich darin verstricke?«

»Ja. Deine Identität geht in der Familie unter. Du müsstest dich stärker von ihnen abgrenzen. Du musst Kate sein, nicht nur eine O'Neill.«

Genau das hatte Kate vor Kurzem selbst gedacht. Aber es war eine Sache, wenn sie selbst es dachte, jedoch etwas völlig anderes, wenn er darüber sprach. Wie ein Schönheitschirurg für die Seele ging er einfach davon aus, dass sich mit ein bisschen Arbeit jeder Mensch verbessern ließ. Warum konnte er sie nicht so akzeptieren, wie sie war?

»Als du so lange unterwegs warst, habe ich über uns nachgedacht«, meinte er mit einem Mal.

Jetzt kommt's, dachte Kate und stieß einen innerlichen Seufzer aus. Die Beziehungsdiskussion.

»Wie gesagt, ich habe gründlich über unsere Beziehung nachgedacht«, fuhr er mit ruhiger Stimme fort. »Und dabei ist mir klar geworden, wie wichtig du mir bist, und dass ich mir wünsche, dass du immer Teil von meinem Leben bist.«

Kate hatte gehofft, dass sich ihr Ultimatum noch etwas verschieben ließ, aber jetzt war das Thema auf dem Tisch und sie war entschlossen, ihm zu sagen, dass sie eine Hochzeit, Kinder und die ganzen anderen Dinge wollte, und dass sie am besten einen Schlussstrich unter die Beziehung ziehen und getrennte Wege gehen würden, hielte er sie weiter auf Distanz. Außerdem, beschloss sie, würde sie ihn wissen lassen, wie sie selbst zum Thema Pizza stand, weil die Vorstellung, bis an ihr Lebensende niemals wieder eine ganze Pizza mit Salami zu bekommen, einfach unerträglich war.

Sie war derart damit beschäftigt, sich für das Gespräch zu wappnen, dass sie gar nicht hörte, was er weitersprach. Doch das war sicher auch nicht nötig, dachte sie, als das Wort »Bindung« an ihre Ohren drang. Alles, was er sagte, hatte sie bestimmt schon tausendmal gehört – dass er nicht bereit war, eine feste Bindung einzugehen, dass man kein Stück Papier brauchte, um jemanden zu lieben, dass er »im Jetzt« lebte und niemand wissen konnte, was in zwanzig Jahren war, und so weiter und so fort.

»Was denkst du?«, riss Brian sie aus ihren Überlegungen und warf ihr einen seiner intensiven, durchdringenden Blicke zu. Kate hatte sich bereits des Öfteren gefragt, ob er sie wohl vor dem Spiegel übte, denn auf sie wirkten sie einstudiert.

Ehe, Kinder, Pizza, dachte sie und nahm allen Mut zusammen, um ihr Sprüchlein aufzusagen. Himmel, sie war einfach nicht dafür geschaffen – sie war ganz eindeutig nicht der Ultimatum-Typ. Ehe, Kinder, Pizza, Ehe, Kinder, Pizza.

»Ich weiß einfach nicht, wie du darüber denkst«, fuhr Brian fort.

»Worüber?«

»Über das, was ich eben gesagt habe.«

»Oh, hm, über Bindungen und so?«, riet Kate, da sie ihm einfach nicht zugehört hatte.

»Ja, über Bindungen und so«, klärte er sie spöttisch auf. »Ich meine, ich habe dir gesagt, was ich gerne möchte. Allerdings weiß ich nicht, wie du die Sache siehst.«

»Ich will meine eigene Pizza«, hörte sie sich sagen.

»Was?« Er fing an zu lachen.

Scheiße! Von der Pizza hätte sie erst ganz am Ende sprechen wollen – aber Brian hatte sie vollkommen überrascht. Wie sollte sie von Pizza zur Ehe übergehen? Da gab es schließlich keinen direkten Zusammenhang.

»Das ist es, was ich an dir liebe, Kate«, erklärte er ihr lachend. »Du bist so herrlich bodenständig. Hier sitze ich und schütte dir mein Herz aus, und du fängst von Pizza an!«

Kate setzte ein schwaches Lächeln auf. »Tut mir leid, es

ist nur einfach so, dass ich Pizzas nicht gerne teile. Ich bin eine erwachsene Frau, ich schaffe eine Pizza auch allein. Was glaubst du, wie ich so groß und kräftig geworden bin?«

»Du bist gar nicht mehr so kräftig.«

»Ich dachte schon, du hättest es gar nicht gemerkt.« Es hatte sie geärgert, dass ihr alle Welt erklärt hatte, sie sähe super aus, und nur Brian nichts dazu gesagt hatte, wie schlank sie während ihres Trips geworden war.

»Natürlich habe ich gemerkt, dass du abgenommen hast«, bestätigte er ihr jetzt. »Du siehst fantastisch aus. Aber für mich hast du schon immer klasse ausgesehen.«

Wie ungerecht sie wieder mal gewesen war. Schließlich hatte Brian sie tatsächlich schon geliebt, als sie noch fett gewesen war, und hatte ihr bereits damals das Gefühl vermittelt, wunderschön und unendlich begehrenswert zu sein. Er hatte nie auch nur mit einem Wort davon gesprochen, dass sie dünner werden sollte, sondern sie so genommen, wie sie war.

»Warum hast du das nicht schon eher gesagt?«, wollte er von ihr wissen. »Das mit der Pizza, meine ich.«

»Ich wollte dich nicht verschrecken«, gab sie kleinlaut zu. Sie hatte ihn eindeutig falsch eingeschätzt.

»Dann findest du also, wir sollten heiraten, wenn ich mit getrennten Pizzas einverstanden bin?«

»Was?«, fragte Kate verwirrt. »Wovon redest du?« Falls dies ein Witz sein sollte, war er alles andere als amüsant.

»Nun, ich hatte dir vorgeschlagen zu heiraten, und als ich dich gefragt habe, wie du das siehst, hast du gesagt, dass du in Zukunft deine eigene Pizza willst. Ich nehme also an, dass das aus deiner Sicht ein Hindernis für das Jawort ist. Vielleicht könnten wir ja einen Ehevertrag aufsetzen«, scherzte er. »Obwohl ich bezweifle, dass es eine Standardklausel gibt, die einer Ehefrau die eigene Pizza garantiert.«

»Du hast vorgeschlagen zu heiraten?« Kate hatte das Gefühl zu träumen.

»Hast du mir überhaupt zugehört?« Brian sah sie an, als fürchte er, sie hätte den Verstand verloren.

»Tut mir leid.« Sie schüttelte den Kopf. »Ich war in Gedanken kurz woanders. Also sag bitte noch mal, was du eben gesagt hast. Ich verspreche dir, jetzt höre ich auch richtig zu.«

»Nun, ich habe gesagt, ich wäre bereit, mich fest zu binden, und da du der Mensch bist, der mir wichtiger als alle anderen ist, würde ich diese Bindung gern mit dir eingehen.«

»Oh!« Kate bereute, dass sie ihn gebeten hatte, sich zu wiederholen – denn sie hatte sich etwas Romantischeres vorgestellt. So, wie er es formulierte, fühlte sie sich wie die glückliche Gewinnerin in irgendeiner Lotterie. Sie wusste seine Intellektualität und sein Bemühen um Nüchternheit durchaus zu schätzen, aber manchmal wirkte er dadurch ein wenig unterkühlt.

»Du bist der Mensch, mit dem ich mein Leben teilen möchte«, fuhr er fort. »Und ich hatte gehofft, dass es dir mit mir genauso geht.«

Ein leidenschaftliches Geständnis unsterblicher Liebe hört sich anders an, dachte Kate. Aber immerhin wollte er heiraten und hatte ihr den Vorschlag unterbreitet, ohne dass sie ihm die Pistole auf die Brust hatte setzen müssen, tröstete sie sich.

»Oh ja«, versicherte sie ihm und schaute ihn lächelnd an. »Mir geht es ganz genauso.«

»Gut.«

»Und du möchtest wirklich heiraten?«, vergewisserte sie sich.

»Ja, ich möchte wirklich heiraten.«

Er hatte sie während ihres Afrika-Trips vermisst und beschlossen, ihre Bindung zu vertiefen, dabei allerdings eher an ein Zusammenziehen gedacht. Als er sie jedoch am Vorabend im Kreise der O'Neills gesehen hatte, war ihm klar geworden, dass sie offenbar im Grunde ihres Herzens eher konventionell und eine Verfechterin der alten Traditionen war. Wenn er sie also nicht verlieren wollte, müsste er sie heiraten.

Gestern Abend, auf der Hochzeit ihrer Schwester, war er sich ihrer zum ersten Mal ein wenig unsicher gewesen, und das hatte ihn erschreckt. Alle hatten davon geschwärmt, wie viel sie abgenommen hatte und wie attraktiv sie plötzlich war. Wenn er ehrlich war, hatte ihm Kate besser gefallen, als sie noch ein wenig übergewichtig gewesen war. Denn obwohl es paradox war, wurden Frauen, je üppiger sie waren, umso leichter übersehen, und deswegen hatte er bisher nie Grund zur Eifersucht gehabt. Gestern Abend allerdings hatten ihr die Männer bewundernde Blicke und flirtbereite Lächeln zugeworfen, und das hatte ihn gestört.

Doch was ihn noch mehr erschüttert hatte, war das glückliche Gesicht, mit dem sie zu ihm aufgesehen hatte, als er auf dem Fest erschienen war. Ihre Augen hatten geleuchtet, und sie hatte wie ein Honigkuchenpferd gestrahlt – was ganz toll gewesen wäre, dachte er etwas erbost, wäre sie nicht davon ausgegangen, dass er jemand anderes war.

»Oh, du bist's!«, hatte sie überrascht gesagt und ihn mit einem etwas schiefen Lächeln angeschaut. Sie hatte nicht enttäuscht gewirkt, nachdem sie erkannt hatte, dass er es war, aber trotzdem nicht mehr ganz so glücklich ausgesehen wie in dem Moment, in dem sie angenommen hatte, dass er jemand anderes – und zwar der dämliche Will Sargent – war. Und als wäre das nicht bereits schlimm genug für ihn gewesen, hatte er vorhin auch noch entdecken müssen, dass

Will unter romantischen Umständen in ihr Leben getreten war, als sie selbst noch jung und beeinflussbar gewesen war. Er war ein gut aussehender Kerl, und ganz sicher hatte Kate zu irgendeinem Zeitpunkt für den Mann geschwärmt. Und dann war sie beinahe in Tränen ausgebrochen, als er angedeutet hatte, dass der gute Will vielleicht noch immer unter den Auswirkungen seiner desaströsen Kindheit litt.

Arschloch, dachte Brian und empfand eine bisher unbekannte Eifersucht. Er liebte es, dass Kate so weichherzig und zärtlich war, wollte aber ihre ganze Zärtlichkeit für sich. Seit sie zusammen waren, und insbesondere als sie unterwegs gewesen war, hatte er diverse Flirts gehabt (auch die Geschichte gestern Abend zählte als ein solcher Flirt, denn schließlich waren sie erst seit heute Abend wieder offiziell ein Paar), doch die meisten Frauen, mit denen er im Bett gewesen war, hatten dabei nur an ihren eigenen Spaß gedacht. Einzig Kate war nicht so kalt und egoistisch, dass sie ihm nicht all die Liebe, die er brauchte, gab. Und vor allem wäre sie eine perfekte Partnerin für das Retreat Center, das er eröffnen wollte, denn sie würde eine tolle Hausmutter und Köchin abgeben.

»Dann sind wir jetzt also verlobt?«, fragte sie ihn ungläubig.

»Nun, es muss ja keine offizielle Verlobung sein ...«

Es würde also keinen Ring geben, sagte sich Kate enttäuscht. Aber zumindest würde sie bekommen, was sie wollte, rief sie sich entschlossen in Erinnerung. Und wahrscheinlich sollte sie nicht allzu gierig sein. »Nein, natürlich nicht«, stimmte sie ihm deshalb möglichst fröhlich zu.

»Es gibt schließlich keinen Grund, weshalb eine so einfache Entscheidung wie die, eine feste Bindung miteinander einzugehen, in einen Riesenzirkus ausarten muss, nicht wahr?«

»Und welcher Termin schwebt dir für unsere Hochzeit vor?«, wollte Kate aufgeregt von ihm wissen.

»Es besteht kein Grund zur Eile, oder?« Nun, da die Sache geklärt war, wäre eine Hochzeit vielleicht gar nicht mehr erforderlich. Schließlich wollte er Kate nicht wirklich heiraten, sondern ihrer einfach sicher sein. »Du willst ja bestimmt keine solche Riesensause veranstalten wie die, auf der wir gestern waren, nicht wahr?«

»Meine Güte, nein!« Das wollte sie tatsächlich nicht. »Aber allzu abgedreht sollte es auch nicht werden«, fügte sie eilig hinzu, denn plötzlich stellte sie sich eine Trauung durch einen Druiden oder einen New-Age-Schamanen irgendwo in der Pampa vor.

Brian lachte fröhlich auf. »Nein, damit wäre deine Familie doch niemals einverstanden.«

Himmel, die Familie! Vor lauter Aufregung hatte sie vollkommen vergessen, dass sie es ihrer Familie würde sagen müssen – und sie wären sicherlich nicht gerade überglücklich bei der Vorstellung vom Öko als Schwiegersohn. »Die Sache ist die, sobald ich es meiner Familie sage, wird es sicher schwierig, sie in Zaum zu halten und daran zu hindern, die Regie über alles zu übernehmen.«

»Nun, bis Ende des Sommers habe ich noch alle Hände voll zu tun. Warum behalten wir unsere Verlobung nicht einfach noch etwas für uns und erzählen ihnen erst unmittelbar vor der Hochzeit etwas davon?« Durch das Gerede vom Heiraten fühlte er sich eingeengt. Doch er brauchte einfach Platz, damit er Luft bekam.

»Gute Idee«, erklärte Kate. Dann müsste sie ihrer Familie nicht sofort etwas von ihrem Vorhaben erzählen, sie hätten noch ein bisschen Zeit, um Brian besser kennenzulernen, und auf Dauer würden sie ja vielleicht sogar mit ihm warm.

»Nun, das sollten wir feiern, findest du nicht auch? Hier gibt es keinen Schampus, aber wir könnten uns noch eine Pizza gönnen – oder jeder seine eigene. Dann fangen wir so an, wie es schließlich auch weitergehen soll.«

Kate grinste über beide Ohren. »Ich nehme außer dem Gemüse noch Salami drauf.«

4

Obwohl Kate darauf brannte, endlich jemandem von der Verlobung zu erzählen, hielt sie zwei volle Wochen dicht. Freddie hatte sie natürlich eingeweiht, doch das zählte nicht. »Es ist keine förmliche Verlobung«, hatte sie erklärt und ihn zur Verschwiegenheit verpflichtet.

»Dann gibt es also keinen Ring.« Mehr hatte ihr Mitbewohner nicht dazu gesagt.

Und auch sie selbst empfand einen bemerkenswerten Gleichmut in Bezug auf diese ganze Angelegenheit, schob es allerdings darauf, dass sie mit niemandem darüber sprechen konnte und dass es deswegen keine Glückwünsche und keine Hochzeitsplanung gab. Dadurch erschien ihr diese ganze Sache völlig irreal. Aber sie hatte Brian nun einmal versprochen, niemandem etwas zu sagen, und es machte sie ein bisschen stolz, dass sie dieses Versprechen wirklich hielt.

Doch dann rief ihre Mutter an. »Schätzchen, Helen veranstaltet heute einen ihrer Single-Abende. Du solltest wirklich hingehen.«

»Aber ich bin kein Single«, stöhnte Kate.

»Oh? Habe ich die Hochzeit irgendwie verpasst?«, gab ihre Mutter ungerührt zurück.

»Du weißt, was ich meine. Ich habe einen festen Freund. Ich suche keinen Mann, weil ich nämlich schon einen habe.«

»Hm.« Grace klang alles andere als überzeugt. »Wenn du nicht verheiratet bist, bist du ein Single«, klärte sie ihre Tochter auf. »Aber wie dem auch sei, es kann ganz bestimmt nicht schaden, ein paar neue Leute kennenzulernen. Schließlich sollte man nicht alles auf eine Karte setzen.«

»Mum, Brian und ich meinen es ernst.« Kate sehnte sich danach, ihr von der Verlobung zu erzählen, denn dann würde ihre Mutter ja vielleicht endlich verstehen, wie ernst es ihnen war, aber sie biss sich auf die Zunge und verriet ihr nichts.

»Du vergeudest deine Zeit mit diesem Mann«, fuhr ihre Mutter fort. »Er hat ganz sicher nicht das Zeug zum Ehemann – und du wirst schließlich nicht jünger.«

Kate stieß einen Seufzer aus. Sie war erst achtundzwanzig, doch ihre Mutter schrieb sie bereits ab.

»Ich meine, kannst du dir wirklich vorstellen, ihn irgendwann zu heiraten?«

»Tatsächlich habe ich eine Neuigkeit für dich – aber ich will nicht, dass du jetzt schon irgendjemand anderem etwas davon erzählst, okay?«

»Ich werde schweigen wie ein Grab, wenn du das willst«, versicherte ihr Grace. »Worum geht es, Schatz?«

»Ich werde nicht mehr lange Single sein«, erklärte sie, froh, dass sich ihrer Mutter mit diesen paar Worten endgültig der Wind aus den Segeln nehmen ließ. »Ich bin nämlich verlobt.«

Stille.

»Mum? Bist du noch da?«

»Oh ja, Schätzchen, ich bin noch da.«

»Und?«

»Was, und?«

»Freust du dich nicht für mich?«

»Doch wohl nicht etwa mit dem Öko?«, fragte Grace.

Kate stieß den nächsten Seufzer aus. »Ich wünschte mir, ihr würdet endlich aufhören, ihn so zu nennen. Weil er schließlich einen Namen hat.«

»Als Nächstes wirst du mir bestimmt erzählen, dass er genau wie die Bäume und die Sterne ein Recht auf Leben hat«, stieß ihre Mutter schnaubend aus. »Dann ist er es also wirklich?«

»Ja, natürlich ist es Brian – wer wohl sonst?«

»Ich dachte nur ...«, begann Grace schwach.

»Was dachtest du nur?«

»Nun, du hättest ja auch jemand Neues kennenlernen können. Ich dachte, vielleicht in Afrika ...«

Du meinst, du hast darauf gehofft, verbesserte Kate in Gedanken, während sich ihre Brust schmerzlich zusammenzog. Sie hatte nicht unbedingt damit gerechnet, dass ihre Mutter außer sich vor Freude wäre, aber ihre Reaktion war einfach deprimierend. »Nein, Mum, ich habe niemand Neues kennengelernt«, ließ sie erbost verlauten. »Es ist Brian. Ich dachte, du würdest dich für mich freuen.«

»Natürlich freue ich mich für dich, Schätzchen«, meinte Grace ein wenig unsicher. »Wenn es wirklich das ist, was du willst.«

»Überschlag dich bloß nicht vor Begeisterung!«, gab Kate schmollend zurück.

»Ich bin deine Mutter, Kate. Da möchte ich natürlich, dass du glücklich bist.«

»Hör zu, ich weiß, dass ihr Brian nicht leiden könnt.«

»Das würde ich nicht sagen«, setzte ihre Mutter sich zur Wehr.

»Es stimmt, Mum. Sei doch bitte ehrlich. Aber das liegt einfach daran, dass ihr ihn nicht wirklich kennt.«

»Und wessen Schuld ist das? Wir haben uns die größte Mühe gegeben, ihn in die Familie zu integrieren und besser kennenzulernen – du kannst ja wohl nicht behaupten, wir hätten es nicht versucht. Nur ist es einfach so, dass er uns bei jeder sich bietenden Gelegenheit die kalte Schulter zeigt.«

Die kalte Schulter zeigt. Jetzt begann für Grace das Melodram.

»Du kannst es nicht leugnen, Kate. Er macht kein Geheimnis daraus, dass er uns nicht mag. Selbst auf der Hochzeit deiner Schwester ist er erst erschienen, als die Feier fast vorüber war.«

»Ich weiß, ich weiß«, erklärte Kate beschwichtigend. »Aber manchmal seid ihr wirklich einfach ...«

»Überwältigend?«

Scheiße! Kate trat gegen die Wand. Warum in aller Welt hatte sie Lorcan davon erzählt? Sie hätte sich denken müssen, dass er es sofort von allen Dächern schreien würde. Weil er einfach niemals irgendwas für sich behalten konnte. »Nun, das liegt einfach daran, dass er euch nicht wirklich kennt«, versuchte sie ihre Mutter zu beruhigen. »Mum, wenn ihr ihn so gut kennen würdet wie ich ...«

»Das ist ja alles schön und gut«, fuhr Grace sie an. »Ich bin sicher, dass ihn seine Mutter geradezu abgöttisch liebt und dass er der Augapfel von seiner Oma ist – aber glaubst du nicht auch, dass es zumindest eine minimale Rolle spielt, wie einen andere Leute sehen? Ich meine, muss man wirklich erst ein Love-in-Seminar mit jemandem besuchen, um zu sehen, wie er wirklich ist? Weißt du, es ist ganz einfach so, dass auch der erste Eindruck durchaus wichtig ist.«

»Wenn nur der erste Eindruck zählen würde, wäre aus Elizabeth und Mr Darcy nie etwas geworden«, konterte Kate.

»Um meine Beweisführung abzuschließen«, entgegnete Grace spitz. »Mr Darcy war genau so, wie er allen Leuten vorgekommen ist – ein unerträglicher, analfixierter Snob, im Vergleich zu dem auch noch der allergrößte Wichser, den man sich vorstellen kann, das reinste Weichei ist.«

So ehrlich hätte Grace beim besten Willen nicht sein müssen, sagte sich Kate, die allmählich kurz vor einem Tränenausbruch stand. Deshalb heulte sie ins Telefon: »Das ist nicht fair! Rachel gegenüber warst du nicht derart gemein, als sie sich mit Tom verlobt hat.«

»Aber wir alle lieben Tom – das weißt du ganz genau. Er ist ein absoluter Schatz.«

»Aber Brian mögt ihr nicht. Habe ich es doch gewusst!«

»Wann findet die Hochzeit statt?«, fragte ihre Mutter steif.

Verdammt. Warum hatte sie sich nur dazu verleiten lassen, die Verlobung auszuplaudern? Grace würde auftrumpfen, wenn sie ihr anvertraute, dass es noch keine konkreten Hochzeitspläne gab.

»Oh, wir haben noch kein Datum festgelegt«, erklärte sie in bemüht lässigem Ton. »Es ist keine förmliche Verlobung.«

»Dann gibt es also keinen Ring.«

Kate beschloss, darauf nicht einzugehen. »Wir wollen kein großes Trara um diese Sache machen. Deshalb behalten wir's auch erst einmal für uns. Mum, du musst mir versprechen, dass du niemandem etwas davon erzählt.«

»Natürlich.«

»Versprich es, Mum.«

»Also bitte, Schätzchen!«, schnaubte Grace, als wäre sie durch das mangelnde Vertrauen ihrer Tochter tödlich verletzt.

»Versprich es, Mum.« Kate kannte ihre Mutter ganz genau.

»Okay, okay«, gab sich Grace geschlagen. »Ich verspreche es.«

Einen Moment später klopfte Grace mit einem langen roten Fingernagel auf das Telefon. Wen sollte sie zuerst anrufen? Das war jetzt die große Frage. Im Normalfall hätte sie zuerst mit Rachel telefoniert, aber die war gerade erst von ihrer Hochzeitsreise heimgekehrt und ging noch ganz in ihrem eigenen Status einer Frischverheirateten auf. Lorcan wäre hoffnungslos und ohne jeden Zweifel ausnehmend unkooperativ. Helen, dachte sie. Helen wüsste sicher Rat.

»Helen?«

»Grace! Wie schön. Warte eine Sekunde – ich habe was im Ofen.«

Grace war bereits ruhiger. Helens Häuslichkeit war einfach tröstlich, dachte sie. Sie gab ihr das Gefühl, dass alles gut würde. Sie bräuchte ihr nur zu erzählen, was geschehen war, und schon würde ihrer Schwiegertochter eine Lösung einfallen.

»In Ordnung, jetzt bin ich ganz Ohr.«

»Helen, ich habe eine Neuigkeit.«

»So, wie du klingst, scheint sie nicht gerade gut zu sein. Worum geht's?«, fragte Helen in besorgtem Ton.

»Um Kate.« Grace zögerte, denn plötzlich hatte sie tatsächlich leichte Schuldgefühle, weil sie ihre Tochter so schnell hinterging.

»Was hat sie angestellt? Ist sie mit einem Zirkus in Richtung Himalaja durchgebrannt?«

»Ich fürchte, so vernünftig war sie nicht.« Grace legte eine dramatische Pause ein, ehe sie die Bombe platzen ließ. »Sie hat sich mit diesem fürchterlichen Öko verlobt.«

»Mein Gott!«

Die gute alte Helen, dachte Grace. Sie hätte sich denken sollen, dass die Schwiegertochter umgehend begreifen würde, was für eine Katastrophe diese Nachricht war.

»Es soll noch ein Geheimnis sein. Ich sollte es noch nicht mal dir erzählen. Aber ich muss einfach mit einem Menschen darüber reden – und dir fällt auch sicher eine Lösung ein.«

»Eine Lösung? Was für eine Lösung?«

»Für unser Problem«, antwortete Grace ein wenig ungeduldig. Helen war normalerweise nicht schwer von Begriff. »Wie gesagt, Kate hat sich mit dem Öko verlobt.«

»Oh, du meinst die Verlobung?«, hakte Helen leicht beunruhigt nach.

»Ja!«

»Und dass du den Öko nicht ausstehen kannst?«

»Genau.«

»Verstehe. Nun, ich weiß, das ist bestimmt nicht leicht, Grace, aber ...«

»Wir müssen diese Hochzeit unbedingt verhindern!«, fiel ihr Grace ins Wort. »Wir können nicht zulassen, dass sie ihn wirklich heiratet.«

»Ich wüsste nicht, wie wir das machen sollten.«

»Nein?« Grace geriet ins Wanken. Helen würde sie doch sicher nicht im Stich lassen?!

»Also, was schwebt dir vor?«

Grace stieß einen abgrundtiefen Seufzer aus. »Ich habe keine Ahnung«, gab sie zu. »Ich dachte, du hättest vielleicht ein paar Ideen.«

»Wie wir die beiden auseinanderbringen können?«, fragte Helen, um Klarheit bemüht.

»Ja, natürlich.«

»Glaubst du wirklich, dass das richtig wäre?«, wollte Helen wissen. »Könntest du ihm nicht noch eine Chance geben und versuchen, ihn besser kennenzulernen?«

»Hast du Brian schon mal irgendwo getroffen, Helen?«, erkundigte sich Grace.

»Nein, ich glaube nicht. Anscheinend ist er noch um kurz vor zwölf auf Rachels Hochzeit aufgetaucht, aber da habe ich ihn nicht gesehen. Was ist er für ein Typ?«

»Ein Psycho in einem Wollpulli.«

»Psycho wie Psychotherapeut?«

»Nein«, antwortete Grace. »Psycho wie Idiot. Ehrlich Helen, wenn es einfach darum ginge, dass ich ihn nicht leiden kann, wäre mir das noch egal. Wenn ich wirklich dächte, dass er meine Tochter glücklich machen würde, würde ich mir alle Mühe geben, ihn zu mögen, auch wenn er der allergrößte Spinner ist. Doch sie würde den größten Fehler ihres Lebens machen. Sie würde mit diesem Typen unglücklich.«

Helen dachte eilig nach. »Hör zu, wie wäre es mit einem Familientreffen, um die Sache zu bereden?«, schlug sie vor. »Die anderen denken schließlich auch, dass er der Falsche für sie ist, oder?«

»Na klar.«

»Also sollten wir uns treffen, die Köpfe zusammenstecken und sehen, was uns einfällt.«

»Aber wie sollen wir ein Familientreffen arrangieren, ohne dass Kate Wind davon bekommt?«, sorgte sich Grace.

»Wir könnten uns am Sonntag treffen. Dann kann ich sie bitten, etwas mit den Jungs zu unternehmen – ich werde einfach sagen, wir bekämen Besuch.«

»Sag einfach, du hältst am Sonntag eins von deinen Single-Treffen ab«, schlug Grace verbittert vor. »Dann taucht sie garantiert nicht auf.«

Gesagt, getan. Grace baute sich am Sonntagnachmittag in Helens geräumigem Wohnzimmer vor der versammelten Familie auf. Helen hatte Getränke und etwas zum Knabbern auf den Tisch gestellt, und alle griffen zu und bedachten Grace zugleich mit einem erwartungsvollen Blick.

»Wahrscheinlich fragt ihr euch, warum wir euch alle heute herbestellt haben«, setzte sie mit ihrer durchdringenden Schauspielerinnenstimme an.

»Gleich wird sie uns enthüllen, wer den Pfarrer ermordet hat«, raunte Lorcan seinem frischgebackenen Schwager zu.

Tom fing an zu lachen und handelte sich einen missbilligenden Blick von seiner Gattin ein.

Lorcan sagte laut: »Ich frage mich, warum wir ein Familientreffen ohne Kate abhalten.« Seine Schwester sollte mit den Neffen erst ins Kino und danach noch zu McDonald's gehen, und sie alle hatten strikte Anweisung gehabt, ihr ja nicht zu erzählen, dass sich die gesamte übrige Familie währenddessen traf.

»Dafür gibt es einen guten Grund«, entgegnete Grace bestimmt. »Weil es bei diesem Treffen um sie geht.«

»Sie hat doch noch nicht Geburtstag, oder?«, wollte Conor wissen. »Planen wir eine Überraschungsparty oder so?«

»Nein, Liebling«, erklärte Helen ihm.

»Ich wage zu bezweifeln, dass es so was Angenehmes wird«, stellte Lorcan, dem das Treffen plötzlich nicht mehr ganz geheuer war, mit Grabesstimme fest.

»Oh, tu bloß nicht so, als läge außer dir Kate niemandem am Herzen«, fuhr ihn seine Mutter an. »Wir alle lieben sie – und deshalb sind wir hier.« Sie legte eine Pause ein und zog ihr Publikum auf diese Art erneut in ihren Bann. »Keiner von euch soll es jetzt schon erfahren, aber Kate und Brian haben sich verlobt.«

»Bravo, Kate!«, rief Tom, und diese beiden Worte trugen ihm eisiges Schweigen sowie einen neuerlichen bösen Blick von Rachel ein. »Oh, freuen wir uns nicht? Tut mir leid. Dann spricht also irgendetwas gegen diesen Kerl?«

»Nur die Tatsache, dass er der größte Depp auf Erden ist«, schnauzte ihn Rachel an. »Verlobt? Ich kann einfach nicht glauben, dass Kate derart dumm sein soll.«

»Sie hat es mir am Freitag selbst erzählt, und ich war genauso überrascht wie du.« Grace war unendlich erleichtert, dass sie diese Sache endlich jemandem hatte erzählen können, der auf ihrer Wellenlänge war. Dass Rachel es jetzt wusste und das Ausmaß dieser Katastrophe sofort zu erkennen schien, war ein echter Trost.

Tatsächlich war Rachels Empörung sogar noch größer als die von Grace. »Himmel!«, tobte sie. »Ich dachte, wir könnten uns wenigstens darauf verlassen, dass dieser blöde Kerl auf keinen Fall heiraten will.«

»Das ist einfach etwas zu konventionell für ihn, nicht wahr?«, pflichtete ihr Helen bei.

»Die Verlobung war eindeutig alles andere als konventionell«, bemerkte Grace.

»Weshalb dieser Blödmann drum herumgekommen ist, einen Ring für sie zu kaufen«, knurrte Jack.

Es rührte Grace, dass er auf ihrer Seite war. Er billigte ihr Vorgehen nicht, doch er billigte den Öko noch viel weniger, sodass er schließlich widerstrebend zugestimmt hatte zu überlegen, wie sich diese Hochzeit noch verhindern ließ.

»Und keiner von uns soll was davon wissen?«, fragte Lorcan Grace.

»Nein.«

»Daher dachtest du, es wäre gut, sofort ein Familientreffen einzuberufen und es uns allen zu erzählen.«

»Wir brauchen so viel Zeit wie möglich«, verteidigte sich Grace.

»Es geht also nicht darum zu entscheiden, was wir ihnen zur Hochzeit schenken sollen, oder?«, hakte Tom nach, dem allmählich ernste Zweifel an der Familie kamen, deren Mitglied er inzwischen war.

»Nein, Tom, ich fürchte, nicht«, klärte Lorcan ihn mit Grabesstimme auf. »Ich glaube, meine Mutter hat etwas viel Machiavellistischeres vor.«

»Aus welchem Grund also haben wir uns genau getroffen?«, erkundigte sich Conor, der endlich zum Thema kommen wollte, ganz egal was dieses Thema war. Vielleicht spuckte es ja endlich jemand aus, dann könnte er die Sache klären, würde seine Sippe endlich wieder los und könnte die wichtigen Telefongespräche führen, zu denen er aufgrund ihres Besuchs noch nicht gekommen war.

»Wir haben uns getroffen, um zu sehen, was wir tun können«, antwortete Grace. »Wir können nicht einfach tatenlos mit ansehen, wie Kate in ihr Unglück rennt. Wir müssen uns Gedanken machen, und ich will, dass ihr die Köpfe zusammensteckt und ein paar Vorschläge macht.«

Tom sah Lorcan fragend an. »Was für Vorschläge?«

»Wie wir die zwei auseinanderbringen können, was denn sonst?«

»Also bitte, Lorcan«, schalt ihn Grace. »Du hasst ihn nicht weniger als wir. Und du weißt genauso gut wie ich, dass er nicht der Richtige für deine Schwester ist.«

»Ja, aber glaubst du nicht, dass wir Kates Entscheidung trotzdem respektieren sollten?«, schlug er vorsichtig vor. »Schließlich ist sie alt genug, um zu wissen, was sie tut.«

»Ach, red doch keinen Unsinn«, winkte seine Mutter seinen Einwand wie eine lästige Fliege ab. »Was wäre wohl aus uns allen geworden, wenn sich jeder immer nur um seine eigenen Angelegenheiten kümmern würde, ohne sich dafür zu interessieren, was der andere macht? Nimm nur deine Tante Sheila.«

Tante Sheila wurde immer dann erwähnt, wenn sich jemand eine Einmischung der Sippe in ein Vorhaben verbat.

»Was ist mit Tante Sheila?«, fragte Tom.

»Sie hat einen Transsexuellen geheiratet«, klärte ihn Lorcan auf.

»Davon habe ich noch nie etwas gehört.«

»Weil er die Leiche in unserem Keller ist.«

Doch auch wenn der Mann die Leiche im O'Neill-Keller war, hatte Grace nicht die geringsten Skrupel, ihn hervorzuzerren und kräftig mit seinen Knochen zu klappern, wenn sich die Familie nur auf diese Art auf den rechten Weg führen ließ.

»Ihr Mann war ein Perverser, Tom«, schmückte sie die Geschichte aus. »Meine ganze Familie wusste, dass mit ihm etwas nicht stimmt. Aber wir haben nichts gesagt. Wir haben uns nicht eingemischt«, versicherte sie. »Und die arme Sheila hat die Hölle durchgemacht. Weil er nämlich mit ihrem gesamten Geld nach Südamerika verschwunden ist, wo er sich in eine Frau hat verwandeln lassen.«

»Meine Güte!«

»Allerdings, das war ein Schock.«

»Und jetzt lebt Onkel Geraldine mit einem Friseur namens Carlos in Rio de Janeiro«, informierte Lorcan seinen Freund. »Wo sie arm, aber glücklich sind.«

»Und ihr habt es die ganze Zeit gewusst?« Tom bedachte Grace mit einem ungläubigen Blick.

»Nun, natürlich haben wir es nicht gewusst. Wir wussten nur, dass irgendwas mit ihm nicht stimmte, konnten aber nicht richtig fassen, was es war.«

»Vor allem nach der Operation«, warf Lorcan scherzhaft ein.

Grace bedachte ihn mit einem bösen Blick und fuhr, während sie melancholisch in die Ferne sah, mit wehmütiger Stimme fort: »Es gab eine Reihe kleiner Zeichen. Wie zum Beispiel, dass er plötzlich einen Poncho trug.«

»Einen was?« Tom ging sicher davon aus, er hätte sich verhört.

»Einen Poncho, Tom«, wiederholte Lorcan. »Hör doch einfach etwas besser zu.«

»Ah, richtig.« Tom nickte zustimmend, als wäre das Tragen eines Ponchos ein universelles Zeichen für Transsexualität.

»Rückblickend betrachtet war es natürlich offensichtlich.

Aber es waren die Siebziger«, erläuterte Grace, »und da lief die halbe Welt mit Ponchos rum. Und Clint Eastwood hatte einen Poncho in den Cowboyfilmen an, und an ihm ist nichts verkehrt, oder?«

»Nun.« Tom wiegte unsicher den Kopf. »Hing er nicht eine Zeit lang mit diesem Schimpansen rum?«

»Das war ein Orang-Utan«, korrigierte Lorcan ihn und bemühte sich verzweifelt um einen ernsten Gesichtsausdruck.

»Doch das macht es auch nicht richtiger«, gab Tom zurück.

»Wie dem auch sei, ich glaube nicht, dass zwischen den beiden tatsächlich was war«, flüsterte ihm Lorcan zu, Grace hingegen funkelte ihn zornig an.

»Ah! Dann war das also nur eine dieser Pseudoromanzen, um Werbung für den Film zu machen?«, fragte Tom.

Grace tat es inzwischen leid, dass sie auf Clint Eastwood zu sprechen gekommen war. Und auch Conor schien es zu bereuen, denn wenn Tom und Lorcan einmal anfingen, hörten sie für gewöhnlich erst nach Stunden wieder auf.

»Die Sache ist die«, wandte sich Grace entschieden wieder ihrem eigentlichen Thema zu. »Wir wussten, dass etwas mit ihm nicht stimmte, haben uns aber blind gestellt.«

»Gegenüber dem Poncho?«, hakte Tom nach.

»Gegenüber allem. Bis es schließlich zu spät war.« Sie stieß einen abgrundtiefen Seufzer aus. »Wir hätten der armen Sheila ein Leben im Unglück ersparen können, haben es aber nicht getan. Nun, das passiert in meiner Familie kein zweites Mal.«

»Und was ist aus Tante Sheila geworden? Sie war nicht auf unserer Hochzeit, oder?« Tom sah Rachel fragend an.

»Sie ist inzwischen mit einem griechischen Milliardär zusammen und segelt mit ihm auf den Weltmeeren herum. Im

Augenblick sind sie in der Karibik«, informierte Rachel ihren Gatten.

»Oh!« Tom war etwas überrascht. Er hatte erwartet, dass Sheila an einem gebrochenen Herzen gestorben wäre oder so. »Das klingt nicht wirklich unglücklich«, stellte er fröhlich fest und fragte sich verwundert, weshalb Grace sich nicht für ihre Schwester freute, nachdem alles so gut ausgegangen war.

»Darum geht es nicht«, erklärte sie. »Es geht darum, dass wir Sheila vor einer desaströsen Ehe hätten bewahren können, stattdessen jedoch tatenlos mit angesehen haben, wie sie in ihr Unglück rennt. Nun, aber jetzt werde ich bestimmt nicht tatenlos mit ansehen, wie auch Kate ihr Leben ruiniert. Wir sind ihre Familie. Es ist unsere Pflicht, sie vor Schaden zu bewahren.«

»Also, hat irgendwer eine Idee?«, fragte Helen, da sie wusste, dass ihr Mann allmählich unruhig wurde, weil er nicht zu seiner Arbeit kam.

»Sie muss jemand anderen kennenlernen«, stellte Rachel fest.

»Die Chance, dass das passiert, ist ja wohl eher gering«, wandte Grace ein. »Denn schließlich redet sie sich ein, dass sie nicht mehr zu haben ist.«

»Wir könnten ihr von dem Flittchen erzählen, um das er auf der Hochzeit rumgesprungen ist«, schlug ihr Gatte vor.

Grace dachte kurz darüber nach. »Nein, schließlich soll es nicht so wirken, als mischten wir uns ein. Wir müssen dafür sorgen, dass sie selber sieht, was für ein mieser Kerl er ist.«

»Sie muss jemand anderen kennenlernen«, brachte Rachel ihren Vorschlag noch einmal mit eindringlicher Stimme vor.

»Dafür ist nicht mehr genügend Zeit«, klärte Grace sie ungeduldig auf. »Wir wissen ja nicht mal, wie viel Zeit uns bleibt – sie haben nämlich vor, uns erst in letzter Minute zu erzählen, wann die Hochzeit überhaupt stattfinden soll.«

»Wir müssen ihn entlarven, müssen dafür sorgen, dass er bei ihr in Ungnade fällt«, dachte Conor laut nach. Dieses Treffen dauerte schon viel zu lange, und er wollte es endlich zum Abschluss bringen, um weiter seiner Arbeit nachzugehen.

»Und wie sollen wir das machen?«, erkundigte sich Grace.

»Wir laden ihn einfach in das Haus in Cork zu einem Familienwochenende ein«, sagte ihr Ältester.

Als wäre das die Lösung des Problems.

Grace war überrascht davon, dass er so dämlich war. Schließlich ging es nicht darum, Freundschaft mit dieser Knalltüte zu schließen. Ganz im Gegenteil.

»Und was würden wir dadurch erreichen, außer uns das ganze Wochenende zu vermiesen?«, sprach Lorcan ihre Gedanken aus.

»Das ist doch wohl offensichtlich«, erklärte Conor ihnen allen, aber als er die verständnislosen Mienen sah, wurde ihm klar, dass es anscheinend doch nicht offensichtlich war.

»Wenn wir ihn dort haben, tun wir einfach das, was wir am besten können.«

Die anderen schauten ihn fragend an.

»Wir überwältigen den Kerl«, meinte er, als wäre das sonnenklar.

Das mussten die anderen erst einmal verdauen.

»Du meinst, wir sollen ihn mit unserer Freundlichkeit erdrücken?«, hakte Helen nach. »Das könnte funktionieren.« Sie bedachte Grace mit einem hoffnungsvollen Blick.

»Ich nehme an, wir könnten es wenigstens versuchen.« Grace klang alles andere als überzeugt.

»Natürlich wird es funktionieren. Schließlich ist Kate eine O'Neill«, klärte Conor seine Mutter auf. »Vielleicht kann er gerade noch vor ihr bestehen, wenn sie mit ihm allein ist. Aber sobald sie ihn im Kontext der Familie sieht, wird ihr bewusst werden, was für ein Schwachkopf ihr Verlobter ist.«

»Wir könnten ihn alle zusammen bearbeiten. Jeder könnte einen kleinen Beitrag leisten«, überlegte Grace.

»Nun, ich fürchte, dass ich auf dieses Vergnügen verzichten muss«, warf Lorcan ein. »Ich fliege nämlich nach Amerika.« Er war eingeladen worden, im Rahmen eines Tennessee-Williams-Festivals am Broadway *Endstation Sehnsucht* zu inszenieren, und wäre fast den ganzen Sommer über dort.

»Nun, natürlich wollen wir nicht, dass du irgendetwas tust, was gegen deine Prinzipien verstößt«, gab Grace pikiert zurück. »Aber komm nachher bloß nicht heulend angerannt, weil du den Öko als Schwager hast. Wir anderen werden uns wenigstens sagen können, dass wir alles in unserer Macht Stehende unternommen haben, um das zu verhindern.«

Kurz danach wurde die Versammlung aufgelöst. Im Gehen blickte Rachel ihre Mutter an und flüsterte ihr zu: »Ich rufe dich nachher noch an.«

»Mum?«

»Rachel, hi!« Grace war ein wenig alarmiert, weil sich Rachel so schnell bei ihr meldete. Schließlich war sie gerade erst zuhause angelangt.

»Hör zu, ich habe eine Idee, wie sich dieser Öko aus dem Rennen werfen lässt, doch das konnte ich vor den anderen nicht sagen. Vor allem Lorcan wäre niemals damit einverstanden. Aber verzweifelte Situationen erfordern eben verzweifelte Maßnahmen.«

Grace hüpfte das Herz im Leib. Der Begriff »verzweifelte Maßnahmen« sagte ihr durchaus zu. Sie hatte das Gefühl gehabt, dass ihre Familie den Ernst der Lage nicht wirklich begriffen hatte, und im Gegensatz zu Conor war sie alles andere als überzeugt davon, dass sich der Öko durch ein Wochenende im Familienkreis ausreichend abschrecken ließ. »Was schwebt dir vor?«, fragte sie deshalb aufgeregt.

»Nun, wie gesagt, die einzige Möglichkeit, um Kate von diesem Typen loszueisen, wäre die, ihr Interesse an jemand anderem zu wecken. Du weißt, dass sie bisher nicht viel Glück mit Männern hatte. Deshalb glaubt sie offenbar, dass sie was Besseres als diesen Kerl nicht kriegen kann.«

Grace' Herz zog sich zusammen. »Wahrscheinlich hast du recht, Schätzchen, aber sie wird sicher keinen anderen Typen treffen. Schließlich weigert sie sich rundheraus, auch nur eins von Helens Single-Treffen zu besuchen, und denkt nicht mal darüber nach, wo sie jemand anderes kennenlernen kann.«

»Ich rede nicht davon, dass sie jemand Neues kennenlernen soll«, bemerkte Rachel in geheimnisvollem Ton. »Ich denke eher an jemanden, den sie schon kennt.«

»An wen?«

»An jemanden, für den sie schon immer eine Schwäche hatte.«

Ihre Mutter dachte nach. Es gab nur einen Mann, auf den diese Beschreibung passte.

»Oh Rachel«, sagte sie. »Ich glaube nicht, dass auch nur die geringste Chance besteht, dass sich Freddie heilen lässt.«

»Was?«, kreischte ihre Älteste. »Ich rede nicht von Freddie, Mum«, erklärte sie gereizt. »Außerdem ist Schwulsein keine Krankheit, die man einfach heilen kann.«

»Ach nein?«

»Ach nein. Und vor allem wird ein Schwuler, der sich gerade erst geoutet hat, ganz sicher nicht mit einem Mal wieder so tun, als würde er auf Frauen stehen.«

»Oh! Tja, wenn du nicht Freddie meinst, wen dann?«

»Will.«

»Will?«

»Will.«

»Will.« Grace stieß einen durch und durch zufriedenen Seufzer aus.

Ein paar Tage später segelten die beiden Frauen, beide möglichst schick zurechtgemacht, durch die Tür von Wills Büro. Rachel hatte ihren Spaß am Arbeiten und Geldverdienen nie entdeckt. Als Teen und Twen hatte sie ab und zu gemodelt, aber ihr hatten das Engagement und die Selbstdisziplin für eine Karriere in diesem Bereich gefehlt. Danach hatte sie verschiedene Dinge ausprobiert, in eleganten Boutiquen als Verkäuferin gejobbt, ein bisschen PR für Freunde mit Beziehungen betrieben, hin und wieder Werbung für ein schickes Restaurant oder einen exklusiven Club gemacht, sich im Grunde jedoch nur die Zeit vertrieben, bis sie endlich verheiratet gewesen war. Und jetzt versuchte sie noch nicht mal mehr, so zu tun, als ob sie irgendeine Arbeit hätte, und widmete sich ganztags ihren Aufgaben als Gattin eines aufstrebenden Rechtsanwalts und als Salonlöwin.

Grace winkte Wills Assistentin zu und schwebte, bevor die junge Frau sie daran hindern konnte, gut gelaunt an ihr vorbei in Wills Büro.

Will saß hinter seinem Schreibtisch, sprach in sein Diktiergerät und wirkte ehrlich überrascht, als er Grace und Rachel sah. »Ruf Tony wegen der Verträge an«, beendete er das Diktat und nickte den beiden Frauen zu. »Und sag Claire, dass sie die Leute von MTV anrufen soll.«

»Grace, Rachel«, grüßte er die beiden lächelnd, lehnte sich auf seinem Schreibtischstuhl zurück und warf das Diktiergerät achtlos auf den Tisch. »Was für eine Überraschung.« Er wies auf die beiden Sessel vor dem Tisch. »Was verschafft mir das Vergnügen?«

»Tut mir leid, dass wir einfach unangemeldet hier hereinplatzen«, entschuldigte sich Grace. »Aber wir müssen dringend mit dir reden – in einer privaten Angelegenheit«, fügte sie verschwörerisch hinzu.

Anders als andere Schauspieler, die sich vom wahren Leben für ihre diversen Rollen inspirieren ließen, wandte sie ihre diversen Rollen gerne auf das wahre Leben an. Für das heutige Treffen mit Will hatte sie die Rolle der Mrs Bennet aus *Stolz und Vorurteil* gewählt und strahlte aufgeregte Hilflosigkeit und atemlose Bedrängnis aus.

»Alles in Ordnung?«, fragte Will dann auch besorgt.

»Es ging schon mal besser«, antwortete Grace.

»Was ist los?«

»Wir brauchen deine Hilfe, Will. In einer Familienangelegenheit.« Grace atmete möglichst flach, damit ihre Stimme hinlänglich hysterisch klang.

Will wirkte alarmiert.

»Also bitte, Mum, du machst ihn total nervös«, mischte sich Rachel ein und fügte an Will gewandt hinzu: »Guck nicht so besorgt – so ernst ist es nicht. Mum dramatisiert mal wieder fürchterlich.«

»So ernst ist es nicht?«, rief Grace. »Es geht um nichts Geringeres als das Leben deiner Schwester!«

»Ist Kate in Schwierigkeiten? Würde mir wohl bitte eine von euch sagen, worum es geht?«, bat Will.

»Ja, es geht um Kate.« Endlich hatte sich Grace genug gesammelt, um wieder normal zu sprechen, und so klärte sie Will auf: »Sie hat sich verlobt.«

»Oh! Mit dem Emo?«, erkundigte sich Will in einem derart gut gelaunten Ton, dass Grace ihm einen mörderischen Blick zuwarf.

»Mit dem Öko«, korrigierte Rachel ihn.

»Wie bitte?«

»Er ist ein Öko und kein Emo.«

»Oh, richtig!« Will bedachte sie mit einem erwartungsvollen Blick. »Und?«, fragte er, als keine weitere Erklärung von den beiden Frauen kam.

»Nun, keiner von uns kann ihn leiden«, meinte Grace. »Er ist einfach nicht der Richtige für Kate – er wird sie unglücklich machen.«

»Lorcan hat mir schon erzählt, dass er nicht viel von ihm hält.«

»Keiner von uns hält etwas von ihm.«

»Keiner außer Kate.« Will zuckte zusammen, denn diese Bemerkung trug ihm einen neuerlichen bösen Blick des Gegenübers ein.

»Wir brauchen deine Hilfe, Will.« Grace versuchte ihm deutlich zu machen, wie ernst die Lage war. »Du bist unsere einzige Hoffnung.«

»Nun, ich kann verstehen, dass ihr euch Gedanken macht.« Er setzte ein mitfühlendes Lächeln auf. »Aber ich wüsste wirklich nicht, wie ich euch bei dieser Sache helfen kann.«

»Nein?«, hakte Grace nach und stieß einen Seufzer aus. »Nein. Ich nehme an, das weißt du nicht.«

»Also?« Er zog fragend die Augenbrauen hoch.

»Wir müssen diese Hochzeit um jeden Preis verhindern und Kate vor einem Leben im Unglück bewahren. Darin ist sich die ganze Familie einig. Jeder von uns wird seinen Beitrag leisten, damit es nicht zu dieser glücklosen Verbindung kommt.«

»Verstehe«, meinte Will vorsichtig. Tatsächlich verstand er nicht das Geringste, fürchtete sich aber vor dem Augenblick, in dem ihm alles klar würde. Denn das, worum die beiden Frauen ihn bitten würden, wäre sicher alles andere als angenehm.

»Wir wollen, dass sich Kate aus eigenem Antrieb von dem Typen trennt«, erklärte Grace. »Deshalb werden wir alles in unserer Macht Stehende tun, damit sie es sich noch mal überlegt.«

»Und wo komme ich dabei ins Spiel?«

»Kate hat immer schon für dich geschwärmt«, klärte ihn Rachel nüchtern auf.

»Oh, ich glaube nicht ...«

»Sei doch nicht so bescheiden, Will.« Grace' Miene hellte sich sichtlich auf. »Natürlich hat sie das. Welches junge Mädchen hätte das wohl nicht getan!«

»Wir dachten, du könntest sie dazu bringen, dass sie sich vom Öko trennt«, führte Rachel weiter aus.

»Ja«, fuhr auch Grace enthusiastisch fort. »Wir dachten, du könntest sie – du weißt schon – dazu ermutigen.«

Will starrte sie entgeistert an. »Ihr meint ...« Er hatte keine Ahnung, wie er sagen sollte, was sie offensichtlich dachten.

»Dass du ein bisschen mit ihr flirten und ein gewisses Interesse an ihr zeigen sollst«, beendete Grace mit gut gelaunter Stimme seinen Satz.

»Ihr wollt, dass ich Kate verführe?«, fragte Will sie rundheraus. Er hoffte nämlich, dass die Scham die beiden Frauen dazu brächte, einen Rückzieher zu machen.

Aber nein ...

»Oh, so, wie du es formulierst, klingt es wie bei *Tess von den D'Urbervilles*«, gab Grace zurück. »Aber so weit brauchst du gar nicht zu gehen.«

»Wir erwarten nicht, dass du ein derartiges Opfer bringst«, fügte Rachel sarkastisch hinzu.

»Es ist nur so: Wir haben das Gefühl, dass sich Kate nur von diesem Kerl abbringen lässt, wenn wir sie dazu bringen, dass sie sich in einen anderen verguckt«, fuhr Grace vollkommen sachlich fort. »Sie würde ihn sofort fallen lassen, wenn sie dächte, dass auch du Interesse an ihr hast.«

»Ja, aber das habe ich nicht«, antwortete Will. »Nun, ihr wisst schon, nicht auf diese Art.«

»Natürlich nicht. Das wissen wir«, mischte sich jetzt auch wieder Rachel ein, und er starrte sie böse an. Er hatte Rachel noch nie wirklich gemocht, denn er fand, dass sie verwöhnt, entsetzlich eitel und vor allem egozentrisch war. Kate war ihm wesentlich sympathischer. »Was ist mit Tina?«, klammerte er sich an den letzten Strohhalm, der ihm blieb. »Wie, meint ihr, wird sie sich fühlen, wenn ich plötzlich Kate anmache?«

Grace verkniff sich die Bemerkung, dass ihr nicht nur vollkommen egal war, wie sich Tina fühlen würde, sondern dass sie sogar hoffte, das verwöhnte Dämchen mit dem fürchterlichen Schmollmund ginge deswegen die Wände hoch. Wenn Tina Will wegen der Sache mit Kate den Laufpass geben würde, hätten sie gleich zwei Fliegen mit einer Klappe geschlagen. Schließlich war das Mädchen einfach nicht gut genug für Will und gondelte in dem Bemühen, sich eine Karriere aufzubauen, sowieso die meiste Zeit ohne ihn in der Weltgeschichte rum. Will brauchte Stabilität in seinem Leben, dachte sie, und vor allem mehr Zuneigung und gute Laune, als ihm diese Bohnenstange bot.

Doch dies war nicht der rechte Augenblick, um ihm zu sagen, was sie von seiner Freundin hielt. »Es muss ja nicht allzu offensichtlich sein«, versicherte sie ihm. »Einfach ein leichter Flirt und ein paar subtile Andeutungen, von denen sie denken kann, dass sie sie falsch verstanden hat.«

»Aber ist das nicht ein bisschen ...« Will biss sich auf die Lippe.

»Ich weiß, was du denkst, Will«, beruhigte ihn Grace. »Aber manchmal müssen wir, wenn wir helfen wollen, einfach grausam sein. Wir denken dabei nur an Kates langfristiges Glück. Glaub mir, wenn wir dächten, es gäbe eine andere Möglichkeit, würden wir dich nicht um diesen Gefallen bitten.«

»Aber ich sehe Kate doch kaum«, protestierte Will.

»Das können wir ändern«, meinte Kate. »Und zwar gleich am nächsten Wochenende. Wir möchten, dass du die Tage mit der Familie in Cork verbringst. Dann machen wir den Öko platt, und du kannst anfangen, Kate zu bearbeiten.«

»Nun, natürlich kann ich kommen, aber es klingt wie ein langfristiges Projekt, und ich werde den Großteil des Sommers nicht in Irland sein. Ich fliege mit der Band in die Toskana, damit sie dort an ihrem neuen Album arbeiten kann.«

»Ich weiß – perfekt!«, trällerte Grace.

»Inwieweit ist das perfekt?«, fragte Will sie argwöhnisch.

»Wir möchten, dass du Kate mit in die Toskana nimmst«, verkündete Grace ihm triumphierend.

»Ich bin nicht die Fremdenlegion, Grace.«

»Die brauchen wir auch nicht. Schließlich leidet Kate nicht an einem gebrochenen Herzen.«

»Noch nicht.« Will verzog verächtlich das Gesicht. »Da ich es ihr ja erst brechen soll. Aber wie dem auch sei, wir machen dort keinen Urlaub, sondern werden arbeiten«, erklärte er. »Ich isoliere die Band in einer Villa mitten im Nichts, damit sie was gebacken kriegt. Dabei kann ich irgendwelche Leute, die bei uns rumhängen, nicht brauchen. Und vor allem kann ich mir nicht vorstellen, dass Kate so kurz nach ihrer Verlobung einfach aus heiterem Himmel mit mir in die Toskana kommen will.«

»Du sollst sie als Köchin mitnehmen, und nicht als Gast. Ihr werdet doch eine Köchin brauchen, oder etwa nicht?«

»Nun ... ja.«

»Und wie du weißt, kocht sie wirklich fantastisch.«

»Und sie braucht einen Job, deshalb wird sie dein Angebot ganz sicher annehmen«, fügte Rachel frohgemut hinzu.

»Siehst du? Es ist einfach perfekt!«, jubelte Grace.

Will fühlte sich in die Ecke gedrängt. Es war alles andere als leicht, Grace eine Bitte abzuschlagen, vor allem, da er ihr zu großem Dank verpflichtet war. »Hört zu«, sagte er deshalb. »Vielleicht hat Kate als Teenager für mich geschwärmt, aber das ist Jahre her.«

»Versuch es wenigstens«, forderte Grace ihn auf. »Und wenn sie nicht auf dich abfährt, mach dir deshalb keinen Kopf.«

Das hatte er auch nicht vorgehabt.

»Weißt du, es führen viele Wege nach Rom«, munterte Grace ihn auf.

Will zog eine Grimasse. Das, was die O'Neills von ihm verlangten, klang von Minute zu Minute alarmierender.

»Ich meine nur, wenn du sie mit in die Toskana nimmst, kannst du ihr ein anderes Leben zeigen und ihr ein bisschen den Kopf verdrehen. Sobald sie das tolle Leben, das ihr führt, kennengelernt hat, will sie ganz bestimmt nicht mehr zu diesem Körner futternden Radfahrer zurück. Und außerdem«, erklärte Grace ihm gut gelaunt, »gefällt sie ja vielleicht einem der Jungs aus deiner Band.«

Meine Güte, dachte Will. Kates Verlobter musste wirklich schrecklich sein, wenn Grace der Ansicht war, einer seiner Jungs wäre ein passenderer Kandidat.

»Es ist nicht so, dass ich nicht helfen möchte, Grace. Du weißt, ich würde alles für euch tun. Nur erscheint mir dieser Vorschlag ein bisschen … extrem.«

»Wenn du das Gefühl hast, dass du uns nicht helfen kannst, verstehen wir das«, räumte Grace ein, blickte ihn mit einem Haifischlächeln an und versetzte ihm den Todesstoß. »Schließlich ist es nicht so, als ob du uns was schuldig wärst.«

»Wie sieht Lorcan diese Sache?«, fragte er, als er plötzlich einen Ausweg sah. Ein derartiges Manöver würde sein Freund doch sicher niemals gutheißen. Vor allem, da ihm Kate von all seinen Geschwistern die mit Abstand Liebste war.

»Oh, Lorcan ist von der Idee total begeistert«, tat Grace seine Bedenken ab. Ihr Sohn war in Amerika, und deshalb drohte ihr von seiner Seite sicher keinerlei Gefahr. »Wir haben ein Familientreffen abgehalten, kurz bevor er nach New York geflogen ist, und alle sind darin übereingekommen, dass das die beste Alternative ist.«

»Ich kann mir einfach nicht vorstellen, dass er damit einverstanden war.«

»Willst du etwa behaupten, ich würde lügen, William?«

Will stöhnte innerlich. Grace nannte ihn nur William, wenn sie unzufrieden mit ihm war. »Nein, natürlich nicht«, versicherte er ihr. »Es ist nur so, dass ich nichts tun könnte, womit Lorcan nicht einverstanden wäre.«

»Das verstehe ich, aber Lorcan steht in dieser Sache hundertprozentig hinter uns.«

»Frag ihn doch einfach selbst«, meldete Rachel sich zu Wort und handelte sich durch den Satz ein Stirnrunzeln der Mutter ein.

Doch sie ignorierte ihren bösen Blick. »Ich werde ihm sagen, dass wir darüber gesprochen haben, und du kannst ihn, wenn ihr das nächste Mal telefoniert, fragen, ob er einverstanden ist«, fuhr sie geschmeidig fort.

»Das werde ich tun«, versicherte Will ihr streng und schaute sie durchdringend an. Doch sie hielt seinem Blick problemlos stand. Falls sie bluffte, war sie wirklich gut.

»Gut.« Rachel lächelte zufrieden. Es machte ihr Spaß zu sehen, wie Will sich wand. Als er bei ihnen eingezogen war, hatte sie erwartet, dass er sich der Gruppe ihrer sklavisch ergebenen Bewunderer anschließen würde, und es hatte sie pikiert, als er gegenüber ihrem Charme immun geblieben war. Es hatte sie befremdet und gestört, dass er Kate anscheinend vorgezogen hatte, denn er hatte ihre lächerliche Backfischschwärmerei für ihn nicht nur toleriert, sondern auch noch aktiv unterstützt, ihr ständig bei den Hausaufgaben geholfen, bei den Proben eines Shakespeare-Stücks unverschämt mit ihr geflirtet und mit größter Begeisterung den Romeo als Gegenpart zu ihrer Julia gemimt. Außerdem hatte er sie regelmäßig mitgeschleppt, wenn er mit Lorcan ins Kino oder Theater gegangen war und sie sogar auf den Schulball eingeladen, obwohl eher Rachel ihn hätte begleiten sollen, weil Kate damals schließlich viel zu jung für so etwas gewesen war. Rachel bildete sich gerne ein, dass sie durch die Hochzeit mit Tom ein paar Herzen gebrochen hatte, doch zu ihrem größten Ärger war das Herz von Will anscheinend noch intakt.

»Also«, meinte Grace, »Wie wäre es damit, uns zum Mittagessen einzuladen?«

»Sicher. Ich muss nur noch schnell ein paar Dinge erledigen, dann komme ich gleich mit.«

»Okay. Wir gehen solange auf die Toilette und machen uns ein bisschen frisch.«

Als die beiden Frauen das Büro verließen, lehnte sich Will erschöpft in seinem Schreibtischsessel zurück. Allmählich tat ihm Kates Verlobter richtiggehend leid. Denn jetzt kam auch er sich völlig überwältigt vor.

»Tja, das ist wirklich gut gelaufen.« Rachel frischte ihr Makeup vor dem Toilettenspiegel auf und fügte gut gelaunt hinzu: »Ich glaube, wir haben ihn an Bord.«

»Es lief alles bestens, bis du plötzlich total übertrieben hast«, zischte Grace ihr zu. »Was hast du dir nur dabei gedacht, ihm zu sagen, dass er Lorcan fragen soll, was er von dieser Sache hält? Damit bist du eindeutig zu weit gegangen. Denn jetzt wird er ihn ganz sicher fragen – und wenn er das tut, sind wir verratzt.«

»Oh, mach dir darüber keine Sorgen, Mum«, erklärte Rachel ihr, während sie in aller Ruhe ihren Lippenstift nachzog. »Das mit Lorcan wird ganz sicher kein Problem. Er ist sogar unser größter Trumpf, weil er Will nämlich endgültig auf unsere Seite ziehen wird.« Sie lächelte wissend.

»Aber wie ...«

Rachel warf ihren Lippenstift zurück in ihre Handtasche und wandte sich der Mutter zu. »Also gut, hör zu.«

Als Rachel ihren Plan erläuterte, huschte ein zufriedenes Lächeln über Grace' Gesicht.

»Ich bin sofort da«, meinte Will, als die beiden Frauen, eingehüllt in eine Wolke teuren Parfüms, wieder vor seinem Schreibtisch auftauchten, stand eilig auf, nahm die Kassette aus seinem Diktiergerät und zog sich gerade seine Jacke an, als das Telefon auf seinem Schreibtisch läutete und er nach dem Hörer griff. »Ja?«, fragte er und sah Rachel und Grace entschuldigend an. »Verdammt!«, entfuhr es ihm nach einem Augenblick. »Wer zum Teufel hat ihn rausgelassen?«, brüllte er und hörte wieder einen Moment lang zu. »Okay, ich werde mich darum kümmern.« Wütend warf er den Hörer wieder auf. »Tut mir leid, Grace, leider muss ich aufs Mittagessen verzichten«, sagte er. »Dieser verdammte Owen ist mal wieder abgehauen, hockt irgendwo im Tempel-Bar-Bezirk mit einer amerikanischen Journalistin und unterhält sie sicher prächtig mit Geschichten über Drogen und Sex mit minderjährigen Groupies.«

»Oh, musst du da wirklich hin?«

»Allerdings«, erklärte Will und fischte bereits seine Schlüssel aus einer Schreibtischschublade. »Schadensbegrenzung.«

»Tja, dann vielleicht ein andermal«, antwortete Grace. »Dann werden wir jetzt gehen. Ich rufe dich wegen des nächsten Wochenendes an.«

Super, dachte Will, steckte seine Schlüssel ein, schnappte sich die Kassette, verließ sein Büro und blieb kurz vor dem Schreibtisch seiner Assistentin stehen. »Ich habe eine Liste der Dinge erstellt, um die wir uns noch kümmern müssen«, meinte er und drückte ihr die Kassette in die Hand. »Ich bin mir nicht sicher, wie weit ich gekommen bin, bevor ich unterbrochen wurde.«

»Tut mir leid«, entgegnete Louise. »Ich konnte sie nicht aufhalten.«

»Oh, mach dir darüber keine Gedanken. Ich würde von niemandem erwarten, dass er sich Grace O'Neill, wenn sie auf hundertachtzig ist, in den Weg stellt – nicht einmal von dir.« Das wollte etwas heißen, weil er einem derart tatkräftigen Menschen wie Louise nie zuvor begegnet war. Sie war die Art von Frau, die innerhalb von wenigen Minuten einen Hubschrauber organisieren konnte, selbst wenn sie mitten in einer Wüste saß. Ihre Effizienz hätte ihm Angst gemacht, wenn sie nicht zugleich so warmherzig und bodenständig gewesen wäre, dass alle von Phoenix bis hin zu den Roadies ihr verfallen waren und sich mit schöner Regelmäßigkeit in sie verliebten, wenn sie mit der Truppe auf Tour war.

»Tja, jetzt muss ich erst mal Owen auftreiben. Gibt es schon eine Spur von ihm?«

»Ich habe gerade mit Rory telefoniert«, erwiderte Louise. »Er denkt, dass er vielleicht in die Bar One gegangen ist.«

»Okay, ich kann nicht sagen, wann ich wieder da bin«, meinte er und wandte sich zum Gehen.

»Viel Glück!«, rief ihm Louise noch hinterher.

Als er auf dem Weg in Richtung Tempel Bar in einen Stau geriet, grübelte Will über das Treffen mit Grace und Rachel nach und wurde dabei immer wütender. Verdammt, dachte er schlecht gelaunt. Seit wann war es eigentlich an ihm, immer für alle das Eisen aus dem Feuer zu holen? Als hätte er nicht schon genug damit zu tun, hinter Owen herzujagen, wurde jetzt auch noch von ihm erwartet, Kate vor einem Schicksal zu bewahren, das ihrer Familie offenkundig schlimmer als der Tod erschien. Manchmal war es ziemlich anstrengend, die Scherben hinter Owen und den anderen aufzusammeln, doch das war sein Job, und er hatte ihn freiwillig gewählt. Danach, Kates Liebesleben zu vermasseln, hatte er sich nie gedrängt.

Wahrscheinlich würde er sich deswegen nicht ganz so elend fühlen, hätte er nicht sowieso bereits ein schlechtes Gewissen gegenüber Kate. Und um es noch schlimmer zu machen, war er sich noch nicht mal sicher, welchen Grund genau es dafür gab. Er wusste, irgendwas war damals in der Nacht nach dem Schulball passiert, hatte aber keine Ahnung, was, weil er sich beim besten Willen nicht daran erinnern konnte, wie weit er gegangen war. Zu der Zeit hatte er noch Alkohol getrunken, und am Ende des Balls hätte er nicht einmal mehr sagen können, wie er hieß. Und, wie damals allzu oft, war er am nächsten Morgen aufgewacht und hatte keinerlei Erinnerung mehr an die letzte Nacht gehabt. Er hatte nur gewusst, dass irgendwas geschehen war, da er am nächsten Tag von Tom zusammengeschissen worden war. Der hatte Kate und ihn zusammen auf dem Ball gesehen und ihm erklärt, er hätte das Mädchen ziemlich angemacht, bevor er mit ihm in Richtung seines Zimmers auf dem Campus verschwunden war.

Will konnte sich an die Einzelheiten von Toms Vortrag nicht mehr so genau erinnern, wusste jedoch, dass es hauptsächlich darum gegangen war, nicht dort zu scheißen, wo man lebte, und dass Lorcan ihm den Kopf abreißen würde, wenn er je erführe, dass seine Schwester von Will angebaggert worden war.

Später hatte er sich bruchstückhaft daran erinnert, dass er Kate auf dem Rasen geküsst hatte und dann in den frühen Morgenstunden neben ihr in seinem Bett halbwegs zu sich gekommen war. Doch zumindest hatte Kate ihr Kleid noch angehabt. Und sie war nicht mehr da gewesen, als er schließlich – irgendwann am späten Nachmittag – richtig wach geworden war.

Sie hatte nie ein Wort über die Nacht verloren, aber ihr Verhalten hatte sich verändert. Sie hatte angefangen, ihm so gut wie möglich aus dem Weg zu gehen, und wenn sie sich getroffen hatten, hatte er nichts mehr von der alten Vertrautheit zwischen ihnen gespürt. Wahrscheinlich hatte er ihr an dem Abend wehgetan, doch er konnte sich nicht bei ihr entschuldigen, ehe er nicht wusste, was geschehen war, und es hätte sie zu sehr erniedrigt, hätte er sie rundheraus danach gefragt. Er hatte gewusst, dass sie für ihn schwärmte, und in seinem Suff hatte er dieses Wissen offenkundig schamlos ausgenutzt. Und jetzt wollte ihre Mutter, dass er mit ihr flirtete und ihre Hochzeitspläne untergrub.

Schließlich hatte er sich durch den mittäglichen Verkehr bis an sein Ziel gekämpft, stellte seinen Wagen ab und betrat die Bar, in der Owen in einer dunklen Ecke auf einem Sofa lungerte, während eine hübsche junge blonde Frau mit kalifornischem Akzent und flirtbereitem Lächeln von ihm wissen wollte: »Dann genießen Sie also Ihren Ruhm?«

»Tja, man braucht sich nicht zu überlegen, woher die nächste geile Tussi kommt«, erklärte Owen grinsend. »Das ist wirklich toll.«

Will bemerkte das Aufnahmegerät am Tischrand. Die beiden hatten ihn nicht kommen sehen, und er hielt sich im Hintergrund und überlegte kurz, wie er am besten vorgehen sollte.

Dann marschierte er entschlossen auf die beiden zu. »Du«,

fauchte er Owen an. »Verschwinde!« Er nickte mit dem Kopf in Richtung Tür.

»Was?«

»Du hast mich gehört.« Er legte eine Hand auf Owens Schulter und wies ihn erneut mit lauter Stimme an: »Hau ab!«

»Okay, Mann, kein Problem.« Owen hob die Hände, als ob ihm Will eine Pistole an die Schläfe hielte, stand gehorsam auf und schlurfte aus dem Raum.

Will nahm gegenüber der Blondine Platz.

»Sie sind Will Sargent«, sagte sie.

»Ich weiß, wer ich bin«, erwiderte er kühl. »Und wer sind Sie?«

»Mein Name ist Janice Carter.« Sie stellte den Rekorder aus und wollte ihn gerade einstecken, als Will von ihr wissen wollte: »Und was haben Sie da?«

»Ein Interview mit Owen.«

»Sie denken, das war Owen Cassidy?«

»Natürlich war er das.«

Will schüttelte den Kopf. »Oh nein, das war er nicht.«

Janice starrte ihn mit großen Augen an.

»Er ist ein Doppelgänger«, klärte Will sie auf.

»Also bitte!«

»Ich weiß.« Er nickte mitfühlend. »Er ist wirklich gut, nicht wahr? Kann wahrscheinlich super davon leben.«

Damit hatte er die junge Frau aus dem Konzept gebracht. »Okay«, meinte sie, während sie sichtlich um Fassung rang. »Wenn er ein Doppelgänger ist, was machen Sie dann hier?«

»Ich muss den Ruf meines Klienten schützen«, gab er aalglatt zurück.

Janice stieß ein ungläubiges Schnauben aus, denn die Vorstellung, dass Owen einen schützenswerten Ruf besaß, war einfach lächerlich.

»Hören Sie«, fuhr Will mit ruhiger Stimme fort. »Ich habe kein Problem damit, wenn sich dieser Kerl damit seinen Lebensunterhalt verdient, dass er als Double von Owen Cassidy auftritt. Schließlich muss jeder von irgendetwas leben. Aber wenn er versucht, sich als der echte Owen auszugeben, ist das etwas anderes. Und wenn er sich als Owen ausgibt und arglosen Journalistinnen wie Ihnen Interviews andreht, muss ich dazwischenfunken.«

Die junge Frau bedachte ihn mit einem argwöhnischen Blick. »Was wollen Sie?«

»Das Band.« Will wies auf ihre Tasche.

»Nie im Leben!«

Will sah sie durchdringend an. Er war erleichtert, dass sie ohne Fotografen und anscheinend ohne Kamera zu dem Termin gekommen war. Wahrscheinlich war sie einfach eine Opportunistin und hatte ihrer Meinung nach plötzlich Glück gehabt. »Das Band nützt Ihnen nichts«, versicherte er ihr. »Deshalb können Sie es mir ruhig geben. Sie sind freiberuflich tätig, stimmt's?«

»Ich schreibe für den *Rolling Stone*«, erwiderte sie trotzig und warf ihren Kopf zurück.

»Oh nein, das tun Sie nicht.«

»Woher wollen Sie das wissen?«

»Wenn Sie für den *Rolling Stone* oder für irgendeine andere angesehene Zeitschrift schreiben würden, hätten Sie sich wegen eines Interviews an unsere Pressestelle gewandt.«

Die junge Frau zuckte mit den Schultern, war jedoch offenkundig außer sich vor Zorn, weil er sie so leicht durchschaut hatte.

»Das wird mich nicht daran hindern, dieses Interview an eine Zeitschrift zu verkaufen«, klärte sie ihr Gegenüber schmollend auf.

»Vielleicht nicht. Irgendein Schmierblatt würde es wahrscheinlich kaufen, aber falls Sie die Hoffnung haben, irgendwann einmal als Journalistin ernst genommen zu werden, würde ich Ihnen das nicht raten. Denn wer, meinen Sie, hat schon Interesse an einem Interview mit irgendeinem Spinner, der sich als Owen Cassidy ausgibt?«

»Es war Owen«, wiederholte sie. »Das wissen Sie, und das weiß ich.«

»Beweisen Sie's.«

Janice sagte nichts, schaute ihn aber aus vor Zorn funkelnden Augen an.

»Ihr Wort steht gegen meins«, erklärte Will ihr kühl. »Und gegen das von Owen. Glauben Sie mir, der echte Owen Cassidy findet falsche Interviews mit ihm genauso schlimm wie ich.«

Janice wurde rot vor Wut, presste ihre Lippen zu einem dünnen Strich zusammen und drohte Will mit ärgerlicher Stimme an: »Ich könnte über diese Sache schreiben. Ich könnte einen Artikel darüber schreiben, wie ich vom Manager der Walking Wounded erpresst worden bin, damit ich eine rufschädigende Story über Owen unterdrücke.«

»Es gibt keine Story über Owen«, rief Will ihr in Erinnerung. »Aber wie dem auch sei, ich erpresse Sie keineswegs, sondern versuche lediglich, Sie daran zu hindern, etwas zu tun, was Ihrer Karriere ganz bestimmt nicht dienlich ist.«

»Ja, genau«, fuhr ihn die Journalistin an, doch er sah ihren Augen deutlich an, dass sie sich geschlagen gab. Denn sie wog eindeutig ihre Möglichkeiten ab.

»Was kriege ich dafür, wenn ich Ihnen die Kassette gebe?«, fragte sie.

»Ich selber habe Ihnen nichts zu bieten. Aber ich werde unserer Pressesprecherin sagen, dass sie, wenn Sie anrufen, mit Ihnen sprechen soll. Ihr Name ist Martina.«

»Dann kriege ich also ein offizielles Interview? Mit Owen?«

»Owen gibt niemals Interviews – als akkreditierte Journalistin müssten Sie das wissen. Das tut nur Phoenix, und ab und zu auch Rory.«

»Phoenix«, sagte Janice schnell. Sie hatte bereits »Interviews« mit dem für seine Schweigsamkeit berüchtigten Rory Cassidy gelesen: Mehr als ein paar einsilbige Knurrlaute hatten ihm die glücklosen Reporter nie entlockt.

»Ich verspreche Ihnen nichts. Die Einzelheiten werden Sie mit Martina besprechen müssen. Alles, was ich Ihnen zusagen kann, ist, dass sie nicht gleich auflegt, wenn Ihr Anruf kommt.«

»Okay.« Widerstrebend hielt sie Will die Aufnahme ihres Gesprächs mit Owen hin.

»So ist's brav.« Will steckte die Kassette ein und stand wieder auf. »Also, rufen Sie einfach an.«

Er fand Owen draußen vor der Bar, wo er mit hängendem Kopf neben dem Ausgang stand.

»Sorry, Mann, ich habe mich einfach hinreißen lassen.«

»Schon gut.«

»Weißt du, ich habe ihr ein Interview gegeben«, räumte Owen ein.

»Nein, das hast du nicht.« Will zog die Kassette aus der Tasche und zeigte sie ihm.

»Aber eigentlich war ich echt gut. Ich habe ihr meine feminine Seite gezeigt. Die Weiber lieben das.«

»Genau«, erklärte Will. »Und ich nehme an, dann hättest du auch noch lesbischen Sex mit dieser Tante haben wollen.«

»Hör auf, Kumpel. Du machst mich richtig heiß.«

Sie hatten Wills Wagen erreicht. »Meine Güte, Owen, du

siehst wirklich scheiße aus«, stellte er wenig zartfühlend fest. »Komm, ich bringe dich nach Hause.«

Owen war kreidebleich und unrasiert, stank nach Alkohol und schaute so aus, als hätte er seit einer Woche kein Auge zugetan.

Will packte ihn auf den Beifahrersitz. »Wann hast du zum letzten Mal etwas gegessen?«, fragte er und ließ den Motor an.

»Uh, keine Ahnung«, kam die undeutliche Antwort.

Will stieß einen Seufzer aus. »Und was hast du heute eingeworfen?«

»Nichts.«

»Lass es mich anders formulieren. Was hast du heute zu dir genommen?«, wiederholte er in strengem Ton.

»Uh?«

»Was hast du dir heute schon alles in den Mund oder irgendwelche anderen Körperöffnungen gesteckt?«

»Tja, heute Morgen habe ich ein paar Ecstasy genommen und danach, sozusagen als Frühstück, ein bisschen gekokst. Und dann hat mir Janice noch ein bisschen was angeboten.«

Auch das noch, dachte Will erbost. Dabei hätte dieses blöde Weib ihm bestimmt nicht extra irgendwelchen Stoff anbieten müssen, damit er sich um Kopf und Kragen redete. Das schaffte er schließlich auch so. Nur gut für sie, dass er davon erst jetzt erfahren hatte, denn sonst hätte er ihr, statt ihr ein Gespräch mit Phoenix oder Rory anzubieten, kurzerhand die Gurgel umgedreht. Er war ernsthaft versucht, auf der Stelle kehrtzumachen und es einfach nachträglich zu tun. Oder sie einfach anzuzeigen, nur bestand dann die Gefahr, dass Owen mit ihr unterging. Tja, wenn sie wegen eines Interviews anriefe, würde er zumindest dafür sorgen, dass Martina Rory schickte – und dass er gewarnt wäre, dass dieses blöde Weibsbild eine falsche Schlange war. Rory war auch so schon ausnehmend zurückhaltend, und wenn er ihn vorher briefte, würde es für diese Ziege werden, als spräche sie mit einer Wand.

»Was sonst noch?«, wollte er von Owen wissen. »Ein paar Dutzend Flaschen Jack Daniel's, nehme ich an?«

»Nur ein paar Gläser«, schränkte Owen ein.

»Ich lade dich zum Mittagessen ein, und dann bringe ich dich heim, wo du sofort – und zwar allein – in die Falle gehen wirst.«

»Du gibst eines Tages sicher eine tolle Mutti ab.«

Will fühlte sich total erschöpft. Je eher er mit der Band in der Toskana wäre, umso besser, dachte er. Sie mussten einfach weg aus Dublin, weg von ihren Dealern und den ganzen Fans, die sie hier ständig belagerten. Sie hatten geschuftet wie die Irren, um dorthin zu gelangen, wo sie waren, aber in letzter Zeit wurden sie von den Lockungen des Reichtums und des Ruhms zunehmend abgelenkt. Italien täte ihnen gut. Dort könnten sie sich ganz auf ihre Arbeit konzentrieren und sich gleichzeitig entspannen und die Batterien aufladen, bevor die nächste Tournee begann.

Sofort, als sie nach Hause kam, rief Rachel Lorcan an, denn sie musste dafür sorgen, dass sie eher als sein Kumpel mit ihm sprach. »Lorcan! Ich bin's, Rachel.«

»Hi. Wie geht's? Wie ist das Eheleben?«

»Toll. Und wie ist es in Amerika?«

»Himmel, frag mich lieber nicht. Meine Blanche ist die Frau des verdammten Produzenten, und sie ist uralt. Ich weiß, dass Blanche ein bisschen verblüht aussehen soll, aber diese Frau müsste wesentlich mehr tun, als sich möglichst immer im Schatten aufzuhalten, damit man nicht sieht, dass sie praktisch jenseits von Gut und Böse ist.«

Während sich ihr Bruder Luft machte, weil er mit der Besetzung seiner Hauptdarstellerin in *Endstation Sehnsucht* nicht sonderlich glücklich war, starrte Rachel vor sich hin und wartete darauf, dass er endlich zum Ende kam. Sie hätte sich denken sollen, dass es ein Fehler wäre, sich nach seiner Arbeit zu erkundigen, weshalb sie ihn nach einer Weile unterbrach: »Hör zu, ich rufe wegen Will an.«

»Will?«

»Ja. Ich hatte gestern ein wirklich seltsames Gespräch mit ihm. Er hat die ganze Zeit von Kate gesprochen, wobei er wie der typische Engländer eher um den heißen Brei herumgeredet hat. Aber im Grunde hat er mich nach ihr ausgefragt und wirkte ziemlich unglücklich, als ich ihm erzählt habe, sie hätte sich verlobt.«

»Wirklich?« Ein Irrtum war ausgeschlossen. Lorcan klang eindeutig hocherfreut.

»Ja. Anscheinend hat er sich auf meiner Hochzeit ziemlich in sie verguckt und wollte sie fragen, ob sie mal mit ihm ausgehen will.«

»Wahnsinn! Das hätte ich nie gedacht. Soweit ich gesehen habe, schien die Sache mit Tina ziemlich ernst zu sein.«

»Ich war genauso überrascht. Doch er war total geschockt, als ich ihm erzählt habe, dass sie in festen Händen ist. Aber ich habe ihm auch gesagt, dass er, wenn er versuchen würde, sie dem Öko auszuspannen, der ganzen Familie einen riesigen Gefallen tun würde.«

»Glaubst du, das könnte ihm gelingen?«, fragte Lorcan hoffnungsvoll.

»Keine Ahnung, aber sie hat immer schon für Will geschwärmt. Und wenn jemand sie verführen kann, dann er. Das wäre doch wohl super, findest du nicht auch?«

»Das wäre sogar fantastisch! Es wäre die Antwort auf all unsere Gebete.«

Himmel, dachte Rachel, Lorcan ist echt ein Idiot – sieht er denn nicht, dass Will in einer völlig anderen Liga als die kleine Schwester spielt?

Tatsächlich hatte Lorcan schon seit einer Ewigkeit gehofft, dass Kate und Will zusammenkämen. Er liebte diese beiden Menschen mehr als alles andere auf der Welt und hatte immer schon gefunden, sie wären das perfekte Paar.

»Wie dem auch sei, ich rufe dich an, weil Will die Befürchtung hat, dass du nicht einverstanden bist. Aber wenn er dich fragt, gibst du ihm doch grünes Licht?«

»Na klar!«

Nachdem er Owen eine ausgiebige Mahlzeit aufgezwungen und ihn heimgefahren hatte, kehrte Will in sein Büro zurück und rief bei Lorcan an. Sie sprachen ausführlich über die Probleme seines Freundes mit *Endstation Sehnsucht,* schließlich holte er jedoch tief Luft, um Lorcan zu fragen, was er von den Plänen seiner Mutter hielt. Er war sich ziemlich sicher, was er sagen würde, musste aber trotzdem mit ihm sprechen, bevor Grace eine Abfuhr von ihm erteilt bekam.

»Lorcan, der Grund, aus dem ich anrufe …«, setzte er zögernd an. »Hat Rachel dir von der Sache mit Kate erzählt?«

Von der Sache mit Kate, dachte Lorcan lächelnd. Will war wirklich der typische Engländer. Am liebsten hätte er getan, als ob er nicht verstehen würde, doch er war ein gutmütiger Mensch und beschloss, dem Kumpel stattdessen behilflich zu sein. »Ja, sie hat mir davon erzählt.«

»Und … was hältst du davon?«

»Ich finde, das ist eine fantastische Idee!«

»Wirklich?« Will klang nicht nur überrascht, sondern regelrecht schockiert und vor allem nicht wirklich erfreut.

»Absolut«, beeilte er sich deshalb, dem Ärmsten zu versichern. »Meinen Segen hast du, Sohn.«

»Bist du sicher? Ich meine, ich würde es nicht machen, wenn du dagegen wärst ...«

»Gib dir einen Ruck, Mann. Jeder, der Kate davon abbringt, sich an diesen Schwachkopf wegzuwerfen, tut damit nicht nur ihr, sondern der ganzen Familie einen riesigen Gefallen.«

»Tja, wenn du es sagst.«

»Das Arschloch hat sich auf der Hochzeit an eine andere herangemacht.«

»Auf der Hochzeit? Und was hat Kate dazu gesagt?«

»Er hat es erst getan, nachdem sie mit dir verschwunden war.«

»Meine Güte!«

»Allerdings. Sie hatte ihm kaum den Rücken zugedreht. Also ...«

»Richtig, ja. Verstehe«, sagte Will.

Scheiße!, dachte er und hängte auf. Was soll ich jetzt nur tun?

Im Vorzimmer seines Büros hörte Louise die Kassette ab, die Will ihr zuvor gegeben hatte. »Ruf Tony wegen der Verträge an«, bat er.

Ist bereits erledigt, dachte sie. Die Dokumente lagen bereits vor ihr auf dem Tisch.

»Und sag Claire, dass sie die Leute von MTV anrufen soll.« Louise stieß einen Seufzer aus. Manchmal fehlte ihr die alte Zeit, als sie mit Will allein gewesen war und nie gewusst hatte, welche Aufgabe als Nächstes kam. Weil sie gleichzeitig Pressesprecherin, Tour-Managerin, persönliche Assistentin und Marketingfachfrau gewesen war. Manchmal hatte sie sogar als Roadie oder Fahrerin fungiert. Jetzt delegierte sie die meiste Zeit. Doch es war ein Zeichen des Erfolgs der Band, und es erfüllte sie mit Stolz, dass sie daran beteiligt war.

Trotzdem vermisste sie die Spontaneität der Anfangszeit und die Nähe zur Band, vor allem zu Rory, den sie heutzutage viel zu selten sah. Aber vielleicht war das auch besser so, da sie den Anblick von ihm mit Tessa einfach nicht ertrug. Es hätte sie weniger gestört, wenn sie wenigstens dächte, dass Tessa ihn wirklich liebte – doch das glaubte sie keinen Augenblick. Sie war überzeugt davon, dass Tessa Rory niemals auch nur eines Blickes gewürdigt hätte, spielte er nicht in der Band.

Wills letzter Anweisung folgte ein lauter Knall. Er hatte das Diktiergerät anscheinend auf den Schreibtisch fallen lassen, es allerdings nicht ausgestellt, als sein Besuch gekommen war. Louise war klar, dass sie nicht lauschen sollte, doch sie konnte nichts dagegen tun.

Sie meinte ihren Ohren nicht zu trauen. Grace O'Neill war eine Respekt einflößende Gestalt, aber trotzdem war es einfach nicht zu glauben – sie bat Will, ihre eigene Tochter zu verführen, damit die ihren Verlobten fallen ließ! Na, der hatte Will bestimmt die Meinung gesagt.

»Ihr wollt, dass ich Kate verführe?«, fragte er dann auch. Während Louise erwartungsvoll die Ohren spitzte, kam das Band hingegen zum Ende, und die Aufnahme brach ab.

5

Am folgenden Freitag nahmen Kate und Brian einen Bus Richtung Cork City, wo Will sie abholen sollte, weil es keine Busverbindung bis zum Haus ihrer Familie gab. Kate lehnte sich auf ihrem Sitz zurück und bemühte sich bewusst, sich zu entspannen. Es war noch nicht mal Mittag, aber trotzdem war sie bereits vollkommen erschöpft. Sie war bis in die frühen Morgenstunden auf gewesen, denn sie hatte am Vorabend für ein Wohltätigkeitessen gekocht, danach den Fehler gemacht, noch stundenlang mit einigen der Angestellten aus der Küche – alten Freunden, die sie seit ihrer Rückkehr aus Afrika zum ersten Mal wiedergesehen hatte – zu feiern, und zahlte dafür jetzt mit einem Kater biblischen Ausmaßes.

Und auch als sie endlich ins Bett gekommen war, hatte sie kaum ein Auge zugetan, sondern sich bei dem Gedanken an das Wochenende mit ihrer Familie nervös in ihrem Bett gewälzt. Sie sagte sich die ganze Zeit, es wäre einfach lächerlich, derart aufgeregt zu sein, doch konnte sie sich des Gefühls einfach nicht erwehren, dass dieses Wochenende wirklich wichtig war, und hatte Angst, dass Brian den Erwartungen der Eltern und Geschwister nicht entsprach. Sie wünschte sich, dass die Familie und er sich gegenseitig mochten, aber sie hatte Angst, von den beiden Parteien holte jede statt dem Besten eher das Schlimmste aus der jeweils anderen heraus.

Und als wäre das nicht schon beängstigend genug, hatte Grace auch noch darauf bestanden, mit Will zu fahren. Um nicht in irgendeinen Stau zu kommen, würden alle anderen schon im Morgengrauen aufbrechen, hatte ihre Mutter ihr erklärt, wohingegen Will Dublin erst am frühen Nachmittag verließe und Kate deshalb ausschlafen könnte, wenn sie mit ihm fuhr. Als Kate erklärt hatte, sie wollte gar nicht ausschlafen, hatte Grace hinzugefügt, in den anderen Wagen wäre sowieso kein Platz für sie.

»Conor und Helen schleppen die ganzen Sachen von den Kindern und natürlich auch noch Josie mit«, hatte sie zu ihr gesagt. »Und du weißt ja, wie viel Platz sie braucht.«

Das Kindermädchen Josie stammte aus den Weiten Galways und war eine fröhliche, ausnehmend dralle junge Frau.

»Und dein Vater und ich bringen das Essen und die Getränke mit«, hatte Grace hinzugefügt.

»Wie viel Essen und Getränke schleppt ihr denn nach Cork?«, hatte Kate gefragt und sich riesige Kisten und Fässer vorgestellt, neben denen nicht mehr nur der allerkleinste Platz auf dem Rücksitz ihres Wagens war.

»Jede Menge«, hatte Grace ihr gut gelaunt erklärt. »Und außerdem nehmen wir noch ein paar Möbel – ein paar Stühle – mit«, hatte sie improvisiert.

»Aber was ist mit Tom und Rachel?« Kate hatte um jeden Preis vermeiden wollen, dass das Wochenende mit einer vierstündigen Autofahrt voller nervöser Anspannung begann. Es war auch so schon anstrengend genug, ihm gegenüber möglichst cool zu tun, vor allem, wenn Brian in der Nähe war.

»Die beiden sind frisch verheiratet«, hatte ihre Mutter argumentiert. »Da wollt ihr doch wohl nicht stören.«

Kate hatte sich die Bemerkung verkniffen, dass Tom und Rachel wohl kaum das gesamte Kamasutra exerzieren würden, während Tom hinter dem Steuer saß. Grace' Entschluss stand fest: Brian und sie würden sich von Will chauffieren lassen, und Schluss.

Doch als Kate Will deswegen angerufen hatte, hatte sie zu ihrer Verlegenheit entdeckt, dass er gar nichts davon gewusst hatte, als Fahrer auserkoren worden zu sein. Zufällig würde am Donnerstag in Cork ein Wohltätigkeitskonzert mit Walking Wounded stattfinden, und anschließend wäre die Band noch bei der Bürgermeisterin zu Gast. Aber er hatte ihr angeboten, Brian und sie am Freitag in Cork City abzuholen, da es von dort sicher weder einen Bus noch einen Zug bis zu ihrem endgültigen Ziel geben würde.

Grace war bitter enttäuscht gewesen, als sie hatte hören müssen, dass ihr wunderbarer Plan, Kate und Will den ganzen Weg von Dublin bis zu ihrem Haus zusammen fahren zu lassen, gescheitert war. Allerdings hatte sich ihre Stimmung wieder aufgehellt, nachdem Rachel ihr erläutert hatte, dass es so vielleicht sogar noch besser wäre, denn auf diese Weise fiele Kate der unglaubliche Kontrast zwischen Brians und Wills Lebensstil wahrscheinlich noch viel stärker auf. Brian wäre wahrscheinlich zu geizig, um die Zugfahrt zu bezahlen, deshalb hätte Kate eine albtraumhafte Anreise per Bus, wo sie von stinkenden Studenten und Studentinnen, die übers Wochenende heimfuhren, umgeben war. Und dann würde Will in seinem schicken Wagen vorfahren – als Ritter in einem blank polierten Jaguar – und sie würden den Rest des Wegs schnell und komfortabel hinter sich bringen.

Und natürlich hatte Brian die Frauen nicht enttäuscht. Kates Erleichterung, weil ihr die lange Fahrt mit Will erspart geblieben war, hatte ehrlichem Bedauern Platz gemacht, als Brian darauf bestanden hatte, mit dem Bus zu fahren, da die Bahnfahrt schließlich viel zu teuer war. Außerdem, hatte er ihr erklärt, war die Busfahrt viel »geselliger«. Kate hätte sich am liebsten widersetzt und die Differenz zum Zugticket bezahlt, nur hatte sie dafür ganz einfach nicht das Geld gehabt.

Also hatten sie den Bus genommen, weshalb sie jetzt nicht nur hundemüde, sondern obendrein auch wirklich schlecht gelaunt war. Die Busfahrt war nur halb so teuer wie die Reise mit dem Zug, dafür aber war man auch doppelt so lange unterwegs. Und es trug nicht gerade zu ihrer guten Stimmung bei, als Brian von den »wundervollen Charakteren« schwärmte, die man oft in Bussen traf. Meinte er damit die Rucksacktouristen hinter ihnen, die verstohlen kifften, wobei der Geruch des Grases Kate allmählich schwindlig werden ließ, oder den rotgesichtigen Rentner auf der anderen Gangseite, der sie mit lüsternen Blicken maß?

»Ist dir kalt?«, fragte Brian sie verblüfft, als sie eine dicke schwarze Strickjacke aus ihrer Tasche zog.

»Ich bin es nur leid, die Wichsvorlage zu sein«, antwortete sie, zog sich die Jacke um den Bauch und verschränkte obendrein die Hände vor der Brust.

Vier Stunden später kam der Bus endlich in Cork City an. Will wartete bereits auf sie. Er lehnte an seinem Wagen, und der schimmernde Lack seines Gefährts und sein strahlend weißes Hemd warfen das helle Sonnenlicht zurück. »Hi, Kate.« Er beugte sich zu ihr herab und gab ihr einen Wangenkuss.

Sie bemerkte, dass sein Haar wieder etwas gewachsen war. »Das ist Brian – Brian, Will«, stellte sie die beiden Männer vor.

»Hi, Brian. Schön, dich kennenzulernen«, grüßte Will und reichte ihm die Hand.

»Hast du Tina nicht mitgebracht?«, fragte Kate ihn überrascht.

»Sie ist bei einem Fotoshooting für die *Vogue* in der Karibik.« Er nahm ihre Taschen und machte den Kofferraum des Wagens auf.

Kate atmete erleichtert auf. Sie fühlte sich immer etwas unbehaglich, wenn Wills Freundin in der Nähe war. Aus den Augenwinkeln nahm sie wahr, dass Brian Wills Wagen mit einem bösen Blick bedachte und bestimmt ohne Zweifel überlegte, wie hoch der Kohlenmonoxidausstoß von einer solchen Kiste war.

»Mein Gott, was hast du denn da drin?«, wandte sich Will an sie, als er nach ihrer Tasche griff. Wenn das Tinas Tasche gewesen wäre, hätte er nicht mit der Wimper gezuckt, denn sie fuhr ja nirgends ohne kiloweise Kosmetik und genügend Schuhe, um die Titanic untergehen zu lassen, hin. Kate hingegen hatte er bisher immer eher als genügsam angesehen.

»Oh, du weißt schon«, wich sie seiner Frage aus. »Ich habe noch ein paar Flaschen mitgebracht.« Sie hatte den halben Vortag damit zugebracht, Geschenke zu besorgen, die Brian ihren Eltern überreichen könnte, er selber hatte nämlich sicher nicht an so etwas gedacht.

Dann stiegen sie ein, und es war derart herrlich, sich bei offenem Fenster auf dem Beifahrersitz des Wagens auszustrecken, während ihr der Wind das Haar zerzauste, dass sie vollkommen vergaß, gehemmt zu sein.

»Das ist einfach wunderbar. Viel schöner als der Bus, nicht wahr?«, sagte sie zu Brian.

»Ich fürchte, ich kann es nicht genießen«, antwortete er. »Ich habe einfach zu große Schuldgefühle, mit einer solchen Benzinschleuder zu fahren.«

Warum nur musste er jede Chance nutzen, unhöflich zu sein?, dachte Kate verärgert. Schließlich war es wirklich nett von Will, dass er sie extra abholen gekommen war. Wenn er sich das ganze Wochenende so herablassend benähme und Seitenhiebe gegen alle austeilte, würde es ein völliges Desaster.

Will bedachte Brian mit einem kühlen Blick im Rückspiegel. Es lag ihm auf der Zunge, ihm zu sagen, dass er gern auch aussteigen und laufen könnte, falls das sein Gewissen nicht belastete, doch Kate zuliebe hielt er sich zurück. »Ich sollte dich vielleicht vorwarnen«, wandte er sich an sie. »Rachel hat ihre Hochzeits-DVD dabei und wird uns früher oder später sicher zwingen, sie uns anzusehen.«

Kate stöhnte. »Aber wir waren doch dabei. Wir haben das Ganze in Echtzeit mitgemacht.«

Will lachte fröhlich auf. »Ich wusste, dass du dich freuen würdest.«

»Und wie war euer gestriges Konzert?«

»Oh, super – bis Owen die Bürgermeisterin angebaggert hat.«

Kate kicherte vergnügt. »Das hat er nicht.«

»Oh doch.«

Tatsächlich hatte es der Frau, einer teigigen Matrone mit blitzenden Augen, wahrscheinlich geschmeichelt, dass ein derart junger Mann an ihr interessiert gewesen war.

»Aber sie könnte seine Mutter sein!«

»Owen diskriminiert niemanden aufgrund seines Alters, seiner Rasse, seines Glaubens – oder seines Geschlechts. Er macht da wirklich keinen Unterschied. Zu unserem Glück war sie keine Spielverderberin, sondern hat gute Miene zum bösen Spiel gemacht. Wohingegen ihr Mann eindeutig ganz schön angesäuert war. Ich hoffe nur, wir werden nie in den Buckingham-Palast eingeladen, denn die Queen wäre bestimmt *not amused*.«

»Und Prinz Philip würde ihm wahrscheinlich eine verpassen, dass ihm Hören und Sehen vergeht!«

Es dauerte nicht lange, und sie fuhren die steile, gewundene Straße in Richtung des O'Neill-Anwesens hinauf.

»Wow! Was für eine Aussicht!«, keuchte Brian, und Kate drehte sich lächelnd zu ihm um. Sie hatte gewusst, Brian würde begeistert vom Landhaus der Familie sein. Es lag am Rande eines Hügels oberhalb von einer breiten Bucht und zeigte sich heute von seiner besten Seite. Die Sonne schien an einem wolkenlosen blauen Himmel, und unter ihnen glitzerte der Ozean.

Kate verspürte das vertraute Kribbeln, wie wenn man den ersten Schluck Champagner trank, als sie die cremig gelbe, halb von wilden Fuchsien bedeckte Fassade ihres Hauses sah. Seit sie denken konnte, kamen sie hierher, und sie hatte lauter glückliche Erinnerungen an den Ort. Als Kinder hatten sie endlose Sommertage draußen zugebracht, praktisch am Strand gelebt, in den Felsenpools schwimmen gelernt, Fische gefangen, Muscheln und Kieselsteine gesammelt, sich mit den Kindern der Einheimischen angefreundet und waren immer erst wieder heimgekehrt, wenn der Hunger allzu groß geworden war. Und im Winter hatte dieser Ort einen völlig anderen Charme. Dann brachen sich enorme Wellen dramatisch an den Felsen, sie unternahmen belebende Spaziergänge am Strand, wo ihnen die eisige Meeresbrise um die Nasen wehte, und wärmten sich dann bei einer heißen Schokolade vor dem Feuer wieder auf.

Sie stieg aus dem Wagen und holte erst einmal tief Luft. Der salzige Geruch der Seeluft war belebend, weckte alle ihre Sinne und vor allem ihren Appetit.

»Geht ruhig schon rein.« Will öffnete den Kofferraum des Jaguars. »Ich packe die Sachen aus.«

Kate nahm Brians Hand, zog ihn Richtung Haus, und als sie durch die Tür trat, lauerten ihr dort schon ihre Neffen auf.

»Hi, Kate!«, begrüßten sie sie einstimmig. »Wo ist Freddie?«

»Oh, der kommt dieses Mal nicht mit. Aber dafür habe ich Brian mitgebracht.«

»Ohhhh!«, entfuhr es dem enttäuschten Sam.

Jake war etwas diplomatischer. »Wir dachten, du bringst Freddie mit.« Die beiden Jungen liebten Freddie, denn er brachte Stunden damit zu, die dümmsten Spiele mitzuspielen, ohne dass ihm jemals langweilig zu werden schien. Trotzdem sah der Kleine Kate mit einem tapferen Lächeln an.

»Tja, dafür habe ich Brian mitgebracht. Brian, das sind Jake und Sam.«

»Hi!« Brian grinste die zwei Jungen an.

»Hi, Brian«, grüßte Jake zurück. »Willst du Twister oder Verstecken mit uns spielen? Wir können spielen, was du willst.«

»Verstecken, Verstecken!«, bettelte Sam und hüpfte auf und ab.

In diesem Augenblick tauchte Helen aus der Küche auf. »Los, ihr zwei«, schalt sie. »Lasst Kate und Brian erst mal rein. Ihr könnt noch das ganze Wochenende mit den beiden spielen. Hallo, ich bin Helen.« Über die Köpfe der Kinder hinweg gab sie Brian die Hand.

»Und ich bin Brian, aber das ist sicher schon bekannt.«

»Ja, doch es ist schön, dich endlich mal kennenzulernen. Schließlich habe ich schon viel von dir gehört.«

Sie war ehrlich überrascht. Brian war groß, attraktiv, gut gebaut und praktisch das genaue Gegenteil des bleichen, zugekifften Hippies, als der er ihr von Rachel und von Grace beschrieben worden war – und er wirkte durchaus nett. Typisch O'Neill hatten sie ihm wahrscheinlich niemals eine echte Chance gegeben. Aber sobald sie ihn ein bisschen besser kennen würden, sagte sie sich hoffnungsvoll, würde ihnen sicher klar, dass sie sich in ihm geirrt hatten, und das Wochenende würde doch noch richtig nett.

»Ihr seid die Letzten«, sagte sie zu Kate und ging dabei vor ihnen durch den Flur in Richtung Garten. »Wir sind alle draußen, kommt einfach runter, sobald ihr euch eingerichtet habt. Wir werden auch draußen essen – bei dem tollen Wetter!«

»Will!«, brüllte Jake, und seine Augen fingen an zu leuchten, als Will, beladen wie ein Packesel, das Haus betrat. Sam und er entwanden sich dem Griff der Mutter, rannten durch den Flur zurück und stürzten sich so glücklich auf den letzten Gast, dass der fast zu Boden ging.

Die Kinder bestürmten ihn, rauszukommen und zu spielen, woraufhin Helen ein müdes Lächeln aufsetzte. »Ich gehe besser los und rette ihn.«

Kate wollte Brian gerade mit nach oben in ihr Zimmer nehmen, als auch ihre Mutter zu ihrer Begrüßung angelaufen kam. »Hallo, Brian, herzlich willkommen.« Sie schlang ihm die Arme um den Hals und umarmte ihn, als wäre er der jahrelang verschollene Lieblingssohn. »Es ist wirklich schön, Sie wiederzusehen, und noch schöner, dass Sie mit hierher nach Cork gekommen sind.«

»Oh, danke, ich freue mich auch«, stotterte er und sah schon jetzt ein wenig überwältigt aus.

»Ich kann Ihnen gar nicht sagen, wie sehr wir uns freuen, dass Sie endlich einmal eine unserer Einladungen angenommen haben«, fuhr Grace fort und setzte, um diese Spitze etwas abzumildern, ein strahlendes Lächeln auf.

»Es ist wirklich nett, dass Sie mich eingeladen haben.« Brian lächelte zurück.

»Sobald Sie uns ein bisschen besser kennen, werden Sie feststellen, dass wir gar nicht so schlimm sind«, klärte sie ihn fröhlich auf. »Vielleicht werden Sie sogar merken, dass wir viel mehr Gemeinsamkeiten haben, als Sie denken. Ich wette, Sie wären überrascht zu hören, dass ich in meiner Jugend selbst ein Hippie war.«

Nicht so überrascht wie ich, sagte sich Kate. Anscheinend

wollte Grace, dass sich Brian wohlfühlte, und das wusste sie zu schätzen. Doch genau mit dieser einnehmenden Art würde sie ihn wahrscheinlich am ehesten in die Flucht schlagen. Er sah bereits wie ein in die Ecke getriebenes Kaninchen aus.

»Wirklich?« Es schien Brian zu überraschen, dass man ihn offensichtlich als eine Art Hippie sah.

»Oh ja!«, trällerte Grace. »Ich habe ständig für oder gegen irgendetwas demonstriert – den Weltfrieden, die bürgerlichen Rechte, die Pille –, ganz egal worum es ging, ich war auf jeden Fall mit einem Plakat dabei. Heutzutage geht's ja ständig um die Umwelt und die Rechte von Tieren«, führte sie im Ton größten Bedauerns weiter aus. »Menschen spielen keine Rolle mehr. Trotzdem ist es gut zu wissen, dass es noch immer Leute gibt, die sich für eine gute Sache engagieren.«

Kate rollte mit den Augen. »Mum, das war in den Sechzigern. Ihr habt alle möglichen Drogen eingeworfen, seid mit jedem in die Kiste gesprungen, der auch nur halbwegs nett aussah, und der einzige Ort, an dem du je marschiert bist, war die King's Road, weil es da so schöne Geschäfte gab.«

»Wir haben keine Drogen eingeworfen«, protestierte Grace. »Das hat damals niemand gemacht – den Ausdruck hatte man damals noch nicht einmal erfunden.«

»Ja, sicher«, pflichtete ihr ihre Tochter spöttisch bei. »Ihr habt keine Drogen eingeworfen, ihr habt experimentiert.«

»Genau.« Grace war für Kates Sarkasmus taub. »Ehrlich, so wie sie es formuliert, müssen Sie den Eindruck kriegen, dass ich damals eine verruchte Kommunardin war«, wandte sie sich wieder Brian zu. »Aber warum geht ihr zwei nicht erst mal rauf und packt eure Sachen aus? Kate, ihr seid nicht in deinem alten Zimmer. Ich habe euch das Gästezimmer reserviert – es ist größer und hat sogar ein eigenes Bad. Dein Zimmer bekommt Will.«

»Oh!« Kate geriet einen Augenblick in Panik. Sie hoffte nur, dass dort nicht irgendwo noch ihre alten Tagebücher lägen. Vielleicht könnte sie sich ja nachher kurz in das Zimmer schleichen und dort alles auf den Kopf stellen, bis sie die peinlichen Bücher fand. Als junges Mädchen hatte sie dicke Blöcke vollgeschrieben, wobei es ausschließlich um ihre unerwiderte Liebe zu Will gegangen war. Sie hatte darin jedes Wort notiert, das er mit ihr gewechselt hatte, und jeden seiner Blicke genau analysiert. »Warum hast du ihm nicht Lorcans Zimmer gegeben?«

»Weil dort schon Carmen schläft«, erklärte Grace.

»Ich wusste gar nicht, dass sie kommt.«

»Lorcan hat anscheinend Angst, dass sie mit einem anderen durchbrennt, während er in den Staaten ist. Deshalb haben dein Vater und ich sie einfach mitgebracht.«

»Oh, verstehe.« Es verletzte Kate ein wenig, dass für Carmen Platz im Wagen der Eltern gewesen war, für Brian und sie aber nicht. Weil es zeigte, dass ihr eigener Verlobter der Familie weniger am Herzen lag. Trotz der überschwänglichen Begrüßung, die ihnen durch Grace zuteilgeworden war, würden die O'Neills sicher nicht eine Minute mit Brian um seinetwillen verbringen.

»Du magst Carmen doch, oder, Kate?«

»Oh ja. Sie ist wirklich nett. Nur wusste ich eben einfach nicht, dass sie auch das Wochenende hier verbringt.«

Jedes der O'Neill-Kinder hatte sein eigenes Schlafzimmer im Haus, das sie jeweils in der Farbe hatten streichen dürfen, die ihm am besten gefiel. Das Resultat war eine eigenwillige Farbauswahl, die das Haus zum Albtraum jedes Maklers machen würde, entschlösse sich die Familie jemals zu einem

Verkauf. Kate hatte die Wände ihres Zimmers in einem wunderschönen Rotorange bemalt, der Farbe der Abendsonne, ehe sie im Meer versank.

Das Zimmer, das man Brian und ihr zugewiesen hatte, war vielleicht der schönste Raum im ganzen Haus. Es war nie von einem kreativen Teenager gestrichen worden und auch nicht mit Muscheln, Kieselsteinen, Büchern, Surfbrettern und aufblasbaren Schwimmtieren vollgestopft. Die Wände waren in einem beruhigenden Kornblumenblau gestrichen, und durch die zarten Musselinvorhänge, die sich in der milden Brise blähten, wurde die zengleiche Atmosphäre noch verstärkt. Auf den Regalen waren nur ein paar ausgewählte Nippsachen drapiert, und die Schränke und die Kommoden waren leer. Als Kate aus ihren Schuhen stieg, bemerkte sie, dass nirgends etwas von dem Sand zu finden war, der trotz rigorosen Staubsaugens und Fegens durch die Putzfrau im Verlauf der Jahre in sämtliche Spalten und Ecken des übrigen Hauses eingedrungen war.

Kate stellte ihre Tasche auf den Boden, warf sich auf das breite Doppelbett, versank in der dicken Decke und atmete den Duft der frisch gewaschenen und gestärkten Wäsche ein. Brian trat ans Fenster, durch das man auf den Garten und den Ozean sah.

Während die Geräusche der spielenden Kinder durch das offene Fenster drangen, riss Kate den Mund zu einem Gähnen auf. »Das mit meiner Mutter tut mir leid. Manchmal ist sie einfach nicht zu bremsen.«

»Im Grunde ist es cool, dass sie mal ein Hippie war.«

»Oh, hör nicht auf sie. Sie war kein Hippie. Das Hippiemäßigste, was sie jemals erlebt hat, war, dass sie sich auf einer Party von John Lennon – oder war es Mick Jagger? – hat begrapschen lassen.«

»Wer ist Carmen?«, wollte Brian plötzlich wissen.

»Lorcans neueste Freundin. Er hat sie erst am Tag von Rachels Hochzeit kennengelernt«, gab sie in dem Bewusstsein zu, dass dies erneut bewies, wie vereinnahmend ihre Familie manchmal war. Dass ihm selbst keine Gefahr aus dieser Richtung drohte, wusste Brian schließlich nicht.

Sie richtete sich auf. »Und, bist du bereit, dich meiner Sippe zu stellen?«

»Noch nicht ganz.« Er gesellte sich zu ihr aufs Bett. »Die Seeluft hat mir Appetit gemacht«, murmelte er, zog sie in seine Arme und küsste sie leidenschaftlich auf den Mund.

»Ich bin mir nicht sicher, ob wir Zeit für so was haben«, keuchte Kate, als Brians warmer Atem ihren Nacken traf. »Alle werden sich fragen, wo wir bleiben«, protestierte sie halbherzig, hob aber zugleich die Arme hoch, damit er ihr das T-Shirt ausziehen konnte, während sie bereits an seinem T-Shirt zog. Er streichelte ihre Brüste und ließ die Daumen über ihre Nippel kreisen, bis sie so hart waren wie er, was sie dazu brachte, leise aufzustöhnen.

»Ich glaube, wir essen gleich«, murmelte sie vergeblich, als er sie rücklings auf die Matratze drückte und am Reißverschluss von ihrer Hose zog.

Er hob kurz den Kopf und sah sie aus vor Verlangen dunklen Augen an. »Ich esse einfach schon mal vor«, raunte er ihr zu und glitt mit seiner Zunge über ihren Bauch bis an den Rand von ihrem Slip.

Eine Weile später tauchten Kate und Brian, frisch geduscht und umgezogen, bei den anderen im Garten auf. Es war ein perfekter Sommerabend. Die Luft war erfüllt vom Geruch von Sonnenmilch und des vor sich hin brutzelnden Essens, die Sonne war noch warm, und die einzigen Hintergrundgeräusche waren das Rauschen der Bäume und das Summen der Bienen, die die übervollen Blumenbeete plünderten.

Durch die leisen Laute der Natur wurden die Gespräche, das Klirren des Eises in den Gläsern und die gelegentlichen Jauchzer der Kinder, die mit Will und Josie am Ende des Gartens Fußball spielten, gleichzeitig verstärkt und wunderbar gedämpft.

Conor und Tom standen mit einem Drink in der Hand neben dem Grill, drehten ab und zu das Grillgut um und unterhielten sich über die Fahrt, die Staus, in die sie unterwegs geraten waren, und mögliche Abkürzungen. »Dein großer Fehler war, dass du nicht die Abzweigung genommen hast, zu der ich dir geraten habe«, klärte Conor seinen Schwager auf.

»Hi, Kate. Brian.« Er lächelte seine Schwester an. »Wie war eure Fahrt? Kate und Brian sind mit dem Bus gekommen«, wandte er sich, ohne eine Antwort abzuwarten, abermals an Tom. »Die einzige Möglichkeit, noch langsamer zu sein als du.«

»Brian ist mit dem Bus gekommen, weil er sich der Umwelt verpflichtet fühlt«, informierte Grace den Sohn in vorwurfsvollem Ton, als sie mit einem Tablett mit Gläsern und Bestecken in Richtung des langen Holztischs unter der Magnolie lief.

»Oder seinem Geldbeutel«, murmelte Conor schlecht gelaunt.

»Es wird dich freuen zu hören, dass wir nur mit drei Wagen gekommen sind, Brian«, erklärte Grace. »Und zwar die ganze Familie!«

»Oh, das ist schön«, gab er höflich zurück, dachte dabei aber traurig an die Flotte von Mercedes- und BMW-Limousinen, die in der Einfahrt stand, und fragte sich, wie die O'Neills in noch mehr Autos hätten kommen wollen, außer auch die Kinder wären selbst gefahren. Trotzdem nahm er an, dass Kates seltsame Mutter hatte nett sein wollen und deshalb auf der Suche nach einer Gemeinsamkeit gewesen war.

»Schließlich sollte jeder einen Beitrag zum Umweltschutz leisten, nicht?«, fügte Grace gut gelaunt hinzu und tätschelte dabei Brians Schulter.

Jack winkte Kate von seinem Platz im Schatten eines Baumes zu, wo er mit einer Zeitung saß, während Carmen bäuchlings auf dem Rasen lag und über ihr Handy mit dem Liebsten in den Staaten sprach.

Rachel hatte sich in einem winzigen limettengrünen Bikini auf einer Liege ausgestreckt, um die Bräune von der Hochzeitsreise aufzufrischen, und ihre frisch lackierten Zehennägel schimmerten im abendlichen Sonnenlicht. Als sie Brian entdeckte, sprang sie auf, schlang ihm die Arme um den Hals und küsste ihn flüchtig auf die Wange. »Hallo, Brian. Schön, dich wiederzusehen.« Sie schaute ihn strahlend an, legte einen Arm um seine Taille und straffte ihre Schultern, damit er ihre goldenen Brüste besser sah. Rachel flirtete mit jedem, denn sie hatte das Gefühl, dass jeder das Recht hatte, sie zu begehren, selbst Kates grauenhafter Freund. »Die meisten Leute kennst du ja bereits, nicht wahr? Außer Josie und Carmen, nehme ich an. Komm, ich stelle sie dir vor. Aber erst musst du was trinken, Helen hat nämlich einen Riesenkrug voll Pimm's gemacht.« Sie füllte ein großes Glas und drückte es ihm in die Hand. Dann nahm sie seine andere Hand und zerrte ihn hinter sich her.

Conor reichte Kate ein Glas voll Pimm's. »Also, welche Strecke hat der Bus genommen?«, fragte er.

»Oh, er fährt über Timbuktu, schließlich könnte dort ja auch noch vielleicht jemand einsteigen wollen. Das ist wirklich demokratisch«, antwortete sie.

»Liebling, was zum Teufel hast du denn da an?«, zischte ihre Mutter auf dem Rückweg Richtung Haus.

Kate hatte gehofft, es fiele keinem Menschen auf, aber sie hätte sich denken sollen, dass das ausgeschlossen war. Grace hatte sie bereits seltsam angesehen, als sie heruntergekommen war. »Die Hose habe ich in Afrika gekauft«, murmelte sie.

»Hat dort ein Zirkus einen Ausverkauf gemacht?«

»Ausnehmend farbenfroh«, erklärte Tom. »In Thailand haben sie am Strand ein paar wirklich tolle Sachen feilgeboten, doch ich konnte Rachel nicht dazu bewegen, auch nur ein einziges Teil zu nehmen – obwohl es unglaublich billig war.«

»Das war bestimmt der Grund«, stellte Conor sarkastisch fest.

»Die Hose hat ungefähr einen Euro gekostet«, sagte Kate zu Tom.

Die Miene ihrer Mutter machte deutlich, dass sie ihrer Meinung nach bei diesem Geschäft total über den Tisch gezogen worden war.

»Sieht wirklich cool aus«, meinte Tom.

»Nun, so weit würde ich vielleicht nicht gehen«, schränkte sie, dankbar für die Unterstützung, ein.

»Oh, ich habe nicht gemeint, cool wie hipp, sondern wie leicht und sommerlich.«

Das Problem war einfach das, dass Kate nicht mehr in ihre alten Sachen passte, und das Zeug, dass sie in Afrika erstanden hatte, hatte dort, im hellen Sonnenschein und umgeben von Leuten, die sich anzogen, als wäre ständig Karneval, ganz prima ausgesehen, jetzt zuhause kam es jedoch auch ihr selbst entsetzlich grell und extravagant vor. Sie wirkte darin einfach wie ein Clown.

»Ich dachte, vielleicht hättest du vorgehabt, dieses Jahr zum Karneval nach Notting Hill zu fahren«, zog Conor sie grinsend auf.

Kate setzte ein verächtliches Lächeln auf, aber sie musste zugeben, dass ihr nur noch ein riesiger federbesetzter Kopfschmuck fehlte, um zu den Klängen einer Steelband und unter dem Kreischen Tausender von Trillerpfeifen Samba tanzend die Portobello Road hinabzuziehen.

»Ich hoffe, du fängst jetzt nicht an, dich wie ein Hippie anzuziehen, nur weil du – du weißt schon ...« Grace schob ihren Mund so dicht wie möglich an Kates Ohr. »... mit Brian verlobt bist.«

»Es ist nur so, dass mir meine alten Sachen nicht mehr passen und mir das Geld für neue Sachen fehlt.«

»Oh, mach dir darüber keine Gedanken«, antwortete Grace. »Rachel und ich werden mit dir shoppen gehen, wenn wir wieder in Dublin sind.«

»Aber das kann ich mir nicht leisten«, protestierte Kate – vor allem nicht in den Geschäften, in denen ihre Schwester und auch ihre Mutter für gewöhnlich einkauften.

Grace winkte einfach ab. »Ich lade dich ein. Du hast inzwischen eine fantastische Figur, die du mit ein paar anständigen Kleidern möglichst vorteilhaft zur Geltung bringen musst.«

Kate sah ihrer Mutter an, dass sie den Gedanken, mit ihr einkaufen zu gehen, ungemein verlockend fand – schließlich kleidete sie liebend gerne andere Menschen ein. Kate hingegen war sich nicht so sicher, ob sie sich darüber freuen sollte, wenn ihre Mutter sie verschönerte, doch sie war dankbar für das Angebot. »Danke«, gab sie deshalb lächelnd zurück. »Das ist wirklich großzügig.«

In diesem Augenblick sprang plötzlich Carmen auf und stürzte mit rotem Kopf in Richtung Haus.

»Hi, Kate.« Sie blieb kurz stehen und gab ihr einen Wangenkuss. »Schön, dich wiederzusehen.« Dann klingelte wieder ihr Handy, und sie rannte davon.

»Wahrscheinlich will sie in ihr Zimmer, um Telefonsex mit Lorcan zu haben«, meinte Tom.

Als Brian seine Gartentour beendet hatte, kehrte er zu Kate zurück, allerdings baute sich sofort Jake vor ihnen auf. »Wollt ihr beide Fußball spielen?«, fragte er sie eifrig. »Rachel will nicht, aber Will und Josie machen mit, wir wären also drei gegen drei.«

»Nun, ich weiß nicht ...« Kate wurde bewusst, dass sie keine Ahnung hatte, wie ihr zukünftiger Mann zu Kindern stand.

»Bitte«, bettelte Jake und legte die Hände zusammen wie zu einem Gebet und fügte hinzu: »Ihr kriegt auch Will.«

»Dann ist er also gut?«, wollte Brian von dem Jungen wissen.

»Er ist Engländer, wie Beckham«, klärte ihn das Kind mit unbestreitbarer Logik auf. »Aber ihr könnt auch Josie haben, wenn ihr wollt. Josie ist gut im Tor, denn sie ist schließlich wie ein kleiner Schrank gebaut.«

Kate versuchte, missbilligend zu gucken, brach dann jedoch in lautes Lachen aus. »Jake«, tadelte sie ihren Neffen trotzdem. »So was solltest du nicht sagen.«

»Josie hat es zuerst gesagt.«

»Trotzdem solltest du es nicht so einfach wiederholen. Und vor allem heißt es nicht kleiner, sondern Kleiderschrank.«

»Dann spielt ihr also mit?«, kam der Junge zu seinem eigentlichen Anliegen zurück.

»Okay«, gab Brian sich geschlagen. »Wenn ihr uns Josie gebt ...«

Kate hoffte nur, sie wäre nicht gezwungen, Will allzu unsanft anzugehen.

Nachdem sie sich von den Kindern beim Fußball hatten besiegen lassen, war das Abendessen fertig. Alle nahmen an dem langen Holztisch Platz, und Helen und Carmen schleppten riesige Platten aus der Küche herbei. »Heute Abend musst du dich leider mit meinem Essen begnügen«, sagte Helen zu Brian. »Ich fürchte, an Kate komme ich mit meiner Kochkunst nicht heran.«

»Hör nicht auf sie. Helen ist eine brillante Köchin«, widersprach ihr Kate und sah sie lächelnd an. »Was gibt es denn?«

»Fisch«, verkündete Helen und hob den Deckel von einer Platte schimmernder gegrillter Seebarsche, deren Haut über dem Feuer ein bisschen zu dunkel geraten war. »Frisch heute Morgen im Meer gefangen. Das ist schließlich das Einzige, was man hier unten essen sollte, stimmt's?«

»Oh!«, entfuhr es Kate.

»Ja, und Conor hat seine Sache am Grill hervorragend gemacht«, fuhr Helen arglos fort und arrangierte die Teller mit den Beilagen.

»Gibt es auch noch etwas anderes?«, fragte Kate.

»Nun, Rosmarinkartoffeln, Peperonata, Salat und Brot. Bedient euch allerseits.«

»Es ist nur so, dass Brian Vegetarier ist«, erklärte Kate, auch wenn sie es hasste, ein solches Aufheben zu machen, nachdem sich Helen solche Mühe mit dem Essen gegeben hatte. »Ich dachte, das wüsstet ihr.«

»Oh!« Helen blickte zwischen Grace und Rachel hin und her. »Ich wusste, dass er kein Fleisch isst, aber ich dachte, er isst Fisch.«

»Ich dachte, alle Vegetarier essen Fisch«, stimmte ihr ihre Schwiegermutter zu.

»Nein, nichts mit einem Gesicht«, informierte Brian die Frauen.

»Oh, das ist kein Problem«, mischte sich Jake vom anderen Tischende ein. »Meine Mum schneidet das Gesicht einfach für dich ab.«

»Ich glaube nicht, dass es das ist, was Brian meint, Jake«, wies ihn seine Mutter zurecht.

Aber Jake war froh, endlich einen Gleichgesinnten gefunden zu haben, und schüttelte den Kopf. Schließlich traf man nicht jeden Tag einen Erwachsenen, der, wenn es ums Essen ging, ebenso vernünftig wie man selber war. Die meisten Großen gaben immer damit an, alles zu essen, was ihnen auf den Teller kam. »Ich esse auch keine Gesichter«, fügte er deshalb fröhlich hinzu. »Stell dir vor, du müsstest die Augen essen«, meinte er und verzog angewidert das Gesicht. »Die sind schließlich total glibberig und eklig.«

»In Ordnung, Jake, wir haben verstanden.«

Doch Jake kam gerade erst in Schwung. »Und die Nase!« Er genoss es, dass er endlich einmal die Gelegenheit bekam, über diese widerlichen Dinge herzuziehen. »Stell dir vor, du würdest die Nase essen und sie wäre voller Rotz! Igitt!«

»Jake, Brian isst nicht nur die Gesichter nicht«, warf Helen müde ein.

»Ich habe einfach das Gefühl, dass Tiere mit Gesichtern wie wir selber unsere Freunde sind«, führte Brian aus. »Und du würdest doch wohl keinen deiner Freunde essen, oder?«

»Auf jeden Fall die Nase nicht«, antwortete Jake. »Denn vielleicht wäre sie ja voller Rotz.«

»Jake, hör auf, über Rotz zu sprechen, und fang endlich an zu essen«, schnauzte ihn jetzt Conor an. »Sam, was ist los?«

Niemand hatte bemerkt, dass Sam ganz still geworden war und grüblerisch auf seinen Teller sah. »Ich will mein Essen nicht«, erklärte er und verzog unglücklich das Gesicht.

»Was stimmt denn damit nicht?«, wollte Conor von ihm wissen.

»Es hat alles ein Gesicht!«, stieß der Kleine beim Anblick der Smiley-Röstkartoffeln und der Fisch-Nuggets mit den strahlenden Fischgesichtern schluchzend aus. Er machte gerade eine Phase durch, in der er nur neuartige Speisen zu sich nahm.

»Wenn Brian seinen Fisch nicht isst«, verkündete jetzt Jake, »darf ich dann mein Gemüse liegen lassen?«

»Nein!«, antwortete Helen streng. »Du isst deinen Teller leer.«

»Das ist ungerecht«, beschwerte sich das Kind. »Warum darf Brian pingelig sein, ich aber nicht?«

»Weil Gäste so pingelig sein können, wie sie wollen, du dich aber mit dem zufriedengeben musst, was auf deinem Teller ist«, konterte Helen gereizt.

»Du hast Glück«, sagte Jake zu Brian. »Wir dürfen beim Essen nicht wählerisch sein, stimmt's, Sam?« Sein kleiner Bruder schüttelte traurig den Kopf.

Während die Platten herumgingen und Jack den Wein einschenkte, hörte Kate, dass ihre Mutter noch immer versuchte, Brian dazu zu bewegen, den Fisch doch wenigstens zu kosten. »Los«, forderte sie ihn auf. »Wir werden Sie auch nicht bei der vegetarischen Gesellschaft melden.«

»Nein, wirklich. Ich esse einfach das Gemüse und Salat«, erwiderte er höflich. »Das alles sieht wirklich lecker aus.«

Bald hauten alle hungrig rein und gratulierten Helen überschwänglich zu dem wunderbaren Mahl.

»Das Gemüse ist ganz wunderbar«, begeisterte sich Brian, da er spürte, dass er die Verantwortung für die anfängliche Störung ihrer Mahlzeit trug. »Ist das biologisch?«

»Ja«, antwortete Helen, die sich plötzlich wünschte, das Gemüse käme aus der Dose, ihm erbost.

»Sie haben hier ein wirklich schönes Haus«, sagte er zu Grace.

»Ja, nicht wahr? Ich nehme an, es ist unglaublich dekadent, dass wir zwei so schöne Häuser haben, während andere Menschen auf der Straße leben müssen«, entgegnete sie.

»Jeglicher Besitz ist Diebstahl«, stimmte er ihr fröhlich zu.

Jack bekam einen roten Kopf vor Zorn. »Der hier nicht, Junge«, erklärte er und blinzelte ihn wütend an. »Ich werde nachher die Besitzurkunde suchen, damit ich sie Ihnen zeigen kann.«

»Oh nein, ich habe damit nicht gemeint ...«

»Dad hat dieses Haus selber gebaut«, hielt Rachel Brian vor.

»Du weißt, dass er das nicht so gemeint hat«, stieß Kate übellaunig aus. »Das ist nur so eine Redensart.«

Anschließend blickte sie auf Will, der ihr gegenübersaß. »Übrigens noch vielen Dank, dass du auf der Hochzeit für mich geworben hast.«

»Oh, kein Problem. Hat es dir was gebracht?«

»Ja, zwei Dinnerpartys und das Wohltätigkeitsessen, für das ich gestern gekocht habe.«

»Na, super! Dann hast du also alle Hände voll zu tun?«, fragte er sie fröhlich, denn er hoffte, für den Job in der Toskana bliebe ihr somit keine Zeit.

»Nun, nichts Langfristiges, aber zumindest muss ich nicht mit dem Vermieter schlafen, weil ich meine nächste Miete nicht bezahlen kann.«

Als er das hörte, meinte Brian: »Im Haven wird noch eine Köchin für die Sommermonate gesucht – dann hättest du drei Monate ausgesorgt.« Das Haven war das Zentrum, in dem Kate Brian zum ersten Mal begegnet war.

»Aber sie zahlen nur einen Hungerlohn«, antwortete sie. »Ich kann es mir nicht leisten, dort zu arbeiten.«

»Unterkunft und Essen wären allerdings frei. Und du könntest sogar gratis an einem Workshop teilnehmen.«

»Ich brauche keine Unterkunft. Schließlich habe ich meine Wohnung«, protestierte Kate. Und einen verdammten

Workshop brauche ich noch weniger, fügte sie in Gedanken hinzu. »Außerdem ist das in Galway.«

Will war bewusst, dass Grace erwartungsvoll in seine Richtung sah. Dies war nämlich sein Stichwort für das Angebot, ihn und die Band in der Toskana zu bekochen. »Wenn du nicht zum Arbeiten nach Galway willst«, setzte er zögernd an, »wäre dir die Toskana sicherlich erst recht zu weit.«

»Die Toskana?«

»Das ist ja wohl kaum vergleichbar«, mischte sich Kates Mutter ein.

»Ja«, entgegnete Will, an Kate gewandt. »Ich fliege mit der Band den Sommer über in die Toskana, um dort an dem neuen Album zu arbeiten. Wir werden in einer Villa in der Nähe von Florenz wohnen. Dort können die Jungs relaxen und gleichzeitig was tun.«

»Aber wie dem auch sei, wir brauchen eine Köchin«, fuhr er fort. »Und ich hatte mich gefragt, ob du vielleicht Interesse hast. Es wäre alles ziemlich entspannt, meistens nur die Jungs und ich. In den letzten beiden Wochen werden wir noch ein paar Gäste haben, doch bis dahin wird es ein reiner Arbeitsurlaub sein.«

»Wow!« Kate konnte nicht verbergen, wie aufgeregt sie war. »Das ist ein unglaubliches Angebot. Wie lange werdet ihr dort bleiben?«

»Ungefähr zwei Monate. Aber ich verstehe auch, wenn du nicht so lange von Dublin weg sein willst.«

»Nun, ich bin gerade erst aus Afrika zurück.« Kate sah Brian an und versuchte, nicht sofort die Chance zu ergreifen, den Sommer in einer Villa in der Toskana zu verbringen, für eine weltberühmte Band zu kochen und ... in Wills Nähe zu sein. Schließlich war sie inzwischen verlobt. Und da musste sie Rücksicht auf Brians Gefühle nehmen, erinnerte sie sich.

»Unsinn, Kate«, erklärte Grace entschieden. »Eine solche Gelegenheit kannst du nicht ungenutzt verstreichen lassen.«

»So ein Angebot kriegt man nicht alle Tage«, pflichtete ihr Conor bei. »Dadurch würden dir viele Türen geöffnet.«

»Ich weiß nicht …« Kate zögerte noch immer. Brian schien sich über dieses Angebot nicht gerade zu freuen.

»Denk einfach drüber nach«, schlug Will ihr vor.

»Was gibt es da denn groß nachzudenken?«, fragte Grace gebieterisch. »Das ist die Chance deines Lebens, Kate.«

»Ich würde auch überdurchschnittlich bezahlen«, fügte Will hinzu. Er spürte den Machtkampf zwischen Kate und ihrem Freund, und plötzlich hoffte er, sie sage Ja.

»Dann ist es also abgemacht«, erklärte Grace.

»Nichts ist abgemacht, Mum«, widersprach ihr Kate. »Ich muss erst noch mit Brian darüber sprechen.«

»Schließlich wäre da auch noch der Job im Haven«, rief er ihr umgehend in Erinnerung.

»Kate, du kannst nicht wie eine Landstreicherin nur für Kost und Logis irgendwo arbeiten!«, verkündete Grace. »Vor allem, nachdem Will dir eine fantastische Arbeit angeboten hat – du würdest für wirklich wichtige Leute kochen, und das sogar noch gut bezahlt.«

»Ich werde es mir überlegen«, gab Kate entschieden zurück.

Nachdem Kates nächster Karriereschritt zu seiner Zufriedenheit geklärt war, wandte sich ihr Bruder Brians Arbeit zu: »Was du machst, entspricht total dem Zeitgeist«, meinte er. »Diese ganze New-Age-Welle ist gerade riesengroß. Nimm nur Deepak Chopra oder Louise Hay – die machen Verkaufsshows im wirklich großen Stil. Aber du solltest das Eisen schmieden, solange es noch heiß ist, Mann, bevor die Seifenblase platzt.«

»Ich hoffe, dass es immer Menschen geben wird, die bereit sind zu wachsen«, klärte Brian Conor auf.

»Nun, Hoffnung allein reicht nicht«, antwortete Conor, denn jetzt war er wieder ganz in seinem Element. »Du solltest dir einen Namen machen, ehe sich die Leute dem nächsten großen Hype zuwenden und du plötzlich allein dastehst. Wie gut sind deine Kurse belegt?«

»Tja, das kann ich nicht genau ...«

»Du musst dein Geschäft ausbauen«, erklärte Conor streng. »Hast du auch irgendwelche Waren?«

»Waren?«

»Selbsthilfe-Bücher, Inspirations-CDs, Sachen in der Art?«

»Oh, ähm, nein«, stotterte Brian, der infolge all der Fragen, die Conor in schneller Reihenfolge abfeuerte, völlig aus dem Gleichgewicht geriet.

»Dann solltest du wirklich langsam in die Gänge kommen«, riet der andere ihm. »Schieb es nicht mehr auf die lange Bank. Hast du einen Agenten?«

»Einen Agenten?«, fragte Brian ihn verwirrt.

»Ja, jemanden, der dir hilft, deine Botschaft unters Volk zu bringen, der dich in Talkshows bringt und so. Ich gehe jede Wette ein, dass Louise Hay einen Agenten hat.«

»Bestimmt, aber ...«

»Und Deepak Chopra auch.«

»Wahrscheinlich«, meinte Brian säuerlich. »Schließlich findet man, wo Talent ist, auch immer jede Menge Leute, die davon profitieren wollen und andere dabei nach Kräften über den Tisch ziehen. Vor allem in der Musikbranche, nicht wahr?«, sagte er im Plauderton zu Will. »Man liest doch praktisch jede Woche von irgendeinem Musiker, der gegen seinen Manager wegen Veruntreuung Anzeige erstattet hat.«

Will bedachte ihn mit einem Blick, der halb amüsiert und halb feindselig war.

»Ich hoffe, Sie wollen damit nicht andeuten, dass Will ...«, begann Grace empört.

»Oh nein, ich habe ganz allgemein gesprochen«, gab der Blödmann unschuldig zurück. »Ich wollte dir ganz sicher nicht zu nahe treten, Will.«

»Schon gut.« Will sah ihn mit einem netten Lächeln an. Du wolltest mir auf jeden Fall zu nahe treten, kleiner Scheißkerl, dachte er.

Grace schaute Brian weiter böse an. »Will kümmert sich hervorragend um diese Jungs. Gott weiß, was ohne ihn aus ihnen geworden wäre.«

»Zumindest Owen säße ganz bestimmt schon längst im Knast«, stellte Conor nüchtern fest.

»Oder er läge im Bett der Bürgermeisterin von Cork«, murmelte Kate, und Will brach in fröhliches Gelächter aus.

»Du musst dich auf etwas konzentrieren, was die Fantasie der Leute anregt«, wandte Conor sich erneut dem Verlobten seiner Schwester zu. »Was du machst, ist dabei vollkommen egal – yogisches Fliegen, Selbstfindung durch Stangentanz, was auch immer. Je verrückter, umso besser. Wenn du ein paar große Stars für deine Sache interessieren könntest, hättest du es auf jeden Fall geschafft. Will könnte dir dabei helfen – er kennt schließlich Gott und die Welt.«

»Ich glaube wirklich nicht ...«

»Könntest du vielleicht auch noch eine Diät in dein Programm mit einbeziehen?«, fragte Conor ihn.

»Nun, nicht wirklich. Ich selbst ernähre mich von vegetarischer Vollwertkost, aber ...«

»Hast du abgenommen, seit du damit angefangen hast?«, ging Conor begeistert darauf ein. »Hast du irgendwelche Bilder von vorher, als du noch ein Fettsack warst?«

»Ähm ... nein, ich glaube, ich war immer schon so dünn.«

»Ah, das ist natürlich schade. Denn die beste Art, um heutzutage etwas zu verkaufen, ist, wenn ein Gewichtsverlust damit verbunden ist. Nimm zum Beispiel Tessa Bond: Kaum hat sie ein bisschen abgenommen, hat sie sich als Diät- und Fitness-Guru neu erfunden und ist damit super im Geschäft.«

»Ist Tessa eigentlich in echt genauso doof, wie sie im Fernsehen rüberkommt?«, fragte Josie Will in ihrem bäuerlichen Akzent.

»Meine Güte, nein«, antwortete Will.

»Wirklich nicht?«

»Sie ist im wahren Leben noch viel schlimmer«, knurrte Will.

Josie kicherte vergnügt, und auch die beiden Jungen fingen an zu kichern, denn es freute sie, dass Josie mit dem Wörtchen »doof« wieder mal ein Schimpfwort ausgesprochen hatte, das ihnen verboten war.

»Aber ihr müsst zugeben, inzwischen sieht sie wirklich super aus«, gestand Rachel der Tussi zu. Sie hatte gerade ein Zeitschrifteninterview gelesen, in dem Tessa für ihren Diätratgeber warb.

»Ich finde sie eindeutig zu dünn«, widersprach ihr Will.

»Oh, wir alle wissen, dass dir gut bestückte Mädchen lieber sind, nicht wahr?« Grace zwinkerte ihm zu.

»Man kann doch wohl nicht ernsthaft behaupten, Tina wäre gut bestückt«, stellte Rachel höhnisch fest.

»Nicht ohne ein blaues Auge zu riskieren«, stimmte Will ihr zu.

»Findest du nicht, dass Kate inzwischen einfach wunderbar aussieht?« Grace blickte ihn forschend an.

»Doch, ich finde, sie schaut wirklich super aus.«

Kate errötete und wünschte sich, ihre Mutter hätte nicht die Aufmerksamkeit aller plötzlich auf sie gelenkt.

Grace aber lehnte sich auf ihrem Stuhl zurück und sah sich zufrieden um.

»Es ist wirklich schön, dass endlich mal wieder meine ganze Familie um mich versammelt ist«, erklärte sie und zwinkerte allen nacheinander zu.

»Außer Lorcan«, meinte Kate.

»Ja, es ist wirklich bedauerlich, dass er nicht kommen konnte«, antwortete Grace in leicht gereiztem Ton, als nähme sie es Lorcan übel, dass er nicht erschienen war. »Und natürlich ist es schön, auch Brian und Carmen hier zu haben. Und vor allem Will.« Sie wandte sich ihm zu. »Weißt du, du bist für uns wie ein Familienmitglied. Tatsächlich hatte ich einmal gehofft –« Mit einem wehmütigen Lächeln brach sie ab. »Nun, eine Mutter hat schließlich das Recht zu träumen.«

Oh Gott, wen spielte ihre Mutter jetzt, fragte sich Kate und sah sie panisch an. Bitte nicht die verrückte alte Schachtel aus *Eines langen Tages Reise in die Nacht*. Oder eine der Irren aus einem Tennessee-Williams-Stück. Ach, wäre Lorcan doch nur hier. Er kannte ihr Repertoire besser als alle anderen und ging immer als Sieger aus dem Rollenraten hervor.

»Was hast du gehofft?«, fragte Helen unschuldig.

»Nun« Grace setzte ein scheues Lächeln auf. »Es gab mal eine Zeit, da dachte ich, Will würde vielleicht tatsächlich ein Mitglied unserer Familie«, erklärte sie und bedachte Kate und ihn mit einem vielsagenden Blick.

»Du meinst, du dachtest … Kate und Will?«

»Nun, schließlich haben die beiden schon als Kinder ständig zusammengeklebt, Helen.«

»Wirklich?«, wollte Brian wissen.

»Haben wir nicht, Mum!« Was zum Teufel war nur mit ihr los?, überlegte Kate.

»Nun«, räumte ihre Mutter ein. »Natürlich wart ihr damals keine echten Kinder mehr.«

»Das habe ich gar nicht gewusst!«, stellte Helen strahlend fest.

»Das liegt daran, dass es nicht stimmt. Mum ...«

»Oh, Brian hat ganz sicher nichts dagegen, wenn ich davon spreche, Schatz. Denn er hat ohne Zweifel ebenfalls eine Vergangenheit, nicht wahr, Brian?« Sie sah ihn mit einem ermutigenden Lächeln an.

Eine Vergangenheit!

»Die beiden waren unzertrennlich«, wandte Grace sich wieder Helen zu. »Immer, wenn wir hierhergekommen sind, hat man die beiden den ganzen Tag lang nicht gesehen. Sie haben zusammen am Strand herumgetollt ...«

Herumgetollt! Kate wagte nicht, Will ins Gesicht zu sehen, blickte dafür aber Brian an, der stirnrunzelnd in ihre Richtung schaute.

»Hast du mit Lorcan gesprochen, Grace?«, mischte sich jetzt Will in das Gespräch ein. »Diese Produktion von *Endstation Sehnsucht* scheint ziemlich problematisch für ihn zu sein.«

»Ja«, entgegnete Grace, von dem abrupten Themenwechsel überrascht. »Ich kann wirklich nicht verstehen, warum diese Produzenten immer darauf bestehen, dass ihre Frauen die Hauptrollen bekommen, ganz egal wie wenig sie dafür geeignet sind.«

»Oh, ich habe mich mit ihm darüber unterhalten«, meinte Conor. »Ich habe ihm gesagt, was er machen soll, um die alte Schachtel loszuwerden ...«

Das Gespräch drehte sich weiter um Lorcans Produktion, und Kate atmete auf. Sie war Will unendlich dankbar für den Themenwechsel, doch die Worte ihrer Mutter hingen weiter in der Luft, und als Helen verkündete, sie würde etwas Obstsalat zum Nachtisch machen, bot sie sich für diese Arbeit an. »Du hast schon genug getan, Helen«, erklärte sie und lief eilig ins Haus.

Während sie Mangos schälte und zerteilte, Erdbeeren wusch und die Kerne aus einer Passionsfrucht löffelte, nahm ihre Anspannung ein wenig ab. Der vertraute Rhythmus dieser Tätigkeit beruhigte sie und gab ihr die Gelegenheit, darüber nachzudenken, was geschehen war.

»Kann ich dir was helfen?«

Es war Brian, der wahrscheinlich wieder einmal auf der Flucht vor ihrer Familie war.

»Du kannst die hier aufschneiden«, erklärte sie und gab ihm eine Ananas. »Das mit Conor tut mir leid«, meinte sie, als sich Brian an die Arbeit machte. »Er scheint einfach in jedem einen potenziellen Megastar zu sehen. Ich nehme an, er denkt, wenn du dir etwas Mühe geben würdest, könntest du eines Tages die nächste Tessa Bond sein.«

»Er hat meine Arbeit nicht mit der von Tessa Bond, sondern mit der von Deepak Chopra verglichen«, gab Brian beleidigt zurück.

Kate zuckte zusammen. Brian hatte Conor seine tollen Vorschläge, wie sich die Welt im Sturm erobern ließ, doch sicher nicht geglaubt, oder? »Hör einfach nicht auf ihn«, sagte sie ruhig. »Es ist einfach seine Art, nett zu anderen zu sein.«

»Und ist das vielleicht deine Art, mir zu erklären, dass ich deiner Meinung nach kein zweiter Deepak Chopra bin?«

»Der willst du doch auch gar nicht sein, oder?«

»Nein – ich glaube, er hat keine Diät in seinem Programm«, stellte Brian grinsend fest. »Aber ich hätte nichts dagegen, eine zweite Louise Hay zu sein.«

»Nie im Leben«, kicherte Kate. »Weil dir dafür eindeutig die Oberweite fehlt.«

In diesem Augenblick kam Josie in die Küche und raunte

in verschwörerischem Ton: »Kate, sofort nach dem Essen verdrücken wir uns in den Pub. Du bist doch wohl dabei?«

»Sicher.« Kate konnte nicht verstehen, weshalb das junge Mädchen die Verabredung derart verstohlen mit ihr traf.

»Wir müssen verduften, bevor Rachel die Hochzeits-DVD rausholt«, erklärte Josie ihr in eindringlichem Ton.

»Oh, richtig!«, antwortete Kate, fügte jedoch warnend hinzu: »Aber dadurch schieben wir das Elend nur bis morgen Abend raus.«

»Dann muss morgen Abend jeder selber gucken, wo er bleibt. Doch heute ist mein freier Abend, und ich will verdammt sein, wenn ich den damit verbringe, mir diese verfluchte Hochzeit noch mal anzusehen. Denn wenn ich das heute Abend tue, läuft für mich schließlich nichts anderes mehr.«

»Tja, darauf würde ich an deiner Stelle sowieso nicht bauen. Weil die Zahl der geilen Kerle hier in diesem Kaff nämlich ausnehmend überschaubar ist.«

»Versuchen werde ich's auf jeden Fall.«

Während die Sonne glutrot im Meer versank und der von goldenen Fäden durchwirkte pinkfarbene Himmel einen wunderbaren nächsten Tag versprach, machten sie sich auf den Weg in Richtung Pub. Grace und Jack hatten beschlossen, mit Helen und Conor zuhause zu bleiben, und Carmen war gleich nach dem Essen wieder in ihr Zimmer raufgegangen, wo sie sicher eine heiße SMS nach der anderen an Lorcan schrieb. Deshalb schlenderten nur Will, Kate, Brian, Josie, Tom und Rachel bei noch immer milden Temperaturen die Anhöhe hinab und die Straße am Strand entlang.

Drinnen im Pub war es gerammelt voll, und fröhliches Geplauder und Gelächter hallte durch den Raum. Die Leute drängten sich in Zehnerreihen an der Bar, und durch die elektrischen Gitarren der vierköpfigen einheimischen Band, die in einer Ecke spielte, wurde der allgemeine Lärm noch um ein Vielfaches verstärkt.

Tom und Rachel wurden schon nach wenigen Minuten von alten Freunden abgeschleppt, die nicht zu ihrer Hochzeit hatten kommen können, ihnen jetzt aber nachträglich gratulierten, Drinks spendierten und Tom ein ums andere Mal erklärten, was für ein Glückspilz er doch war. Umgeben von Bewunderern war Rachel ganz in ihrem Element. Sie bildete sich gerne ein, ein paar der einheimischen Jungs hatten die Jahre damit zugebracht, die Tage in ihren Kalendern durchzustreichen, bis sie nächstes Mal zurückkäme und dem verschlafenen Fischerdorf etwas von ihrem Glanz verlieh.

Kate wusste, dass der Pub für Brian voller Gefahren war, deshalb war sie froh, als er darauf bestand, die erste Runde an der Bar holen zu gehen. Zu ihrer Erleichterung bat er sie nicht einmal um Geld, bevor er ging. Es hätte ihr nichts ausgemacht, ihm ihren Geldbeutel zu überlassen, aber nicht, wenn ihre Familie es sah.

Sie quetschte sich Will gegenüber neben Josie, die den Blick bereits über die anderen Gäste wandern ließ.

Bisher hatten die Jungs der Band eine Reihe Rock-Standards heruntergespielt, gingen dann aber plötzlich in den vollen Rockstar-Modus über, schwenkten schwungvoll ihre Instrumente, und der Drummer legte zum Verblüffen seiner Freunde ein improvisiertes Solo hin. Der Sänger und sein Kumpel mit der Leadgitarre hüpften so wild auf und ab, dass es mitten in der Luft zu einem schmerzlichen Zusammenstoß der Schädel kam.

»Himmel!«, lachte Will.

»Ich nehme an, das machen sie nur deinetwegen«, meinte Kate.

Dann kam Brian zurück und teilte die Getränke aus. Kate bemerkte Wills verwundertes Gesicht, als er ein großes Glas mit einer durchsichtigen Flüssigkeit von ihm gereicht bekam. »Ist das Leitungswasser?«, fragte sie.

»Ja«, erklärte Brian in herausforderndem Ton. »Was ist daran verkehrt?«

Kate rollte mit den Augen – »Sorry, Will.« –, schnappte sich das Glas und stürmte ihrerseits zur Bar.

»Schon gut, Kate …«, fing Will an, doch sie tat, als hätte sie ihn nicht gehört.

Zornentbrannt stand sie im Gedränge, denn bestimmt würde es ewig dauern, bis sie an der Reihe wäre, aber offensichtlich fiel dem Theker ihre kampfbereite Miene auf, da er über die Köpfe der anderen hinweg auf sie zeigte und auffordernd mit dem Kopf nickte.

Als sie wieder an den Tisch kam, hatte Josie sich verdrückt, und Brian klärte Will über den Mythos von in Flaschen abgefülltem Wasser auf. »… die Leute sind erst glücklich, wenn sie dafür bezahlen können«, meinte er. »Dabei zahlt man nur für das Designer-Etikett, nachdem einem die Werbung eingeredet hat, dass man in Flaschen abgefülltes Wasser braucht. Von Plastikflaschen will ich gar nicht reden …«

»Dann lass es besser sein. Trotzdem danke für die Belehrung«, antwortete Will.

»Tut mir leid, Will«, entschuldigte sich Kate und stellte ein Glas mit Mineralwasser, vollständig mit Eis und einer Zitronenscheibe, vor ihm auf den Tisch.

»Danke, aber das war wirklich nicht nötig …«

»Ich finde nicht, dass irgendwer für Wasser bezahlen müssen sollte«, mischte sich noch einmal Brian ein.

»Du hast auch nicht dafür bezahlt«, rief Kate ihm in Erinnerung. »Also vergiss es, ja?«

»Darum geht es nicht. Es geht nicht um das Geld.«

»Natürlich geht es um das Geld.«

»Wie viel hat es überhaupt gekostet?«, erkundigte sich Brian und warf einen Blick auf die Quittung, die neben dem Glas auf dem Tisch gelandet war. »Vier Euro!«, rief er voller Empörung aus. »Vier Euro für ein Glas Wasser.«

Was für ein Arschloch, dachte Will. Das Wasser war ihm vollkommen egal, aber er hätte diesem Kerl den Hals umdrehen können, weil die arme Kate seinetwegen derart in Verlegenheit geraten war. Es war wirklich kein Wunder, dass ihre Familie so versessen darauf war, einen Keil zwischen die beiden zu treiben, wobei Graces verwegener Plan wahrscheinlich gar nicht nötig war. Denn soweit er sehen konnte, grub der gute Brian bereits selbst sein Grab.

»Netter Pub«, erklärte Brian in dem offenkundigen Bemühen, ein anderes Thema anzuschneiden.

»Ja, wir kommen schon seit Jahren her«, antwortete Kate.

»Lorcan und ich haben dir hier dein erstes Bier gekauft«, rief Will ihr in Erinnerung.

»Und dann habe ich ihm geholfen, dich heimzutragen, da du vollkommen hinüber warst.«

»Du hast ziemlich viel Zeit mit Kates Familie verbracht, nicht wahr?«, fragte Brian ihn in vorwurfsvollem Ton.

»Will ist für mich wie der dritte Bruder, den ich niemals hatte.«

»Autsch! Ich weiß nicht, ob mir das gefällt. Schließlich sind Brüder ihren Schwestern selten so ergeben wie ich dir.«

»Und wie hat sich das gezeigt?«, wollte Kate spöttisch von ihm wissen.

»Weißt du noch, als du vom Pferd gefallen bist und ich den ganzen nächsten Tag mit dir zuhause geblieben bin, während alle anderen nach Cork gefahren sind?«

»Nur, weil du wusstest, dass ich Brownies backen würde.«

»Stimmt«, räumte er lachend ein. »Kate macht die besten Brownies der Welt«, klärte er Brian auf.

»Ja, ich weiß«, erwiderte Brian leicht gepresst. Vielleicht kannte Will Kate länger, aber besser kannte er sie sicher nicht.

»Und erinnerst du dich auch noch an das Jahr, als wir über Weihnachten hier waren?«, rief ihr Will in Erinnerung. »An Heiligabend haben wir uns alle hoffnungslos betrunken und sind dann sogar noch schwimmen gegangen.«

»Oh ja.«

»War das in dem Jahr, in dem du bei den O'Neills gelebt hast?«, fragte Brian ihn.

»Nein, das war in einem anderen Jahr.«

»Will verbringt jedes Weihnachten mit uns«, informierte ihn Kate.

»Dann fährst du Weihnachten also nie heim?«

»Ich bin hier daheim«, gab Will zurück. »Ich lebe schon in Irland, seit ich fünfzehn war.«

»Ich meine, zu deiner Familie.«

Kate schaute Will von der Seite an. »Wie meine Mutter schon gesagt hat, sind wir für ihn so was wie seine Familie.«

»Und wie sieht dein Vater das?«, hakte Brian nach.

»Keine Ahnung.«

»Will spricht nicht mehr mit ihm«, klärte Kate ihren Verlobten eilig auf.

»Was – nie?«

Brian beäugte Will wie ein Geier, der auf einen hinkenden Löwen gestoßen war – ohne Zweifel ging ihm dabei durch den Kopf, welche seiner Therapiegruppen die beste für ihn wäre, ging es Kate erbost durch den Kopf.

Will bedachte ihn mit einem kalten Blick. »Nie«, antwortete er und zog dabei herausfordernd die Augenbrauen hoch.

»Das ist bestimmt nicht leicht für dich.«

»Es ist sogar kinderleicht.«

Tatsächlich war es über Jahre hinweg alles andere als leicht für ihn gewesen, aber dank der eisernen Entschlossenheit, seinen Vater leiden zu lassen, hatte er es geschafft. In seinen jugendlichen Fantasien hatte er sich immer vorgestellt, dass Philip das ganze Ausmaß des an seinem Sohn begangenen Verbrechens irgendwann erkennen und vor lauter schlechtem Gewissen nicht mehr essen, schlafen, lieben, arbeiten können würde, weil sein erstgeborenes Kind derart von ihm verraten worden war. Irgendwann hatte er aufgehört zu hoffen, dass eine solche Rache wirklich möglich wäre, hatte seinen Vater aber trotzdem weiterhin mit Missachtung gestraft. Was der einzige echte Streitpunkt zwischen ihm und seiner »Blut ist dicker als Wasser« predigenden Ersatzfamilie war. Es war das Einzige an ihm, was sie alle missbilligten – Lorcan, sein allerbester Freund, die süße, weichherzige Kate und sogar Jack, der nachsichtigste Mensch der Welt. Und Grace redete ihn zum Zeichen ihrer Unzufriedenheit jedes Mal mit »William« an, wenn sie über seinen Vater sprach.

»Ich habe heute mit Philip gesprochen, William«, informierte sie ihn dann in vorwurfsvollem Ton und gab anschließend wörtlich das Gespräch mit seinem Vater wieder, was er stets mit ausdrucksloser Miene über sich ergehen ließ.

Tief in seinem Inneren jedoch fürchtete Will, dass es nicht in seiner Macht stand, seinen Vater dadurch leiden zu lassen, indem er ihm seine Zuneigung entzog. Was war seine Liebe schließlich wert? Sie hatte nicht gereicht, um seinen Vater dazu zu bewegen, dass er blieb. Und sie hatte offenbar auch seiner Mutter nicht gereicht, denn sonst hätte sie sich doch bestimmt nicht einfach umgebracht.

»Es gibt einen Typen nicht weit von hier, der den Leuten auf wunderbare Weise dabei hilft, Wunden aus der Vergangenheit zu heilen«, meinte Brian daraufhin. »Er veranstaltet morgen einen Workshop, bei dem es um den Umgang mit unseren Ängsten geht. Klingt wirklich interessant.«

Was Will betraf, hätte der blöde Brian auch in einer fremden Sprache mit ihm reden können. Weil er kein Wort von seinem Psycho-Gefasel verstand.

»Er wendet dabei eine Mischung aus experimentellem Rollenspiel und dynamischer Körperarbeit an«, fuhr Brian arglos fort.

»Klingt total entsetzlich«, antwortete Will und sah aus den Augenwinkeln, dass Kate in leises Kichern ausgebrochen war.

Als die letzten Bestellungen aufgenommen wurden, kamen Tom und Rachel zu ihnen zurück, leerten ihre Gläser und wollten gerade gehen, als Josie angetrottet kam. »Ein paar Leute bleiben nach dem Abschließen noch hier«, verkündete sie mit blitzenden Augen. »Ihr wollt doch wohl nicht alle jetzt schon heim?«

»Oh doch. Mir fallen nämlich gleich die Augen zu.« Rachel riss den Mund zu einem Gähnen auf. »Liegt sicher an der ganzen frischen Luft.«

Josie wandte sich an Kate. »Aber du wirst doch noch ein bisschen bleiben, oder, Kate?«

»Tja, ich bin auch schon ganz schön müde«, fing Kate an.

»Bitte!«, bettelte das Kindermädchen. »Ich unterhalte mich gerade mit so einem Typen an der Bar und würde gerne noch kurz bleiben, aber nicht allein.«

»Mit wem denn?« Kate spähte angestrengt in Richtung Theke.

»Mit dem da.« Josie nickte in Richtung eines hünenhaften Afrikaners, der alle anderen überragte, aber trotzdem irgendwie verloren aussah. »Er heißt Michael – das ist nicht sein richtiger Name, doch so nennt er sich hier. Er kommt aus Nigeria und fühlt sich furchtbar einsam.«

»Nun …« Kate sehnte sich nach ihrem Bett, brachte es allerdings nicht übers Herz, Josie ihre Bitte abzuschlagen. Und vor allem sah der arme Michael aus, als ob er nette Gesellschaft dringend nötig hätte, und sie hätte Schuldgefühle, wenn sie ihm Josie einfach wegnehmen würde.

»Los«, flehte Josie. »Er ist ein Flüchtling, und sie haben den armen Kerl hier am Arsch der Welt untergebracht. Du warst doch gerade in Afrika – du könntest dich ein bisschen mit ihm darüber unterhalten.«

»Ich schätze, dass ich noch ein bisschen bleiben kann.«

»Super!« Josie schlug ihr kraftvoll auf den Rücken. »Du bleibst doch auch noch, Brian, oder?«

»Sorry, Josie.« Brian schüttelte den Kopf. »Ich brauche meine acht Stunden Schlaf.«

Der Kerl war wirklich ritterlich, dachte Will erbost. Kate blieb nur, weil sie zu freundlich war, um Josie ihre Bitte abzuschlagen, und der Blödmann war nicht einmal bereit, ebenfalls noch etwas auszuharren, damit seine Verlobte Gesellschaft hatte.

»Wenn du möchtest, kann ich auch noch etwas bleiben, Kate«, bot er ihr deshalb an.

»Oh nein, ich komme schon zurecht. Josie wird auf mich aufpassen, nicht wahr? Außerdem kann es auf Dauer ganz schön nerven, wenn die anderen totalen Blödsinn reden und man selbst stocknüchtern ist.«

»Ich bin rundherum zufrieden. Ich könnte dir die ganze Nacht zuhören, wenn du Blödsinn redest.«

»Das ist wirklich nicht nötig.«

»Wenn du sicher bist …«

»Das bin ich. Also geh ruhig heim.«

»Mach dir keine Sorgen um sie«, erklärte ihm auch Josie gut gelaunt, während sie Kate neben sich zog. »Falls jemand sie schief anguckt, kriegt er einfach eins von mir auf die Nase.«

»Das glaube ich.« Sie wurde Will immer sympathischer.

»Einen besseren Bodyguard als mich findet sie ganz sicher nicht!«, versicherte Josie ihm.

Als Will aufstand, tauchte der Sänger der Band in der Hoffnung, dass er ihn bemerkte – oder vielleicht eher entdeckte –, direkt neben seinem Ellenbogen auf.

»Mr Sargent«, sprach er ihn beinahe unterwürfig an. »Hätten Sie vielleicht irgendwelche Tipps für uns? Das wäre wirklich nett.«

»An deiner Stelle würde ich erst mal Eis auf meine Beule legen«, schlug ihm Will sarkastisch vor und zeigte auf die Stirn des armen Kerls, die mit der des Gitarristen zusammengestoßen war.

»Oh ja, danke.« Der Junge blickte vor sich auf den Boden. Er sah aus, als hätte er am liebsten auf der Stelle kehrtgemacht, dann aber nahm er all seinen Mut zusammen und schaute Will wieder an. »Ähm, ich meine in Bezug auf unsere Musik«, klärte er ihn schüchtern auf.

Will war hin- und hergerissen. Sollte er dem armen Kerl eine nichtssagende Antwort geben oder lieber ehrlich sein? »Schmeißt euren Drummer raus«, riet er ihm und wandte sich zum Gehen.

»Er ist scheiße, stimmt's?« Der Junge nickte verständnisvoll.

»Nicht beschissener als ihr«, antwortete Will brutal. »Aber ihm ist total egal, was ihr anderen macht, weshalb er in einer Band ganz einfach nichts verloren hat.«

Dann marschierte er los und ließ den Jungen vollkommen benommen hinter sich zurück.

»Ich wollte nichts sagen, solange Brian in der Nähe war«, flüsterte Josie verschwörerisch, als sie Kate in Richtung Theke zog. »Aber Michael ist nicht der einzige Nigerianer hier. Er hat noch einen Freund.«

Himmel, Josie konnte wirklich was vertragen, dachte Kate benommen, als sie in den frühen Morgenstunden heimwankte. Sie hatte Josie noch im Pub gelassen, wo Michael versuchte, mit ihr Schritt zu halten, während sie Pint für Pint durch ihre Kehle rinnen ließ. Kate hatten sie ehrenvoll entlassen, nachdem sie am Tresen eingeschlafen war. Josie hatte ihr angeboten, mit ihr nach Hause zu gehen, aber Kate hatte gewusst, dass sie noch bei ihrem Nigerianer hatte bleiben wollen, und ihr deswegen versichert, sie würde den Weg auch mühelos allein heimfinden. Doch inzwischen tat ihr ihr Großmut leid.

Es war stockfinster, und obwohl sie kaum die Hand vor ihren Augen sah und auch nicht mehr gerade gehen konnte, tappte sie, so schnell es ihr auf ihren wackeligen Beinen möglich war, zurück zum Haus, wobei sie mehrmals beinahe in den Straßengraben fiel, und stellte sich vor, wie bei *Crimecall* nachgespielt würde, wie sie vor ihrem Verschwinden aus dem Pub gegangen war. Schnaufend und mit nicht nur wegen des steilen Wegs wild klopfendem Herzen kämpfte sie sich die Anhöhe hinauf, atmete erleichtert auf, als sie das Haus mit seinen einladenden Lichtern erblickte, und wäre die letzten Meter bis zur Haustür fast gerannt.

Dankbar, endlich daheim zu sein, ging sie sofort in den oberen Stock hinauf. Sie musste sich so schnell wie möglich hinlegen, damit sich nicht mehr alles um sie drehte, denn sonst würde ihr garantiert noch schlecht. Möglichst leise, um Brian nicht zu stören, öffnete sie die Tür und schlich sich in den Raum. Er schlief tief und fest. Da sie in der Dunkelheit nichts sah, stieg sie aus ihren Jeans und kroch in ihrem T-Shirt neben ihm ins Bett. Dankbar, weil sie endlich wieder sicher war, beschloss sie, ihm den Vorfall mit dem Leitungswasser zu verzeihen. Als er sich etwas bewegte, schmiegte sie sich eng an seinen Rücken und versank in einen komatösen Schlaf.

6

Als Kate am nächsten Tag erwachte, brauchte sie einen Moment, um sich daran zu erinnern, wo sie war. Seit ihrer Rückkehr aus Afrika, wo sie beinahe jeden Tag an einem neuen Ort gewesen war, brauchte sie immer ein wenig, um sich zu orientieren. Sie war sich ziemlich sicher, nicht in einem Zelt zu liegen, hatte aber das deutliche Gefühl, dass sie auch nicht in ihrer Wohnung war. Vorsichtig schlug sie die Augen auf und sah sich auf der Suche nach irgendeinem Hinweis um. Als Erstes fiel ihr Blick auf einen riesengroßen aufblasbaren Hai, der sie lüstern anzustarren schien. Orangefarbene Wände und ein blank polierter Holzboden leuchteten im Sonnenlicht. Sie war in ihrem Zimmer in West Cork. Erleichtert ließ sie sich wieder auf das Kissen sinken. Jetzt fiel es ihr wieder ein. Brian und sie verbrachten das Wochenende hier. Sie hatten eine albtraumhafte Busfahrt hinter sich gebracht, und dann hatte Will sie abgeholt. Grace hatte ihnen das Gästezimmer zugewiesen ...

Ihr gefror das Blut in den Adern, und sie riss entsetzt die Augen auf. Grace hatte Brian und ihr das Gästezimmer zugewiesen und an ihrer Stelle Will in ihrem Zimmer untergebracht. Deshalb gehörten der schwere Arm, der über ihrem Bauch lag, und der warme Atem, der auf ihren Hals traf, ganz eindeutig ... Will.

Mist, Mist, Mist. Nun fiel ihr auch alles andere wieder ein – Josies Nigerianer, die nächtlichen Stunden im Pub, dass sie allein heimgewankt und todmüde ins Bett gefallen war.

Es hatte sie immer schon verblüfft, wie gut man auf Autopilot funktioniert, wenn man vollkommen hinüber war: Irgendwie brachte einen das interne GPS meistens unbeschadet heim. Dieses Mal jedoch hatte ihr Navigationssystem versagt, weshalb sie kopfüber in der Scheiße gelandet war.

Sie blickte traurig auf den Hai.

Erwischt, schien er zu sagen und schaute sie dabei mit einem bösartigen Grinsen an. Selbst die orangefarbenen Wände schienen sie jetzt zu verhöhnen, denn plötzlich fiel ihr ein, dass ein Freund von Brian, ein Feng-Shui-Fanatiker, ihr einmal erläutert hatte, dass Orange als Farbe für ein Schlafzimmer ausnehmend ungeeignet war. Bisher hatte sie Feng Shui immer als totalen Hokuspokus abgetan, aber vielleicht war ja doch was dran.

Wenigstens schlief Will noch tief und fest. Wenn sie vorsichtig zu Werke ginge, käme sie ja vielleicht aus dem Bett, ohne dass er etwas davon mitbekam. Sie drückte sich so flach es ging auf die Matratze, versuchte, unter seinem Arm hindurchzurutschen, ohne ihn zu stören, und hatte es fast bis an den Bettrand geschafft, als er sich mit einem Mal bewegte und sie wusste, dass die ganze Anstrengung umsonst gewesen war. »Kate?«, fragte er verschlafen.

Sie spürte, dass die Matratze nachgab, als er sich auf einem Ellenbogen abstützte und sich zu ihr umdrehte.

»Hi.«

»Hi«, grüßte er etwas verwirrt zurück. »Das ist aber eine nette Überraschung.«

»Für mich auch«, erklärte sie ihm schnell. Er sollte ja nicht denken, dass sie absichtlich in seinem Bett gelandet war. »Ich meine, dass es auch für mich eine Überraschung, wenn auch keine nette Überraschung ist«, schränkte sie umgehend ein. Hauptsache, er hielt sie nicht für irgendeine wahnsinnige Stalkerin, die sich zu ihm ins Bett geschlichen hatte, kaum dass er eingeschlafen war. »Nicht dass sie nicht nett wäre«, verbesserte sie sich erneut, als ihr bewusst wurde, wie unhöflich sie klang.

Oh, halt die Klappe, Kate, halt einfach deinen Mund!, ermahnte sie sich.

Will sah sie mit einem nachsichtigen Lächeln an. »Wie bist du hierhergekommen?«

»Ich wurde letzte Nacht zu übertriebenem Alkoholkonsum verführt«, informierte sie ihn und ging dabei ein wenig auf Abstand zu ihm, damit er nicht ihren alles andere als frischen Atem roch.

»Ich hoffe doch wohl nicht, dass du mir deswegen Vorhaltungen machst?«

»Oh nein – das war ausschließlich Josies Werk. Ich war ziemlich angetrunken, als ich letzte Nacht nach Hause kam, und ich schätze, dass ich einfach automatisch hier gelandet bin. Weil das schließlich mein Zimmer ist.«

»Ich weiß – das ist durchaus verständlich«, antwortete er amüsiert und blickte sie mit einem breiten Grinsen an.

»Tut mir leid.«

»Meine Güte, du brauchst dich bestimmt nicht zu entschuldigen!«, erklärte er ihr lachend. »Schließlich kann ich ja wohl kaum etwas dagegen haben, wenn ich morgens wach werde und merke, dass ein wunderschönes Mädchen bei mir liegt.«

Er hatte sie wunderschön genannt! Und so wie er sie ansah, wirkte es, als meinte er es wirklich ernst. Kates Herz pochte kräftig gegen ihre Rippen, und daher war sie überrascht, dass sich nicht bei jedem Herzschlag die Bettdecke zwanzig Zentimeter hob. Aus Angst, dass Will es vielleicht merkte, schob sie sich noch dichter an den Bettrand.

»Wenn du nicht aufpasst, wirst du auf den Boden fallen«, warnte er sie.

Gott! Wie schaffte er es nur, derart entspannt zu sein? Sie sollte so schnell wie möglich aus der Kiste springen, dachte sie. Bestimmt würde er einen total verkehrten Eindruck bekommen, wenn sie hier noch länger liegen blieb. Aber den würde er auf jeden Fall bekommen, baute sie sich plötzlich unbekleidet vor ihm auf. Sie überlegte eilig, was sie trug. Ihr T-Shirt vom vergangenen Abend und – puhhh – ihren Slip. Es hätte also schlimmer sein können. Erleichtert überlegte sie, ob Will wohl überhaupt was anhatte. Seine breiten, wunderbar gebräunten Schultern und die nackte Brust waren alles, was sie von ihm sah. Himmel, er schaute wirklich prachtvoll aus, und sie wünschte sich, sie könnte es genießen, hier mit ihm im Bett zu liegen. Denn es war ein herrliches Gefühl. Er war ihr derart nahe, dass sie seine Körperwärme spürte, und am liebsten hätte sie die Hand nach seinem Oberkörper ausgestreckt oder die rauen Bartstoppeln an seinem Kinn befühlt.

»Hast du Angst, dass Brian denkt, dir wäre eine freud'sche Fehlleistung unterlaufen?«, fragte er sie spöttisch.

Gütiger Himmel, Brian!, ging es Kate durch den Kopf. Sie brach in Panik aus. Bisher hatte sie noch gar nicht an ihn gedacht. »Wie spät ist es?«, erkundigte sie sich aufgeregt. »Vielleicht hat er ja noch gar nicht gemerkt, dass ich nicht zurückgekommen bin.«

Will blickte auf den Wecker. »Zehn nach neun.«

»Verdammt! Meistens steht er schon bei Sonnenaufgang auf und macht seine Yogaübungen.«

»Dann können wir auch ruhig noch etwas knutschen«, stellte er gelassen fest und sah sie mit blitzenden Augen an. »Denn schließlich bist du sowieso gearscht.«

»Nein danke!« Kate schob sich so dicht an den Bettrand, bis sie nur noch mit einer Pobacke auf der Matratze lag. Ihr war klar, er hatte dieses Angebot nicht ernst gemeint, aber sie hätte nichts lieber getan als das und hatte Angst, er könnte ihr ihr glühendes Verlangen vielleicht ansehen.

»Wenn du sowieso verurteilt wirst, kannst du das Verbrechen auch begehen«, meinte er verführerisch und schaute sie so durchdringend aus seinen blauen Augen an, dass sich ihr Innerstes zusammenzog. Dann schob er sich, als wolle er sie küssen, unmerklich an sie heran.

»Brian ist kein Freudianer«, stieß sie aus. »Er wird bestimmt verstehen, dass das alles nur ein dummer Irrtum war.«

»Okay.« Will warf die Bettdecke zurück. Zu Kates Erleichterung trug er wenigstens Boxershorts, in denen er ans Fenster trat, sodass sie seinen breiten, muskulösen, angenehm gebräunten Rücken sah.

Gott, was hätte Michelangelo dafür gegeben, diesen Typen als Modell zu kriegen, dachte sie verträumt und stellte sich eine Statue von Will auf einer italienischen Piazza vor. Dann schnappte er sich eine Jeans und zog sie mit einem gemurmelten »Immer mit der Ruhe, Junge!« an.

»Was?« Kate sah ihn fragend an.

»Nichts.«

Er wandte sich erneut dem Fenster zu, legte einen Arm aufs Fensterbrett, blickte hinunter in den Garten und stellte anerkennend fest: »Wow! Brian ist ganz schön gelenkig, stimmt's?«

»Ist er da draußen? Was macht er?«

»Er spielt Twister mit den Jungs – und ich glaube, er gewinnt.«

Zweifellos benutzte er das Spiel, um mit seinen Yogakünsten anzugeben, dachte Kate.

Plötzlich lachte Will.

»Was ist passiert?«

»Helen hat ihn gerade umgeschubst, als sie an ihm vorbeigegangen ist.«

»Das hat sie bestimmt nicht absichtlich gemacht.«

»Für mich sah es aber ganz nach einem absichtlich herbeigeführten Unfall aus.«

Kate nahm all ihren Mut zusammen, schwang sich aus dem Bett, zog das T-Shirt über ihren Po, trat neben Will und schaute dorthin, wo der gute Brian rücklings auf der Twister-Matte lag.

Als er zu ihnen aufblickte, tauchte sie eilig ab.

»Meinst du, er hat mich gesehen?«, fragte sie Will in ängstlichem Flüsterton.

»Nein, aber er hat doch bestimmt gemerkt, dass du heute Morgen nicht in eurem Bett gelegen hast.«

»Vielleicht könnte ich ja sagen, ich wäre früher aufgestanden, um spazieren zu gehen.«

»Noch vor Sonnenaufgang?«

»Du hast recht.« Kate knabberte an ihrer Unterlippe und dachte eilig über eine andere Ausrede nach. »Ich hab's! Ich werde einfach sagen, ich hätte ihn nicht stören wollen und deshalb das Zimmer mit Josie geteilt.«

»Es ist ganz schön aufregend, eine Affäre zu haben, findest du nicht auch?« Will blickte sie grinsend an.

»Wir haben keine Affäre«, klärte sie ihn spröde auf.

»Nein, aber es fühlt sich so an. Du schleichst heimlich durch das Haus und denkst dir irgendwelche Märchen aus, falls dich dein Freund im falschen Schlafzimmer erwischt.«

»Ah, allerdings habe ich nicht die Absicht, mich erwischen zu lassen.«

»Zu spät.« Will nickte Richtung Garten. Während sie sich unterhalten hatten, hatte Kate sich wieder aufgerichtet, und jetzt hatte einer ihrer Neffen sie entdeckt und winkte ihnen fröhlich zu. Brian folgte seinem Blick, kniff die Augen zusammen, als er Will und sie in ihrer spärlichen Bekleidung sah, und machte ein nicht gerade glückliches Gesicht.

Nachdem sie ausgiebig geduscht, sich angezogen, ihre Augenbrauen gezupft und alles andere getan hatte, um dem ersten Treffen mit ihrem Verlobten aus dem Weg zu gehen, wollte sie schließlich frühstücken. In der Küche traf sie die normalerweise ruhige und gelassene Helen an, die zornig die Schranktüren aufriss und wieder zuwarf und wütend mit den Töpfen klapperte.

Mit einem »Guten Morgen!« warf sich Kate auf einen Stuhl. Sie fühlte sich noch immer nicht wieder wirklich gut.

»Morgen«, antwortete Helen knapp und stellte mit zusammengepressten Lippen eine Schale vor ihr auf den Tisch.

»Danke«, krächzte Kate, während sie sich Cornflakes nahm.

Helen kippte weiter Mehl, Zucker, zerlassene Butter und Milch nach Gefühl in eine Rührschüssel – wahrscheinlich, um Muffins zu backen, dachte Kate.

Jake kam aus dem Garten und baute sich vor seiner Tante auf.

»Brian denkt, dass Mum versucht, uns zu vergiften!«

»Was?«

»Mich und Sam. Er sagt, die Sachen, die sie uns zu essen gibt, wären das reinste Gift.«

Kate stützte ihren Kopf zwischen den Händen ab. Sie waren erst seit gestern hier, und trotzdem hatte Brian es bereits geschafft, jeden zu verärgern – auch sie selbst.

»Das ist eine der Sachen, von denen er gesagt hat, dass sie giftig sind«, sagte Jake, als sie Milch in ihre Schüssel gab. »Aber das ist sie nicht, oder?«

»Nein, natürlich nicht, Jake. Tut mir leid, Helen.« Inzwischen rührte Helen wütend ihren Teig. Es lag Kate auf der Zunge, ihr zu sagen, dass die Muffins besser würden, wenn sie möglichst langsam rührte, doch dann ließ sie es lieber vorsichtshalber sein. »Wo ist Brian überhaupt?«

»Er ist in den Dorfladen gegangen und nervt dort wahrscheinlich die arme Mrs Delaney, weil sie keine Sojamilch vorrätig hat!«, erklärte Helen ihr.

»Mit dir wird er nachher wahrscheinlich auch noch schimpfen«, warnte Jake Kate schon mal vor.

»Oh? Und warum?«

Jake legte seinen Kopf ein wenig schräg und dachte nach. »Ich glaube, weil er wollte, dass du in seinem Zimmer schläfst, du aber stattdessen bei Will geschlafen hast.«

»Oh«, stieß Kate mit schwacher Stimme aus und nahm aus den Augenwinkeln Helens überraschte Miene wahr.

»Ich habe ihm gesagt, dass man seine Freunde immer teilen soll. Ich habe gesagt, wenn du gestern bei Will geschlafen hast, schläfst du dafür heute ganz bestimmt bei ihm.«

»Danke, Jake. Und was hat er dazu gesagt?«

»Brian will dich ganz für sich allein«, antwortete Jake in missbilligendem Ton. »Ich glaube, dass er nicht gut teilen kann.«

»Dann war er also sauer?«

»Allerdings. Ich kann dir sagen, dass du ganz bestimmt noch Riesenärger kriegen wirst.«

Nachdem er die Bombe hatte platzen lassen, hüpfte der Junge wieder in den Garten, und Kate wich den durchdringenden Blicken ihrer Schwägerin nach Kräften aus.

»Hast du Brian umgeschubst, als er Twister gespielt hat?«, fragte sie in dem verzweifelten Bemühen, vom Thema abzulenken.

»Ja, aber nur, weil er geschummelt hat«, verteidigte Helen sich.

»Oh, dann kann ich dich verstehen.«

Helen lachte. »Er scheint ein durchaus netter Kerl zu sein«, meinte sie, zog ein Blech bereits gebackener Muffins aus dem Ofen und schob das nächste hinein. »Das mit der

Kuhmilch hat er sicher gut gemeint. Aber, Kate ...« Sie richtete sich wieder auf.

»Ja?«

»Stimmt es? Hast du wirklich bei Will – du weißt schon – übernachtet?«

»Nein, natürlich nicht. Das heißt, euer blödes Kindermädchen hat mich dazu überredet, noch länger mit im Pub zu bleiben, und dann war ich ziemlich angetrunken, als ich irgendwann endlich nach Hause kam, und bin automatisch in mein eigenes Schlafzimmer gewankt, in dem Will bereits lag. Ende der Geschichte.«

So leicht ließ sich die Schwägerin allerdings nicht abspeisen. »Kate, wenn dir die anderen Mädchen in der Schule erzählt haben, sie hätten bei einem Typen übernachtet, aber es wäre nichts passiert, hast du ihnen das doch sicher nicht geglaubt, oder?«

»Nein, natürlich nicht. Nur ist es in diesem Fall die Wahrheit. Es ist wirklich nichts passiert.«

»Hm.« Helen lächelte versonnen, denn mit einem Mal war ihre gute Laune wiederhergestellt. Kates Behauptung, dass die Übernachtung in Wills Bett vollkommen unschuldig gewesen war, erschütterte sie nicht.

»Weißt du schon, dass Lorcan hier ist?«, fragte sie.

»Nein. Wann ist er denn gekommen?«

»Ungefähr vor einer halben Stunde. Ich glaube, dass er draußen im Garten ist.«

In dem Bemühen, dem Funkeln in Helens Augen zu entgehen, schlenderte Kate in den Garten, wo Lorcan, die freudestrahlende Carmen dicht an seiner Seite, an dem großen Holztisch saß und sich mit seiner Mutter unterhielt. Will, der mit den beiden Jungen Fußball spielte, hob den Kopf, als Kate in seine Richtung kam, und sah sie grinsend an. Errötend beugte sie sich vor und hob Sam, der über seine eigenen Füße gestolpert war, vom Boden auf.

»Nichts passiert.« Will schaute zu, wie sie den Jungen wieder auf die Füße stellte, ihm das Haar zerzauste und ihn wieder ziehen ließ.

Als er sie beim Aufwachen in seinem Bett gefunden hatte, hatte ihn ihr Anblick mit einem beunruhigenden Glücksgefühl erfüllt. Beinahe hätte er sie geküsst und am liebsten noch viel mehr mit seiner Bettgenossin angestellt. Gott sei Dank aber hatte seine Vernunft die Oberhand behalten, und bevor er eine Dummheit hatte machen können, war er aus dem Bett geflohen. Was ihm Tom vor all den Jahren vorgehalten hatte, stimmte schließlich noch immer: Kate war eine O'Neill und deshalb praktisch Familie ...

»Will!«, schrie in diesem Moment Jake, denn sein kleiner Bruder rannte ungehindert mit dem Ball in Richtung Tor.

»Huch, Entschuldigung.«

»Lorcan.« Kate schlang ihm von hinten die Arme um den Hals und legte ihr Kinn auf seiner Schulter ab. »Was machst du denn hier?«

Er verrenkte sich den Kopf und blickte sie aus müden Augen an. »Ich hatte einfach Sehnsucht«, entgegnete er und drückte Carmen liebevoll die Hand. »Deshalb bin ich hergekommen, um Carmen nach New York zu holen.«

Kate empfand Eifersucht. Sie konnte sich nicht vorstellen, dass Brian den Atlantik überqueren würde, nur um mit ihr zusammen zu sein – dafür wäre seine Sorge wegen des Kohlenmonoxidausstoßes seines Fliegers viel zu groß.

»Wow! Dann fliegst du also nach New York?«, fragte sie Carmen in wehmütigem Ton.

»Warum nicht? Schließlich habe ich gerade Ferien und jede Menge Zeit.«

»Gott, du hast wirklich Glück, dass du den ganzen Sommer frei hast«, meinte Kate und nahm den beiden gegenüber Platz. »Ich wünschte, ich wäre Lehrerin.«

»Aber du fliegst mit Will und seinen Jungs in die Toskana«, zwitscherte Grace. »Das ist bestimmt aufregend.«

»Klingt nach einem wirklich tollen Job«, pflichtete ihr Lorcan bei.

»Oh, bisher ist noch nichts entschieden.«

»Ich habe was zu essen für dich gemacht.« Jetzt kam auch Helen aus dem Haus und stellte einen Teller mit Rührei, Speck und Toast vor Lorcan hin.

»Du bist ein Engel.« Er sah sie mit einem dankbaren Lächeln an und machte sich über das Frühstück her.

»Außerdem habe ich Muffins gebacken, falls sonst noch jemand etwas essen will.« Sie stellte einen Korb voll dampfenden Gebäcks, eine Kanne starken, duftenden Kaffees und einen Krug Bucks's Fizz für alle auf den Tisch.

»Aber ihr bleibt übers Wochenende doch noch hier?«, erkundigte sich Kate, schnappte sich einen Muffin und aß ihn mit zwei Bissen auf.

»Nein, wir fliegen morgen früh. Will nimmt uns nachher mit zum Flughafen nach Cork, und dann fliegen wir nach Dublin und holen Carmens Zeug.«

»Oh, das ist schade«, sagte Helen. »Wir hatten gedacht, wir könnten den Tag am Strand verbringen und dort vielleicht ein Picknick machen.«

»Tja, Brian und ich werden wohl auch nicht mitkommen«, erklärte Kate. »Irgendwo hier in der Nähe gibt es irgendeinen Guru, den er unbedingt kennenlernen will.«

Will blickte sie an. »Ihr geht doch wohl nicht zu diesem dynamischen Körper-Ding?«

»Nun, ich glaube, mir bleibt nichts anderes übrig«, gab sie in vorwurfsvollem Ton zurück. »Nach der letzten Nacht muss ich schließlich etwas wiedergutmachen.«

»Guck mich nicht so an. Das war ja wohl nicht meine Schuld!«

»Aber, Kate«, setzte ihre Mutter an, »bei diesem Wochenende geht es doch vor allem darum, dass wir Brian kennenlernen wollen. Wir sind alle hier, um Zeit mit euch beiden zu verbringen.«

»Ich weiß, Mum, und es tut mir wirklich leid, aber er will unbedingt zu diesem Workshop gehen. Wir haben ja morgen noch den ganzen Tag.« Insgeheim sagte sich Kate, dass es als Wiedergutmachung vielleicht ja reichen würde, Brian einfach ihre Teilnahme an diesem Workshop anzubieten. Er wäre nämlich sicher nicht so dreist, von ihr zu verlangen, ihn wirklich dorthin zu begleiten. Allerdings behielt sie diese Hoffnung für den Fall der Fälle erst einmal für sich.

Lorcan blickte neugierig zwischen seinem besten Freund und seiner Schwester hin und her. »Was ist denn letzte Nacht passiert?«

»Oh, nichts weiter.« Kate zuckte mit den Schultern. Lorcan war der Letzte, der erfahren sollte, was geschehen war, denn dann stünde es am nächsten Morgen sicher auf dem Titelblatt der *New York Times*.

»Brian hat Kate und Will im Bett erwischt«, klärte Grace ihn nüchtern auf.

»Mum!«

»Stimmt doch, oder etwa nicht?«

»So, wie du es formuliert, klingt es, als hätte ich das absichtlich gemacht.«

Lorcan fing brüllend an zu lachen. »Dann willst du also sagen, dass du aus Versehen mit Will ins Bett gegangen bist?«, fragte er Kate. Der gute alte Will!, ging es ihm durch den Kopf. Offenbar hatte er keine Zeit verloren, um sich an Kate heranzumachen und sich dabei auch nicht an der Anwesenheit ihres Verlobten – oder ihrer gesamten Familie – gestört.

»Genau.«

»Nicht so laut, Schätzchen«, zischte Grace der Tochter zu. »Will kann dich hören.«

»Na und?«, konterte Kate entnervt.

»Nun, es ist nicht gerade nett, mit jemandem ins Bett zu gehen und am nächsten Morgen zu behaupten, dass die Sache ein Fehler war. Ich meine, das würde dir schließlich auch nicht gefallen, wenn dir so was passiert.«

Kate rollte mit den Augen. »Das hier ist was anderes. Weil es wirklich ein Versehen war. Ich bin einfach im falschen Bett gelandet. Aber wieso weißt du eigentlich darüber Bescheid?«

»Jake hat es mir erzählt.«

»Jake!«, wieherte Lorcan und wandte sich seiner Liebsten zu. »Ich bin wirklich froh, dass ich gekommen bin, um dich aus diesem Irrenhaus zu befreien.«

Lorcan war enttäuscht, als er erfuhr, dass Will doch noch nicht so weit wie ursprünglich erhofft gekommen war. Armer Will. Es musste die Hölle für ihn sein, Kate und Brian zusammen zu sehen, obwohl er ihr selber hoffnungslos verfallen war. Er musste sich einfach noch mehr um sie bemühen. Denn schließlich würde es sicher keine Frau geben, die noch ganz bei Sinnen war, Brian den Vorzug vor einem Kerl wie ihm zu geben. Lorcan kam zu dem Ergebnis, dass es gut war, überraschend heimgekommen zu sein. Auch wenn er am nächsten Tag wieder verschwinden würde, schaffte er es in der Zwischenzeit ja vielleicht doch, Kate in die richtige Richtung zu lenken und Will ein wenig zu ermutigen.

Als Brian vom Einkaufen zurückkam, fand er alle anderen im Garten vor, wo sie, während Lorcan Hof hielt, genüsslich Champagnercocktails schlürften, obwohl noch nicht mal Mittag war. Wirklich, je eher er Kate aus dieser Umgebung herausbekäme, umso besser, dachte er. Der Einfluss ihrer Familie auf sie war einfach viel zu groß. Und dann noch dieser Will! Er würde niemals zulassen, dass sie mit diesem Kerl in die Toskana flog, und war furchtbar sauer, weil sie es anscheinend ernsthaft in Erwägung zog. Doch das war nichts verglichen mit dem Zorn, den er empfunden hatte, da sie letzte Nacht im Schlafzimmer von diesem Widerling gelandet war. Er konnte ganz einfach nicht glauben, dass sie derart oberflächlich war und es mit diesem Kerl direkt vor seiner Nase trieb, aber jedes Mal, wenn er sie ansah, blickte sie mit schuldbewusster Miene fort – wahrscheinlich hatte sie sich hoffnungslos betrunken, als sie gestern noch im Pub geblieben war ...

Seine Stimmung wurde auch nicht besser, als er feststellte, dass Lorcan extra für zwei Tage aus New York gekommen war, weil ihm seine Freundin fehlte. Eine so extravagante Geste mochte typisch für diese Familie sein, er hingegen billigte sie keineswegs. Und was das Allerschlimmste war, alle fanden sein Erscheinen wunderbar romantisch und spontan und machten ein Aufheben um ihn, als wäre er der größte Held. Brian hoffte nur, dass Kate niemals von ihm erwarten würde, etwas so Idiotisches zu tun, wie einen Ozean zu überqueren, nur um sie zu sehen.

Sie zog ihn zur Seite und schlug vor, zusammen den Workshop zu besuchen, der ihm so wichtig war, was ihn allerdings ein wenig besänftigte. »Oh, super, aber dann sollten wir am besten langsam los«, erklärte er mit einem Blick auf seine Uhr. Glaubst du, dass uns jemand fahren kann?«

»Oh!«

»Ich weiß, es ist nicht wirklich weit«, entschuldigte er sich, denn er interpretierte den Grund für ihre Überraschung falsch. »Aber der Workshop fängt bereits um elf Uhr dreißig an.«

»Weißt du, Brian, diese Sache mit Will – dass ich letzte Nacht bei ihm im Bett gelandet bin –, das lag einfach daran, dass ich ziemlich angetrunken war und er in meinem alten Zimmer schläft …«

»Und dass ihr beide schon als Kinder unzertrennlich wart, hatte natürlich nicht das Mindeste damit zu tun.«

»Brian, ich habe dir schon hundertmal gesagt, dass wir nie zusammen waren. Ich weiß nicht, wie meine Mutter darauf kommt.«

»Wahrscheinlich war der Wunsch der Vater des Gedanken, nehme ich an.«

»Hör zu, letzte Nacht ist nichts passiert. Es war ein dummer Irrtum, weiter nichts.«

»Es gibt Leute, die behaupten, dass es dumme Irrtümer nicht gibt«, antwortete Brian. »Ich hoffe, du denkst nicht daran, den Job in der Toskana anzunehmen.«

»Nun, natürlich denke ich darüber nach. Schließlich wäre das für mich eine einmalige Chance.«

»Und der Gedanke, dass du dann mit Will zusammen wärst, hat nichts damit zu tun?«

»Nein! Ich habe dir doch schon erklärt …«

»Und meine Gefühle sind dir dabei vollkommen egal? Was ist damit, dass du erst mit mir darüber reden solltest?«

»Natürlich sind mir deine Gefühle nicht egal. Aber zwischen Will und mir ist nichts, falls es das ist, was dir Sorgen macht. Und es war auch nie etwas.«

Brian seufzte abgrundtief. »Tja, jetzt haben wir keine Zeit mehr, um darüber zu diskutieren. Also, wie sieht's aus? Fährt uns jemand oder nicht?«

»Oh, hm, ja – ich werde Conor fragen, ob er uns hinbringen kann.«

Mehr als leicht verärgert stapfte Kate davon. Es war einfach nicht gerecht. Sie hatte Brian alles erklärt, sich bei ihm entschuldigt und ihren Fehler durch das großzügige Angebot, ihn zu diesem Workshop zu begleiten, mehr als wiedergutgemacht. Er hätte jedoch sagen sollen, dass es ihm nicht im Traum einfallen würde, einfach zu verschwinden, nachdem seine Familie extra seinetwegen hier in Cork zusammengekommen war. Und vor allem sollte er nicht auch darum bitten, dass sie jemand fuhr! Manchmal war es wirklich zum Verzweifeln. Hatte er denn wirklich keine Ahnung, wie man sich benahm? Aber, erinnerte sie sich, auch Mr Darcy hatte keinerlei Benimm gehabt, bis es ihm von Elizabeth beigebracht worden war. Sie müsste eben einfach weiterhin geduldig sein.

Conor hatte sich bereit erklärt, den Chauffeur für sie zu spielen, und Lorcan kam noch mit vors Haus. »Bis ihr wieder da seid, werden Carmen und ich wahrscheinlich schon verschwunden sein«, meinte er und legte einen Arm um Kate. »Wirklich schade, dass ihr diesen Workshop habt – wir hatten noch gar keine Gelegenheit, uns richtig zu unterhalten«, fügte er hinzu.

»Ich weiß«, erwiderte sie in entschuldigendem Ton. »Aber wir sprechen uns ja ständig am Telefon.«

Brian und Conor stiegen ein, und sie gab Lorcan einen Kuss und wollte sich gerade auf den Rücksitz setzen, als er ihr die Hand drückte und mit eindringlicher Stimme wisperte: »Sei bitte nett zu Will. Ich glaube, es hat ihn fürchterlich erwischt.« Damit schob er sie in den Wagen und warf, bevor sie fragen konnte, was er damit meinte, krachend die Tür hinter ihr ins Schloss.

Während sie den Weg hinunterfuhren, drehte sie sich noch einmal nach ihrem Bruder um. Er winkte ihnen fröhlich hinterher, und am liebsten hätte sie sich aus dem rollenden Gefährt gestürzt, wäre zu ihm zurückgerannt und hätte ihn nach der Bedeutung seiner rätselhaften Abschiedsworte gefragt.

»Lasst euch einfach fallen. Vertraut darauf, dass euer Partner oder eure Partnerin euch fängt«, säuselte Joe, ein streng wirkender Mann in einem wie ein Schlafanzug geschnittenen indischen Gewand.

Kate stand barfuß in einem Kreis von Leuten, die ihre Partner fangen sollten, welche einen kleineren Kreis in ihrer Mitte bildeten.

»Sehr gute Arbeit, Brian«, gratulierte Joe mit sanfter Stimme, nachdem sich Brian bleischwer in ihre Arme hatte sinken lassen. Sie fand es etwas übertrieben, dass er all das Lob einheimste, während sie die ganze Arbeit tat. Schließlich hatte sie ihre gesamte Kraft aufbieten müssen, damit sie ihn nicht fallen ließ.

Joe stapfte um den Kreis herum, während sich einer nach dem anderen in die Arme seiner Hinterfrau oder seines Hintermannes plumpsen ließ.

»Okay, wenn ihr alle einmal dran wart, tauscht ihr bitte eure Plätze.«

»Lass dich einfach fallen«, ermutigte Brian sie, als sie vor ihm stand. »Keine Angst, ich fange dich ganz sicher auf.«

»Startklar?«, fragte sie nervös.

»Ja, lass dich einfach fallen.«

»Okay, auf geht's. Bist du bereit?« Sie sah sich ängstlich um.

»Kate!«, tadelte Brian sie, denn alle anderen fielen bereits wie die Kegel um.

»Also gut!« Kate kniff die Augen zu und versuchte, sich

ausreichend zu entspannen, schaffte es aber nicht. Im letzten Augenblick machte sie hölzern einen Schritt zurück, bevor sie sich schlaff in seine Arme sinken ließ. »Tu einfach so, als hätte ich mich fallen lassen«, zischte sie und knickte, als sich Joe zu ihnen umdrehte, noch etwas stärker in den Beinen ein.

»Sehr gut.« Er strahlte sie glücklich an, und sie kam sich total unehrlich vor.

»Das hat nichts zu bedeuten«, beteuerte sie Brian, während sie in einem großen Kreis auf den Teppich Platz nahmen. »Es ist nur ein Spiel. Du solltest es nicht so ernst nehmen. Das heißt ganz sicher nicht, dass ich dir nicht vertraue.«

Alle schauten auf Joe, und der blickte sich mit einem sanften Lächeln um.

Als die Stille unerträglich wurde, spielte Kate mit dem Gedanken, laut zu fragen, ob eventuell jemand die letzte Folge *Desperate Housewives* oder so gesehen hätte, um den ganzen Trupp von seinem Elend zu erlösen, doch sie glaubte nicht, dass ihr tatsächlich irgendjemand eine Antwort geben würde, und so hielt auch sie weiter den Mund.

»Okay, willkommen allerseits«, begrüßte Joe die Teilnehmer nach einer halben Ewigkeit, und alle atmeten erleichtert auf. »Bei der Übung, die wir eben durchgeführt haben, ging es um Vertrauen«, fuhr er fort.

Kate wünschte sich, er hätte nichts gesagt.

»Wenn man jemandem wirklich vertraut, kann man sich auch total fallen lassen, weil man weiß, dass einem nichts passiert. Weil man sich dann völlig sicher fühlt. Es ist unglaublich befreiend, und ich glaube, das habt ihr alle eben gespürt.«

Kate nickte so eifrig wie die anderen, spürte aber Brians bösen Blick. Himmel, dachte sie, das wird bestimmt ein endlos langer Tag!

Da Kate und Brian bei dem Workshop waren und Will Carmen und Lorcan zum Flughafen kutschierte, nutzte Rachel die Gelegenheit und klärte Helen auf: »Will und Kate waren noch nie zusammen.«

»Ach, tatsächlich? Warum habt ihr dann ...«

»Das ist alles Teil des Plans, den Öko loszuwerden«, erläuterte Grace. »Wir haben Will gebeten, uns dabei zu helfen, und ich habe lediglich versucht, ihn ein bisschen anzutreiben, damit er endlich in die Gänge kommt.«

»Und was soll er tun?« Helen sah die beiden anderen Frauen fragend an.

»Nur ein bisschen mit ihr flirten, weiter nichts. Schließlich hat Kate immer schon für ihn geschwärmt – nur er eben nicht für sie«, antwortete Rachel ihr.

»Seid ihr euch da sicher?«, fragte Helen mit einem nachdenklichen Lächeln. »Ich hatte nämlich immer schon den Eindruck, dass der gute alte Will durchaus eine gewisse Schwäche für sie hat.«

»Du hast recht!«, pflichtete ihr ihre Schwiegermutter bei. »Das habe ich auch immer schon gedacht.«

»Mum!«, protestierte Rachel. »Hast du nicht!«

»Wenn sie diesen Job in Italien annimmt und er wochenlang mit ihr zusammen ist, wird ihm ja vielleicht endlich klar, wie gut sie ihm gefällt«, führte Helen weiter aus.

»Oh, wäre das nicht einfach wunderbar?«, stürzte sich Grace auf die Idee. »Dann würde nicht der blöde Öko, sondern Will mein zweiter Schwiegersohn.«

»Red doch keinen Quatsch«, schnauzte Rachel ihre Mutter an. »Dir ist doch wohl klar, dass Will in einer völlig anderen Liga spielt als Kate.«

»Unsinn, Schatz.«

»So etwas wie Ligen gibt es in der Liebe nicht«, pflichtete auch Conor seiner Mutter bei.

Typisch Conor, dachte Rachel säuerlich. Stur wie er war, bildete er sich anscheinend allen Ernstes ein, man bräuchte sich nur eine Sache in den Kopf zu setzen, damit sie sich realisieren ließ. Und ihre Mutter war zwar herzensgut, aber wenig realistisch, denn sie war der festen Überzeugung, jedes ihrer Kinder wäre gut genug für jeden Menschen seiner Wahl. Dabei hatte sich Will noch nie für ihre kleine Schwester interessiert. Und Kate hätte niemals wirklich eine Chance bei einem Mann wie ihm.

Grace aber fantasierte bereits von ihrer Hochzeit und von Will als dem perfekten Schwiegersohn, der praktisch schon seit Jahren Mitglied der Familie war. Und bei der Gelegenheit könnte sie sicher dafür sorgen, dass es zu einer Versöhnung zwischen Philip und ihm käme, dachte sie verträumt. Sie wäre wie der US-Präsident, der zwischen den israelischen und palästinensischen Führern stand und sie zu einem Handschlag zwang.

Um ihrer beider Willen hoffte Grace, dass sich Will mit Philip irgendwann vertragen würde. Denn bei aller Tapferkeit, mit der der Junge seinen Weg gegangen war, vermisste er den Vater, und auch Philip tat es von Herzen leid, wie er mit der Situation nach dem Tod der ersten Frau umgegangen war. Und egal wie sehr ihn Will dafür verurteilte, ging er selbst sogar noch härter mit sich ins Gericht.

Im Verlauf der Jahre, seit Will zu ihnen gekommen war, hatte Grace die ganze Zeit die Verbindung zu seinem Dad gehalten und betrachtete ihn schon seit Längerem als einen echten Freund. Sie führten noch immer regelmäßig lange, angenehme Telefongespräche, die sie Will im Originalton wiedergab. Dabei ahmte sie, um die Wirkung zu verstärken, sogar hin und wieder Philips Tonfall nach und betrachtete es jedes Mal als einen großen Sieg, wenn Will über irgendetwas lachte, was aus Philips Mund gekommen war. Will war starrsinnig und unerbittlich, aber in ihrem Bemühen, die Gedanken an den Vater in ihm wachzuhalten, hatte sie sich als genauso stur herausgestellt. Und in letzter Zeit hatte sie ab und zu den Eindruck, dass Wills Haltung gegenüber seinem Vater nicht mehr ganz so unversöhnlich war – bisher war es nur ein winzig kleiner Riss in der Mauer, die er um sein Herz errichtet hatte, doch es war auf jeden Fall ein erster Schritt.

»Conor hat recht«, sagte sie jetzt. »Und selbst wenn es Ligen gäbe, wären meine Kinder gut genug für jedermann. Trotzdem müssen wir dafür sorgen, dass Kate diesen Job in der Toskana annimmt, damit Will und sie so oft es geht zusammen sind. Er braucht eine Chance, um seine Gefühle für sie zu entdecken.«

Rachel stöhnte auf. »Mum, Will hat uns rundheraus erklärt, dass er kein Interesse an Kate hat, du erinnerst dich doch noch?«

»Ihm ist nur nicht klar, was er für sie empfindet«, antwortete Grace. »Aber sobald er erst mal anfängt, so zu tun, als ob er Interesse an ihr hätte, wird er schnell dahinterkommen, dass es tatsächlich so ist. Es ist, wie wenn man auf der Bühne steht – davon hast du natürlich keine Ahnung, Schatz – und sich in den Menschen verwandelt, den man spielt.«

»Ja, aber am Ende des Stückes geht man heim und wird wieder man selbst«, widersprach die Tochter ihr, obwohl sie aus Erfahrung wusste, dass das nicht immer so war. Schließlich hatten die Erfolge ihrer Mutter ihre Kindheit auch dadurch geprägt, dass sie nicht immer nur Grace, sondern nacheinander eine ganze Reihe tragischer Heldinnen von Lady Macbeth bis hin zu Hedda Gabler gewesen war. Am schlimmsten war *Die Glasmenagerie* gewesen, als Rachel ein Teenager gewesen war. Damals hatte sie die Peinlichkeit erleben müssen, dass Amanda Wingfield all die Jungen in Empfang genommen hatte, mit denen sie heimgekommen war.

Es hätte nicht viel gefehlt, und Grace hätte die linkischen, pickeligen Kerle als »junge Galane« tituliert.

»Vielleicht hast du recht«, räumte ihre Mutter ein. »Aber das ist umso mehr Grund, sie dazu zu überreden, dass sie nach Italien fliegt. Du hast selbst gesagt, die beste Möglichkeit, sie von dem Öko loszueisen, wäre die, sie für jemand anderen zu interessieren, und wenn auch vielleicht nicht Will, verguckt sich ja vielleicht einer von den Jungen aus der Band in sie. Zum Beispiel dieser Owen Cassidy.«

»Owen Cassidy!«

»Ja, ich weiß, er ist ein bisschen wild«, erklärte Grace, die den Grund für Rachels Ausruf falsch verstand. »Aber vielleicht gelingt es Kate ja, ihn zu zähmen. Und die Enkelkinder sähen ganz bestimmt fantastisch aus!«

Rachel starrte sie mit großen Augen an. Grace konnte doch nicht ernsthaft glauben, ihre Schwester hätte eine Chance bei Owen Cassidy. Okay, sie konnte nicht verstehen, dass Will in einer anderen Liga spielte als ihr kleiner Schatz, aber dass Kate eindeutig nicht das Zeug zur Freundin eines Rockstars hätte, wäre ihr ja wohl zumindest klar.

»Dir gegenüber komme ich mir immer so klein und hilflos vor«, wimmerte Brian, während Kate wie ein Fötus zusammengerollt vor ihm auf dem Boden lag. »Du hinderst mich daran, all die Dinge zu tun, die ich tun will. Du hältst mich davon ab, der Mensch zu sein, der ich sein könnte. Warum machst du alles so schwierig?«, jammerte er.

Kate drückte ihre Nase in den Teppich und versuchte, sich damit zu trösten, dass es bald vorbei wäre und sie wieder zuhause mit ihrer Familie zu Abend essen und normale Gespräche führen würde.

»Ich habe die Nase voll von dir!«, schrie Brian jetzt. »Ich will dich endlich los sein.«

Kate war klar, dass er es nicht persönlich meinte. Denn sie stellte nicht sich selbst, sondern Brians »Ängste« dar. Vorhin hatte sie zugesehen, wie Brian wie ein Dorftrottel vor ihr herumgesprungen war und sich dann in fötaler Position vor ihr auf den Boden hatte sinken lassen, um zu demonstrieren, was sie machen müsste, damit er seine Angst ordentlich zusammenscheißen konnte, weil er hoffte, dass er sie auf diese Weise überwand. Sie war nur froh, dass niemand aus ihrer Familie in der Nähe war – denn eine solche Peinlichkeit hätte sie niemals überlebt.

Warum kann ich nicht einen normalen Partner haben, der sich für Fußball oder etwas anderes interessiert?, fragte sie sich, wünschte sich, der Boden täte sich unter ihr auf, und stellte sich vor, wie sie wie Ewan McGregor in *Trainspotting* einfach zwischen den Holzdielen versank.

Sie machte ihre Augen einen Spaltbreit auf und war schockiert, als sie in Brians Augen Tränen glitzern sah. Doch das konnte sie verstehen, schließlich hätte auch sie selbst am liebsten laut geschluchzt.

Tina rief Will auf seinem Handy an, als er auf dem Rückweg vom Flughafen war.

»Und, wie läuft's in der Karibik?«, erkundigte er sich.

»Es ist todlangweilig, ich habe den ganzen Morgen rumgesessen und darauf gewartet, dass sich das Licht verändert. Der Fotograf ist ein Idiot. Außerdem vermisse ich dich, Schatz.«

»Klingt, als würdest du dich köstlich amüsieren.«

»Martinique ist wunderschön. Wir sollten mal zusammen herkommen.«

»Vielleicht.«

»Oh, und rate, was passiert ist! Ich habe eine der Produzentinnen von *Irish Supermodel Search* kennengelernt. Sie meinte, vielleicht wäre in der nächsten Staffel die Stelle einer

Jurorin frei, und hat angedeutet, dass der Job, wenn ich Interesse habe, mir gehört.«

»Und, bist du interessiert?«

»Nun, es wäre ein Supereinstieg ins Fernsehen – und dazu noch wirklich gut bezahlt. Aber, was das Allerbeste wäre, die gesamten Aufnahmen finden in Irland statt.«

Will sagte nichts.

»Das wäre doch wohl toll, findest du nicht auch?«

»Ja – wenn es das ist, was du willst.«

»Wie dem auch sei, ich muss allmählich wieder los. Anscheinend lösen sich die Wolken langsam auf.«

Damit drückte sie den Aus-Knopf, warf das Handy in den Sand und blickte von ihrem Platz unter einem riesengroßen Sonnenschirm über den Strand.

»Sieht nicht so, als ob es noch was werden würde«, rief ihr der Beleuchter zu, während er in Richtung Himmel wies. »Am besten machen wir für heute Schluss.«

Tina zog ihre langen Beine an und legte ihr Kinn auf ihren Knien ab. Martinique war wirklich wunderschön, ging es ihr durch den Kopf. Strahlend weiße Wattewolken zogen über sie hinweg, und sie wusste, es war wunderschön, sie wünschte nur, sie könnte es auch fühlen.

Sie nahm sich eine Handvoll Sand und ließ sie durch ihre Finger rieseln. Sie hatte gehofft, Will würde sich mehr darüber freuen, dass sie vielleicht dauerhaft zurück nach Irland käme. Er war in letzter Zeit erschreckend distanziert, und sie konnte deutlich spüren, dass er sich ihr immer mehr entzog. Doch sie war nicht der Typ, der sich einfach ohne Gegenwehr geschlagen gab. Sie war sowohl privat als auch beruflich arbeitsam und ehrgeizig und würde Will bestimmt nicht einfach aufgeben. Sie wusste, dass sie sich im Lauf der Zeit auseinanderentwickelt hatten und dass die erste Verliebtheit längst vorüber war – aber bei welchem Paar hielt die schon auf Dauer an? Und auch wenn der Alltag in einer Beziehung Einzug hielt, warf man deshalb nicht einfach alles hin.

Will und sie waren wirklich wie füreinander geschaffen. Sie gehörten in dieselbe Welt und daher zusammen. Das würde sie ihm zeigen. Sie nähme diesen Fernsehjob in Irland an und würde ihm beweisen, dass es nur vernünftig war, wenn er auch weiterhin mit ihr zusammenblieb.

»Alles in Ordnung, Tina?« Ein Mitglied des Fotografenteams, das gerade den Strand verließ, blieb neben ihr stehen.

»Alles bestens.« Sie schaute lächelnd zu ihm auf.

»Du siehst traurig aus.«

»Oh, das ist nichts, was sich nicht mit ein paar Drinks kurieren lässt«, antwortete sie, strich sich den Sand von den Händen und streckte einen ihrer Arme aus, damit er ihr beim Aufstehen half.

»Vergiss nicht, dass wir morgen gleich nach Sonnenaufgang anfangen. Am besten gehst du also möglichst früh ins Bett.«

»Ganz sicher nicht! Also, wo findet die Party statt?«

»Oh, Will«, wurde er von Grace in vorwurfsvollem Ton begrüßt, als er das Haus betrat. »Du hast offensichtlich nicht verstanden, dass ich vorhin versucht habe, dir den Weg bei Kate zu ebnen. Vielleicht war ich einfach zu subtil.«

»Oh nein, das warst du nicht.«

»Oh! Warum hast du dann ...«

»Hör zu, ich habe Kate den Job in der Toskana angeboten, mehr kann ich allerdings nicht tun.«

»Aber, Will, du hast den Öko kennengelernt ...«

»Ja, und ich bin durchaus deiner Meinung, dass sie etwas Besseres verdient als diesen Kerl. Trotzdem hat sie es ganz sicher nicht verdient, dass ich mit ihren Gefühlen spiele, nur damit sie diesen Typen fallen lässt.«

»Das sollst du doch nur tun, weil sie uns am Herzen liegt.«

»Mir auch, aber ...«

»Ach ja?«

»Natürlich. Wenn sie diesem selbstgerechten, arroganten Idioten den Laufpass geben würde, würde ich mich darüber genauso freuen wie ihr. Er ist nämlich einfach nicht gut genug für sie.«

»Tja, wenn du es so siehst ...«

»Ja, so sehe ich's«, erklärte Will.

»Nun, dann lass uns hoffen, dass sie diesen Job in der Toskana wirklich annimmt.«

»Ja«, antwortete Will, doch als Grace nichts mehr sagte, konnte er nicht glauben, dass sie ihn so leicht vom Haken ließ.

Grace sah Will lächelnd hinterher, der weiter in Richtung Garten ging. Sie hatte es die ganze Zeit gewusst – er empfand tatsächlich was für Kate. Weshalb sonst sollte er derart vehement gegen den Öko sein? Er müsste nur etwas mehr Zeit mit ihr verbringen, um sich über seine Gefühle klar zu werden – Zeit, die es in der Toskana mehr als reichlich gab. Kate müsste nur noch den Job dort annehmen, dann wäre die Sache geritzt.

Jetzt ist es so weit, sagte sich Kate, als sie im Garten des Zentrums einen Baum umarmte und gleichzeitig mit ihren Händen nach den Fliegen schlug. Jetzt bin ich offiziell ein ebensolcher Freak, wie es Brian in den Augen meiner Sippe immer schon gewesen ist.

»Lasst euch auf die Bäume ein«, hatte Joe sie angewiesen.

»Nehmt sie richtig in den Arm. Spürt ihre Energie und lasst euch davon leiten.«

Dann sollte sie sich nach Westen wenden und von etwas in ihrem Leben verabschieden und danach nach Osten drehen und etwas, was sie in ihrem Leben willkommen heißen wollte, begrüßen – oder war es vielleicht andersrum? Es fiel ihr einfach schwer, spirituellen Gedanken nachzuhängen, während sie die Mücken bei lebendigem Leib auffraßen.

Sie gab sich alle Mühe, sich auf ihren Mittelpunkt zu konzentrieren und über die Richtung ihres Lebens zu meditieren, doch als sie versuchte, alle anderen Gedanken zu verdrängen, fiel ihr wieder Lorcans geflüsterte Bemerkung ein. Hatte Will etwas zu ihm gesagt, oder hatte er nur einen unbegründeten Verdacht?

Sie zwang ihre Gedanken wieder in die Gegenwart zurück und spähte zwischen den Bäumen hindurch, um zu sehen, in welcher Phase alle anderen waren. Sie schienen den Umarmungspart abgeschlossen zu haben und drehten sich, ohne den Kontakt zu ihren Bäumen völlig abzubrechen, nach Westen um. Kate machte es ihnen nach und versuchte an etwas zu denken, was ihr in ihrem Leben lästig war.

»Hört auf eure Herzen«, hatte Joe gesagt. »Versucht nicht, bewusst an irgendwas zu denken – öffnet einfach euren Geist und seht, was dann passiert.«

Unter den gegebenen Umständen jedoch waren die Mücken das Einzige, was sie am liebsten sofort losgeworden wäre, aber Joe hatte bestimmt an etwas anderes gedacht.

Vielleicht sollte ich Lorcan anrufen und fragen, was er mit dem Satz gemeint hat, überlegte sie. Will hatte ganz sicher nichts zu ihm gesagt. Und wenn, bestimmt nicht heute – schließlich hatte Lorcan nicht viel Zeit mit ihnen verbracht, und Will war nie mit ihm allein gewesen, hätte also gar nicht die Gelegenheit zu einem vertraulichen Gespräch mit ihm gehabt.

Oh, vergiss Will, sagte sie sich streng. Vielleicht sollte sie sich von ihrer lächerlichen Besessenheit bezüglich ihres alten Schwarms verabschieden und ihrer Zukunft mit Brian entgegensehen. Entschlossen, ihre Jugendliebe hinter sich zu lassen, wandte sie sich nach Westen und sagte Will mit feierlicher Miene Lebewohl. Mit dem Gefühl, vollkommen ruhig, zielstrebig und Herrin über ihr Schicksal zu sein, drehte sie sich nach Osten, um ihre Zukunft mit Brian zu begrüßen. Doch im selben Augenblick sah sie den Wagen, der den Weg heraufgefahren kam, und ihre Nackenhaare sträubten sich. Denn es war der Jaguar von Will.

Dann ließ er sich also nicht so leicht verabschieden. Dafür gab es doch bestimmt ein Wort – Synergie, glücklicher Zufall, Schicksal? Oder vielleicht schlicht und einfach Pech? Was auch immer, es war einfach unheimlich. Sie verfolgte, wie er parkte und aus seinem Wagen stieg.

Als er sie entdeckte, kam er winkend direkt auf sie zu, was ihr Herz höher schlagen ließ.

»Hi! Ich bin gekommen, um euch abzuholen.« Er wies auf den Jaguar.

»Hallo, Will.« Sie klammerte sich noch immer an ihren Baum, war aber überglücklich, Will zu sehen, und schlang ihm in Gedanken ihre Arme um den Hals, während sie ihn erneut in ihrem Leben willkommen hieß.

Nie zuvor in ihrem Leben hatte Kate sich so darauf gefreut heimzukommen. Die Atmosphäre auf der Fahrt war etwas angespannt gewesen, da Brian geschmollt hatte, weil er vor Ende ihres Workshops hatte gehen müssen und ihm deswegen der abschließende »Gedankenaustausch im intimen Kreis« entgangen war. Kate jedoch war sofort losgerannt und hatte sich in den Wagen geworfen, als hätte eine Bande von Entführern sie verfolgt. Will schien sich darüber gefreut zu haben, dass ihm dieser Coup gelungen war, und je schlechter Brians Laune wurde, umso fröhlicher wurde er selbst. Kate hatte das deutliche Gefühl, dass es ihm Spaß machte, ihren Verlobten aufzuziehen.

Sie war derart froh, wieder zuhause zu sein, und protestierte daher noch nicht mal, als der ganze Trupp ins Wohnzimmer gescheucht wurde, um sich die DVD von Toms und Rachels Hochzeit anzusehen. Nach dem Martyrium, das sie erlitten hatte, war es sogar beinahe eine Erleichterung für sie, etwas derart Normales, Anspruchsloses zu tun.

Die DVD begann mit einem grauenhaften Potpourri der Herrichtung der Braut, wozu Prince mit weinerlicher Stimme *The Most Beautiful Girl in the World* zum Besten gab. Josie fing brüllend an zu lachen und handelte sich einen mörderischen Blick von Rachel ein.

»Wer hat die Musik zu dem Film ausgesucht?«, fragte sie Kate im Flüsterton.

»Was glaubst du wohl?« Kate war nur froh, dass Lorcan bereits wieder abgeflogen war – denn er hätte es ganz sicher nicht geschafft, sich diesen Film mit ernster Miene anzusehen.

Sie sahen, wie sich Rachel die Nägel und die Haare richten ließ, wie sie während des Schminkens eine lustige Grimasse schnitt und wie sie schließlich unter den bewundernden Ausrufen ihrer Familie in ihrem Hochzeitskleid die Treppe herunterkam.

»Der Film scheint kindgerecht zusammengeschnitten worden zu sein«, stellte Conor fest. »Ich vermisse den Teil, wo du unter der Dusche stehst.«

»Oh, halt die Klappe«, fuhr ihn Rachel an und starrte dabei weiter wie gebannt auf den Bildschirm.

Kate fand, die DVD wäre gar nicht so schlecht, wenn sie bis zum Ende eine Art musikuntermalte Montage der Highlights des Tages bliebe. Denn dann wäre sie so ähnlich wie die Videos, die man auf Viva und auf MTV zu sehen bekam. Kaum aber waren sie in der Kirche angekommen, wurde sie zur reinen Dokumentation, und sie waren gezwungen, die gesamte Trauung noch mal durchzustehen. Bis sich Tom und Rachel endlich küssten, schnarchte Jack vernehmlich vor sich hin, und Rachel machte ständig dämliche Bemerkungen wie »Oh, da sehe ich tatsächlich ziemlich gut aus« oder »Meine Frisur ist wirklich hübsch geworden, nicht?«, wobei sie offensichtlich hoffte, dass sie ehrlich überrascht und bescheiden klang. Hin und wieder warf sie sogar anderen irgendwelche kleinen Knochen zu, indem sie säuselte: »Oh, sieht Mum nicht wirklich hübsch aus?« oder »Du solltest dich öfter schminken, Kate – dann siehst du völlig verändert aus!«.

Es könnte schlimmer sein, sagte sich Kate, ich könnte noch immer bei dem Workshop sein.

Der anschließende Empfang war etwas unterhaltsamer. Der schwule Kameramann, der offenbar von Owen Cassidy begeistert war, filmte ihn vom Augenblick seines Erscheinens an beinahe pausenlos und schwenkte nur hin und wieder pflichtbewusst in Schlüsselmomenten auf die übrige Hochzeitsgesellschaft um, weshalb man nur einen hastigen Mitschnitt des Moments sah, in dem Tom und Rachel – sie mit ihrem strahlendsten Hollywoodlächeln im Gesicht – die Hochzeitstorte anschnitten, bevor wieder Owen in Großaufnahme kam, der sich gelangweilt am Ellenbogen kratzte, weil die große Sause auszubleiben schien.

Dann sah man das Hochzeitspaar bei seinem ersten Tanz und wieder Owen, der mit einer eindeutig obszönen Geste zu verstehen gab, dass ihm die Musikauswahl missfiel. Selbst während der Reden wurde immer wieder Owen Cassidy gezeigt, was jedoch die reinste Zeitvergeudung war, denn abgesehen von einem lautem Jauchzen, als sein Manager das Wort ergriff, hockte Owen vollkommen gelangweilt da.

Später gab es ein paar Aufnahmen der anderen Gäste, die, je angetrunkener sie waren, umso zügelloser tanzten, und von ein paar Pärchen, die versunken miteinander knutschten oder Arm in Arm verschwanden, um in irgendeiner dunklen Ecke einander an die Wäsche zu gehen.

»Da komme ich«, rief Brian gut gelaunt, als er im Hintergrund erschien, räkelte sich und stand auf. »Ich werde noch einen Spaziergang machen. Willst du mit?«, fragte er Kate, doch die schüttelte den Kopf.

Und schon ist er ins nächste Fettnäpfchen getreten, dachte sie, während er den Raum verließ.

Aber im Vorbeigehen murmelte er Rachel zu: »Es war eine wunderbare Hochzeit. Du hast wunderschön und wirklich glücklich ausgesehen.«

»Danke, Brian.«

Kate seufzte erleichtert auf. Zum allerersten Mal konnte sie stolz auf Brian sein.

In einer Art Halbschlaf schauten sie sich weiter die endlosen Aufnahmen an. Kate sah, wie sie mit Will das Fest verließ und wie kurze Zeit später Carmen und Lorcan davonschlichen. Als die Kamera erneut auf Owen schwenkte, der mit Tante Iris Schnäpse trank, bemerkte sie das fremde Mädchen – Una –, von dem Freddie angebaggert worden war. Sie knutschte mit irgendeinem Typen hinter einer Säule, und Kate ging der Gedanke durch den Kopf, dass es echt witzig wäre, hätte sie tatsächlich Freddie abgeschleppt. Dann aber sagte Una irgendwas, wurde von einer körperlosen Hand gepackt, und Kate gefror das Blut in den Adern, als Brian hinter der Säule erschien und das Mädchen aus dem Ballsaal zog.

Ihr wurde schlecht. Sie rang mühsam nach Luft und fragte sich, ob diese Szene außer ihr noch jemand anderem aufgefallen war, doch niemand ließ sich etwas anmerken.

»Tante Iris sieht echt gut aus, findet ihr nicht auf?«, sagte Conor und bestätigte ihr damit, dass die Blicke aller anderen auf den Vordergrund gerichtet waren.

»Das liegt am Alkohol«, erklärte Jack. »Der hat sie konserviert.«

Dann bemerkte Kate Wills mitfühlenden Blick und wusste, dass auch ihm ihr Freund hinter der Säule aufgefallen war. Das war mehr, als sie ertrug – wahrscheinlich würde sie jeden Moment in Tränen ausbrechen. Am liebsten hätte sie vor lauter Schmerz geschrien. Sie musste einfach raus, denn wahrscheinlich rastete sie jeden Moment aus.

»Apropos Alkohol, möchte noch jemand was trinken?«, fragte sie und stand entschlossen auf. Rachel und ihre Mutter hielten ihre Gläser hoch, und sie sammelte sie ein und stürzte, so schnell es ihre wackeligen Beine zuließen, mit tränenfeuchten Augen aus dem Raum, trat die Küchentür hinter sich zu, öffnete den Wasserhahn und spülte die Gläser blind vor Tränen aus.

Wie hatte er das tun können?, überlegte sie. Wie hatte er das tun können? Sie ließ sich gegen die Spüle sinken. Sie war gerade erst aus Afrika zurück gewesen, und er hatte so getan, als wäre er glücklich, sie zu sehen. Warum passierten solche Dinge immer ihr? Warum, verdammt noch mal, lernte sie anscheinend nie dazu? Sie hatte sich allen Ernstes eingebildet, Brian wäre anders. Hätte nie gedacht, dass er ihr einmal auf eine derart krasse und banale Weise wehtäte. Hatte gedacht, er hätte Tiefgang. Doch trotz aller Workshops zur Bewusstseinsbildung, all der Blicke mit dem dritten Auge, all der Meditationen zur Stärkung von Freundlichkeit und Liebe und all des Ausbalancierens seiner geistigen Energie war er im Grunde nur ein ganz normaler Kerl, der nicht Nein sagen konnte, wenn sich ihm die Gelegenheit zum Vögeln bot.

Verflucht, er hatte sie am nächsten Tag gebeten, seine Frau zu werden, dachte sie, trat wütend gegen den Geschirrschrank und verstauchte sich dabei den nackten Zeh. Sie holte keuchend Luft, denn ein heißer Schmerz zuckte durch ihren gesamten Fuß, und dabei fiel ihr eins der Gläser aus der Hand.

»Scheiße, Scheiße, Scheiße!«, heulte sie, bückte sich und sammelte die Scherben auf.

Wobei ihr eins der Stücke schmerzlich in den Finger schnitt.

»Autsch!« Das Blut spritzte aus der Wunde, und sie fuchtelte mit der verletzten Hand hilflos durch die Luft.

»Alles in Ordnung, Kate?«, drang plötzlich Wills Stimme aus dem Flur.

Sie zuckte zusammen und wischte sich eilig die Augen mit dem Ärmel ihres T-Shirts ab.

»Ich habe ein Glas zerbrochen und mir dabei in den Finger geschnitten«, schniefte sie.

Sie hörte, wie er in die Küche kam, und dann stand er plötzlich neben ihr. Eilig ging sie wieder in die Hocke, ließ ihr Haar vor ihre Augen fallen und sammelte die Scherben ein.

»Lass sie liegen!«

»Ich hebe nur die großen Stücke auf.« Sie richtete sich erneut auf, um zum Mülleimer zu gehen.

»Nicht bewegen«, befahl Will, als er ihre nackten Füße sah. »Hier liegen schließlich überall Splitter herum. Du wirst dich schneiden, wenn du barfuß durch die Küche läufst.«

Er nahm ihr die Scherben aus den Händen und warf sie

in den Mülleimer unter der Spüle. Das Knirschen unter seinen Schuhen machte deutlich, dass tatsächlich der gesamte Boden voller kleiner Splitter war, und so blieb sie stocksteif stehen. Dann legte er eine Hand in ihren Rücken und machte sich daran, sie auf den Arm zu nehmen, sie aber kreischte laut: »Was machst du da?«

»Ich werde dich da rübertragen«, antwortete er und nickte in Richtung des Küchentischs.

»Du wirst dir einen Bruch heben!«, protestierte sie. Der Abend war bereits erniedrigend genug für sie gewesen, ohne dass jetzt auch noch Will unter der Last ihres Gewichts zusammenbrach.

»Ich bin nicht so schwach, wie ich aussehe.«

»Trotzdem …«

»Okay, dann springst du eben einfach auf«, erklärte er und wies auf seine Füße.

»Was?«

»Stell dich auf meine Schuhe, und dann gehen wir zusammen rüber. Los.« Er packte ihre Hände und zog sie an seine Brust.

Während sie sich wie in einem seltsam intimen Tanz quer durch den Raum bewegten, dachte Kate, sie hätte sich wahrscheinlich doch am besten einfach von ihm tragen lassen. Denn dann stieße sie ihn nicht beinahe mit der Nase an. Ihr Herz ließ derart viele Schläge aus, dass sie die Befürchtung hatte, jeden Augenblick in Ohnmacht zu fallen, und in dem Bemühen, möglichst ruhig zu wirken, starrte sie angestrengt auf seinen muskulösen, sonnengebräunten Hals. Sie war alles andere als zierlich, Will hingegen war derart groß, dass sie ihm selbst, wenn sie auf seinen Schuhen stand, gerade einmal bis zur Schulter ging, und am liebsten hätte sie die Wange eng an seine Brust geschmiegt und sich die Augen aus dem Kopf geheult.

Gott, ging es ihr durch den Kopf, Freddie hat eindeutig recht gehabt. Ich bin noch längst nicht über Will hinweg. Solange sie nicht mit ihm zusammen war, konnte sie sich sagen, sie hätte früher mal für ihn geschwärmt, aber diese erste Liebe hätte sich inzwischen längst gelegt. Doch fünf Minuten in seiner Gesellschaft reichten, dass sie wieder sechzehn und genauso unsterblich in ihn verliebt wie immer war.

Aber auch ich selber habe recht gehabt, sagte sie sich streng. Was spielt es schon für eine Rolle, dass ich vollkommen verrückt nach diesem Typen bin, wenn es ihm nicht auch so geht?

Anschließend hob Will sie derart schwungvoll auf den Tisch, als wäre sie nicht schwerer als ein Kind. »Zeig mir deine Wunde«, bat er sie. Sie blutete noch immer, und er zog einen Glassplitter aus ihrer Haut.

»Tut mir leid«, entschuldigte er sich, als sie leise wimmerte. »Tut es sehr weh?«

»Es brennt nur ein bisschen, weiter nichts.«

Er holte sich ein Tuch, tupfte das Blut von ihrer Hand und öffnete den Mund, klappte ihn dann aber wortlos wieder zu. Kate hoffte inständig, er finge nicht von Brian an – denn sein Mitleid hielte sie nicht aus. Dann würde sie bestimmt erneut in Tränen ausbrechen, und es war bereits peinlich genug, dass er Zeuge dieses Seitensprungs geworden war.

»Ich glaube, du wirst es überleben. Habt ihr Pflaster hier im Haus?«

»Es müssten welche im Schrank über der Spüle liegen.«

Er fand den Verbandskasten, fischte ein Pflaster heraus, riss die Plastikfolie ab, nahm ihre Hand und wickelte vorsichtig ihren Finger ein.

Gott, diese Doktorspielchen sind unglaublich sexy, dachte Kate, die das Zusammensein mit ihm langsam genoss.

»So. Jetzt ist es besser«, meinte er, küsste sanft ihr Pflaster, blickte plötzlich auf und haute sie mit seinem Lächeln um. Er war wirklich der schönste Mann, dem sie jemals begegnet war. »Weißt du noch, wie Grace früher immer einen Kuss auf unsere Wehwehchen gegeben hat?«, fragte er und hielt noch immer ihre Hand.

»Oh, das machen alle Mütter«, knurrte Kate, wurde dabei aber puterrot und wandte sich eilig ab.

»Nicht wenn man einundzwanzig ist«, war Wills trockener Kommentar.

»Das stimmt«, pflichtete Kate ihm lachend bei.

In diesem Augenblick kam Brian von seinem Spaziergang und entdeckte Kate, die lächelnd auf dem Tisch saß und mit Will Händchen hielt.

»Oh Brian!« Als sie ihn bemerkte, riss sie ihre Hand zurück und sprang vom Tisch.

»Na, amüsiert ihr euch?«, erkundigte er sich mit beißendem Sarkasmus.

»Ja, wir haben Doktor und Krankenschwester gespielt«, gab Will lächelnd zurück, auch wenn der Ausdruck seiner Augen eisig war. »Oder eher Doktor und Patientin.«

Wortlos machte Brian kehrt und stapfte aus dem Raum.

»Ich gehe ihm wohl besser nach«, entschuldigte sich Kate bei Will.

»In Ordnung«, antwortete er, schickte dabei aber einen todbringenden Blick hinter seinem Widersacher her. »Ich räume hier unten auf.«

Am nächsten Vormittag ging Kate, um einen klaren Kopf zu kriegen und um nachzudenken, an den Strand. Sie hatte letzte Nacht kein Auge zugetan, denn sie hatte Brian Vorhaltungen wegen seines Seitensprungs gemacht, doch er hatte sie einfach schulterzuckend abgetan. Zu ihrer Enttäuschung hatte er ganz einfach nicht verstanden, weshalb sie wegen dieser Sache derart unglücklich gewesen war. Schließlich waren sie noch nicht verheiratet, hatte er richtig festgestellt – und hatten sich auch erst nach dem Fest verlobt. Sie hasste es, dass er das Wort Verlobung immer in Anführungszeichen setzte, als meinte er das nur ironisch. Außerdem hatte er sie daran erinnert, dass ihre Beziehungspause auf der Hochzeitsfeier ihrer Schwester noch nicht ganz vorbei gewesen war.

Darauf hatte sie gegen jede Vernunft von Brian wissen wollen, ob er während ihrer Zeit in Afrika auch mit Suzanne im Bett gewesen war – und er hatte ihr seelenruhig erklärt: »Es ist ja wohl natürlich, jede Beziehung in ihrer ganzen Tiefe auszuloten.«

»Das ist nichts anderes als eine höfliche Umschreibung dafür, dass du mit allen Frauen, die du kennst, irgendwann auch in die Kiste steigst«, hatte sie erbost erklärt.

»Und was ist mit dir? Du hast das ganze Wochenende schamlos mit diesem Will geflirtet«, hatte er gekontert, woraufhin sie puterrot geworden war.

»Das habe ich ganz sicher nicht! Wir sind alte Freunde, das ist alles – aber du kannst natürlich nicht verstehen, dass eine Freundschaft zwischen Frauen und Männern möglich ist, ohne dass auch sexuell was zwischen ihnen läuft.«

Dann hatten sie fürchterlich gestritten, und auch wenn sie sich nach stundenlangen Vorhaltungen irgendwann wieder vertragen hatten, hatten die Geschehnisse sie aus dem Gleichgewicht gebracht. Das Problem bestand ganz einfach darin, dass sie nicht das Recht hatte, den ersten Stein zu werfen, dachte sie. Zwar war zwischen Will und ihr tatsächlich nichts passiert, doch das hatte nicht an ihr gelegen, gab sie widerstrebend zu. Hingegen könnte Brian Suzanne haben, wenn er wollte, aber das war nicht der Fall. Er hatte sich frei entscheiden können und am Ende sie gewählt. Wenn sie Will bekommen könnte … doch das würde nie passieren, und sollte sie deshalb vielleicht bis an ihr Lebensende Single bleiben?, überlegte sie erbost. Sie liebte Brian – nur liebte sie Will eben ein bisschen mehr.

Sie zog ihre Sandalen aus und lief so dicht am Meeresrand entlang, dass ihr das Wasser über die Füße lief. Es war so kalt, dass ihr der Atem stockte, doch nach kurzer Zeit hatte sie sich daran gewöhnt.

Die Tage hier in Cork waren einfach grauenhaft gewesen, dachte sie. Statt Brian und ihre Familie einander näherzubringen, hatte sie den Graben zwischen ihnen sogar noch vertieft. Obwohl sie es nur ungern zugab, sah auch sie ihren Verlobten jetzt in einem anderen Licht. Er war anders, wenn er nur mit ihr zusammen war, aber allzu häufig im Verlauf des Wochenendes hatte er sie furchtbar in Verlegenheit gebracht. Und als wäre das nicht bereits schlimm genug, war ihr inzwischen aufgegangen, dass sie Will noch immer hoffnungslos verfallen war.

Sie hockte sich am Rand des Wassers hin und griff nach einem Zweig, der in ihrer Nähe lag. Brian hatte ihr am Ende ihres Streits einen neuen Anfang angeboten, und den würden sie auch haben, sagte sie sich jetzt. Was sie beide miteinander hatten, war real, und vor allem das Beste, was ihr bisher je von einem Mann geboten worden war. Zwar hatte das ständige Zusammensein mit Will während der letzten Tage die alten Gefühle schmerzlich wiederaufleben lassen, aber wenn sie erst wieder in Dublin wäre, würde sie bestimmt damit zurechtkommen. Wenn sie nicht mit ihm in die Toskana flöge, würde er erneut aus ihrem Leben verschwinden und nur gelegentlich an irgendwelchen Feiertagen oder zu Familienfesten auftauchen.

Sie stand wieder auf, schrieb mit großen Buchstaben »Ich liebe Will« im nassen Sand und verfolgte, wie das Wasser näher kroch. Es überspülte lautlos ihre Schrift und trug auf diese Weise ihr Geheimnis mit sich fort. Ende der Geschichte, sagte sie sich streng.

»Kate?«

Sie drehte sich erschrocken um, blickte noch mal auf den Sand und atmete erleichtert auf, da von ihrem dämlichen Gekritzel nicht mal mehr die allerkleinste Spur zu sehen war.

»Will!«

»Ich packe gerade meinen Wagen – ich muss nämlich morgen möglichst früh nach Dublin zurück. Soll ich euch beide mitnehmen?«

»Oh, nein danke. Wir fahren später mit Mum und Dad.«

»Okay.«

»Will, ich habe über dein Jobangebot nachgedacht …«

»Ja?« Er sah sie mit einem hoffnungsvollen Lächeln an.

»Hm, ich fürchte, ich muss Nein sagen«, erklärte sie, scharrte mit dem Fuß im Sand und fühlte sich entsetzlich undankbar.

»Oh, das ist schade.« Er wirkte ehrlich enttäuscht.

»Trotzdem danke für das Angebot.«

»Kein Problem. Tja, wir sehen uns dann im Haus.«

Er wandte sich wieder zum Gehen. Kate sah ihm hinterher, und dabei schlug ihr das Herz bis zum Hals. Sie wusste nicht, warum, war aber plötzlich furchtbar aufgeregt, und, ohne zu wissen, was sie tat, rannte sie ihm eilig nach. »Will!«, rief sie, als sie ihn fast erreicht hatte, atmete keuchend ein und aus und schirmte ihre Augen mit der Hand gegen die Sonne ab. »Kann ich meine Meinung noch mal ändern?«

»Wie bitte?«

»Der Job in der Toskana – kann ich ihn vielleicht doch noch annehmen?«

Ein langsames Lächeln breitete sich auf seinem Gesicht aus. »Natürlich. Das ist wirklich toll!«

Kate hatte das Gefühl, als fiele eine Riesenlast von ihren Schultern, und während der Wind durch ihre Haare peitschte, blickte sie ihn ebenfalls mit einem warmen Lächeln an.

»Ruf mich einfach an, wenn du wieder in Dublin bist«, bat er, bevor er weiterging.

Kate schaute ihm nach und versuchte, nicht darüber nachzudenken, warum sie mit einem Mal so glücklich war.

7

Zwei Wochen später, an einem Freitagnachmittag im Juli, kam Kate am Flughafen von Pisa an. Langsam schob sie ihren voll beladenen Trolley in die Ankunftshalle und sah sich suchend um. Dann hörte sie, dass jemand ihren Namen rief, und entdeckte Wills Assistentin Louise, die winkend in der Menge hinter dem Absperrgitter stand.

»Hi, Kate«, sagte Louise. »Hattest du einen guten Flug?«

»Oh ja! Er war wunderbar – es war das erste Mal, dass ich erster Klasse geflogen bin.«

»Angenehm, nicht wahr?« Louise führte sie zum Ausgang, wobei sie ihr beim Schieben ihres Trolleys half.

Louise war eine schlanke Frau mit einem scharf geschnittenen Gesicht, nicht hübsch im konventionellen Sinn, allerdings mit ihrem breiten Mund und ihren langen, leicht gewellten blonden Haaren, die ihr fast bis auf die Hüfte fielen, auf ungewöhnliche Weise attraktiv. In einem eng sitzenden weißen T-Shirt, Jeans, Turnschuhen und einer Panorama-Sonnenbrille war sie der Inbegriff der coolen Rockerbraut.

»Nur gut, dass du nicht so viel mitgebracht hast«, meinte sie mit einem Blick auf Kates Gepäck, als sie den Trolley durch den Ausgang schob.

»Ich weiß.« Kate zuckte schuldbewusst zusammen. »Ich bin sicher, dass ich nicht einmal die Hälfte von den ganzen Sachen brauche, aber ...«

»Das war nicht ironisch gemeint«, beeilte sich Louise, ihr zu versichern. »Schließlich habe ich normalerweise mit Typen wie Tessa und Tina zu tun. Die bringen bereits so viel Zeug für eine einzige Übernachtung mit.«

Normalerweise reiste Kate wirklich mit leichtem Gepäck, doch vor ihrem Abflug nach Italien hatte ihre Mutter den versprochenen Einkaufsbummel mit ihr unternommen, in dessen Verlauf sie von Kopf bis Fuß neu eingekleidet worden war. Natürlich hatten sie auch Rachel in dieses Projekt mit einbezogen, und Grace und sie waren völlig in ihrem Element gewesen und hatten wie zwei kleine Mädchen, die mit einer lebensgroßen Puppe spielten, immer neue Kleider für sie angeschleppt. Sie kannten sich mit diesen Dingen wirklich aus, und Kate liebte ihre neue Ausstattung so sehr, dass sie es einfach nicht geschafft hatte, auch nur eins der wunderbaren Stücke in Dublin zurückzulassen, als sie aufgebrochen war.

Sie traten aus der klimatisierten Halle in die gleißend helle Sonne, und die plötzliche Hitze traf sie beinahe wie ein Keulenschlag. Irgendwie gelang es ihnen, alle Koffer in Louises winzigem italienischem Flitzer zu verfrachten, und bald waren sie auf der Autobahn, und die toskanische Landschaft flog an ihnen vorbei. Louise fuhr wie eine Italienerin, eine Hand am Steuer, während sie die andere lässig aus dem offenen Fenster baumeln ließ, Gespräche über ihr Handy führte oder sich angeregt mit ihrer Beifahrerin unterhielt. Um ein Haar wäre sie an der Ausfahrt einfach vorbeigerauscht und trat im letzten Augenblick so kraftvoll auf die Bremse, dass der Wagen heftig ins Schlingern geriet.

»Huch.« Lächelnd bahnte sie sich einen Weg über zwei Fahrspuren, begleitet von italienischen Flüchen, obszönen Gesten aus den anderen Wagen und einem wilden Hupkonzert um sie herum. Zu Kates Überraschung kamen sie trotz allem unbeschadet von der Autobahn, aber Louise verlangsamte ihr Tempo kaum, als es weiter über schmale, gewundene Straßen in Richtung der toskanischen Hügel ging.

Kate lehnte sich auf ihrem Sitz zurück und blickte aus dem Fenster. Hin und wieder ragten ockergelb gestrichene Bauernhäuser aus den terrakottabraunen Feldern auf, dunkelgrüne Zypressen buken in der Sonne, in den Dörfern flimmerten die roten Ziegeldächer weiß gekalkter Häuser in der Hitze, und die steinernen Türme alter Kirchen ragten in den wolkenlosen, leuchtend blauen Himmel auf. »Wie schön es hier ist«, stieß sie mit ehrfürchtiger Stimme aus.

»Warst du vorher schon mal in Italien?«

»Nur in Florenz und Rom.«

»Die Villa ist wirklich toll. Du wirst bestimmt begeistert sein«, erklärte ihr Luise. »Du kommst als Letzte an. Die meisten anderen sind schon seit gestern oder vorgestern hier. Ich fürchte, dass im Augenblick mehr Leute da sind, als du wahrscheinlich erwartet hast«, fuhr sie mit entschuldigender Stimme fort. »Will hat sich dazu überreden lassen, die Frauen und Freundinnen der Leute übers Wochenende einzuladen.«

»Dann ist Tessa also auch da?«, fragte Kate enttäuscht.

»Ich fürchte, ja.« Louise setzte ein mitfühlendes Lächeln auf. »Und zwar mit ihrer gesamten Entourage. Sie hat beschlossen, die Toskana wäre der perfekte Hintergrund für die Fotos für ihr neues Buch, deshalb ist sie mit einer ganzen Armee Stylisten, Fotografen und Assistenten – ihrem ›Team‹ – sowie mit Fawn, die das Shooting mit ihr zusammen macht, hier angerückt.

»Doch nicht etwa *die* Fawn?«, fragte Kate. *Die* Fawn war ein bildhübsches kalifornisches Mannequin, das als Unterwäschemodel und Kalender-Girl in Großbritannien bekannt geworden war. Sie hatte sich auch mal als Schauspielerin und Fernsehmoderatorin versucht, verdankte ihre Bekanntheit aber weniger ihrer Arbeit als vielmehr der Tatsache, dass sie ein Liebling der Klatschreporter war.

»Ja. Sie ist eine Freundin von Tessa, auch wenn man das nur schwer erkennt. Die beiden zicken nämlich ständig miteinander rum.«

»Und worum geht's in Tessas neuem Buch?«

Louise rollte mit den Augen »Um Yoga.«

»Ich habe gelesen, dass sie darin eine echte Expertin ist.«

»Hm.« Louise presste ihre Lippen aufeinander. »Sie hat eine Handvoll Kurse besucht und geht deswegen anscheinend davon aus, dass sie jede Menge Ahnung davon hat.«

Kate lachte fröhlich auf.

»Aber wie dem auch sei«, fuhr Louise entschieden fort, »du brauchst heute Abend nicht zu kochen. Ich habe einfach etwas zu essen in einem Restaurant in der Nähe bestellt, damit du erst mal zur Ruhe kommen und dich eingewöhnen kannst. Und ab Montag sind sie alle wieder weg. Zum Glück hat Tessa irgendwelche Termine zuhause, weshalb sie nicht länger bleiben kann – sonst würden wir sie sicher nie mehr los. Anfang der Woche muss sie allerdings zurück, weil dann der Drehbeginn irgendeiner neuen Reality-Fernsehserie ist.«

»Davon habe ich noch gar nichts gehört. Worum geht's denn in der Serie?«, erkundigte sich Kate.

»Oh, es ist alles ein Riesengeheimnis. Es wird eine dieser Geschichten, mit denen sich halb vergessene, drittklassige Leute aus der Showbranche wieder ins Gerede bringen. Die Serie heißt *Der Promi-Knast*«, klärte Louise sie mit einem vielsagenden Grinsen auf.

»Meine Güte! Ist der Name tatsächlich Programm?«

»Oh ja. Auch wenn die Teilnehmer nicht wirklich Prominente sind. Aber ich versuche möglichst wegzuhören, wenn sie davon erzählt«, ergänzte Louise. »Natürlich darf sie eigentlich gar nicht darüber sprechen und sollte noch nicht mal irgendwem erzählen, dass sie eine der Teilnehmerinnen bei diesem Schwachsinn ist. Das soll ein Geheimnis bleiben, bis die Zuschauer die ›Insassen‹ zu Beginn der Serie nächste Woche sehen.«

»Klingt entsetzlich«, meinte Kate.

»Das wird es auch bestimmt. Doch zumindest sind wir Tessa dadurch eine Zeit lang los. Und Rory kann eine Verschnaufpause gebrauchen – die Frau ist schließlich wirklich anstrengend.« Sie verstummte und hing einen Augenblick ihren Gedanken nach, fuhr hingegen einen Moment später fort: »Das ist einer der Gründe, weshalb Will die anderen jetzt hat kommen lassen. Sie hätten erst am Ende unseres Aufenthalts in die Villa kommen sollen, aber, abhängig davon, wie lange sie sich in der Serie hält, kann Tessa dann vielleicht nicht – und Rorys Leben wäre nicht mehr lebenswert, wenn sie das Gefühl hätte, irgendwas verpasst zu haben. Tja, aber wie dem auch sei, sie sitzt, wenn die Serie erst mal anfängt, mit ein bisschen Glück den ganzen Sommer über hinter Gittern fest.«

»Ist Tina auch da?«, fragte Kate. Am besten wäre sie bei ihrer Ankunft in der Villa auf das Schlimmste schon gefasst.

»Nein, sie muss arbeiten.«

Kate atmete erleichtert auf.

»Owen hat auch niemanden mitgebracht. Im Grunde sind also nur Tessa und ihr Wanderzirkus und natürlich Summer da. Hast du sie schon mal kennengelernt?«

»Nur flüchtig. Was ist sie für ein Typ?«

»Oh, sie ist echt nett. Sie ist nur gekommen, weil sie wusste, dass Tessa hier sein würde und die Jungs deswegen sowieso noch ein paar Tage frei machen. Sie würde sie nämlich niemals bei der Arbeit stören. Manchmal wirkt sie ein bisschen arrogant, aber wenn man sie erst kennt, ist wie wirklich supernett, und vor allem tut sie Phoenix einfach gut. Könnte sogar sein, dass sie ihm das Leben gerettet hat. Er steckte nämlich ganz schön tief im Drogensumpf, als er ihr begegnet ist, doch sie hat ihn davon weggebracht ... Rory bräuchte auch jemanden wie sie.«

»Du bleibst hoffentlich auch?«, wollte Kate wissen, für die der Gedanke an all die Berühmtheiten, mit denen sie mit einem Mal zusammen wäre, rundheraus erschreckend war. Daher wäre es nett, eine Verbündete vor Ort zu haben.

»Nein. Ich bin nur hier, um alles zu organisieren. Ich muss in den nächsten Tagen noch ein paar Dinge mit Will durchgehen und fliege dann am Montag mit den anderen zurück. Schließlich muss ich in Dublin die Stellung halten«, erklärte Louise ihr gut gelaunt. »Aber hin und wieder komme ich vorbei. Keine Bange«, fügte sie hinzu, als sie Kates ängstliche Miene sah. »Wie gesagt, Montag sind sie alle wieder weg, und die Jungs sind wirklich locker – mit denen kommst du sicher klar. Ich habe dir einen Zettel mit den Sachen hingelegt, die sie gerne oder gar nicht essen, doch im Grunde sind sie alles anderes als wählerisch. Owen und Rory essen so ziemlich alles, Georgie ist eine Borderline-Anorektikerin und isst deshalb praktisch gar nichts, und Phoenix ist Vegetarier, aber ich schätze, das ist kein Problem für dich.«

»Oh nein, ich habe schon jede Menge vegetarischer Sachen gekocht. Und mein Freund ist Vegetarier.«

»Ach wirklich? Stört es ihn eigentlich nicht, dass du den ganzen Sommer hier in der Toskana bist?«

»Tja, natürlich ist er nicht gerade begeistert«, gab Kate zu, »allerdings konnte ich ein solches Angebot unmöglich ausschlagen. So viel Geld würde ich zuhause nie verdienen. Und außerdem hat Will gesagt, dass Brian – mein Freund – mich hier gerne besuchen kann.« Die Aussicht auf einen kostenlosen Urlaub hatte ihn etwas besänftigt, und deswegen hatte er am Schluss auch zugestimmt, dass sie in die Toskana flog.

»Das hat Will gesagt?«, fragte Louise in nachdenklichem Ton, und Kate hatte den Eindruck, dass sie damit aus irgendeinem Grund nicht einverstanden war. Vielleicht hatte sie Angst, die ruhige Arbeitsatmosphäre würde durch Brians Auftauchen gestört.

»Wie sieht's hier mit den Einkaufsmöglichkeiten aus?«, sprach sie deshalb ein anderes Thema an.

»Zweimal in der Woche gibt es einen wirklich tollen Markt, und auch noch ein paar echt gute Lebensmittelgeschäfte im Dorf«, informierte Louise sie, und einen Moment später bog sie von der Straße in die lang gezogene, von kerzengeraden Zypressen gesäumte Einfahrt eines riesengroßen, aprikosenfarben gestrichenen Hauses ein.

»Wow!«, entfuhr es Kate, als Louise direkt neben einem reich verzierten Brunnen hielt.

Da sie Will vor zwei Minuten angerufen hatte, um zu sagen, dass sie kommen würden, stand er bereits vor dem Haus.

»Hi, Kate.« Er wirkte gebräunt, gesund und durch und durch entspannt. »Willkommen in der Toskana – es ist wirklich toll, dass du gekommen bist.«

Er küsste sie auf die Wangen, und ihr Herz schlug krachend gegen ihre Rippen.

»Freut mich, dass du die Fahrt mit unserer Ralleyfahrerin unbeschadet überstanden hast«, meinte er und sah Louise mit einem breiten Grinsen an.

Louise öffnete den Kofferraum, und Will nahm zwei Taschen in die Hand. »Lass den Rest einfach noch drin – ich lasse ihn später raufbringen.«

Sie betraten eine riesige gefliester Eingangshalle, deren Kühle nach der Hitze draußen wunderbar erfrischend war.

»Komm mit rauf, ich zeige dir erst mal dein Zimmer«, bot Louise Kate an.

»Oh, das übernehme ich«, erklärte Will und wandte sich bereits der Treppe zu.

»Okay.« Louise wirkte etwas beleidigt und schaute ihm böse hinterher, als er mit Kate nach oben ging.

Was ihm nicht verborgen blieb. Himmel, dachte er, was war nur mit ihr los? Sie hatte sich von Anfang an dagegen ausgesprochen, Kate zu engagieren, und obwohl sie sich anscheinend wirklich gut mit ihr verstand, wirkte sie noch immer alles andere als glücklich, weil sie jetzt bei ihnen in der Villa war.

Schweigend führte er Kate einen langen Korridor hinab – »Hier ist es« –, öffnete eine Tür und zeigte ihr einen großen, hohen, sonnenhellen Raum.

»Oh, wie schön.« Das Zimmer war beinahe so groß wie ihre gesamte Wohnung daheim. Eine Hälfte des Raums wurde von einem großen Doppelbett beherrscht, und über zwei Stufen gelangte man zu einem mit einem Sofa sowie einer gepolsterten Fensterbank bestückten Sitzbereich. Außerdem grenzte ein riesengroßes Bad direkt an das Zimmer an, und hinter der geschlossenen Flügeltür gab es noch einen niedlichen Balkon, von dem aus man hinunter in den Garten sah.

»Freut mich, dass es dir gefällt.«

Kate öffnete die Flügeltür und trat auf den Balkon. Stimmen, Musik und das Spritzen von Wasser drangen von unten zu ihnen herauf. Inmitten einer gepflegten Rasenfläche, unzähliger Bäume und bunter Blumenbeete bot ein ausgedehnter Pool einen phänomenalen Blick auf die Landschaft, die das Anwesen umgab. Die Szene unter ihr kam ihr jedoch wie der feuchte Traum eines Paparazzo vor, denn echte Stars und kleinere Berühmtheiten tollten dort herum. Tessa und eine gertenschlanke Blondine mit honigbrauner Haut, die Kate als Fawn erkannte, posierten in winzigen Bikinis am Ende des Gartens für einen Fotografen, und zwei nacktbusige blonde Komparsinnen fielen im Pool über den nicht wirklich armen Owen her.

Worauf hatte sie sich hier nur eingelassen?, überlegte Kate entsetzt. Sie fühlte sich genauso fehl am Platz, als hätte sie sich versehentlich in Hugh Hefners *Playboy*-Villa verirrt.

»Das mit all den zusätzlichen Leuten tut mir leid.« Will trat neben sie und blickte schlecht gelaunt auf die Szene unter sich. »Unglücklicherweise wird Tessa, ganz egal wohin sie geht, immer von einem Medientross verfolgt, weshalb unsere Tarnung jetzt schon aufgeflogen ist. Ich hoffe, wenn sie endlich alle wieder abziehen, werden auch die Paparazzi das Interesse an uns verlieren, und dann wird endlich Ruhe einkehren. Aber auf alle Fälle«, fügte er ein bisschen fröhlicher hinzu, »sind sie am Montag alle weg.«

»Und Tina hatte keine Zeit?«

»Nein.«

»Oh, schade.« Ihm zuliebe hoffte Kate, sie würde ein wenig enttäuscht klingen.

Will legte den Kopf etwas schräg und sah sie zärtlich an. »Ich bin froh, dass du gekommen bist«, erklärte er und schien sich tatsächlich zu freuen.

»Ich auch.«

»Tja, wenn du dich eingerichtet hast, komm doch einfach runter und leg dich ein bisschen an den Pool. Fühl dich wie zuhause. Den Rest des Hauses zeige ich dir einfach später, ja?«

»Danke.« Kate blickte ihm lächelnd hinterher, als er den Raum verließ, und wandte sich dann abermals dem Garten zu. Komm und leg dich an den Pool, hatte Will zu ihr gesagt, als wäre das das Einfachste der Welt. Tatsächlich war das schimmernde türkisfarbene Wasser wirklich einladend: Nach der Reise war sie ekelhaft verschwitzt und konnte beinahe spüren, wie das kühle Wasser weich wie Seide über ihren heißen Körper glitt. Doch sie hatte nicht damit gerechnet, von lauter Models umzingelt zu sein.

Sie hatte gedacht, neben Georgie, die – das sollte nicht gehässig klingen – keine wirkliche Bedrohung war, wäre sie die einzige Frau vor Ort, und hatte daher gewagt, den leuchtend grünen Bikini einzupacken, zu dessen Kauf sie von ihrer Schwester genötigt worden war. Die Farbe passte wunderbar zu ihrem dunklen Haar und ihrer olivfarbenen Haut, und Rachel hatte ihr erklärt, in dem Stück würde sie einfach fantastisch ausschauen. Jetzt aber war sie froh, dass sie den bauchstraffenden Badeanzug mitgenommen hatte, von dem Rachel alles andere als entzückt gewesen war. Nur schade, dass sie nicht gleich auch noch eine Burka mitgenommen hatte, als sie schon einmal dabei gewesen war.

Kate packte den Großteil ihrer Sachen aus, hängte sie ordentlich in ihren Schrank, fischte ihren Badeanzug aus ihrem Gepäck und zog ihn an. Models oder nicht, sie konnte der Versuchung, eine Runde durch das Schwimmbecken zu drehen, einfach nicht widerstehen. Sie schlang einen Sarong um ihre Taille, zog schnell ein paar Flip-Flops an und ging hinunter an den Pool.

Draußen lungerte Will mit ausgestreckten Beinen auf einer der Liegen und hielt sich eine Zeitung vors Gesicht. Auch Tessa und Fawn machten offensichtlich gerade eine Fotopause und hatten es sich ebenfalls am Rand des Pools bequem gemacht. Owen und seine beiden Nymphen und auch Summer aber waren nirgendwo zu sehen, und so war das Becken völlig frei. Wenigstens hätte sie kein allzu großes Publikum, sagte sich Kate und wickelte sich verlegen aus ihrem Sarong.

Will hatte die Zeitung sinken lassen, als Kate aus dem Haus gekommen war, und sah sie durch seine dunkle Sonnenbrille hindurch an. Es war seltsam – plötzlich war er wirklich froh, dass sie gekommen war. Ihre Nähe hatte etwas Tröstliches für ihn, als hätte sie ein Stück Zuhause mitgebracht – wahrscheinlich, weil Kate fast so was wie eine Schwester für ihn war.

Sie ließ ihren Sarong zu Boden gleiten und trat an den Beckenrand, und er erkannte staunend, dass sie inzwischen wirklich eine fantastische Figur hatte. Die Gefühle, die ihr Anblick in ihm weckte, waren alles andere als brüderlich.

Plötzlich schien sie zu bemerken, dass er sie betrachtete, denn sie drehte den Kopf, errötete, als ihre Blicke sich begegneten, und warf sich bäuchlings in den Pool.

»Achtung! Sturmflut!«, hetzte Fawn, als Kate mit einem lauten Platsch im Wasser landete. »Ach, hätten wir doch unsere Surfbretter dabei.«

»Glaubst du, wir sollten eine Tsunamiwarnung rausgeben?«, stimmte Tessa hämisch ein, und Will starrte sie böse an. Na, er war gerade der Richtige, ging es ihr zornig durch den Kopf. Sie hatte ganz genau gesehen, wie er die Kleine angeglotzt hatte, bevor sie wie ein dicker Wal im Pool versunken war, und sie hätte große Lust, Tina zu erzählen, was ihr Liebster offenkundig für ein Lüstling war.

»Wer ist das überhaupt?«, fragte Fawn mit ihrem kalifornischen Akzent und blickte abermals auf Kate, die inzwischen in einem eleganten Kraulstil das Becken durchschwamm. »Erzähl mir nicht, Owen hätte sie mitgebracht. Obwohl der Junge wirklich einen seltsamen Geschmack in Bezug auf Frauen hat.« Diese Feststellung basierte darauf, dass sie selbst bisher von Owen keines Blickes gewürdigt worden war.

»Oh, niemand hat sie mitgebracht. Sie ist nur die Köchin«, antwortete Tessa ihr in wegwerfendem Ton.

»Oh, sie haben eine Köchin hier?« Fawns Miene hellte sich sichtlich auf. »Super! Dann kommt jetzt vielleicht endlich etwas Ordentliches auf den Tisch.«

»Darauf würde ich mich nicht verlassen!«, gab Tessa zu bedenken. »Denn dann würdest du am Ende vielleicht so wie sie aussehen.«

»Ich werde nachher mal mit ihr reden«, fuhr die Freundin unerschüttert fort. »Schließlich habe ich kaum etwas gegessen, seit ich hier angekommen bin. Nicht einmal im Flieger gab es was.« Sie sprach mit einer weinerlichen Stimme, aufgrund derer alles, was sie sagte – meist durchaus zu Recht – wie eine Beschwerde klang.

»Oh, ich esse im Flugzeug nie etwas.«

»Allerdings hat die Fluggesellschaft ein Riesenaufheben darum gemacht, dass sie auch für Leute sorgen, die eine spezielle Diät einhalten müssen, deshalb dachte ich: Na, super, endlich haben sie's geschnallt! Aber als ich die Stewardess nach einem *Atkins*-Mahl gefragt habe, hat sie mich wie ein Auto angeguckt. Also habe ich es mit *South Beach* probiert – doch damit hatte ich genauso wenig Glück.«

Will blieb es erspart, sich diesen Quatsch noch länger anzuhören, denn in diesem Augenblick kam Tony, Tessas Fotograf, aus dem Haus zurück und rief: »Okay, wir können weitermachen, Mädels«, und gehorsam trotteten die beiden Ziegen hinter ihrem Hirten her.

Obwohl sie nicht verstanden hatte, was die zwei gesprochen hatten, hatte Kate genau gewusst, dass Tessa und Fawn sie kritisch musterten, und, um sich ihren Blicken nicht noch einmal auszusetzen, entschlossen im Becken ausgeharrt. Sie war total geschafft von der ganzen Schwimmerei und nutzte, als die beiden Zicken endlich gingen, die Gelegenheit zum Verlassen des Pools. Da die beiden Models Position in einer Laube am Ende des Gartens bezogen hatten und Will im Haus verschwunden war, hatte sie die Terrasse ganz für sich. Sie trocknete sich kurz mit einem Handtuch ab, legte sich auf eine Liege und machte, als ihr die wunderbare Hitze in die Knochen drang, ihre Augen hinter ihrer Sonnenbrille zu.

»Ich habe dir was zu trinken mitgebracht.«

Sie öffnete ihre Augen wieder, und Will hielt ihr ein Glas Champagner hin.

»Oh, super! Vielen Dank.« Sie nahm das Glas entgegen und trank vorsichtig den ersten Schluck. »Ich komme mir wie der totale Faulpelz vor. Sollte ich, statt hier herumzulungern, nicht allmählich irgendetwas tun?«

»Nein«, erwiderte Will. »Entspann dich und genieß den Tag. Du solltest die Ruhe vor dem Sturm nach Kräften nutzen – ab morgen hast du nämlich mit der Horde hier wahrscheinlich alle Hände voll zu tun.«

Damit kehrte er ins Haus zurück, und Kate schnappte sich eine Zeitschrift, die Tessa hatte liegen lassen – passenderweise auf der Seite aufgeschlagen, auf der sie in einem Interview über ihr Aussehen, ihre Diät und ihr Fitnessregime sprach.

Die Mischung aus Sonne, Champagner und Tessas langweiligem Interview musste sie eingeschläfert haben, denn das Nächste, was Kate wusste, war, dass sie völlig getrocknet und die Sonne offenbar untergegangen war. Sie schlug die Augen auf und sah, dass Owen direkt vor ihr stand, weshalb sie mit einem Mal im Schatten lag.

»Hallo«, grüßte er sie grinsend. »Ich habe gehört, dass du die neue Köchin bist.«

»Ja. Hallo, ich bin Kate«, antwortete sie, setzte sich auf und reichte ihm die Hand.

»Wir sind uns schon mal begegnet«, meinte er und schaute sie mit seinem umwerfenden Lächeln an. »Weißt du das nicht mehr?«

»Oh doch, das weiß ich noch. Nur hätte ich ...« Kate hätte ganz einfach nicht gedacht, dass er sich noch daran erinnerte. Weil er schließlich ständig irgendwelche Leute traf.

»Ich vergesse niemals eine schöne Frau«, erklärte er. »Es war auf der Hochzeit von irgend so einer Tussi.«

»Das war meine Schwester.«

»Tut mir leid.« Owens Grinsen aber drückte keine echte Reue aus.

»Schon gut. Sie kann manchmal wirklich eine blöde Tussi sein.«

Sie schirmte die Augen mit der Hand gegen die Sonne ab und blickte zu ihm auf. Er war schmutzig und zerzaust, hatte einen Dreitagebart und trug lächerlich lange, schlabberige Shorts, ein knallbunt gestreiftes, vor der nackten Brust offenes Hemd und hatte eine Rastamütze auf. Außer ihm konnte wahrscheinlich niemand derart schlecht zusammenpassende, grauenhafte Sachen tragen und trotzdem derart gut aussehen, ging es ihr durch den Kopf.

»Hast du den Artikel über Tessa gelesen?«, fragte er und hob die Zeitschrift auf. »Ich nehme an, sie gibt mal wieder furchtbar damit an, wie sie so klapperdürr geworden ist.«

»Anscheinend liegt es an ihrer Diät – Verzeihung, ihrem gesunden Ernährungsplan«, verbesserte sich Kate, »und daran, dass sie ständig Yoga macht. Das ist offenbar ihr neuer Lieblingssport.«

»Schwachsinn! Du solltest nicht alles glauben, was du liest. Wenn du mich fragst, liegt es an ständigem Fettabsaugen und gleichzeitiger Bulimie. Und Yoga ist ganz sicher nicht ihr Lieblingssport«, fügte er hinzu.

»Ach nein? Und was ist ihr Lieblingssport?«

»Bettgymnastik mit irgendwelchen Stars.«

Kate kicherte vergnügt.

»Wirklich, du solltest Rory und sie hören, wenn sie zugange sind. Manchmal denke ich, sie bringt ihn eines Tages um. Wobei ihre Streitereien fast noch schlimmer sind. Manchmal ist es schwer zu sagen, ob sie gerade streiten oder vögeln. Weil beides einfach furchtbar klingt.«

Plötzlich drang ein gellender Schrei an ihre Ohren, und Kate fuhr erschrocken zusammen.

»Mach endlich das verdammte Bild!«, schrie Tessa Tony an.

»Lass uns Tessa ein bisschen verarschen, ja?«, schlug Owen vor, während er sie schon von ihrer Liege zog. »Ich hoffe, dein Essen ist so lecker wie du selbst«, bemerkte er. Sie stand direkt vor ihm, und er starrte ihr unverhohlen in den Ausschnitt, als sie ihren Sarong um ihre Hüfte schlang.

Dann führte er sie zu der Laube, wo Tessa auf einem Bein stand und das andere in einem Neunzig-Grad-Winkel zur Seite streckte, während sie versuchte, die Balance zu halten und zugleich auf eine Art zu lächeln, die die Übung möglichst mühelos aussehen ließ. Fawn machte einen Schritt zur Seite, rückte ihr Bikinioberteil zurecht und spielte mit ihrem Haar. Die beiden blonden Klone, die Kate zuvor im Pool gesehen hatte, standen etwas abseits und schwenkten Kästen voller Schminksachen und Bürsten – offenbar waren die beiden Tessas »Team«.

»Mach endlich das verdammte Bild!«, stieß Tessa zwischen zusammengebissenen Zähnen aus, fing gefährlich an zu schwanken und verlor in dem Moment, in dem Tony das Foto schoss, das Gleichgewicht und landete krachend auf dem Hinterteil. Die Blondinen drückten ihre Kästen an die vollen Brüste und stürzten wie zwei Sanitäterinnen auf ein Unfallopfer auf sie zu.

»Hm, vielleicht könnten wir das Foto noch mal machen,

Tessa«, schlug ihr Tony vor. »Aber warum mache ich nicht erst mal eine Aufnahme von Fawn, damit du eine kurze Pause machen kannst?«

»Okay«, antwortete Tessa schmollend und zog eine wütende Grimasse, als sie sah, wie Fawn sich völlig mühelos vornüberbeugte, bis sie mit den Händen auf den Boden kam.

»Diese Übung heißt der Hund«, erklärte Fawn dem Fotografen, wobei ihre klare, ruhige Stimmt zeigte, dass sie dabei nicht einmal in Atemnot geriet.

»Hund?« Grinsend blickte Owen Tessa an. »Oder vielleicht Hündin? Denn dann hätten sie die Übung eindeutig nach dir benannt.«

Tessa sah ihn böse an. Fawn hatte den Kopf zum Glück auch weiterhin gesenkt, sodass sie sie nicht lächeln sah. Tessa war zwar ihre Freundin, doch sie konnte manchmal wirklich ätzend sein.

»Du machst das wirklich super, Fawn«, rief der Fotograf begeistert aus.

»Stimmt«, murmelte Owen, als sein Blick auf ihren straffen Hintern fiel.

Jetzt saß Tessa auf dem Boden, verschlang ihre Gliedmaßen zu einem komplizierten Knoten, schob die Beine hinter ihren Kopf und drückte ihre Knie an die Ohren.

»Und wie heißt diese Übung? Geile Tussi?«, fragte Owen kichernd.

»Vielleicht auch Hintern über Titten«, flüsterte Kate ihm zu.

Tessa murmelte mit zornentbrannter Stimme etwas vor sich hin, was aber, da ihr Mund direkt an ihrem Oberschenkel lag, nicht zu verstehen war.

»Ich finde Yoga unglaublich entspannend«, las Owen mit spöttischer Stimme aus der Zeitschrift vor. »Es bringt mich wunderbar ins Gleichgewicht, und nach meinen Yogasitzungen fühle ich mich immer herrlich ruhig, positiv und im Einklang mit der Welt.«

Tony ging um sie herum und versuchte zu ergründen, welcher Aufnahmewinkel der beste war. »Soll ich das Bild von vorn oder von hinten machen?«, wollte er wissen.

»Gott, das wird Tessa sicher täglich hundertmal gefragt«, sagte Owen zu der kichernden Kate. »Das ist das Problem, wenn man ein Gesicht wie ein weich geklopfter Hintern hat – dann kann niemand mehr erkennen, wo vorne und wo hinten ist.«

»Mach es von vorne«, schnauzte Tessa Tony an, »und beeil dich, bevor ich zusammenbreche.«

»Hm ... vielleicht würde es ein bisschen besser aussehen, wenn du etwas mehr anhättest?«, schlug Tony vor.

»Ne, drück einfach ab«, rief Owen gut gelaunt. »Zumindest gibt das Bild dann eine tolle Wichsvorlage ab.«

»Ich schätze, ein paar Muschibilder werden keinem Menschen schaden«, murmelte der Fotograf und drückte auf den Auslöser.

»Vorsicht, Tessa«, warnte Owen. »Wenn sich der Wind dreht, kriegst du die Beine vielleicht nicht mehr vor den Kopf.«

Tessa entknotete sich mühsam, schnappte sich eine ihrer Sandalen und warf damit nach ihm.

»Verpiss dich, du blöder Affe!«, fauchte sie.

Owen wich dem Wurfgeschoss gelassen aus. »Wow, ich möchte sie nicht erleben, bevor sie Yoga macht.«

»He, hört auf, ihr zwei«, rief in diesem Augenblick Louise, die eilig in ihre Richtung kam, und baute sich wie eine Mutter zwischen zwei streitenden Fünfjährigen auf.

»Er hat angefangen«, klärte Tessa sie beleidigt auf.

»Owen, hör bitte auf, sie aufzuziehen«, bat Louise in ruhigem Ton, als Tessa die nächste Position einnahm. »Das macht es für uns alle nur noch schwieriger mit ihr.«

»Tut mir leid«, meinte er zerknirscht.

»Rory und Georgie haben dich gesucht. Sie sind im Studio.« Sie wies auf ein Gebäude neben dem Haus und wandte sich an Kate. »Wenn du willst, kann ich dir erst mal alles zeigen.«

»Gern.«

Gemeinsam liefen sie dorthin, wo die Band ihr Studio eingerichtet hatte, öffneten die Tür und wurden in den Geruch von Zigarettenrauch und Haschisch eingehüllt. Rory und Georgie bauten gerade ihre Instrumente auf, machten aber eine kurze Pause, als die anderen kamen, und Louise stellte sie Kate vor. Trotz der Hitze hatte Georgie wieder einmal eine dicke Jogginghose und ein hochgeschlossenes T-Shirt an. Als sie sich das erste Mal begegnet waren, hatte Kate bemerkt, dass direkter Blickkontakt anscheinend keine ihrer Stärken war, jetzt setzte sie allerdings ein scheues Lächeln auf, bevor sie ihre Augen weiterwandern ließ. Zum Zeichen des Grußes reckte Rory beinahe unmerklich das Kinn, doch als er Louise ansah, machte er eine vollkommene Verwandlung durch. Seine Augen hatten bereits aufgeleuchtet, als sie durch die Tür gekommen war, und jetzt schaute er sie mit einem Lächeln an, das seinen harten, lebensmüden Zügen etwas Weiches, Freundliches verlieh und ihn Jahre jünger wirken ließ. Auch sein für gewöhnlich argwöhnischer Blick verriet mit einem Mal eine jungenhafte Verletzlichkeit.

Aha. Kate dachte an Louises Worte während der Autofahrt zurück und sah, dass die Gefühle offenkundig gegenseitig waren. Weshalb aber gab sich Rory, wenn er jemand Netten wie Louise bekommen konnte, mit einem so blöden Weib wie Tessa ab?

Sie ließen Owen bei den anderen im Studio zurück, und

Louise begann mit ihrer Führung durch das Haus. Insgesamt acht Schlafzimmer waren über den ersten und den zweiten Stock verteilt, jedes elegant möbliert und mit einem eigenen Bad. Ein riesengroßer Wohn- und Essbereich mit einer spektakulär gewölbten Backsteindecke und die ausladende Küche nahmen fast die ganze untere Etage ein. Draußen auf der Terrasse in der Nähe des Pools stand ein gemauerter Grill, und direkt neben der Küche gab es eine weitere Terrasse mit einem langen Tisch, an dem es sich unter einer grün umrankten Pergola angenehm im Schatten sitzen ließ.

Abgesehen vom Studio gab es noch zwei andere, kleinere Gebäude. Eins davon stand gerade leer, erklärte ihr Louise, doch das andere wurde von einem italienischen Paar bewohnt, das in Haus und Garten nach dem Rechten sah. Franco war mit Phoenix und Summer nach Florenz gefahren, doch Maria, eine typisch italienische Matrone, die direkt aus einer Pastasoßen-Werbung zu kommen schien, nahm die neue Köchin mit gebrochenem Englisch, warmen Wangenküssen und diversen »Bella« in Empfang und versprach ihr, Montag früh mit ihr ins Dorf zu gehen und ihr zu zeigen, wo es was zu kaufen gab.

Schließlich landeten sie wieder in der Küche, und mit der Bemerkung, dass Kate vielleicht in aller Ruhe gucken wollte, ob ihr irgendetwas fehlte, verabschiedete sich Louise.

Bald war Kate in das Erstellen einer Inventarliste vertieft. Sie blätterte Louises Notizen durch und fing an, sich auf den Arbeitsbeginn zu freuen. Dies war genau die Art von Job, die sie am liebsten tat. Sie kochte gern normale Hausmannskost für kleine Gruppen, denn das gab ihr das Gefühl, als bereite sie die Mahlzeiten für ihre eigene Familie zu. Sie machte Menschen gern mit Essen glücklich und liebte es, wenn sie mit Freuden aßen, was von ihr zubereitet worden war.

Sie nahm sich einen Block und einen Stift, ging wieder

hinaus auf die Terrasse, begann mit der Planung der Menüs der ersten Woche und war noch immer am Werk, als Summer und Phoenix von ihrem Ausflug nach Florenz zurückkamen.

»Hi, Kate. Schön, dich wiederzusehen«, begrüßte Phoenix sie, der zu ihr auf die Terrasse kam. Er trug eine Panorama-Sonnenbrille und hatte sich eine Baseballmütze in die Stirn gezogen, wahrscheinlich, um wenigstens halbwegs anonym zu sein und ungehindert durch die Straßen von Florenz schlendern zu können, überlegte Kate.

Dicht hinter ihm schleppte sich Summer mit einer Reihe prall gefüllter Einkaufstüten ab. »Hi, Kate. Will hat uns schon erzählt, dass du angekommen bist. Ich habe eine Shoppingtour gemacht«, erklärte sie und hielt ihr die Tüten mit diversen Designernamen hin. »Im Gegensatz zu mir hat Phoenix den gesamten Nachmittag in irgendwelchen alten Kirchen zugebracht.« Sie schaute ihn mit einem liebevollen Lächeln an. »Tja, schön, dich wiederzusehen«, fügte sie an Kate gewandt hinzu, ehe sie im Haus verschwand.

»In die Uffizien habe ich es leider nicht geschafft.« Phoenix setzte sich zu Kate, als würde er eine Unterhaltung wieder aufnehmen, bei der er irgendwann zuvor unterbrochen worden war, blätterte in dem Kunstbuch, das er in den Händen hielt, schlug eine Seite auf und schob ihr den Band über den Tisch. »Aber hier bin ich heute gewesen – die Fresken waren wirklich wunderbar. Das Foto wird ihnen gar nicht gerecht. Am besten fährst du selbst hin und siehst sie dir mit eigenen Augen an.«

Daraufhin klopfte er auf seine Taschen, zog ein paar Papierschnipsel daraus hervor, kritzelte etwas darauf, fand eine Packung Zigaretten, zündete sich eine an, nahm einen langen Zug, atmete genüsslich aus und hielt dann Kate das Päckchen hin.

»Nein, danke, ich rauche nicht.«

»Ich will ständig aufhören«, erklärte er und wedelte ihr den Rauch aus dem Gesicht. »Aber es könnte schließlich auch noch schlimmer sein – wenigstens ist es kein Heroin. Und als Exjunkie braucht man einfach irgendwas. Hast du jemals Heroin probiert?«, fragte er im Plauderton.

»Nein«, antwortete Kate und kam sich ein bisschen spießig vor.

»Ich kann dir auch nur raten, es niemals zu tun. Schließlich bist du so ein hübsches Ding.« Er schüttelte unglücklich den Kopf. »Da hast du mit diesem Zeug besser nie etwas zu tun.« Anschließend fuhr er, als würde er von einer verlorenen Liebe sprechen, mit sehnsüchtiger Stimme fort: »Wirklich prachtvoll«, und stieß einen wehmütigen Seufzer aus, ehe er die nächste Rauchwolke in Richtung Himmel blies. »Sie haben hier in den Kirchen wirklich wunderbares Zeug …«

Kate brauchte einen Augenblick, um zu verstehen, dass er nicht von der Qualität der Drogen sprach, die man in Florenz bekam, sondern dass es plötzlich wieder um die Kunstwerke Italiens ging.

Später deckte sie zusammen mit Louise den langen Tisch unter der Pergola, öffnete Wein- und Wasserflaschen, zündete Kerzen an und ordnete das Essen, als es angeliefert würde, hübsch auf großen Platten an. Es gab Antipasti, mit Ricotta und Spinat gefüllte Cannelloni in Tomatensoße, Huhn mit Kapern und Oliven, klein gewürfelte Kartoffeln mit Rosmarin und Knoblauch, Knoblauchbrot und Pizzen mit verschiedenartigem Belag. Das Essen hätte mühelos für eine ganze Armee gereicht.

»Ich fürchte, ich habe beim Bestellen ein bisschen übers Ziel hinausgeschossen«, gab Louise verlegen zu.

»Ich finde, dass man ruhig immer etwas zu viel bestellen

soll«, antwortete Kate und schob sich genüsslich einen Röstkartoffelwürfel in den Mund. »Ich koche aus Prinzip immer doppelt so viel, wie dann gegessen wird.«

»Nun, ich habe versucht, etwas für jeden Geschmack zu finden, auch wenn das bestimmt die reinste Zeitvergeudung war.«

»Bei einer derart reichhaltigen Auswahl kann sich doch wohl niemand beschweren.«

»Meinst du? Wart's nur ab.«

Und natürlich hatte Louise mit ihren Worten recht gehabt.

»Oh mein Gott, ist das alles, was es gibt?«, fragte Fawn enttäuscht und begutachtete alarmiert das Angebot. »Ich glaube nicht, dass irgendwas dabei ist, das ich essen kann. Seht ihr irgendwo etwas, das keine Kohlehydrate hat?«

Kate saß Will und Tessa gegenüber und zwischen Tony und Louise.

Die Speisen wurden herumgereicht, und Rory hielt Tessa den Teller mit den Knoblauchbroten hin.

»Du weißt genau, dass ich so was nicht essen kann«, fuhr sie ihn an. »Weil ich schließlich allergisch gegen Weizen bin.«

»Man kann nicht einfach beschließen, dass man gegen irgendwas allergisch ist«, erklärte Rory ihr erbost.

»Ich lebe in Einklang mit meinem Körper«, konterte Tessa gereizt. »Ich weiß, was mir bekommt und was mir nicht bekommt. Wenn ich Weizen esse, gehe ich auf wie ein Ballon.«

»Das würde ich gerne sehen«, raunte Owen Georgie zu. »Vielleicht bräuchten wir dann ja nur mit einer Nadel in sie reinzupiksen, und sie wäre weg.«

»Ich kann keine Milchprodukte essen«, verkündete Fawn der Allgemeinheit.

»Oh, ich auch nicht. Ich kann weder Weizen noch Milchprodukte essen«, übertrumpfte Tessa sie. »Ich werde eben einfach etwas von der Pasta nehmen und sonst nichts.«

»Aber ...«, begann Kate, als sich Tessa eine Cannelloni nahm.

»Sag nichts«, murmelte Louise. »Wahrscheinlich bildet sie sich ein, dass Pasta irgendeine Art Gemüse ist.«

Zu ihrer Enttäuschung merkte Kate, dass trotz der wunderbaren Speisen auf dem Tisch kaum jemand etwas aß. Die blonden Klone – man hatte sie ihr als Kim und Bonnie vorgestellt, aber unterscheiden konnte sie sie trotzdem nicht – rauchten und tranken nur und schoben lustlos irgendwelche kleinen Bissen auf ihren Tellern hin und her. Am anderen Ende des Tisches schüttelte Georgie unglücklich den Kopf, als Summer versuchte, sie dazu zu überreden, dass sie wenigstens zwei Happen zu sich nahm.

»Oh, sie will nur Aufmerksamkeit heischen!«, schnauzte Tessa gereizt. »Sie wird schon essen, wenn sie Hunger hat.« Sie wusste, dass sie sich nicht beliebt machte, wenn sie über Georgie lästerte, doch die Worte rutschten ihr unweigerlich heraus.

»Reg dich ab, Tessa!«, bat Rory ruhig.

»Tja, es nützt ja offensichtlich nichts, wenn ihr alle einen derartigen Wirbel um sie macht und alle auf ihre Marotten eingeht. Dadurch werden ihre Neurosen nur verstärkt.«

»Tessa«, donnerte Rory jetzt.

Kate sah aus den Augenwinkeln, dass Fawn ihr hektisch zuwinkte.

»Wie heißt sie noch mal?«, wollte sie von einem der Klone wissen, und als dieser mit den Schultern zuckte, wandte sie sich direkt an Kate. »Entschuldige, Schätzchen! Ja, du.« In dem Bemühen, Kates Aufmerksamkeit zu erregen, beugte sie sich über den Tisch. »Du bist doch hier die Köchin, stimmt's?

Glaubst du, du könntest mir ein Rührei nur aus Eiweiß machen?«, fragte sie und setzte ihr gewinnendstes Lächeln auf.

»Oh! Okay ...«, gab Kate unsicher zurück und wollte gerade aufstehen, als Will entschlossen ihren Arm ergriff und sie zum Sitzenbleiben zwang.

»Du wirst nichts Derartiges tun«, erklärte er und wandte sich an Fawn: »Kate fängt nämlich erst morgen mit der Arbeit an.«

Während einer Sekunde flackerten ihre rehbraunen Augen, und Kate erhaschte einen Blick auf die Furie, die sich hinter der süßen Fassade verbarg.

»Du könntest ja was von dem Hühnchen essen«, tröstete Tessa Fawn.

Fawn bedachte das Geflügel mit einem argwöhnischen Blick, nahm sich dann aber ein Stück, legte es auf ihren Teller und kratzte gründlich die Tomatensoße ab.

»Ich wette, das ist noch nicht mal bio«, beschwerte sie sich.

»Dann sind Sie also die Köchin?«, wandte Tony sich an Kate. Er war ein dauerhaft gebräunter, dick mit Schmuck behängter Kerl mit einem Bierbauch und der schmierigen Ausstrahlung des Playboys, dessen beste Zeit vorüber war. »Ich glaube nicht, dass ich Sie schon mal im Fernsehen gesehen habe, oder?«

»Oh nein. Ich war noch nie im Fernsehen.«

»Wirklich nicht? Nicht mal in der *Kocharena* oder so?«

»Nein«, antwortete Kate mit einem entschuldigenden Lächeln, worauf Tony das Interesse an ihr zu verlieren schien.

Ihr fiel auf, dass Phoenix sich gedämpft mit Summer und Georgie unterhielt und dabei gelegentlich etwas auf seine Serviette oder kleine Zettel kritzelte, die er aus seinen Taschen zog.

Tessa und Fawn hingegen waren einfach fürchterlich, denn

sie buhlten um die Aufmerksamkeit des gesamten Tischs. Kate fand es entsetzlich anstrengend, ihnen auch nur dabei zuzusehen, vor allem, da Tessa beinahe pausenlos von ihrer neuen Fernsehsendung sprach.

»Aber es ist doch wohl keine dieser grauenhaften Serien, bei denen man im Dschungel lebt und Würmer essen muss?«, erkundigte sich Fawn entsetzt.

»Oh nein. Ich glaube, das brächte ich nicht über mich, nicht einmal für einen guten Zweck. Ich meine, wer weiß schon, wie viele Kalorien diese Viecher haben? Dann müsste ich meinen Ernährungsplan aufgeben, und der bedeutet mir einfach zu viel. Auch wenn ich natürlich nicht erwarte, dass ich allzu lange dort sein werde – sicher wählen mich die Zuschauer als Erste raus.« Sie setzte ein bescheidenes Lächeln auf, hoffte aber vergeblich, dass ihr jemand widersprach.

»Tja, ich bin mir sicher, dass sowieso niemand, den wir kennen, diese Serie gucken wird«, stellte Fawn mit mitfühlender Stimme fest.

Tapfer behielt Tessa auch weiterhin ihr Lächeln bei. »Tatsächlich gehen sie davon aus, dass es der Hit des Sommers wird. Schließlich haben sie echte Berühmtheiten verpflichtet – natürlich halte ich mich selber keinesfalls dafür, doch sie bestehen einfach darauf, dass wir welche sind.«

»Und wer sind die anderen?«, fragte Fawn.

»Nun, eigentlich darf ich noch nicht darüber reden. Weil es bis zur ersten Sendung ein Geheimnis bleiben soll.« Trotzdem sehnte Tessa sich danach, die Namen zu enthüllen, und hoffte eindeutig, die Freundin würde noch mal nachhaken.

Was Fawn dann auch umgehend tat. »Oh, ich werde es niemandem erzählen«, flötete sie. »Und vor allem guckt sowieso keiner von meinen Freunden jemals Reality-TV.«

»Also, wenn du es für dich behältst. Außer mir kommt Rosie Grant ...«, setzte Tessa an.

»Wer?« Fawn runzelte die Stirn.

»Rosie Grant. Der Star aus *Doppeldecker*. Sie war die Busfahrerin.«

»War das eine Soap?«

»Nein, eine Realityshow über einen Doppeldeckerbus. Sie sind dem Bus den ganzen Tag gefolgt und haben die Fahrerin, die Passagiere und all die kleinen, lustigen Zwischenfälle gefilmt, zu denen es in Bussen kommt.«

»Dann ist sie also wirklich eine Busfahrerin«, stellte Fawn verächtlich fest.

»Ja, aber eine berühmte.«

»Und wer macht sonst noch mit?«

»James Lewis.«

Dieses Mal fragte der gesamte Tisch verwundert: »Wer?«

»Er war in dieser Gruppe, die in den Achtzigern einen Riesenhit gelandet hat. Der Hund hat meine Hausaufgaben gefressen.«

»Oh ja«, stimmte ihr Rory zu. »Sie hatten einen Riesenhit. Wie hieß er noch einmal?«

»*Der Hund hat meine Hausaufgaben gefressen*«, klärte Tessa ihn auf. »So hieß nicht nur die Gruppe, sondern auch der Song.«

»Dann haben sie ihr kreatives Talent anscheinend bei der Suche nach dem Bandnamen erschöpft«, warf Will gehässig ein. »Danach hat man nie wieder was von ihnen gehört, oder?«

»Sie hatten noch eine zweite Single«, gab Tessa zurück.

»Jetzt kann ich mich erinnern«, mischte sich jetzt auch Louise in das Gespräch. »Er sah ziemlich cool aus – wie ein Paradiesvogel. Er hatte wunderbares langes schwarzes Haar und trug immer jede Menge Kajal.«

»Ich glaube, ich habe ihn in der Reha kennengelernt«, meldete auch Phoenix sich zu Wort. »Ein wirklich interessanter Typ.«

»Nein, das war er nicht«, entgegnete Tessa leicht gereizt. »Ihr denkt an den Sänger. James Lewis war der andere.«

»Oh, jetzt fällt es mir wieder ein«, rief Will. »Der, der immer schlecht gelaunt im Hintergrund an seinem Synthesizer rumgenestelt hat.«

»Ja, der.«

»Okay, dann haben wir bisher also eine Busfahrerin und das langweilige Mitglied einer Band, die einen einzigen Hit in den Achtzigern gelandet hat«, fasste Fawn das Gehörte verächtlich zusammen.

»Nun, außerdem kommt noch Vanessa King«, verkündete Tessa und schlug auch noch den letzten Rest Verschwiegenheit kurzfristig in den Wind.

Der Name hatte die gewünschte Wirkung – jetzt sahen sie alle an. Vanessa King war die Fernsehmoderatorin, die durch eine heiße Affäre mit einem konservativen Mitglied des Parlaments berühmt geworden war. Ihre Enthüllungen, bei denen es um perversen Sex, die Veruntreuung von Geldern der Partei und den Missbrauch eines politischen Amts gegangen war, hatten zum Rücktritt des Parlamentariers geführt, weshalb sie momentan beliebter Gast in diversen Talkshows war.

»Ich hoffe, dass wir in eine Zelle kommen werden«, fuhr Tessa mit stolzer Stimme fort.

»Mir haben sie in den Staaten die Teilnahme an einer Realityshow angeboten«, sagte Fawn. »Doch ich habe abgelehnt. Diese Shows sind einfach furchtbar billig, und ich finde, dass man, wenn man sich für so was hergibt, irgendwie verzweifelt wirkt.«

»Nun, ich hätte natürlich niemals mitgemacht, aber

schließlich geht es dabei um einen wohltätigen Zweck«, gab Tessa zuckersüß zurück.

»Oh, das ging es bei meiner Serie auch, allerdings meinte mein Agent, die Teilnahme an einer solchen Show wäre trotzdem keine gute Idee, da so etwas einfach schlechte Werbung ist.«

Tony starrte auf ihre Brüste, als wüsste er genau, was die beste Werbung für sie wäre, und als würde er ihr mit Vergnügen dabei helfen, dass sie sie bekam.

»Tja, ich nehme nicht aus Gründen der Werbung daran teil«, klärte Tessa die Gemeinschaft mit frömmelnder Stimme auf. »Ich tue es für einen guten Zweck.«

»Und wer bekommt dein Geld, falls du gewinnst?«, wollte Fawn wissen, bereit, kein gutes Haar am Empfänger des Preisgeldes zu lassen, ganz egal wer er auch war.

»Die Entscheidung war wirklich nicht leicht. Weil es einfach so viele großartige Projekte gibt. Aber ich habe mich entschieden, das Geld dieser Gruppe zukommen zu lassen, die Frauen unterstützt, bei deren Schönheitsoperationen etwas schiefgegangen ist.«

»Oh!« Fawn rang nach Luft. »Das ist wirklich eine gute Sache«, hauchte sie, da sie gegen ihren Willen beindruckt war.

»Ist das auch wirklich ein wohltätiger Zweck?«, forderte Summer Tessa heraus. »Darfst du dein Geld wirklich dieser Gruppe geben, falls du gewinnst?«

»Natürlich! Warum denn, bitte, nicht?«

»Nun, da gibt es eine ganze Reihe Gründe – Aids, Hungerkatastrophen, Waisen, Obdachlose, Flüchtlinge.«

»Na klar, all diese sogenannten coolen wohltätigen Zwecke«, echauffierte Tessa sich. »Aber die kriegen schon mehr als genügend Kohle und Publicity.«

»Das stimmt.« Fawn nickte weise mit dem Kopf. »Ich meine, ihr dürft mich nicht falsch verstehen, natürlich habe ich nichts gegen hungernde Kinder, aber ich bitte euch. Das ist alles, wovon man jemals etwas hört, obwohl es auch noch diese ganzen anderen gemeinnützigen Vereine gibt, die kaum jemand kennt.«

»Außerdem weiß man bei dem Projekt, wer das Geld bekommt und dass es nicht von irgendeiner korrupten Regierung veruntreut wird«, pflichtete Tessa ihr bei.

»Richtig.« Wieder nickte Fawn. »Die Hungernden in Afrika kriegen doch sicher jedes Jahr Spenden in Milliardenhöhe. Ich meine, wie können sie da noch hungrig sein?«

Dass die anderen betroffen schwiegen, wertete die gute Fawn als Zeichen dafür, dass ihre Schlussfolgerung einfach brillant gewesen war.

»Nun, ich hoffe, du gewinnst, Schätzchen«, wandte sie sich wieder Tessa zu. »Denn das hättest du eindeutig verdient.«

»Oh, danke.« Tessa setzte ein Lächeln auf, von dem sie hoffte, dass es möglichst fromm und gleichzeitig bescheiden war.

»Nein, wirklich«, bekräftigte Fawn, obwohl ihr gar nicht widersprochen worden war. »Ah, ich bin wirklich unglaublich stolz auf dich.«

»Was für eine blöde Schleimerin«, meinte Kate flüsternd zu Louise.

»Sie haben wirklich tolle Brüste, Kate«, stellte Tony plötzlich fest, während er in ihren Ausschnitt sah. »Lassen Sie mich raten – Körbchengröße F?«

»Ähm, fast – E.« Kate wurde puterrot, als mit einem Mal der ganze Tisch auf ihre Oberweite sah.

»Ich bin sozusagen ein Experte auf diesem Gebiet«, erklärte Tony stolz und zwinkerte ihr zu. Glamourfotos waren seine Spezialität, und er hatte auch Tessa kennengelernt, als sie sich hüllenlos für ein Herrenmagazin hatte ablichten lassen, als sie noch nicht ganz so dünn gewesen war. »Und sie sind wirklich echt, nicht wahr?« Man konnte beinahe sehen, wie ihm das Wasser im Mund zusammenlief. »Echte Brüste dieser Größe findet man nicht jeden Tag. Haben Sie jemals irgendwelche Oben-ohne-Jobs gemacht?«

»Nein.« Kate stieß ein verlegenes Lachen aus. »Oben-ohne-Köchinnen werden schließlich nicht gerade gesucht.«

»Schade.« Noch immer starrte Tony auf ihr Dekolleté. »Aber falls Sie sich jemals beruflich verändern wollen, kann ich Ihnen sicher was besorgen. Wir könnten es sogar mit Ihrer Kocherei verbinden. Sie könnten sich für einen Kalender ablichten lassen – Sie wissen schon, ein Rezept für jeden Monat und dazu ein nettes Foto von Ihnen, vielleicht nur mit einer kurzen Schürze oder wie Sie rücklings auf einer Arbeitsplatte liegen mit nichts als ein paar Erdbeeren auf der Brust. Nichts Billiges«, versicherte er ihr. »Es würde ausnehmend geschmackvoll.«

»So klingt es«, meinte Will und machte, obwohl seine Augen blitzten, ein ernstes Gesicht. Die Vorstellung von Kate in nichts als einer Schürze oder mit nur ein paar Erdbeeren auf ihrem nackten Körper brachte ihn völlig aus dem Gleichgewicht.

»Auf alle Fälle würde es die Männer dazu bringen, dass sie selbst mal in die Küche gehen«, klärte Tony seine Zuhörer mit einem lüsternen Grinsen auf.

»Ja, aber ich glaube nicht, dass das, was sie dort machen würden, den Vorschriften zum Umgang mit Lebensmitteln entsprechen würde«, warf Will ein und musste beim Anblick von Kates verlegener Miene lachen. Sie war einfach unglaublich süß, wenn sie errötete und sich wie ein scheuer Backfisch wand.

Kate atmete erleichtert auf, als Tessa anfing, von ihrem Ernährungsplan zu reden, denn dadurch wurden auch die anderen wieder von ihrem Ausschnitt abgelenkt.

»Du solltest es mal versuchen«, forderte sie Georgie auf. »Bei Leuten, die zunehmen müssen, funktioniert es nämlich auch.«

»Also bitte!«, meinte Fawn schockiert. »Weshalb sollte das irgendjemand wollen?«

»Es geht darum, die richtige Balance zu finden«, informierte Tessa sie mit feierlicher Stimme und sah dann wieder Georgie an. »Ich könnte einen Diätplan für dich erstellen, wenn du willst.«

»Nein danke«, stieß das Mädchen unbehaglich aus.

»Wirklich, das wäre kein Problem für mich. Denn, weißt du, du solltest keine Angst vorm Essen haben – es ist schließlich nicht dein Feind.«

»Ich habe keine Angst vorm Essen«, konterte Georgie beleidigt.

»Vergiss es, Tessa«, warnte Rory sie.

»Ich versuche doch nur, ihr zu helfen. Wenn sie vernünftig essen würde …«

»Lass sie in Ruhe. Sie ist okay so, wie sie ist.«

»Aber sie ist nicht okay. Um Himmels willen, sonst hätte sie ja wohl nicht letztes Jahr versucht, sich umzubringen! Das ist doch alles andere als okay!«

Entsetztes Schweigen senkte sich über den Tisch, und alle starrten Georgie an, die stumm auf ihren Teller sah.

»Also, Tessa«, wandte Kate sich ihr hektisch zu, »erzähl mir mehr von dieser Serie. Sie klingt einfach toll!«

Phoenix sah sie mit einem dankbaren Lächeln an.

»Nun, wir kriegen einen Bonus, wenn wir knutschen – und wenn wir sogar mit irgendwem dort vögeln, gibt's sogar noch mehr. Und da ich im Frauentrakt untergebracht werde …« Froh, dass das Gespräch sich wieder um die Sendung drehte, brach sie kichernd ab.

Man kann sie einfach nicht beleidigen, erkannte Kate.

»Du würdest doch wohl nichts mit einer Frau anfangen, oder?«, fragte Fawn.

»Schließlich wäre es für einen guten Zweck«, rief ihr Tessa in Erinnerung, und während die beiden weiterplapperten, drehte sich Kate nach Georgie um, und sie beide tauschten ein verschwörerisches Lächeln miteinander aus.

Am nächsten Tag zeigten Maria und ihr Mann Kate erst einmal das Dorf, und als sie wieder in die Villa kam, traf sie Georgie und Summer, umgeben von Einkaufstüten, auf der vorderen Terrasse an.

»Ich fürchte, wir haben schon wieder furchtbar übertrieben.« Summer bot ihr einen Sitzplatz an. »Wir waren auf einem wirklich tollen Markt, nicht wahr, Georgie? Es gab dort jede Menge tollen Schmuck und cooler Klamotten zu sagenhaften Preisen. Am besten fahrt ihr beiden noch mal irgendwann zusammen hin.«

»Das wäre schön.«

»Ich habe mir diese phänomenalen Schuhe und diese Ohrringe gekauft.« Summer zog ihre Errungenschaften aus den Tüten und zeigte sie Kate. »Sie sind wirklich witzig, findest du nicht auch? Und für Georgie haben wir ein total süßes Kleid erstanden.«

»Summer versucht ständig, mich dazu zu bringen, Kleider anzuziehen«, klärte Georgie Kate mit unglücklicher Stimme auf.

»Weil sie dir einfach super stehen! Du bist eine so hübsche junge Frau, und ich hasse es, dass du dich immer in diesen hässlichen Sportsachen versteckst. Du hast wunderschöne Beine.«

»Und fantastische Arme«, fügte Kate neidisch hinzu.

»Das liegt am Trommeln«, stellte Georgie bescheiden fest.

»Tja, ich sollte langsam anfangen zu packen.« Summer sammelte ihre Sachen wieder ein und stand entschlossen auf. »Wir sehen uns dann beim Abendbrot.«

Als sie im Haus verschwunden war, saßen die beiden anderen Frauen einen Moment lang schweigend da.

»Das, was Tessa gestern gesagt hat«, setzte Georgie schließlich an. »Ganz so war es nicht.«

»Schon gut. Du brauchst mir nichts zu erklären.«

»Es war eher ein Unfall. Ich hatte nicht vor ...« Verlegen brach sie ab. »Ich wollte keine Überdosis nehmen«, fing sie noch mal an. »Es war in Paris. Mein Vater war an der Security vorbeigekommen und tauchte plötzlich oben in meinem Hotelzimmer auf. Das hat mich total ... fertiggemacht. Deshalb habe ich angefangen, diese Pillen einzuwerfen, und dann konnte ich einfach nicht mehr aufhören. Weißt du, was ich damit meine?«

Kate sah sie lächelnd an. »Mir geht es so mit Keksen.«

»Tja, und das Nächste, was ich wusste, war, dass sie mir den Magen ausgepumpt haben«, fuhr Georgie fort. »Will hat es irgendwie geschafft zu verhindern, dass was davon in die Zeitung kommt.«

Was bestimmt nicht leicht gewesen war.

»Danach haben Phoenix und ich ein Gerichtsurteil erwirkt. Falls unser Vater noch mal näher als drei Meter an uns rankommt, wandert er in den Knast.« Georgies Augen fingen an zu blitzen, als wäre es ihr größter Wunsch, dass er hinter Gitter kam, und dann fragte sie mit einem Mal: »Wie lange kennst du Will eigentlich schon?«

»Oh, seit einer halben Ewigkeit – er ist der beste Freund von meinem Bruder.«

»Er ist wirklich toll, nicht wahr?«

»Ja, er ist ... wunderbar.«

»Hast du einen Freund?«

»Ja.«

»Oh!« Georgie klang etwas enttäuscht. »Aber Will ist wirklich super, stimmt's?«

»Ja, das ist er«, stimmte Kate ihr nachdenklich zu.

Schließlich ging sie in die Küche und bereitete das Abendessen vor, als plötzlich Fawn erschien. »Hi, wir müssen miteinander reden«, fing sie an und setzte ein charmantes Lächeln auf. »Kate, nicht wahr?«

»Ja.«

»Ich muss mit dir über das Essen reden, die Männer sind nämlich bei diesem Thema einfach hoffnungslos. Ich meine, sie wollen, dass wir so aussehen.« Sie wies mit ihren Händen auf ihre perfekte Figur. »Und dann regen sie sich auf, wenn wir keine Pizza essen und kein Bier mit ihnen trinken wollen. Ich meine, hallo! Entweder oder, richtig? Richtig?«

Kate gab ihr keine Antwort, sondern fragte lediglich: »Was möchtest du?«

»Ich hätte gern eine Portion schlichten pochierten Fisch und gedünsteten Brokkoli, okay?«

Direkt hinter ihr kam Tessa durch die Tür gefegt. »Ich darf heute ein paar Kohlehydrate zu mir nehmen«, verkündete sie gut gelaunt und schwenkte eine Kopie von ihrem Buch. Sie war geradezu euphorisch, denn sie hatte in einem Zeitschriftenartikel über zu dünne Stars auch ihr eigenes Bild entdeckt. Jetzt reichte sie Kate ihr Buch, zeigte ihr, in welcher Phase des Ernährungsplans sie sich gerade befand, und überließ es ihr herauszufinden, welches das perfekte Abendessen für sie war.

Tessas Ernährungsplan war ein komplexes, nach Farben sortiertes Labyrinth von Kreisen und Zonen, doch egal, wie gründlich Kate es auch studierte und versuchte, die Tabellen und die Diagramme auch nur halbwegs zu verstehen, sie wurde sie einfach nicht schlau daraus. Sie war den Tränen nahe, als plötzlich der Kopf von Will in der Küchentür erschien.

»Alles in Ordnung?«

Sie tippte wie eine Besessene Zahlen in einen Taschenrechner ein.

»Was zum Teufel machst du da?«

»Ich wünschte, das wüsste ich«, gab sie unglücklich zurück.

»Wo liegt das Problem?«

»Hier.« Sie zeigte ihm das Buch. *Schlank durch Farben*, leuchtete es in allen Regenbogenfarben auf der Titelseite, auf der Tessa grinsend im Zentrum eines bunten Rades abgebildet war.

Will schien nicht zu verstehen.

»Das ist Tessas Buch«, erklärte sie. »Ich versuche rauszufinden, was sie essen darf. Sie ist bei Tag vier des sechsten Kreises, was heißt, dass sie in der violetten Zone ist.« Sie schlug eine Tabelle auf. »Violett bedeutet, dass sie Nahrungsmittel aus der blauen und der roten Gruppe zu sich nehmen kann – weil das beides zusammen Violett ergibt. Aber man muss ausrechnen, wie groß der Anteil der verschiedenen Nahrungsmittel ist, und dann werden auch noch Komplementärfarben erwähnt. Ich glaube, man braucht ein abgeschlossenes Mathestudium, damit man das hinbekommt – und du weißt, wie schlecht ich schon immer in Mathe war.«

Will sah sie mit einem mitfühlenden Lächeln an. »In Ordnung, zeig mal her.« Er streckte eine Hand nach Tessas Machwerk aus, blätterte kurz darin herum und nickte entschlossen mit dem Kopf.

»Okay.«

»Hast du es etwa raus?«, fragte Kate ihn ehrfürchtig. Sie konnte es kaum fassen, dass er derart schnell damit zurechtgekommen war – wahrscheinlich dachte er, sie wäre grottendoof. Und vor allem konnte es, wenn Tessa diesen Plan entwickelt hatte, wohl nicht besonders schwierig sein.

»Ich werde dir zeigen, was du machen musst«, meinte er, klappte das Buch entschieden wieder zu, vergewisserte sich, ob sie auch in seine Richtung schaute, holte schwungvoll aus und warf das Ding in hohem Bogen aus dem offenen Fenster.

Aus dem Garten drang ein Schmerzensschrei, und Owen rieb sich den Kopf.

»Entschuldigung!«, rief Will und winkte ihm fröhlich zu.

Owen hob das Geschoss vom Boden auf, und als er sah, was ihn getroffen hatte, reckte er grinsend den Daumen und stürmte auf der Suche nach einem Kuhfladen, in dem er das Ding verschwinden lassen konnte, los.

»Okay.« Will rieb sich gut gelaunt die Hände. »Gibt es sonst noch irgendein Problem?«

»Ähm ... nein. Danke.« Kate kam zu dem Schluss, dass es wahrscheinlich besser wäre, nicht zu sagen, dass der Mixer sicher bald den Geist aufgeben würde, weil er ihn dann vielleicht auch einfach aus dem Fenster warf.

»Kate.« Er legte ihr die Hände auf die Schultern und schaute sie durchdringend an. »Du arbeitest für mich und nicht für Tessa. Du brauchst dir von ihr keine Anweisungen geben zu lassen. Sie wird sowieso nur Rorys wegen hier geduldet. Sag ihr, dass sie die Küche gern benutzen kann, wenn sie etwas anderes als die anderen haben will.«

»Okay.« Vielleicht würde sie das Buch ja wieder finden, nachdem Will verschwunden wäre, und einfach selbst noch mal ihr Glück damit versuchen. Der Gedanke, Tessa zu erklären, dass sie sich doch einfach selbst was kochen sollte, da sie nicht ihre Angestellte war, machte ihr nämlich Angst.

Doch Will schien ihre Ängstlichkeit zu spüren, denn er blickte sie lächelnd an und meinte: »Kein Problem, ich sage es ihr einfach selbst. Und du kannst mir glauben, es wird mir ein Vergnügen sein.«

Erleichtert lächelte Kate zurück.

»Inzwischen tut es mir schon leid, dass ich sie habe kommen lassen. Aber für den Rest der Zeit werden wir vor ihr sicher sein, schließlich sitzt sie dann im Knast.«

»Darauf würde ich mich an deiner Stelle lieber nicht verlassen«, warnte Kate ihn. »Wahrscheinlich wird sie als Erste rausgewählt, weil sie auch den Zuschauern entsetzlich auf die Nerven geht.«

»Oh, wenn es nach Owen geht, haben die Zuschauer in dieser Angelegenheit nicht viel zu sagen«, erwiderte Will geheimnisvoll und wandte sich zum Gehen.

8

Am nächsten Morgen brach das vollkommene Chaos in der Villa aus. Die Wochenendgäste packten ihre Koffer für die Abreise, wobei Tessa immer wieder neue Outfits aus ihren diversen Reisetaschen riss und Kim und Bonnie zwang, sie neu zu frisieren und ihr noch mal mit einer Puderquaste übers Gesicht zu gehen. Sie hatte nämlich Panik, irgendwelche Paparazzi könnten Fotos von ihr schießen, wenn sie aus dem Flieger stieg, und daraus eine dieser grässlichen Fotomontagen für die Zeitung machten, in denen Berühmtheiten wie ausgekotzt aussahen.

Im Gegensatz zu ihr war Fawn die Ruhe in Person, denn sie war der festen Überzeugung, dass die Vorbereitung ihrer Abreise der Job von irgendjemand anderem war. Sie lungerte in einem Liegestuhl am Pool, scheuchte die anderen durch die Gegend und zwang sogar Tessas Assistentinnen, ihr die Nägel zu lackieren, während sie gemütlich in der Sonne lag.

Summer hatte sofort nach dem Aufstehen gepackt und nutzte die Gelegenheit, um dem allgemeinen Durcheinander zu entfliehen.

»Es wird Georgie guttun, dass noch eine andere junge Frau hier in der Villa ist«, sagte sie zu Kate, als sie über einer Tasse Kaffee in der Küche saß. »Sie ist viel zu oft nur mit den Jungs zusammen. Manchmal habe ich den Eindruck, dass sie sie etwas zu sehr beschützen. Das schadet ihr.«

Plötzlich wurden auf der Terrasse Stimmen laut. Tessa lieferte sich ein heißes zweisprachiges Wortgefecht mit Maria, wobei jede Frau in ihrer eigenen Sprache brüllte und anscheinend keinen blassen Schimmer davon hatte, was die andere schrie. Aber das war vollkommen egal, da ihre Körpersprache bereits alles aussagte. »Will!«, kreischte Tessa völlig aufgelöst.

»Gott, wenn er auch nur halbwegs bei Verstand ist, geht er irgendwo in Deckung, bis das Weib verschwunden ist«, murmelte Kate. Im Verlauf des Wochenendes hatte sie erlebt, dass sich jeder, ganz egal worum es ging, vollkommen auf Will verließ. Es hatte sie entsetzt, dass vor allem Fawn und Tessa mit ihren trivialen Anliegen immer zu ihm gelaufen waren, statt auch nur einmal zu versuchen, selbst etwas zu tun, und sie fragte sich, wie sie es schafften, sich allein die Schuhe selber zuzubinden, wenn der gute Will nicht in der Nähe war.

»Und es freut mich auch für Will, dass du gekommen bist«, fügte Summer nachdenklich hinzu. »Ich glaube, du tust ihm wirklich gut.«

»Ich?« Kate war völlig überrascht.

»Ja, du. Ich kenne Will schon ziemlich lange, aber so glücklich und entspannt wie in den letzten Tagen habe ich ihn nie zuvor erlebt. Und dass er plötzlich so zufrieden ist, liegt offenbar an dir.« Sie rührte gedankenverloren ihren Kaffee um. »Er hat unglaublich traurige Augen, findest du nicht auch? Er ist echt attraktiv, sieht allerdings immer furchtbar einsam aus.« Sie schaute auf die Terrasse, wo sich Will bemühte, Tessa zu beruhigen, was natürlich alles andere als einfach war. Sie hatte ihr Flugticket verlegt und ließ ihren Zorn darüber an Maria aus. »Er ist ein wunderbarer Mensch, der seinen Job einfach fantastisch macht, aber manchmal kommt er mir ein bisschen … verloren vor. Außer wenn du in der Nähe bist.«

Kate folgte ihrem Blick. Will hatte einen Suchtrupp nach

dem Ticket losgeschickt und versuchte jetzt, Maria in fließendem Italienisch zu besänftigen.

»Vielleicht gibst du ihm ein Gefühl von ... Sicherheit«, fuhr Summer fort.

Kate rümpfte die Nase. »Sicherheit? Das klingt nicht gerade sexy, findest du nicht auch?«

»So darfst du das nicht sehen. Schließlich heiraten die meisten Männer eine Frau, die wie ihre Mutter ist.«

»Ich glaube nicht, dass ihm seine Mutter jemals ein Gefühl von Sicherheit gegeben hat«, überlegte Kate. »Es war eher andersherum, das heißt, er war immer für sie da. Natürlich wusste er, dass sie ihn liebt – und auch er hat sie geradezu vergöttert –, doch ich glaube nicht, dass sie ihm je ein Gefühl von Sicherheit vermittelt hat.«

»Weshalb er sich jetzt umso eher zu jemandem hingezogen fühlen sollte, bei dem er sich sicher fühlen kann.«

Dummerweise wählte Louise gerade diesen Augenblick, um zu sehen, wo Summer blieb. Sie streckte den Kopf durch die Küchentür und fragte: »Können wir?«

Kate stieß einen frustrierten Seufzer aus, als Summer ihre Sachen holen ging. Nach Lorcan war sie schon der zweite Mensch, der ihr gegenüber angedeutet hatte, dass Will etwas für sie empfand. Nur dass auch in diesem Fall das Gespräch vorzeitig abgebrochen worden war.

»Nun komm schon, Kate. Es fängt gleich an.«

Kate verteilte Popcornschüsseln auf dem Tisch und quetschte sich zwischen Georgie und Owen auf die Couch.

Es war Freitagabend, und gleich nach dem Essen hatten sie sich alle im Wohnzimmer versammelt, um sich die erste Folge des *Promi-Knasts* anzusehen. Es gab die gewohnte Parade abgehalfterter oder Möchtegernberühmtheiten, und während der männliche Moderator unablässig schlechte Witze auf ihre Kosten machte, rief er den Zuschauern erst einmal in Erinnerung, was überhaupt der Grund für die Bekanntheit dieser Leute war. Als Tessa auf der Bildfläche erschien, war sie so quirlig und so gut gelaunt wie stets, wenn sie sich im Rampenlicht befand, und winkte strahlend in die Kamera.

Dann wurde den Teilnehmern Gefängniskleidung ausgehändigt, und das führte zu heftigen Beschwerden seitens der Frauen. Vanessa King klagte am lautesten und stellte mit einem unaufrichtigen Stöhnen fest, sie würde in dem langweiligen grauen Overall einfach entsetzlich ausschauen.

»Sie sieht, verdammt noch mal, fantastisch aus, und das weiß sie genau«, stieß Owen aus.

»Genau darum hat sie das ja auch gesagt«, pflichtete ihm Georgie bei. »Diese blöde Kuh.«

Tessas Wunsch wurde erfüllt, und sie wurde in einer Zelle mit Vanessa untergebracht. »Es ist einfach so, dass mir mein Freund schon jetzt entsetzlich fehlt«, jammerte sie und erwähnte Rorys Namen bei jeder sich bietenden Gelegenheit.

»Gott, sie ist doch erst seit fünf Minuten dort«, bemerkte Owen bissig und fügte, an seinen Bruder gewandt, hinzu: »Ihr habt mehr Zeit ohne einander verbracht, wenn sie hier aufs Klo gegangen ist.«

Vanessa stellte sofort klar, wie es zwischen ihnen laufen sollte, und machte sich bereits am ersten Abend an Tessa heran. Es war allgemein bekannt, dass sie nicht nur auf Männer stand, und gerüchteweise hatte sie nicht nur eine Affäre mit dem in Ungnade gefallenen Parlamentsmitglied, sondern auch mit dessen Ehefrau gehabt.

In der ersten Folge nutzte Tessa ihre Sendezeit nach Kräften aus, gab einen Yogakurs im Hof sowie jede Menge unerbetener Ernährungstipps und blieb sogar gut gelaunt, als sie einen Job in der Wäscherei bekam. Doch bis zum Zelleneinschluss wurde es zu viel für sie, und sie brach in Tränen aus. »Ich fühle mich total allein«, jammerte sie Vanessa vor, die neben ihr auf der schmalen Pritsche saß.

»Keine Angst, wir stehen diese Zeit gemeinsam durch.« Vanessa nutzte die Gelegenheit und legte tröstend einen Arm um sie. »Denk einfach immer dran, warum wir das tun«, empfahl sie ihr und strich ihr dabei sanft über den Rücken.

»Mein Freund fehlt mir schon jetzt total«, stieß Tessa schluchzend aus, und dann fiel ihr anscheinend ein, dass sein Name nicht gefallen war. »Mein Freund Rory«, fügte sie deshalb hinzu. »Es fehlt mir, dass mich jemand in den Armen hält und ich mit jemandem kuscheln kann.«

»Kein Problem«, erwiderte Vanessa sanft und streichelte ihr mit einem raubtierhaften Blitzen in den Augen vorsichtig das Haar. »Rory Cassidy kann dir bestimmt nichts geben, was du nicht auch von mir bekommen kannst.« Damit küsste sie Tessa zärtlich auf den Mund.

Kate fragte sich, was Rory wohl von dieser Szene hielt, und blickte ihn verstohlen an. Ihm quollen fast die Augen aus dem Kopf. Und selbst Owen starrte wie gebannt auf den Bildschirm. Wieso nur waren Männer immer so von Lesben fasziniert?

Währenddessen machte Tessa sich entschlossen von Vanessa los.

»Sorry«, sagte die. »Aber du bist einfach wunderschön – und ich habe ein paar wirklich interessante Dinge über dich gehört.«

»Lauter Lügen«, meinte Rory. Tessa hatte den Reportern zahlreiche Geschichten aufgetischt, die ihr Liebesleben deutlich ausgefallener hatten klingen lassen, als es wirklich war.

»Tja, das hat sie jetzt davon, dass sie derart publicitysüchtig ist«, erklärte Will.

»Findest du mich denn nicht attraktiv?« Vanessa verzog beleidigt das Gesicht.

»Oh doch«, stammelte Tessa. »Nur – ist es einfach so, dass ich meinen Freund ganz einfach nicht betrügen kann«, stieß sie leicht verzweifelt aus, doch nachdem ihr eine glaubhafte Erklärung dafür eingefallen war, dass sie nicht auf die Avancen ihrer Zellengenossin einzugehen gedachte, war sie wieder ganz die Alte und spielte auf Teufel komm raus mit der Kamera. »Du siehst wirklich fantastisch aus, und, glaub mir, ich würde nichts lieber tun«, säuselte sie flirtbereit, »aber das könnte ich Rory einfach nicht antun.«

»Ich wette, er würde uns liebend gerne dabei zusehen.« Wieder streichelte Vanessa Tessas Haar. »Wir könnten uns hier prächtig amüsieren. Wir müssten uns nur trauen.«

»Trotzdem.« Erneut wich Tessa vor der anderen Frau zurück. »Ich bleibe Rory lieber treu.«

»Mach, was du willst.« Damit stand Vanessa auf. »Wenn du es dir anders überlegst, weißt du, wo ich bin. Glaub mir, eine Nacht mit mir, und Rory Cassidy – und Männer überhaupt – werden dir völlig schnuppe sein.«

Mit diesem letzten Seitenhieb zog sie sich die Decke bis zum Kinn und schlief beinahe auf der Stelle ein. Auch Tessa kroch ins Bett, lag dann aber schniefend da, denn sie hatte offensichtlich die Befürchtung, dass die andere Frau sich auf sie stürzen würde, wenn sie auch nur einen Augenblick nicht wachsam war.

Schließlich nahm das Leben in der Villa einen ruhigen, gleichförmigen Rhythmus an. Frei von jeder Ablenkung stürzten Georgie und die Jungs sich in die Arbeit, schrieben Lieder für ihr neues Album und verbrachten ganze Tage, häufig sogar ohne Pause, in ihrem Studio. Hin und wieder nahmen sie sich allerdings frei, schliefen lange, aalten sich am

Pool, entspannten sich und luden ihre Batterien wieder auf. Nach ein paar Wochen guten Essens, Sonnenscheins und Ruhe sahen sie alle deutlich weniger wie Zombies aus, und sogar Georgie hatte etwas zugenommen und ein wenig Farbe im Gesicht.

Kate liebte alles an ihrem neuen Job, von den frühmorgendlichen Einkaufstouren, auf denen sie sich mit Händen und Füßen mit den einheimischen Frauen unterhielt, bis hin zu den ruhigen, milden Abenden im Garten, wenn sie gemeinsam unter der Pergola auf der Terrasse aßen, während das Zirpen der Grillen an ihre Ohren drang. Obwohl sie abgesehen von den Bezeichnungen für Lebensmittel kein Wort Italienisch sprach, war sie bei den Einheimischen ausnehmend beliebt, und sie halfen ihr auf der Suche nach verschiedenen Produkten, gaben ihr Rezepte und allgemeine Küchentipps und hielten auch mit Ratschlägen bezüglich ihres Liebeslebens nicht hinter dem Berg. Sämtliche Mütter waren wild darauf, sie ihren Söhnen vorzustellen, taten ihren Einwand, dass sie einen Freund zuhause hatte, schulterzuckend ab und priesen ihren Nachwuchs in den höchsten Tönen an. Anders als die klapperdürren Models, die die Villa für gewöhnlich frequentierten, sagte ihnen Kate mit ihrer dralleren Figur und ihrer Häuslichkeit eindeutig zu, weil sie ein anständiges, altmodisches Mädchen war.

Auch mit den Bandmitgliedern freundete sich Kate bereits bald an, und deren Rockstar-Status schüchterte sie nicht mehr ein. Da sie einfach, wenn sie mit ihr frühstückten oder zu Abend aßen, ganz normale Menschen waren. Doch wenn sie zusammen musizierten, machten sich auch weiter jedes Mal die Wandlung zu den prachtvoll schillernden Geschöpfen durch, die einer der Gründe für ihre Berühmtheit war. Hinter ihren Drums verlor Georgie jede Unbeholfenheit und wurde zu einer starken, selbstbewussten jungen Frau, cool, verführerisch und völlig souverän. Owen und Rory sahen nicht mehr wie komische Partylöwen aus, sondern wirkten kompetent und ernst. Und Phoenix war der Gott des Rock und verströmte, sobald er seine einmalige Stimme erklingen ließ, ein übermenschliches Charisma und eine elektrifizierende Energie. Es war, als hätte irgendeine gute Fee mit ihrem Zauberstab gewinkt und mit E-Gitarren, Trommeln und Verstärkern statt gläserner Schuhe, Ballkleider und goldener Kutschen einen eleganten, harmonischen Organismus aus dem für gewöhnlich so chaotischen Quartett gemacht.

Am meisten aber liebte Kate die Tatsache, dass sie so oft mit Will zusammen war. Es machte sie glücklich, dass er allmorgendlich zum Frühstück kam und auch jeden Tag mit ihr zu Abend aß. Für gewöhnlich arbeitete er morgens, schloss sich dann in seinem Arbeitszimmer ein, führte jede Menge Telefongespräche und sah riesengroße Stapel täglich per Kurier gebrachter Briefe durch, nachmittags jedoch stand er ihr häufig zur Verfügung, fuhr mit ihr zum Einkaufen ins Dorf oder nach Florenz, setzte sich zu ihr an den Pool oder suchte eins der alten Dörfer in den Hügeln mit ihr auf. Manchmal nahmen sie auf ihre Touren die CD mit den neuen Liedern mit und drehten die Lautstärke der Stereoanlage seines Wagens bis zum Anschlag auf. Der Lärm passte nicht wirklich zu der ländlichen Idylle der Umgebung, aber Kate kam es so vor, als wäre die Musik der Soundtrack zu dem Film, in dem sie eine Hauptrolle zu spielen schien.

Außerdem besuchte Will sie regelmäßig in der Küche, plauderte mit ihr, während sie die nächste Mahlzeit vorbereitete, und ging ihr dabei sogar ab und zu zur Hand. Sie liebte die häusliche Vertrautheit, die in diesen Augenblicken zwischen ihnen herrschte, und gestattete sich ab und zu die wunderbare Fantasie, dass sie verheiratet wären und die Villa ihr Zuhause war. Obwohl sie ab und zu mit Brian telefonierte, machte es ihr nicht viel aus, als er ihr erklärte, für einen Besuch in der Toskana hätte er wahrscheinlich keine Zeit. Denn, wenn sie ehrlich war, vermisste sie ihn kaum.

Was – versuchte sie sich zu beruhigen – sicher einfach daran lag, dass sie in der Villa rundherum beschäftigt war.

Als Will an seinem Schreibtisch saß, um den letzten von Louise geschickten Stapel Briefe durchzugehen, fiel sein Blick auf einen kleinen, rechteckigen Umschlag, der von seiner Assistentin nicht geöffnet worden war. Weil darauf das Wort »persönlich« stand. Er riss den Umschlag auf und zog eine dicke cremefarbene Einladung daraus hervor. »Verdammt!« Sein Stirnrunzeln verstärkte sich. Furchtsam klappte er den beiliegenden Zettel auf, überflog den kurzen Text, schob Karte und Anschreiben in den Briefumschlag zurück, zog die Schreibtischschublade auf und begrub den Brief darin. Er würde später darüber nachdenken, sagte er sich und schob die Lade unsanft wieder zu.

Er hörte Wasser spritzen, woraufhin er aufstand und ans Fenster trat, durch das man auf den Pool und die Terrasse sah. Kate und Georgie saßen plaudernd auf der wasserüberspülten Bank am Beckenrand. Es freute ihn, dass Georgie offensichtlich glücklich war. Es war einfach schön für sie, dass außer ihr noch eine andere junge Frau hier in der Villa war, mit der sie sich so gut verstand. Tatsächlich kamen alle gut mit Kate aus, und inzwischen war er froh, dass er sich von Grace hatte dazu überreden lassen, sie mit hierher zu nehmen, nicht zuletzt, weil auch er selbst sich über die Gesellschaft freute, wenn die Band mitunter tagelang in ihrem Studio saß. Vielleicht sollte er morgen mit ihr nach San Gimignano fahren, da sie dort schließlich noch nie gewesen war. Es gab ein nettes Restaurant am Stadtrand, von dem würde sie begeistert sein. Vielleicht kehrten sie dort einfach zum Mittagessen ein.

Plötzlich hörte er ein lautes Platschen. Owen sprang mit einem lauten Jauchzer in das Becken, kraulte zu den beiden jungen Frauen, quetschte sich zwischen ihnen auf die Bank, legte lässig einen Arm um Kate, wandte sich ihr zu, sagte etwas, und sie lachte brüllend auf. Dann nahm er ihre Hand und zog sie in den Pool.

»Vielleicht gefällt sie ja einem der Jungs aus deiner Band«, gingen Will Graces Worte durch den Kopf, als sich Kate und Owen im Wasser umkreisten und lachend nass spritzten. Verliebte sich Owen vielleicht in diesem Augenblick in Kate? Und verliebte sie sich vielleicht auch in ihn? Auf alle Fälle schien ihr Brian nicht zu fehlen.

Seufzend kehrte er zurück an seinen Schreibtisch und wandte sich wieder seinen Briefen zu. Doch er konnte sich nicht mehr konzentrieren, sondern starrte einfach in die Luft und klopfte gedankenverloren mit seinem Kugelschreiber auf der Schreibtischplatte herum. Oh, verflixt! Mit einem neuerlichen Seufzer gab er auf. All die Post auf seinem Schreibtisch hatte auch bis morgen Zeit. Vielleicht sollte er heute schon mit Kate nach San Gimignano fahren, überlegte er und marschierte aus dem Haus.

Abends versammelten sich alle vor dem Fernseher im Wohnzimmer, um den *Promi-Knast* zu sehen. Inzwischen waren sie alle süchtig nach der Serie. Vanessa baggerte Tessa weiterhin beharrlich an, aber inzwischen war eindeutig, dass sie, obwohl sie vor Serienbeginn das Gegenteil behauptet hatte, alles andere als scharf auf einen Flirt mit der Geschlechtsgenossin war.

Tessa schaffte es in kurzer Zeit, es sich mit allen anderen zu verderben, und so war es keine Überraschung, dass die Wahl der Insassen, als es erstmals darum ging, wer aus dem Knast entlassen werden sollte, auf die größte Nervensäge fiel. Das Publikum hatte die Wahl zwischen ihr und dem alternden Moderator einer Gameshow, dem die anderen Insassen verübelten, dass er die ihm aufgetragenen Arbeiten immer von anderen machen ließ, und der die Zuschauer mit seinem Mangel an Persönlichkeit zu Tode zu langweilen schien.

Am Tag nach den Nominierungen kam Owen in die Küche, wo Kate gerade das Mittagessen machte. »Hast du dein Handy da?«, wollte er von ihr wissen und blickte verstohlen Richtung Tür.

»Ja, warum?«

»Würdest du mir wohl einen Gefallen tun?«, bat er sie, zog einen Zettel aus der Tasche und drückte ihn ihr in die Hand. »Schick so oft wie möglich eine SMS mit dem Wort ›Len‹ an diese Nummer, ja?«

Len war der glücklose Gameshow-Moderator aus dem *Promi-Knast*. Das also war Owens Plan, wie er dafür sorgen wollte, dass die Freundin seines Bruders weiter hinter Gittern blieb.

»Okay, aber ...«

»Keine Angst, die Handyrechnung übernehmen wir.« Er zwinkerte ihr zu und stapfte, während er bereits die Nummer in sein eigenes Handy eingab, fröhlich wieder aus dem Raum.

Kate schrieb die x-te SMS an diesem Tag und hoffte nur, dass Owen sein Versprechen, ihre Rechnung zu bezahlen, hielte, denn sie würde sicher astronomisch hoch. Sie hatte ihr Handy vor sich auf der Arbeitsplatte deponiert, alle paar Minuten eine Arbeitspause eingelegt und die SMS verschickt.

»Hi, Kate!«

Sie zuckte schuldbewusst zusammen. Sie wusch gerade Erdbeeren in der Spüle und hatte nicht gehört, dass Rory durch die Tür getreten war. Hektisch sah sie auf ihr Handy und atmete erleichtert auf, weil die SMS verschickt und der Text nicht mehr auf dem Display zu sehen war. »Hi, Rory.« Sie lächelte ihn an und wandte sich dann wieder ihrer Arbeit zu.

Er nahm sich eine Dose Bier, machte sie auf, blieb aber, statt gleich wieder zu gehen, noch vor dem Kühlschrank stehen und trank den ersten Schluck. Kate spürte seinen Blick in ihrem Rücken, und so drehte sie sich nochmals zu ihm um und schaute ihn fragend an.

»Warum unternimmst du in Bezug auf Will nicht endlich mal etwas?«, wollte er plötzlich von ihr wissen.

»Wie bitte?« Kate versuchte Zeit zu schinden, dabei hatte sie ihn ganz genau verstanden, und er wusste, dass die Frage ein Manöver war, das verriet ihr sein amüsierter Blick.

Trotzdem wiederholte er mit ruhiger Stimme »Will« und fügte nüchtern hinzu: »Du bist total verrückt nach ihm. Warum also unternimmst du nichts?«

Himmel, war es etwa derart offensichtlich?, überlegte Kate entsetzt. Sie wandte sich wieder der Spüle zu, beschäftigte sich weiter mit den Erdbeeren und dachte über eine Antwort nach. Sie könnte einfach so tun, als hätte sie keine Ahnung, wovon Rory sprach. Nein. Angriff war die beste Verteidigung. »Und warum unternimmst du nichts in Bezug auf Louise?«, fragte sie zurück und sah ihn wieder an. Der Satz war ihr spontan herausgerutscht, tat ihr aber sofort wieder leid, denn sein auch sonst verschlossenes Gesicht wurde vollkommen ausdruckslos. Während einer gefühlten Ewigkeit blickte er sie aus zusammengekniffenen Augen an, als wäre er Clint Eastwood und sie selbst sein größter Feind, und sie kam sich wie ein glückloser Oberschurke vor.

Dann umspielte ein langsames Lächeln seinen Mund. »*Touché*«, räumte er leise, doch zugleich respektvoll ein.

Daraufhin wurde sein Lächeln breiter, die Falten um seine Augen herum vertieften sich, und Kate fasste neuen Mut. »Nein, wirklich«, sagte sie, hielt in ihrer Arbeit inne, trocknete ihre Hände an der Schürze ab und wandte sich ihm richtig zu. »Warum unternimmst du nichts?«

Rory dachte nach. »Weil ich für sie nichts weiter als ein dummes Arschloch bin«, erklärte er und trank den nächsten Schluck von seinem Bier.

»Das denkt Louise ganz sicher nicht««, widersprach ihm Kate entsetzt.

»Ich meine nicht, dass sie das von mir denkt, sondern einfach ... tja, sie weiß eben, dass ich ein Arschloch bin«, gab er gespielt gleichgültig zurück. Kate aber hatte gesehen, wie verletzt er hinter seiner knurrigen Fassade war – er konnte ihr nicht in die Augen sehen und war bei seinen eigenen Worten leicht zusammengezuckt, als täte es ihm bereits weh, wenn er laut über seine Gefühle sprach. »Ich meine, was für Gemeinsamkeiten gibt es schon zwischen einem Mädchen wie Louise und einem Kerl wie mir? Louise ist wirklich klug«, erklärte er in ehrfürchtigem Ton. »Sie war auf dem College und hat dort sogar zwei Abschlüsse gemacht. Ich habe nicht mal die Schule fertig gekriegt – und die meiste Zeit, die ich hätte dort sein sollen, habe ich blaugemacht. Verdammt, ihr Vater ist ein Richter! Wenn ich nicht in dieser Band wäre, würde ich wahrscheinlich von ihm dafür verurteilt werden, dass ich Autos knacke oder so.«

»Aber du bist in dieser Band, du bist kein Autoknacker, und du hast etwas aus deinem Leben gemacht – etwas wirklich Unglaubliches. Schließlich bist du ein Rockstar«, fuhr Kate fort, denn Rory wirkte noch immer nicht überzeugt. »Das ist ja wohl etwas ganz Besonderes.«

»Vielleicht«, gab Rory schulterzuckend zu. »Vielleicht, wenn ich sie jetzt erst kennenlernen würde … Louise hingegen war von Anfang an dabei. Sie hat mich schon gekannt, bevor die Band erfolgreich war.«

»Als du nur ein kleines Arschloch warst?«, fragte Kate ihn scherzhaft.

»Ja, genau.«, stimmte Rory mit einem wiederum entspannten Lachen zu. »Aber wie dem auch sei, du hast meine Frage nicht beantwortet. Ich habe mich vor dir ausgezogen, und jetzt musst du das andersherum auch.«

»Will hat eine Freundin.«

»Ja – Tina Ätzweib-Roche«, stimmte ihr Rory spöttisch zu. »Mit der nimmst du es ja wohl problemlos auf«, erklärte er und musterte Kate von Kopf bis Fuß.

»Und ich habe einen Freund«, ließ sie verlauten und wandte sich, teilweise um ihr Lächeln zu verbergen, wieder den Erdbeeren zu. Es machte sie auf eine absurde Weise froh, dass Rory offenbar nicht allzu viel von Tina hielt.

»Den könntest du doch fallen lassen.«

Kate stieß einen Seufzer aus. »Tatsache ist nun einmal, dass Will meine Gefühle nicht erwidert.«

»So sieht's aber nicht aus.«

»Er liebt mich wie eine Schwester«, informierte Kate ihn.

Rory sah sie skeptisch an. »Wenn ich das dächte, würde ich ihm eine reinhauen«, antwortete er.

»Warum denn das?«

»Weil nur verdammte Inzestler ihre Schwestern so ansehen.«

»Wie?«

Rory riss die Augen auf, streckte die Zunge raus, fing an zu hecheln, trank den letzten Schluck von seinem Bier, warf die leere Dose in den Mülleimer und wandte sich zum Gehen.

»So guckt er ganz sicher nicht!« Lachend warf ihm Kate ein Geschirrtuch hinterher.

Will sandte die falschen Signale aus, sonst nichts – das war alles, was die anderen sahen. Auch sie selber war vor Jahren darauf hereingefallen. Er hatte immer schon mit ihr geflirtet – und sie hatte sich tatsächlich eine Zeit lang eingebildet, dass sie ihm vielleicht gefiel. Und dann, am Abend des Schulballs ...

Inzwischen kam ihr dieses Erlebnis so unwirklich vor, dass sie manchmal bezweifelte, dass es nicht nur ihrer Einbildung entsprungen war. Ab und zu, wenn sie mit Will im Wagen fuhr oder mit ihm zusammen in der Küche Gemüse schnippelte, blickte sie auf seine Hände und genoss den Gedanken, dass sie einmal von ihnen gestreichelt worden war. Sie versuchte sich vorzustellen, wie er mit seinem ganzen Gewicht auf ihr gelegen hatte, ihr die Zunge in den Mund geschoben hatte und mit seinen langen, schlanken Fingern über ihren Körper gefahren war. Ach, hätte sie dieses Erlebnis doch irgendwo aufbewahren können, um es ab und an hervorzuholen und noch einmal zu durchleben, dachte sie.

Sie durfte nicht anfangen zu glauben, dass er vielleicht tatsächlich etwas für sie empfand. Sie musste sich damit zufriedengeben, dass sie Freunde waren. Das war immerhin besser als nichts.

Am letzten Freitag im Juli hatte Will Geburtstag. Kate hatte ein besonderes Abendessen mit all seinen Lieblingsspeisen für ihn geplant, Grace hatte ihr die Geschenke für ihn geschickt, damit sie sie ihm pünktlich übergeben könnte – und dann noch ein Päckchen hinterhergesandt.

»Ich bin zufällig darauf gestoßen und musste es Will einfach schicken«, stand in dem beiliegenden Brief. Es sah aus wie eine CD – Kates Meinung nach für einen Mann aus seiner Branche ein eher seltsames Geschenk –, aber trotzdem überreichte sie es ihm am Morgen des Geburtstags zusammen mit den anderen Karten und Geschenken, darunter auch dem von ihr. Es schien ihn zu überraschen und zu freuen, dass sie sich an das Datum erinnert hatte, und Kate fiel wieder ein, wie rührend glücklich er gewesen war über das Aufheben, das in dem Jahr, in dem er bei ihnen gelebt hatte, um seinen Geburtstag veranstaltet worden war.

Später kam sie an seinem Büro vorbei und sah, dass er über seinen Geschenken saß. Er hatte gerade die CD aus dem Papier gewickelt, hielt sie dann jedoch – als wäre sie eine Zeitbombe – auf Armeslänge von sich fort. Was nicht weiter überraschend war, erkannte Kate, als sie über seine Schulter spähte und die mütterliche Handschrift auf der Hülle sah. »Mum hat dir eine CD aufgenommen?«, fragte sie verblüfft. Anscheinend verlor ihre Mutter langsam, aber sicher den Verstand.

»Nein.« Will lachte unbehaglich auf.

»Oh Gott, es ist doch wohl keine Demo-CD der Kinder einer ihrer Freundinnen?«

»Nein, es ist eine DVD – etwas, was sie im Fernsehen aufgenommen hat.« Er hielt Kate die Hülle hin.

»Oh!«, entfuhr es ihr, als sie die dramatische, schwungvolle Schrift der Mutter las. *Auf der Couch mit Sir Philip Sargent.* Darunter war das Datum – knapp zwei Wochen zuvor – notiert. *Auf der Couch* war eine beliebte Serie tiefgründiger Interviews von Richard Slater, einem bekannten Psychologen, der auch als Moderator ausnehmend erfolgreich war. Er führte bohrende, auf fast intime Art persönliche Gespräche, in deren Verlauf er sein Gegenüber auf eine häufig schmerzlich aufschlussreiche Weise auseinandernahm.

»Sie gibt einfach nicht auf, nicht wahr?«

Will nahm ihr die Scheibe wieder ab und starrte sie weiter skeptisch an.

»Wirst du dir die Sendung ansehen?«, fragte Kate ihn vorsichtig.

Will hob den Kopf und schaute sie an. »Ja, das werde ich.«

»Wirklich?« Kate fing an zu strahlen.

»Ja, natürlich. Tatsächlich …«

»Ja …«

»Antonia …« Er sprach den Namen voller Sorgfalt aus, doch sein unglücklicher, schmerzerfüllter Blick war nicht zu übersehen. »Antonia hat mich gebeten, auf der Überraschungsfeier anlässlich des sechzigsten Geburtstags meines Vaters zu erscheinen.«

Antonia Bell war die Schauspielerin, derentwegen die Familie von Philip verlassen worden war.

»Und … wirst du es zu tun?«

»Ich denke noch darüber nach«, erwiderte er vorsichtig und strich dabei mit seinen Fingern sanft über die Kante seines Schreibtischs. »Aber bis dahin ist noch ewig Zeit – die Party ist erst im November.« Er wusste nicht, warum er ihr all das erzählte. Er hatte mit niemandem darüber sprechen wollen – vor allem nicht mit einem der O'Neills. Er wollte nicht, dass ihn irgendjemand unter Druck setzte, doch trotzdem hatte er das geradezu verzweifelte Verlangen, gut vor Kate dazustehen.

»Erzähl Grace bitte nichts davon«, bat er.

»Ich werde keiner Menschenseele etwas davon sagen«, versprach Kate, denn das Letzte, was Will brauchte, war, dass ihre Mutter wegen dieses Wunsches seiner Stiefmutter in übertriebene Aufregung geriet und ihn zu irgendetwas zwang, bevor er selbst bereit war, es zu tun.

»Vielleicht fahre ich ja gar nicht hin«, erklärte er. »Ich habe mich noch nicht entschieden.«

»Ich weiß.« Kate nickte verständnisvoll, konnte sich aber ein Lächeln nicht verkneifen. »Tja, wir sehen uns dann später – nochmals alles Gute zum Geburtstag.«

Als sie aus dem Zimmer ging, konnte auch Will nicht aufhören zu lächeln. Es war einfach ein herrliches Gefühl, Kates Zustimmung zu haben. Wenn sein Vater jetzt hier gewesen wäre, wäre er Gefahr gelaufen und hätte sich, nur um ihr eine Freude zu bereiten, tatsächlich mit ihm versöhnt.

Während Will weiter an seinem Schreibtisch saß, bat Kate Franco, mit ihr nach Florenz zu fahren, kaufte dort die Zutaten des Abendessens ein, und als sie am Nachmittag zurückkam, war sie froh, dass Will verschwunden war. Das war wirklich Glück. Hoffentlich hätte sie Zeit genug, um alles anzurichten, ehe er zurückkam, denn dann wäre die Überraschung rundherum perfekt. Sie verbrachte den gesamten Nachmittag mit Kochen und der freudigen Erwartung seines fröhlichen Gesichts, wenn er das Abendessen sah. Als fast alles vorbereitet war, fing sie mit dem Glanzstück – einer schweren, butterweichen Schokoladentorte – an. Sie hatte sogar Kerzen aufgetrieben und für den Schmuck des Tisches Luftballons und bunte Bänder eingekauft.

Es wurde immer später, er war nirgendwo zu sehen, und so fing sie an, sich Sorgen darüber zu machen, dass er nicht mehr rechtzeitig nach Hause kam. Sie mischte gerade geschmolzene Schokolade mit geschlagenem Eiweiß, als plötzlich Owen in der Küche auftauchte. »Was machst du da? Riecht wirklich toll.«

»Schokoladentorte«, antwortete sie und steckte sich den Finger in den Mund.

Sie wandte sich ihm zu, und er stand so dicht hinter ihr, dass ihre Körper sich berührten, doch er machte keinen Schritt zurück. »Etwas hast du übersehen«, erklärte er, nahm ihre Hand und leckte verführerisch den Rest des Schokoladen-Ei-Gemischs von ihrem Finger ab. »Mmm, köstlich.« Er sah sie aus seinen dunklen Augen, die wie die geschmolzene Schokolade glänzten, an und war ihr derart nahe, dass ihr der Geruch von seiner sonnenwarmen Haut entgegenschlug.

Ihr wurde siedend heiß, und entschlossen wandte sie sich abermals der Schüssel zu. »Das wird eine Geburtstagstorte für Will«, erklärte sie. »Du weißt doch wohl, dass heute sein Geburtstag ist?«

»Oh, hast du es noch nicht gehört?«

»Was?«, fragte Kate und drehte sich wieder zu ihm um.

»Ich dachte, du wüsstest es.« Owens Lächeln schwand, und er schaute sie ängstlich an.

»Was?«

»Nun, Tina ist gekommen, um ihn zu überraschen, und lädt ihn anlässlich seines Geburtstags nach Florenz zum Essen ein. Er trifft sie dort, und ich glaube, er bleibt auch über Nacht.«

»Oh!« Kate bemühte sich, normal zu klingen, hatte aber das Gefühl, als hätte ihr jemand in den Magen geboxt. Und als wäre das nicht bereits schlimm genug, stand ihr Owen direkt gegenüber und sah ihr ihre Gefühle ganz eindeutig an. Denn ohne dass sie es hätte verhindern können, verzog sie unglücklich das Gesicht.

Sie wandte sich wieder ihrer Tortenmischung zu und blinzelte gegen die Tränen an. Schließlich gab es keinen Grund zum Weinen, sagte sie sich streng und hielt dabei den Löffel derart fest umfasst, dass er wahrscheinlich jeden Augenblick zerbrach. Es sind nur ein blöder Kuchen und ein dummes Abendessen, weiter nichts. Wann wirst du es lernen? Du weißt doch ganz genau, dass Will eine Freundin hat und du selber bei ihm keine Chance hast. Natürlich geht er an seinem Geburtstag mit Tina aus. Das ist ja vollkommen normal.

Sie wollte nur noch heulen und wünschte sich, dass Owen endlich ginge, doch als sie eine scherzhafte Bemerkung machen wollte, schnürten die Tränen ihr die Kehle zu, und das Schluchzen, das sie unterdrücken wollte, drang wie ein gedämpftes Quietschen aus ihrem Mund.

»He!« Owen legte seine warmen Hände sanft auf ihren Schultern ab und drehte sie zu sich herum.

Kate brachte es nicht über sich, ihm ins Gesicht zu sehen. »Tut mir leid«, schluchzte sie erstickt den Boden an. »Es ist einfach lächerlich.«

»Pst«, wisperte Owen, wischte ihr die Tränen mit dem Daumen fort, nahm sie in die Arme und strich ihr sanft über das Haar.

Seine Freundlichkeit war für sie wie der rettende Strohhalm, und sie klammerte sich hilfesuchend an ihm fest und schmiegte ihr Gesicht an seinen Hals. Er duftete nach Sonnenschein und Gras, vermischt mit einem Moschus-Aftershave.

Er streichelte ihr vorsichtig den Rücken, und nach einem Augenblick ließen die Tränen nach, und sie hatte sich wieder halbwegs in der Gewalt. »Tut mir leid«, erklärte sie noch einmal, während sie sich mit dem Handrücken über die Augen fuhr. »Keine Ahnung, warum ich plötzlich heule.« Sie schniefte ein letztes Mal und setzte ein verkrampftes Lächeln auf. »Es ist nur …« Sie kam sich wie eine völlige Idiotin vor.

»He, das ist doch wohl total verständlich. Da hast du dir all diese Mühe gemacht« – Owen zeigte auf die vielen Köstlichkeiten auf dem Tisch –, »und der Blödmann sagt dir nicht einmal, dass er nicht zum Essen kommt.«

Kate nickte. Ihr war klar, er glaubte keinen Augenblick, dass sie deswegen in Tränen ausgebrochen war, doch sie war ihm dankbar, dass er ihr erlaubte, ihr Gesicht zu wahren.

»He, ich weiß, wie wir den Abend retten können«, meinte er und schaute sie grinsend an. »Warte.« Damit rannte er davon, und Kate trat vor die Spüle, spritzte sich kaltes Wasser ins Gesicht und trocknete es mit zwei Blättern von der Küchenrolle ab.

Einen Moment später tauchte Owen wieder auf und schwenkte gut gelaunt die größte Tüte Gras, die sie jemals gesehen hatte, in der Hand. »Lass uns Wills Geburtstagstorte noch ein bisschen würzen«, schlug er vor, trat vor den Tisch, machte die Tüte auf und hielt sie über den Teig.

»Warte! Du kannst das Zeug nicht einfach reinschütten. Erst müssen wir es mahlen.« Sie nahm den Deckel des Mixers ab.

»Wie viel, meinst du, brauchen wir?«, wollte Owen wissen und gab dabei eine großzügige Menge in den Mixer.

»Keine Ahnung. Haschtorten zu backen haben wir bei der Ausbildung nicht gelernt.«

»Hm. Ich glaube auch nicht, dass Delia ein Rezept für solche Sachen hat. Aber du scheinst zu wissen, was du tust.«

»Nicht wirklich. Bisher habe ich nur einmal Haschkekse gebacken, und da hatte ich ein Rezept.«

Kate hatte das Gras zu feinem Puder gemahlen, den sie jetzt in eine Pfanne mit etwas geschmolzener Butter gab. Beide blickten zweifelnd in das Gefäß und überlegten, ob die Menge richtig war. Sie kannte das Prinzip der Haschküche, hatte aber keine Ahnung, wie viel von dem Zeug man in einen Kuchen gab.

»Verrühr es einfach mit dem Teig, dann sehen wir ja, wie es aussieht«, schlug ihr Owen vor und verfolgte mit Argusaugen, was sie tat.

»Vielleicht sollten wir noch ein bisschen mehr reintun, nur um ganz sicherzugehen«, meinte er, während er bereits die nächste großzügige Menge in den Mixer gab.

Nachdem sich das gesamte Cannabis in der geschmolzenen Butter aufgelöst zu haben schien, kippten sie die Mischung zu der Schokolade. Jetzt ginge die Torte sicher nicht mehr richtig auf, überlegte Kate, kippte den Teig in eine Form, schob sie in den Ofen und schloss vorsichtig die Tür. Aber lecker würde sie bestimmt.

»Wie lange wird es dauern?«, fragte Owen, der sich bereits vor Ungeduld die Hände rieb.

»Ungefähr eine Dreiviertelstunde.«

»Ich kann es kaum erwarten«, sagte er und sah sie grinsend an.

Abends versammelte sich die gesamte Band um Kate. Auch wenn Will verschwunden war, würden sie seinen Geburtstag feiern, beschlossen sie, und so bliesen Owen und Georgie die Luftballons auf, schmückten hübsch den Tisch, und sie alle gaben sich die größte Mühe, möglichst nett zu ihr zu sein. Selbst Phoenix brachte sie mit indiskreten Geschichten von berühmten Musikerkollegen und Blödsinn, den sie hinter der Bühne machten, ein ums andere Mal zum Lachen und war gesprächiger als je zuvor.

Alle waren derart nett und fürsorglich, dass Kate vermutete, Owen hätte wieder mal nicht dichtgehalten, weshalb alle wussten, dass sie wegen Wills Verschwinden derart unglücklich gewesen war. Offenbar war ihnen allen klar, dass sie in Will verschossen war, aber plötzlich machte ihr das nichts mehr aus. Denn sie waren wirklich mitfühlend, gaben ihr deutlich zu verstehen, dass sie auf ihrer Seite waren, schwärmten beinahe übertrieben von dem guten Essen, und selbst Georgie nahm sich, um sie aufzumuntern, noch Nachschlag.

»Armer Will«, erklärte Rory. »Er weiß nicht, was er verpasst.« Sein Lächeln machte deutlich, dass es ihm bei diesem Satz nicht nur um das Essen ging.

»Allerdings«, stimmte ihm Owen unumwunden zu. »Er sitzt jetzt bestimmt in irgendeinem superteuren Restaurant und guckt zu, wie Tina an einem Salatblatt knabbert, das zwanzig Euro gekostet hat.«

»Ich wette, er wäre lieber hier bei uns«, warf Georgie ein. »Weil Tina schließlich echt bescheuert ist.«

»Früher war sie ganz nett, aber sie hat sich total verändert«, erklärte Phoenix Kate.

»Sie ist geradezu süchtig nach Erfolg, das ist ihr Problem«, stellte Owen fest. »Und wir alle wissen, was Will von ihrem Ehrgeiz hält.«

Alle genossen das Geburtstagsessen, doch die Haschtorte war eindeutig die Krönung des Menüs. Kate steckte alle Kerzen in den Guss, zündete sie an und steckte dabei zweimal beinahe ihr Haar in Brand.

»Mein Gott!«, rief Owen aus, als er all die Kerzen auf der Torte sah. »Wie alt ist der Kerl?«

»Ich dachte, ich brauche einfach alle Kerzen auf.«

»Wir könnten einfach hier sitzen bleiben und die Torte einatmen«, schlug Phoenix lachend vor.

Sie sanken betrunken *Happy Birthday* für den abwesenden Will und bliesen zusammen die unzähligen Kerzen aus.

»Wow, die Torte ist das reinste Dynamit«, stellte Phoenix nach dem ersten großen Bissen fest.

»Tja, das Lob gebührt nicht mir allein – Owen hat mir schließlich geholfen.«

»Wow! Schmeckt wirklich stark«, murmelte Rory mit vollem Mund.

Owen brach mehrere kleine Stückchen von der Torte ab, schob sie Kate vorsichtig in den Mund, ließ dabei die Finger länger als erforderlich auf ihren Lippen liegen, wischte ihr die Krümel von den Mundwinkeln und leckte sie von seinen Fingern ab.

Himmel, er ist wirklich sexy, dachte Kate.

»Lass es gut sein, Owen«, rief Rory den Bruder müde zur Räson.

Passend zu Beginn der abendlichen Folge *Promi-Knast* setzte die Wirkung der Torte ein. Nie zuvor hatten sie sich derart beim Fernsehen amüsiert. Sie buhten und pfiffen, als Vanessa King erschien, warfen Gegenstände nach dem Bildschirm und brüllten vor Lachen, als Tessa vollkommen erschöpft nach einer weiteren Nacht auf Lesbenwache vor der Kamera erschien und müde darum bat, sie aus der Show zu wählen, damit sie endlich nach Hause kam.

Dann unterhielt Vanessa ihre Mitinsassen durch die Darbietung einer Fellatio mit einer Wasserflasche, aus der sie am Ende auch noch etwas trank.

»Du schluckst ja richtig!«, rief einer der Männer voller Bewunderung.

»Immer«, klärte sie ihn mit einem verführerischen Lächeln auf.

»Schluckt Tessa auch?«, fragte Owen Rory.

»Nein. Schließlich weiß sie nicht, wie viele Kalorien Sperma hat.«

Owen lachte fröhlich auf.

»Oder ob es als Protein oder Kohlehydrate zählt«, fügte Rory noch hinzu.

Es war wieder einmal Abwahl-Nacht. Wie gewöhnlich wurde Tessas Name fast sofort erwähnt, zur Enttäuschung ihrer Mitbewohner aber flog mal wieder jemand anderes raus. Weil sie einfach keine Chance hatte, dem Gefängnis zu entkommen, da Owens Kampagne weiter Früchte trug. Er hatte die gesamte Villa eingespannt, um Tessas Konkurrenten abzuwählen, und ab und zu klang es am Pool wie in einem Schreibbüro, denn sie alle tippten gleichzeitig in ihre Handys, um dafür zu sorgen, dass Tessa auch weiter hinter Gittern blieb.

Als bekannt gegeben wurde, dass ein anderer den Knast verlassen würde, machte Tessa einen halbherzigen Freudensprung.

»Arme Tessa«, sagte Rory, aber Kate hatte den heimlichen Verdacht, dass auch er inzwischen an den Abwahltagen unzählige SMS schrieb. Doch vielleicht war er auch nur ein guter Freund und versuchte ihr zu helfen zu gewinnen, dachte sie. Schließlich wusste man nie.

Will genoss seinen Geburtstag wirklich nicht. Was ist nur mit mir los?, fragte er sich und schob lustlos seinen Hummer auf dem Teller hin und her. Tina hatte ihn in ein Vier-Sterne-Restaurant geführt, eins der teuersten Lokale von Florenz. Das Essen war fantastisch, die Atmosphäre elegant, er saß mit der schönsten Frau im Raum an einem Tisch, und für später hatte sie ein Zimmer in einem der besten Hotels der Stadt für sie beide reserviert. Von einem solchen Rendezvous würden die meisten Männer sicher träumen, er hingegen wünschte sich, er wäre wieder in der Villa, würde dort mit Kate und den anderen mit Pizza vor dem Fernseher im Wohnzimmer sitzen und sich über den *Promi-Knast* kaputtlachen.

Er wusste, er war undankbar. Tina war unglaublich schön und mit ihrer samtig glatten, warm schimmernden Haut und ihrem seidig weichen Haar unendlich begehrenswert, doch er fragte sich die ganze Zeit, ob sie sich für ihn so hergerichtet hatte oder vielleicht eher für die Paparazzi, mit denen beim Verlassen des Lokals zu rechnen war. Denn sie hätte ihn nie zu diesem Essen eingeladen, ohne die Gelegenheit zu nutzen und der Presse mitzuteilen, wo mit ihnen beiden heute Nacht zu rechnen war.

Als er sie jetzt ansah, dachte er darüber nach, weshalb er überhaupt mit ihr zusammen war. So wie jetzt war es nicht immer zwischen ihnen beiden gewesen. Natürlich fühlten sie sich sexuell durchaus voneinander angezogen, aber das war es nicht allein gewesen – nein, sie hatten früher auch noch jede Menge Spaß gehabt. Er fragte sich, was aus der coolen jungen Frau geworden war, die mit ihm und seiner Band herumgezogen war, bis in die frühen Morgenstunden hatte tanzen können und vor allem immer gut gelaunt gewesen war. Er hatte keine Ahnung, wann sie sich verändert hatte, doch irgendwann war aus der sorglosen und lebensfrohen jungen Frau eine gewiefte, dominante Karrierefrau geworden, die ihre eigene Werbung glaubte und sich für den Mittelpunkt der Welt zu halten schien. Er fragte sich, wann sie sich derart auseinanderentwickelt hatten, und erkannte, dass ihm die Antwort inzwischen völlig schnuppe war. Schließlich zählte im Grund nur, dass es so gekommen war.

Inzwischen fand er Tina stur, arrogant und aggressiv. Meistens nervte sie ihn nur – wie im Augenblick, erkannte er, als sie sich einzig deshalb zum x-ten Mal unter lautem Armreifengeklimper durch die Haare fuhr, damit jeder den schimmernden Glanz ihrer über die Schultern fallenden Mähne sah. Sie schien zu denken, dass das Klappern ihres Geschmeides reizvoll war, aber Will knirschte dabei einzig mit den Zähnen und kämpfte gegen das Verlangen an, ihren Arm zu packen und auf den Tisch zu drücken, damit endlich Ruhe war. »Alles in Ordnung, Will?«, wollte sie von ihm wissen und nahm seine Hand. »Du bist ungewöhnlich ruhig.«

Er kam sich wie ein Schurke vor. Er war ihr gegenüber einfach nicht gerecht. Sie hatte ihn überraschen wollen, indem sie extra anlässlich seines Geburtstags nach Italien gekommen war und ihn zu diesem wunderbaren Essen eingeladen hatte, und er benahm sich rüpelhaft und schmollte wie ein verwöhntes Gör. Auch wenn er es nicht gerne zugab, hatte es ihn keineswegs gefreut, als sie plötzlich angerufen hatte, um zu sagen, sie wäre in Florenz und würde ihn, weil er Geburtstag hatte, einladen. Denn er hatte sich auf das Zusammensein mit Kate und den anderen gefreut.

Entschlossen setzte er ein Lächeln auf.

»Alles bestens. Das Lokal ist wirklich toll. Und vor allem scheine ich, auch wenn es mir so vorkommt, doch noch nicht so alt zu sein.« Er nickte dem Ober zu, der bereits den ganzen Abend unverhohlen mit ihm geflirtet hatte. »Es ist wirklich nett zu wissen, dass ich, wenn ich möchte, offensichtlich noch den einen oder anderen Kerl an Land ziehen kann.«

Tina sah ihn sauertöpfisch an. »Du solltest dich bei der Geschäftsführung beschweren«, riet sie ihm empört. »Es geht schließlich nicht an, dass du dich seinetwegen unwohl fühlst.«

»Das tue ich ja gar nicht. Das war nur ein Scherz«, klärte Will sie auf.

»Aber es ist wirklich unhöflich!«, brauste Tina auf. »Schließlich kann er sehen, dass du mit mir zusammen bist. So ein Benehmen erwartet man ganz einfach nicht in einem solchen Restaurant.«

Kate hätte gelacht, ging es Will bei diesen Worten düster durch den Kopf.

In der Villa waren alle wieder auf die Terrasse zurückgekehrt und machten sich trinkend und rauchend über die Reste ihres Abendessens her.

»Gibt es sonst noch was zu essen?«, erkundigte sich Rory und machte sich über den letzten Bissen Kartoffelgratin her. »Ich bin am Verhungern.«

Owen und Georgie schien die Torte nicht gereicht zu haben, denn sie teilten sich einen riesengroßen Joint.

»Was meint ihr, wie ich mit Dreadlocks aussehen würde?«, überlegte Owen, während er eine duftende Rauchwolke aus seiner Nase steigen ließ.

»Scheiße«, antwortete Rory ihm.

»Ich denke, du würdest damit wirklich süß aussehen«, kicherte Georgie und gab ihm den Joint zurück.

»Ich habe nämlich überlegt, ob ich nicht Rastafari werden soll.«

»Dazu gehört aber noch mehr, als sich Dreadlocks wachsen zu lassen«, stellte Phoenix fest.

»Ich weiß. Man braucht auch noch die passende Mütze – doch die habe ich bereits. Und man muss jede Menge *ganja* rauchen«, fügte er mit seinem jamaikanischen Akzent hinzu und fuchtelte mit seinem Joint herum.

»Du kannst nicht einfach eine Mütze aufsetzen, damit du ein Rastafari bist, du Blödmann«, schalt sein Bruder ihn.

»Und warum nicht?«, wollte Owen wissen. »Phoenix hat sich auch die Haare abrasiert, und schon war er Buddhist.«

»Ich bin kein Buddhist mehr.« Phoenix schob sich einen kalten Champignon in den Mund. »Deren Einstellung zum Sex hat mir nicht zugesagt.«

»Ist bei ihnen vielleicht nur die Missionarsstellung erlaubt?«

»Schlimmer! Im Grunde soll man ganz auf Sex verzichten, außer wenn man Kinder zeugen will.«

»Meine Güte. Und wie steht man dann da, wenn man danebenzielt?«

»Genau. Gibt es noch Kartoffeln, Kate?«

Kate schüttelte den Kopf. »Wir haben alles aufgegessen, aber ich kann gern noch etwas machen«, bot sie an, stand auf und wandte sich der Küche zu. Auch sie hatte schon wieder einen Riesenappetit, und so stellte sie einen Topf mit Wasser auf und schaufelte, bis das Nudelwasser kochte, eine Schüssel voller Müsli in sich rein.

»Tina!«, kreischte plötzlich eine schrille Stimme neben ihrem Tisch. Sie gehörte Giovanni Santo, einem Designer, der mit Kirstie Long, einem blutjungen, wunderschönen Hollywoodwildfang und deren neuester Eroberung, Peter Hunt, dem augenblicklich größten Schauspieler auf Erden, in das Restaurant gekommen war.

»Tina, wie schön, dich zu sehen!«

Will erstickte beinahe an der Wolke teuren Parfüms, als sich alle mit Wangenküssen begrüßten, Tinas Miene jedoch hellte sich beim Anblick ihrer Freunde sichtlich auf. Bald hatten die Neuankömmlinge drei Stühle an den Tisch gerückt und tauschten die neuesten Klatschgeschichten über gemeinsame Freundinnen und Freunde aus – wer dick und wer dünn geworden war, wer geheiratet hatte und wer mit wem zusammen war –, und Will wurde bewusst, dass Tina den ganzen Abend lang nicht einen Augenblick so gut gelaunt gewesen war wie jetzt.

»Giovanni will mit uns in einen wirklich coolen Club«, erklärte Kirstie gut gelaunt. »Warum kommt ihr nicht mit?«

Tina konnte nicht verbergen, wie begeistert sie von dem Gedanken war, aber trotzdem wandte sie sich erst an Will. »Nun, ich weiß nicht – was meinst du?«

Das Letzte, was Will wollte, war, mit einer Horde Fremder noch in einen Club zu gehen, allerdings verspürte er ebenso wenig den Wunsch, mit Tina allein zu sein. »Sicher, warum nicht?«

»Draußen lungern jede Menge Paparazzi rum«, warnte Kirstie die anderen und blickte argwöhnisch in Richtung

Tür. »Wir gehen am besten hinten raus. Wenn ihr wollt, kommt einfach mit.«

Tina versuchte, möglichst cool zu tun, antwortete aber, ohne zu zögern: »Oh, wir gehen vorne raus. Dann haben diese Blödmänner wenigstens etwas zu glotzen.«

Wenn Freddie mich jetzt sehen könnte, dachte Kate verschwommen, während sie mit Phoenix Stehblues neben dem Pool tanzte. Obwohl sie es selbst kaum glauben konnte, wiegte sie sich unter dem sternenübersäten Himmel der Toskana in den Armen eines der größten Idole ihrer Generation. Es war ein unwirkliches Gefühl, dessen Wirkung noch durch die Menge an Alkohol und Cannabis verstärkt wurde, die im Verlauf des Abends von ihr genossen worden war.

Gestärkt von Riesenmengen Müsli sowie großer Schüsseln voll mit Knoblauch und Chili gewürzter Spaghetti, die Kate noch schnell gezaubert hatte, hatten sie die Musik auf volle Lautstärke gestellt und setzten die Party auf der Terrasse fort.

Nie zuvor in ihrem Leben hatte Kate sich derart amüsiert. Owen, Rory und selbst Phoenix machten ihr den Hof, und die Aufmerksamkeit gleich drei ausnehmend attraktiver Männer gab ihr das Gefühl, sexy und stark zu sein. Nicht dass sie die Flirtversuche wirklich ernst nahm – ohne Zweifel fehlten ihnen einfach ihre Freundinnen, und als einzige Frau, die nicht Teil der Familie war, zog sie automatisch die geballte sexuelle Energie der Männer an. Es war ein völlig harmloser Spaß, doch sie fühlte sich unglaublich gut dabei.

Als plötzlich ein flotter Popsong – ein Klassiker von Motown – aus der Stereoanlage drang, packte Owen sie, und kichernd probierten sie ein paar ironische Tanzschritte aus den Sechzigern aus, ruderten mit ihren Armen und hielten sich die Nasen wie vor einem Tauchgang zu. Das nächste Stück dann war ein unglaublich kitschiges Liebeslied, ein Riesensommerhit, der für eine der angesagten Boygroups geschrieben worden war. »Auf wessen MP3-Player ist denn ein solcher Mist?«, fragte Owen und verzog verächtlich das Gesicht.

»Uh ... auf meinem«, räumte Kate verlegen ein und verfluchte sich dafür, dass sie vergessen hatte, irgendeine möglichst coole Liederfolge einzustellen.

»Weicheier!«, stieß Owen aus, und Kate erinnerte sich daran, dass diese spezielle Boygroup die letzte Single von Walking Wounded auf den zweiten Platz der Charts zurückgeworfen hatte, weshalb ihre Auswahl nicht nur einen eklatanten Mangel an gutem Geschmack, sondern auch fehlendes diplomatisches Gespür verriet.

»Dieses eine Mal werden wir dir verzeihen«, rief ihr Phoenix zu, marschierte aber gleichzeitig ins Haus und wählte einen anderen Song von ihrem MP3-Player. Einen Moment später atmete Kate erleichtert auf, als ein Song von Walking Wounded aus den Lautsprechern drang.

»Freut mich, dass dein Geschmack nicht völlig scheiße ist.« Owen sah sie lächelnd an.

Sie zog sich die Schuhe aus und tanzte noch wilder und ausgelassener als zuvor. Nach einer Weile merkte sie, dass die anderen verschwunden waren und sie nur noch mit Owen auf der Terrasse war. Trotzdem warf sie alle Hemmungen über Bord, ließ sinnlich ihre Hüften kreisen und bedachte ihren Tanzpartner mit einem verführerischen Blick. Sie war eine Göttin! Echter Rock 'n' Roll! Sex auf zwei Beinen!

Ehe sie plötzlich beinlos war. Auf dem nassen Untergrund geriet ihr Fuß ins Rutschen, und sie ruderte verzweifelt mit den Armen, doch es nützte ihr nichts mehr. Mit einem lauten Platsch stürzte sie in den Pool, rang, als sie ins kalte Wasser stürzte, erschrocken nach Luft und strampelte panisch mit den Beinen, bis sie endlich wieder an die Oberfläche kam. So viel Rock 'n' Roll musste nicht sein, dass sie, vollgepumpt mit Drogen und Alkohol, auf dem Grund des Beckens endete. Als sie wieder auftauchte, hatte sich Owen bereits an den Beckenrand gehockt und streckte eine Hand in ihre Richtung aus. Sie packte sie, er zog sie raus, und hustend und mit am Kopf klebendem Haar zupfte sie an ihrem nassen Kleid, das wie eine zweite Haut um ihren Körper lag.

»Das nasse Zeug solltest du besser ausziehen«, schlug ihr Owen mit verrucht blitzenden Augen vor.

Kate sah ihn grinsend an, zog den Reißverschluss des Kleids herab, wandte ihm den Rücken zu, schälte sich aus dem Gewand, hielt es wie eine Stripteasetänzerin auf Armeslänge von sich fort, ließ es achtlos ins Becken fallen und schaute ihn lächelnd über ihre Schulter hinweg an. Insgeheim dankte sie ihrem Glücksstern dafür, dass sie statt mit ihrer alten Unterwäsche mit den glamourösen neuen Sachen, die ihr Grace und Rachel während ihrer Shoppingtour spendiert hatten, im Gepäck hierhergekommen war. Deshalb fühlte sie sich herrlich selbstbewusst, als sie nur in BH und Slip auf der mondbeschienenen Terrasse stand.

»Am besten gibst du mir dein Hemd«, forderte sie Owen grinsend auf.

Owens Augen fingen an zu leuchten, als er sich das Hemd auszog und es ihr gab. Sie nahm es ihm ab, zog es an, knöpfte es zu und drehte sich wieder zu ihm um. Das weiche weiße Baumwollhemd, das noch seine Wärme und seinen Geruch enthielt und ihr bis auf die Oberschenkel fiel, war feucht und dort, wo es an ihrem nassen Körper klebte, durchsichtig.

»So ist's besser«, meinte sie, zog ihre Haare aus dem Kragen und schüttelte sie aus. »Ich brauchte etwas Warmes, Trockenes.«

»Genau das brauche ich auch.« Er zog sie in seine Arme

und spielte mit einer Strähne ihrer Haare, die sich langsam wieder zu einem Ringellöckchen zusammenzog.

Glühend heiße Lust durchzuckte sie, als sie in seine beinahe schwarzen Augen sah. Eine so wunderbare Nacht hatte sie nie zuvor erlebt!

Einen so schrecklichen Geburtstag habe ich noch nie erlebt, dachte Will und sah zum x-ten Mal auf seine Uhr. Es war bereits nach drei, aber wann der Trupp zum Aufbruch blasen würde, war nicht absehbar. Will saß allein an einem Tisch, verfolgte das Geschehen mit gelangweilter Distanz und sehnte sich, während die dröhnende Musik an seine Ohren drang, schmerzlich danach, endlich zu gehen. Die schillernde Menge in der heißen, überfüllten VIP-Lounge des Clubs wirkte reich und privilegiert. Überall, wohin er sah, entdeckte er verwöhnte, künstlich gebräunte Haut, seidig schimmerndes Haar, Designer-Klamotten und glitzerndes Geschmeide.

Auf der anderen Seite des Raums drängte sich eine Horde junger Hip-Hopper um eine Gruppe von Tischen entlang der Wand. Die Männer ähnelten einer Horde erfolgreicher Zuhälter und wohlhabender Sportler, da sich elegante Pelze und protzige Diamanten mit Fußballtrikots, Baseballmützen und dicken, glänzenden weißen Turnschuhen mischten. Die Frauen hatten alle endlos lange Beine in mörderisch hochhackigen Schuhen und trugen kurze, enge Kleider, deren Minimum an Stoff ihre üppigen Rundungen eher enthüllte als verbarg. Alles an ihnen schien zu funkeln, von der taufrischen Haut in diversen Honig- und Karamelltönen über ihr schimmernd schwarzes Haar bis hin zu ihrem teuren Schmuck.

Die Tanzfläche war ein Meer zuckender Körper, die wahrscheinlich jede Menge Koks und Cristal in Bewegung hielt. Auch Tina wand sich dort, denn sie hatte ihn beinahe sofort nach ihrer Ankunft einfach sitzen lassen und sich an die Leute mit den wirklich großen Namen herangemacht. Wenigstens war sie glücklich, dachte er. Durch ihre Ankunft mit Kirstie und Peter, dem heißesten Paar der Welt, hatte sie einen großen Coup gelandet, und das nutzte sie nach Kräften aus. Dies waren die Dinge, die ihr wirklich wichtig waren, und er hatte das Gefühl, als ob sie inzwischen praktisch eine Fremde für ihn war. Er hatte keine Ahnung, wer von ihnen sich derart verändert hatte – wahrscheinlich sie beide –, doch im Grunde war das vollkommen egal.

Während er sie feiern sah, empfand er Groll und einen Hauch von Selbstmitleid. Weil dies schließlich sein Geburtstag war. Sie hätte ihm an diesem Abend eine Freude machen sollen, aber sie dachte keinen Augenblick darüber nach, ob es ihm hier gefiel. Ihr schien gar nicht bewusst zu sein, dass er die Party nicht genoss.

Plötzlich teilte sich die Menge am anderen Raumende, und er entdeckte 2Tone, einen weltberühmten Rapper, der vollkommen ruhig inmitten all der Angeber und Möchtegerngrößen saß. 2Tone – für seine Freunde Tony – hatte Walking Wounded auf einer ihrer ersten Tourneen unterstützt und war Will als ruhiger, beinahe scheuer Junge mit altmodischen amerikanischen Manieren und einem freundlichen, umgänglichen Wesen, das in deutlichem Kontrast zu seinem aggressiven Image stand, in Erinnerung.

Als er Will entdeckte, setzte er ein breites Grinsen auf, stand auf und kam an seinen Tisch. Will freute sich über die Gesellschaft, weil der Junge ihm durchaus sympathisch war. Seit der Tournee mit Walking Wounded hatte er eine erstaunliche Karriere hingelegt, war aber noch immer ein ruhiger und zurückhaltender Mensch ohne auch nur eine Spur des oberflächlichen Glanzes all der Pfauen, von denen er umgeben war. Bei ihrem Gespräch lachte Will zum ersten Mal an diesem Abend, der Junge war nämlich nicht nur sympathisch, sondern obendrein ausnehmend amüsant.

»Bist du allein hier?«, fragte Tony ihn nach einer Weile.

»Nein, mit Tina.« Will nickte in Richtung der Tanzfläche.

»Weiß sie das?« Tony sah ihn mit einem spöttischen Lächeln an.

Jetzt weiß sie es auf jeden Fall, sagte sich Will, denn sie hatte entdeckt, dass Tony bei ihm saß, und bahnte sich entschlossen einen Weg zurück an ihren Tisch. Gleichzeitig kamen auch Tonys Freunde, eifersüchtig auf den Kerl, mit dem er sprach, und neugierig auf den Typen, dessentwegen er sie einfach hatte sitzen lassen, auf sie zu, und als Tina glücklich mit dem Trupp zusammensaß, nutzte Will diese Gelegenheit zur Flucht. Er behauptete, er hätte morgen jede Menge Arbeit, bräuchte deshalb dringend noch ein bisschen Schlaf und fragte, ob sie was dagegen hätte, wenn er jetzt heimfuhr. Bereitwillig ließ sie ihn gehen, doch statt deshalb verletzt zu sein, empfand er nur Erleichterung.

»In ein paar Wochen, wenn ich selbst Geburtstag habe, bin ich wieder in der Stadt«, erklärte sie und gab ihm einen Kuss. »Dann holen wir einfach alles nach.«

Will trat in die Florentiner Nacht hinaus und atmete tief ein. Nie zuvor in seinem Leben hatte frische Luft ihm derart gutgetan. Offenbar wurde er alt, ging es ihm durch den Kopf. Er wünschte sich nichts sehnlicher, als in seinem eigenen Bett zu schlafen, in der Villa aufzuwachen und morgen mit Kate zu frühstücken.

Irgendwie landete Kate allein mit Owen im Studio der Band. Sie hatte keine Ahnung, wie sie überhaupt dorthin gekommen war, konnte sich aber noch undeutlich daran erinnern, dass sie ihm erzählt hatte, sie hätte sich ihr Leben lang gewünscht, in einer Band zu sein. Darauf hatte Owen ihre Hand gepackt, und sie waren losgerannt und hatten es Phoenix, Georgie und Rory überlassen, in die Küche zurückzukehren und zu gucken, ob es dort noch irgendwas zu essen gab. Jetzt stöpselte Owen eine E-Gitarre an einen Verstärker an, hängte sie ihr um und rückte den Gurt unnötig sorgfältig vor ihrer Brust zurecht.

Kate zupfte vorsichtig an einer Saite und genoss den explosionsartigen Laut, der sich durch eine bloße Berührung mit den Fingern erzeugen ließ. Dann schlug sie fester in die Saiten und tanzte, wie sie hoffte, möglichst rockig durch den Raum.

»Klingt scheiße«, brüllte Owen über den Lärm hinweg. »Aber du siehst fantastisch aus.«

Er stand vom Boden auf und nahm ihre Hand, die auf den Saiten lag.

»Das reicht«, erklärte er ihr sanft und bedachte sie mit einem durchdringenden Blick, der ihre Knie weich wie Wackelpudding werden ließ. Dann zog er ihr das Instrument über den Kopf, legte es zur Seite, legte ihr die Hände auf die Schultern und drückte sie sanft gegen die Wand.

Als Will nach Hause kam, sah die Villa wie ein Schlachtfeld aus. Überall brannte Licht, sämtliche Türen standen auf, und aus den Lautsprechern drang ohrenbetäubende Musik. Sein erster Gedanke war, dass jemand eingebrochen war. Alle möglichen Szenarien gingen ihm durch den Kopf – Kidnapper, verrückte Fans, erboste Väter, deren Töchter Owen verführt hatte. Doch es dauerte nicht lange, und er sah die Spuren einer Party und erkannte, dass nichts Ungewöhnliches geschehen war. Die Küche wirkte, als ob eine Horde tollwütiger Bären darüber hergefallen wäre. Müslipakete waren aufgerissen und ihr Inhalt über der mit halb vollen Spaghettitellern vollgestellten Anrichte verstreut. Der Fußboden im Wohnzimmer war mit Popcorn, Kuchenkrümeln und Flaschen übersät, und das Surren des Fernsehers konkurrierte mit der lärmenden Musik, die aus der Stereoanlage kam.

Er schaltete den Fernseher und die Stereoanlage aus und machte sich ans Aufräumen. Als er sich nach einer leeren Bierflasche in einer Ecke bückte, nahm er etwas aus den Augenwinkeln wahr, das sein Blut gefrieren ließ. Atemlos vor Furcht richtete er sich wieder auf und blickte durch die offene Terrassentür. Sein Herzschlag setzte aus – etwas Rotes schwamm im Pool. Es war Kate – er hatte das Kleid sofort erkannt. Ihr lebloser Körper wiegte sich im Takt des Wassers, das gegen die Beckenwände schlug.

Mit bleischweren Beinen und wild hämmerndem Herzen schleppte er sich an den Rand des Pools. Es konnte nur Sekunden gedauert haben, bis er bei ihr war, kam ihm aber wie ein ganzes Leben vor. Dann blickte er aufs Wasser und hätte beinahe hysterisch gelacht, als er sah, dass nur das Kleid, nicht aber Kate dort schwamm. Schwach vor Schreck ließ er sich auf die Knie sinken, fuhr sich mit zitternden Händen durchs Gesicht und versuchte, die grässlichen Bilder zu verdrängen, die er noch immer vor seinem geistigen Auge sah.

Er fischte das Kleid aus dem Wasser, wrang es automatisch aus und breitete es zum Trocknen auf einem der Liegestühle aus. Daraufhin ließ der Adrenalinschock nach, und müde blieb er stehen und strich gedankenverloren über den nassen Stoff. Er wusste ganz genau, wie toll Kate in dem Kleid aussah – und fragte sich, warum sie es hier draußen ausgezogen hatte und weswegen es im Pool gelandet war.

Nachdem ihm klar geworden war, dass Kate nicht ertrunken war, verspürte er erst Erleichterung, dann aber genauso heißen Zorn. Wenn sie jetzt hier gewesen wäre, hätte er zwischen dem Wunsch, sie bis zur Besinnungslosigkeit zu küssen, und dem Verlangen, ihr die Gurgel umzudrehen, hin- und hergeschwankt.

Im Studio drückte Owen Kate noch immer an die Wand. »Du bist einfach unglaublich sexy, Kate«, murmelte er und streichelte zärtlich ihren Mund.

»Du auch!«, erwiderte sie atemlos, legte eine Hand auf seine muskulöse, wunderbar gebräunte Brust und spürte seinen Herzschlag unter ihrer Handfläche.

Er neigte seinen Kopf, seine rabenschwarzen Wimpern senkten sich über seine warmen braunen Augen, und dann schob er ihr die Zunge in den Mund, während er die Hände über ihre Brüste wandern ließ und mit seinen Daumen über ihre Nippel strich.

Ich küsse Owen Cassidy, sagte sich Kate und versuchte, die angemessene Erregung zu empfinden. Weil er tatsächlich ein unglaublicher Küsser war – all die Übung machte sich auf jeden Fall bezahlt.

Sie rang nach Luft, als eine seiner warmen Hände über ihren Oberschenkel strich, während er die andere in den offenen V-Ausschnitt des Hemdes schob, und ließ den Kopf nach hinten fallen, als er ihre Brust ergriff.

Owen hob den Kopf, schob eine Hand in seine Hosentasche und zog zwei kleine weiße Pillen daraus hervor. »Hast du schon mal Sex auf Ecstasy gemacht?«

Kate schüttelte den Kopf.

»Wirklich nicht?« Er wirkte überrascht. »Du musst es wirklich mal versuchen«, meinte er und legte ihr eine der Pillen in die Hand. »Es ist einfach unglaublich«, fügte er hinzu und warf die andere Pille ein.

Kate blickte unsicher auf den weißen Gegenstand. Er sollte nicht denken, dass sie übertrieben prüde war, aber in Bezug auf Drogen hatte sie noch nie auch nur den geringsten

Mut gehabt. Sie hatte immer Angst, sie wäre der eine von einer Million Menschen, der beim ersten Mal, wenn er etwas probierte, einem Herzinfarkt erlag.

»Los«, drängte Owen sie. »Du wirst total begeistert sein. Dir wird nichts Schlimmes passieren, das verspreche ich.« Er küsste wieder ihr Gesicht und streichelte erotisch ihr Ohrläppchen.

Mit einem Mal wurde der Raum in gleißend helles Licht getaucht. »Was zum Teufel ist hier los?«, krächzte eine harsche Stimme.

Benommen machte Kate die Augen auf, entdeckte Will, der wie ein Racheengel in der Tür des Studios stand. Und hatte das Gefühl, als hätte jemand einen Eimer Eiswasser über ihr ausgekippt.

Sein Blick fiel auf die Pille in ihrer Hand.

»Was hast du ihr gegeben?« Er sah Owen mit vor Zorn funkelnden Augen an.

»Nichts.«

»Was hast du ihr gegeben?«, wiederholte Will, und seine Stimme bekam einen drohenden Klang.

»Nur ein Ecstasy«, gab Owen zu.

»Meine Güte, Owen!« Will riss Kate die Pille aus der Hand und schleuderte sie durch den Raum. »Was zum Teufel hast du dir dabei gedacht?«, fauchte er Owen an. Kate hatte ihn nie zuvor derart erbost erlebt.

»Es war alles in Ordnung, bis du plötzlich auf der Bildfläche erschienen bist«, versuchte Owen die Situation herunterzuspielen.

Aber Will war alles andere als amüsiert. »Himmel, da lasse ich euch einen verdammten Tag allein, und schon ist die Hölle los! Die Küche sieht aus, als ob dort eine Bombe eingeschlagen hätte!«, wandte er sich brüllend an Kate und fuhr dann wieder Owen an: »Und du bist hier, um zu arbeiten, und nicht, um dich wegzubeamen und alles zu vögeln, was nicht bei drei auf den Bäumen ist! Das hättest du, verdammt noch mal, auch zuhause machen können. Mir sitzt die Plattenfirma wegen des neuen Albums im Nacken, ich kämpfe um jeden Tag, den sie euch noch gibt, damit ihr was Vernünftiges zustande bringen könnt, und bringe euch extra hierher, damit ihr euch auf eure Arbeit konzentrieren könnt, aber alles, was ihr könnt, ist, Scheiße bauen!«

»He, reg dich ab, Mann.« Owen lächelte nervös. Er hatte Will noch nie derart erbost erlebt – nicht mal, als er sich bei der Verleihung der Brit Awards zugedröhnt, splitternackt auf dem Tisch getanzt und die Leiterin ihrer Plattenfirma dazu aufgefordert hatte, ihm einen zu blasen, war Will derart ausgeflippt.

»Das ist nicht fair. Owen hat wirklich hart gearbeitet«, protestierte Kate, denn das Haschisch und der Alkohol, den sie zuvor genossen hatte, verliehen ihr einen ungeahnten Mut.

Damit jedoch lenkte sie Wills Zorn auf sich. »Und du.« Er funkelte sie böse an und verzog verächtlich das Gesicht. »Du bist als Köchin hier und nicht als Stripperin für meine Jungs.«

Kate war völlig sprachlos. Nie zuvor hatte sie Will so außer sich erlebt, und sie hatte richtiggehend Angst vor seiner Wut. Trotzdem konnte sie einfach nicht glauben, wie er mit ihr sprach.

Er nutzte seinen Vorteil schamlos aus. »Himmel, Kate.« Er schaute sie an, als wäre sie ein Haufen Hundekot, in den er getreten war. »Ich hätte nie gedacht, dass du ein billiges Groupie bist.«

»Was?« Kate rang nach Luft.

Er bedachte sie mit einem bitterbösen Blick. Es bereitete ihm eindeutig ein boshaftes Vergnügen, den Schock und die

Verletztheit in ihrem Gesicht zu sehen. Sie kämpfte mit den Tränen, holte dann aber tief Luft und schaute ihn an.

»Leck mich doch am Arsch«, erklärte sie in mühsam ruhigem Ton. »Ich kündige.« So würdevoll wie möglich stapfte sie an ihm vorbei und marschierte aus dem Raum.

Das brachte ihn endlich wieder zur Vernunft. Er blinzelte verwirrt, als erwache er aus einem Traum. »Kate, warte!«, rief er ihr hinterher, doch es war zu spät.

»Mein Gott, was habe ich getan?« Er sank auf eine Bank und vergrub das Gesicht zwischen den Händen.

Owen zündete sich einen Joint an und setzte sich neben ihn.

»Tut mir leid, Owen. Ich hatte nicht das Recht, so mit euch zu sprechen«, murmelte Will und ließ die Schultern sinken. Während sein Zorn verrauchte, wurde ihm bewusst, was ihm in der Hitze des Gefechts über die Lippen gekommen war. »Ich weiß nicht, was in mich gefahren ist.«

»Du hättest mir sagen sollen, dass sie vergeben ist«, antwortete Owen sanft. »Dann hätte ich mich von ihr ferngehalten.«

»Wann hätte dich so etwas jemals daran gehindert, dein Glück zu versuchen?«, fragte Will zurück. »Vor allem hast du gewusst, dass sie vergeben ist – schließlich hat sie zuhause einen Freund.«

»Oh, den Blödmann habe ich nicht gemeint«, erklärte Owen gut gelaunt. »Für dich hätte ich allerdings Platz gemacht.«

»Für mich?« Will starrte ihn verwundert an. »Ich weiß nicht, was du damit sagen willst.«

»Wie du meinst.« Owen sah ihn grinsend an. »Aber falls es dir ein Trost ist – Kate war total unglücklich, weil du nicht zum Essen heimgekommen bist. Ich habe nur versucht, sie ein bisschen aufzumuntern.«

»Wirklich?« Sofort hellte sich Wills Miene auf. »Sie war wirklich unglücklich?« Er wusste, der Gedanke sollte ihn nicht derart freuen, aber er konnte nichts dagegen tun.

»Ja, sie hatte nämlich extra ein tolles Geburtstagsessen für dich gemacht und war am Boden zerstört, als ich ihr erklärt habe, dass du nach Florenz gefahren bist.«

»Gott, was habe ich eben zu ihr gesagt?« Will knabberte an seinem Daumennagel.

»Du hast sie ein billiges Groupie genannt«, erinnerte Owen ihn brutal.

»Oh Gott.« Will raufte sich das Haar. »Jetzt wird sie sicher gehen, oder?«

»Ich schätze, dass sie bereits packt.« Owen reichte ihm den Joint, und zu seiner Überraschung nahm Will einen langen, möglichst tiefen Zug und gab ihm das Ding zurück.

»Was soll ich nur machen?« Will blickte ihn hilflos an.

»Ich an deiner Stelle würde mich bei ihr entschuldigen.«

Sie gingen zusammen zurück zum Haus, und in der Küche zog Will seine wunderbar geschnittene Anzugjacke aus und rollte die Ärmel seines Hemdes hoch.

»Was machst du da?« Owen starrte ihn verwundert an.

»Ich werde Maria ganz bestimmt nicht dieses Chaos hinterlassen«, klärte Will ihn auf, während er Teller in die Spülmaschine stellte. »Das wäre ihr gegenüber einfach nicht fair.«

»Oh, okay.« Owen sammelte die leeren Gläser ein.

»Was ist hier überhaupt passiert?« Es sah aus, als hätten sie sämtliche Töpfe, Gläser und Bestecke, die es in der Villa gab, benutzt.

»Wie gesagt, Kate hatte dieses besondere Geburtstagsessen für dich gemacht.«

»Das hier war mein Geburtstagsessen?«, fragte Will, während er argwöhnisch auf die Nudelreste sah. »Dann bin ich wirklich froh, dass ich es verpasst habe.«

»Oh nein, dein Essen war fantastisch, und dann gab es noch eine Schokoladen-Hasch-Torte. Wir haben sie ganz aufgegessen, und daraufhin hatten wir alle einen Riesenappetit.«

»Weshalb ihr die Küche leer gefressen habt.«

»Ja«, gab Owen mit einem treuherzigen Lächeln zu.

»Ich kann einfach nicht glauben, dass Kate eine Haschtorte gebacken hat.«

»Das mit dem Hasch war meine Idee – wie gesagt, sie brauchte einfach eine Aufmunterung.«

Will hatte das ungute Gefühl, dass er selber schuld an allem war. Es entsetzte ihn, was er Kate an den Kopf geschleudert hatte, und bei der Erinnerung an seine bitterbösen Worte und an den verletzten Blick ihrer leuchtenden grünen Augen wogten neuerliche Schuldgefühle in ihm auf. Er hatte wirklich keine Ahnung, was in ihn gefahren war. Tina war ihm auf den Keks gegangen, die Plattenfirma machte wegen ihres neuen Albums Druck, und als er hundemüde heimgekommen war, hatte das Chaos in der Villa ihn vollkommen entsetzt. Doch tief in seinem Inneren wusste er, all das war nicht der Grund für seinen Ausraster. Er war einfach ausgeflippt, als er dazugekommen war, während sich Kate und Owen küssten. Er war enttäuscht, nein, am Boden zerstört gewesen, und diese Gefühle hatten ihn schockiert. Er hätte Erleichterung empfinden sollen – schließlich hatte er Kate nur engagiert, um Grace damit einen Gefallen zu tun, und Owen wäre aus der Sicht von Grace ein ebenso probater Kandidat, um Kate von Brian abzulenken, wie er selbst.

Trotzdem hatte der Anblick der beiden zusammen seine Eifersucht erregt. Es war total einfach – einfach und lächerlich und jämmerlich. In dem Moment war ihm bewusst geworden, was er tatsächlich für Kate empfand. Unbewusst war er über die Autobahn hierher zu ihr zurückgerast. Als er sich nach Hause zurückgesehnt hatte, hatte er dabei nicht an seine Bleibe in Dublin, sondern an dieses Haus, diese Leute ... Kate gedacht. Aber dies war nicht sein Zuhause, und Kate war nicht seine Familie. Das Zuhause, das er sich ersehnte, existierte nicht.

Als sie mit Aufräumen fertig waren, zog Will seine Jacke wieder an. Das war der leichte Teil gewesen, dachte er. Die Dinge mit Kate ins Lot zu bringen würde sicher deutlich schwieriger. Er ging nach draußen, pflückte eine Blume aus dem Garten – ein prachtvolles orangefarbenes Ding, dessen Namen er nicht kannte –, ging um das Haus und sah die bunten Bänder, leeren Weinflaschen und leicht erschlafften Luftballons auf dem Tisch unter der Pergola. Wieder verspürte er Gewissensbisse wegen der Dinge, die er ihr an den Kopf geworfen hatte – und eine kindliche Enttäuschung, weil ihm dieses Fest entgangen war.

»Viel Glück!«, rief ihm Owen hinterher, als er durch die Küche Richtung Treppe ging. »Oh, und übrigens ...«

»Ja?« Will drehte sich noch einmal zu ihm um.

»Herzlichen Glückwunsch zum Geburtstag.«

Kate war aus dem Studio zurück ins Haus gestürmt, hatte sich in ihrem Zimmer auf ihr Bett geworfen und war dort vor lauter Wut in Tränen ausgebrochen. Denn wie hatte Will es wagen können, so mit ihr zu reden? Wie hatte er es wagen können, sie als billiges Groupie zu bezeichnen? Vor ihrem geistigen Auge schwirrten Bilder von ihm, wie er sie zornig angeschaut und angeschrien hatte, und sie gab sich alle Mühe, nur an die Worte zu denken, die er ausgestoßen hatte, sowie an den verächtlichen Blick, mit dem er ihr begegnet war. Sie versuchte, gerechte Empörung zu empfinden. Schließlich hatte Will sich völlig grundlos derart aufgeregt. Schließlich waren Owen und sie zwei ungebundene Erwachsene. Nun, sie war verlobt, aber da Will das nicht wusste, hatte sie aus seiner Sicht ja wohl alles Recht der Welt, mit einem anderen zu schlafen, wenn es ihr gefiel. Doch – auch wenn sie es nur ungern zugab – war sie weniger empört als vielmehr abgrundtief verletzt. Sie ertrug es einfach nicht, wenn Will eine schlechte Meinung von ihr hatte. Bisher hatte sie immer gedacht, er möge und er respektiere sie, aber der Blick, mit dem er sie eben im Studio angesehen hatte, hatte nichts als blanken Hass und eisige Verachtung ausgedrückt.

Sie hatte ihren Koffer unter dem Bett hervorgezerrt und willkürlich Kleider hineingeworfen, dann allerdings gezögert und sich wieder hingesetzt. Eine große Geste wäre gut und schön, doch wie sollte sie das Haus verlassen, ohne dass ihr jemand dabei half? Am liebsten wäre sie mit ihrem Gepäck die Treppe hinuntergeschwebt und hoch erhobenen Hauptes aus dem Haus marschiert, während Will ihr hinterherrannte und flehte, dass sie blieb, aber wohin sollte sie dann gehen? Und sie konnte um diese Uhrzeit ja wohl schwerlich Franco wecken und ihn bitten, dass er sie in ein Hotel oder zum Flughafen nach Pisa fuhr. Und vor allem sagte er ja vielleicht sogar Nein. Weil schließlich Will sein Arbeitgeber war.

Also saß sie genervt und vollkommen erledigt auf dem Bett, als jemand plötzlich leise an ihre Tür klopfte.

»Kate?«, rief Will mit leiser Stimme und klopfte noch einmal an.

»Geh weg!«

»Bitte mach die Tür auf, Kate.«

Mit einem abgrundtiefen Seufzer stand sie auf, zog die

Tür des Zimmers einen Spaltbreit auf und schaute argwöhnisch hinaus.

»Kate, es tut mir furchtbar leid«, erklärte er, und seine Stimme drückte echte Reue aus. »Ich weiß nicht, was in mich gefahren ist.« Er hielt ihr eine Blume hin.

»Du hattest kein Recht, so mit mir zu sprechen.«

»Ich weiß, ich weiß.« Er nickte hilflos mit dem Kopf. »Das war unentschuldbar, und es tut mir furchtbar leid.«

»Du hast mich ein ...«

»Bitte erinnere mich nicht daran.« Sie wollte etwas sagen, aber er hob abwehrend die Hand. »Es tut mir wirklich leid.«

Gnädig nahm sie die Blume an.

»Bitte geh nicht«, bat er, als er ihren halb gepackten Koffer sah.

Kate folgte seinem Blick zu dem Durcheinander auf dem Bett. Sie versuchte Zeit zu schinden, denn sie hatte das Gefühl, dass er sich noch etwas mehr bemühen müsste, wusste jedoch gleichzeitig, sie würde sowieso auf alle Fälle nachgeben. Sie kehrte ihm den Rücken zu, und unversehens kam es ihr so vor, als hätte sich die Welt ruckartig gedreht, weswegen ihr mit einem Mal der Fußboden entgegenkam. Schwankend streckte sie die Hand nach dem Türrahmen aus.

»Kate! Bist du okay?« Will packte ihren Arm und hielt sie fest.

»Mir ist nur ein bisschen ... schwindelig«, stieß sie mit schwacher Stimme aus und klammerte sich hilfesuchend an ihm fest.

Wortlos setzte er sie aufs Bett, drückte ihren Kopf zwischen ihre Knie und blickte ihr, als sie einem Moment später wieder aufsah, ängstlich ins Gesicht: »Besser?«, erkundigte er sich, und sie nickte schweigend mit dem Kopf.

Er schaute wirklich müde aus, erkannte sie.

»Hast du irgendwas genommen?«, fragte er sie in besorgtem Ton.

»Nein«, stieß sie krächzend aus. »Ich habe nur zu viel Wein getrunken und zu viel Haschtorte gegessen.« In ihren Augen brannten Tränen, und eilig senkte sie wieder den Kopf. Sie schämte sich zu sehr, um ihm ins Gesicht zu blicken. Er hatte recht gehabt, als er sie angeschrien hatte, ging es ihr unglücklich durch den Kopf. Sie sollte ihm helfen und sein Leben leichter machen, aber sie war nur eine weitere hoffnungslose Idiotin, für die er verantwortlich war.

»Ich werde dir ein Glas Wasser holen«, meinte er und marschierte in ihr Bad.

Nachdem er verschwunden war, warf Kate sich rücklings auf ihr Bett und machte die Augen zu. Plötzlich wurde ihr bewusst, dass sie total erledigt war, und sie rollte sich zusammen und zog sich die Decke bis zum Kinn. Wenn sie jetzt in Ohnmacht fiele, bräuchte sie wenigstens nicht Wills Gesicht zu sehen.

Als er wieder ins Zimmer kam, fand er Kate im Tiefschlaf vor. Sie lag auf einem Haufen Kleider, das Haar fiel über ihre Schultern, und sie hatte ein gerötetes Gesicht. Er beugte sich dicht über sie, merkte, dass ihr Atem vollkommen normal zu gehen schien, zog die Decke über ihr zurecht und sank auf einen Stuhl neben dem Bett. Dort blieb er lange sitzen, horchte auf ihren gleichmäßigen Atem, verfolgte das Heben und Senken ihrer Brust und versuchte sich mit dem zu arrangieren, was er für sie empfand.

In dem Moment, in dem er hatte sehen müssen, wie Kate in Owens Armen lag, hatte er erkannt, wie heiß er selber auf sie war. Er wollte sie für sich. Wollte sie jetzt und alle Zeit. Wollte alles mit ihr teilen. Wollte sie in seinem Haus und auch unterwegs mit ihr zusammen sein. Wollte mit ihr schlafen, neben ihr die Augen schließen und morgens neben ihr erwachen. Nie zuvor in seinem Leben hatte er sich irgendwas so sehr gewünscht. Irgendwie und irgendwann hatte er sich in Kate verliebt.

Es tat entsetzlich weh, war furchtbar unpraktisch – und deswegen würde er dieses Problem am besten irgendwie auch wieder in den Griff bekommen.

9

Kate wachte am nächsten Tag mit grässlichen Nach-Suff-Gewissensbissen auf. Sie zuckte zusammen, als sie sich daran erinnerte, was letzte Nacht alles geschehen war: ihr lächerlicher Striptease neben dem Pool, ihr furchtbares Geklimpere auf der E-Gitarre und, am allerschlimmsten, der Moment, in dem Will im Studio aufgekreuzt war, während sie mit Owen geknutscht hatte. Wobei es tatsächlich noch furchtbarer gekommen war. Sie stieß ein lautes Stöhnen aus. Fast wäre sie noch ohnmächtig geworden, als Will in ihr Schlafzimmer hereingeplatzt war. Sie erinnerte sich daran, dass er hundemüde ausgesehen und sie ängstlich gefragt hatte, ob sie etwas genommen hatte – denn wahrscheinlich hatte er befürchtet, dass sie sich vergiftet hatte, und sich vorgestellt, sein Geburtstag würde mit einer Fahrt ins nächstgelegene Krankenhaus enden. Verdammt, warum konnte sie nicht einer dieser Menschen sein, die nach einem Vollrausch einfach einschliefen und sich am nächsten Tag an nichts erinnerten?

Ihr Blick fiel auf ihren halb gepackten Koffer, und in dem Moment erschien ihr der Gedanke, sich einfach aus dem Staub zu machen, reizvoller denn je. Aber dafür war es jetzt zu spät. Und sie könnte auch nicht ewig hier in ihrem Zimmer kauern, sondern müsste früher oder später aufstehen, all ihren Mut zusammennehmen und nach unten gehen.

In der Küche summte Maria leise vor sich hin und bereitete das Mittagessen vor. Kate hatte sie vollkommen vergessen, und sofort stiegen neue Schuldgefühle in ihr auf, als sie daran dachte, in welchem Zustand dieser Raum am Vorabend von ihr verlassen worden war.

»Kate!« Die Haushälterin drehte sich zu ihr um und sah sie mit einem freundlichen Lächeln an, runzelte dann aber besorgt die Stirn. »Alles in Ordnung? Will sagt, Sie fühlen sich nicht gut.«

»Oh nein, mir geht es prima, danke.« Kate errötete und fühlte sich beim Blick auf die blitzblank aufgeräumte Küche noch schlechter. Die arme Maria hatte sicher Stunden mit Aufräumen verbracht. »Tut mir leid, dass ich so lange geschlafen habe«, murmelte sie verschämt. »Lassen Sie mich weitermachen, ja?«

»Nein, nein, schon gut«, winkte Maria ab. »Will sagt, Sie haben heute frei. Also koche ich. Ich mache Ihnen Frühstück – was möchten Sie?« Wieder sah sie Kate mit einem warmen Lächeln an.

»Oh, nur ein bisschen Toast.« Sie wollte Maria keine Umstände bereiten, wünschte sich jedoch, sie hätte die Küche für sich selbst und könnte den gesamten Inhalt des Kühlschranks zubereiten – falls es nach dem nächtlichen Gelage überhaupt noch was zu essen gab.

Trotz ihres Protests bestand Maria darauf, dass sich Kate gemütlich an den Tisch setzte, während sie den Kaffee kochte und zwei Scheiben Brot in den Toaster tat. Kate schaute ihr zu, und dabei kam ihr der Gedanke, dass Maria ja vielleicht die neue Köchin war. Vielleicht wartete Will ja nur darauf, dass er sie sah, um ihr zu kündigen. Traurig knabberte sie an ihrem Toast und fragte sich, ob sie nach oben gehen und zu Ende packen sollte, als mit einem Mal die Tür aufging und er den Raum betrat.

»Oh, Kate, du bist wach.« Er sah sie ängstlich an. »Fühlst du dich wieder gut?«

»Ja, danke.« Sie blickte ihn mit einem unsicheren Lächeln an und wünschte sich, die anderen wären nicht alle so besorgt um sie – denn dadurch wurde ihr schlechtes Gewissen noch verstärkt. Weil sie schließlich selber schuld an ihrem Elend war.

»Gut. Komm und guck dir mein Geburtstagsgeschenk von den Jungs und Georgie an.«

Dankbar für die Ablenkung folgte Kate ihm vors Haus. Vorne in der Einfahrt stand ein schimmernder roter Ferrari, um dessen Kühlerhaube eine riesengroße Silberschleife gebunden war.

»Wow!« Kate war nicht wirklich an Autos interessiert, aber sie konnte nicht leugnen, dass das schnittige Fahrzeug mit seinen eleganten Rundungen und der glänzenden Karosserie eine wahre Schönheit war. Mit seiner kaum verhohlenen Kraft kam es ihr wie Sex auf vier Rädern vor. »Er ist einfach wunderschön!«

»Nicht wahr?« Will legte einen Arm um ihre Schultern und bedachte den Wagen mit einem bewundernden Blick. Er hatte schnelle Autos immer schon geliebt. »Er wurde gerade erst geliefert.«

»Er ist wirklich unglaublich«, meinte Kate in ehrfürchtigem Ton. Bei sich dachte sie, sie hätte wirklich Glück gehabt, dass er gestern Abend nicht zum Essen erschienen war – im Vergleich zu diesem Flitzer kamen ihr nämlich ihr selbst gekochtes Essen und die Torte richtiggehend ärmlich vor.

Will zog die Schleife von der Kühlerhaube und blickte sie an. »Los, lass uns eine Spritztour mit der Kiste machen. Ich kann es kaum erwarten, sie zum ersten Mal zu fahren.«

»Aber was ist mit dem Mittagessen? Schließlich habe ich bereits die Frühstücksvorbereitungen verschlafen – das heißt, falls ich überhaupt noch eure Köchin bin«, fügte sie vorsichtig hinzu. Sie hielt die Spannung einfach nicht mehr aus – im Guten oder auch im Schlechten musste sie ganz einfach wissen, wo sie stand.

»Was meinst du?«, fragte Will verblüfft. »Natürlich kochst du noch für uns.«

»Nun, ich meine, mich daran zu erinnern, dass ich gestern gekündigt habe«, sagte sie zu ihren Schuhen. »Das habe ich allerdings nicht so gemeint.«

»Gut … Kate, das mit gestern Abend tut mir leid«, setzte er verlegen an.

»Mir auch.«

»Dir auch? Was muss dir bitte leidtun?«

»Nun«, murmelte sie. »Wie du gesagt hast, bin ich hier, um für euch zu arbeiten, und nicht …« Sie brach ab, denn bei dem Gedanken, dass sie seine Worte wiederholen würde, riss er entgeistert die Augen auf. »Tja, du weißt schon … um mich zu amüsieren«, endete sie lahm.

»Meine Güte, Kate, das, was ich gestern Abend gesagt habe, habe ich auch nicht ernst gemeint. Ich weiß nicht, was in mich gefahren ist. Ich möchte, dass du heute frei machst. Maria hat sich schon bereit erklärt, dich zu vertreten. Also komm – ich lade dich zu einem ausgedehnten Mittagessen ein. Das heißt, wenn du Mittagessen willst.«

»Oh Gott, ja«, wisperte Kate und hätte vor lauter Erleichterung beinahe geheult. »Je mehr ich auf den Teller kriege, umso besser.«

»Gut. Dann lass uns sehen, ob wir einen Laden finden, in dem es eimerweise Pasta gibt.« Er öffnete die Beifahrertür und hielt sie ihr höflich auf.

Überglücklich, weil ihr offenbar verziehen worden war, schwang Kate sich auf den Sitz. Will nahm hinter dem Lenkrad Platz, machte sich erst mal mit sämtlichen Knöpfen und Schalthebeln vertraut, drehte den Schlüssel im Zündschloss herum und schoss mit dröhnendem Motor die Einfahrt des Anwesens hinab.

Will war vollkommen begeistert von dem neuen Wagen und genoss die Fahrt so sehr, dass Kate sich langsam fragte, ob er je zum Mittagessen anhielt. Immer wenn sie eine neue Stadt erreichten, heiterte sich ihre Stimmung auf, und jedes Mal, wenn sie die Hauptstraße entlangdonnerten und die Stadt bereits nach kurzer Zeit wieder im Rückspiegel verschwand, stieß sie einen leisen Seufzer aus. Er war wie ein Kind mit einem neuen Spielzeug, schwärmte von der Beschleunigung, dem Fahrverhalten und den zahllosen hoch technischen Geräten, die es in dem Wagen gab, und nahm Kates wehmütige Rückwärtsblicke, wenn sie an idyllischen Trattorien und in der Sonne liegenden Straßencafés vorüberschossen, offenkundig überhaupt nicht wahr.

»Ein wirklich erstaunliches Geschenk.« Sie freute sich, weil er so glücklich war. »Hast du einen schönen Geburtstag in Florenz verlebt?«

»Nicht wirklich.« Will sah sie mit einem wehmütigen Lächeln an. »Ich glaube, ihr habt euch deutlich besser amüsiert als ich. Es tut mir wirklich leid, dass ich die Party verpasst habe.«

Gestern Abend, in ihrem berauschten Zustand, hatte sie gar nicht daran gedacht, dass Will sich eigentlich mit Tina in irgendeinem Florentiner Luxushotel hätte vergnügen sollen, statt in den frühen Morgenstunden wieder in der Villa aufzutauchen und sie anzuschreien. Plötzlich war sie richtiggehend froh, dass sie von ihm so böse angegangen worden war. »Ich dachte, du wolltest in Florenz auch übernachten.«

»Ich habe es mir anders überlegt. Ich wollte ...« Will brach ab. »Ich wollte lieber wieder zurück.«

Kate lächelte verstohlen. Ihr war klar, sie sollte sich nicht freuen, da Will seinen Geburtstag nicht genossen hatte, doch sie konnte nichts dagegen tun. Sie war unglaublich froh, dass er nicht bei Tina in Florenz geblieben war. Es zeigte ihr, dass er nicht mehr wirklich verrückt nach seiner Freundin war – schließlich hatten sie sich ewig nicht gesehen, und er hatte keinen Grund gehabt, um heute wieder in der Villa bei ihnen zu sein.

»Oh, ich liebe diesen Song«, stellte sie plötzlich fest und drehte die Stereoanlage so weit auf, dass das spektakuläre Knurren ihres Magens ganz bestimmt nicht mehr zu hören war. Gleichzeitig war sie ernsthaft versucht, Will zu fragen, ob möglicherweise eines der erstaunlichen Bestandteile des Wagens eine Bremse war.

Letztendlich hielten sie vor einem Restaurant in einer alten Mühle unweit eines winzigen, auf einem Hügel gelegenen Orts. Eine italienische Mama, deren Leibesumfang für das Essen sprach, regierte über eine Handvoll Tische in einem hübschen, schattigen Hof, und die Speisekarte versprach genau die Art herzhafter, rustikaler Nahrung, die das beste Mittel gegen einen Kater war.

»Hunger?«, fragte Will, während er in die Speisekarte sah.

»Ich könnte ein ganzes Pferd verschlingen«, gestand Kate, und wie aufs Stichwort stieß ihr Bauch ein neuerliches lang gezogenes, dumpfes Knurren aus.

»Meine Güte, tut mir leid.« Will schaute sie lachend an. »Wir hätten früher halten sollen. Nun, aber jetzt sind wir ja hier und probieren am besten die gesamte Speisekarte durch. Wir haben ja jede Menge Zeit.«

Kate nahm ihn beim Wort und bestellte Bruschetta, Nudeln und danach Lamm mit Kartoffeln und Spinat. Da ihr bei dem Gedanken, Wein zu trinken, übel wurde, hielt sie sich an Mineralwasser – worauf die matronenhafte Restaurantbesitzerin missbilligend mit der Zunge schnalzte, weil sie diese Geste offensichtlich als persönlichen Affront und Zeichen der Missachtung italienischer Weine verstand. In dem Bemühen, sie zu beschwichtigen, versuchte Kate einen dicken Kopf zu mimen, ehe ihr Begleiter für sie in die Bresche sprang. Will sagte etwas auf Italienisch zu der Frau, und sofort machte diese eine wundersame Wandlung durch, verzog den Mund zu einem breiten Lächeln und nickte mit einem wissenden Blick auf Kate verständnisvoll.

»Was hast du zu ihr gesagt?«, fragte Kate, nachdem die Frau verschwunden war.

»Ich habe ihr erzählt, dass du schwanger bist«, klärte Will sie selbstzufrieden auf.

»Was?« Kate rang nach Luft, fing dann aber an zu lachen. »Warum in aller Welt hast du ihr so etwas erzählt?«

»Weil es eine gute Erklärung dafür ist, dass du Wasser trinkst. Und vor allem ist es die perfekte Ausrede, um für zwei zu essen.«

»Und du bist der Vater?«, hakte sie nach.

»Natürlich.«

»Nun, ich glaube nicht, dass es ihr sonderlich gefällt, dass du bisher von einer Heirat abgesehen hast. Ich habe nämlich beobachtet, wie sie auf meinen Ringfinger geschaut hat.«

»Wahrscheinlich schleift sie uns nach dem Essen in die nächste Kirche und zwingt mich, das Richtige zu tun.«

Das wäre schön, ging es Kate sehnsüchtig durch den Kopf. »Und was hast du gesagt, warum du selber Wasser trinkst? Bist du vielleicht ein trockener Alkoholiker?«

»Ah, ich kann ja wohl schlecht Wein bestellen, wenn du mir gegenübersitzt und Wasser trinken musst – das wäre einfach nicht gerecht.«

»Das ist wirklich nett von dir.«

»Das fanden wir beide auch.«

Als die Frau mit ihren Antipasti kam, plauderte sie erneut mit Will.

»Was hat sie gesagt?«, fragte Kate, als sie wieder mit ihm allein war.

»Sie hat mich gefragt, ob ich mir einen Jungen oder ein Mädchen wünsche.«

»Und was hast du gesagt?«

»Es wäre mir egal. Hauptsache, es wäre gesund.«

»Gute Antwort«, gab Kate knurrend zu. »Ein bisschen abgelutscht, aber trotzdem nicht schlecht.«

»Ah, außerdem habe ich gesagt, insgeheim würde ich mir ein kleines Mädchen wünschen, das genauso schön wie seine Mutter wird.«

»Die Antwort ist noch besser.«

»Ich kann mir nicht helfen – ich bin einfach verrückt nach dir«, fügte Will hinzu.

Gott, sagte sich Kate, ich wünschte mir, es wäre wirklich so.

Gott, ich wünschte mir, das wäre nur ein Witz, sagte sich Will, denn inzwischen war ihm klar, dass er in ernsten Schwierigkeiten war. Nie zuvor in seinem Leben hatte er derart empfunden, nie zuvor in seinem Leben hatte ihn ein so bizarres, schwindelerregendes Gefühlschaos in solchem Maß aus dem Gleichgewicht gebracht. Er war überglücklich, hatte aber gleichzeitig auch eine Heidenangst. Er hatte keine Ahnung, was geschehen war oder wann es angefangen hatte – er hatte bereits mittendrin gesteckt, ehe er auch nur gewusst hatte, wie ihm geschah. Doch eines wusste er genau: Er wollte ganz bestimmt nicht so empfinden, sondern Kate auch weiterhin als Lorcans kleine Schwester und als gute Freundin sehen. Deshalb hörte er am besten sofort wieder damit auf, auf diese lächerliche Art mit ihr zu flirten, sobald er mit ihr zusammen war.

»Also, du und Owen!«, rief er übertrieben fröhlich aus. Er versuchte geradezu verzweifelt, möglichst gleichmütig zu klingen – oder, wenn möglich, gar erfreut. So reagierte man schließlich normalerweise, wenn zwei Menschen, die man gern hatte, zusammenkamen, oder nicht? Trotzdem klang die Frage eher wie ein »Aber hallo, das hätte ich nie von dir gedacht!«.

»Magst du ihn?«, wollte er von ihr wissen. Meine Güte, dachte er erbost, ich klinge wie ein verdammter Teenager. Und vor allem konnte es ihm vollkommen egal sein, ob sie Owen mochte oder nicht. Denn obwohl er hoffnungslos in sie verliebt war, hatte er ganz sicher nicht die Absicht, ihr das jemals zu gestehen. Er benahm sich einfach lächerlich. Was erwartete er überhaupt von ihr? Dass sie immer auf ihn warten würde für den Fall, dass er es sich noch einmal anders überlegte, stets bereit, wenn er mit den Fingern schnipste, wieder so für ihn zu schwärmen, wie sie es als Teenager getan hatte? Er müsste sich einfach an die Vorstellung gewöhnen, dass es einen anderen Mann in ihrem Leben gab. Weshalb also nicht Owen Cassidy? Er wäre auf alle Fälle besser als der blöde Brian, mit dem sie in Cork gewesen war. Grace wäre wahrscheinlich außer sich vor Glück. Und ihm konnte es egal sein, sagte er sich streng. Trotzdem merkte er, dass er mit angehaltenem Atem darauf wartete, dass sie ihm eine Antwort gab.

»Tja, natürlich mag ich ihn«, setzte sie zögernd an. »Schließlich ist er wirklich nett.«

»Es ist nur so – ich meine, Owen kann gelegentlich ein bisschen ...«

Himmel, jetzt versucht er, mich vor seinem Freund zu warnen, dachte Kate entsetzt. Noch vor einem Augenblick hatte Will mit ihr geflirtet, und jetzt war er plötzlich furchtbar ernst. Hatte er sie etwa nur hierhergebracht, um ihr eine

Standpauke zu halten, so als wäre sie ein Groupie, das dem armen Owen lästig war?

»Ich meine, er ist ein toller Kerl«, fuhr er unbeholfen fort. »Aber Frauen gegenüber ist er ...« Er brach unbehaglich ab. »Ich möchte einfach nicht, dass er dich verletzt.«

»Oh, keine Angst. Es ist nichts Ernstes, falls du das befürchtet hast. Ich erwarte keinen Heiratsantrag oder so«, gab sie scherzhaft zurück.

»Es tut mir leid, im Grunde geht es mich nicht das Geringste an.«

»Das letzte Nacht war eine einmalige Sache«, fügte sie hinzu. »Wir hatten beide zu viel getrunken und uns ein bisschen hinreißen lassen. Es hatte nicht das Geringste zu bedeuten.«

Ihr kam der Gedanke, dass es beinahe so klang, als spräche sie über sich und Will – nur hatte ihr einmaliges Zusammensein, zumindest für sie, durchaus etwas zu bedeuten gehabt.

»Wirklich, du brauchst mir nichts zu erklären. Es tut mir leid, falls mein Verhalten letzte Nacht den Eindruck bei dir erweckt hat, dass du mir eine Erklärung schuldig bist. Ich weiß nicht, was in mich gefahren ist«, meinte er zum x-ten Mal.

»Ich fürchte, dass ich das von mir nicht behaupten kann«, räumte Kate mit einem etwas schuldbewussten Lächeln ein. »Ich weiß ganz genau, was in mich gefahren ist – nämlich jede Menge Alkohol.«

»Und nicht nur der«, führte er trocken aus.

»Nun, außerdem war da noch die Haschtorte«, gab sie widerstrebend zu. »Aber das Ecstasy hätte ich nicht genommen.«

»Das freut mich zu hören – vor allem in deinem Zustand.«

»Wer braucht schon Ecstasy?«, fragte sie mit einem wehmütigen Lächeln. »Ich bin eine Frau – ich kann mir auch so problemlos einreden, in einen Mann, mit dem ich einmal in die Kiste springe, verliebt zu sein.« Plötzlich fiel ihr ein, dass sie auch mit ihm einmal im Bett gewesen war, und sie wurde puterrot. »Das heißt, nicht in jedem Fall«, ruderte sie verzweifelt zurück. »Manchmal hat man einen One-Night-Stand, und das ist alles, was es ist – einfach ein bisschen Spaß. Bedeutungsloser Sex fällt mir genauso leicht wie jeder anderen Frau«, erklärte sie und warf möglichst gleichgültig den Kopf zurück.

Zu ihrer beider Erleichterung wurde die Unterhaltung dadurch unterbrochen, dass die Nudeln kamen, und Kate nutzte die Gelegenheit und sprach ein anderes Thema an. »Also«, fing sie beinahe verzweifelt an, bevor Will die Gelegenheit zu einer Fortsetzung ihres Gesprächs bekam, »hast du schon darüber nachgedacht, ob du auf die Geburtstagsfeier deines Vaters gehst?«

Kaum hatte sie die Worte ausgesprochen, hätte sie sich am liebsten die Zunge abgebissen.

Wills Gesicht jedoch drückte zwar Überraschung, aber keinen Ärger aus.

»Ja, ich habe darüber nachgedacht«, erwiderte er vorsichtig, während er frisch geriebenen Parmesan auf seine Nudeln gab. »Aber ich habe mich noch nicht entschieden.« Er öffnete den Mund, wie um noch etwas zu sagen, machte ihn dann aber einfach wieder zu.

Kate hatte die Überzeugung ihrer Mutter, dass Will sich danach sehnte, sich mit Philip zu versöhnen, immer als Wunschdenken abgetan. Es wäre einfach typisch Grace, so mir nichts, dir nichts zu beschließen, dass er diesen Wunsch verspüren sollte, weil das ihrer Meinung nach die einzig richtige Empfindung war. Plötzlich aber überlegte sie, ob nicht vielleicht doch ein Körnchen Wahrheit in Grace' Vorstellung enthalten war. »Und was hindert dich daran?«, hakte sie mit sanfter Stimme nach.

Er bedachte sie mit einem argwöhnischen Blick und schien zu überlegen, ob er darauf eine Antwort geben sollte oder nicht. »Ich will nicht, dass er denkt ...« Dann brach er wieder ab.

»Was?«, drängte ihn Kate. »Du kannst es mir ruhig sagen.«

»Ich will nicht, dass er denkt, ich würde ihm verzeihen. Denn das tue ich nicht.«

Sie antwortete nichts.

»Willst du mir nicht erzählen, all das wäre doch inzwischen furchtbar lange her?«

»Nein. Denn was hat das schließlich mit deinen Empfindungen zu tun?«

»Die meisten Leute denken offenbar, dass es eine zeitliche Begrenzung für solche Gefühle gibt. Vielleicht haben sie recht.« Er stieß einen Seufzer aus. »Ich nehme an, es ist nicht allzu attraktiv, wenn man derart lange einen Groll gegenüber einem anderen Menschen hegt!«

»Du kannst doch nichts für deine Gefühle.«

»Ich könnte es sagen. Könnte sagen, dass ich ihm verzeihe, aber das stimmt ganz einfach nicht. Ich kann es nicht. Das wäre, als würde ich sagen, es wäre in Ordnung ... was er damals getan, was mit Mum geschehen ist. Und das ist es ganz eindeutig nicht. Es war damals nicht okay, und es wird auch dadurch nicht okay, dass inzwischen jede Menge Zeit vergangen ist.«

Er lehnte sich auf seinem Stuhl zurück und fügte rau hinzu: »Vor allem käme ich mir dann wie ein Verräter vor.«

»Gegenüber deiner Mutter.«

»Ja.«

Wieder hatte er den schmerzerfüllten Blick, der so typisch für ihn war. Kate wünschte sich, sie könnte dafür sorgen, dass er ein für alle Mal aus seinem Gesicht verschwand. »Aber er ist dein Vater, Will, und er ist ein hochintelligenter Mann. Ich bin sicher, er würde all das verstehen. Ich denke, er wäre einfach glücklich, dich zu sehen – egal unter welchen Bedingungen.«

»Vielleicht.« Tatsächlich hatte Will schon lange keine Lust mehr, wütend auf Philip zu sein und die Mauer zwischen ihnen aufrechtzuerhalten, die vor all der Zeit von ihm errichtet worden war. Vielleicht konnte er ihm nie verzeihen, was er in der Vergangenheit verbrochen hatte, doch er könnte aufhören, ihn dafür zu strafen, da die ständige Bestrafung anstrengend und völlig sinnlos war und ihm einzig das Gefühl vermittelte, dass er mutterseelenallein und verloren war. Er wünschte sich, Kate könnte ihn begleiten, wenn er seinen Vater traf. Zwar war es wirklich jämmerlich, aber er hätte gerne ihre Hand gehalten, wenn er ihn nach all den Jahren wiedersah. Wollte ihre sanfte, beruhigende Gegenwart, ihren stillen Rückhalt, ihre bedingungslose Unterstützung und vor allem ihr Verständnis, denn auch wenn es vielleicht kindisch war, hatte er das deutliche Gefühl, dass es leichter für ihn wäre, wäre sie dabei – weil sie auf irgendeine Weise dafür sorgen könnte, dass es tatsächlich in Ordnung war.

Bis sie zum Nachtisch kamen, war es bereits spät, und die ersten abendlichen Gäste trafen ein. Das Essen war einfach fantastisch, und erfreut, da ihr Begleiter sich anscheinend nicht von ihrem Riesenappetit verschrecken ließ, langte Kate nach Kräften zu. Es war so viel amüsanter, als wenn Brian neurotisch jeden Bissen analysierte, den er aß, und anfing zu quengeln, wenn sie etwas anderes als Körner zu sich nahm.

Will genoss es richtiggehend, ihr beim Essen zuzusehen. Es war nämlich etwas völlig anderes, Tina gegenüberzusitzen, während sie das Essen auf ihrem Teller kunstvoll arrangierte, damit es so aussah, als hätte sie es wenigstens angerührt. Aus irgendeinem Grund versuchte sie an dem Mythos festzuhalten, dass sie wie ein Scheunendrescher aß und auch durchaus ein Fan von Fast Food war. Vielleicht, weil es ihrer Ehre Abbruch tat, nur deswegen so dünn zu sein, da sie sich ständig zu Diäten zwang.

»Ich hoffe, Maria hatte nichts dagegen, das Kochen zu übernehmen!« Vor allem nach der letzten Nacht fühlte Kate sich noch immer etwas schuldig, einfach mit Will fortgefahren zu sein, statt ihrer Arbeit nachzugehen.

»Das hat sie sogar gern gemacht. Denn, weißt du, sie hat dich wirklich gern, und vor allem hast du einen freien Tag verdient. Seit du hierhergekommen bist, hattest du kaum einen Augenblick für dich. Ich wollte dich niemals derart versklaven, ich habe einfach nicht nachgedacht.«

»Ich habe wirklich keinen freien Tag gebraucht, schließlich macht mir die Arbeit einen Riesenspaß. Ich amüsiere mich dabei derart, dass ich das Gefühl habe, im Urlaub zu sein. Ich wünschte nur, es gäbe öfter solche Jobs.«

»Hast du schon eine Vorstellung davon, was du als Nächstes machen wirst?«

»Nicht wirklich. Conor denkt natürlich, ich sollte zum Fernsehen gehen und dort als Köchin groß herauskommen.«

»Natürlich«, stimmte Will ihr zu. »Mir hat er einen Riesenvortrag über die erste Single gehalten, die wir aus dem Album ausgekoppelt haben – er meinte, wir hätten den verkehrten Song gewählt.«

»Typisch Conor!«, lachte Kate.

»Das Problem war nur, er hatte recht.«

»Das ist das Ärgerliche an dem Kerl – er hat meistens recht.«

»Dann solltest du also vielleicht wirklich zum Fernsehen gehen?«

»Nein.« Kate schüttelte den Kopf. »Das würde ich nicht aushalten. Außerdem hasse ich diese Koch-Pornografie, wenn die Leute zuhause auf dem Sofa sitzen und anderen dabei zusehen, wenn sie es im Fernsehen machen, statt es selbst zu tun. Wenn ihnen bei der Lektüre von Kochzeitschriften und Kochbüchern das Wasser im Mund zusammenläuft, sie allerdings niemals selber einen Fuß über die Schwelle ihrer Küche setzen, weil das schließlich Arbeit macht.«

»So habe ich es bisher nie gesehen«, gab Will lachend zu. »Aber hast du irgendwelche anderen Pläne?«

»Nun, Brian möchte, dass ich in dem Schulungszentrum koche, das er irgendwann eröffnen will.«

Was für eine Vergeudung, dachte Will.

»Mum findet, ich sollte jemand Bedeutsamen heiraten und phänomenale Essen für seine wichtigen Freunde und Kollegen zubereiten, und Rachel meint, ich sollte phänomenale Essen für die wichtigen Freunde und Kollegen ihres Mannes zubereiten, die sie dann als ihre eigenen Kreationen präsentieren kann.«

»Und was möchtest du?«

Es war eine nette Abwechslung, dass mal jemand von ihr wissen wollte, was sie gerne machen würde, statt ihr zu erklären, was das Beste für sie war. Alle anderen dachten offenbar, das wüssten sie besser als sie selbst. »Was ich wirklich gerne hätte«, sagte sie, »wäre ein eigenes Restaurant.«

»Wirklich?«, fragte Will sie überrascht. »Ich dachte, du hasst die Restaurantarbeit.«

»Ah, aber es wäre etwas anderes, wenn es mein eigener Laden wäre.«

»Und was für ein Laden schwebt dir vor?«

»Etwas Ähnliches wie das hier.« Kate wies mit ihrem Löffel

auf den Hof, in dem sie saß. »Entspannt, unprätentiös, mit anständiger Hausmannskost.«

»Klingt großartig. Erzähl mir mehr.«

»Es wird dir noch leidtun, dass du mich darum gebeten hast. Ich warne dich, ich könnte stundenlang von meinem Restaurant erzählen, auch wenn wahrscheinlich niemals etwas daraus wird.«

»Nein, ich würde es wirklich gerne wissen.«

Sofort legte sie los. Sie hatte schon so oft von ihrem eigenen Laden fantasiert, dass sie das Gefühl hatte, als würde sie etwas beschreiben, das es wirklich gab.

»Du hast offenbar noch nicht genau darüber nachgedacht«, stellte Will am Ende scherzhaft fest.

»Tja, Träume kosten nichts. Auch wenn es für mich am Schluss wahrscheinlich damit enden wird, dass ich makrobiotische Büfetts für die endlose Parade verlorener Seelen zubereiten werde, die Brian in seinem Zentrum retten will.«

»Warum ziehst du die Sache denn nicht einfach durch – ich meine, warum eröffnest du nicht wirklich ein eigenes Restaurant?«

»Ich habe nicht genügend Geld, obwohl ich schon jede Menge gespart habe, seit ich hier angekommen bin«, schränkte sie, um nicht undankbar zu wirken, ein. Seit sie in der Toskana war, hatte sie kaum was ausgegeben, und tatsächlich zahlte Will ihr wie versprochen jede Woche einen geradezu unglaublichen Betrag. Trotzdem hatte sie das grässliche Gefühl, dass Brian davon ausging, ein Großteil dieses Geldes würde in sein Zentrum fließen.

»Du könntest dir doch etwas leihen«, schlug Will vor.

»Ich bin nicht gerade kreditwürdig«, gab Kate mit einem schmerzlichen Lächeln zu. »Wie gesagt, die meisten meiner Jobs sind nicht so gut bezahlt.«

»Das Geld, das ich dir zahle, hast du dir redlich verdient.

Ich glaube nicht, dass du bei deinen anderen Jobs derart viel Arbeit hast. Seit du hier angekommen bist, hattest du nicht einen Abend frei.«

»Was sollte ich mit einem freien Abend denn auch anstellen? Schließlich kenne ich außer euch hier niemanden.«

»Nun, warum lade ich dich nicht einfach einmal abends zum Essen ein – nur wir beide allein?«

»Das brauchst du nicht zu tun.«

»Aber es ist mir ein Bedürfnis – sagen wir, als Entschuldigung für mein Verhalten letzte Nacht.«

Es lag Kate auf der Zunge, nochmals zu erklären, dass sie keinen freien Abend bräuchte, plötzlich wurde ihr allerdings Folgendes bewusst: Dies war die Chance auf das Date, von dem sie träumte, seit sie dreizehn war. Sei kein Frosch, sagte sie sich und nickte zustimmend. »Okay, das wäre wirklich schön.«

Auf dem Weg zurück zur Villa merkte Kate, dass Will ausnehmend wortkarg war. Sie hoffte nur, sie hätte ihn durch die Erwähnung seines Vaters nicht erbost. Doch das Gespräch schien ihm nichts ausgemacht zu haben – sicher war er einfach nur in den Genuss des neuen Fahrzeuges vertieft.

Tatsächlich verfluchte sich Will für den Impuls, aus dem heraus er Kate zum Essen eingeladen hatte. Was zum Teufel hatte er sich nur dabei gedacht? Seit sie neben ihm in dem Ferrari saß, kämpfte er gegen sein heißes Verlangen nach ihr an. Ihre Nähe rief schmerzliches Unbehagen in ihm wach, und sobald sie sich auf ihrem Sitz bewegte, musste er das zwanghafte Bedürfnis unterdrücken, mit der Hand über ihr glattes braunes Bein zu streichen, das unter dem ein wenig hochgerutschten Saum des Kleids zu sehen war. Die Trattoria, in der sie gegessen hatten, bot auch ein paar Zimmer an, und er hatte den ganzen Nachmittag davon geträumt, sich mit Kate in einen der Räume zurückzuziehen und dort gründlich zu erforschen, ob ihre Begeisterung für Sex genauso bodenständig und authentisch wie ihr Enthusiasmus fürs Essen war. Was das Ganze beinahe unerträglich hatte werden lassen, war das seltsame Gefühl, es ginge ihr bestimmt genauso – dass sie ihm bereitwillig auf halbem Weg entgegenkommen würde, machte er auch nur den allerkleinsten Schritt.

Doch wenn das geschehen wäre, hätte das ihre bisherige Beziehung ein für alle Mal zerstört. Keiner von ihnen hatte auch nur einen Schluck getrunken, sie hätten also nicht so tun können, als wären sie vorübergehend nicht zurechnungsfähig gewesen und als hätte nur der Alkohol zu diesem Ausrutscher geführt. Dann hätten sie eine Grenze überschritten, aber dazu fehlte ihm einfach der Mut.

Und, auch wenn es alles andere als leicht gewesen war, hatte er es tatsächlich auf irgendeine Art geschafft, sie wieder in sein Auto zu verfrachten, ohne dass etwas geschehen war. Er war erst mal aus dem Schneider – dafür stünde ihm jetzt allerdings eine Nacht ungestillten Verlangens und schmerzlicher Sehnsucht bevor.

Doch für einen Sinneswandel war es nun zu spät. Er müsste sich bei ihrem »Date« einfach weiter wie ein verdammter Pfadfinder benehmen, weiter freundlich und auf brüderliche Weise zärtlich zu ihr sein und die Finger von ihr lassen, würde mit ihr essen, harmlose Gespräche führen, sie nach Hause bringen. Weiter nichts.

Plötzlich war er richtiggehend dankbar, dass Tina bald wiederkam. Denn sie lenkte ihn bestimmt von seinem krankhaften Verlangen nach der schwesterlichen Freundin ab. Ihm war klar, dass es bereits seit einer Weile nicht mehr zwischen ihnen funktionierte und er sich am besten von ihr trennte, aber dies war einfach nicht der rechte Augenblick für einen derartigen Schritt. Tina hatte eine riesige Geburtstagsparty für sich selber in Florenz geplant und dazu halb Irland eingeladen, darunter May Kennedy, eine bekannte Klatschreporterin, die als gute Freundin schreiben würde, dass die Party das Event des Jahres war. Außerdem käme ein Journalist von *Wow!*, auch dort würde es also einen ausführlichen Bericht geben.

Will wusste, dass er Tinas und der Meinung aller anderen nach fester Bestandteil des Paketes war, und war auch bereit, noch einen Monat länger den loyalen Freund zu spielen, falls das ihrer Karriere dienlich war. Schließlich wollte er nicht frei sein, um sich ungestört an Kate heranmachen zu können – ganz im Gegenteil: Er brauchte Tina zur Tarnung, um sich selbst und alle anderen davon zu überzeugen, dass nur sie allein das Objekt seiner Begierde war. Deshalb wäre er zum ersten Mal durchaus zufrieden damit, Teil des Traumpaars zu sein. Bisher hatte er sich nicht gerade auf ihren Besuch und den damit einhergehenden Medienrummel gefreut, jetzt aber konnte er es kaum erwarten, dass sie endlich kam.

Es stellte sich heraus, dass das auch gar nicht nötig war. Als Will vor der Villa hielt, trat Tina durch die Tür und sah mit ihrem roten Seidenkleid, das ihre makellose Figur perfekt zur Geltung brachte, und mit ihrem in weichen Locken um die Schultern fallenden langen braunen Haar wie eine Göttin aus. Er stieg aus dem Wagen, und schon kam sie auf ihn zugerannt und warf ihm die Arme um den Hals.

»Tina! Ich dachte, dass du erst in zwei Wochen kommst.« Eher erleichtert als erfreut küsste er sie mit all der angestauten Lust, die Kate in ihm geweckt hatte, begeistert auf den Mund.

»Das ist aber eine nette Überraschung, dass du früher gekommen bist«, murmelte er.

Nein, sagte sich Tina und bedachte Kate, die auf der anderen Seite aus dem Wagen sprang, mit einem argwöhnischen Blick. Anscheinend komme ich gerade noch zur rechten Zeit.

Sie war am Morgen ganz allein in dem riesengroßen Doppelbett in der Penthouse-Suite eines der teuersten Hotels von Florenz erwacht. Zwar hätte sie, nachdem Will verschwunden war, das Bett mit mindestens zehn anderen Typen teilen können, aber das hatte sie nicht gewollt. Sie hatte auf dem breiten Bett gesessen, ihr kokainbedingtes Selbstvertrauen der letzten Nacht hatte einer nervösen Paranoia Platz gemacht, und sie hatte erkannt, dass ihr, als sie ihren Partner einfach hatte gehen lassen, ein monumentaler Fehler unterlaufen war. Letzte Nacht war sie zu high gewesen, um es zu bemerken, doch im hellen Licht des Tages hatte sie erkannt, dass Will allzu versessen darauf gewesen war zu gehen. Sie hatte nicht gewusst, warum, und während sie sich nervös das Laken bis zum Kinn gezogen hatte, war sie in Gedanken noch mal alles durchgegangen, was geschehen war. Dann war ihr plötzlich aufgegangen, dass der Name Kate O'Neill ein paarmal zu oft gefallen war. Anfangs hatte sie gedacht, ihre Fantasie spiele ihr einfach einen Streich, anschließend hatte sie sich allerdings alles noch mal durch den Kopf gehen lassen und war zu dem Schluss gelangt, dass Will – auch wenn es völlig unverständlich war – etwas für diese tölpelhafte junge Frau empfand.

Obwohl die Angst sie beinahe überwältigt hatte, hatte sie kurz überlegt, sich wieder hinzulegen und einfach zu warten, bis die morgendliche Unsicherheit und Paranoia irgendwann verflogen, doch auch wenn dieser Gedanke ausnehmend verführerisch gewesen war, hatte sie es sich bereits nach wenigen Minuten anders überlegt. Vielleicht hätte sie sich der Apathie ergeben, hätte sie nicht noch ein kleines Päckchen aus dem Club in ihrer Handtasche gehabt. So aber bestand kein Grund, sich voller Selbstmitleid im Bett zu aalen, denn die Hilfe war zum Greifen nah. Es gab Dinge, die sie im Leben wollte, und die würde sie ganz sicher nicht bekommen, wenn sie sich in einem Hotelzimmer versteckte und sich von der Angst beherrschen ließ. Verdammt, sie hatte jede Menge Arbeit in Will Sargent investiert und ließe ganz bestimmt nicht zu, dass Kate O'Neill sich ihn jetzt schnappte und mit ihm verschwand.

Alle ihre Freundinnen standen im Begriff zu heiraten, sesshaft zu werden und Kinder zu bekommen, und das wollte sie jetzt auch. Sie war es einfach leid zu modeln, ständig unterwegs und pausenlos auf Draht zu sein, hatte keine Lust mehr, immer nur Gemüse oder Fisch zu essen, und wollte vor allem nicht mehr morgens ganz allein in einem anonymen Hotelzimmer erwachen, nachdem sie die ganze Nacht in irgendeinem Club von Horden von Bewunderern umringt gewesen war. Allzu oft hatte sie ihre Vergnügungssucht auf ihre eigenen Kosten ausgelebt und statt langfristiger Freuden kurzfristigen Spaß gesucht. Doch das war jetzt vorbei. Es war allerhöchste Zeit, dass sie endlich erwachsen wurde, hatte sie sich streng gesagt, sich unter Mühen aus dem Bett gehievt, sich ihre Handtasche geschnappt und sich ins Bad geschleppt. Dort hatte sie in einem Haufen von Kosmetika gewühlt und, als sie das Gesuchte nicht gefunden hatte, panisch den gesamten Inhalt ihrer Tasche auf die Marmorablage neben dem Waschbecken gekippt und mit zitternden Händen und tränenfeuchten Augen abermals durchsucht.

Reiß dich zusammen, hatte sie sich angeherrscht, tief Luft geholt, noch mal genauer nachgesehen und – vielleicht war das Päckchen ja auch irgendwo hineingerutscht – ihre Brieftasche und selbst ihren Terminkalender aufgeklappt. Am Rande der Verzweiflung hatte sie noch einmal in der leeren Handtasche getastet, einen Riss im Futterstoff entdeckt, einen Finger in das Loch geschoben und am Ende – Halleluja! – das winzige Zellophanpäckchen entdeckt. Sie hatte es aufgerissen, eine Kreditkarte aus ihrer Brieftasche gezerrt, zwei fette Lines zusammengekratzt, dann langsam und genüsslich einen Schein aus ihrem Geldbeutel genommen, zusammengerollt und sich damit über den Stoff gebeugt. Daraufhin hatte sie sich wieder aufgerichtet, lächelnd ihr Spiegelbild betrachtet und erleichtert festgestellt, dass sie wieder ganz die alte selbstbewusste, gut gelaunte Tina war. Himmel, etwas derart Wunderbares würde sie am besten niemals aufgeben.

»Mit der Reha fange ich morgen an«, hatte sie gegenüber ihrem Spiegelbild einen in ihren Kreisen ausnehmend beliebten Spruch zitiert.

Doch nach der Heirat mit Will müsste sie sich das Koksen wirklich abgewöhnen, hatte sie gedacht. Natürlich wusste er, dass sie hin und wieder etwas nahm, wenn sie um die Häuser zog – schließlich war er alles andere als naiv –, allerdings hatte er keine Ahnung, wie sehr sie das Zeug brauchte, das ihr Energie verlieh und das beste Mittel gegen Langeweile war. Sie hatte nicht den Eindruck, dass sie sich deswegen schämen müsste – sie hatte ja kein wirkliches Problem –, aber trotzdem gab ihr Will bereits wegen der lächerlichen Mengen, die sie konsumierte, das Gefühl, der letzte Dreck zu sein. In Bezug auf Drogen war er wirklich spießig, und sie hatte sich schon oft gefragt, wie er es schaffte, mit einer solchen Einstellung in der Musikbranche auf Dauer zu bestehen.

Hätte er gewusst, wie viel sie wirklich nahm, hätte er bestimmt ein Riesenaufheben gemacht, obwohl das ganz bestimmt nicht nötig war. Und genau, weil sie ganz einfach kein Problem mit Drogen hatte, konnte sie so weitermachen wie bisher. Koks war das Einzige, was sie sich regelmäßig gönnte – und dann immer nur den allerbesten Stoff. Er gehörte einfach zu dem Leben, das sie führte, und wenn dieses

Leben erst vorüber wäre, würde sie auch diese Angewohnheit sicher ohne jede Mühe aufgeben.

Nachdem sie geduscht und sich angezogen hatte, hatte sie ihre Agentin angerufen und alle Termine dieser Woche abgesagt. Eleanor war ganz eindeutig genervt gewesen, aber das war ihr Problem, und sie sollte sich ihr Geld ruhig einmal richtig verdienen, hatte Tina sich gesagt und dann sämtliche ihr bekannten Tricks zum Übertünchen allzu vieler langer Nächte sowie übertriebenen Kokain- und Alkoholgenusses angewandt. Nach einer halben Ewigkeit war sie fertig geschminkt, hatte einen Schritt zurück gemacht und sich lächelnd das Ergebnis angeschaut. Sie sah einfach fantastisch aus – strahlend, jugendlich und gertenschlank.

Kate O'Neill hätte nicht die geringste Chance gegen sie, hatte sie mit einem selbstzufriedenen Grinsen festgestellt.

Tina war ein Rudeltier, und im Verlauf der nächsten Tage tauchte fast ihre gesamte Entourage bei ihnen in der Villa auf.

»Keine Sorge, du wirst damit keine Extraarbeit haben«, sagte Will zu Kate, als der Kreis der Gäste immer weiter wuchs. »Sie sind alle Models, und sie essen nichts.«

Kate war zwar schockiert, aber gleichzeitig erleichtert, nachdem sie bemerkt hatte, dass diese Bemerkung eindeutig nicht übertrieben war. Tina und ihre Kumpaninnen lebten ausschließlich von Zigaretten, Alkohol und Kaffee sowie jeder Menge »Zusatzstoffe«, die es nicht im Laden gab.

Trotzdem fand es Kate entsetzlich, dass die andere Frau erschienen war. In ihrer Gegenwart kam sie sich stets wie eine ganz besonders trampelige Elefantenkuh vor, und als wäre das nicht bereits schlimm genug, tanzte Will den ganzen Tag nach Tinas Pfeife, las ihr und den anderen Frauen die Wünsche von den Augen ab und fehlte ihr dabei so sehr, dass sie sich vor lauter Unglück morgens zwingen musste aufzustehen.

Aber, sagte sie sich streng, genau diese Konfrontation mit der Realität hatte sie einfach gebraucht. Wie hatte sie je denken können, dass sie ihm vielleicht gefiele, während er mit einer derart glamourösen, schönen und vor allem … dünnen Frau zusammen war? Okay, vielleicht war Tina die langweiligste und humorloseste Frau auf Erden, doch solche Dinge hatten Männer offenbar noch nie gestört. Kate kam sich wie Jane Eyre nach dem Erscheinen von Blanche Ingram vor, zwang sich, sich der Wirklichkeit zu stellen, ganz egal wie schmerzlich sie auch für sie war, und stellte sich für die leise Stimme taub, die in ihrem Inneren raunte, Mr Rochester hätte die ganze Zeit nie Blanche, sondern immer nur Jane wirklich geliebt.

Und Kate war nicht die Einzige, die von den neuen Gästen in der Villa alles andere als begeistert war. Will hatte geglaubt, wenn Tina in der Nähe wäre, würde er vielleicht nicht mehr so oft an Kate denken, aber er ärgerte sich furchtbar über diese Invasion, und durch Tinas divenhafte Launen wurde seine Sehnsucht nach der guten alten Freundin sogar noch verstärkt. Alles sollte wieder so sein, wie bevor der Tross bei ihnen eingefallen war. Er wollte gemütlich mit der Band und Kate zu Abend essen, statt in irgendwelche schicken Clubs und Restaurants gezerrt zu werden, um dort mit den Reichen und den Schönen abzufeiern, so als gäbe es kein Morgen mehr.

Tinas Launen und Neurosen gingen ihm täglich stärker auf die Nerven, und er mochte auch die Leute nicht, mit denen sie sich in den letzten Monaten umgab. Früher war sie nicht so oberflächlich und so rücksichtslos gewesen, doch durch den Umgang mit den neuen Freundinnen und Freunden hatten ihre schlechten Eigenschaften sich verstärkt, und er hatte keine Sympathie mehr für die Frau, die sie inzwischen war. Er hasste ihre pausenlose Suche nach Publicity und ihren Kokainkonsum – anscheinend dachte sie, er hätte keine Ahnung, wie viel von dem Zeug sie nahm, und es machte ihn wütend, dass sie ihn anscheinend für einen vollkommenen Idioten hielt.

Hätte Tina auch nur einen Augenblick darüber nachgedacht, hätte sie erkannt, dass auch sie selber alles andere als glücklich mit ihm war. Aber das tat sie nicht. Ihr Image ging ihr über alles, und sie beide machten sich in den Zeitungen einfach zu gut, als dass sie sich eingestanden hätte, in Wirklichkeit wäre ihre Beziehung alles andere als idyllisch.

Will empfand es seinerseits als ermüdend, die Scharade der Beziehung aufrechtzuerhalten, doch auch wenn es ihn erleichtern würde, wäre dieses würdelose Schauspiel endlich irgendwann vorbei, würde er erst nach ihrer Geburtstagsfeier einen Schlussstrich ziehen. Weil er ihr das einfach schuldig war.

Trotzdem hatte er bereits nach einer Woche so die Nase voll, dass er die Gelegenheit ergriff, nach Rom zu fliegen und sich dort mit den Vertretern einer italienischen Plattenfirma zu treffen, statt noch länger mit der Freundin zusammen zu sein. Und auch sie schien kein Problem damit zu haben, dass er ging, nachdem er ihr versprochen hatte, rechtzeitig zurück zu sein, um sie und ihre Freundinnen zu dem 2Tone-Konzert im Mandela-Forum zu begleiten, da nur er es ihnen möglich machen würde, sich frei überallhin zu bewegen und nach dem Konzert hinter der Bühne mit den Stars zusammen zu sein. Wäre sie ihm wichtiger gewesen, hätte die Erkenntnis, dass es ihr nicht einen Augenblick um das Zusammensein mit ihm zu gehen schien, ihn eventuell verletzt.

Will hatte sein neues Gefährt am Flughafen geparkt. Gleich am nächsten Morgen machte er eine lange, gemütliche Spazierfahrt und genoss die Einsamkeit, bis er gegen fünf zurück zur Villa kam. Beim Einbiegen in die lang gezogene Einfahrt sah er eine große Gruppe Menschen vor der Tür, und als er näher kam, erkannte er zu seinem Entsetzen an den Mikrofonen, Kameras und Aufnahmegeräten, dass es eine Horde Journalisten war. Sie hatten ein wenig gelangweilt rumgestanden, doch nachdem sie seinen Wagen bemerkt hatten, erwachten sie zum Leben und stürzten eilig auf ihn zu.

»Verdammt!«, entfuhr es ihm. Was hatte Owen jetzt schon wieder angestellt? Um ein wenig Zeit zu schinden, fuhr er möglichst langsam Richtung Haus. Er musterte die Menge und erkannte darunter die Gesichter von bekannten Sensationsreportern der größten Boulevardblätter Englands und Irlands – es musste also ziemlich ernst sein, merkte er. Einige der Leute hatte er noch nie gesehen, aber – seine Sorge nahm noch zu – es waren auch angesehene Journalisten in dem Trupp, und einige von ihnen hatten sogar Fernsehkameras dabei. Dies waren nicht nur irgendwelche Paparazzi, die ein Bild von Tina schießen wollten, wenn ihr Haar nicht richtig saß oder deren bereits winziger Bikini schlaff um ihren viel zu dürren Körper hing. Offenbar war irgendwas passiert, und ganz egal was es auch war, musste es anscheinend eine Riesensache sein.

Warum, verdammt noch mal, hatten die anderen ihn nicht gewarnt? Wo zum Teufel war Louise? Wo steckten Martina, Karen, Anne-Marie – oder irgendjemand anderes von der Armee PR-Leute und Pressesprecher, die er gut dafür bezahlte, dass so etwas nicht geschah? Es war einfach nicht zu glauben, dass ihn niemand angerufen hatte, um ihm mitzuteilen, was geschehen war.

Zornig zerrte er sein Handy aus der Jackentasche und bemerkte, dass es ausgeschaltet war. »Verfluchter Mist!« Jetzt war er wütend auf sich selbst. Er hatte vergessen, es wieder anzuschalten, als er aus dem Flugzeug gestiegen war.

Er parkte den Ferrari, schaltete das Handy ein und wartete eine halbe Ewigkeit darauf, bis etwas auf dem Display zu sehen war. Dann aber setzte umgehend das wilde Piepsen, das den Eingang unzähliger Anrufe und Textnachrichten zeigte, ein. Die Leute hatten schon den ganzen Tag versucht, ihn zu erreichen, was ein schlechtes Zeichen war. Er hatte ungezählte Nachrichten von Tina, Phoenix und Louise – und sogar Grace und Lorcan hatten ein ums andere Mal ihr Glück versucht. Was zum Teufel war hier los?

Um nicht völlig ahnungslos zu sein, wenn er sich den Journalisten stellte, rief er eine Reihe Textnachrichten seiner Assistentin auf, doch in allen bat sie nur darum, sie so schnell wie möglich anzurufen. Jetzt hatte er Schuldgefühle, weil er eine Spritztour unternommen hatte, während offenkundig irgendetwas von Bedeutung vorgefallen war, und wollte nur noch ins Haus, um sich zu vergewissern, dass sein Trupp in Ordnung war. Vorher aber wartete der Pressetross auf ihn.

Inzwischen drängten sich die Journalisten um den Wagen, und in dem Bewusstsein, dass ihm keine Zeit mehr blieb, hörte er die letzte Nachricht ab. Sie stammte von Louise, die ungewöhnlich panisch klang. »Will, ich versuche schon den ganzen Tag, dich zu erreichen. Tina kriegt dich auch nicht an den Apparat. Bitte ruf mich an, sobald du diese Nachricht hörst, oder melde dich bei irgendjemand anderem im Haus.« Es folgte eine Pause, so als hätte sie noch etwas sagen wollen, es sich dann aber noch einmal anders überlegt. »Also, ruf mich bitte so bald wie möglich an«, wiederholte sie, zögerte erneut und fügte anschließend hinzu: »Wenn ich einen Flug bekomme, bin ich heute Abend da. Okay, bis dann«, schloss sie in sorgenvollem Ton und legte auf.

»Scheiße!«, fluchte Will und warf sein Handy auf den freien Sitz. Er müsste eben einfach improvisieren, vorgeben zu wissen, worum es ging, sich kommentarlos bis zur Haustür kämpfen und dann drinnen sehen, was in aller Welt geschehen war. Daraufhin würde er Owen wahrscheinlich erwürgen. Denn ganz sicher hatte diese Sache was mit ihm zu tun.

Er atmete tief durch, bemühte sich um eine ruhige, ernste Miene, öffnete die Tür und war sofort von Journalisten und Kameraleuten umringt. Sie hielten ihm ihre Mikrofone ins Gesicht, Fotografen riefen seinen Namen, und Reporter stießen brüllend Fragen aus.

Will hörte gar nicht zu. »Ich habe nichts zu sagen«, antwortete er und versuchte, wissend und zugleich verschwiegen auszusehen, während er den ersten Schritt in Richtung Haustür tat. Sofort wurde er abermals umringt. In dem allgemeinen Durcheinander war es schwierig zu verstehen, wer welche Frage schrie, plötzlich wurde ihm jedoch bewusst, dass es bei den Fragen nie um Owen oder jemand anderen von Walking Wounded ging. Sie fragten ihn nach seinem Vater. Was in aller Welt hatte der alte Bock bloß angestellt?

»Wann haben Sie zum letzten Mal mit Ihrem Vater gesprochen, Will?«

»Haben Sie Sir Philip in letzter Zeit noch mal gesehen?«

»Stimmt es, dass Sie seit über zehn Jahren kein Wort mehr mit ihm gewechselt haben?«

»Haben Sie sich irgendwann wieder miteinander versöhnt?«

»Kein Kommentar«, sagte er ein ums andere Mal und kämpfte sich weiter Richtung Haus. Inzwischen hatte er es fast geschafft.

»Will«, rief eine Stimme hinter ihm. »Haben Sie noch einmal mit Ihrem Vater gesprochen, bevor er gestorben ist?«

Will erstarrte. Er konnte sich nicht mehr rühren, brachte keinen Ton heraus und hatte das Gefühl, seine Beine würden jeden Moment nachgeben. Dann fuhr er mit trockenem Mund in die Richtung herum, aus der die Stimme gekommen war, und entdeckte einen Mann mittleren Alters mit wässrigen Krokodilsaugen und schütterem, fettigem Haar.

»Was?«, bemühte er sich zu fragen, brachte allerdings noch immer kein Wort heraus und versuchte es deshalb ein zweites Mal. »Was?«, hauchte er mit einer Stimme, die kaum zu verstehen war.

»Haben Sie noch einmal mit Ihrem Vater gesprochen, bevor er gestorben ist?«, wiederholte der Fremde mit Londoner Akzent.

»Gestorben?«, krächzte Will und blinzelte verständnislos.

»Ja, haben Sie sich noch mit ihm versöhnt ...« Als er Wills entsetzte Miene sah, brach er wieder ab, dann aber dämmerte ihm die Bedeutung des Gesichtsausdrucks, und ohne das triumphierende Glitzern in seinen Augen verbergen zu können, fragte er: »Haben Sie es nicht gewusst?«

Während die Kameras surrten und die Fotoapparate klickten, starrte Will ihn einfach reglos an.

»Sir Philip ist letzte Nacht entschlafen«, erklärte der Reporter fromm. »Er hatte einen Herzinfarkt, es ging ganz schnell.« Sein ehrerbietiger Ton stand in deutlichem Kontrast zu seinem aufgeregten Blick. »Es tut mir leid, derjenige zu sein, von dem Sie es erfahren.«

Oh nein, das tut es nicht, erkannte Will und hätte das selbstzufriedene Lächeln dieses Kerls am liebsten mit einem Faustschlag ausgewischt. Es tut dir kein bisschen leid. Du bist im Gegenteil fast außer dir vor Glück. Er musste seine Fäuste ballen, sonst hätte er dem Kerl tatsächlich noch eine gelangt.

»Er war ein großer Mann«, teilte der Reporter feierlich mit. »Ein großer Verlust für uns alle.«

Als hättest du ihn überhaupt gekannt. Als hätte dir irgendwas, das er getan hat, irgendwas bedeutet. Nenn mir auch nur den Titel eines seiner Stücke, du elender Kretin!

Jetzt stießen auch die übrigen Reporter, die bei dem Gespräch verstummt waren, wieder jede Menge Fragen aus. Hatte Will tatsächlich nicht gewusst, dass sein Vater gestorben war? Hatte er Kontakt zu Antonia Bell? Hatte er mit Sir Philip gesprochen, ehe der gestorben war? Wie fühlte er sich jetzt? Wie fühlte er sich jetzt? Wie fühlte er sich jetzt?

Will machte auf dem Absatz kehrt, marschierte weiter Richtung Haus, und die Journalisten stolperten ihm hinterher. Doch er hielt den Kopf gesenkt, presste seine Lippen fest zusammen, ging auf keine ihrer Fragen ein und blickte auch nicht in die Kameras, die auf ihn gerichtet waren. Er musste sich zusammenreißen, bis er endlich sicher in der Villa war. Die Genugtuung, vor ihnen zusammenzubrechen, gönnte er den Kerlen einfach nicht. Wenn erst die Haustür hinter ihm ins Schloss gefallen wäre, könnte er heulen und schreien und in die Knie gehen. Nur ein paar Schritte noch, dann hätte er's geschafft.

10

Kate tauchte zwei Stunden später in der Villa auf. Da alle anderen das 2Tone-Konzert besuchen würden, brauchte sie an diesem Abend nicht zu kochen und hatte den freien Nachmittag zu etwas Sightseeing und einer ausgedehnten Shoppingtour genutzt. Sie war mit der ehrenwerten Absicht losgefahren, sich nach einer schnellen Tour durch die Geschäfte, um ein paar Geschenke für ihre Familie einzukaufen, die Florentiner Kunstsammlungen anzuschauen. Kaum aber hatte sie die Stadt erreicht, hatten Michelangelo und Botticelli gegenüber Prada und Versace das Nachsehen gehabt. Verführt von den wunderbaren Märkten und Boutiquen hatte sie sich auf den heißen Gehwegen die Füße wund gelaufen und dabei das seltene Glück genossen, einmal nicht pleite zu sein. Sie hatte einen Laden nach dem anderen abgeklappert, und bevor sie sich versehen hatte, hatte sie die Stunden, während derer sie hatte Galerien und Kirchen besichtigen wollen, auf andere Art verbracht und sich nur noch pflichtbewusst schnell ein paar Fresken angeschaut, bevor sie vollkommen erschöpft mit dem Taxi heimgefahren war.

Obwohl Will und die Band sie hatten dazu überreden wollen, mit auf das Konzert zu gehen, freute sie sich jetzt auf einen ruhigen Abend ganz allein im Haus. Wenn Tina nicht da gewesen wäre, hätte sie die Chance mitzufahren mit Begeisterung genutzt, doch der Gedanke, einen ganzen Abend in Gesellschaft dieser Ziege zu verbringen, war ganz einfach mehr, als Kate ertrug. Sie konnte sich in Tinas Nähe einfach nicht entspannen, denn die gab ihr immer das Gefühl, das fünfte Rad am Wagen oder ein tödlich uncooles Anhängsel zu sein. Außerdem freute sie sich darauf, ihre Einkäufe noch einmal anzuprobieren und sich im Spiegel zu bewundern, sich ein ausgedehntes, luxuriöses Bad zu gönnen, vor dem Fernseher zu essen – es war einfach ein Genuss, billige Sendungen wie den *Promi-Knast* sehen zu können, ohne dass Brian verächtlich das Gesicht verzog – und endlich einmal früh zu Bett zu gehen.

Als sie an Brian dachte, merkte sie, dass ein Anruf bei ihrem Verlobten schon seit Tagen überfällig war. Am besten riefe sie ihn heute Abend an. Gut, dass sie es geschafft hatte, sich noch ein paar Fresken anzuschauen, dann könnte sie ihm nämlich wenigstens davon erzählen, und er hielte sie nicht für eine völlige Kulturbanausin oder – schlimmer noch – für eine Materialistin. Sie könnte möglichst lange von den Fresken reden und nur beiläufig erwähnen, dass sie auch auf eine Shoppingtour gegangen war. Unglücklicherweise war er viel zu anspruchsvoll, um sich witzige Geschichten von bekannten Leuten anzuhören, was, da sie inzwischen jede Menge Anekdoten von Berühmtheiten auf Lager hatte, wirklich schade war. Außerdem hätte sie liebend gern einmal in aller Ruhe über Tina und ihre Kumpaninnen gelästert und, weil alle anderen nach Florenz gefahren waren, endlich einmal die Gelegenheit dazu gehabt. Vielleicht würde sie also erst mal Freddie anrufen …

Sie kam gegen sieben heim, und da sie davon ausging, dass die anderen längst abgefahren waren, segelte sie gut gelaunt ins Wohnzimmer, um dort ihre Taschen fallen zu lassen, sich die Schuhe auszuziehen, sich auf die Couch zu werfen und gemütlich fernzusehen. Zu ihrer Überraschung hockte allerdings Tina zwischen zwei ihrer Begleiterinnen schmollend auf dem Sofa und regte sich furchtbar über irgendetwas auf.

Die drei Frauen waren wunderschön und ausnehmend elegant gekleidet, aber trotzdem wirkten sie auf Kate wie die drei Hexen in *Macbeth*.

Als Kate den Raum betrat, sah Tina flüchtig auf, nahm dann allerdings, ohne sie auch nur zu grüßen, ihre Unterhaltung wieder auf.

»Ich bin doch wohl nicht egoistisch, oder?«, wollte sie von Julie, einer blonden, babygesichtigen Anhängerin, wissen.

»Nein, natürlich nicht«, säuselte die sofort. »Du hast dich eine Ewigkeit auf das Konzert gefreut. Natürlich bist du da enttäuscht.«

»Wenn überhaupt, ist er derjenige, der egoistisch ist«, meinte jetzt auch Gwen, ein kantiger Rotschopf mit meterlangen Beinen und Wangenknochen, mit denen man wahrscheinlich Diamanten hätten schneiden können. »Er weiß, wie viel dir das Konzert bedeutet.«

»Das ist mal wieder typisch. Warum müssen diese Dinge immer mir passieren?«, fauchte Tina schlecht gelaunt.

»Warum passieren die schlimmen Dinge immer guten Leuten?«, führte Gwen beinahe philosophisch aus.

Am liebsten hätte Kate auf dem Absatz kehrtgemacht und wäre in der Küche abgetaucht, doch da die anderen sie gesehen hatten, hätte das wahrscheinlich unhöflich gewirkt, und so warf sie sich entschlossen und mit einem möglichst gut gelaunten »Hi« auf die noch freie Couch.

Tina sah sie an, als wäre sie ein Geist, und sofort sank Kate der Mut. Nicht nur Tina, sondern auch die anderen Frauen bedachten sie mit feindseligen Blicken, und mit einem Mal sehnte sich Kate schmerzlich nach einem Freund. Ach, wäre doch nur Freddie da, um sich den Inhalt ihrer Einkaufstüten anzuschauen, eine Flasche Wein mit ihr zu öffnen und genüsslich über all die anderen Weiber herzuziehen.

»Warst du shoppen?«, fragte Julie, als sie ihre Tüten sah.

»Ja, ich habe mich ein wenig hinreißen lassen«, gab Kate mit einem schuldbewussten Lächeln zu.

»Oh, die Läden in Florenz sind einfach genial, nicht wahr?«, fragte Julie schwärmerisch. »Vor allem diesen Laden liebe ich – sie haben wirklich phänomenales Zeug!«, fügte sie mit einem Blick auf die Tasche eines angesagten Designer-Labels hinzu.

»Zeig uns, was du gekauft hast«, bat Gwen sie gönnerhaft und sah sie mit einem dümmlichen Lächeln an, als spräche sie mit einem dreijährigen Kind.

Widerstrebend machte Kate die Tüte auf und zog ein wunderschönes, bunt bedrucktes Seidenkleid daraus hervor.

»Oh, das sieht wirklich super aus«, säuselte Gewn und befingerte den Stoff.

»Wirklich süß, nicht wahr?«, bezog Julie Tina in die Unterhaltung ein.

Tina unterzog das Kleid einer skeptischen Musterung. »Ich wusste gar nicht, dass sie Übergrößen führen«, stellte sie gehässig fest.

»Oh, du hast doch keine Übergröße, oder, Kate?«, erkundigte sich Julie freundlich. »Das ist doch höchstens Größe achtunddreißig, oder?«

»Vierzig«, gestand Kate und wurde puterrot.

»Tja, auch vierzig ist noch keine Übergröße, oder? Außer natürlich für Models«, schränkte Julie ein und fügte, an Tina und Gwen gewandt, hinzu. »Für uns ist schon Größe achtunddreißig eine Übergröße, stimmt's? Was vollkommen idiotisch ist. Eine Freundin von mir – du erinnerst dich doch sicher noch an Carla? –«, fragte sie Gwen, »hat inzwischen Größe achtunddreißig und kriegt kaum noch einen Job.«

»Aber sie sieht fantastisch aus«, begeisterte sich Gwen.

»Oh ja«, versicherte Julie Kate. »Sie sieht wirklich fantastisch aus.«

»Ich wünschte, ich hätte eine Figur wie sie«, erklärte Gwen.

»Oh nein, das tust du nicht«, widersprach ihr Tina böse.

»Nun, nicht wirklich«, räumte Gwen lachend ein. »Aber nur deshalb nicht, weil es für kräftigere Models keine Arbeit gibt.«

Kate konnte nicht sagen, was schlimmer für sie war: Tinas offene Feinseligkeit oder die herablassende Freundlichkeit von ihren Freundinnen.

»Wann fahrt ihr zu dem Konzert?«, fragte sie und hoffte, dass ihr ihre Ungeduld nicht allzu deutlich anzuhören war. »Ich hätte gedacht, ihr wärt schon lange weg.«

»Das sollten wir auch sein«, klärte Gwen sie düster auf. »Die Jungs sind schon vor Stunden los. Außer Rory, denn der wartet noch auf uns.«

»Und warum seid ihr noch hier?«, hakte Kate wider besseres Wissen nach.

»Weil uns Will nicht fährt«, antwortete Julie, wobei sie ängstlich auf Tina sah. »Wir warten darauf, dass er uns einen Wagen besorgt.«

»Das ist doch einfach lächerlich«, stieß Tina wütend aus. »Ich verstehe wirklich nicht, warum er mich nicht seinen Wagen fahren lässt. Auch wenn er zuhause bleiben will, kann ich mich doch wohl amüsieren.«

»Nun, wahrscheinlich ist ihm klar, dass du etwas trinken wollen wirst«, schlug Gwen ihr diplomatisch vor.

»Will fährt nicht zu dem Konzert?« Kate war völlig überrascht. »Warum denn nicht?«

»Weil sein Vater gestorben ist«, klärte Tina sie schnippisch auf.

»Was?« Kate rang schockiert nach Luft. »Sein Vater? Aber – aber das kann nicht sein«, stammelte sie.

»Nun, das hat ihm offenbar niemand gesagt«, informierte Tina sie genüsslich. »Da er nämlich, auch wenn das nicht sein kann, eindeutig das Zeitliche gesegnet hat.«

»Er ist tot?« Kate konnte es noch immer nicht begreifen.

»Ja.« Julie nickte. »Anscheinend kam es völlig unerwartet.«

»Offenbar ein Herzinfarkt«, fügte Gwen in ernstem Ton hinzu.

»Oh mein Gott!« Kate schaute von den drei Frauen dorthin, wo Rory mit seinem MP3-Player auf der Terrasse saß und das Gesicht in die untergehende Abendsonne hielt. »Wo ist Will?«

Tina rollte mit den Augen. »Oben in seinem Zimmer, wo er wie ein Irrer tobt.«

»Und es ist niemand bei ihm?«

»Nein, und falls du die Absicht hast, ihm eine Tasse Tee und dein Mitleid anzubieten, würde ich es mir an deiner Stelle noch mal überlegen«, bemerkte Tina mit kalter Stimme. »Weil ich nämlich versucht habe, mit ihm zu reden, und er mit einer Vase nach mir geworfen hat.«

Kate war überrascht, denn Tina wirkte völlig unversehrt.

»Er hat mich nicht getroffen«, gab sie widerstrebend zu. »Aber es war ein Riesending und ist in tausend Stücke zersprungen, als es an der Wand gelandet ist. Er hätte mich ernsthaft verletzen können.«

»Du hättest ein Auge verlieren können.« Gwen schüttelte missbilligend den Kopf.

»Das hätte das Ende meiner Karriere sein können.«

»Du hattest wirklich Glück.«

»Er hatte wirklich Glück.«

Statt sich das Gejammere noch länger anzuhören, verließ Kate den Raum und marschierte durch den Flur.

»Du könntest ihn wegen versuchter Körperverletzung anzeigen«, drang Julies Stimme an ihr Ohr.

»Dazu hätte ich nicht übel Lust. Ich habe ja nur gesagt ...«

Kate stand am Fuß der Treppe, drehte sich aber noch einmal um, marschierte ins Wohnzimmer zurück und baute sich vor Tina auf. »Was hast du gesagt?«

Erneut bedachte Tina sie mit einem kühlen Blick. »Ich habe nur gesagt, dass ich nicht verstehe, weshalb er solch ein Aufheben um diese Sache macht. Schließlich hat er seinen Vater, als er noch gelebt hat, abgrundtief gehasst. Er ist einfach ein fürchterlicher Heuchler, wenn er jetzt ein solches Drama daraus macht, dass er gestorben ist.«

»Das hast du zu ihm gesagt?«

»Also bitte, das ist nun einmal die Wahrheit – das weißt du genauso gut wie ich. Er hat kein Wort mit diesem Mann gesprochen, als der noch am Leben war, also ist es jetzt ja wohl etwas zu spät, um den liebenden Sohn herauszukehren, findest du nicht auch?«

»Es überrascht mich nicht, dass er eine Vase nach dir geworfen hat.«

»Er ist nur deshalb derart ausgeflippt, weil er weiß, dass es die Wahrheit ist. Schließlich ist allgemein bekannt, dass er seinen Vater gehasst hat«, fuhr Tina sie wütend an.

»Himmel, du bist wirklich dümmer, als die Polizei erlaubt«, schnauzte Kate sie an, machte auf dem Absatz kehrt und marschierte abermals entschlossen durch den Flur.

Oben angekommen atmete sie furchtsam ein. Sie war einfach nicht gut in diesen Dingen, denn sie wusste nie, was sie sagen sollte, oder ob es vielleicht besser wäre, wenn sie einfach schwieg. Sie wünschte sich, ihr Bruder wäre hier. Doch in einem Augenblick wie diesem wäre es entsetzlich egoistisch, sich Gedanken darüber zu machen, dass sie scheu und linkisch war. Jetzt ging es ausschließlich um Will und darum, wie sehr er litt.

Vorsichtig klopfte sie bei ihm an und schob die Tür, da keine Antwort kam, zögernd einen Spaltbreit auf.

»Was ist?« Will saß auf dem Bett.

»Ich bin es nur«, sagte sie entschuldigend.

Als er ihre Stimme hörte, atmete er auf, und seine Züge wurden weich.

»Kate.« Er stand auf, stopfte die Hände in die Hosentaschen und blickte sie fragend an. »Was kann ich für dich tun?«

Er zwang sich zu einem schwachen Lächeln, und das brach Kate regelrecht das Herz.

»Nichts!« Es entsetzte sie, dass er gedacht hatte, sie käme mit einem Problem zu ihm, und sie atmete tief durch.

»Will, das mit deinem Vater tut mir furchtbar leid«, fing sie leise an. »Ich habe es eben erst gehört.«

Er presste eine Faust vor seinen Mund, musste sichtlich schlucken, und sie nahm das Zucken eines seiner Wangenmuskeln wahr.

»Komm rein.« Er runzelte die Stirn, als sie auch weiter auf der Schwelle stehen blieb. »Keine Angst, ich werfe nichts nach dir.«

Vorsichtig trat sie ein und schaute auf den Boden, wo ein großer blauer Scherbenhaufen lag.

Will folgte ihrem Blick. »Ich hätte sie treffen können, wenn ich gewollt hätte. Aber ich habe nicht mal annähernd dorthin gezielt, wo Tina stand.«

»Es überrascht mich, dass du sie nicht treffen wolltest. Schließlich war das, was sie gesagt hat, alles andere als nett.«

»Wahrscheinlich nutzt sie meinen Ausraster nach Kräften aus.«

»Ja«, gab Kate unumwunden zu. »Sie sitzt unten und erzählt ihrer Gefolgschaft, was für ein brutaler Kerl du bist.«

»Sicher überlegt sie schon, wie sie die Geschichte in die

Zeitung bringen kann. Ich nehme an, sie hätte sich noch mehr gefreut, wenn ich sie getroffen hätte – denn dann hätte sich die Story noch besser verkauft.«

»Mmm, ich hatte den Eindruck, dass es sie tatsächlich stört, keine Verletzung aufweisen zu können.«

»Nun, der Abend ist noch nicht vorbei.«

So hatte Kate ihn noch nie erlebt. Er wirkte fürchterlich gereizt, stapfte wie ein gefangener Tiger durch den Raum, und wahrscheinlich hätte Tina ihn in dieser Stimmung, ganz egal mit welchen Worten, auf dem falschen Fuß erwischt.

»Hm, kann ich dir irgendetwas bringen oder sonst was für dich tun?«, erkundigte sich Kate nervös. Gott, vor allem nach Tinas Seitenhieb bezüglich Tee und Mitgefühl klang diese Frage hoffnungslos banal.

»Nein danke.« Will schüttelte den Kopf, und Kate hatte das Gefühl, als würde er kaum wahrnehmen, dass sie im Zimmer war. Vielleicht sollte sie einfach wieder gehen, doch in diesem Zustand ließe sie ihn sicher besser nicht allein.

»Wann ist die Beerdigung?«, hakte sie sanft nach.

Will blieb stehen und starrte sie verwundert an. »Ich weiß es nicht.«

»Hast du denn noch nicht mit Antonia telefoniert?«

»Ich ... habe mich noch nicht getraut, sie anzurufen«, gestand er niedergeschlagen. »Wahrscheinlich bin ich der Letzte, von dem sie jetzt was hören will.«

Angesichts seiner Verzweiflung kam sich Kate vollkommen unzulänglich vor.

»Vielleicht will sie nicht einmal, dass ich auf der Beerdigung erscheine«, fuhr er fort.

»Natürlich wird sie wollen, dass du kommst.«

»Ich könnte es ihr nicht verdenken, wenn sie mich nicht sehen will.« Wieder lief er unruhig auf und ab.

»Hast du schon mit Mum gesprochen?«

»Bisher war die Einzige, mit der ich gesprochen habe, Tina. Und du siehst ja, wie es ausgegangen ist«, rief er ihr mit Blick auf die zerstörte Vase in Erinnerung.

Plötzlich schien ihn die Kampflust zu verlassen, und er sank wieder auf sein Bett. »Ich hätte es nicht an Tina auslassen dürfen«, stieß er tonlos aus und fuhr sich mit der Hand über die Stirn. »Schließlich hat sie nur gesagt, was wahrscheinlich jeder denkt.«

»Nein«, wisperte Kate voller Mitgefühl. »Wir denken nicht alle so.« In ihren Augen brannten Tränen, denn ihn derart unglücklich zu sehen war mehr, als sie ertrug.

Will bemerkte ihre feuchten Augen, und mit einem Mal gab irgendwas in seinem Inneren nach. Bisher hatte er vor allem heißen Zorn verspürt – auf die Journalisten, Tina und sich selbst sowie auf seinen Vater, dafür, dass ihm durch dessen plötzlichen Tod ein letztes Mal der Teppich unter den Füßen weggezogen worden war –, jetzt aber stieß er mit rauer Stimme aus: »Ich dachte ... ich dachte, ich hätte noch Zeit! Ich dachte, ich hätte noch Zeit, um sauer auf ihn zu sein. Es sollte nicht für immer sein.«

»Ich weiß, ich weiß«, besänftigte sie ihn, setzte sich neben ihn aufs Bett, legte einen Arm um seine bebenden Schultern und wiegte ihn tröstend hin und her.

»Und jetzt ist es zu spät«, stieß er mit erstickter Stimme aus. »Er ist tot und wird niemals erfahren, dass ...« Rüde wischte er sich die Tränen mit dem Handrücken aus dem Gesicht und fügte tonlos hinzu: »Er ist mit dem Gedanken gestorben, dass ich ihn gehasst habe.«

»Oh Gott, nein.« Sie nahm ihn noch fester in den Arm. »Er hat ganz sicher nicht gedacht, dass du ihn hasst«, erklärte sie und spürte die Nässe seiner Tränen, als er schluchzend seinen Kopf an ihrem Hals vergrub.

»Wie konnte ich so dumm sein?«, heulte er. »All die Male,

als ich mich geweigert habe, auch nur ein Wort mit ihm zu wechseln oder ihn zu sehen. Jetzt würde ich alles dafür geben, nur noch einmal mit ihm zusammen zu sein.«

»Ich weiß.« Kate strich ihm über das Haar, und er klammerte sich hilfesuchend an ihr fest. Sein heißer Atem rief ein angenehmes Kribbeln in ihr wach, das alles andere als angemessen war. Sie sollte ihn trösten, statt von der Situation auf wundervolle Art erregt zu sein.

»Ich bin sicher, er wusste, dass du ihn geliebt hast«, sagte sie.

»Woher hätte er das wissen sollen?«, fragte er, hob den Kopf, blickte sie an und blinzelte die Tränen fort.

Auch ihre Augen füllten sich erneut mit Tränen, doch sie klärte ihn mit ruhiger Stimme auf: »Mum hat immer gewusst, dass du ihn liebst, nicht wahr? Selbst ich habe es gewusst. Er war dein Vater, Will. Und wenn wir schon wussten, was du fühlst, wusste er es sicher auch.«

»Glaubst du wirklich?«, hakte er in hoffnungsvollem Ton nach.

»Absolut.« Sie nickte und fügte, als ihr ein Gedanke kam, lächelnd hinzu: »Und außerdem hat Mum es ihm bestimmt erzählt.«

Bei diesem Satz hellte sich seine Miene auf, und schniefend meinte er: »Das hat sie bestimmt, nicht wahr?«

»Wahrscheinlich jedes Mal, wenn sie mit ihm gesprochen hat.« Froh, dass ihr das Richtige zum Trost des Freundes eingefallen war, strich sie ihm die Haare aus der Stirn und wischte ihm die letzte Träne fort.

Will ahmte ihr Vorgehen nach, zog mit seinem Daumen die Spur einer Träne entlang ihrer Wange nach und folgte der Bewegung mit den Augen, bis sein Blick auf ihre Lippen fiel. Sie schmeckte das Salz, noch ehe er es wegwischte und versuchte, nicht vor Wohlbehagen zu erschaudern, als er mit dem Finger zärtlich über die Konturen ihres Mundes strich.

Plötzlich sahen sie sich an.

Sie wusste, dass er im Begriff stand, sie zu küssen, und im selben Augenblick vergrub er schon die Hände tief in ihrem Haar, zog ihr Gesicht zu sich heran, und sie spürte seinen Mund auf ihren Lippen und schmeckte das Salz von ihrer beider Tränen, während er mit einer Hand sanft über ihre Wange glitt und sie noch enger an sich drückte. Anfangs küsste er sie zögernd, dann aber begierig, und sie küsste ihn voll Leidenschaft zurück und glitt dabei mit den Fingern vorsichtig über das kurze Haar in seinem Nacken.

Will unterbrach den Kuss, ging mit dem Kopf etwas zurück und schaute ihr ins Gesicht. Wimmernd schmiegte sie sich an ihn an, und er zog sie abermals an seine Brust, küsste sie erneut, und sie zitterte vor Aufregung und klammerte sich wie eine Ertrinkende an seinen breiten Schultern fest, als seine Zunge ihren Gaumen traf. Die Welt um sie herum versank, bis es nur noch seinen Mund, den sauberen Zitronenduft von seiner Haut, seinen köstlichen Geschmack und das wilde Pochen seines Herzens gab.

Als es plötzlich leise klopfte, zuckten sie zusammen und sprangen dann eilig auf.

»Herein«, rief Will mit rauer Stimme, und während die Tür geöffnet wurde, hoffte Kate, ihr Schuldbewusstsein wäre ihr nicht allzu deutlich anzusehen.

Louise betrat den Raum und riss verblüfft die Augen auf.

»Hi, Kate.« Wills Sekretärin sah sie lächelnd an. »Ich bin so schnell wie möglich hergekommen, Will«, erklärte sie, lief durch den Raum und schlang ihm die Arme um den Hals. »Das mit deinem Vater tut mir furchtbar leid.«

»Danke.« Er küsste sie zärtlich auf die Stirn. »Und danke, dass du gekommen bist.«

»Wir haben uns alle fürchterliche Sorgen um dich gemacht. Wir haben den ganzen Tag versucht, dich zu erreichen, ohne dass es uns gelungen ist. Grace war völlig außer sich – sie hat mich alle fünf Minuten angerufen, um zu fragen, ob ich dich erwischt habe. Als dich niemand gefunden hat, hatten wir schon Angst ... nun, wir wussten nicht, ob du die Nachricht schon erhalten hattest oder nicht.«

»Tut mir leid. Ich hatte vergessen, nach dem Flug mein Handy wieder einzuschalten. Ich habe es ... erst hier gehört.«

»Dann hat es dir also Tina gesagt?« Louise atmete erleichtert auf.

»Nein, hm« – Will musste sichtlich schlucken –, »das war einer von den Kerlen draußen vor der Tür. Ein Reporter«, fügte er gepresst hinzu. »Seinen Namen habe ich nicht verstanden.«

»Ein Reporter!« Seine Assistentin rang entsetzt nach Luft. »Meine Güte, Will, das tut mir furchtbar leid.«

Auch Kate hatte davon bisher noch nichts gewusst und empfand erneut schmerzliches Mitgefühl. Kein Wunder, dass er so gereizt gewesen war und seinen Zorn an Tina ausgelassen hatte, dachte sie und hätte ihm am liebsten wieder umarmt. Stattdessen sagte sie: »Nun, ich lasse euch beide besser erst einmal allein. Bist du sicher, dass ich dir nichts bringen kann?«

Kate stand vor der Spüle, als Louise, in einer Hand die Autoschlüssel, in der anderen ihr stets präsentes Handy, in die Küche kam. »Ich bringe die Horde zu dem Konzert«, erklärte sie und wies mit einem Daumen Richtung Wohnzimmer.

»Ich kann einfach nicht glauben, dass Tina wirklich fährt«, antwortete Kate.

»Ich weiß«, seufzte Louise, »aber wahrscheinlich ist es besser, wenn sie aus dem Weg ist. Ich würde ihr am liebsten sagen, dass sie gucken soll, wie sie und ihre Leute nach Florenz kommen, doch ich glaube, Will wäre sie erst mal gerne los.«

»Wahrscheinlich hast du recht. Weil sie im Augenblick tatsächlich keine große Hilfe ist.«

»Ganz im Gegenteil: Sie hat alles noch verschlimmert. Schließlich hat sie diese Reporter überhaupt erst angelockt.«

»Mir ist kein Reporter aufgefallen, als ich vorhin nach Hause kam«, sagte Kate.

»Nein, anscheinend haben die Kerle eingesehen, dass hier nichts zu holen ist, und sind den anderen zum Konzert gefolgt.«

»Armer Will. Ich wünschte, er hätte es nicht auf diese Art erfahren.«

»Er ist in einem grauenhaften Zustand«, meinte auch Louise. »Ich habe ihn dazu gebracht, deine Mutter anzurufen – er spricht gerade mit ihr. Ich denke, dass das helfen wird.«

»Gut. Niemand hat anscheinend auch nur das geringste Mitgefühl mit ihm. Es hat mich wirklich überrascht, dass sie alle zu diesem Konzert gefahren sind«, bemerkte Kate in vorwurfsvollem Ton. »Alle außer Rory, aber der sitzt auch nur draußen rum.« Sie wies auf die Terrasse, wo er noch immer am Beckenrand saß und mit dem Bein im Takt des Stückes wippte, das im Augenblick auf seinem MP3-Player erklang. »Niemand war bei Will, als ich nach Hause kam.«

Louise folgte ihrem Blick. »Das darfst du ihnen nicht übelnehmen. Sie verstehen es einfach nicht«, stellte sie bekümmert fest.

Louise war klar, dass Rory und auch alle andren aus der Band Will ausnehmend gern hatten, aber was er gerade durchmachte, konnten sie ganz einfach nicht verstehen. Sie hegten abgrundtiefes Misstrauen gegenüber allen Vätern, und dass Will mit seinem alten Herrn im Clinch gelegen hatte, hatte ihn dem Kleeblatt überhaupt erst sympathisch gemacht. Weil das anfangs so ungefähr die einzige Gemeinsamkeit zwischen ihnen gewesen war.

Wills Gefühle gegenüber seinem Vater waren kompliziert, die Empfindungen der zwei Geschwisterpaare in Bezug auf deren alten Herrn jedoch von geradezu brutaler Einfachheit. Rorys und Owens Vater war verschwunden, als die zwei noch klein gewesen waren, hatte sich seither nie wieder blicken lassen, und deswegen hatten sie ihn einfach abgehakt. Wahrscheinlich würden sie ihn windelweich schlagen, falls er sich jemals in ihrer Nähe blicken ließe. Was bei Phoenix und bei Georgie leider schon geschehen war. Ihr Reichtum und ihr Ruhm hatten ihren Erzeuger angelockt, und er war bereits des Öfteren in den Hotels, in denen sie auf den Tourneen übernachtet hatten, aufgetaucht. Bisher hatten eine einmalige Zahlung sowie ein gerichtliches Kontaktverbot – verbunden mit nachdrücklichen Warnungen seitens der Brüder Cassidy – ihn in sicherer Distanz zu seinen Kindern gehalten, und sein Tod wäre für sie nicht mehr als die beruhigende Gewissheit, ihn tatsächlich nie wiederzusehen.

»Weißt du, wann die Beerdigung stattfinden wird?«

Louise nickte. »Montag, aber Will wird morgen schon nach England fliegen, und ich werde mich um alles kümmern, bis er wiederkommt.«

»Wird ihn jemand zu der Beerdigung begleiten?«, fragte Kate.

»Oh, ich gehe davon aus, dass sich Madam die Gelegenheit nicht nehmen lassen wird – schließlich tauchen sicher jede Menge Fotografen auf der Feier auf«, klärte Louise sie trocken auf. »Außerdem wird deine Mutter dort sein«, fügte sie deutlich fröhlicher hinzu. »Und Lorcan kommt extra aus New York.«

Erst jetzt bemerkte Kate, dass Louise total erschöpft aussah. Sie hatte offensichtlich einen anstrengenden Tag gehabt, bevor sie spontan hierhergeflogen war.

»Kommst du zurück, wenn du die anderen zu dem Konzert gefahren hast? Ich kann dir gern nachher noch was zu essen machen, wenn du willst.«

»Nein danke. Ich werde bei der Truppe bleiben und versuchen zu verhindern, dass dort irgendwas passiert oder dass Tina mit den Journalisten spricht. Aber du bist hier, nicht wahr?«

Kate nickte stumm.

»Gut. Es tut ihm sicher gut, wenn er erst mal mit dir allein ist. Bei dir ist er nämlich in guten Händen.«

Rory saß auf der Terrasse, wippte unruhig mit dem Bein und fluchte vor sich hin. Tina hatte sich derart aufgeregt, weil Will sie nicht zu dem Konzert begleiten wollte, dass die Band beschlossen hatte, irgendjemand müsse hierbleiben und dafür sorgen, dass sie Will in Ruhe ließ. Obwohl Wills Trauer ihnen unverständlich war, hatten sie durchaus Mitgefühl mit ihm, und eine andere Art der Hilfe fiel ihnen nicht ein.

Da das Los auf ihn gefallen war, lungerte er jetzt hier herum, während die anderen hinter der Bühne mit Tony und seinen Leuten feierten, sich einen hinter die Binde kippten und mit alten Freunden plauderten. Das war einfach nicht gerecht, denn endlich war er Tessa einmal los und hätte sich nach Kräften amüsieren können, saß aber stattdessen hier bei Wills zickiger Freundin fest. Er zog sein Handy aus der Tasche und wählte gedankenverloren Tessas jüngsten Rivalen aus dem *Promi-Knast*.

Dann klopfte ihm plötzlich jemand auf die Schulter, und er hob erschrocken den Kopf. Louise stand neben ihm und klimperte mit ihren Autoschlüsseln. »Hallo, Rory.«

Langsam überzog ein Grinsen sein Gesicht. Er wusste nicht, woher sie plötzlich kam, aber irgendwie wirkte es vollkommen natürlich und war einfach typisch für Louise, dass sie wie ein Engel aus dem Nichts erschien, sobald jemand in Schwierigkeiten war. »Ich fahre euch zu dem Konzert«, erklärte sie und schaute ihn lächelnd an. »Bist du bereit?«

Rory strahlte wie ein Honigkuchenpferd. Plötzlich kam es ihm so vor, als hätte ihm das Los, das er vorhin gezogen hatte, einen Hauptgewinn beschert.

Nachdem alle verschwunden waren, senkte sich gespenstische Stille über das Haus, und Kate wurde bewusst, dass sie seit ihrer Ankunft keinen Augenblick allein auf dem Anwesen gewesen war. Doch statt das Alleinsein und den Frieden zu genießen, war sie reizbar und nervös und ging ruhelos von Raum zu Raum, setzte sich schließlich auf die Couch im Wohnzimmer, um den *Promi-Knast* zu sehen, konnte sich aber auch darauf nicht konzentrieren, und in der ersten Werbepause merkte sie, dass sie eine geschlagene Viertelstunde vor dem Fernseher gesessen hatte, ohne auch nur eine Sekunde wirklich hinzugucken. Vielleicht sollte sie was kochen, doch als sie mitten in der Küche stand, starrte sie die Schränke unentschlossen an.

Sie hatte keine Ahnung, ob sich Will darüber freuen würde, wenn sie noch mal nach ihm sähe, oder ob sie ihn besser in Ruhe ließ, ging ein Dutzend Mal zur Treppe, machte allerdings immer wieder kehrt.

Alles, woran sie denken konnte, war der Kuss und wie herrlich er gewesen war. Sie fragte sich, was wohl geschehen wäre, hätte nicht Louise genau in dem Moment geklopft. Wie lange hätte Will sie wohl geküsst? Sie hatte keine Ahnung, ob sie sich darüber freuen oder es bedauern sollte, dass der Kuss vorzeitig unterbrochen worden war, verzog aber ihren Mund jedes Mal zu einem Lächeln, wenn sie daran dachte, was geschehen war – obwohl ihr Verstand ihr sagte, dass sich Will nur hatte trösten lassen wollen und dass sie rein zufällig vor Ort gewesen war. Trotzdem war sie sich der Tatsache bewusst, dass sie mit ihm allein in der Villa war, und konnte die Bilder nicht verdrängen, die sie immer wieder vor sich sah: Will, wie er die Treppe herunterkam und sie noch einmal küsste …Will, wie er ihr die Kleider vom Leib riss und sie neben dem Pool auf der Terrasse nahm …Will, wie er sie über den Küchentisch beugte …

Gott, was dachte sie sich nur? Was war sie für ein Mensch? Will war am Boden zerstört, weil sein Vater gestorben war, und alles, woran sie denken konnte, war, mit ihm zu vögeln, bis er den Verstand verlor. Da sie keine Ahnung hatte, ob er vielleicht etwas essen wollte, machte sie am besten einen Hackfleisch-Kartoffel-Auflauf, der nicht so schnell verdarb. Sie ließ sich bei der Arbeit Zeit, ging langsam und methodisch vor, hatte aber das Gefühl, als mache sie dieses Gericht zum allerersten Mal. Schließlich jedoch wurden ihre angespannten Nerven durch das gleichförmige Schneiden, Hacken und Rühren ein wenig beruhigt, und als die Form im Ofen stand, schenkte sie sich ein Glas Rotwein ein und ging, da sie keine Ahnung hatte, was sie machen sollte, auf die Terrasse hinter dem Haus. Sie konnte sich noch immer nicht entspannen, denn auch wenn sie vollkommen erledigt von den Vorfällen des Tages war, verspürte sie eine nervöse Energie.

Es war ein wunderbarer milder Abend, und der Himmel sah wie schwarze Seide aus. Kate legte sich auf einen Liegestuhl, lauschte dem Zirpen der Grillen und holte so tief wie möglich Luft, doch sobald sie ihre Augen schloss, begann erneut der Pornofilm in ihrem Kopf.

Wham! Will drückte sie gegen die Verandatür und zog

ihr das Kleid über den Kopf. Sie konnte seinen heißen Atem spüren, als er seine Zunge gegen ihre Zähne krachen ließ. Dann schob er eine Hand in ihren Slip und glitt in sie hinein, während er mit einem Finger kleine Kreise über ihrem Venushügel zog ...

Sie rutschte ruhelos in ihrem Liegestuhl herum. Vielleicht sollte sie es mal mit den Entspannungstechniken, die sie von Brian gelernt hatte, versuchen, überlegte sie, fing langsam an zu zählen, atmete gleichmäßig ein, hielt die Luft einen Moment lang an und atmete langsam wieder aus. Einatmen ... ein ... zwei ... drei ... vier ...

Jetzt lag Will über ihr im Gras und strich mit seiner Zunge über ihre harten Nippel. Sie konnte die kühle Nachtluft auf den nackten Brüsten spüren. Sein Schwanz drückte wie eine Eisenstange gegen ihren Bauch, während er leckte, saugte und streichelte, bis sie unter der Berührung schmolz. Dann rollte er sich auf den Rücken, und sie schwang sich rittlings über ihn und öffnete seinen Reißverschluss ...

Verdammt, es hatte einfach keinen Sinn! Mit einem ungeduldigen Seufzer gab sie das Bemühen auf, sich auf ihre Atmung zu konzentrieren. Vielleicht versuchte sie ihr Glück mal mit den Wellen am Strand?

Okay, ich bin eine Welle – oder bin ich der Strand?, überlegte sie verwirrt. Doch im Grunde war das vollkommen egal. Die Wellen kommen *laaangsam* angerollt ... halten für ein, zwei Sekunden an und ... ziehen sich *laaangsam* wieder zurück.

Sie machte es sich auf ihrem Liegestuhl bequem, atmete tief aus und redete sich ein, dass die Übung ihre Wirkung tat.

Okay, konzentrier dich. Die Wellen kommen langsam angerollt ... halten an ... ziehen sich *laaangsam* wieder zurück ... und rollen *laaangsam* wieder vor ...

Wills Kopf lag zwischen ihren Beinen, seine Zunge schob sich sanft in sie hinein ... zog sich wieder aus ihr zurück ... schob sich wieder in sie hinein. In ihrem Inneren entstand eine enorme Flutwelle, wurde immer höher und –

»Sind die anderen alle weg?«

Krachend schlug Kate wieder auf der Erde auf. Will stand in der Tür und schaute sie an. Sie fragte sich, wie lange er dort wohl schon stand, und hoffte nur, er würde ihr nicht ansehen, was ihr gerade durch den Kopf gegangen war. Es überraschte sie, dass er total normal wirkte – aber schließlich hatte er auch keine Ahnung, dass er eben leidenschaftlich über sie hergefallen war. »Ja.« Sie lächelte. »Die Luft ist rein.«

Sie versuchte, ruhig zu wirken, doch ihr Herz raste noch immer und empfand dieselbe Scheu, als hätten sie sich wirklich gerade nackt im Gras gewälzt.

Will atmete erleichtert auf und nahm ihr gegenüber Platz »Ich wollte mir die DVD mit Dad ansehen, die mir Grace geschickt hat«, meinte er. »*Auf der Couch.* Willst du vielleicht mitgucken?«, fragte er in jungenhaft ängstlichem Ton.

»Natürlich, wenn du willst, dass ich mitgucke.«

Sie folgte ihm ins Wohnzimmer, er legte die DVD in das Gerät, und sie setzte sich neben ihm auf die Couch. Dann drückte er auf einen Knopf der Fernbedienung, auf dem Bildschirm war etwas zu erkennen, und Kate hörte ängstlich die bekannte Titelmelodie und fragte sich, ob diese Sendung unter den gegebenen Umständen nicht vielleicht zu schmerzlich für Will war.

»Mein heutiger Gast ist der angesehene Bühnenautor Sir Philip Sargent«, begrüßte Richard Slater das Publikum, die Kamera schwenkte zurück, und sie sahen, dass Philip Richard gegenüber in einem identischen braunen Ledersessel saß. Es war bestimmt ein Schock für Will, seinen Vater lebend zu sehen, dachte Kate, und dabei fiel ihr auf, wie unglaublich attraktiv Philip bis zum Schluss gewesen war. Die jahrelangen wilden Partys und der Alkoholgenuss hatten ihre Spuren hinterlassen und links und rechts von seinem Mund und um die seelenvollen, durchdringenden, leuchtend blauen Augen tiefe Falten eingraviert, doch die Linien hatten ihn erst richtig interessant gemacht, seinen feinen Zügen einen eigenen Charakter eingehaucht, und mit seinem dichten silbergrauen Haar wirkte er ausnehmend elegant.

Philip hatte ungeheures Charisma, war witzig und charmant, und Kate wünschte sich, sie hätte ihn einmal persönlich kennengelernt. Plötzlich konnte sie verstehen, weshalb ihre Mutter diesem Menschen derart zugetan gewesen war.

Nach einem kurzen Abriss seiner Kindheit und der wilden Jugend wandte sich die Unterhaltung ernsthafteren Themen wie der schwierigen Ehe mit Wills Mutter, Helen Kilgannon, zu. Es war rührend anzuhören, wie Philip von seinen letztendlich fruchtlosen Bemühungen, mit ihrer manischen Depression zurechtzukommen, sprach. Er übte sich in gnadenloser Selbstkritik und räumte unumwunden ein, er wäre unfähig gewesen, die Zusammenbrüche seiner Frau auch nur ansatzweise abzufangen, hätte als Ehemann und Vater vieles falsch gemacht und vor allem in dem Augenblick versagt, in dem seine Ehe endgültig gescheitert und sein Kind von ihm im Stich gelassen worden war.

»Rückblickend betrachtet«, bekannte Philip, »kann ich selbst kaum glauben, wie skrupellos ich damals war. Ich meine, ich war ein erwachsener Mann – und ich bilde mir auch ein, dass ich damals recht widerstandsfähig war –, und ich kam nicht mit Helens Krankheit klar. Ich hielt es nicht länger bei ihr aus. Ich musste gehen, um nicht wahnsinnig zu werden. Deshalb habe ich gepackt und meinen heranwachsenden Sohn mit alledem allein gelassen. Er war damals noch ein Kind.«

Die Kamera verharrte gnadenlos auf seinem Gesicht und fing seine Emotionen auf. Angesichts der Trauer und der Reue, die sein Blick verriet, schaute er plötzlich deutlich älter aus.

»Dann haben Sie also das Gefühl, es wäre falsch gewesen, dass Sie damals ausgezogen sind?«, drang Richards gedämpfte Stimme aus dem Hintergrund.

»Absolut«, gab Philip nüchtern zu.

»Und wie haben Sie sich damals dabei gefühlt?«

»Nun, natürlich hatte ich Schuldgefühle – doch die haben nicht gereicht, um mich daran zu hindern, einfach zu machen, was ich wollte.« Und mit einem selbstironischen Lächeln fügte er hinzu: »Ich dachte, ich hätte ein Recht darauf, glücklich zu sein.«

»Und das hatten Sie nicht?«

»Nicht auf Kosten meines Sohns«, erklärte Philip knapp. »Aber in meiner Generation hat man sich über die Vorstellung lustig gemacht, dass man um der Kinder willen zusammenbleibt, für eine Ehe arbeitet oder überhaupt jemals irgendein Opfer bringt. Unserer Meinung nach war das persönliche Glück das Einzige, worum es ging.«

»Und das glauben Sie jetzt nicht mehr?«

»Nun, es ist totaler Unsinn, finden Sie nicht auch? Es ist das, was man sich sagt, wenn man sich nicht die Wahrheit eingestehen will – nämlich dass man zu faul oder zu egoistisch ist, um irgendwas zu tun, was auch nur ansatzweise schwierig oder unerfreulich ist. Man will uns glauben machen, dass das Leben ständig toll sein muss. Und wenn es das zu irgendeinem Zeitpunkt nicht mehr ist, muss man eben weiterziehen. Doch das ist eine kindliche Sicht der Welt.«

»Zurück zu Ihrem erstgeborenen Sohn. Was für eine Beziehung haben Sie jetzt zu ihm?«, forschte Richard sanft nach.

»Keine«, erwiderte Philip lakonisch. »Er spricht nicht

mehr mit mir – und will auch nichts mit mir zu tun haben. Was ich ihm nicht verdenken kann.«

»Was hat diesen Bruch in Ihrer Beziehung verursacht?«

»Er gab mir die Schuld, als Helen starb. Und statt ihm zu helfen, ihren Tod zu überwinden, habe ich ihn kurzerhand ins Internat geschickt. Um eine grässliche amerikanische Phrase zu verwenden ...« Er setzte ein bitterböses Lächeln auf. »Ich war nicht für ihn da, als seine Mutter starb.«

Es folgte eine lange Pause, aber schließlich fuhr er fort: »Ich habe ihn nicht nur aus Eigennutz ins Internat gesteckt. Ich dachte, es täte ihm gut, würde ihn ein bisschen härter machen, denn ich hatte Angst, dass er wie seine Mutter würde – zu empfindsam für die Welt. Doch ich hatte ihn eindeutig unterschätzt. Er war durchaus in der Lage, für sich einzutreten und sich gegen mich zu wehren – offensichtlich schlägt er weniger nach Helen als nach mir.«

»Haben Sie jemals versucht, sich mit ihm zu versöhnen?«

»Ja, natürlich – das versuche ich die ganze Zeit. Aber wie ich bereits sagte, mein Sohn ist genauso stur, unversöhnlich und vor allem davon überzeugt, im Recht zu sein, wie ich, womit er in diesem Fall natürlich völlig richtigliegt.«

»Dann hat er also recht, wenn er Ihnen nicht verzeiht?«

»Ja«, gab Philip zu, und nur sein angespannter Kiefer verriet dabei irgendein Gefühl.

»Warum?«

»Weil das, was ich getan habe, ganz einfach unverzeihlich war«, sagte Philip mit niederschmetternder Offenheit, wobei er seinem Gegenüber reglos in die Augen sah.

Er verstummte, und die Kamera verharrte endlos auf seinem Gesicht. Er blinzelte ein paarmal und fing an, an seiner Unterlippe zu kauen, denn die Stille dehnte sich schmerzlich aus. Kate ertrug es kaum zu sehen, wie ungeschützt und wehrlos er den Blicken ausgeliefert war.

»Glauben Sie das wirklich?«

»Ja. Ich denke, er hat recht, wenn er mir nicht verzeiht. Dafür zolle ich ihm ehrlichen Respekt.«

»Sie zollen ihm Respekt dafür, dass er derart nachtragend und unversöhnlich ist?«

»Ich zolle ihm Respekt dafür, dass er weiß, was richtig ist, und nichts anderes akzeptiert – dafür, dass er den Mut hat, zu seinen Überzeugungen zu stehen.«

»Selbst wenn das bedeutet, dass er Sie aus seinem Leben verbannt hat?«, hakte Richard nach.

»Vor allem dann. Weil das schließlich alles andere als einfach ist. Es wäre deutlich einfacher, sich zu kompromittieren, so zu tun, als ob alles in Ordnung wäre, und zu sagen: ›Du bist mein Vater, und ich liebe dich, deshalb ist alles, was du tust, für mich okay.‹«

»Aber können Sie auf eine Versöhnung hoffen, wenn es kein Verzeihen gibt?«

»Ich glaube, ja. Ich hoffe es«, erklärte Philip ruhig. »Es ist mir nicht wichtig, dass er mir verzeiht, ich möchte ihn nur wiedersehen«, fügte er tonlos hinzu. »Denn abgesehen von der Tatsache, dass er mein Sohn ist, kommt er mir wie jemand vor, den zu kennen sich für einen Menschen lohnt. Und außerdem ...« Seine Stimme brach, und von seinen Gefühlen überwältigt sah er seine Hände an.

»Ja?«, drängte Richard ihn.

Philip räusperte sich und rang dabei sichtlich um Fassung. »Er ist die einzige Verbindung, die ich noch zu Helen habe.«

Kates Augen füllten sich mit Tränen, und sie musste schlucken. Während des gesamten Interviews hatte sie kaum gewagt, Will anzuschauen, jetzt hingegen blickte sie ihn an und bemerkte, dass ein dichter Tränenstrom lautlos über seine Wangen rann. Am liebsten hätte sie ihn in den Arm genommen und getröstet, aber vielleicht hätte er gedacht, sie erhoffe sich den nächsten Kuss, und so wischte sie sich wortlos ihre eigenen Tränen fort, als die Sendung endete und der Abspann kam.

Danach stand sie entschlossen auf, schaltete den Fernseher aus und sah Will fragend an. »Möchtest du was essen? Ich habe einen Hackfleisch-Kartoffel-Auflauf gemacht.« Dann zuckte sie innerlich zusammen. Brian hielt ihr immer vor, dass Nahrung ihrer Meinung nach die Lösung für sämtliche Probleme war. Vielleicht hatte er recht.

»Ja, bitte«, sagte Will und wischte sich ebenfalls die Tränen fort. »In der Tat habe ich einen Bärenhunger.«

Vielleicht hatte Brian doch nicht recht. Offenbar kam Will ihr Vorschlag alles andere als seltsam vor. Vielleicht brauchten Menschen in Momenten wie diesem einfach grundlegenden Trost durch Essen – oder Sex, kam ihr der Gedanke ungebeten wieder in den Kopf. Wenigstens hatte die Sendung sie vorübergehend von diesem Thema abgelenkt, jetzt aber war es wieder da.

Sie beschlossen, es sich in der Küche gemütlich zu machen, denn schließlich waren sie allein. Kate fühlte sich wie ein nervöses Pferd, sie nahm seine Nähe derart deutlich wahr, dass es beinahe lächerlich zu nennen war. Sie spürte ihn dicht hinter sich und sprang beinahe drei Meter in die Luft, als er eine Hand auf ihre nackte Schulter legte, um nach zwei Gläsern in einem der Hängeschränke zu greifen. Hätte sie sich nur ein kleines Stück zurückgelehnt, hätten ihre Körper sich berührt, und sie bräuchte sich nur umzudrehen, damit sie praktisch in seinen Armen lag.

Immer mit der Ruhe, sagte sie sich schlecht gelaunt. Er flirtet nicht mit dir, sondern deckt lediglich den Tisch.

Trotzdem war die Luft derart spannungsgeladen, dass sie das Gefühl hatte, schon bei der winzigsten Berührung in lodernde Flammen aufzugehen. Sie fragte sich, ob es nur ihr so ging, oder ob er es ebenfalls empfand. Es erschien ihr unglaublich intim, ohne all die anderen Leute in der Villa nur mit ihm am Tisch zu sitzen und zu essen. Zwar war es ein großer Tisch, doch sie nahmen dicht an dicht im rechten Winkel zueinander daran Platz. Die flüchtigste Berührung kam ihr unglaublich erotisch vor, und als sie ihm einen Löffel reichte und dabei versehentlich an seine Finger stieß, fühlte es sich für sie an, als hätte er ihr einen Schlag versetzt und als dehne sich der Strom bis in ihre Lenden aus.

»Das schmeckt wirklich gut«, erklärte Will und schob sich den nächsten Gabelbissen seines Essens in den Mund.

»Du hast mit Mum telefoniert?«, fragte sie ihn leise.

»Ja. Sie kommt zur Beerdigung.«

»Und du wirst morgen schon nach England fliegen?«

»Louise hat einen Flug für morgen Vormittag für mich gebucht. Antonia möchte, dass ich bei ihr wohne.«

»Das ist gut.« Kate nickte aufmunternd und hoffte, er würde die Einladung auch annehmen. Weil sie den Gedanken, dass ihr Freund in einer Zeit wie dieser ganz allein wäre, nicht ertrug.

»Es ist wirklich nett von ihr«, fügte Will hinzu. »Trotzdem wird es sicher seltsam sein. Ich kenne sie ja nicht – und auch meinen Halbbruder Paul habe ich noch nie gesehen.«

»Wie alt ist er?«, erkundigte sich Kate.

»Sechzehn«, antwortete er prompt.

Natürlich, er war gerade auf die Welt gekommen, als Helen gestorben war.

»Ein schreckliches Alter, um den Vater zu verlieren«, meinte er.

»Ja. Aber ein gutes Alter gibt es dafür nicht, nicht wahr?«, erwiderte sie sanft.

Plötzlich wogte ein Gefühl von überwältigender Liebe in

ihm auf. Am liebsten hätte er gefragt, ob Kate ihn nicht zu der Beerdigung begleiten wollte. Schließlich hatte er sich immer vorgestellt, dass sie an seiner Seite wäre, wenn er seinen Vater wiedersehen würde, und obwohl er nicht erwartet hätte, ihn dabei in einen Sarg liegen zu sehen, wurde sein Verlangen, sie dabeizuhaben, dadurch noch verstärkt.

Mechanisch schob er sich den nächsten Gabelbissen in den Mund. Er konnte sich ganz einfach nicht aufs Essen konzentrieren, konnte sich auf gar nichts konzentrieren, wenn er ehrlich war. Das Einzige, woran er denken konnte, war der Kuss in seinem Schlafzimmer – die Art, wie Kate den Kuss erwidert hatte, ihre weiche Brust an seinem Oberkörper und das herrliche Gefühl, ihr derart nahe zu sein. Was alles andere als angemessen war – sein Vater war gestorben, doch das Einzige, woran er dachte, war sein Wunsch, mit Kate ins Bett zu gehen. Aber er konnte ihre Wärme und die Leidenschaft, mit der sie ihn geküsst hatte, ganz einfach nicht vergessen, und als er vorhin zu ihr hinausgegangen war, hätte er sie am liebsten aus dem Liegestuhl direkt ins Bett gezerrt und sich in ihr verloren. Und noch immer wollte er nichts anderes als mit ihr zusammen zu sein. Selbst das Decken des Tischs war ihm wie ein erotischer Tango vorgekommen, und am liebsten hätte er sie umgehend gepackt und wieder geküsst. Als er hinter ihr gestanden hatte, hätte er den Mund am liebsten zärtlich auf die weiche Haut in ihrem Genick gepresst. Zwischen ihnen war höchstens ein Viertelzentimeter Platz gewesen, und er hatte sich danach gesehnt, sie in den Arm zu nehmen, eng an seine Brust zu ziehen ... den Knoten ihres Neckholderkleids zu lösen, bis das Oberteil auf ihre Hüfte fiel ... und ihre wunderbaren Brüste in die Hand zu nehmen ... schon bei dem Gedanken spürte er beinahe ihr seidiges Gewicht.

»Alles in Ordnung, Will?« Bildete sie sich nur ein, dass er auf ihre Brüste starrte?

»Was? Oh ja«, gab er geistesabwesend zurück.

Wahrscheinlich war er vollkommen benommen, starrte einfach vor sich hin, und ihre Brüste waren dabei zufällig im Weg. Was ein Jammer war. Sie wünschte sich, er hätte sich für ihre Brüste interessiert, denn sie stellte sich vor, wie er sie auszog, sanft mit seinen herrlich kühlen Lippen über ihre Nippel strich ... und erschauderte.

»Ist dir kalt?«, wollte Will mit heiser Stimme von ihr wissen.

»Mmm? Nein.« Sie schüttelte den Kopf.

Er blickte auf ihren Mund. Er hätte ihn liebend gern geküsst und fragte sich, wie sie wohl aussah, wenn sie kam. Er stellte sich vor, dass er sie dazu brächte, zu stöhnen, zu schreien und sich unter ihm ... auf ihm ... an eine Wand gelehnt vor Verzücken zu winden.

»Müde?«, erkundigte sich Kate. Seine Augen waren dunkel und seine Lider schwer. Er war sicher vollkommen erschöpft.

»Nein, es geht mir gut«, erwiderte er rau. »Nur ist es hier drin ein bisschen heiß.« Er rutschte unruhig auf seinem Stuhl herum.

»Ja, nicht wahr?« Kate hatte das Gefühl, als stünde sie in Flammen. »Warum trinken wir unseren Kaffee nicht im Wohnzimmer?«, schlug sie deshalb vor, sprang auf und räumte die leeren Teller ab. »Dort ist es sicher kühler.« Sie glühte vor Verlangen, und sie musste sich einfach bewegen, sonst hätte sie sich nämlich einfach auf ihn gestürzt. »Geh ruhig schon mal vor.«

Sie kam mit dem Kaffee und setzte sich auf die Couch ihm gegenüber, weil auf diese Art der kleine Tisch als Puffer zwischen ihnen stand. Als sie beide gleichzeitig den Milchkrug nehmen wollten und sich ihre Hände dabei zufällig berührten, riss sie ihren Arm zurück, als hätte sie sich an ihm verbrannt.

Schweigend tranken sie ihren Kaffee. Will wirkte wieder nervös, und während er mit seinen langen, schlanken Fingern auf der Sofalehne trommelte, stellte Kate sich vor, sie würden durch ihr Haar fahren, ihre Haut streicheln und die Rundungen ihres Körpers erforschen ...

»Also, hm, wann geht morgen dein Flug?«

»Um zehn.«

»Okay. Dann musst du früh aufstehen. Kann ich noch irgendetwas für dich tun?«

Zieh dich aus. Küss mich. Schlang mir deine Beine um den Rücken. Nimm mich in dir auf. Will fielen eine Million Dinge ein. »Nein danke«, sagte er und trank den Rest von seinem Kaffee aus.

»Tja ...« Sie stand auf und strich verlegen die Falten ihres Kleides glatt. »Es ist schon ziemlich spät, und du musst morgen früh raus. Ich glaube, ich gehe ins Bett.«

Plötzlich sprang Will auf. »Nimm mich mit«, bat er sie flehend und sah sie aus brennenden Augen an.

Kate starrte ihn an. Sie hatte sich bestimmt verhört. Doch bevor sie die Gelegenheit bekam, etwas zu sagen, stand er bereits direkt vor ihr und küsste sie mit verzweifelter Leidenschaft. »Nimm mich mit ins Bett«, hauchte er an ihrem Mund.

»In deins oder meins?« Sie küsste seinen Hals, riss an seinem T-Shirt, zog es ihm über den Kopf, glitt mit ihren fieberheißen Händen über seine warme Brust und küsste die Bartstoppeln an seinem Kinn.

»In das, was näher ist.« Will erschauerte, als sie mit ihren Zähnen über einen seiner Nippel glitt.

Dann aber blieben sie einfach, wo sie waren, pressten Lippen, Zähne und Zungen aufeinander und zerrten sich gegenseitig die Kleider vom Leib. Kate spürte die kühle Abendluft an ihrer Haut, als Will ihren Büstenhalter öffnete und mit seinen warmen Händen zärtlich über ihre Brüste strich. Sie schob eine Hand in seine Hose und ergriff seinen Schwanz, woraufhin er sich zusammenzog. Aber während seine Küsse drängender und seine Hände härter wurden, spürte sie auch weiter seine Anspannung und wusste, er hielt sich auch weiterhin zurück.

Also bahnte sie sich küssend einen Weg an seiner Brust hinab und sank vor ihm auf die Knie. Er erschauderte, als ihre Lippen seinen straffen Bauch erreichten, und vergrub die Finger tief in ihren Schultern, als sie ihm die Zunge in den Nabel schob. Dann nahm sie ihn in den Mund, und er stieß ein raues Stöhnen aus.

»Kate...« Er streichelte sanft ihr Gesicht, und aus dem einen Wort hörte sie eine Welt der Zärtlichkeit heraus.

Sie kreiste mit ihrer Zunge um die Spitze seines Gliedes, aber plötzlich zerriss ein gellender Schrei die Luft.

Das Nächste, was sie wusste, war, dass Will ihr einen harten Stoß versetzte, der sie halbnackt rücklings auf den Boden fallen ließ, und Tina gleichzeitig wie eine Rachegöttin in den Raum gesegelt kam. Will wandte ihr den Rücken zu, schloss den Reißverschluss von seiner Jeans, und sie versteckte ihre Brüste hinter einem Arm und kroch auf der Suche nach ihrem BH verzweifelt durch den Raum. Sie wollte aufstehen, doch im selben Augenblick ging ihre Konkurrentin mit ausgefahrenen Krallen auf sie los. »Du verdammte Schlampe!«, fauchte sie.

Will wirbelte herum, packte Tinas Arme und zog sie zurück. Sie bemühte sich vergeblich, sich aus der Umklammerung zu lösen, und stieß ein erbostes Wimmern aus.

»Himmel, tut mir leid, Kate. Bist du okay?« Plötzlich wurde ihm bewusst, dass sie seinetwegen durch den Raum geflogen war, und er streckte eine Hand in ihre Richtung aus. Aber sobald er seinen Griff um Tinas Arme lockerte, riss die sich von ihm los, schlug blindwütig um sich, zerkratzte ihm das Gesicht und trommelte mit beiden Fäusten auf ihn ein.

»Meine Güte!«, fluchte Will und hielt sich einen Arm vor das Gesicht. Schließlich gelang es ihm, ihre Arme abermals zu packen, hinter ihrem Rücken festzuhalten und sie zu sich herumzudrehen. »Was machst du überhaupt schon wieder hier?«, fragte er in beinahe vorwurfsvollem Ton.

»Du Schwein!« In dem Bemühen, sich zu befreien, spannte sie die Arme an. »Ich habe mir Sorgen um dich gemacht! Ich dachte, die Sache mit deinem Vater ginge dir nahe. Stattdessen komme ich zurück und muss mit ansehen, wie du es mit diesem ... diesem Fettkloß treibst.« Ihre Augen sprühten hasserfüllte Funken, während Kate auf der Suche nach ihren Klamotten weiter über den Boden kroch. »Was ist passiert?«, schrie sie sie an. »War nichts mehr im Kühlschrank, um es dir in den Mund zu stecken, und musstest du dich deshalb an meinen Freund heranmachen, kaum dass ich aus dem Haus gegangen war?«

Unter größter Kraftanstrengung riss sich Tina los, stürzte sich erneut auf Kate, packte eine dicke Strähne ihres Haars und riss ihren Kopf so hart zurück, dass Kate befürchtete, die Furie bräche ihr möglicherweise das Genick. Sie rang vor Schmerz nach Luft. »Hältst du es nicht eine Minute aus, ohne dir etwas in dein verdammtes Maul zu stopfen?«, brüllte Tina sie hysterisch an.

»Lass sie los«, wies Will sie an, ergriff ihr Handgelenk und drückte es, bis sie vor Schmerzen schrie.

»Du Scheißkerl!«, kreischte sie und sah ihn aus tränenverhangenen Augen an.

Kate nutzte die Gelegenheit. Will war noch damit beschäftigt, Tina von ihr fernzuhalten, und so gab sie ihre Büstenhaltersuche auf, stolperte auf die Beine, drückte das Oberteil von ihrem Kleid an ihre Brust und stürzte aus dem Raum.

»Kate!«, rief Will ihr hinterher, aber ohne sich auch nur noch einmal umzudrehen, nahm sie zwei Stufen der Treppe auf einmal, und als sie oben angekommen war, hörte sie, dass jemand durch die Haustür kam.

»Kate?«, hörte sie die Stimme von Louise, doch sie blickte sich nicht um, sondern rannte den Korridor hinab, bis sie in ihrem Zimmer war, warf die Tür hinter sich zu und rutschte schluchzend daran herunter, bis sie auf dem Boden saß.

»Oh verdammt, verdammt, verdammt!«, entfuhr es ihr. Nie zuvor in ihrem Leben hatte jemand sie derart erniedrigt. Von Tina erwischt zu werden, war schon schlimm genug gewesen, aber was sie am meisten quälte, war, dass Will sie fortgestoßen hatte, als Tina erschienen war. Falls Kate jemals daran gezweifelt hatte, was er für sie empfand, wusste sie es jetzt genau. Er hatte kein Problem damit, sie für einen tröstenden Quickie zu benutzen, wenn er niedergeschlagen war, warf sie jedoch, sobald seine zickige Freundin auf der Bildfläche erschien, weg wie einen alten Schuh – als wäre sie ein Nichts. In seiner Panik, weil man ihn erwischt hatte, hatte er sie praktisch durch das Wohnzimmer geschleudert. Und sie hatte sich allen Ernstes eingebildet, er hätte sie gewollt und nicht einfach irgendeine Frau.

Und noch schlimmer war das Wissen, dass sie selber ebenfalls im Unrecht war. Auch wenn Tina ihr zuwider war, war sie seine Freundin und hatte deswegen alles Recht der Welt, außer sich vor Zorn zu sein, wenn ihm eine andere einen blies. Der Fairness halber musste sie sich eingestehen, dass Tina sie zu Recht geschlagen hatte – weshalb dieser Angriff noch erniedrigender für sie gewesen war.

Sie hatte keine Ahnung, wie lange sie sich, an die Tür gelehnt, die Augen ausheulte, schließlich aber stand sie mühsam wieder auf und setzte sich aufs Bett. Da sie anfing zu zittern, zog sie einen Pullover über ihr dünnes Kleid und dachte über ihr Dilemma nach. Ihr war klar, sie musste weg. Sie könnte Will unmöglich noch mal in die Augen sehen. Denn sie hielte seinen reservierten Blick, der die Folge seines Seitensprunges wäre, ganz einfach nicht aus, und wenn sie das Gestern-Abend-war-ein-Fehler-Gespräch mit ihm führen müsste, würde sie sterben. Außerdem würde Tina ihr die Augen auskratzen, falls sie die Gelegenheit dazu bekäme. Deshalb musste sie noch heute Abend aus dem Haus.

Während sie das dachte, hörte sie Louise, die an ihrer Tür vorbei in Richtung ihres Zimmers ging, und ihre Stimmung hellte sich ein wenig auf. Die Hilfe war ganz nah. Vielleicht schaffte sie es selbst nicht, einen schnellen Abgang zu organisieren, doch sie kannte eine Frau, die dazu in der Lage war.

Louise schlief ein paar Zimmer weiter, daher schlich sich Kate auf Zehenspitzen durch den Flur und klopfte leise bei ihr an.

»Kate!« Louise einladendes Lächeln schwand, als sie Kates unglückliche Miene und ihre verquollenen Augen sah.

»Ich muss nach Hause!«, drängte Kate mit unsicherer Stimme. »Kannst du mich hier wegbringen?«

»Nun, sicher ...« Louise schaute sie verwundert an.

»Jetzt gleich?«, bat Kate sie inständig.

Louise zögerte nicht mehr. »Ja.«

Vor lauter Dankbarkeit brach Kate erneut in Tränen aus.

»Komm, ich helfe dir beim Packen«, erklärte ihr Wills Assistentin brüsk und zog sie hinter sich her den Flur hinauf in ihr eigenes Schlafzimmer zurück.

Kate war dankbar für die Hilfe. Ihre Hände zitterten so sehr, dass sie es nicht schaffte, irgendwas zu falten, und so warf sie ihre Kleider einfach in den Koffer, und Louise nahm sie wieder heraus, legte sie ordentlich zusammen und packte sie zurück. Dann wirbelte sie durch den Raum, entfernte eilig Kates gesamte Habseligkeiten daraus und packte sie in deren beide Koffer ein. Sie spürte instinktiv, dass niemand was von ihrer Flucht mitbekommen sollte, und damit man sie aus Richtung Wohnzimmer, wo Tina noch immer schreiend irgendwelche Gegenstände nach Will warf, nicht sah, führte sie Kate auf leisen Sohlen durch die Küche aus dem Haus.

Kaum hatte Louise das Kommando übernommen, ging alles mit einer schwindelerregenden Geschwindigkeit. Obwohl sie es später seltsam finden sollte, war sie erst mal dankbar, weil Louise ihr keine Fragen stellte und auch nicht versuchte, sie dazu zu bringen, dass sie erst mal eine Nacht darüber schlief. Sie versuchte nicht, ihr zu erklären, dass am nächsten Morgen sicher alles besser wäre, sondern akzeptierte einfach, dass sie gehen wollte, und sorgte dafür, dass das geschah.

Fünfzehn Minuten später rasten sie zum Flughafen, und Louise presste ihr Handy an ihr Ohr und erkundigte sich nach einem Flug.

»In zwei Stunden geht ein Flieger«, sagte sie zu Kate. »Wenn wir uns beeilen, kriegst du den bestimmt.«

Obwohl Kate total erleichtert war, konnte sie nicht aufhören zu weinen. Aus diesem Grund sah sie aus dem Fenster und verfolgte, wie ein dichter Tränenstrom über ihre Wangen rann, während Louise telefonierte und ihr hin und wieder eine neue Packung Taschentücher gab.

Louise platzte zwar beinahe vor Neugier, hielt sich allerdings zurück und fragte Kate nicht, was geschehen war. Denn sie konnte es sich denken. Schließlich war sie angekommen und hatte gesehen, wie die halbnackte Kate oben verschwunden war und Tina gleichzeitig wie ein Fischweib keifte und diverse Gegenstände in Wills Richtung warf.

Als sie den Flughafen erreichten, ließ Louise Kate in der Schlange beim Check-in-Schalter zurück, während sie selbst zum Ticketschalter ging. Einen Moment später hielt sie Kate das Ticket hin und brachte sie noch zum Flugsteig, nachdem die Koffer abgegeben waren.

»Ich muss noch für das Ticket bezahlen«, meinte Kate und wühlte in ihrer Handtasche.

»Oh nein, auf keinen Fall«, erwiderte Louise in einem Ton, der keine Widerrede duldete. »Das Rückflugticket war nämlich Teil deines Vertrags.«

»Ja, sicher, aber …«

»Kein Aber«, entgegnete Louise. »In Dublin wirst du von einem Wagen abgeholt. Der Chauffeur hat ein Schild mit deinem Namen, also halt die Augen offen. Sein Name ist Dave.«

»Oh, das war doch nicht nötig.« Wieder füllten ihre Augen sich mit Tränen, weil Louise derart fürsorglich war. »Ich hätte auch ein Taxi nehmen können.«

»Red keinen Unsinn. In deinem Zustand solltest du dich nicht mit einem Taxifahrer rumärgern.«

Es war gerade noch Zeit für eine eilige Umarmung, bevor Kate zu ihrem Flieger rennen musste.

»Pass auf dich auf«, meinte Louise.

»Danke für alles.«

»Du solltest dich beeilen.« Damit ließ Louise sie wieder los. »Und ruf mich mal an«, rief sie ihr nach. »Du hast doch meine Nummer?«

Kate nickte und winkte, als die andere Frau verschwand.

11

Kate saß, eingehüllt in eine Decke, auf der Couch, verfolgte durch das Fenster ihrer Wohnung, wie die morgendliche Dämmerung anbrach, und ging in Gedanken noch mal die Ereignisse des letzten Abends durch. Es war alles so furchtbar schnell passiert. Kaum zu glauben, dass Will sie erst gestern Abend in den Arm genommen und gebeten hatte, ihn mit in ihr Bett zu nehmen. Sie spürte seinen Mund auf ihren Lippen und seinen Herzschlag unter ihrer Hand noch genauso wie die Bewegungen des Fliegers, mit dem sie zurückgekommen war. Da sie noch immer seinen Geschmack auf ihrer Zunge hatte und die Abdrücke von seinen Händen überall an ihrem Körper spürte, kam sie sich wie eine Amputierte vor – als wäre Will ein Teil von ihr gewesen und als hätte ein linkischer Chirurg ihn einfach abgehackt. Wieder rannen Tränen über ihre Wangen, und sie fuhr sich mit einem vollkommen durchnässten Taschentuch über das Gesicht. Vom vielen Weinen und vom Schlafmangel hatte sie rot verquollene Augen und war kreidebleich.

Sie hörte, dass Freddies Zimmertür geöffnet wurde und er auf leisen Sohlen hinter ihr das Wohnzimmer betrat.

»Aber hallo!«, stieß er aus. »Was machst du denn hier? Warst du das coole Leben mit den ganzen Rockstars leid und hast beschlossen, dass du wieder mal 'ne Zeit lang mit Normalos wie uns abhängen willst? Du hättest mir sagen sollen, dass du kommst, dann hätte ich ...« Als er Kates verheulte Augen und die zahllosen zerknüllten Taschentücher auf dem

Sofa und dem Boden sah, brach er erschrocken ab. »Oh mein Gott! Schätzchen, was ist passiert?« Er warf sich neben ihr auf die Couch und legte einen Arm um sie.

Kate hatte es geschafft, mit dem Weinen aufzuhören, aber angesichts von Freddies Mitgefühl bildete sich sofort ein neuer Kloß in ihrem Hals.

»Wills Vater ist gestorben«, fing sie, da sie keine Ahnung hatte, womit sie beginnen sollte, an.

»Ja, das habe ich in den Nachrichten gehört.« Freddie nickte bestätigend. »Aber du hast ihn doch gar nicht gekannt, oder?«

»Nein.« Kate schüttelte den Kopf. »Das ist es nicht. Aber Will war total fertig und ... nun, eins hat zum anderen geführt ...« Sie brach verlegen ab.

»Oh mein Gott, du hast mit ihm geschlafen!« Freddie quollen fast die Augen aus dem Kopf.

»Nein ... das heißt, ja ... mehr oder weniger«, wand sich Kate. »Und dann tauchte plötzlich Tina auf.«

»Und hat euch beim Vögeln erwischt?«

»Ja.« Kate nickte unglücklich. »Das heißt, nicht wirklich beim Vögeln.« Geistesabwesend zupfte sie Fäden aus einem Kissen und warf sie achtlos neben sich auf die Couch.

»Wobei denn dann genau?«

»Nun, ich habe ... ich meine, ich ... hm, du weißt schon ...«

»Himmel! Langsam klingst du wie Hugh Grant.«

Kate atmete tief ein. »Okay. Ich habe ihm einen geblasen«, stieß sie eilig aus.

»Du hast was?«, entfuhr es ihrem Freund.

»Nun, sein Vater war gerade gestorben«, verteidigte sie sich.

»Richtig, okay.« Das schien Freddie zu akzeptieren, dann brach es jedoch aus ihm heraus: »Und du hast nicht gedacht, dass vielleicht eine nette Tasse Tee ...?«

»Ich weiß, ich weiß.« Stöhnend zog Kate das Kissen vor ihren Bauch und vergrub ihr Gesicht darin. »Gott, wie konnte ich nur so dämlich sein? Ich kann einfach nicht glauben, dass ich das gemacht habe. Jetzt denkt er bestimmt, ich wäre eine Irre, die ziellos durch die Gegend läuft und Blowjobs an Hinterbliebene verteilt.«

»Meine Güte!«, lachte Freddie. »Ich habe durchaus schon mal etwas von einem Beileidsfick gehört, das muss allerdings der erste Kondolenz-Blowjob in der Geschichte gewesen sein.«

Mit einem schwachen Lächeln tauchte Kate wieder hinter ihrem Kissen auf und schlug ihm auf den Arm. »Das ist nicht witzig«, tadelte sie ihn.

»Da bin ich anderer Ansicht«, gab Freddie zurück. »Aber warte – was machst du dann hier? Ich meine, auch wenn du bestimmt schon bessere Ideen hattest, willst du mir doch sicher nicht erzählen, er hätte keinen Spaß daran gehabt. Schließlich ist er ein Kerl. Und wenn man Kerlen einen bläst, kann man im Grunde kaum was falsch machen.«

»Es hat ihm durchaus Spaß gemacht, bis Tina auf der Bildfläche erschien«, schniefte sie unglücklich. »Es war einfach schrecklich, Freddie! Als sie plötzlich auftauchte, konnte er mich gar nicht schnell genug loswerden und hat mich in seiner Eile einfach weggeschubst.«

In diesem Augenblick wurde die Tür von Freddies Zimmer abermals geöffnet, und Ken kam gähnend angeschlurft. Er trug nur Boxershorts und sah mit seinen halb geschlossenen Augen wie ein Schlafwandler aus.

»Kate!«, begrüßte er sie müde. »Das ist aber eine nette Überraschung. Ich hatte keine Ahnung, dass du kommst.« Er warf sich neben ihr aufs Sofa, stellte seine Füße auf dem Couchtisch ab, lehnte seinen Kopf an ihre Schulter und schmiegte sich mit einem wohligen Seufzer an sie an. »Worüber redet ihr?«, wollte er wissen, während er die Augen wegen des hellen Sonnenlichts, das durch das Fenster fiel, wieder ganz schloss.

»Über *Desperate Flatmates*!«, ahmte Freddie die Stimme einer Darstellerin von *Desperate Housewives* nach.

Kate schüttelte fast unmerklich den Kopf, dessen ungeachtet fuhr er jedoch fort: »Wills Freundin hat Kate gestern Abend dabei erwischt, wie sie ihm einen geblasen hat«, erklärte er, bevor sie es verhindern konnte.

Damit hatte er den Freund erfolgreich aufgeweckt. Ken richtete sich auf und küsste Kate mitfühlend auf den Kopf. »Du Arme! Soll ich wieder gehen?«, fragte er und zeigte mit dem Daumen Richtung Tür. »Willst du mit Freddie allein sein?«

»Nein, bleib hier«, bat Freddie ihn und informierte Kate: »Ken ist in diesen Dingen wirklich gut.«

»Was meinst du mit ›diesen Dingen‹?«, hakte sie nach. »Mit wie vielen Fällen von *fellatio interruptus* hatte er denn schon zu tun?«

»Du würdest dich wundern«, antwortete Ken trocken. »Aber im Ernst, ich würde dir wirklich gerne helfen. Also fang noch einmal ganz von vorne an«, bat er, stützte sich mit seinen Ellenbogen auf den Knien ab und faltete geschäftsmäßig die Hände unter seinem Kinn.

Noch so ein Besserwisser wie ihr Bruder Conor, dachte Kate. Allerdings hatte ja auch Helen ihn für Freddie ausgesucht. »Nun«, setzte sie widerstrebend an. »Will hatte gerade erfahren, dass sein Vater gestorben war, und war total unglücklich ...«

»Deshalb dachtest du, ihm einen zu blasen wäre genau die Art von Aufmunterung, die er gebrauchen kann«, beendete Ken den Satz.

»Tja, nicht wirklich. Ich meine, ich habe nicht gesagt:

›Das mit deinem Vater tut mir leid‹, und mich dann sofort vor ihn hingekniet.«

»Weil das schließlich unpassend gewesen wäre«, sagte Freddie.

»Es ist einfach passiert«, ging Kate über den Einwurf hinweg. »Es war irgendwie ... organisch. Irgendwie kam es mir einfach ... richtig vor.«

»Wirklich?« Freddie verzog ungläubig das Gesicht.

»Nun, ich wollte nicht – ihr wisst schon –, dass er sich meinetwegen Gedanken macht ... ihr wisst schon, wegen ...«, mühte sie sich mit einer Erklärung ab, bevor sie mit »Es ist einfach wie Risotto« schloss.

»Wie Risotto?« Jetzt bedachte Ken sie mit einem verständnislosen Blick. »Warum wie Risotto?«

»Das ist das ultimative Trostgericht. Denkt doch mal darüber nach. Man kann es total mühelos essen, weil der Koch die ganze Arbeit macht – man muss fast noch nicht mal kauen. Um Himmels willen, es ist praktisch vorverdaut.«

»Oh, richtig«, nickte Ken verständnisvoll. »Dann willst du damit also sagen, ein Blowjob wäre der Risotto des Geschlechtsverkehrs?«

»Nun ... ja.«

»Okay, dann hast du also Will seinen organischen Risotto vorgesetzt. Und was ist dann passiert?«

»Dann tauchte plötzlich Tina auf und fing hysterisch an zu schreien. Will hat mich weggeschubst, und das Nächste, was ich wusste, war, dass ich auf meinem Hintern auf dem Boden saß und Tina versuchte, mir die Haare auszureißen.«

»Tina hat sich mit dir geschlagen?« Freddie wurde ganz aufgeregt. »Gott, ich wünschte, das hätte ich gesehen.«

»Einen Augenblick.« Ken hob, um die beiden anderen zu unterbrechen, beide Hände in die Luft. »Noch einmal zurück. Wo genau warst du, als Tina reingekommen ist?«

»Ich war mitten im ... im ... hm ...« Warum musste Ken sämtliche schmutzigen Einzelheiten wissen, fragte sie sich erbost, versuchte es aber trotzdem noch einmal. »Ich war in einer Art ...«

»Gebetshaltung?«, schlug Freddie vor.

»Ja.« Sie wurde puterrot.

»Vor dem Altar des Schwanzes?«, führte er fröhlich aus.

»Ja«, murmelte Kate.

»Okay, Freddie, ich glaube, wir können es uns vorstellen«, mischte sich wieder Ken in das Gespräch. »Dann warst du also gerade in Aktion, als Tina reinkam und anfing, wie eine Wahnsinnige zu schreien?«

»Ja, ich habe sie bereits gehört, bevor ich sie gesehen habe. Eine Sekunde lang dachte ich, es wäre Will, der die Sache – ihr wisst schon – genießt.«

»Kate, Kate, Kate.« Lachend schüttelte Ken den Kopf. »Natürlich hat er dich weggeschubst.«

»Ja, aber es war die Art, wie er es gemacht hat. Es war einfach ... instinktiv.«

»Worauf du deinen Arsch verwetten kannst! Das nennt man Überlebensinstinkt.«

»Was willst du damit sagen?«

»Kate, du hattest seinen Schwanz im Mund und hast dich erschreckt. Wahrscheinlich hatte der Arme fürchterliche Angst, dass du ihn oral kastrierst.«

»Oh!«, entfuhr es Kate. »Glaubst du wirklich, dass es das gewesen sein könnte?«

»Natürlich war es das, du Dummerchen!« Freddie zerzauste ihr liebevoll das Haar. »Ich habe dir doch gesagt, Ken kennt sich mit diesen Dingen aus.«

»Versprich mir nur eines, Kate«, bat Ken.

»Was?«

»Dass du dich nie als Trauerberaterin versuchst.«

»Ja, genau«, stimmte ihm Freddie zu. »Und wenn du den Trauergästen am Ende einer Beerdigung dein Beileid aussprechen willst, gibst du ihnen die Hand.«

»Haha, sehr witzig.« Aber sie war derart froh über diese neue Sicht der Dinge, dass es sie nicht wirklich störte, verspottet zu werden.

Ken stand auf und streckte sich. »Hört zu, ich weiß nicht, wie es euch geht, aber ich muss jetzt erst mal frühstücken. Deshalb hole ich gleich ein paar Croissants, und ihr setzt in der Zeit schon mal Kaffee auf. Und dann stecken wir die Köpfe zusammen und überlegen uns, was du als Nächstes tust«, sagte er zu Kate.

»Okay.« Sie sprang entschlossen auf. »Außerdem werde ich erst mal ein paar Muffins backen. Weil ich nämlich halb verhungert bin.«

Später saßen sie mit warmen, frisch gebackenen Muffins, duftigen Croissants, mehreren Sorten Marmelade, einem Krug Orangensaft und einer Kanne starken, aromatischen Kaffee am Frühstückstisch, und Kates Stimmung hellte sich merklich auf.

»Also, was hast du als Nächstes vor?« Ken leckte genüsslich Marmelade und Croissantkrümel von seinem Daumen ab und sah sie fragend an.

»Nun«, sagte sie nachdenklich. »Vielleicht stopfe ich mein eigenes Gewicht in Form von Schokolade in mich rein.«

»Das nützt dir nichts.« Ken schüttelte den Kopf. »Du musst wieder zurück in die Toskana und deinen Vorsprung vor der Konkurrentin ausbauen.«

»Was für einen Vorsprung? Ich habe Will getröstet, als er völlig fertig war, und zum Dank für meine Mühe hat sich Tina wie eine Furie auf mich gestürzt. Schlimmer geht es ja wohl nicht.«

»Sei doch nicht so negativ«, bat Freddie sie. »Ken hat recht. Du musst jetzt weiterspielen und Will zu verstehen geben, dass er dort, woher der Blowjob kam, noch viel mehr bekommen kann.«

»Aber was, wenn er das gar nicht will?«

»Warum sollte er nicht wollen?«, fragte Ken zurück. »Oder bist du ... wie soll ich es formulieren? ... nicht so gut im Schwertschlucken?«

»Bitte! Das ist meine ganz besondere Stärke«, klärte Kate ihn mit empörter Stimme auf.

Ken biss in einen Muffin. »Meine Güte, Kate, das hier ist deine ganz besondere Stärke. Ich nehme alles, was ich gesagt habe, zurück. Bleib am besten hier und bereite jeden Tag das Frühstück für uns zu.«

Kate lächelte, gab aber trotzdem zu bedenken: »Was ich meine, ist, was, wenn alles nur der Hitze des Augenblickes zuzuschreiben war und er mich im hellen Licht des Tages gar nicht will?«

»Nach allem, was ich bisher gehört habe, hast du dem armen Kerl gar keine Chance gegeben, sondern warst bereits verschwunden, bevor er auch nur die Gelegenheit bekam, seine Waffe wieder einzustecken«, widersprach ihr Ken.

»Und was ist mit Tina? Sie wird mich in Stücke reißen, falls sie mich noch mal irgendwo sieht.«

»Ich bin mir sicher, dass du auch nicht völlig wehrlos bist.«

»Du musst endlich Rückgrat beweisen«, wies auch Freddie sie mit möglichst strenger Stimme an, machte die Wirkung dann allerdings dadurch wieder zunichte, dass er fröhlich kreischte: »Himmel, das ist wirklich cool. Ich fühle mich wie die Obernonne in *The Sound of Music*, die Maria sagt, dass sie zurückgehen und den Baron flachlegen soll, bevor die Baroness sich diesen Typen krallt.«

»Ich glaube, die Mutter Oberin hat etwas anderes gesagt«, erwiderte Ken, doch Freddie ignorierte ihn.

»Ich könnte ja sehnsüchtig aus dem Fenster schauen und singen, wenn du meinst, dass dir das hilft«, schlug er der Freundin eifrig vor.

»Das glaube ich eher nicht.«

»Ganz im Gegenteil«, stimmte Ken ihr lächelnd zu. »Damit brächte er dich wahrscheinlich dazu, nach Italien zurückzukehren, so schnell dich deine Beine tragen.«

Kate setzte ein schmerzliches Lächeln auf. »Wie dem auch sei, die Situation ist ja wohl eine völlig andere.«

»Stimmt«, gab Freddie zu. »Maria hatte Angst, sie hätte ihre Gefühle verraten, weil es sie zwar heiß gemacht hat, ihr aber zugleich auch ziemlich peinlich war, als sie von dem Baron in seiner Lederhose rumgewirbelt worden ist.«

Kate musste gegen ihren Willen kichern.

»Und wer könnte ihr das wohl verdenken? Du hingegen hast die Karten sofort offen auf den Tisch gelegt. Ich glaube, deshalb kann ich mit Sicherheit behaupten, dass deine Tarnung ein für alle Male aufgeflogen ist.«

»Nachdem Will dank deiner Trauerhilfe derart abgehoben ist«, fügte Ken grinsend hinzu.

»Oh, ich weiß wirklich nicht, warum ich lache«, stöhnte Kate. »Das ist schließlich nicht witzig. Und ihr beiden könntet ruhig versuchen, euch ein bisschen weniger auf meine Kosten zu amüsieren.«

»Nun, versuchen könnten wir's«, stimmte Freddie zu. »Allerdings bezweifle ich, dass das etwas bringt.«

»Die Sache ist die, du hast deine Karten bereits offen auf den Tisch gelegt, was also hast du jetzt noch zu verlieren?«

»Deine Würde ja wohl sicher nicht«, klärte Freddie seine Freundin fröhlich zwitschernd auf. »Das Schiff ist nämlich längst schon abgesegelt.«

Ihr war klar, die beiden meinten es nur gut, aber trotzdem kam es Kate so vor, als hätten sie sich gegen sie verbündet. Und als würde er das spüren, änderte Ken plötzlich seinen Ton. »Ich weiß, das ist bestimmt nicht leicht«, sagte er sanft zu ihr. »Aber dieser Will, von dem wir reden – diese große Liebe deines Lebens. Ich meine, das ist er doch wohl, oder nicht?«

»Ja.« Kate stieß einen abgrundtiefen Seufzer aus. »Ich wünschte, das wäre er nicht, doch er ist es nun einmal.«

»Das wäre dann also geklärt«, stellte Ken mit abschließender Stimme fest, schnappte sich die fette Sonntagszeitung, die er neben den Croissants erstanden hatte, und schlug sie entschlossen auf.

Er hatte recht. Falls sie irgendeine Chance bei Will Sargent hätte, müsste sie sie ergreifen. Denn dann bräuchte sie sich wenigstens nichts vorzuwerfen, wenn der Sache kein Erfolg beschieden war. Aber vorher musste sie noch etwas anderes tun.

»Ich muss mich von Brian trennen«, meinte sie. Auch wenn sie Will vielleicht niemals bekommen würde, könnte sie den armen Brian nicht als Reservemann missbrauchen – das wäre nämlich ganz einfach nicht fair.

Ihr kam der Gedanke, dass sie bisher niemals einem Kerl den Laufpass hatte geben müssen – für gewöhnlich nahmen ihr die Männer diese Arbeit immer ab – und dass sie keine Ahnung hatte, wie so etwas ging. Sie wusste nur zu gut, wie weh es tat, wenn jemand einen abservierte, und sie hatte Angst, das Brian anzutun. Offenbar war es viel einfacher, wenn man die Fallengelassene war.

Auf einmal richtete sich Ken so eilig auf, dass er den Schluck Kaffee, den er gerade hatte trinken wollen, in die Luftröhre bekam.

»Was ist?«, fragten Kate und Freddie ihn erschrocken.

»Oh, nichts«, hustete er und klappte seine Zeitung eilig wieder zu, während ihm Freddie kräftig auf den Rücken schlug.

»Was?« Ohne eine Antwort abzuwarten, schnappte Freddie sich das Blatt und schlug die von Ken gelesene Seite wieder auf.

»Oh mein Gott!« Panisch blickte er auf Kate.

Jetzt beugte auch sie sich über das Papier. »Oh Gott – May Kennedy«, stieß sie mit schwacher Stimme aus. Ken hatte die Zeitung mitgebracht, in der Tinas Freundin die Gesellschaftsspalte schrieb – obwohl die Bezeichnung »Spalte«, da sich der Artikel über die gesamte Rückseite erstreckte, eindeutig eine Untertreibung war.

»Hört zu«, versuchte Ken, sie abzulenken. »Heute ist ein wunderbarer Tag. Lasst uns etwas unternehmen, ja?«

»Was zum Beispiel?«, wollte Freddie wissen, ohne von der Zeitung aufzusehen.

»Wir könnten in den Zoo gehen«, schlug ihm Ken beinahe verzweifelt vor.

»In den Zoo?« Freddie sah ihn fragend an.

»Jetzt machst du mir wirklich Angst«, erklärte Kate.

»So schlimm ist es gar nicht«, konterte Freddie.

»Lies mir einfach das Wichtigste vor.«

»Der Artikel ist ganz kurz«, informierte Freddie sie und las ihn ganz. »›Freunde von Irlands beliebtestem Prominentenpaar, Will Sargent und Tina Roche, (und die Autorin dieses Artikels zählt sich zu einer ihrer engsten Freundinnen und einem ihrer ergebensten Fans – widerliche Schleimerin!), wird es bestürzen zu erfahren, dass es Gerüchte um eine Trennung gibt, nachdem Tina aus dem Haus in der Toskana geflüchtet ist, in dem das Paar kurz vor ihrem Geburtstag wohnte. Freunde waren bereits auf dem Weg zur erwarteten Party des Jahres in Florenz. Anfang der Woche war Tina zu

Will in der wunderschönen Villa auf dem toskanischen Land gezogen, verließ dann aber plötzlich unter Tränen das Haus in den frühen Morgenstunden des heutigen Tages, an dem Will anscheinend ohne sie zur Beerdigung seines Vaters nach England fliegt.‹«

»›Die Nachricht von Sir Philips Tod war für alle ein großer Schock ...‹, bla, bla, bla. Dann lässt sie sich erst mal über Philip Sargent aus.«

»So schlimm ist es anscheinend wirklich nicht«, warf Kate zögernd ein.

»Warte, das ist noch nicht alles«, klärte Freddie seine Freundin auf, als sein Blick aufs Ende der Seite fiel.

»›Tina hat sich bisher zu der angeblichen Trennung nicht geäußert, doch ihr Auszug aus der Villa erfolgte nur wenige Stunden nach der überstürzten Abreise einer gewissen Kate O'Neill ...«

»Oh nein!«, entfuhr es Kate. »Hat sie meinen Namen wirklich erwähnt?«

»›... einer gewissen Kate O'Neill‹«, wiederholte Freddie nickend und fuhr mit der Lektüre fort. »›... was natürlich die Gerüchte schürt, dass eine dritte Person an dem Geschehen beteiligt war. Kate, die jüngste Tochter der Schauspielerin Grace O'Neill, war als Köchin in der Villa angestellt. Ich persönlich gehe davon aus, dass Tina Will den einmaligen Ausrutscher verzeihen wird und dass dieses wunderbare Paar bald wieder so verliebt sein wird wie eh und je. Sicher wünsche nicht nur ich den beiden alles Gute – denn die irische Gesellschaft wäre ohne sie ein viel langweiligerer Ort. Die Phrase, dass zwei Menschen wie füreinander geschaffen sind, wird natürlich viel zu oft benutzt, aber in diesem Fall ist es ganz einfach wahr.‹«

»Klar, dass sie das sagt, die blöde Kuh«, bemerkte Freddie zornig.

»Wahrscheinlich ist sie einfach sauer, weil jetzt vielleicht nichts mehr aus der Riesenparty wird«, fügte Ken hinzu.

»Trotzdem ...«, setzte Kate verzweifelt an. May war Tinas Freundin, hatte ihr zuliebe schon vor allen anderen propagiert, Will und Tina wären Irlands beliebtestes Promi-Paar, und natürlich musste sie es jetzt so darstellen, als ob das Märchen, das sie selber mitgeschrieben hatte, auch ein gutes Ende nähme. Dennoch konnte Kate sich des Gefühls nicht erwehren, dass May wusste, was sie schrieb – schließlich hatte sie ja in den letzten Jahren jede Menge Zeit mit den beiden verbracht.

»So schlimm ist es wirklich nicht«, versuchte Freddie sie zu trösten. »Abgesehen davon, dass sie deinen Namen etwas durch den Dreck gezogen hat. Ich meine, es hätte noch viel schlimmer kommen können, oder nicht?«

»So schlimm ist der Artikel selber nicht«, meinte auch Ken, schränkte dann jedoch ein: »Ich meine, das, was sie bisher geschrieben hat ...«

Kate wusste, was er sagen wollte. »Trotzdem ist die Sache in der Welt.«

Der Artikel hatte die Geschichte öffentlich gemacht, nährte Spekulationen, heizte das Interesse an, und Kate hatte den schrecklichen Verdacht, dass dies erst der Anfang war.

Nach einer unruhigen Nacht erwachte Kate schon früh am nächsten Tag, fand aber trotzdem Ken und Freddie bereits in der Küche vor, wo das Paar Seite an Seite an der Frühstückstheke saß und Toast mit Marmelade aß. Freddie trug Boxershorts und ein altes Walking-Wounded-Tournee-T-Shirt, das für ihn so etwas wie ein Morgenmantel war, Ken aber hatte sich bereits mit einem eleganten Anzug, einem frisch gestärkten weißen Hemd und einem roten Schlips für die Arbeit fertig gemacht. Die Theke war mit Zeitungen bedeckt, von denen Ken, als Kate den Raum betrat, eilig eine unter den Stapel schob.

»Morgen, Kate!«, begrüßte er sie übertrieben gut gelaunt.

Sie beäugte argwöhnisch die Zeitungen. »Die habt ihr alle geholt?«

Freddie sah von einem Boulevardblatt auf. »Ken ist gleich nach dem Aufstehen los, um sie zu kaufen.«

»Und?«, fragte sie ängstlich.

Ken schaute sie fragend an. »Womit soll ich anfangen, mit den guten oder mit den schlechten Nachrichten?«

»Gibt es etwa gute Nachrichten?«

»Nun, in der *Irish Times* steht nichts«, scherzte er schwach.

»Haha.« Sie blickte Freddie an, der noch immer in seiner Zeitung las. »Wie schlimm ist es?«, erkundigte sie sich.

»Ziemlich ...«, setzte er langsam an, fuhr mit der Lektüre fort und riss die Augen auf. »... oder eher wirklich schlimm.«

»Und was ist wirklich schlimm?«

»Sie haben Einzelheiten.«

»Einzelheiten!«, kreischte Kate. »Du willst doch wohl nicht sagen ...«

»Doch – sie bringen sämtliche Details. Dass du ihm einen geblasen hast und alles.«

»Ich dachte, dass sich Tina nicht geäußert hat«, warf Kate mit zitternder Stimme ein.

»Angeblich stammen die Informationen wahlweise von ›engen Freundinnen von Tina‹ oder von ›Personen, die Will und Tina nahe stehen‹.«

Gwen und Julie, dachte Kate. Ohne Zweifel hatte Tina ihr Okay dazu gegeben, dass die beiden plapperten, denn so konnte sie ihre Version der Geschichte in die Medien bringen, während es so aussah, als hielte sie sich selbst vornehm zurück.

»Nun, am besten höre ich mir einfach alles an«, erklärte sie mit größerer Überzeugung als sie tatsächlich empfand, atmete tief durch, kletterte auf einen Hocker den beiden Männern gegenüber, und Freddie drückte ihr eine aufgeschlagene Zeitung in die Hand.

»›Tinas Liebesrivalin‹« – Liebesrivalin! – »›ist die kurvenreiche Köchin Kate O'Neill (32) ... zweiunddreißig‹«, quietschte sie. »Sie kriegen nicht einmal mein Alter richtig hin.«

»Hier bist du erst einunddreißig«, erwiderte Freddie und schwenkte die Zeitung, die er selber gerade las.

»Und hier dreißig«, fügte Ken hinzu.

»Und sie bezeichnen mich als kurvenreich – das ist eine Umschreibung für fett.«

»Hier formulieren sie es ganz ähnlich«, meinte Freddie. »Hört euch das mal an. ›Die üppige Kate (31) ist die Tochter von Grace O'Neill, einer der beliebtesten Schauspielerinnen Irlands.‹«

»Das wird Mum gefallen.«

»Hier wird sie auch erwähnt«, sagte Ken. »Hier steht: ›Die dralle Brünette ...‹«

»Drall!«, kreischte Kate empört.

»›Die dralle Brünette‹«, wiederholte Ken, »›ist die Tochter von Grace O'Neill (56), einer der besten Schauspielerinnen Irlands.‹«

»Sechsundfünfzig!«, keuchte Kate. »Das wird ihr nicht gefallen!«

»Warum nicht? Wie alt ist sie denn?« Ken sah sie fragend an.

»Sechsundfünfzig.«

»Dann wird es ihr ganz sicher nicht gefallen«, stimmte Freddie ihr zu.

»Gott, wie viele Umschreibungen gibt es für plump?«, ereiferte sich Kate. Von Tina hieß es überall, sie wäre wunderschön, langbeinig, superfit und gertenschlank. Der Kontrast war offensichtlich und wurde offenkundig absichtlich betont.

Während die Umschreibungen für plump und ihr Alter in den Blättern variierten, blieb die Story immer gleich. Es hieß, Tina und Will hätten am Todestag von seinem Vater einen Riesenstreit gehabt, wobei hin und wieder angedeutet wurde, dass Tina trotz des Todesfalls in Wills Familie auf dem 2Tone-Konzert gewesen war. Was bei den Verfassern einiger Artikel offenbar nicht wirklich auf Verständnis stieß. In einem hieß es: »Nur wenige Stunden nachdem Will vom Tod seines Vaters erfahren hatte, wurde Tina zusammen mit den Brüdern Cassidy auf einem 2Tone-Konzert im Florentiner Mandela-Forum gesehen«, während jemand anderes schrieb, dass »Will in seiner Trauer kurzerhand von ihr in der Sechs-Millionen-Euro-Villa allein gelassen worden« sei, wodurch angedeutet wurde, dass Tina zumindest eine Mitschuld traf, wenn er mit seinem Wunsch nach Trost zu einer anderen gegangen war.

Doch die kleinen Seitenhiebe gegen Tina trösteten Kate nicht über ihren eigenen Anteil an dem Streit hinweg – vor allem nicht, als sie in dem Artikel zu der Stelle kam, an der Tina früher von dem Konzert zurückgekommen war und sie dabei überrascht hatte, wie sie Will fröhlich einen blies.

»Oh Gott, ich kann nie wieder vor die Tür!«, jammerte sie und las dabei eine Zeitung nach der anderen. Entweder, weil sonst anscheinend nichts passiert war, oder aber, weil die Klatschpresse ganz einfach gerne über Tina schrieb, gaben sämtliche Revolverblätter der Geschichte jede Menge Platz.

»Sieh es von der positiven Seite«, schlug ihr Freddie vor. »Wenigstens brauchst du es Brian nicht mehr selbst zu sagen.«

»Unglücklicherweise doch. Brian lebt nämlich, wenn es um solche Dinge geht, in einer Seifenblase. Warte – den Artikel habe ich noch nicht gesehen.« Sie wies auf die Zeitung, die Ken hatte verstecken wollen, als sie reingekommen war.

»Ich fürchte, da hast du es bis aufs Titelblatt geschafft«, erklärte er und hielt ihr die Zeitung widerstrebend hin.

Sie rang schockiert nach Luft. Unter der fett gedruckten Überschrift prangten ein riesengroßes Foto von der unglücklichen Tina, die das Haus verließ, und daneben ein kleineres von ihr, das vor ein paar Jahren auf einer von Lorcans Premieren aufgenommen worden war. »Oh nein!«

In dem ausführlichen Artikel wurde sie als hinterhältige, sexhungrige Bestie verdammt, die nur darauf gewartet hatte, dass Tina ihrem Freund den Rücken zuwandte. Kate war klar, dass Tina dank der innigen Beziehung zu dem Redakteur der besondere Liebling dieser Zeitung war, aber das machte es nicht einfacher für sie. »Tja, so viel dazu, dass sie sich bedeckt hält«, meinte Kate und war den Tränen nahe.

»Das ist doch nur ein Haufen Müll«, sagte Ken. »Achte einfach nicht darauf.«

Doch so einfach war das nicht. Denn es dauerte nicht lange, bis der erste Anruf kam. »Ich habe gerade Zeitung gelesen, Liebling«, jauchzte Grace. »Das von Will und dir ist ja eine wunderbare Neuigkeit.«

»Nun, so würde ich es nicht gerade nennen, Mum.«

»Dein Vater und ich sind gerade im Begriff, zu Philips Beerdigung nach England zu fliegen«, fuhr ihre Mutter fröhlich fort. »Aber ich musste dir einfach vorher sagen, wie froh ich über diese Nachricht bin.«

Kate traute ihren Ohren nicht. »Hast du den Artikel tatsächlich gelesen?«, hakte sie nach.

»Selbstverständlich«, trällerte Grace. »Wie gesagt, eine

wunderbare Neuigkeit. Ich könnte mich nicht mehr für dich freuen.« Es folgte eine kurze Pause, und dann fragte sie vorsichtig: »Ich nehme an, das heißt, dass die Sache mit dem Öko beendet ist? Weißt du, ich wollte vorher ja nichts sagen, aber ich fand nie, dass er der Richtige für dich ist, Schätzchen.«

»Das hast du wirklich gut überspielt.«

»Und auch Tina war einfach nicht gut genug für Will«, fügte Grace unbekümmert hinzu.

Kate schwankte zwischen Verärgerung und Dankbarkeit. Ihre Mutter konnte einen wirklich nerven, aber trotzdem war sie unweigerlich gerührt, weil Grace anders als die meisten anderen, wie zum Beispiel Rachel, offenbar nicht automatisch dachte, Will wäre mehrere Nummern zu groß für sie.

»Tja, ich werde Will ja nachher sehen. Dann werde ich ihn herzlich von dir grüßen, ja?«

»Bitte sag nichts, Mum.«

»Oder, noch besser, warum kommst du nicht einfach mit?«

»Ich glaube, das ist keine so gute Idee.«

»Nun, wahrscheinlich hast du recht – sicher ist es besser abzuwarten, bis die ganze Aufregung sich gelegt hat.«

»Mum, hast du wirklich gesehen, was sie über mich geschrieben haben?«, fragte Kate am Rande der Verzweiflung.

»Du meinst, dass sie dein Alter ständig falsch gedruckt haben? Ich weiß, das ist lästig, Schätzchen, und natürlich ist es schade, dass sie dieses grauenhafte Bild von dir genommen haben, bevor du so schlank geworden bist.«

»Das meine ich nicht. Ich meine die Sachen, die sie über mich geschrieben haben. Sie haben mich wie ein hinterhältiges Miststück hingestellt.«

»Oder wie eine Männer verschlingende Schlampe«, gab Grace unbekümmert zu.

»Ich kann mich nie wieder auf der Straße blicken lassen«, heulte Kate.

»Oh, red doch keinen Unsinn, Schatz«, schalt Grace. »Die Sache wird in null Komma nichts wieder vergessen sein. Außerdem weißt du, was man sagt – es gibt keine schlechte Publicity.«

»Mum!« Kate stöhnte unglücklich auf. »Das mag für Leute stimmen, denen etwas daran liegt, bekannt zu sein. Aber ich wollte das noch nie.«

»Unsinn, Schätzchen!«, widersprach ihr Grace. »Heutzutage gibt es niemanden, der nicht berühmt sein will. Das ist schließlich der allerletzte Schrei.«

»Nun, mich schon. Was sollte ich schon damit anfangen, berühmt zu sein?«

Natürlich hatte Conor die Antwort auf diese Frage längst parat. »Die Leute werden ganz bestimmt nicht alle auf Tinas Seite sein«, erläuterte er ihr. »Sie, das heißt, vor allem andere Frauen lieben es, wenn jemand wie Tina die Quittung für ihr Treiben kriegt. Es wird Gegenreaktionen geben, und die kannst du zu deinem Vorteil nutzen, wenn du es richtig machst.«

»Aber ich habe kein Interesse daran, in einer Realityshow zu landen …«

»Das brauchst du ja auch nicht.«

»… irgendeine Enthüllungsgeschichte zu verkaufen«, zählte sie tonlos weiter auf, »Werbung für perverse Unterwäsche für dicke Frauen zu machen, eine Sexkolumne zu schreiben oder meine eigene Kochsendung im Fernsehen zu kriegen.«

»Nun, es gibt noch jede Menge anderer Sachen, die du machen kannst«, fuhr Conor unerschrocken fort. »Du solltest dir wirklich eine Agentin suchen …«

Kate stieß einen Seufzer aus und hörte kaum noch zu. Wenigstens brauchte sie sich keine Gedanken darüber zu machen, dass sich ihre Familie für sie schämte, dachte sie. Ihrer Meinung nach hatte sie mit der Veröffentlichung dieser schändlichen Artikel praktisch einen Hauptgewinn erzielt.

Zu ihrer Überraschung rief am Nachmittig auch noch Louise bei ihr an. »Kate, es tut mir leid, dass du diesen Ärger mit der Presse hast«, erklärte sie. »Ich weiß, wie schrecklich das wahrscheinlich für dich ist.«

Kate war überrascht, weil Louise derart genau Bescheid zu wissen schien, dann wurde ihr allerdings klar, dass sie natürlich alles wusste, was in den Medien kam und Will betraf.

»Ich wünschte, ich könnte behaupten, dass das Schlimmste überstanden ist, aber Tina sorgt bestimmt dafür, dass es noch eine ganze Weile weitergehen wird. Sie wird versuchen, Kapital daraus zu schlagen, solange es ihr möglich ist. Weißt du, dass sie eine Klientin von Dev Tennant ist?«

»Ja.« Kate seufzte zum x-ten Mal an diesem Tag.

Dev Tennant war der einflussreichste Verleger Großbritanniens und wurde für seine machiavellistische Fähigkeit, die Medien und die öffentliche Meinung zu manipulieren, gleichermaßen verabscheut wie verehrt.

»Wir haben Will bisher noch nichts von alledem gesagt«, erklärte ihr Louise. »Offensichtlich ist die Story in England keine derart große Sache, weshalb er dort mit etwas Glück nichts darüber lesen wird. Und selbst wenn die englischen Revolverblätter die Geschichte aufgreifen, hat Antonia Bell derartige Zeitungen ganz sicher nicht im Haus.«

»Nein, wahrscheinlich nicht.«

»Aber wie dem auch sei, falls du irgendwelche Hilfe im Umgang mit den Medien brauchst, wende dich einfach an unsere PR-Abteilung, ja?«

»Ich möchte nichts tun, wodurch ich vielleicht noch Öl ins Feuer gieße. Ich will nur, dass es vorüber ist.«

Doch Wills Assistentin hatte recht – es wurde tatsächlich noch schlimmer. In den nächsten Tagen wurde die Geschichte fortgesetzt, denn Tinas Freundinnen und Freunde tauchten nacheinander auf und gaben zum Besten, wie die Sache ihrer Meinung nach gelaufen war. Sämtliche Mitglieder ihrer Entourage, die in der Villa abgestiegen waren, gaben einen Kommentar zu dem Geschehen ab. Ihre Beschreibungen von Kate waren alles andere als schmeichelhaft; sie gaben nämlich an, sie hätten sie kaum wahrgenommen und wären ehrlich überrascht, dass Will überhaupt gewusst hatte, dass sie im Haus gewesen war. Sie schoben diesen Anfall geistiger Umnachtung auf die Trauer um seinen verstorbenen Vater und beschrieben Kate als dicke, unbeholfene Frau, die in der glamourösen Welt in der Toskana, umgeben von lauter Berühmtheiten, hoffnungslos verloren gewesen war.

Und als es den Eindruck machte, die Geschichte würde allmählich im Sand verlaufen, schürte Tina abermals das Feuer, indem sie ihr Schweigen brach und in einem »Exklusivinterview« mit ihrer Lieblingszeitschrift »zum ersten Mal über ihr Unglück sprach«, und natürlich griffen alle anderen Blätter die Enthüllungen begierig auf. Die Hölle selbst kann nicht so wüten wie eine verschmähte Frau, und Tina konnte wütender als die meisten anderen Menschen sein und reizte deswegen die Rolle der betrogenen Frau bis an ihre Grenzen aus.

Doch was Kate am meisten schmerzte, war, was Tina über Will zum Besten gab. Sie erzählte ihrer Interviewerin, später an jenem Abend, nachdem Kate verschwunden war, wäre Will noch endlos lange aufgeblieben, hätte ihr erklärt, er würde sie noch immer lieben, und sie praktisch auf Knien angefleht, dass sie ihm noch eine zweite Chance gab. Tina behauptete, sie hätte ihm geglaubt, als er erklärt hatte, der Seitensprung mit Kate hätte ihm nicht das Mindeste bedeutet, aber sie wisse nicht, ob sie ihm verzeihen könnte, und bräuchte erst einmal Zeit für sich.

In den folgenden paar Tagen waren die Medien wie in einem Rausch, und Kate konnte nicht das Haus verlassen, ohne dass sie vor der Tür auf Dutzende von Paparazzi und Reportern traf. Will rief sie mehrmals auf ihrem Handy an, doch sie ging nicht an den Apparat, denn es war schon schlimm genug für sie zu lesen, was er in Bezug auf ihr Zusammensein empfand. Sie brauchte es nicht noch aus seinem Mund zu hören, dass das Ganze nur ein Ausrutscher gewesen war.

Es war ihr auch kein Trost, dass die Gegenreaktion, wie von Conor prophezeit, nicht lange auf sich warten ließ. Rivalisierende Zeitungen ergriffen Partei für sie, und eine führte sogar eine Umfrage unter den Leserinnen durch, die zu vierundsechzig Prozent auf ihrer Seite waren. Kolumnistinnen nutzten die Story, um eine Debatte über »kurvenreiche Frauen« im Vergleich zu »Knochengestellen« anzuheizen, stellten Kate dabei als Heldin »echter« Frauen dar, druckten Aufnahmen von Kate und Tina direkt nebeneinander ab und forderten die Leserinnen auf zu sagen, wessen Figur die ansprechendere war.

Tinas Lieblingsklatschblatt schoss sofort zurück und stellte ein Bild von einer wunderschönen Tina einem Bild der Konkurrentin gegenüber, auf dem die vor dem Fotografen auf der Flucht gewesen war und wie eine übernächtigte, geistig minderbemittelte Pennerin wirkte. Im Vergleich zu ihr sah Tina aus wie von einem anderen Stern: cool, ätherisch schön und elegant. Die Bedeutung des Vergleichs war klar: Kein normaler Mann würde sich je für Kate entscheiden, wenn ihm eine solche Traumfrau zur Verfügung stand.

Dessen ungeachtet hatte Kate durchaus ihre Bewunderer und bekam – angefangen von einer Modelagentur für »rundlichere Frauen« bis hin zu mehreren Privatsendern, die sie als Gast für ihre Talkshows haben wollten – unzählige Angebote und sogar auch ein paar Anträge einsamer Männer, die von ihrem Foto in der Zeitung angetan gewesen waren, zugesandt. Jeden Tag erhielt sie neue Angebote – einige alltäglich, andere vollkommen bizarr –, doch trotz der Proteste ihres Bruders schlug sie alle aus.

»Im Augenblick sind dir die Leute wirklich wohlgesonnen«, stellte Conor fest und riet: »Nutz das besser nach Kräften aus.«

»Ich will aber keine Ikone dicker Mädchen sein.«

»Weißt du, dieser Hype um dich wird sich auch irgendwann mal wieder legen«, klärte er sie missbilligend auf.

»Versprochen?«, fragte sie, und zum ersten Mal seit Tagen keimte Hoffnung in ihr auf.

12

Körperlich und emotional völlig erschöpft von der Beerdigung des Vaters und den darauffolgenden Tagen kehrte Will Ende der Woche in die Toskana zurück. In dem Verlangen, sich nach all den Jahren endlich zu versöhnen und vor allem ihm und seinem Halbbruder die Chance zu geben, einander kennenzulernen, hatte Antonia darauf bestanden, dass er nach der Trauerfeier zu ihnen zog. Sie hätte nicht freundlicher sein können, und auch der junge Paul war wirklich süß gewesen, hatte ihn unter seine Fittiche genommen, als wäre er der Ältere, nichts unversucht gelassen, um ihm das Gefühl zu geben, dass er bei ihnen zuhause war, und seine Erinnerungen an Philip bereitwillig mit ihm geteilt. Doch der allzeit hilfsbereite, nachsichtige Mann, den Paul ihm beschrieben hatte, war ein völlig anderer gewesen als der Vater, der Philip für ihn gewesen war, und egal wie angestrengt er sich die Fotos seines alten Herrn angesehen und versucht hatte, sich mit dem Menschen verbunden zu fühlen, hatte er doch immer einen Fremden angestarrt. Er hatte Antonias und Pauls verzweifeltes Verlustgefühl einfach nicht nachempfinden können und war sich in der Rolle des trauernden Sohnes wie ein Hochstapler vorgekommen.

Er war froh, dass er die Chance bekommen hatte, Paul kennenzulernen, seine Stiefmutter jedoch wirkte auf ihn entsetzlich unterkühlt und herrisch. Es störte ihn, dass sie zu denken schien, sie hätte einen Anspruch auf sein Mitgefühl, und machte ihn wütend, dass sie die gesamte Trauer um den Toten für sich selber reklamierte, so als hätte nicht auch Paul einen Anspruch darauf, unglücklich zu sein – und auch wenn sie in den letzten Tagen durchaus nett und gastfreundlich gewesen war, konnte er trotzdem nicht vergessen, dass sie ihn nicht hatte in der Nähe haben wollen, als es damals darauf angekommen war. Er hatte nicht grausam oder unhöflich erscheinen wollen, doch er hatte schon nach kurzer Zeit die Geduld mit ihr verloren, sodass er wieder aufgebrochen war.

Vor allem musste er einfach zurück zu Kate. Er hatte wiederholt versucht, sie aus England anzurufen, allerdings war sie nie an den Apparat gegangen, weshalb er in ernster Sorge um sie war. Aber vielleicht war es so am besten – denn bestimmt wäre es einfacher, mit ihr zu sprechen, wenn er direkt vor ihr stand.

Auf dem Rückflug nach Italien warf die Stewardess ihm rüde eine Zeitung hin und bedachte ihn mit einem bösen Blick.

»Was ist denn mit der los?«, fragte er die ältere Irin, neben der er saß.

»Sie hätte Ihnen mit dem Ding eins überziehen sollen«, knurrte die und bedachte ihn mit einem kalten Blick unter einer drohend gerunzelten Stirn.

»Was?«, hakte Will verblüfft nach. Keine der beiden Frauen hatte er je zuvor gesehen.

»Sie sind wirklich ein widerlicher Kerl.« Damit vergrub die Frau die Nase abermals in ihrer *Wow!*.

Will schüttelte verständnislos den Kopf, doch um nicht erneut beschimpft zu werden, schwieg er für den Rest des Flugs. Er wollte dringender als je zuvor zurück in die Toskana, um herauszufinden, was in den vergangenen Tagen über ihn geschrieben worden war.

Als er am frühen Nachmittag das Haus betrat, war Louise in seinem Arbeitszimmer und sortierte dort die Post. »Hi!« Er ließ sich in den Sessel vor dem Schreibtisch fallen.

»Du bist wieder da!« Sie sah ihn lächelnd an. »Wie war's?«

»Oh, du weißt schon.« Er zuckte gleichmütig mit den Schultern. »Traurig. Schrecklich. Und Antonia möchte meine Freundin sein.«

»Ich kann mir vorstellen, dass sie nicht gerade einfach ist«, stellte Louise mitfühlend fest.

»Sie ist sogar furchtbar anstrengend.« Will zog eine Grimasse. »Aber Paul ist wirklich nett.«

»Dein Bruder? Den würde ich gern mal kennenlernen.«

»Das wirst du auch. Weil er mich nämlich mal besuchen kommen will. Er ist ein Riesenfan der Band«, klärte er sie lächelnd auf.

Stille senkte sich über den Raum, und Will versank in Träumereien. Er war froh, wieder bei den Menschen zu sein, die ihn wirklich kannten, und genoss es, dass er einfach schweigend mit Louise zusammensitzen konnte, ohne dass es peinlich war.

Ein Gefühl völliger Ruhe breitete sich in ihm aus, und ihm kam der Gedanke, dass jetzt alles gut und richtig war. Er hatte seinen Frieden mit Philip geschlossen – ein wenig zu spät, aber trotzdem hatte er nicht länger das Bedürfnis, die Vergangenheit in irgendeiner Weise umzuschreiben, damit sie erträglich für ihn war. Er führte jetzt sein eigenes Leben, und das hatte er sich selber aufgebaut. Hatte eine Arbeit, ein Zuhause, eine Art Familie, und ob er nun wegen oder trotz des Vaters glücklich war, spielte endlich keine Rolle mehr.

Schließlich stand er wieder auf und ging zur Tür. »Wo ist übrigens Kate?«, fragte er in möglichst beiläufigem Ton.

Louise gab nicht sofort eine Antwort, und so kam er wieder in den Raum zurück.

»Sie ist weg«, erklärte sie, schaute ihn dabei aber nicht an, sondern schob ein paar Papiere auf dem Schreibtisch hin und her.

»Weg? Was heißt das, weg?«

»Sie ist nach Hause – nach Irland – zurückgekehrt.«

»Oh! Und wann kommt sie zurück?«

»Überhaupt nicht mehr.«

»Was? Und wann ist sie abgereist?«

»An dem Abend, bevor du nach England geflogen bist. An dem Abend, an dem Tina euch beide überrascht hat.«

»Woher weißt du das?«

»Also bitte, Will«, schnauzte ihn seine Assistentin an. »Das weiß doch inzwischen die ganze Welt. Du hast dir ja wohl nicht ernsthaft eingebildet, dass Tina die schmutzigen Details für sich behalten würde, oder?«

Als er ihre vor Zorn funkelnden Augen sah und ihre vorwurfsvolle Stimme hörte, schob er sich dichter an sie heran und forderte sie drohend auf: »Sag mir, dass du mit ihrem Verschwinden nichts zu tun hattest!«

»Ich habe sie zum Flughafen gefahren, das Ticket für sie gekauft und es mit der Firmenkreditkarte bezahlt«, gestand Louise ihm ungerührt.

Will war einen Moment lang sprachlos, dann herrschte er sie allerdings an: »Verdammt, du bist gefeuert.«

»Verdammt, ich kündige!«, fauchte Louise nicht weniger erbost zurück.

»Was?« Er blinzelte verständnislos.

Auch sie war völlig überrascht. Oh mein Gott, habe ich das wirklich gesagt?, ging es ihr panisch durch den Kopf. Sie liebte ihren Job und auch die Band. Wenn sie ginge, wäre das für sie, als würde sie ihre eigenen Kinder aufgeben. Und wie könnte sie Rory je verlassen? Aber sie konnte nicht für einen Menschen tätig sein, der andere so behandelte, wie Will Kate behandelt hatte, ermahnte sie sich streng. Sie hätte nie gedacht, dass er so oberflächlich war.

Sie starrten einander schweigend an.

»Du kannst nicht kündigen«, erklärte Will ihr arrogant – und völlig widersinnig, dachte sie, nachdem sie schließlich gerade erst von ihm gefeuert worden war. »Hol nur Kate zurück.«

»Nein«, hielt sie tapfer ihre Stellung, obwohl er drohend auf sie heruntersah.

»Was hast du für ein Problem mit ihr?«, brüllte er sie an.

»Ich habe kein Problem mit Kate!«

Er raufte sich das Haar. »Also bitte, du warst dagegen, dass sie zu uns in die Villa kommt. Das habe ich von Anfang an gemerkt! Dabei hatte ich den Eindruck, als würdet ihr prima miteinander auskommen.«

»Das tun wir auch! Ich finde sie wirklich nett.«

»Und warum hast du dann die Gelegenheit genutzt, sie dir vom Hals zu schaffen, kaum dass ich einmal nicht hingeschaut habe?«

»Ich habe sie mir nicht vom Hals geschafft! Sie wollte weg.«

»Nun, sie hat einen Vertrag«, klammerte Will sich an den allerletzten Strohhalm, der ihm blieb. »Sie kann nicht einfach abhauen, wenn sie keinen Bock mehr hat. Und warum hattest du es so verdammt eilig, ihr dabei zu helfen?«

»Weil sie mir sympathisch ist und ich nicht mit ansehen wollte, wie du sie verletzt. Deshalb habe ich sie, als sie an dem Abend heulend in mein Zimmer kam und nur noch von hier verschwinden wollte, bereitwillig zum Flughafen kutschiert. Ich wusste nämlich bereits die ganze Zeit, was zwischen euch beiden läuft.«

»Du hast ja keine Ahnung«, fiel er ihr erbost ins Wort. »Meine Güte, Louise, ausgerechnet dir sollte doch wohl klar sein, dass man nicht alles glauben darf, was in der Zeitung steht!«

»Ich rede nicht von dem, was in der Zeitung steht«, tobte Louise. »Ich rede von dem, was ich mit meinen eigenen Augen gesehen habe.«

»Ich weiß nicht, was du meinst, gesehen zu haben …«

»Ich weiß, was für ein Spiel du spielst. Ich weiß alles über deine kleine Mission«, fuhr sie ihn an.

»Was für eine Mission?«

Louise stieß einen Seufzer aus. »Ich weiß, warum du Kate gefragt hast, ob sie für uns kochen will. Ich weiß, dass du so tust, als ob du Interesse an ihr hättest, weil ihre Mutter dich darum gebeten hat. Ich konnte einfach nicht glauben, dass du so was jemals wirklich tun würdest. Ich hätte nie gedacht, dass du derart gemein sein kannst.«

Will brachte vor lauter Schreck kein Wort heraus. Schließlich aber fragte er: »Das hast du gehört?«

Sie nickte mit dem Kopf. »Ich weiß, dass dich Grace darum gebeten hat, mit Kate zu flirten, damit sie ihrem Freund den Laufpass gibt. Aber ich kann einfach nicht glauben, dass du das tatsächlich machst.«

»Das tue ich ja gar nicht«, stieß er tonlos aus. Plötzlich war sein Kampfgeist vollkommen erloschen, und er sah sie reglos an.

»Also bitte, Will, du hast mit ihr seit dem Augenblick geflirtet, in dem sie hier angekommen ist. Du hast ihr total den Kopf verdreht.«

»Aber das habe ich doch nicht getan, weil mich Grace darum gebeten hat.«

»Warum denn dann? Vielleicht nur, um dich zu amüsieren?«

»Nein!«, widersprach er vehement, und zugleich huschte ein Ausdruck größter Verletzlichkeit über sein Gesicht.

»Oh!« Louise war wie vom Donner gerührt. »Oh, verstehe«, meinte sie, während sie sich in einen Sessel fallen ließ.

Will bedachte sie mit einem ausdruckslosen Blick.

»Du hast nicht nur so getan«, stellte sie fest.

»Nein.«

»Tut mir leid«, murmelte sie. »Aber was hätte ich denn denken sollen? Ich habe das Gespräch gehört, und das Nächste, was ich wusste, war, dass du Kate als Köchin angeheuert hattest und auf Teufel komm raus mit ihr geflirtet hast.«

»Wie heißt es doch so schön? Im Zweifel für den Angeklagten. Gilt dieser Grundsatz für mich etwa nicht?«

»Okay, es tut mir leid – aber keine Angst, das kriege ich schon wieder hin.« Louise sprang eilig auf. »Ich hole Kate sofort zurück.«

»Sie wird nicht kommen«, klärte er sie düster auf.

»Ich werde ihr sagen, dass sie den Vertrag nicht einfach vorzeitig beenden kann und nie mehr eine Arbeit finden wird, wenn sie nicht wiederkommt.«

»Nein.« Seufzend rieb sich Will die Schläfen, als würde er einen drohenden Kopfschmerz abwehren. »Lass es gut sein, ja?«

»Aber …«

»Lass es gut sein«, wiederholte er und ließ die Schultern sinken. »Wahrscheinlich ist es so das Beste.«

Seine Assistentin starrte ihn entgeistert an. »Wie kannst du das sagen, wenn …«

»Louise – vergiss es«, wies er sie mit kalter Stimme an

»Okay. Aber nur zu deiner Information – ich glaube, dass du einen Riesenfehler machst.«

»Zu deiner Information«, gab Will zurück. »Wahrscheinlich hast du recht.«

»Was hast du zu Louise gesagt?«, wollte Rory wissen, als er in die Küche kam, wo Will mit einer Limo saß. Offenbar wollte jetzt auch noch Rory ihm den Kopf abreißen, dachte Will und hätte am liebsten statt der Limo einen Whiskey in sich reingekippt.

»Nichts. Wir hatten eine kleine Auseinandersetzung, weiter nichts.«

»Sie ist total fertig, und vor allem habe ich gehört, dass sie gekündigt hat.«

»Das hat sie nicht. Keine Angst, Mama und Papa haben sich noch immer lieb.«

»Das freut mich zu hören«, stellte Rory grinsend fest. »Ein kaputtes Elternhaus ist schließlich genug.«

Er trat vor den Kühlschrank, holte sich ein Bier, öffnete die Dose und setzte sich Will gegenüber an den Tisch. »Und, worüber habt ihr euch gestritten?«, fragte er in beiläufigem Ton.

»Über Kate.«

Rory zog die Augenbrauen hoch.

»Louise ist sauer, weil ich nicht die Absicht habe, sofort loszustürzen und Kate dazu zu bewegen, dass sie wiederkommt«, erklärte Will.

»Das willst du nicht?«

»Nein.« Er hoffte, sein entschiedener Ton bedeutete das Ende des Gesprächs.

Aber da hatte er sich eindeutig geirrt.

»Das ist doch total irre!«, ereiferte sich Rory. »Warum denn nicht?«

»Wir werden nicht mehr lange in der Villa sein, und in den letzten paar Wochen kommt Maria auch allein mit dem Kochen klar.«

»Es geht mir nicht um das verdammte Essen, das weißt du ganz genau.«

»Ach nein? Und worum geht's dir dann?«

»Um dich und Kate.« Rory sah ihn durchdringend an. »Du musst dein Glück versuchen, Mann. Verflucht, das Leben ist einfach zu kurz, um es nicht wenigstens zu probieren. Das hat dir der Tod von deinem alten Herrn ja wohl gezeigt.«

»So einfach ist das nicht«, gab Will gereizt zurück.

»Und warum nicht?«

Will seufzte abgrundtief. »Weil es um Kate geht«, klärte er Rory unglücklich auf. »Weil ihre Familie praktisch meine Familie ist.«

»Na und?«

»Was, wenn es nicht funktionieren würde? Was, wenn es ein schlechtes Ende nehmen würde?«, fragte Will.

»Du kannst nicht dein Leben im Konjunktiv verbringen. Zeig endlich einmal etwas Mumm!«

»Das sagt gerade der Richtige«, schalt Will.

»Was willst du damit sagen?«

»Dass du mir kaum Vorhaltungen machen kannst. Denn wie lange bist du jetzt schon in Louise verliebt, ohne irgendwas zu tun?«

Sofort machte Rory dicht.

»Tut mir leid.« Will kam sich wirklich erbärmlich vor.

»Das ist etwas anderes«, sagte Rory nach einer Weile. »Schließlich erwidert sie meine Gefühle nicht.«

Es lag Will auf der Zunge zu erklären, dass das eindeutig ein Irrtum war, aber Rory sah ihn derart unbehaglich an, dass er lieber nicht mehr über dieses heikle Thema sprach.

»Wohingegen Kate auf jeden Fall etwas für dich empfindet«, fuhr Rory entschlossen fort. »Das weiß ich ganz genau. Also versuch dein Glück. Was hast du schon zu verlieren?«

Alles, dachte Will. »Wenn es nicht funktionieren würde«,

fing er zögernd an, »würde ich nicht nur Kate verlieren, sondern auch alle anderen O'Neills.«

»Dann hättest du noch immer uns.« Rory sah ihn mit einem breiten Grinsen an.

Will lächelte zurück. »Glaub ja nicht, das wüsste ich nicht zu schätzen. Aber was würde ich – ich meine, wo würde ich …« Er geriet ins Stottern und versuchte es erneut. »Wo würde ich …« Er wusste einfach nicht, wie er es sagen sollte, ohne dass es kindisch und idiotisch klang.

»Wo würdest du dann Weihnachten verbringen?«, beendete Rory seinen Satz.

»Nun … ja«, räumte er widerstrebend ein. »Im übertragenen Sinn.«

»Hast du schon mal darüber nachgedacht, wo du Weihnachten verleben wirst, wenn du nicht dein Glück bei ihr versuchst?« Rory befingerte nachdenklich seine Bierflasche und fing Tropfen des Kondenswassers in der Handfläche auf.

»Was willst du damit sagen?«

»Du würdest zusammen mit Kate und ihrer Familie feiern, stimmt's?«

»Wahrscheinlich ja.« Will zuckte mit den Schultern. »So habe ich es schließlich bisher jedes Jahr gemacht.«

»Glaubst du etwa im Ernst, dass du das auch weiter, Jahr für Jahr, problemlos hinbekommen würdest?«

»Warum denn bitte nicht?«, fragte Will verwirrt.

»Weihnachten mit Kate und ihrer Familie zusammen zu sein – und mit irgendeinem Blödmann, den sie am Ende heiratet, sowie ihren Kindern, die nicht deine sind?«

Will musste schlucken. So hatte er es bisher noch nicht gesehen. Er hatte sich vorgestellt, die Zeit bliebe von nun an einfach stehen. Aber natürlich würde Kate am Ende einen anderen heiraten und Kinder mit ihm haben. Ein Gedanke, der ihm unerträglich war.

»Vielleicht heiratet sie ja ihren Freund«, stach Rory das Messer noch weiter in der Wunde. »Wie heißt er noch einmal?«

»Rory«, stieß Will zwischen zusammengebissenen Zähnen aus. Gott, vielleicht würde sie ihn wirklich heiraten – schließlich war sie noch immer mit ihm verlobt. Und selbst wenn es nicht Brian würde, dann auf jeden Fall irgendein anderer Mann.

Rory setzte ein mitfühlendes Lächeln auf, als er Wills entsetzte Miene sah. Offenbar hatte das Bild, das er gemalt hatte, die erwünschte Wirkung bei dem Freund erzielt. Er zog einen Papierschnipsel aus einer Hosentasche, schnappte sich den Stift, der vor ihm auf dem Tisch lag, und schrieb eilig etwas auf. »Hör zu, versuch dein Glück bei Kate, und wenn es nicht funktioniert, löst du einfach den hier ein«, bat er und drückte Will den Zettel in die Hand.

In seiner krakeligen Handschrift hatte er darauf notiert: Schuldschein über ein Familien-Weihnachten. »Wenn das kein Anreiz für dich ist, es endlich zu versuchen, weiß ich einfach nicht, was ich noch machen soll«, stellte Rory knurrig fest.

»Es gibt deutlich Schlimmeres«, bemerkte Will gerührt.

»Du hast noch nicht erlebt, wie Owen den Truthahn füllt.« Damit schnappte sich Rory seine Flasche und stand auf.

»Wirklich – vielen Dank.« Will schaute ihn lächelnd an.

»Keine Bange, es wird sicher funktionieren. Weil du schließlich einer von den Guten bist.« Er prostete Will zum Abschied zu.

Vor der Tür stieß Rory mit Louise zusammen, und sein Herzschlag setzte aus. Wie lange hatte sie wohl vor der Küchentür gestanden? Hatte sie etwa gehört, als über sie gesprochen worden war? Sie sah ihn fragend an, doch mit einem lässigen

»Hallo, Louise« schob er sich an ihr vorbei, ging auf die Terrasse, setzte sich auf eine Bank und steckte sich mit stark zitternden Händen eine Zigarette an.

»Rory?« Sie war ihm gefolgt, kam langsam auf ihn zu und setzte sich dicht neben ihn.

Er starrte weiter geradeaus.

»Rory. Ich habe gehört, was Will gesagt hat«, fing sie zögernd an.

Verdammt, jetzt kriegst du deine Abfuhr!, ging es Rory durch den Kopf. Er nahm einen langen Zug von einer Zigarette und wandte sich ihr zu.

Himmel, er machte es ihr wirklich alles andere als leicht.

»Er hat gesagt – er hat gesagt, du wärst in mich verliebt«, erklärte sie geradeheraus.

»Oh, das.« Er ließ die Schultern sinken wie ein Kind, das bei einer Lüge – oder einer schlimmen Wahrheit – ertappt worden war, wandte sich eilig wieder ab und stieß einen abgrundtiefen Seufzer aus.

»Stimmt das?«

»Ja, es stimmt«, gestand er leise, schaute ihr wieder ins Gesicht und bedachte sie mit einem beinahe herausfordernden Blick. Dann guckte er vor sich auf den Boden und schnipste imaginäre Asche von seiner Jeans. »Ich liebe dich«, erklärte er und sah sie endlich direkt an. »Ich liebe dich bereits seit einer halben Ewigkeit«, gab er mit einem schiefen Lächeln zu, als mache er einen dummen Witz.

»Seit wann?«, fragte Louise.

»Kannst du dich noch an den Tag damals vor Weihnachten erinnern, als wir uns alle bei Will getroffen haben? Draußen hat es geschüttet. Du hattest dieses rote Tuch im Haar und diese roten Wildlederstiefel an.« Er wusste noch genau, wie hingerissen er von der langgliedrigen jungen Frau mit den funkelnden Augen gewesen war und dass er das Gefühl gehabt hatte, sie käme aus einer völlig anderen Welt. »Du hast an dem Abend Zigaretten für mich gekauft.« Er schaute sie lächelnd an. »Erinnerst du dich noch?«

Sie war überrascht, dass er sich noch daran erinnerte. Während sie sich unterhalten hatten, hatte er gemerkt, dass seine Zigarettenpackung leer gewesen war. Als sie ihm erklärt hatte, an der Ecke wäre ein Geschäft, hatte er gesagt, es wäre ihm draußen zu nass und er hätte keine Lust, noch einmal vor die Tür zu gehen, sie aber hatte seinen resignierten Blick bemerkt und angenommen, dass sein Stolz es ihm verbot, ihr gegenüber einzuräumen, pleite zu sein. Deshalb hatte sie getan, als rauche sie dieselbe Zigarettenmarke, hätte vielleicht noch ein Päckchen irgendwo in ihrem Wagen, hatte heimlich eins gekauft, die Zellophanverpackung abgerissen und als zusätzliche Tarnung ein paar Glimmstängel aus der Packung entfernt.

»Du wusstest, dass sie nicht aus meinem Wagen waren?«

Rory lächelte sie zärtlich an, und die Falten um seine Augen vertieften sich. »Ja, das wusste ich. Ich glaube, in dem Moment war es um mich geschehen.« Er nahm einen letzten Zug von seiner Zigarette, legte seinen Kopf nach hinten, blies den Rauch in Richtung Himmel und drückte den Stummel vorsichtig am Rand der Steinbank aus.

»Aber das war ...« Louise wusste nicht mehr, was sie sagen sollte. »Das war der Tag, an dem wir uns zum ersten Mal begegnet sind.«

Einen Tag zuvor hatte sie die Band überhaupt zum ersten Mal gesehen. Will hatte damals versucht, sie dazu zu bringen, einen gut bezahlten Job als PR-Frau aufzugeben und für ihn zu arbeiten, und sie deshalb an dem Abend eingeladen, sich mit ihm zusammen einen Auftritt seiner Truppe anzusehen. Das hatte sie überzeugt. Das Konzert war schlecht besucht gewesen und die Band noch ungeschliffen, ungeschickt und roh, doch mit ihrem Charisma, ihrer Leidenschaft und ihrer Energie hatten sie sie in ihren Bann gezogen, und seit jenem Abend hatte sie verstanden, warum Will von dem Projekt derart begeistert gewesen war.

Nach dem Auftritt war sie noch mal abgehauen, denn sie hatte ein Date gehabt – seltsam, dachte sie, sie wusste nicht mal mehr, mit wem. Am nächsten Tag aber war sie zu Will gefahren, hatte die Bandmitglieder kennengelernt und sich in das große Abenteuer Walking Wounded gestürzt. Inzwischen war ihr klar, dass jener Tag der Anfang ihres eigentlichen Lebens gewesen war.

Sie erinnerte sich auch an Rory, als sie ihm zum ersten Mal begegnet war, und daran, wie angerührt sie von dem jungen Mann gewesen war. Seine ruhige Autorität, sein Gleichmut und vor allem seine Zuverlässigkeit hatten ihr sofort zugesagt. Phoenix war entsetzlich aufgedreht gewesen, Georgie hatte pausenlos nervös an ihren Hemdsärmeln gezupft, und Owen hatte den Mund nicht zugekriegt, während Rory völlig ruhig gewesen war. Ihr war aufgefallen, dass sich Georgie pausenlos Trost suchend an ihn geklammert hatte und die beiden anderen Jungs zu ihm wie zu einem Erwachsenen aufgesehen hatten, obwohl er damals praktisch noch ein Teenager gewesen war.

»Meine Güte, Rory! Warum hast du nie was gesagt?«

»Weil es keine Rolle spielt.«

»Natürlich spielt es eine Rolle.«

»Ich kann nichts dagegen tun«, gab er unumwunden zu. »Aber keine Angst, ich werde mich nicht auf dich stürzen oder so«, stieß er zornig aus. »Vergiss es einfach, ja? Es ist okay, ich bin es gewohnt. Und wir sind schließlich gute Kumpel, oder nicht?«

»Ja, wir sind gute Kumpel«, stimmte sie ihm zu. »Aber, Rory, ich wollte noch nie dein guter Kumpel sein.«

Er sah sie reglos an.

»Bist du nie auf die Idee gekommen, dass ich deine Gefühle vielleicht erwidere?«

»Nein«, erklärte er ihr tonlos. »Und das würde ich auch nie erwarten. Schließlich hast du etwas Besseres verdient.«

»Es gibt keinen Besseren als dich, Rory. Zumindest nicht für mich.«

Sie nahm seine starke, warme Hand mit den von den Gitarrensaiten harten, schwieligen Fingern und blickte ihn lächelnd an. »Ich liebe dich«, sagte sie. »Und zwar ebenfalls schon seit dem allerersten Tag.«

Mit seiner freien Hand zog er die Konturen ihres Gesichts vorsichtig nach, strich ihr über den Augenwinkel, die Wange und den Mund.

»Mein Gott!«, murmelte er, als sein Blick auf ihre Lippen fiel, und in der Erwartung seines allerersten Kusses hielt sie beinahe ehrfürchtig den Atem an.

Will kam zu Phoenix auf die Terrasse, der gerade Liedtexte auf einen Block kritzelte, und ließ sich neben ihm auf einen der Stühle fallen. »Hi.«

Phoenix bedachte ihn mit einem kalten Blick.

»Wo sind alle anderen? Im Studio?«

»Ja.« Phoenix beugte sich wieder über seinen Block. »Aber ich an deiner Stelle ginge ihnen lieber aus dem Weg.«

»Wie bitte?« Was in aller Welt war heute nur mit allen los?

»Sie sind im Augenblick nicht gerade gut auf dich zu sprechen – genauso wenig wie ich. Wir alle haben Kate nämlich wirklich gemocht.«

»Oh, dann bist du also wieder da!« Owen kam über die Terrasse auf die beiden Männer zugestürmt. Dicht hinter ihm kam Georgie und sah ängstlich zwischen ihm und dem Manager des Kleeblatts hin und her.

»Steig ruhig wieder von deinem hohen Ross herunter«, schnauzte Will ihn wütend an.

»Ich soll von meinem hohen Ross heruntersteigen? Los, komm mit mir nach draußen!« Owen sah ihn mit blitzenden Augen an.

»Was? Oh, verdammt! Wir sind schon draußen, Owen.«

»Okay, dann komm, wenn du dich traust.« Owen winkte ihn zu sich heran.

»Ich werde dich nicht schlagen, Owen, obwohl der Gedanke durchaus reizvoll ist.«

»Los – du weißt, dass du dich mit mir schlagen willst.« Owen hob drohend seine Fäuste vors Gesicht.

»Dafür habe ich jetzt keine Zeit.« Knirschend schob Will seinen Stuhl zurück und stand entschlossen auf. »Ich muss nämlich ein Flugzeug kriegen.« Damit marschierte er zurück in Richtung Haus.

»Und wo willst du hin?«, rief ihm Owen hinterher.

In der Tür drehte sich Will noch einmal zu ihm um. »Nicht dass dich das etwas angeht«, erklärte er ihm kühl, »aber ich fliege nach Irland – und hole Kate zurück.«

»Oh!« Owen ließ die Fäuste sinken. »Dann ist es ja gut.«

»Treuloser Will kehrt nach Italien zurück«, las Will die Schlagzeile einer der Zeitungen des Vortages. Louise hatte ihm einen Stapel Zeitungsausschnitte auf den Flug nach Dublin mitgegeben, damit er erfuhr, was die Presse über Kate und ihn verbreitete, und während er die Artikel mit wachsendem Unbehagen las, war er froh, dass er damit nicht angefangen hatte, ehe er im Flieger saß. Denn hätte er gewusst, wie schlimm es war, hätte er wahrscheinlich nicht den Mut zu dieser Reise aufgebracht.

Diese verdammte Tina!, dachte er erbost. Er hatte immer schon gewusst, dass sie eine Trennung nutzen würde, um ihrer verfluchten Karriere Auftrieb zu verleihen, aber die unverhohlenen Lügen, die sie den Reportern aufgetischt zu haben schien, machten ihn einfach fassungslos. Was er am allerschlimmsten fand, war ihr Umgang mit Kate. Die Menge reinen Gifts, das sie in ihre Richtung sprühte, musste einfach tödlich sein. Und die Leute, die auf ihrer Seite standen, waren fast noch schlimmer, stellte er bei der Lektüre der Artikel angewidert fest. Sie feierten Kate als eine Art sündigen Sexkätzchens, geiferten bei dem Gedanken an ihre üppige Figur und forderten sie auf, die Hüllen fallen zu lassen, damit sich die Leser endlich einmal an einer Frau erfreuen könnten, die nicht nur Haut und Knochen war. Am liebsten hätte er jedem Einzelnen der Schreiberlinge einen Faustschlag verpasst.

Ein Bild von ihr berührte ihn besonders. Sie hatte den Blick gesenkt, den Kragen ihrer Jacke hochgeklappt und das Gesicht mit einer Hand gegen die Kamera abgeschirmt, aber trotzdem war ihr deutlich anzusehen, dass sie den Tränen nahe war. Will sah sich das Foto an, strich gedankenverloren mit dem Finger über ihre wunderschönen vollen Lippen und hatte einen Kloß im Hals. Er wünschte sich, er wäre da gewesen, um sie zu beschützen, als die Meute gnadenlos über sie hergefallen war.

Bis Ende der Woche hatte Tina die Geschichte weitestgehend für sich ausgenutzt und ließ durchsickern, dass sie Will den Seitensprung doch nicht verzeihen könnte und deswegen einen Schlussstrich unter die Beziehung zog. Sie sagte die geplante ausschweifende Geburtstagsparty ab, da sie sich plötzlich offensichtlich in der Rolle der heiligen Märtyrerin gefiel. So war sie in der neuesten Ausgabe von *Wow!* umgeben von einer Horde lächelnder Waisen an einem kambodschanischen Strand zu sehen, denn sie hatte es auf irgendeine Art geschafft, Botschafterin eines Kinderhilfswerkes zu werden, und gab *Wow!* ein achtseitiges anrührendes Interview zu den Aufnahmen, auf denen sie betörend schön und liebevoll mit den Kindern kuschelte und spielte oder sich mit einheimischen Helfern unterhielt. Und natürlich legte sie auch in der neuen Rolle, die sie plötzlich spielte, die »ihr eigene Eleganz und das ihr eigene Stilbewusstsein« an den Tag.

Eins musste man Dev Tennant lassen, dachte Will. Der Kerl war wirklich gut und vor allen Dingen schnell. Es war einfach erstaunlich. Innerhalb von einer Woche hatte Tina sich in einen strahlenden Engel der Nächstenliebe verwandelt, der tapfer unter Tränen lächelte und mit feucht glänzenden Augen irgendwelche kranken Babys in den Armen hielt.

»Diese Tina Roche ist wirklich toll, nicht wahr?«, stellte seine Sitznachbarin fest, als sie ihm über die Schulter sah. »Ein wirklich warmherziger Mensch.«

»Mmm.«

»Manche dieser sogenannten Stars könnten eine Menge von ihr lernen. Alles, woran sie jemals denken, sind ihre schicken Frisuren und die Designerklamotten, die sie tragen. Und sie sieht auch noch fantastisch aus, nicht wahr?«

»Sie ist wunderschön.«

»Wenn Sie mich fragen, sollte der Typ, der sie betrogen hat, mal zu einem Psychologen gehen. Eine derart schöne Frau zu hintergehen. Der muss doch total bescheuert sein.«

»Auf jeden Fall!«

Damit wandte sich Will wieder dem Interview mit Tina zu.

›»Wenn man das Elend dieser Kinder sieht, rückt das die eigenen Probleme in eine vollkommen andere Perspektive‹, erklärt Roche, die, umgeben von den Kindern, in dem traditionellen kambodschanischen Gewand unglaublich glamourös ausschaut. ›Mir wurde in der Vergangenheit sehr wehgetan‹, deutet sie an. ›Der Verrat durch Menschen, die ich liebte, hat mich sehr geschmerzt. Wenn ich hingegen die strahlenden, glücklichen Gesichter dieser Kinder sehe, gerät für mich mein eigenes Leid darüber in Vergessenheit. Diesen Kindern wurde wehgetan – sie wurden häufig von den Menschen, denen sie am nächsten standen, schmerzlich im Stich gelassen, aber trotzdem lächeln sie, trotzdem haben sie Vertrauen, trotzdem sehen sie der Zukunft hoffnungsvoll entgegen. Und wenn sie das können, kann ich das ganz sicher auch.‹«

»Verzeihung«, wandte Will sich an die Nachbarin. »Brauchen Sie Ihre Spucktüte?«

»Ähm – nein.« Verwundert schaute sie auf die Tüte, die vor seinem eigenen Sitzplatz steckte.

»Dürfte ich sie dann wohl haben? Denn ich habe das Gefühl, dass eine Tüte für den Dreck, den ich hier gerade lese, wahrscheinlich nicht reicht.«

Bis Will aus dem Flieger stieg, war er völlig deprimiert. Er hatte in der letzten Woche kaum ein Auge zugetan, und die Dinge, die er auf dem Flug gelesen hatte, riefen größte Schuldgefühle in ihm wach. Obwohl er sich verzweifelt danach sehnte, Kate zu sehen und die Dinge mit ihr zu klären, hatte er auch Angst davor, auf ihrer Schwelle zu erscheinen, da sie schließlich seinetwegen derart gnadenlos zum Abschuss freigegeben worden war. Und auch die übrigen O'Neills würden ihn bestimmt nicht mehr mit offenen Armen aufnehmen.

Doch zu seiner Überraschung kam er in die Ankunftshalle und sah Lorcan im Gedränge hinter der Absperrung stehen. Wenigstens der Freund hatte das Vertrauen zu ihm nicht verloren, dachte er gerührt und ging lächelnd auf ihn zu. Dass der andere sein Lächeln nicht erwiderte, nahm er vor lauter Freude anfangs gar nicht wahr, aber als er ihm näher kam, bemerkte er die vor Zorn funkelnden Augen und das grimmige Gesicht, das ihm entgegensah. Doch zumindest war er hier, sagte sich Will – das hieß, dass es zumindest noch einen Vertrauensbonus für ihn gab. »Lorcan, wie schön, dich …«

Wham! Das Nächste, was Will wusste, war, dass er mit pochendem Gesicht am Boden lag. Er hatte gerade noch gesehen, wie sich Lorcans Arm bewegte, und zunächst gedacht, er wolle ihn ihm um die Schulter legen, ehe die geballte Faust krachend auf seiner Nase gelandet war. Bis er wieder aufrecht saß und die Augen aufbekam, stapfte der Freund bereits zornig davon.

Noch immer völlig benommen stand er auf und strich sich vor einem erstaunten Publikum die Anzugjacke glatt, als ein greller Blitz in seiner Nähe zuckte, aber noch während der Reporter seinen Namen rief, stürzte er bereits mit brennender Nase und tränenden Augen auf den Ausgang zu.

Bis er nach draußen kam, war Lorcan schon verschwunden, doch nach wenigen Minuten fand er seinen Fahrer Dave.

»Nach Hause, Will?«, fragte ihn der Chauffeur und sah ihn, während er die Tasche in den Kofferraum des Wagens warf, neugierig unter seiner Mütze hervor an.

»Nein, setz mich bei Lorcan ab und dann bring mein Gepäck nach Hause, ja?«

Erst jetzt wurde ihm klar, dass er starkes Nasenbluten hatte, und so zerrte er ein Taschentuch aus seiner Tasche und presste es sich vor das Gesicht.

Ein Blick in den Rückspiegel verriet ihm, dass er grauenhaft aussah. Seine Kleider waren blutbespritzt und schmutzig, sein Gesicht war kreidebleich und sein Haar total zerzaust. Als wäre er ein kleines Kind, das beim Spiel verdroschen worden war – und zwar von seinem besten Freund, fügte er voller Selbstmitleid hinzu.

»Alles in Ordnung?«, fragte Dave und schaute ihn im Spiegel an.

»Ja, danke«, antwortete Will. »Es brennt nur ein bisschen«, fügte er in dem Versuch, die Tränen, die zu seiner Schande ungehindert flossen, zu erklären, schnell hinzu. Er zitterte unkontrolliert und wusste, dass das weniger an seinen körperlichen Schmerzen als an dem Entsetzen darüber, dass Lorcan ihn so einfach hatte schlagen können, lag. Das hatte ihm nach allem, was er in der letzten Woche durchgemacht hatte, jetzt gerade noch gefehlt. Am liebsten hätte er sich einfach in sein Bett verkrochen und sich dort die Augen ausgeheult.

Beim dritten Klingeln machte Lorcans Freundin auf.
»Hi, Carmen.«
»Hallo, Will.« Statt ihn hereinzubitten, sagte sie entschuldigend: »Lorcan möchte dich nicht sehen.«
»Bitte, Carmen, ich muss dringend mit ihm reden.«
Nach kurzem Überlegen trat sie nickend einen Schritt zurück.
»Er ist im Wohnzimmer«, erklärte sie, stellte sich auf ihre Zehenspitzen, küsste ihn aufmunternd auf die Wange und glitt lautlos aus dem Haus.

Lorcan lief wie ein gereizter Tiger auf und ab, doch als er Will entdeckte, blieb er plötzlich stehen. Er riss überrascht die Augen auf, dann erstarrte allerdings sein Gesicht, und er bedachte Will mit einem kalten Blick. »Hat Carmen dich hereingelassen?«
»Ja.«
»Tja, ich habe dir nichts zu sagen. Aber den Weg nach draußen findest du ja sicher auch allein.«

Es verschlug Will kurzfristig die Sprache, dass sein Freund derart verbittert war. »Lorcan«, fing er schließlich an. »Bitte, lass mich dir alles erklären.«

»Was gibt's da zu erklären?«, fragte Lorcan ihn erbost und sah ihn zornig an. »Hast du meiner Schwester deinen Schwanz in den Mund geschoben oder nicht?«

»Es war nicht so, wie es in den Zeitungen geschrieben stand.«

»Oh, und was haben sie falsch verstanden? Den Teil, in dem du dir einen hast blasen lassen und sie danach hast einfach fallen lassen? Oder den Teil, in dem du deiner tollen Freundin vorgejammert hast, dass dir das mit Kate nicht das Mindeste bedeutet hat und du nicht ohne sie leben kannst?«

»Wo hast du das denn her? Aus der *Wow!*?«, schnauzte Will jetzt ebenfalls erbost zurück. Auf dem Couchtisch lag ein Stapel Zeitungen und Zeitschriften der Sorte, die sein Freund normalerweise ganz bestimmt nicht las.

»So, wie sie es formulieren, klingt es furchtbar schmutzig und ... gewöhnlich«, fuhr er fort.

Lorcan lachte verächtlich auf. »Wohingegen dir Kate einen auf eine Art geblasen hat, die einfach einmalig war?«

»Genau«, pflichtete Will ihm trotzig bei. »Gott, ich sollte gar nicht mit dir darüber reden«, fügte er hinzu und raufte sich geistesabwesend das Haar.

»Meinetwegen brauchst du das auch nicht. Du weißt ja, wo die Tür ist.«

»Ich muss Kate dringend sehen.«

»Halt dich ja von ihr fern«, wies ihn Lorcan böse an. »Du hast schließlich schon genügend Schaden angerichtet, findest du nicht auch?«

»Ich kann einfach nicht glauben, dass ausgerechnet du in dieser Sache den Moralapostel spielst.«

»Ausgerechnet ich?«, stieß Lorcan brüllend aus. »Was heißt

hier, ausgerechnet ich? Was habe ich denn, verdammt noch mal, gemacht?«

»Spiel jetzt bitte nicht das Unschuldslamm. Schließlich hast du deine Schwester praktisch mit mir verkuppelt ...«

»Mit dir verkuppelt?« Lorcan riss verblüfft die Augen auf.

»Du weißt, wovon ich rede. Ich konnte es kaum glauben, aber du hast gesagt, es wäre eine fantastische Idee!«

Lorcan wirkte noch immer völlig verständnislos. »Du meinst, als du mich gefragt hast, was ich von dir und Kate halte?«

»Genau. Du hast gesagt, wenn ich es schaffe, sie von diesem Brian abzubringen, täte ich euch allen einen riesigen Gefallen. Du warst vollkommen begeistert von dieser Idee!«

»A-aber ich hatte keine Ahnung, was du vorhattest!«, gab Lorcan stotternd zurück.

»Was hast du denn gedacht, was passieren würde?«

»Auf alle Fälle nicht, dass du dir von meiner Schwester einen blasen lassen willst! Nenn mich einen romantischen Narren, aber, verdammt noch mal, ich dachte allen Ernstes, du wärst in meine kleine Schwester verliebt!«

»Verdammt noch mal, das bin ich auch!«, schrie Will zurück.

»Das bist du auch?«

Will stieß einen Seufzer aus. »Ja«, räumte er ein und sah Lorcan dabei ins Gesicht.

Während sein Zorn langsam verrauchte, ging ihm plötzlich auf, dass irgendwas nicht stimmte. Weshalb hatte Lorcan damals schon gedacht, er wäre in Kate verliebt? Was hatte er Lorcan dessen Meinung nach damals gefragt? Diese verdammte Rachel. Am liebsten hätte er die junge Frau erwürgt. Sie hatte ihn eindeutig überlistet. Jetzt wurde ihm klar, dass Lorcan völlig ahnungslos gewesen war. Von dem schmutzigen Plan seiner Familie, Kates Verlobung zu beenden, hatte er eindeutig nichts gewusst. Das hatte ihm sein Instinkt damals schon gesagt, doch er hatte nicht auf sein Gefühl vertraut.

Und auch Lorcan hatte offenkundig einfach ignoriert, dass sein bester Freund eindeutig niemals in der Lage wäre, seine kleine Schwester derart schändlich auszunutzen, daher klärte er ihn jetzt auch nicht umgehend auf. »Hör zu, die Dinge sind ein bisschen schiefgelaufen, aber trotzdem muss ich unbedingt zu Kate.«

»Dazu musst du erst an Freddie vorbei«, erinnerte ihn Lorcan stillvergnügt, denn er war noch nicht ganz bereit, Will sein schändliches Vorgehen zu verzeihen. »Und wenn er meint, dass er sie schützen muss, ist er der reinste Bullterrier.«

»Hast du vielleicht einen Vorschlag, wie ich ihn auf meine Seite ziehen kann?«, fragte Will ihn hoffnungsvoll. Er spürte nämlich, dass der Groll des Freundes sich allmählich legte, und wollte nicht eher wieder gehen, als bis zwischen ihnen wieder alles vollkommen in Ordnung war.

»Du könntest versuchen, ihm die Zunge in den Hals zu schieben – das fände er wahrscheinlich toll.«

Will sah ihn aus zusammengekniffenen Augen an.

»Du bist eben ein wirklich attraktiver Bursche«, schob Lorcan gehässig nach.

Will wartete ab, doch als Lorcan nichts mehr sagte, meinte er bedeutungsvoll: »Nun, das wäre nicht das erste Mal.«

Wie gehofft war Lorcan viel zu neugierig, um nicht auf diese Worte einzugehen. »Was, du hast schon mal mit einem Kerl geknutscht?«, fragte er ihn ungläubig.

»Falls du dich erinnerst, ich war mal im Internat.«

»Vielleicht fünf Minuten«, stieß der Freund verächtlich aus.

»Ich lerne eben schnell.«

Gegen seinen Willen musste Lorcan grinsen. »Tja, du steckst eben voller Überraschungen, nicht wahr?«

»Ich gebe stets mein Bestes.« Inzwischen lächelte auch Will, und Lorcan schüttelte den Kopf.

»Also – irgendein Tipp, wie ich mit dem furchteinflößenden Freddie umgehen soll?«

»Erzähl ihm einfach diese Story, dann wird er dich ewig lieben.«

Will gab auf und wandte sich zum Gehen.

»Sei nett zu seinen Katzen«, rief ihm Lorcan hinterher.

»Freddie? Ich bin's, Will.«

»Meine Güte! Es ist Will«, flüsterte Freddie seinem Liebsten zu und presste den Hörer der Gegensprechanlage an seine Brust.

Ken zog die Augenbrauen hoch. »Lass ihn rein«, wies er den vor lauter Panik wie gelähmten Freddie an.

»Komm rauf«, bat Freddie Will und drückte auf den Knopf.

Wenigstens blieb ihm noch etwas Zeit, um sich zu fassen, während Will die Stufen in den vierten Stock erklomm. Als es schließlich klopfte, ging er, fest entschlossen, möglichst cool und hart zu wirken, an die Tür. »Oh mein Gott!«, entfuhr es ihm dann allerdings, als er den Besucher sah. »Was ist denn mit dir passiert?«

»Lorcan – er hat mich am Flughafen erwartet.«

»Aua!«, meinte Freddie mitfühlend. »Tja, am besten kommst du erst mal rein.« In dem Bemühen, möglichst wenig einladend zu wirken, machte er ein grimmiges Gesicht.

»Danke.« Will betrat den Raum und sah sich um, bis sein Blick auf ein schwarz-weißes Monstrum auf dem Sofa fiel.

»Oh, du hast eine Katze!«, jauchzte er, warf sich mit einem

»Ich liebe Katzen!« neben Didi auf die Couch und zog die Bestie auf seinen Schoß.

Offenbar erwiderte der Kater seine Sympathie, denn zu Freddies Überraschung protestierte Didi nicht, sondern spreizte wohlig seine Gliedmaßen und schnurrte wie ein Traktor, während er sich willig streicheln ließ.

Kampfbereit nahm Freddie ihnen gegenüber auf der Kante eines harten Stuhles Platz. Jetzt war er noch wütender auf Will. Es gefiel ihm nämlich einfach nicht, dass die Wohnung durch den Gast plötzlich deutlich kleiner wirkte und dass Didi derart schnell auf ihn hereingefallen war.

»Sie ist wirklich reizend«, sagte Will mit einem sanften Lächeln in Richtung des verräterischen Tiers. »Es ist doch eine Sie?«

»Das könnte man tatsächlich denken«, klärte Freddie den Besucher trocken auf, als sich Didi geradezu ekstatisch unter Wills streichelnden Fingern wand. »Wir denken, er ist schwul.« Schlampe, dachte er und starrte Didi böse an.

»Also gut, was hast du zu deiner Verteidigung zu sagen? Ich gehe davon aus, dass du nicht nur hergekommen bist, weil du mit meinem Kater auf dem Sofa schmusen willst.«

»Nein. Ich will zu Kate.«

»Sie ist nicht da.«

»Oh.«

In diesem Augenblick erschien auch Ken im Wohnzimmer. »Das ist mein Freund Ken«, erklärte Freddie Will und fügte drohend hinzu: »Er ist Rechtsanwalt.«

»Hallo, freut mich, dich kennenzulernen.« Will stand auf und reichte Ken die Hand, bevor er sich wieder auf das Sofa sinken ließ.

»Was ist passiert?«, erkundigte sich Ken mit Blick auf Wills Gesicht.

»Lorcan«, meinte Freddie knapp.

»Hört zu, ich weiß, was ihr wahrscheinlich denkt, aber das Zeug, was in den Zeitungen geschrieben steht, ist der totale Quatsch.«

»Wirklich?«, hakte Freddie argwöhnisch nach.

»Ein Haufen Lügen, weiter nichts. Tina und ich haben uns noch an dem Abend getrennt. Kate ist abgehauen, ehe ich die Gelegenheit bekam, ihr irgendwas davon zu sagen, dann musste ich nach England zur Beerdigung von meinem Vater, und als ich gestern wieder in die Villa kam, war sie nicht mehr da.«

»Dann liebst du Tina also nicht?« Sofort hellte sich Freddies Miene auf.

»Nein, ich liebe Kate und muss sie dringend sehen.«

»Sie ist wirklich nicht da«, erklärte Freddie ihm in mitfühlendem Ton.

»Tja, kann ich dann vielleicht warten, bis sie wiederkommt?«

»Na klar, aber ich habe keine Ahnung, wie lange das dauern wird.«

»Wo ist sie denn?«

Freddie sah ängstlich auf seinen Freund. »Sie wollte zu Brian.«

Will sackte sichtlich in sich zusammen. »Oh!«

»Keine Angst«, beruhigte ihn Freddie eilig. »Sie will mit ihm Schluss machen, nur hält er gerade irgendeinen Workshop ab, und deshalb musste sie nach Wicklow. Es kann also ziemlich dauern, bis sie wiederkommt.«

»Das ist mir egal.«

»Mach dir keine Gedanken«, meinte Freddie tröstend, als er Wills düstere Miene sah. »Kate ist total verrückt nach dir, und davon abgesehen bist du inzwischen wahrscheinlich der Traum von jeder Frau – ein reiches Waisenkind. Das mit deinem Vater tut mir übrigens sehr leid.«

»Danke!«

Freddie stieß einen zufriedenen Seufzer aus. »Ich nehme an, wir holen ihm erst mal ein paar Erbsen«, sagte er zu Ken, woraufhin der nickend in die Küche ging.

»Oh, das ist nett, aber ich habe keinen Hunger.«

Freddie lachte fröhlich auf. »Du sollst die Dinger auch nicht essen, sondern deine Nase damit kühlen«, informierte er seinen Besucher augenrollend.

Kurz darauf kam Ken zurück, hielt Freddie eine Packung Tiefkühlerbsen hin, und Freddie setzte sich zu Will und drückte ihm das Päckchen ins Gesicht.

»Danke.« Will griff nach der Tüte, um sie selber festzuhalten, doch Freddie schlug ihm auf die Hand.

»Los, lass mich das machen. Wahrscheinlich kriege ich nie wieder die Gelegenheit dazu – denn die Chance, dass einer meiner Freunde je in eine Schlägerei gerät, ist minimal.« Er bedachte Ken mit einem liebevoll abschätzigen Blick.

»Ich hoffe, ich störe nicht bei irgendwas?« Will sah die beiden anderen Männer fragend an.

»Oh nein. Wir wollten uns einfach einen gemütlichen Weiberabend machen und uns einen dieser Filme angucken, in denen das hässliche Mädchen mit dem coolsten Kerl der ganzen Schule den Abschlussball besucht. Ich liebe diese Abschlussball-Filme, du nicht?«

»Es gibt für mich nichts Schöneres«, pflichtete Will ihm trocken bei.

»Und für später haben wir dann noch *Fist of Glory*.«

»Oh, einen Boxerfilm?«, fragte Will ihn überrascht. Er hätte nicht gedacht, dass Freddie auf derartige Filme stand.

»Hm, nein, nicht ganz.« Freddie schaute ihn grinsend an. »Oh! Oh, okay.«

»Du kannst gern zum Abendessen bleiben«, bot ihm Freddie an. »Obwohl ich noch nicht weiß, was es geben wird.«

»Ich denke, das ist ja wohl klar«, klärte Ken ihn grinsend auf. »Will sieht für mich so aus, als bräuchte er dringend einen anständigen Risotto.«

Aus irgendeinem Grund fing Freddie wiehernd an zu lachen, und Will blickte ihn verwundert an.

»So gerne esse ich Risotto gar nicht«, meinte er, und zu seiner Überraschung brachen Ken und Freddie abermals in brüllendes Gelächter aus. War wahrscheinlich eine Sache unter Schwulen, überlegte er.

Am Ende wurden Knoblauchbrot und Nudeln aufgetischt. Ken und Freddie tranken dazu jede Menge Rotwein und plauderten unentwegt in dem Bemühen, Will von der Tatsache abzulenken, dass Kate noch immer nicht heimgekommen war. Nach dem Essen sahen sie den Highschool-Film, den Will überraschend rührend fand. Freddie schluchzte offen vor sich hin und zupfte fäusteweise Taschentücher aus einer bereitstehenden Box. Während der Abspann über den Bildschirm rollte, erhielt er eine SMS von Kate, in der sie schrieb, sie käme heute Abend nicht mehr nach Hause, und zeigte die Nachricht Will. »Bleibe über Nacht. Erklärung folgt. Bis morgen. Kate.«

Freddie wollte sie zurückrufen, doch ihr Handy war nicht an. »Das hat bestimmt nichts zu bedeuten«, versuchte er, den armen Will, der völlig fertig war, zu trösten, aber Will stand auf.

»Dann haue ich wohl besser wieder ab.«

»Oh nein, bleib hier«, bat Freddie ihn.

»Oh, ich kann unmöglich ...«

»Doch, natürlich kannst du das – du kannst Kates Zimmer haben, da sie schließlich nicht nach Hause kommt. Ich kann mir nicht vorstellen, dass du ganz allein in deiner Riesenhütte übernachten willst.«

Will dachte kurz darüber nach und merkte, Freddie hatte recht – er wollte nicht allein sein. »Danke, das ist wirklich nett«, erklärte er, während er sich wieder auf das Sofa sinken ließ.

Freddie tätschelte ihm sanft das Knie. »Außerdem verpasst du, wenn du gehst, *Fist of Glory.*«

»Nun, das war wirklich ... lehrreich«, stellte Will anderthalb Stunden später gähnend fest.

»Oh, du bist ja vollkommen k.o. Du hättest einfach ins Bett gehen sollen«, tadelte Freddie ihn. »Komm, ich zeige dir, wo alles ist.«

Allein in Kates Zimmer setzte Will sich auf ihr Bett und sog die Atmosphäre in sich auf. Es gefiel ihm, hier inmitten ihres Zeugs zu sitzen und sich ohne jede Hast die Bilder an den Wänden, die Klamotten, die aus ihrem Schrank und der Kommode quollen, den unordentlichen Schuhhaufen, die Koffer und die Kisten auf den Schränken sowie ihre Schminksachen auf dem Frisiertisch anzusehen. Denn er hatte das Gefühl, als könnte er, wenn er sich stark genug auf ihre Sachen konzentrierte, dafür sorgen, dass sie wiederkam.

Weshalb war sie nicht heimgekommen?, überlegte er besorgt, stand auf, befingerte die Gegenstände auf ihrem Frisiertisch, griff nach einer Kette, öffnete Parfümflakons und atmete den Duft tief ein. Dann griff er nach einem gegen ihren Schmuckkasten gelehnten Bild, auf dem Kate und Freddie sichtlich angeheitert auf einer Silvesterparty lustige Grimassen schnitten, stellte es zurück, und dabei fiel sein Blick auf eine andere, im Rahmen des Spiegels festgeklemmte Fotografie, auf der sie strahlend mit Brian Händchen hielt. Wo zum Teufel steckte sie?, fragte er sich abermals, warf sich stirnrunzelnd wieder auf das Bett, lehnte sich gegen die Kissen, tröstete sich mit der Vorstellung, dass Kate hier für gewöhnlich schlief, und wünschte sich, das täte sie auch jetzt. Schließlich zog er, zu erschöpft, um weiter nachzudenken, seine Kleider aus, kroch unter die Decke und schlief auf der Stelle ein.

Als Freddie auf dem Weg ins Bett noch einmal zu Will ins Zimmer schaute, rührte der sich nicht.

»Oh, guck mal«, flötete er sanft und winkte Ken zu sich heran. »Er sieht total friedlich aus, findest du nicht auch?«, fragte er im Flüsterton, als Ken neben ihn trat und einen Arm um seine Schultern schlang.

»Armer Kerl! Er hat wirklich Schlimmes durchgemacht.«

Einen Moment lang sahen sie Will beim Schlafen zu.

»So muss es sein, wenn man ein Kind hat«, raunte Freddie seinem Liebsten zu. »Vielleicht sollten wir eins adoptieren.«

»Ja, vielleicht.« Ken drückte seine Schulter. »Du wärst bestimmt ein toller Dad.«

»Glaubst du wirklich?«, fragte Freddie und fing an zu strahlen.

»Absolut. Es war einfach super, wie du heute Abend mit ihm umgegangen bist.«

Mit einem glücklichen Seufzer blickte Freddie erneut auf Will.

»Freddie?«, murmelte Ken, als er sich nicht rührte.

»Mmm?«

»Dir ist doch wohl klar, dass wir ihn nicht adoptieren können?«

»Ja.« Dieses Mal stieß Freddie einen unglücklichen Seufzer aus, schränkte dann jedoch mit hoffnungsvoller Stimme ein: »Obwohl er inzwischen eine Waise ist.«

»Er ist einfach zu alt.«

»Das ist wirklich nicht gerecht. Die älteren Waisenkinder bleiben immer übrig, weil jeder Babys will.«
»Komm, Freddie. Lass uns schlafen gehen.«

Während Will in ihrem Zimmer schlief, lag Kate hellwach in einem schmalen Einzelbett. Jeder Muskel tat ihr weh, und ihre Gedanken überschlugen sich.

Ein paar Stunden zuvor hatte ein Taxi sie am Shanti Centre mitten in der Einöde von Wicklow abgesetzt. Als sie die nicht verschlossene Eingangstür geöffnet hatte, hatte der vertraute Duft von Räucherstäbchen sie begrüßt, und sie war direkt zur Rezeption marschiert und hatte nach Brian gefragt.

»Sind Sie wegen des Beziehungs-Entgiftungs-Wochenendes hier?«, hatte das mondgesichtige Mädchen hinter dem Empfangstisch sie gefragt. Es hatte so leise gesprochen und sie dabei so dämlich angelächelt, dass Kate ihm am liebsten eine Ohrfeige gegeben hätte, doch sie hatte nur gesagt: »Nein, ich muss nur kurz mit Brian sprechen. Ich bin eine … Freundin von ihm.«

»Nun, er ist gerade in einer Sitzung, deshalb kann ich ihn nicht stören. Aber um zwölf werden sie eine Pause machen. Dann hat er bestimmt kurz Zeit.«

Danach hatte das Mädchen sie in eine Art Wohnzimmer geführt, wo sie beinahe eine Stunde lang ungeduldig auf und ab gelaufen war. Schließlich hatte sich, um Punkt zwölf, eine Tür geöffnet, und gedämpfte Stimmen hatten das Haus gefüllt, als eine Gruppe Leute in Socken oder barfuß aus dem Seminarraum in den Flur getreten war, um sich wieder ihre Schuhe anzuziehen und ein wenig an die frische Luft zu gehen. Durch das Fenster hatte sie Brian inmitten einer Gruppe von Bewunderinnen und Bewunderern gesehen. Es hatte sie nicht überrascht, dass auch Suzanne, Brians unerschütterlichster Fan, dabei gewesen war. Sie war aus dem Haus und auf die Gruppe zugegangen, und er hatte den Leuten überrascht – oder beinahe schon panisch – etwas zugemurmelt, war dann eilig auf sie zugestürzt und hatte sie hastig hinter einen Baum gezerrt.

»Kate! Das ist aber eine nette Überraschung!«

»Wirklich?«, hatte sie nachgehakt.

»Natürlich!«

Obwohl sie sich gefragt hatte, warum sie sich hinter dem Baum versteckten, hatte er tatsächlich plötzlich überglücklich ausgesehen. Trotzdem hatte sie gesagt: »Ich muss mit dir reden, Brian.«

»Das ist jetzt gerade ein bisschen ungünstig. Ich bin gerade am Arbeiten.«

»Und wann bist du fertig?«

»So ein Seminar geht nicht von neun bis fünf!«, hatte er ihr in gewichtigem Ton erklärt. »Da ist man als Leiter rund um die Uhr gefragt. Aber hör zu, warum bleibst du nicht einfach hier?«

»Oh, ich glaube nicht …«

»Wir gehen heute Abend in die Schwitzhütte«, hatte er sie gelockt.

»Du weißt, dass Schwitzhütten nicht unbedingt mein Ding sind.«

»Oh, aber es wird dir sicher guttun. Und vor allem hast du extra die lange Fahrt hierher gemacht, da nutzt du deinen Aufenthalt am besten aus. Wer weiß, vielleicht gefällt's dir ja sogar.«

Kate hatte ganz genau gewusst, das wäre nicht der Fall. Sich in einem selbst gebauten Tipi zusammen mit einem Haufen Hippies die Seele aus dem Leib zu schwitzen wäre sicher alles andere als amüsant. »Ich muss unter vier Augen mit dir sprechen. Kannst du nicht eine Stunde frei machen?«

»Tut mir leid«, hatte er ihr erklärt, dabei aber alles andere als traurig ausgesehen. »Ich bin der Seminarleiter und muss diesen Leuten das ganze Wochenende zur Verfügung stehen. Schließlich haben sie jede Menge in ihren Besuch im Shanti Centre investiert.«

Wie viel genau, hatte Kate festgestellt, als sie von Brian, der ein Nein einfach nicht hatte akzeptieren wollen, zurück an die Rezeption gezwungen worden war, wo er dem Mondgesicht verkündet hatte, Kate bliebe übers Wochenende da und bräuchte einen Raum. Dann hatte er die Klärung der Details den beiden Frauen überlassen und war lächelnd wieder davongeschwebt.

Das Mädchen hatte kurz in seinem Computer nachgesehen. »Ich habe nur noch ein Bett in einem Vierbettzimmer«, hatte sie ihren neuen Gast mit einem ätherischen Lächeln aufgeklärt.

»Okay.« Kate hatte sich in die Enge getrieben gefühlt und deshalb etwas genervt genickt.

»Es ist ein wunderschöner Raum«, hatte das Mädchen gut gelaunt erklärt. »Ganz vorne im Haus. Er hat eine wunderbare Energie. Morgens wird man vom ersten Sonnenlicht geweckt.«

»Na super.« In dem Gefühl, dass sie sich einfach flegelhaft benahm, hatte Kate ein – wenn auch leicht gezwungenes – Lächeln aufgesetzt.

Mondgesicht hatte etwas in den Computer eingegeben und sie dann mit einem ganz besonders sanftmütigen Lächeln angeblickt. »Das macht dreihundert Euro.«

»Was? Hm ... Aber Sie wissen, dass ich nur die eine Nacht hierbleiben will?«

»In dem Preis sind sämtliche Mahlzeiten und der Workshop enthalten«, hatte die junge Frau sie aufgeklärt. »Ich weiß, das Frühstück haben Sie verpasst, aber ich fürchte, dass ich Ihnen deswegen keinen Rabatt gewähren kann.«

»Oh nein, ich bin nur zu Besuch«, hatte Kate, erleichtert, weil dies alles offenbar ein Missverständnis war, sie aufgeklärt. »Ich nehme nicht an diesem Workshop teil.«

»Tut mir leid«, hatte Mondgesicht freundlich erwidert. »Aber wir lassen Besuche während des Workshops nicht zu, denn das wäre den Teilnehmern gegenüber eindeutig nicht fair.«

»Oh! Ich verspreche, dass ich sie nicht stören werde. Sie werden nicht mal merken, dass ich hier bin. Und ich werde auch nicht heimlich lauschen und versuchen, gratis irgendwelche Tipps zu kriegen oder so.«

Mondgesicht hatte etwas verärgert ausgesehen, dann jedoch – wenn auch mit Mühe – erneut ihr mildes Lächeln aufgesetzt.

Dann war Brian wiederaufgetaucht und hatte sie beide fragend angesehen. »Probleme?«

»Sie meint, ich kann nicht bleiben, wenn ich nicht auch beim Workshop mitmache«, hatte Kate ihm zugeraunt.

»Das stimmt«, hatte Brian ihr erklärt. »Keine Zuschauer, nicht wahr, Sheila?«

»Richtig, Brian!«, hatte die ihm zugestimmt.

Am liebsten hätte Kate den beiden eine reingehauen.

»Das macht also dreihundert Euro«, hatte Sheila selbstgefällig wiederholt und, als sie Kates Kreditkarte durch das Gerät gezogen hatte, plötzlich gar nicht mehr so weltfremd ausgesehen.

»Ich weiß, es ist teuer, aber ich bin es wert.« Brian hatte Kate aufmunternd die Schulter gedrückt und sich dann wieder abgewandt. »Wir sehen uns dann später, ja?«

Sie hatte stumm genickt.

»Er ist es wirklich wert«, hatte Sheila ehrfürchtig erklärt. »Waren Sie schon mal bei ihm?«

»Hm ... ja.«

»Er ist einfach wunderbar, nicht wahr?«

»Brillant.« Inzwischen hatte Kate es abgrundtief bereut, dass sie Brian nicht einfach kurzerhand hinter dem Baum den Laufpass gegeben hatte. Dann hätte sie auf alle Fälle jede Menge Geld gespart.

»Um vier haben Sie eine Gruppensitzung mit Brian. Abendessen gibt es normalerweise um sechs, aber heute fasten wir.«

Kate hatte sich auf die Lippe beißen müssen, um nicht schnippisch zu fragen, ob das nicht existente Abendbrot eine der in den dreihundert Euro enthaltenen Mahlzeiten war.

»Weil wir nämlich in die Schwitzhütte gehen«, hatte Sheila jubiliert, und Kate hätte am liebsten laut geschluchzt.

In der freien Zeit, die sonst dem Abendessen vorbehalten war, hatte Brian sie zur Seite gezogen und geraunt: »Tut mir leid, dass wir kein Zimmer teilen können.«

»Oh, schon gut.« Es war eine Erleichterung für sie gewesen, dass sie nicht die ganze Nacht damit verbringen müsste, Brian abzuwehren und irgendwelche Ausreden dafür zu finden, dass ihr nicht nach Sex zumute war.

»Hör zu, könntest du wohl bitte niemandem hier sagen, dass wir zwei zusammen sind?«, hatte er gefragt und sich unbehaglich umgesehen.

»Okay«, hatte sie zweifelnd zugestimmt.

»Es ist einfach so, dass ich das Gefühl habe, das wäre der Gruppe gegenüber unfair. Schließlich muss ich hundertprozentig für sie da sein, und wenn sie wüssten, dass wir zwei eine Beziehung haben, hätten sie möglicherweise den Eindruck, dass das nicht so ist.«

»Meinetwegen, kein Problem«, hatte Kate ihm zugestimmt, aber gleichzeitig gedacht, was für ein Riesenquatsch. Doch zumindest war das vielleicht die Erklärung dafür, dass er nach ihrer Ankunft hinter einem Baum mit ihr gesprochen hatte, wo sie niemand sah.

»Super! Freut mich, dass du beschlossen hast, zu bleiben und es einmal zu versuchen«, hatte er ihr gönnerhaft erklärt. »Ich bin sicher, dass dir dieses Wochenende etwas bringen wird.«

Er denkt, ich kaufe ihm das alles wirklich ab. Er hat einfach keine Ahnung, wer ich bin, hatte Kate erbost gedacht.

»Außerdem habe ich eine Riesenneuigkeit für dich. Ich bin endlich Makrobiotiker!«, hatte er ihr stolz verkündet, und sie hatte ihn mit großen Augen angehen.

»Oh!«

»Das hatte ich schon ewig vor, und als du in der Toskana warst und nicht versuchen konntest, mich zu Pizzen oder anderem zu verführen, fand ich, dass der Zeitpunkt einfach günstig wäre. Und ich fühle mich schon deutlich besser.«

»Super!«

Kate hatte einen Blick auf das Leben erhascht, das sie als die Ehefrau von Brian hätte führen müssen, und das hatte sie in der Gewissheit, dass ihre Entscheidung richtig war, bestärkt. Denn sie war einfach nicht dafür geschaffen, Gemüse in Yin- und Yang-Formen zu schnippeln und sich dabei zu bemühen, keinen Widerwillen zu empfinden, weil der sich bestimmt in Form von irgendeinem Gift auf das Essen übertrug.

Auch die Sitzung in der Schwitzhütte hatte sich als wahre Leidenstour herausgestellt. Die Teilnehmer waren bereits im Vorfeld total aufgeregt gewesen und hatten Erfahrungen im Schwitzen ausgetauscht. Auf Suzannes Frage, ob sie schon einmal richtig geschwitzt hätte, hatte ihr Kate erklärt, dass sie manchmal in die Sauna ihres Fitness-Studios ginge, und das mitleidige Lächeln, mit dem Brians größter Fan sie auf diesen Satz hin angesehen hatte, hatte beinahe wie ein Augenrollen ausgesehen.

Bei Anbruch der Dämmerung waren sie schließlich losmarschiert, hatten sich zur Reinigung der Aura mit brennendem Salbei eingeschmiert, waren in das aus Ästen und Zweigen sowie ein paar schmuddeligen Wolldecken errichtete Indianerzelt gekrabbelt und hatten sich dort im Schneidersitz im Kreis hingesetzt. Brian hatte als Zeremonienmeister heiße Steine in die Sandgrube getürmt, Beschwörungsformeln gemurmelt und Gesänge angestimmt. Er war ganz in seinem Element gewesen, in vollem Schamanenmodus, wie ein Möchtegern-Sitting-Bull.

Komm allmählich wieder runter!, hätte Kate am liebsten laut geschrien. Du bist kein verdammter Indianer. Dein Vater ist ein vereidigter Buchprüfer. Du hast deine Kindheit in einer Doppelhaushälfte in Terenure verbracht.

Kate hatte sich äußerst unwohl in dem engen Raum gefühlt. Die intensive Hitze hatte ihr das Atmen schwer gemacht, und die Decke war so niedrig gewesen, dass sie ihren Kopf und ihre Schultern hatte einziehen müssen, woraufhin ihr Nacken steif geworden war. Da sie den ganzen Tag kaum was gegessen hatte, hatte der Hunger sie richtiggehend schwindelig gemacht, und sie hatte sich gefragt, wie in aller Welt ein derartiges Erlebnis die Beziehungen der Menschen besser machen sollte – denn sie selbst hätte am liebsten irgendwen erwürgt. Müde, hungrig und gereizt hatte sie nur noch ins Bett gewollt. Die Gruppe allerdings hatte sich offenkundig in die Sache eingefühlt und sich mit reiner Willenskraft dazu gebracht, das Schwitzen in dem kleinen Zelt als spirituelle Erfahrung anzusehen.

Nun aber, da sie endlich in der Falle lag, bekam sie kein Auge zu. Dazu war sie viel zu aufgedreht. Ihre drei Zimmergenossinnen schnarchten, dass die Wände wackelten, wodurch sie wenigstens die Möglichkeit bekam, Freddie im Schutz der Decke eine SMS zu schicken, um ihm mitzuteilen, dass sie nicht nach Hause kam. Als sie ihr Handy zuvor an der Rezeption hervorgezogen hatte, hatte Mondgesicht getan, als hätte sie in der Absicht, den gesamten Laden in die Luft zu sprengen, eine Handgranate aus der Handtasche geholt. Und Brian hatte dieser Ziege auch noch zugestimmt und ihr erklärt, die Benutzung von Handys wäre in dem Zentrum strengstens untersagt.

Sie gab die Hoffnung auf, noch einschlafen zu können, kroch aus ihrem Bett und beschloss, auf der Suche nach etwas zu lesen hinunter ins Wohnzimmer zu gehen. Sie schlich sich aus dem Raum, zog, um die anderen nicht zu wecken, lautlos die Tür hinter sich zu und ging den Flur hinab. Dann hörte sie plötzlich zwei Stimmen, die von einem Mann und die von einer Frau, aus dem oberhalb gelegenen Stock.

»Ich wünschte, du könntest den anderen sagen, dass sie gehen sollen«, wisperte die junge Frau vertraulich.

»Du weißt, dass ich das nicht kann.«

Kate erstarrte, als sie merkte, dass da ihr Verlobter sprach.

»Ich will nur mit dir zusammen sein.« Das Mädchen seufzte abgrundtief.

»Ich auch mit dir.«

Daraufhin trat nur von schwerem Atmen unterbrochene Stille zwischen ihnen ein, und Kate wusste instinktiv, dass die zwei sich küssten. Sie konnte sich vorstellen, wie Brian das geheimnisvolle Mädchen in den Armen hielt, ihm sanft über die Wange strich und dabei in die Augen sah.

Brian stöhnte. »Ich begehre dich so sehr!«

»Ich könnte ja mit in dein Zimmer kommen«, schlug das Mädchen drängend vor.

»Ich will nicht, dass irgendjemand aus der Gruppe mitbekommt, dass wir zusammen sind. Das wäre ihnen gegenüber ganz einfach nicht fair.«

»Keine Angst. Ich werde noch im Dunkeln wieder gehen. Ich bin einfach total aufgedreht und weiß, dass ich nicht schlafen kann. Ich schätze, ich bin noch immer vollkommen high von der Schwitzhütte. Die Erfahrung, die ich dort gemacht habe, war einfach wunderbar.«

»Das ist nicht zu übersehen. Du verströmst im Augenblick eine unglaubliche Energie.«

»Die ich mit dir teilen will!«, quietschte die junge Frau.

Dann folgte neuerliches Stöhnen.

»In Ordnung, lass uns in mein Zimmer gehen«, meinte Brian schließlich atemlos.

Als sich die beiden in Bewegung setzten, rannte Kate zurück in ihren eigenen Raum und presste sich wie eine Einbrecherin, die Angst hatte, entdeckt zu werden, mit dem Rücken gegen die geschlossene Tür. Sie stand unter Schock, ihr Herz schlug wie verrückt, und ihre Beine zitterten. Sie konnte ganz einfach nicht glauben, was sie eben mitbekommen hatte. Aber tief in ihrem Inneren hatte sie die ganze Zeit gewusst, dass Brian ein Schwerenöter war. Und schließlich hatte sie ihn eben nicht zum ersten Mal erwischt, denn bereits auf Toms und Rachels Hochzeit hatte er sich unverfroren an eine andere herangemacht.

Sie stand eine gefühlte Ewigkeit hinter der Tür, riss sich dann allerdings zusammen und kroch wieder in ihr Bett. Sie wusste, unter den gegebenen Umständen war es vollkommen lächerlich, dass sie sich verraten fühlte, doch genau das war der Fall. Schließlich wusste Brian nicht, dass sie die Absicht hatte, sich von ihm zu trennen. Seiner Meinung nach waren sie noch immer verlobt – und das hieß, dass er ihr treu sein sollte, oder etwa nicht? Sie fühlte sich auf lächerliche

Art verletzt und war stocksauer auf den blöden Kerl – nicht nur, weil er sie in dieser Nacht betrog, sondern auch oder vor allem weil sie inzwischen mit Bestimmtheit wusste, dass er ihr nie treu gewesen war. Sie erinnerte sich noch genau an die bewundernden Gesichter all der jungen Frauen am Abend in der Schwitzhütte, und plötzlich kam ihr der Gedanke, dass er offenbar mit jeder Einzelnen von ihnen irgendwann einmal im Bett gewesen war.

Dieses elendige Schwein!, dachte Kate. Am liebsten wäre sie umgehend wieder aus dem Bett gesprungen und hätte ihn auf der Stelle mit ihrer Gewissheit konfrontiert. Sie war zu schockiert gewesen, um sofort auf den Betrug zu reagieren, und jetzt war es dafür zu spät –inzwischen hatte er ja an die unglaubliche Energiequelle seiner letzten Eroberung angedockt.

Unruhiger als je zuvor wartete sie darauf, dass die Nacht endlich vorüber war.

13

Beim Frühstück im Speisesaal gelang es Kate, das Mädchen, das sie letzte Nacht mit Brian gehört hatte, zu identifizieren. Sie erkannte seinen Cork-Singsang und bemerkte die vielsagenden Blicke, die Brian und es tauschten, wenn sie dachten, niemand sähe hin. Armer Tropf, ging es ihr durch den Kopf, als das Mädchen mit ihm plauderte und dabei bis in die Haarwurzeln errötete. Es war Liz, ein zartes, kleines Ding mit heller, sommersprossenübersäter Haut und Massen unkontrollierbar krausen kastanienbraunen Haars. Es war auf eine unkonventionelle Weise attraktiv, überlegte Kate vollkommen unbewegt. Auch wenn es vielleicht seltsam war, empfand sie keine Animosität gegenüber dieser jungen Frau. Falls überhaupt etwas, hatte sie Mitleid, weil die arme Liz das neueste Opfer von Brians hohlem Charme war.

Bewehrt mit dem Beweis für seine Untreue, versuchte sie, ihn nach dem Frühstück anzusprechen, leider jedoch ohne Erfolg. Sofort belagerten ihn einige Mitglieder der Gruppe, die um seine Gunst zu buhlen schienen, und erneut vertröstete er sie auf einen späteren Moment. »Ich weiß, du möchtest reden, Kate, aber im Augenblick kann ich mich dir nicht uneingeschränkt widmen.«

»Ich kann verstehen, dass du nicht willst, irgendwer hier könnte denken, du würdest ihm oder ihr nicht zur Verfügung stehen«, gab sie zurück, obwohl sie sicher wusste, dass der gute Brian völlig unempfänglich für Sarkasmus war.

»Warte doch bis nach dem Wochenende, dann kann ich

mich völlig auf die Dinge konzentrieren, die du zu sagen hast«, fuhr er unbekümmert fort. »Bis dahin versuch einfach, im Jetzt zu leben, ja? Wenn du dich auf diesen Workshop einlässt, bringt er dir bestimmt sehr viel.«

»Meinetwegen«, knurrte sie, kochte allerdings innerlich vor Wut. Die Dreistigkeit des Kerls machte sie einfach fassungslos.

»Sei nicht beleidigt.« Er blickte sie lächelnd an, zog sie neben sich und raunte ihr mit leiser Stimme zu: »Ich habe dich in diesem Sommer fürchterlich vermisst. Glaub mir, ich würde nichts lieber tun, als alle diese Leute wegzuschicken, um mit dir allein zu sein.« Er strich leicht mit einem Finger über ihre Wange und bedachte sie mit einem vertraulichen, verführerischen Blick.

Kate bewunderte ihn geradezu dafür, wie gut er log. Er sah sie noch immer an, als würde er sie anbeten. Er hatte ihr immer das Gefühl gegeben, etwas ganz Besonderes zu sein, doch inzwischen wusste sie, das hatte nichts mit ihr zu tun. Es war einfach ein Trick, und den wandte er ganz nach Belieben offenbar bei allen Frauen an.

Sie hatte keine andere Wahl, als sich für die morgendliche Sitzung zum Rest der Gruppe zu gesellen. Es herrschte eine gedämpfte Atmosphäre, während sie vor der Tür des Seminarraums aus den Schuhen stiegen, barfuß in das Zimmer trotteten und sich mit gekreuzten Beinen im Kreis auf den Teppich sinken ließen. Kate war sich inzwischen völlig sicher, dass ihre nächtliche Erkenntnis richtig war: Aus irgendeinem Grund wusste sie ganz genau, dass Brian praktisch mit jeder anwesenden Frau schon mal im Bett gewesen war. Inzwischen allerdings war ihr das vollkommen egal.

Brian eröffnete die Sitzung mit der Frage, was ihnen der Vorabend gegeben hatte, und sofort teilten einige der Leute ihre Erfahrung in der Schwitzhütte den anderen mit.

»Ich hatte das Gefühl, als ob sich ein Schleier gelüftet hätte und ich plötzlich alles so sähe, wie es wirklich ist«, säuselte Suzanne. »Nur für einen winzigen Moment – es war nur ein kurzer Blick –, aber es war wirklich etwas ganz Besonderes.« Sie setzte ein spirituell verzücktes Lächeln auf.

»Super.« Brian nickte aufmunternd. »Und wie steht es mit dir, Kate?«, fragte er sie sanft. »Wie hast du dich gestern Abend gefühlt?«

»Mir ging es ganz genauso.« Sie nickte in Richtung von Suzanne. »Mir fiel es wie Schuppen von den Augen, und ich habe die Dinge so gesehen, wie sie wirklich sind. Gestern Abend haben sich mir viele Dinge offenbart.«

»Wirklich?«, hakte Brian nach, offenkundig überrascht, dass sie plötzlich derart offen war.

»Oh ja, es war wirklich aufschlussreich. Tatsächlich hatte ich praktisch eine Erleuchtung«, erklärte sie bedeutungsvoll und bedachte ihn mit einem bitterbösen Blick.

»Gut, gut.« Eindeutig war er nicht empfänglich für die Stimmung, in der seine Verlobte war. »Danke, dass du uns an deiner Erfahrung teilhaben lassen hast. Wie sieht's mit dir aus, Liz?«

Kate kochte innerlich, denn jetzt sah er das kraushaarige Mädchen mit demselben liebevollen, aufmunternden Lächeln an wie zuvor sie.

Nach dem Erfahrungsaustausch des letzten Abends erläuterte Brian seiner Gruppe, wie sie weitermachen würden. »Ihr seid hier, weil ihr in Beziehungen gefangen seid, die ihr als ungesund oder als destruktiv erlebt. Vielleicht gibt es Menschen in eurem Leben, die euer Selbstbewusstsein, euer Selbstwertgefühl, eure Fähigkeit, die Dinge, die in euch stecken, auszuleben, untergraben, Menschen, die eure Energie blockieren und euch daran hindern, die Menschen zu werden, die ihr sein könntet. Ihr seid heute hier, da ihr bereit seid, euch der Realität dieser toxischen Beziehungen zu stellen. Vielleicht bedeutet das, dass ihr mit dieser Person eine neue Übereinkunft treffen oder sie möglicherweise ganz loslassen müsst. So oder so wird es bestimmt nicht leicht. Denn selbst wenn eine Beziehung schädlich für uns ist, kann es uns schwerfallen, sie loszulassen, und ich weiß, ihr alle habt viel Mut gebraucht, um diesen ersten Schritt zu gehen.«

Mehrere Mitglieder der Gruppe lächelten einander selbstzufrieden an.

»Heute werden wir diese Menschen konfrontieren. Wir werden ihnen sagen, wie wir uns ihretwegen fühlen und wie ihr Verhalten uns beeinflusst, und sie werden uns zuhören. Das ist nämlich das Einzige, was in einer toxischen Beziehung nie passiert. Man hört uns niemals zu«, erklärte er.

Beinahe konnte man die Gruppe kollektiv bewundernd seufzen hören, dachte Kate. Sie alle sogen Brians Weisheiten geradezu begierig in sich auf.

»Während einer oder eine von euch spricht, werden wir anderen« – Brian machte eine ausholende Bewegung, die den ganzen Kreis umfasste – »zuhören. Wir werden die Person darstellen, die ihr konfrontieren wollt. Wir werden nicht antworten oder widersprechen, sondern einfach akzeptieren, was ihr uns zu sagen habt. Niemand wird ein Urteil fällen. Dies ist ein geschützter Ort.«

»Also«, fragte er, »wer möchte anfangen?«

Es meldete sich ein gewisser Terry, der seine Ehefrau als seine »toxische« Person ansah. Alle hörten unterstützend zu, als er eine Hasstirade gegen sie begann. »Du unterstützt mich nicht auf der spirituellen Reise, die ich angetreten habe«, fing er mit nörglerischer Stimme an. »Du willst als Mensch nicht wachsen und versuchst, auch mich daran zu hindern.«

»Oh, werd doch erst einmal erwachsen!«, schnauzte Kate. Sie konnte sich einfach nicht zurückhalten.

»Darf sie so was sagen?«, fragte Terry jämmerlich.

»Wir hören nur zu, Kate«, tadelte Brian sie.

»Aber er sagt, dass seine Frau ihn nicht versteht«, protestierte Kate wie bei einem Schiedsrichter. »Du kriegst doch sicher etwas Besseres als diese alte Leier hin«, provozierte sie Terry.

»Bitte, Kate«, forderte Brian sie mit nachsichtiger Stimme auf. »Wir sind nicht hier, um jemand anderen zu verurteilen.«

»Außer Terrys Frau – die verurteilen wir gnadenlos! Doch das ist nicht fair, denn schließlich ist sie gar nicht hier und kann sich nicht verteidigen.«

Brian stieß einen nachsichtigen Seufzer aus. »Hier geht es nicht um Terrys Frau, sondern um Terrys Erfahrung mit der Beziehung – darum, was für ein Gefühl ihm das Verhalten seiner Frau vermittelt.« Inzwischen sah er aus, als täte es ihm leid, dass er sie gebeten hatte, an der Sitzung teilzunehmen, und sie fragte sich, ob wohl je zuvor jemand aus einem »Gedankenaustausch im intimen Kreis« geworfen worden war, weil er die anderen unterbrach.

»Okay, sprich weiter, Terry«, bat Brian seinen Schützling.

Nachdem er durch die Unterbrechung aus dem Gleichgewicht geraten war, holte Terry erst einmal tief Luft, um seine Gedanken zu sortieren, legte dann aber erneut inbrünstig los. »Du gehst mit den Kindern zu McDonald's«, heulte er. »Du kaufst ihnen Spielsachen, mit denen ich nicht einverstanden bin. Du unterminierst die Werte, die ich ihnen vermitteln will.«

»Wann?«, explodierte Kate.

»Wie bitte?«, fragte Terry sie verwirrt.

»Wann versuchst du, deinen Kindern diese Werte zu vermitteln?«

»Kate …«, fing Brian an.

»Nein, ist schon okay, Brian. Ich würde wirklich gerne hören, was Kate zu sagen hat.« Terry wandte sich ihr zu und erkundigte sich ernst: »Was meinst du, Kate?«

»Nun, heute ist Sonntag, und statt mit deinen Kindern zusammen zu sein und ihnen deine Werte zu vermitteln, jammerst du hier einem Haufen Fremder, die dir keine Antwort geben, etwas wegen deiner Ehe vor. Und dabei besitzt du noch die Dreistigkeit, deiner Frau vorzuwerfen, dass sie dich nicht unterstützt.«

»Tja, ich nehme an, da ist was dran.« Terry fiel in sich zusammen wie ein geplatzter Luftballon.

»Wahrscheinlich sitzen sie in diesem Augenblick mal wieder bei McDonald's, doch ich bin mir sicher, dass sich deine Frau darüber freuen würde, bötest du deiner Familie heute etwas anderes an.«

»Kate, bitte!« Brian bedachte Terry mit einem entschuldigenden Blick. »Du hast ein Recht auf deine Gefühle, Terry«, sagte er. »Du brauchst dich nicht dafür zu entschuldigen.«

»Nein, schon gut, Brian. Ich weiß Kates Einwurf durchaus zu schätzen.«

»Sprich jetzt erst mal weiter«, ermunterte Brian ihn in sanftem Ton. »Was würdest du deiner Frau sonst noch gerne sagen?«

Terry räusperte sich. »Nun, inzwischen ist mir klar, dass ich wohl ein bisschen egoistisch war«, setzte er verlegen an. »Ich habe dich in letzter Zeit viel zu oft mit den Kindern allein gelassen, denn mir war bisher einfach nicht klar, wie schwierig deine Rolle ist. Ich beschwere mich darüber, dass du mir nicht zuhörst, doch auch ich habe nicht zugehört, wenn du versucht hast, mir zu sagen, was du brauchst. Aber in Zukunft werde ich dich stärker unterstützen, und ich werde versuchen, ein besserer Vater für die Kinder zu sein. Also, was ich im Grunde sagen will, ist, dass es mir leidtut – dass ich häufig nicht zuhause war, dir nicht zugehört und dich nicht verstanden habe. Hoffentlich kannst du mir noch einmal verzeihen«, schloss er ruhig.

Es folgten überraschte Stille und danach verhaltener Applaus, als Terry mit einem verlegenen Lächeln die Mitte des Gesprächskreises verließ.

»Okay!«, rief Brian künstlich gut gelaunt. »Wer möchte jetzt sprechen?«

»Ich!«, meldete sich Kate und sprang eilig auf.

»Kate! Okay. Wen möchtest du konfrontieren?«

»Meinen Freund«, erklärte sie ihm unschuldig.

Wenn du es so haben willst, in Ordnung, dachte sie. Wenn du nicht unter vier Augen mit mir reden willst, werde ich eben öffentlich einen Schlussstrich ziehen.

Brian gab sich alle Mühe, möglichst unbeteiligt auszusehen. »Deinen Freund, okay. Dann fang jetzt bitte an.«

Als sie in der Mitte des Kreises stand und alle anderen sie anschauten, holte sie tief Luft. »Ich möchte mich von dir trennen. Ich weiß, dass du mir ständig untreu warst. Da war diese junge Frau auf Rachels Hochzeit, aber inzwischen ist mir klar, dass es auch noch jede Menge anderer gab ...«

»Wir gehen nicht derart ins Detail«, klärte Suzanne sie hilfsbereit mit lauter Flüsterstimme auf.

»Suzanne hat recht«, stimmte Brian seiner Schülerin mit unsicherer Stimme bei. »Wir brauchen keine Einzelheiten, sondern interessieren uns nur für deine Erfahrung mit dieser Beziehung. Sprich also bitte nur über deine Gefühle – darüber, wie du dich wegen des Verhaltens deines Freundes fühlst.«

»Oh – okay.« Inzwischen machte Kate die Sache richtiggehend Spaß. »Also, als ich gestern Abend hörte, wie du mit Liz im Flur geknutscht hast, war mein vorherrschendes Gefühl unglaubliche Wut.«

Suzanne holte erschüttert Luft und bedachte Liz, die abermals bis in die Haarwurzeln errötet war, mit einem vorwurfsvollen Blick.

»Als ich dann noch hörte, wie du sie in dein Zimmer eingeladen hast, fühlte ich mich total dämlich, weil ich je auf dich hereingefallen bin. Ich kam mir wie eine Idiotin vor, da mir nicht schon vorher aufgegangen war, was für ein Heuchler du hinter deiner sanftmütigen Fassade bist. Und ich habe es dir furchtbar übelgenommen, dass du mir dieses Gefühl vermittelt hast.«

Brian entglitt das fürsorgliche Lächeln, und die weiblichen Mitglieder der Gruppe rutschten murmelnd hin und her und warfen einander argwöhnische Blicke zu.

»Ich schätze, in meinem tiefsten Inneren hatte ich es schon die ganze Zeit vermutet«, fuhr Kate fort. »Aber ich dachte, nun, da wir verlobt sind ...«

»Du bist verlobt!«, keuchte Suzanne und starrte Brian böse an. Sie hätte nicht entgeisterter sein können, hätte Kate erklärt, dass er ein Kinderschänder war.

»Nun, er war verlobt.« Kate sah sie strahlend an. »Jetzt gehört er dir. Und dir.« Sie wandte sich an Liz. »Und nach allem, was ich weiß, wahrscheinlich auch noch jeder anderen Frau im Raum.«

»Ich dachte, du hältst nichts von der Ehe«, wisperte Liz schockiert.

»Ich hätte mich sowieso von dir getrennt«, fuhr Kate beinahe fröhlich fort. »Ich liebe nämlich einen anderen. Wahrscheinlich wird nichts daraus werden, aber trotzdem kann ich es dir ruhig erzählen, denn du findest es wahrscheinlich sowieso heraus, weil es nämlich in sämtlichen Zeitungen der letzten Woche stand. Ich liebe Will, und seine Freundin hat uns überrascht und sich wie eine Furie auf mich gestürzt.«

Jetzt brach das vollkommene Chaos in der Gruppe aus. Suzanne und Liz stürzten laut schluchzend aus dem Raum, und mehrere andere Mädchen warfen Brian, der mit versteinerter Miene auf dem Boden saß, verletzte Blicke zu. Nur Terry stand fröhlich auf und schüttelte Kate begeistert die Hand.

»Danke für deine Hilfe, Kate. Ich fahre jetzt nach Hause, um meiner Frau mit den Kindern behilflich zu sein.«

»Oh gut.« Sie blickte ihn lächelnd an. »Tut mir leid, falls ich ein bisschen ...«

»Nein, du warst fantastisch«, widersprach er ihr. »Viel Glück mit diesem Will.«

»Du fährst nicht zufällig nach Dublin? Ich bräuchte nämlich eine Mitfahrgelegenheit.«

»Sicher, kein Problem. Wir treffen uns in zehn Minuten vor der Tür, okay?«

Kate sah Brian mit einem triumphierenden Grinsen an.

»Du hattest recht«, erklärte sie. »Diese Sitzung hat mir wirklich viel gebracht.« Damit verschwand sie aus dem Raum und aus dem Leben dieses Kerls.

Als sie zurück in ihre Wohnung kam, stürmte sofort Freddie auf sie zu. »Endlich!«, meinte er in vorwurfsvollem Ton.

»Nun, jetzt ist es offiziell, mein Leben ist im Eimer«, klärte sie ihn auf, lief an ihm vorbei ins Wohnzimmer und warf ihre Schlüssel auf den Tisch.

»Was ist passiert?«, wollte Freddie von ihr wissen. »Und warum bist du letzte Nacht nicht heimgekommen? Du hast dich doch von Brian getrennt, oder etwa nicht?« Er bedachte sie mit einem argwöhnischen Blick.

»Ja.« Sie stieß einen müden Seufzer aus. »Ich habe mich von ihm getrennt. Aber du wirst bestimmt nicht glauben, was ich alles durchmachen musste, bis es mir endlich gelungen ist – Schwitzhütte, Gedankenaustausch im intimen Kreis, Rollenspiel –, und für das alles habe ich sogar noch dreihundert Euro auf den Tisch gelegt.«

»Da hast du ja ein echtes Geschäft gemacht«, murmelte der Freund. »Aber egal. Jetzt ist es vorbei, und du kannst mit deinem Leben fortfahren.«

»Mit was für einem Leben? Ich habe kein Leben mehr. Ich habe keinen Job, keinen Freund …«

»Wenn du dich da mal nicht irrst, Brummbär.« Freddie setzte ein rätselhaftes Lächeln auf. Er konnte kaum verbergen, wie aufgeregt er war.

»Brummbär?« Kate verzog fragend das Gesicht. »Was redest du da für ein Zeug?«

Statt einer Antwort legte Freddie einen Arm um sie und führte sie durch die Wohnung bis zu ihrer Zimmertür.

»Jemand hat in deinem Bett geschlafen«, sagte er, fügte theatralisch »Und er ist noch da!« hinzu und öffnete schwungvoll die Tür.

Kate traute ihren Augen nicht, denn wer dort im Tiefschlaf lag, war Will, flankiert von Didi und Gogo, die sich mit geschlossenen Augen und mit seligen Gesichtern eng an seinen Körper schmiegten und im Rhythmus seiner Atemzüge schnurrten. Will atmete ruhig und gleichmäßig, doch unter dem einen Auge schillerte ein dickes Hämatom. Einen Augenblick lang brachte sie vor lauter Überraschung keinen Ton heraus.

»Der Arme muss total erschöpft gewesen sein«, säuselte ihr Mitbewohner neben ihr. »Er schläft schon fast zwölf Stunden.«

»Aber wie ist er hierhergekommen? Wann …«

»Er kam gestern Abend und wollte zu dir.«

»Und ihr habt ihn hier übernachten lassen?« Gegen ihren Willen kam sich Kate etwas verraten vor.

»Erst nachdem ich ihm ordentlich die Leviten gelesen hatte. Denn selbst wenn ein Typ so gut aussieht wie Will, kann ich durchaus noch meinen Mann stehen. Ich habe ihm ganz schön eingeheizt.«

Kate konnte sich nicht vorstellen, dass Freddie jemals einem Menschen »richtig einheizte«.

»Frag ruhig Ken!«, verlangte er, als er ihre zweifelnde Miene sah.

»Oh mein Gott«, entfuhr es ihr. »Das warst doch wohl nicht du?« Sie zeigte auf Wills geschundenes Gesicht.

»Nein, natürlich nicht. Das war Lorcan.«

»Lorcan? Was in aller Welt ist denn in den gefahren?«

»Er hat die Rolle des brüderlichen Beschützers übernommen und deine Ehre verteidigt – ›Gib meine Schwester frei, du Schuft!‹ Wie bei *Anna Karenina*.« Er stieß einen bewundernden Seufzer aus.

Kate hingegen stöhnte laut. Sie fand den Gedanken, dass die beiden Freunde sich gestritten hatten – und dass es dabei auch noch um sie gegangen war –, in höchstem Maß beunruhigend.

»Oh, keine Angst, ich nehme an, sie haben sich schon längst wieder vertragen«, versicherte Freddie ihr.

»Oh, wirklich?«, fragte Kate etwas betroffen. »Und was ist mit meiner Ehre?« Sie wusste, sie verhielt sich alles andere als rational, doch sie konnte nichts dagegen tun. »Will scheint alle rumgekriegt zu haben«, stellte sie ein wenig schnippisch fest.

»Selbst Didi und Gogo sind ihm treu ergeben«, stellte Freddie zärtlich fest. »Und du weißt, wie arrogant sie manchmal sind.«

»Aber was macht er hier – abgesehen davon, dass er mit den Katzen schmust?«, erkundigte sie sich nörgelig.

»Was denkst du denn, was er hier macht?«

Kate wagte kaum zu hoffen, dass sie ihn richtig verstand. »Wirklich?«

»Warum, glaubst du wohl, dass ich ihn hier in deinem Zimmer habe übernachten lassen? Du weißt, dass ich dich liebe, Kate, aber manchmal kannst du wirklich dämlich sein.«

Sie zuckten zusammen, als sich Will plötzlich bewegte und seine Lider flatterten und sich dann öffneten.

»Oh, er wacht auf!«, raunte Freddie ihr zu, schob sie in den Raum, verschwand selbst wieder im Flur und drückte, wie um sie an einer Flucht zu hindern, die Tür fest hinter sich zu.

»Hallo«, stieß Will benommen aus, richtete sich auf und rieb sich die müden Augen.

»Hallo«, hauchte Kate, die plötzlich furchtbar schüchtern war.

»Wie spät ist es?«

»Fast eins.«

»Himmel!« Seine Stimme klang belegt. »Ich kann einfach nicht glauben, dass ich so lange geschlafen habe.« Er richtete sich weiter auf, und mit einem protestierenden Miau wegen dieser Störung sprangen Didi und Gogo vom Bett und stapften schlecht gelaunt davon.

Will fuhr sich mit der Hand durchs Haar, blinzelte und sah sie lächelnd an. Unweigerlich ging Kate der Gedanke durch den Kopf, er mache sich wirklich gut in ihrem Bett. Nackt und handlungsbereit erschien er ihr wie ihre Fleisch gewordene Lieblingsfantasie. »Was machst du hier?«

»Oh, Freddie meinte, es wäre okay – weil du gestern Abend sowieso nicht mehr nach Hause kommen würdest.«

»Ich meine, hier in Irland.«

»Ich bin hier, um dich zurückzuholen.«

»Ach ja?« Sie nahm auf der Bettkante Platz. »Ich dachte,

dass du direkt von England aus wieder in die Toskana zurückgeflogen wärst.«

»Das bin ich auch. Ich dachte, du wärst noch in der Villa, aber dann kam ich zurück und musste feststellen, dass du verschwunden warst.«

»Tut mir leid, dass ich einfach ohne ein Wort abgehauen bin.« Sie blickte vor sich auf den Boden und zupfte nervös an ihrer Bettdecke.

»Himmel, mir tut diese ganze Sache leid. Das hätte nie passieren dürfen. Wenn ich gewusst hätte …«

Kate sprang auf, als hätte sie sich an der Matratze verbrannt, eilte zum einzigen Fenster ihres Raums und schaute hinaus. Sie würde es ganz einfach nicht ertragen, wenn er ihr jetzt die Das-was-zwischen-uns-passiert-ist-war-ein-Fehler-Rede hielt. »Mach dir darüber keine Gedanken«, erklärte sie in, wie sie hoffte, nonchalantem Ton. »Solche Dinge kommen eben manchmal vor.«

Will sah sie aus zusammengekniffenen Augen an. »Aber das zwischen uns beiden …«

Was er auch immer sagen wollte, wollte sie nicht hören.

»Hör zu, ich lasse dich erst mal allein, damit du dich anziehen kannst.« Und ehe er noch irgendetwas sagen konnte, stürzte sie davon.

Freddie saß am Tisch, trank eine Tasse Kaffee und blätterte in einem Hochglanzmagazin, als Kate in die Küche kam.

»Und, wann ist die Hochzeit?«, fragte er sie gut gelaunt. »Ich kann nur für dich hoffen, dass du nicht vergisst, mich zur Brautjungfer zu machen.«

»Welche Hochzeit?«, schnauzte Kate. »Du hast das alles total falsch verstanden. Er ist nur hierhergekommen, um zu sagen, dass das, was geschehen ist, ein Fehler war, und um mich zurückzuholen, damit ich weiter für ihn arbeite.«

Freddie starrte sie entgeistert an. »Diese verdammten Heteros! Ihr würdet es noch nicht mal schaffen, eine Orgie in einem Bordell zu organisieren, ohne dass es das totale emotionale Chaos gäbe«, eiferte er sich.

Er sprang auf, nahm ihre Hand und zerrte sie zurück in Richtung ihres Schlafzimmers.

»Er liebt dich, und du liebst ihn«, zischte er sie an. »Und jetzt geh wieder rein und komm nicht eher wieder raus, bis ich einen Junggesellinnenabschied organisieren und ein Brautkleid entwerfen kann.« Er öffnete die Tür und versetzte seiner Freundin einen Stoß, der sie in das Zimmer stolpern ließ.

»Du bist wieder da.«

»Freddie dachte, ich sollte mir anhören, was du zu sagen hast«, murmelte sie verschämt.

»Erinnere mich dran, mich dafür zu verwenden, damit er heiliggesprochen wird.«

»Also«, drängte sie, »was wolltest du mir sagen?«

Will stieß einen Seufzer aus. »Nur dass mir das alles furchtbar leidtut. Ich hatte keine Ahnung von dem Beschuss, unter den du in den Zeitungen geraten bist.«

»Oh!«

»Wenn ich es gewusst hätte, wäre ich schon früher aus England zurückgekommen, statt dich das alles allein ausbaden zu lassen.«

»Egal«, antwortete sie. »Im Grunde war es meine eigene Schuld. Ich hätte nicht einfach weglaufen sollen.«

»Nein, verdammt noch mal, das hättest du ganz sicher nicht. Ich habe sogar Louise gefeuert, als ich dahinterkam, dass sie dir bei deiner Flucht geholfen hat.«

»Das hast du nicht!« Kate riss entsetzt die Augen auf.

»Keine Bange«, beruhigte er sie lachend. »Sie hat mir erklärt, ich könnte sie mal gernhaben. Aber du musst wieder mit mir in die Toskana kommen. Wenn ich nämlich wage, ohne dich dort aufzutauchen, werde ich gelyncht, und außerdem haben mir die anderen für den Fall mit einem Hungerstreik gedroht.«

»Aber was ist mit Tina?«, erkundigte sich Kate und machte sich auf das Schlimmste gefasst.

»Sie ist ständig im Hungerstreik.«

»Du weißt, was ich meine. Es würde ihr sicher nicht gefallen, mich noch mal dort zu sehen.«

»Ich wüsste nicht, was sie das angeht«, stellte Will mit einem gleichmütigen Schulterzucken fest. »Soweit ich weiß, hat sie gerade alle Hände voll damit zu tun, sich als die Mutter Teresa von Kambodscha neu zu erfinden. Dabei wünsche ich ihr alles Glück der Welt.«

»Stört dich das denn nicht?« Es war, als würde Kate den Schorf von einer Wunde kratzen. Ihr war klar, dass sie die Antwort gar nicht hören wollte, doch sie musste einfach wissen, ob er noch etwas für die andere Frau empfand.

»Weshalb sollte mich das stören?«, fragte er ehrlich verwirrt zurück.

»Aber ich dachte – ich meine, bist du denn nicht …«

»Nein, ich bin nicht am Boden zerstört. Und, nein, ich habe sie nicht angefleht, mir noch eine Chance zu geben.«

»Nein?« Kate schob sich näher an ihn heran und setzte sich erneut zu ihm aufs Bett.

»Nein. Wir hatten einen Riesenstreit, nachdem du verschwunden warst. Ich habe ihr erklärt, dass wir beide miteinander fertig sind, aber ich fürchte, sie hat meine Worte so verdreht, dass sie wie ein Geständnis ewiger Liebe rübergekommen sind.«

»Dann liebst du sie also nicht mehr?«, hakte sie nach und hatte das Gefühl, nach einer endlosen, stockfinsteren Nacht würde endlich die Sonne aufgehen.

»Nein.« Will schüttelte den Kopf und sah sie durchdringend an. »All die Dinge, die sie mir in den Mund gelegt hat, habe ich niemals gesagt. Sie hat sich das alles ausgedacht. Ich hätte angenommen, das wäre dir klar.«

»Mir?«

»Ja, dir.« Nach einem Augenblick der Stille fügte er hinzu: »Ich liebe dich. Und ich bin hierhergekommen, um dir das zu sagen.«

Kates Herz klopfte so wild, dass sie kaum noch Luft bekam. »Ach ja?«

»Ach ja. Ich dachte, das hätte ich dir schon in der Toskana eindeutig gezeigt. Komme ich zu spät?«

»Zu spät? Warum zu spät?«

»Freddie hat gestern gesagt, dass du zu Brian gefahren bist.«

»Um mit ihm Schluss zu machen, ja.«

»Aber du bist gestern Abend nicht mehr heimgekommen«, meinte er und blickte vor sich auf das Bett. »Was ist passiert? Hat er dich dazu überredet, dass du ihm noch eine Chance gibst?«

Als er wieder aufsah, machte er ein möglichst regloses Gesicht, doch das Zucken seiner Wangenmuskeln zeigte, wie nervös er war.

Kate wurde bewusst, dass er sich ihrer tatsächlich nicht sicher war. »Nein, das hat er nicht.«

»Dann hast du dich also von ihm getrennt?«

»Oh ja. Und zwar möglichst spektakulär und in aller Öffentlichkeit.«

»Gut.« Will wirkte beruhigt. »Warum?«

»Oh, dafür gab es jede Menge Gründe. Zum Beispiel, dass ich ihn dabei erwischt habe, wie er mich betrogen hat, aber hauptsächlich, weil mein Herz schon länger jemand anderem gehört.«

»Jemandem, den ich kenne?«

»Dir«, erklärte sie, da dies nicht mehr der rechte Augenblick für Scherze war. »Ich liebe dich.« Es war ein solcher Segen, es endlich laut aussprechen zu können und zu wissen, dass es ihm genauso ging.

»Gott sei Dank.« Jetzt hellte sich seine Miene vollends auf. »Ich fände es nämlich entsetzlich, wenn ich *Fist of Glory* völlig umsonst durchgestanden hätte.«

»Oh Gott, hat Freddie dich gezwungen, dir einen Schwulenporno anzusehen?«, kicherte Kate. »Das tut mir leid. Und es tut mir auch leid, dass Lorcan dir eine verpasst hat«, fügte sie hinzu und strich dabei sanft über seine geschwollene Wange. »Tut es noch weh?«

»Ein bisschen.«

Sie presste ihre Lippen auf den blauen Fleck. »So! Jetzt ist es wieder gut.«

»Jetzt wünschte ich, er hätte mir noch mehr Schläge verpasst. Komm her.« Er legte eine Hand in ihren Nacken, zog entschlossen ihr Gesicht zu sich heran, öffnete seine Lippen sanft an ihrem Mund und pikste mit seinen Bartstoppeln in ihre Haut. »Ich liebe dich«, flüsterte er in ihren Mund, vergrub beide Hände tief in ihrem Haar und gab ihr einen nicht enden wollenden Kuss.

Kate klammerte sich an seine breiten Schultern, nahm die Wärme seines Körpers wahr und war sich der Tatsache bewusst, dass er unter der Decke unbekleidet war. Am liebsten hätte sie sich auch die Kleider vom Leib gerissen und seine nackte Haut an ihrer nackten Haut gespürt.

Ihm ging es offenbar genauso, denn er sagte: »Ich fühle mich etwas benachteiligt«, und glitt mit einer warmen Hand hinten in ihr T-Shirt, während er mit seiner Zunge über ihre Zähne fuhr.

Die Küsse waren wunderbar, und seine Hände machten

sie verrückt, doch Kate war sich der Tatsache bewusst, dass sie noch das Zeug vom Vortag trug, und wahrscheinlich hatten sich während der Sitzung in der Schwitzhütte obendrein noch ein paar Blätter und Zweige in ihre Körperöffnungen verirrt. Deshalb sprang sie auf, als Will den Knopf von ihrer Hose öffnete und seine warme Hand an ihrem Bauch herunterglitt.

Er sah sie betroffen an.

»Tut mir leid«, erklärte sie bedauernd. »Aber ich bin nicht geduscht. Außerdem hatte ich keine Wechselsachen mit, und die Kleider, die ich anhabe, haben eine Zeremonie in einer Schwitzhütte mitgemacht.«

»Wenn nur deine Kleider stinken, ziehen wir sie am besten einfach aus.« Wieder streckte Will die Arme nach ihr aus.

»Außerdem bin ich viel zu erledigt, um über dich herzufallen«, meinte sie, warf sich wieder neben ihm aufs Bett und vergrub den Kopf an seinem Hals. »Ich habe letzte Nacht kein Auge zugetan.« Sie bemerkte Wills säuerlichen Gesichtsausdruck. »Nicht weil ich Brian gevögelt hätte«, klärte sie ihn grinsend auf. »Ich habe letzte Nacht nicht mit ihm geschlafen, falls es das ist, was du denkst.«

Eine Woge der Erleichterung stieg in ihm auf und machte seine Züge wieder weich und glatt.

»Nein. Tatsächlich habe ich das Zimmer mit drei anderen Frauen geteilt, die anscheinend die ganze Woche – oder eher ihr Leben lang – nur Bohnen gegessen haben«, fügte sie hinzu.

»Und keine Duftbohnen?«

»Ich hatte Angst, die Augen zuzumachen, denn dann hätte ich schließlich nicht gemerkt, wenn die Menge an Kohlenmonoxid im Zimmer toxisch geworden wäre, und wäre nie wieder aufgewacht.«

»Das geschieht dir recht dafür, dass du nicht heimgekommen bist.« Will strich ihr über das Haar. »Du hättest auch hier bei mir sein können.«

»Dann hätte ich trotzdem keinen Schlaf bekommen, oder?«

»Nein, ganz sicher nicht.« Er küsste sie erneut.

Die Magie des Augenblicks wurde allerdings zerstört, weil Kates Magen ein langes, dumpfes Knurren ausstieß.

»Sorry!«, murmelte sie verlegen. »Außerdem bin ich vor lauter Hunger vollkommen geschwächt. Schließlich habe ich seit dem Frühstück nichts mehr zu mir genommen.«

»Kein Wunder, dass du Brian hast fallen lassen. Komm.« Will setzte sich auf. »Ich lade dich zum Mittagessen ein. Den Fehler, dich nicht richtig zu ernähren, mache ich ganz sicher nicht.«

Benebelt vor Liebe nahm sie gar nicht wahr, wohin sie Hand in Hand mit ihrem Liebsten ging. Als sie allerdings vor dem Paradise, einem exklusiven Sterne-Restaurant am Ende einer der gewundenen Kopfsteinpflasterstraßen, stehen blieben, war sie mit einem Mal hellwach. »Da können wir nicht rein.« Sie zerrte an Wills Hand, die bereits auf dem Türgriff lag.

»Warum denn nicht? Du hast doch Hunger, oder nicht?«

»Ja, aber ich bin nicht richtig angezogen.«

»Und wie nennst du das hier?«, fragte er und befingerte ihr Top.

»Du weißt, was ich meine! Ich bin nicht für einen solchen Laden angezogen – und du auch nicht. Ich meine, sieh uns doch nur einmal an!« Sie breitete die Arme aus, damit er ihre abgerissene Erscheinung sah.

Obwohl sie sich umgezogen hatte, hatte sie vom Schlafmangel noch immer rot verquollene Augen und kam sich vor allem total schmutzig vor. Und Wills Kleider waren so zerknittert, als hätte er darin geschlafen, und mit seinem Veilchen schaute er wie ein Kleinganove aus. »Du siehst fantastisch aus«, erklärte er und küsste sie.

»Außerdem haben wir keinen Tisch bestellt«, protestierte Kate. »Wir kriegen also sicher niemals einen Platz.«

»Keine Sorge, ich bin öfter hier, sie wissen also, wer ich bin«, antwortete Will und öffnete die Tür. »Komm, das Essen ist fantastisch.«

Die große, glamouröse Empfangsdame des Restaurants begrüßte Will mit seinem Namen und sah ihn mit einem warmen Lächeln an. Ohne anscheinend sein Veilchen oder den wandelnden Heuhaufen in seiner Begleitung zu bemerken, führte sie sie an einen abgeschiedenen Tisch in einem Alkoven. Kate zog den Stuhl Will gegenüber für sich unter dem Tisch hervor, doch er packte ihre Hand und zog sie zu sich auf die Polsterbank, wo sie dicht neben ihm saß.

Übersprudelnd vor Glück erkannte Kate, wie gut ihr seine Welt gefiel. Die Tische waren mit dicken weißen Leinendecken sowie funkelnden Kristallgläsern gedeckt, die Ober bewegten sich völlig geräuschlos durch den Raum, tauchten immer genau zum rechten Zeitpunkt auf – und das Essen war ein Traum.

»Oh mein Gott, das ist der totale Wahnsinn!«, stöhnte sie, als sie die besten Hummer-Ravioli ihres Lebens aß. »Zu denken, dass ich den heutigen Tag mit Quinoa-Grütze begonnen habe ...«

»Pst, leise«, raunte Will. »Du willst doch bestimmt nicht, dass wir rausgeworfen werden.«

Will und sie schafften es kaum, die Hände voneinander zu lassen, während ein köstlicher Gang nach dem anderen kam. Sie brachte ihn zum Lachen, indem sie ihm erzählte, wie sie Brian inmitten seines eigenen intimen Gesprächskreises den Laufpass gegeben hatte, und dann erzählte Will, was nach ihrer Abreise in der Villa geschehen war.

»Rory und Louise haben uns und vor allem sich selbst endlich von unserem und ihrem Elend erlöst.«

»Du meinst …«

»Ja, sie sind zusammen. Und das wurde auch allerhöchste Zeit.«

»Oh, das ist ja wunderbar«, freute Kate sich für das Paar. »Schließlich sind die beiden ganz eindeutig vollkommen verrückt nacheinander.«

»Owen hat die Kampagne zu Tessas fortgesetzter Inhaftierung abgeblasen. Ich glaube, Rory hätte es jetzt gerne, dass sie rauskommt, weil er dann endlich einen offiziellen Schlussstrich ziehen kann. Louise ist alles andere als glücklich damit, sie zu hintergehen.«

»Oh, ich kann es wirklich kaum erwarten, sie wiederzusehen. Wann fliegen wir zurück?«

»Es besteht kein Grund zur Eile. Warum verbringen wir nicht erst noch ein paar Tage hier? Nur du und ich allein?« Er meinte ein paar Tage im Bett, das war ihm deutlich anzusehen.

»Klingt fantastisch!«

»Komm mit zu mir nach Hause«, bat er sie und drückte ihre Hand. »Pack deine Siebensachen und komm mit zu mir. In ein paar Tagen fliegen wir dann zurück.«

»Okay. Aber vorher brauche ich dringend etwas Schlaf.« Der Wein hatte sie noch müder gemacht, als sie bereits gewesen war, und sie hielt nur noch mühsam ihre Augen auf.

»Du kannst auch bei mir schlafen.« Will bohrte ihr seinen Zeigefinger in die Handfläche, und sie erschauderte.

»Ich weiß nicht …«

»Glaubst du nicht, dass ich es schaffe, die Finger von dir zu lassen?«

»Doch. Nur bin ich mir nicht sicher, ob mir das andersherum ebenfalls gelingt.«

Er stieß ein Knurren aus. »Solche Dinge solltest du nicht in einem vollen Restaurant sagen«, erklärte er, beugte sich zu ihr herüber, küsste sie und klebte dabei derart fest an ihrem Mund, als würde er für alle Zeiten mit ihr verschmelzen.

Auch Kate hätte sich am liebsten nie wieder von ihm gelöst. Vielleicht war sie ja doch nicht so erschöpft, ging es ihr durch den Kopf, denn als Will den Kuss vertiefte, wurden ihre Sinne alle wieder wach.

Nach einer Weile löste er sich von ihr. »Okay, mach, was du willst«, sagte er mit rauer Stimme. »Fahr erst mal nach Hause, schlaf dich aus und komm anschließend zu mir. Ich koche uns dann was.«

»Du kochst?«

»Guck nicht so überrascht. Schließlich hatte ich bei dieser phänomenalen Köchin, die ich kenne, Unterricht.«

Nach einer letzten ausgedehnten Knutschsession vor ihrem Haus konnte sich Kate nicht vorstellen, dass sie auch nur ein Auge zutun würde, deshalb war sie überrascht, als sie erst nach sechs wieder erwachte und erkannte, fast vier Stunden weg gewesen zu sein. Sie fühlte sich fantastisch, wenn auch noch immer ein wenig schwindelig vor Glück bei dem Gedanken daran, was geschehen war.

Sie hatte sich immer über diese Zeitschriftenartikel amüsiert, in denen stand, wie Frauen mehrere Stunden oder manchmal sogar Tage mit der Vorbereitung eines Dates verbringen konnten. Jetzt aber, als sie, bewaffnet mit genügend Zeug, um damit eine kleine Drogeriefiliale zu bestücken, durch den Flur ins Badezimmer ging, erkannte sie, dass an diesen Artikeln offenkundig doch was dran gewesen war.

»Wie ich sehe, hast du es noch immer nicht geschafft, dieses verträumte Lächeln abzulegen«, stellte Freddie fest, nachdem sie schließlich im Wohnzimmer erschienen war.

»Das würde mir wahrscheinlich nicht einmal gelingen, wenn ich eine ganze Woche im Bad verbringen würde«, gab sie gut gelaunt zurück.

»Mir kam es fast wie eine Woche vor. Ich musste sogar zum Pinkeln zu den Nachbarn gehen und möchte gar nicht wissen, was du machen würdest, wärst du je für einen Oscar nominiert.«

»Das hier ist viel besser«, antwortete Kate ihm selig. »Weil ich nämlich bereits weiß, dass mein Name in dem Umschlag steht.«

Und tatsächlich kam sie sich, als ihr Taxi vor Wills Stadthaus hielt, so glamourös und sophisticated wie ein Starlet, das über den roten Teppich in Hollywood marschieren sollte, vor.

»Hi!« Barfuß, in Jeans und einem schwarzen T-Shirt machte Will ihr auf. Er sah wieder mal einfach göttlich aus und wirkte herrlich aufgeregt, nun, da sie gekommen war. Er wirkte deutlich munterer als vor ein paar Stunden, und mit der geschwollenen Wange schaute er nicht nur sexy, sondern obendrein auf verführerische Weise hipp und ausnehmend verwegen aus.

»Wow, du siehst fantastisch aus.« Er schien sie mit den Augen zu verschlingen und verströmte, als er sich zu ihr herunterbeugte, um sie sanft zu küssen, einen wunderbaren Duft.

»Danke«, gab sie scheu zurück und betrat dabei mit wild klopfendem Herzen hinter ihm den großen Flur. »Du auch.«

Sie zog ihre Jacke aus, und er trat hinter sie und nahm sie ihr höflich ab.

»Ich kann einfach nicht glauben, dass du wirklich hier bist«, meinte er und strich mit seinem Handrücken über ihren nackten Arm.

Kate erschauderte und erwiderte mit unsicherer Stimme: »Ich war doch schon öfter hier.«

»Aber nicht so«, erklärte Will und küsste ihren Hals.

»Nein, nicht so.« Er knabberte an ihrem Nacken und an ihren Schultern, schlang von hinten die Arme um sie, zog sie an sich, hob ihr Haar an und zog mit seinen Lippen eine Spur von ihrem Hals bis zu einem ihrer Ohren, woraufhin sie ein leises Keuchen ausstieß. Mit einem leisen Stöhnen drehte er sie zu sich um und küsste sie begierig auf den Mund.

»Also, hast du etwas gekocht?«, fragte sie ihn atemlos und hoffte fast, er sage Nein.

Er nickte, als wäre er aus einem Traum erwacht, und antwortete geistesabwesend: »Ja.«

Dann nahm er ihre Hand und folgte dem Duft, der aus dem Ofen drang, bis er mit ihr in der Küche stand.

»Möchtest du was trinken?« Eine offene Flasche Rotwein stand auf dem für zwei gedeckten Tisch.

»Ja, bitte.«

Will reichte ihr ein Glas, und sie nahm einen großen Schluck und fragte sich, wie sie es jemals schaffen sollte, dieses Abendessen durchzustehen. Alles, was sie wollte, war, mit Will zu schlafen – hier und jetzt.

»Was hast du gekocht?«, erkundigte sie sich und trank den nächsten Schluck. Als wäre ihr nicht bereits schwindelig genug, wurde sie von dem vollmundigen Wein noch zusätzlich berauscht.

»Lamm«, erklärte Will, sah sie aber, als hätte sie ihn etwas völlig anderes gefragt, durchdringend an.

»Wie bitte?« Sie war derart heiß auf ihn, dass sie sich beim besten Willen auf nichts anderes mehr konzentrieren konnte.

Und auch er blickte sie weiter reglos an. »Lamm«, wiederholte er, wollte von ihr wissen: »Hast du Hunger?«, und in seine Augen trat ein derart raubtierhaftes Glitzern, dass sie unmöglich noch einen Ton herausbekam.

»Nein, nicht wirklich«, krächzte sie.

»Gut. Ich nämlich auch nicht.«

Und mit einer flüssigen Bewegung nahm er ihr das Weinglas aus der Hand, stellte es achtlos auf der Arbeitsplatte ab, riss sie an seinen harten, muskulösen Körper, vergrub seine Hände in ihrem langen Haar und schob ihren Mund mit seiner Zunge auf.

»Was ist mit dem Lamm?« Kate rieb ihre Wange an seinem mit rauen Stoppeln übersäten Kinn.

»Das wird nicht so schnell schlecht.« Er schob ihr Kleid von einer ihrer Schultern und glitt mit den Lippen über ihre nackte Haut.

»Ich hoffe, du hast dir nicht allzu viel Mühe damit gemacht«, sagte sie, während sie bereits die Hände in sein T-Shirt schob.

»Nicht die geringste.« Er hob seine Arme hoch, und sie zog ihm das Kleidungsstück über den Kopf.

»Glaubst du, wir sollten ihn vielleicht abstellen?«, fragte sie zwischen zwei Küssen.

»Wen abstellen?« Er öffnete den Reißverschluss von ihrem Kleid.

»Den Ofen.«

»Der blöde Ofen kann mich mal.« Er schob eine Hand unter ihren BH.

Er strich mit dem Daumen über ihren Nippel, was sie ein lautes Keuchen ausstoßen ließ. »Nein«, wimmerte sie. »Du kannst und sollst mich endlich mal.«

Als Kate am nächsten Tag erwachte, strömte helles Sonnenlicht durch die Musselinvorhänge vor den Fenstern, Will jedoch war nicht mehr da. Sie streckte sich erst mal genüsslich in dem riesengroßen Bett und stellte dabei fest, dass sie überall ein wenig Muskelkater hatte wie nach einer ausgedehnten Runde Sport, und genau den hatte sie ja auch getrieben, nur dass dieser Sport erheblich amüsanter als die Strampelei im Fitnessstudio war. Sie richtete sich auf und blickte auf die Uhr, die auf dem Nachttisch stand. Es war erst Viertel vor neun, doch als sie unten Geräusche hörte, stand sie auf, hüllte sich in einen Morgenmantel ein und machte sich auf die Suche nach Will.

Sie fand ihn im Wohnzimmer, wo er bereits angezogen, aber mit vom Duschen nassen Haaren auf dem Sofa vor dem Fernseher saß und einen Pfirsich aß. Er lächelte, als sie den Raum betrat, schaltete den Ton der Glotze aus, warf den Pfirsich auf den Teller neben sich und streckte einen seiner Arme nach ihr aus. Sofort sprang sie zu ihm auf die Couch, schmiegte sich wohlig an ihn an und leckte den Pfirsichsaft von seinem Kinn.

»Guten Morgen.« Er küsste sie zärtlich auf den Mund und schmeckte dabei herrlich frisch und sommerlich.

»Warum bist du schon so früh auf? Ich dachte, wir hätten Urlaub«, meinte sie und sog seinen frischen, leicht zitronigen Geruch in ihre Lungen ein.

»Es ist etwas dazwischengekommen, etwas im Zusammenhang mit meiner Arbeit, um das ich mich kümmern muss. Tut mir leid«, erklärte er entschuldigend.

»Kann das nicht noch etwas warten?«, fragte sie enttäuscht.

»Nicht wirklich. Es geht um ein, ähm, neues Projekt, an dem ich arbeite. Ich muss die Sache noch zum Laufen bringen, bevor ich wieder nach Italien fliegen kann.«

Es verletzte Kate ein wenig, dass er, statt enttäuscht zu sein, weil er nicht den Vormittag mit ihr im Bett verbringen könnte, offenbar durchaus zufrieden mit sich war.

»Es tut sich was im *Promi-Knast*«, fügte er gut gelaunt hinzu und zeigte auf den Fernseher.

Kate wandte sich dem Bildschirm zu. Dort lief tatsächlich der *Promi-Knast*, in dem anscheinend irgendeine Krise ausgebrochen war. Statt der gewohnten Live-Bilder der Insassen sah man die Moderatorin vor der Mauer des Gefängnisses, von wo aus sie direkt in die Kamera sprach. Von Zeit zu Zeit wurde auch Tessa eingeblendet, die statt der Gefangenenuniform normale Kleidung trug.

»Was ist passiert?«, wollte Kate von Will wissen.

»Tessa scheint auszuziehen«, antwortete er und schaltete den Ton wieder auf laut.

Im selben Augenblick liefen die neuesten Nachrichten über den unteren Bildschirmrand, denen zufolge Tessa den *Promi-Knast* noch am selben Tag verlassen würde. Gleichzeitig war sie zu sehen, wie sie ihre Sachen packte und ihre Zellengenossin enthusiastisch in die Arme nahm, bevor die »Wärterin« sie aus der Zelle ließ.

»Wow! Das Ende von Owens Kampagne hat aber erstaunlich schnell gewirkt.«

Will schüttelte den Kopf »Sie wurde nicht rausgewählt. Sie geht aus irgendeinem anderen Grund, bisher tun sie allerdings noch fürchterlich geheimnisvoll.«

Die Kamera zeigte erneut die Moderatorin vor dem Haus. Ihrer gedämpften Stimme nach zu urteilen, kam Tessas Auszug praktisch einem Militärputsch gleich. Sie meinte, sie könnte bestätigen, dass Tessa das Gefängnis noch am selben Tag verlassen würde, aber noch nicht sagen, warum. Alles, was sie sagen könnte, wäre, dass Tessa aus »gesundheitlichen Gründen« gehen müsste, fügte dann jedoch paradoxerweise hinzu, sie könnte Tessas Familie, Freunden und unzähligen Fans versichern, dass es keinen Grund zur Sorge gäbe, denn die junge Frau wäre nicht krank. »Was wir verraten können, ist, dass Tessa sich gestern einen Gegenstand aus der Apotheke bringen lassen hat. Wir wissen nicht, um was für einen Gegenstand es sich dabei gehandelt hat, aber nachdem sie ihn erhalten hat, hat sie das Gespräch mit den Produzenten unserer Show gesucht, in dessen Verlauf beschlossen wurde, dass es am besten ist, wenn sie das Gefängnis umgehend verlässt.«

»Meine Güte, sie ist schwanger!« Kate warf sich die Hände vors Gesicht.

»Scheiße!« Will riss entsetzt die Augen auf. »Glaubst du, das ist der Grund, warum sie plötzlich ausziehen will?«

»Ein Gegenstand aus der Apotheke – das muss ein Schwangerschaftstest gewesen sein. Und sie ist nicht krank, muss aber aus gesundheitlichen Gründen gehen. Was gibt es da wohl noch für eine andere Möglichkeit?«

»Himmel! Die arme Louise.«

»Du glaubst doch wohl nicht, dass Rory sie deswegen wieder fallen lassen wird?«

»Doch, genau das wird er tun.«

»Aber das kann er nicht! Er ist total verrückt nach ihr! Und außerdem sind sie doch gerade erst zusammengekommen.«

Will sah ihr direkt ins Gesicht. »Hast du Rory je darüber reden hören, was er von Vätern hält, die ihre Kinder im Stich lassen?«

Langsam ging Kate die Bedeutung seiner Worte auf, und sie schaute ihn schweigend an.

Dann entfuhr es ihr: »Oh mein Gott, natürlich, du hast recht!« Denn sie wusste ganz genau, wie Rory Männer beurteilte, die erst Kinder zeugten und danach nicht mehr für sie da waren.

»Arme Louise.«

»Armer Rory«, fügte Will tonlos hinzu.

In der Toskana saßen Rory und Louise gemeinsam vor dem Fernseher und sahen, nachdem sie einen Tipp bekommen hatten, dass etwas mit Tessa passiert wäre, dasselbe Programm.

»Sie ist schwanger«, wisperte Louise erstickt.

Rory starrte ungläubig auf den Bildschirm. Wie konnte das passiert sein? Sie hatten doch immer gut aufgepasst. Aber Unfälle passierten nun einmal. Er sagte kein Wort, lehnte sich aber in Gedanken gegen diese Ungerechtigkeit des Schicksals auf.

Vielleicht war sie ja gar nicht schwanger, sagte er sich hoffnungsvoll. Vielleicht zogen sie nur alle voreilige Schlüsse. Schließlich hatte bisher niemand was von einer Schwangerschaft gesagt. Es bestand noch immer Hoffnung, machte er sich Mut, sprach diesen Gedanken allerdings lieber nicht laut aus. Denn tief in seinem Inneren war ihm klar, dass er sich an einen Strohhalm klammerte, weil er sich einfach nicht eingestehen wollte, dass es vielleicht tatsächlich so war. In seinem Herzen wusste er, dass Tessa schwanger war, und das kam ihm wie eine Todesstrafe vor.

Er verfluchte sich dafür, so achtlos und so dumm gewesen zu sein, dachte an all die verlorenen Jahre, während derer er schon mit Louise hätte zusammenleben können, und stieß einen unglücklichen Seufzer aus. Ach, hätte er doch nur den Mut gehabt, seinen Gefühlen zu vertrauen. Wäre ihm doch bereits Jahre vorher klar geworden, dass Louise seine Zuneigung erwiderte. Hätte er Tessa doch nie kennengelernt. Hätte, hätte, hätte … aber das nützte ihm jetzt auch nichts mehr.

Sie beide starrten weiterhin entschlossen auf den Bildschirm, da sie es nicht wagten, einander anzusehen. Dann nahm er ihre Hand und drückte sie, während ihre Welt vor ihren Augen auseinanderbrach.

Als mit einem Mal sein Handy schrillte, zuckten sie zusammen, er zog seine Hand zurück, stand auf, ging in den Flur und nahm dort den Anruf an.

Nach Ende des Gesprächs kam er ins Wohnzimmer zurück. »Tessa möchte, dass ich bei ihr bin, wenn sie es bekannt gibt«, klärte er Louise mit rauer Stimme auf.

Sie nickte stumm und blinzelte verzweifelt gegen die Tränen an.

»Louise, ich …«

»Ich weiß.« Sie musste ihm ins Wort fallen, sie würde es nämlich nicht aushalten, aus seinem Mund zu hören, dass es vorüber war. »Du musst zu ihr fahren. Das ist okay.«

Sie hatte gewusst, dass es so kommen würde. Hatte bereits in dem Augenblick, in dem ihr klar geworden war, dass Tessa schwanger war, gewusst, dass sie ihn verlieren würde. Denn sie kannte ihn einfach zu gut. Sie konnte es ihm nicht verübeln und sich nicht mal wünschen, dass er bei ihr bliebe. Rory hatte einfach keine andere Wahl, das wusste sie. Er wäre nicht der Mann, den sie seit Jahren liebte, hätte er in diesem Moment anders reagiert. Aber es war einfach eine grauenhafte Ironie des Schicksals und entsetzlich ungerecht, dass genau die Qualitäten, die sie derart an ihm liebte, dafür sorgten, dass sie ihn nach viel zu kurzer Zeit wieder verlor – sein grundlegender Anstand, seine Zuverlässigkeit, dass er sich um andere Menschen kümmerte und immer fest entschlossen war, zu gleich welcher Verantwortung zu stehen.

Wortlos standen sie auf, und als sie ihm beim Packen half, bewegten sie sich wie zwei Roboter und vermieden bewusst jede Berührung. Wenn er sie jetzt noch einmal in die Arme nähme, würde sie ihn anflehen, nicht zu gehen, doch sie wollte es ihm nicht noch schwerer machen, als es ohnehin schon war.

Rory wusste, dass er sie nie würde gehen lassen können, nähme er sie jetzt noch einmal in den Arm. Erst als er in der Haustür stand, zog er sie ein letztes Mal so eng an seine Brust, dass sie kaum noch Luft bekam. Er sprach kein Wort, aber das war auch nicht nötig, da sein Blick schon alles sagte. Es tut mir leid. Ich liebe dich. Dann küsste er sie mit schmerzlicher Leidenschaft, und ihre Münder verschmolzen miteinander. Sie wussten beide, dies wäre das allerletzte Mal.

»Ich liebe dich und werde dich immer lieben«, flüsterte sie erstickt.

»Ich dich auch«, gab er grimmig zurück, machte auf dem Absatz kehrt, stieg in seinen Wagen, und sie sah ihm hinterher.

Erst nachdem er verschwunden war, sank sie auf den Kies der Einfahrt und brach dort in lautes Schluchzen aus.

Wo Owen sie nach einer Weile fand.

»Louise! Was ist passiert?« Er kniete sich neben sie und nahm sie in den Arm. »Was zum Teufel ist passiert? Wo ist Rory?«

»Weg«, schluchzte sie erstickt, während sie sich an ihn klammerte. »Rory ist weg.«

Kate kam gerade aus der Dusche, als ihr Handy klingelte.
»Hallo?«

»Kate! Wo steckst du?«, fragte Rachel streng.

»Bei Will.« Sie hatte derart in ihrer eigenen kleinen Welt gelebt, dass ihr der Gedanke noch gar nicht gekommen war, die anderen könnten noch gar nicht wissen, was in den vergangenen vierundzwanzig Stunden an Wunderbarem geschehen war.

»Bei Will?«

Rachels scharfer Ton ließ sie unsanft wieder auf der Erde

landen. Sie wünschte sich, sie hätte ihren Anruf überhört – denn sie hatte einfach keine Lust, jetzt schon irgendeinem Menschen zu erklären, dass sie mit Will zusammen war.

»Was machst du bei Will?«

»Ich – nun, ich ...« Verlegen brach sie ab. Ich vögele ihm bei jeder sich bietenden Gelegenheit das Hirn heraus, erklärte sie in Gedanken. »Wir sind jetzt zusammen, Will und ich.«

»Du meinst doch wohl nicht ...«

»Doch, zusammen«, wiederholte sie getroffen. Rachel hätte nicht erstaunter klingen können, hätte sie gesagt, der Dalai Lama hätte sie zu seiner Frau gemacht.

»Du willst doch wohl nicht sagen ...«

Kate stieß einen Seufzer aus. »Doch«, sagte sie trotzig. »Wir sind zusammen. Was ist daran so schwer zu verstehen?« Es war tatsächlich vollkommen unglaublich, aber Rachel hatte einfach nicht das Recht, derart verständnislos zu sein.

»Nichts, es ist nur – und was ist mit Tina?«

»Oh, all das Zeug, das in den Zeitungen gestanden hat, war der totale Quatsch. Das zwischen Will und ihr ist endgültig vorbei.«

»Oh!« Rachel schwieg einen Moment, fuhr dann aber entschlossen fort: »Wie dem auch sei, der Grund, aus dem ich anrufe, ist folgender: Ich habe mich gefragt, ob du wohl ein Essen für mich kochen kannst, da du schließlich gerade keine Arbeit hast. Tom will, dass ich ein paar von seinen todlangweiligen Anwaltskollegen einlade.«

»Ich kann nicht, tut mir leid«, zwitscherte Kate vergnügt. »Ich fliege nämlich mit Will in die Toskana zurück.«

»Oh, okay«, gab sich ihre Schwester überraschend schnell geschlagen. Wobei sie, was Kate am meisten überraschte, nicht einmal beleidigt klang. »Tja, lass es mich einfach wissen, falls sich deine Pläne ändern. Das Essen soll nächsten

Samstag stattfinden. Ich dachte, wir könnten mit diesen Krabbentörtchen anfangen, die essen immer alle gern ...«

Kate hörte gar nicht richtig zu, während Rachel weiter von ihren Menüvorstellungen sprach, als hätte sie Ja gesagt. Warum erzählt sie mir das alles, überlegte sie erbost. Welchen Teil von Nein hat sie nicht verstanden?

»Ja, aber ich werde die Sachen nicht kochen«, warf sie ein, als Rachel überlegte, ob es als Dessert besser Tiramisu oder Zitronentorte gab.

»Tja, man kann nie wissen, innerhalb von einer Woche kann noch viel passieren. Vielleicht fliegst du ja doch nicht nach Italien zurück. Wie dem auch sei, merk dir für den Fall der Fälle einfach den Termin.«

Kate drückte auf den roten Knopf, warf ihr Handy auf das Bett und stieß einen entnervten Seufzer aus.

Nachdem Will gegangen war, lungerte sie gut gelaunt in seinem Haus herum, nahm ein Sonnenbad im Garten und wartete voller Sehnsucht darauf, dass er endlich wiederkam. Dann kaufte sie noch ein paar Lebensmittel für ein wunderbares Abendessen für sie beide ein. Schwer beladen kam sie zurück und freute sich, seinen Wagen in der Einfahrt stehen zu sehen. Sie schloss die Haustür mit dem Schlüssel, den er ihr gegeben hatte, auf und wollte gerade in die Küche gehen, als sie hörte, dass er telefonierte, und in der Eingangshalle stehen blieb. Er hatte ihr den Rücken zugewandt und offenbar auch nicht gehört, dass sie wieder da war.

»Ich will sie hier nicht haben«, sprach er in den Hörer. »Schaff sie mir vom Hals!« Er klang total erbost.

Kate verharrte reglos in der offenen Küchentür, und ihr lief ein Schauder über den Rücken.

»Nein, das kannst du ihr sagen!«, brüllte er. »Schließlich hast du mich in diese Situation gebracht, also kannst du sie, verdammt noch mal, auch klären.« Damit warf er den Hörer zornig wieder auf.

»Probleme?«, fragte Kate ihn unsicher.

Er wirbelte herum, eindeutig überrascht, sie hier zu sehen, und statt wütend schaute er plötzlich ... irgendwie erschrocken aus. Mit noch immer vor Zorn funkelnden Augen kämpfte er gegen seinen Ärger an.

»Nur ein Problem mit einer Angestellten«, meinte er und raufte sich das Haar.

»Oh.« Kate hatte beinahe Mitleid mit der armen Angestellten, die am anderen Ende der Leitung gewesen war. »Ich werde erst einmal das Abendessen machen.« Sie warf ihre Taschen auf den Tisch und fing an, sie auszupacken.

»Klingt gut.« Er neigte seinen Kopf und küsste sie. »Ich werde nur schnell duschen. Übrigens hat Freddie für dich angerufen. Er will, dass du dich bei ihm meldest. Er meint, auf deinem Handy hätte er dich nicht erreicht.«

Kate fischte in ihrer Handtasche nach dem Gerät, fragte sich, warum sie es nicht hatte klingeln hören, und zog es dann heraus. »Oh, Scheiße! Der Akku ist mal wieder leer«, sagte sie, während Will den Raum verließ. »Ich rufe ihn am besten übers Festnetz an.«

Sie griff nach dem Hörer, um Freddie anzurufen, und hörte, dass bereits jemand in der Leitung war. Mit wem auch immer Will vorhin gesprochen hatte, er hatte offenbar nicht richtig aufgelegt. Sie wollte gerade wieder einhängen, als sie erkannte, dass am anderen Leitungsende Grace mit Rachel sprach. Das hieß, dass Will mit einer von ihnen gesprochen hatte – warum hatte er das allerdings nicht gesagt? Sie wurde starr vor Schreck.

»... ihm wirklich dankbar dafür, dass er uns geholfen hat, Kate und diesen Öko auseinanderzubringen«, drang die Stimme ihrer Schwester an ihr Ohr. »Aber ich habe ihm gesagt, wir würden nicht zulassen, dass er Tina deswegen verliert.« Kate hielt entsetzt den Atem an. »Natürlich war es wirklich toll, wie er es geschafft hat, Kate von diesem Typen abzubringen, doch wir können ja wohl nicht von ihm erwarten, dass er sich jetzt in sein eigenes Schwert stürzt und bis an sein Lebensende tatsächlich mit ihr zusammenbleibt. Ich meine, sie ist inzwischen praktisch bei ihm eingezogen!« Rachel klang empört. »Ich habe heute Morgen noch mit ihr telefoniert, und sie bildet sich anscheinend allen Ernstes ein, dass sie zusammen sind.«

Kate blieb wie angewurzelt stehen, als das Blut in ihren Adern zu dicken Eisklumpen gefror.

»Aber, Liebling, glaubst du nicht ...«

»Hör zu, Mum, mir ist klar, dass dir die Vorstellung von Will und Kate als Paar gefällt, aber sie ist nicht realistisch, und je eher sie das erkennt, umso besser, findest du nicht auch?«

»Will würde doch sicher nie ...«

»Also bitte, Mum«, fiel Rachel ihr ungeduldig ins Wort. »Wir haben ihn in diese Situation gebracht, erinnerst du dich noch? Obwohl er bei der Erfüllung seines Auftrags eindeutig ein bisschen übereifrig war. Ich hatte ihm extra gesagt, wir würden nicht von ihm erwarten, dass er so weit geht, mit ihr zu schlafen. Aber vielleicht dachte er, auf diese Weise hätte er bei der Geschichte wenigstens ein bisschen Spaß.«

»Rachel!«, protestierte Grace. »Warum kannst du nicht glauben, dass Will deine Schwester liebt?«

»Mum, du warst dabei. Er hat uns rundheraus erklärt, dass er kein derartiges Interesse an ihr hat. Deutlicher hätte er es beim besten Willen nicht formulieren können. Wir mussten ihn praktisch dazu zwingen, sie mit in die Toskana zu nehmen, weißt du das etwa nicht mehr?«

Oh Gott, oh Gott, oh Gott! Kate klammerte sich an den

Küchentisch, denn sie hatte das Gefühl, als rase sie auf einen tiefen, tiefen Abgrund zu. Sie konnte einfach nicht länger zuhören. Mit zitternder Hand legte sie den Hörer wieder auf und lehnte dann minutenlang vollkommen gelähmt am Tisch, während um sie herum die Welt zusammenbrach.

Ich will sie hier nicht haben! Schaff sie mir vom Hals!, gingen ihr Wills Worte immer wieder durch den Kopf. Wie hatte sie so dumm sein können? Die vergangenen Tage waren ihr wie eine Fantasie erschienen, und jetzt stellte sich heraus, dass sie genau das auch gewesen waren – eine von ihrer Mum und Rachel ausgedachte und von Will pflichtbewusst realisierte Fantasie. Sie fühlte sich derart erniedrigt, dass sie sich am liebsten irgendwo versteckt hätte, um nie wieder gezwungen zu sein, irgendeinem Menschen ins Gesicht zu sehen.

Sie dachte daran zurück, wie liebevoll Will sie erst letzte Nacht noch angeschaut hatte, an die Leidenschaft, mit der er sie berührt hatte, und die zärtlichen Worte, mit denen sie von ihm richtiggehend überschüttet worden war. All das war ihr so wirklich vorgekommen. Sie zitterte, brach jedoch vor lauter Schock noch nicht einmal in Tränen aus.

Als sie hörte, dass Will oben durch das Badezimmer lief, rissen die Geräusche sie aus ihrer Trance, sie rief eilig ein Taxiunternehmen an, marschierte wie im Traum in Wills Schlafzimmer hinauf und packte ihren Koffer wieder ein. Da ein Großteil ihrer Sachen noch gar nicht herausgenommen worden war, ging diese Arbeit schnell, und als sie wieder am Bad vorüberschlich, hörte sie, dass Will noch nicht mit Duschen fertig war, und hoffte inständig, sie wäre bereits fort, wenn er wieder nach unten kam. Sie zerrte ihr Gepäck hinunter ins Foyer, stellte es neben der Haustür ab, ging noch einmal in die Küche, lief dort unruhig auf und ab, blickte immer wieder aus dem Fenster, um zu sehen, ob das Taxi endlich käme, und spitzte gleichzeitig die Ohren, um zu hören, ob Will das Bad verließ.

Die Badezimmertür ging auf, und Kate beschleunigte den Schritt, mit dem sie durch die Küche lief. Beinahe zur gleichen Zeit klingelte jemand an der Tür, und als sie öffnete, kam Will, nur mit einem Handtuch um die Hüften, in den Flur, um nachzusehen, wer da gekommen war.

»Taxi?«

Kate nickte, und so ging der Mann zurück zu seinem Wagen, doch als sie ihm folgen wollte, rannte Will die letzten Stufen, stürzte durch die Eingangshalle Richtung Tür und versperrte ihr den Weg. Da er noch nass vom Duschen war, liefen ihm kleine Rinnsale über das Gesicht.

»Was hat das zu bedeuten, Kate?« Ein Ausdruck der Besorgnis legte sich auf sein Gesicht, als er ihre unglückliche Miene sah. »Was ist passiert?«

»Nichts«, sagte sie gepresst und versuchte, sich an ihm vorbeizuschieben, aber er rührte sich nicht vom Fleck und legte eine Hand auf ihre Schulter, während seine andere das Handtuch hielt.

»Du bist ja völlig aufgelöst.« Er runzelte die Stirn. »Was ist passiert? Hatte Freddie irgendwelche schlechten Nachrichten für dich?«

»Ich habe gar nicht mit ihm telefoniert«, erklärte sie und schüttelte seine Hand von ihrer Schulter ab.

»Und wo willst du hin?« Er schaute auf ihr Gepäck.

»Heim.«

Er berührte ihre Wange, und sein verletzter Blick, als sie zusammenfuhr, hatte ihr gerade noch gefehlt. »Vergiss es!«, schnauzte sie, nutzte seine Überraschung aus und tauchte unter ihm hindurch.

Als er ihren Arm packte, um sie zurückzuhalten, schüttelte sie ihn entschlossen ab. »Du brauchst dich nicht mehr zu bemühen!«, brüllte sie ihn an. »Schließlich habe ich mich von Brian getrennt!«

»Wovon redest du?«

Sie wandte sich ihm noch mal zu. »Ich weiß Bescheid, okay? Ich weiß, dass du das alles nur getan hast, damit ich Brian fallen lasse. Nun, das habe ich getan. Womit dein Job ja wohl erledigt wäre.«

»Was?« Er war eindeutig schockiert, aber auch das Schuldbewusstsein, das ihm ins Gesicht geschrieben stand, war nicht zu übersehen. »Das ist doch total lächerlich!«, protestierte er, nachdem er sich etwas erholt hatte. »Ich liebe dich, Kate. Ich bin verrückt nach dir.«

»Oh, hör auf! Du hast dein Ziel erreicht. Du brauchst nicht mehr so zu tun, als ob du mich ... magst.«

»Das kannst du doch wohl nicht wirklich glauben! Mein Gott, was denkst du denn, worum es letzte Nacht gegangen ist?«

»Keine Ahnung. Vielleicht hast du gedacht, dass du eben das Beste aus dem blöden Auftrag machst. Bei dessen Erfüllung du nach Rachels Worten eindeutig ein bisschen übereifrig warst«, fügte sie im Ton größter Verbitterung hinzu.

»Rachel? Was hat sie zu dir gesagt?«

»Nichts. Ich habe gehört, wie sie mit Mum gesprochen hat – ich weiß, die zwei haben dich auf mich angesetzt.«

»Kate, komm wieder mit rein, damit wir über alles reden können – bitte!«, flehte er.

»Es gibt nichts mehr zu reden.«

»Du weißt nicht, was du da sagst«, stellte er tonlos fest. Sie sah seine betroffene Miene und hätte am liebsten laut geschrien. »Kate, ich liebe dich. Ich habe noch nie in meinem Leben so für jemanden empfunden. Und du liebst mich auch.«

»Tja, so war es offenbar ja auch geplant, nicht wahr?«

»Ich kann einfach nicht glauben, dass du wirklich denkst, ich könnte dir jemals etwas Derartiges antun.«

In diesem Augenblick stieg der Taxifahrer noch mal aus. »Kommen Sie, Schätzchen?«, rief er Kate ungeduldig zu. »Ich kann schließlich nicht den ganzen Tag hier rumstehen.«

»Verpiss dich!«, brüllte Will ihn an.

»Nein, ich komme.« Ehe Will sie daran hindern konnte, rannte Kate davon.

»Kate, das ist total verrückt«, rief er ihr hinterher. »Warte …«

Sie sprang in das Taxi und knallte die Tür hinter sich zu. »Los!«, wies sie den Fahrer an, als Will die gekieste Einfahrt heruntergesprungen kam und ihnen etwas hinterherbrüllte.

»Das hätten Sie gerade noch einmal geschafft«, kicherte ihr Chauffeur. »Unser guter Claudius da hinten scheint ja völlig durchgedreht zu sein.«

Und sie war gerade noch zur rechten Zeit entkommen, merkte Kate, als ein anderes Taxi in die Einfahrt bog, in dem sie Tina sitzen sah. Na, kein Wunder, dass der gute Will so wild darauf gewesen war, sie endlich loszuwerden, dachte sie. Gott sei Dank hatte sie es gerade noch im letzten Augenblick herausgefunden, ehe Tina die Gelegenheit bekommen hatte, sie in hohem Bogen rauszuwerfen. Das hätte sie nämlich auf jeden Fall getan.

»Wo soll's denn hingehen?« Der Taxifahrer blickte sie im Rückspiegel des Wagens an. »Zum Flughafen?«

»Oh nein …« Dann brach sie plötzlich ab. Warum eigentlich nicht? Sie hatte ihren Pass noch in der Tasche, einen frisch gepackten Koffer und noch jede Menge Kohle auf der Bank. Und im Augenblick wollte sie keinen Menschen sehen.

»Ja, zum Flughafen«, erklärte sie und lehnte sich in ihrem Sitz zurück.

»Wohin soll's denn gehen? Haben Sie ein nettes Ziel?«
»Egal, Hauptsache, weg von hier«, murmelte sie.

Rory saß in einer Limousine vor dem *Promi-Knast* in einem Londoner Vorort und wartete darauf, dass Tessa vor der Tür erschien. Er hatte das Gefühl, als warte er auf seine Hinrichtung, und fürchtete sich vor dem Augenblick, in dem die Tür sich öffnen würde, Tessa auftauchte – und sein Leben endgültig vorüber war. Gleichzeitig hatte er Schuldgefühle, weil er derart dachte – schließlich war da noch das Baby, an das es zu denken galt. Es war nicht die Schuld des armen kleinen Dings, dass er alles vermasselt hatte, deswegen versprach er sich, dass er es niemals für die Fehler leiden lassen würde, die ihm unterlaufen waren. Er würde dafür sorgen, dass sein Kind nie das Gefühl hätte, ungeliebt oder unerwünscht zu sein. Er würde sich einfach völlig darauf konzentrieren, sich als guter Vater zu erweisen, und damit zufrieden sein.

Er blickte durch die getönten Scheiben auf die Journalisten und die Kameras des *Promi-Knasts*. Nach einer Weile schwang das breite Tor zur Seite, und Tessa tauchte auf. Sie hatte eine Hand schützend auf ihren Bauch gelegt und schaute zart und zerbrechlich aus. Die versammelten Paparazzi schrien durcheinander, und die Kameras verfolgten jeden ihrer Schritte, als sie, von einem Mitglied des Produktionsteams fürsorglich am Arm gehalten, die paar Meter bis zur Limousine ging. Sobald die Tür hinter ihr zugefallen war, fuhr der Wagen langsam die Anhöhe hinauf, bis niemand sie mehr sah.

»Oh, ich bin so froh, dass du gekommen bist, Baby.« Sie lächelte unter Tränen und warf sich Rory an die Brust. »Da drinnen war es einfach grauenhaft.«

Rory fragte sich, was er an dieser Frau je gefunden hatte.

»Und ich war bei den Zuschauern so beliebt, dass ich die

ernsthafte Befürchtung hatte, ich käme dort vielleicht nie wieder raus. Nun, Gott sei Dank ist es vorbei!«, stieß sie erleichtert aus, bevor sie sich mit einem übertriebenen Seufzer in die Polster fallen ließ. Dann wühlte sie in ihre Handtasche nach einer Packung Zigaretten, und Rory meinte, seinen Augen nicht zu trauen, als sie sich einen der Glimmstängel zwischen die Lippen steckte und dann genüsslich daran zog. »Was zum Teufel machst du da?«, herrschte er sie an, riss ihr die Zigarette aus dem Mund und drückte sie zornig aus.

»He! Was soll das?«, protestierte sie.

»Du darfst nicht rauchen.«

»Hier kann mich doch niemand sehen«, meinte Tessa schlecht gelaunt, während sie auf die getönten Scheiben wies.

»Das ist mir vollkommen egal. Was ist mit dem Kind? Hör zu«, setzte er an. »Ich weiß, es war da drin bestimmt nicht leicht für dich, aber ...«

»Dem Kind?« Tessa verzog verächtlich das Gesicht. »Es gibt kein Kind.«

»Was?«

»Es gibt kein Baby, Dummerchen. So dämlich bin ich nun wirklich nicht!«

»Warum hast du dann ...«

»Weil ich verrückt geworden wäre, wenn ich auch nur eine Sekunde länger zusammen mit dieser blöden Lesbe, die sich jede Nacht an mich herangemacht hat, in diesem Höllenloch geblieben wäre«, klärte sie ihn nüchtern auf.

»Deshalb hast du so getan, als ob du schwanger wärst?«, fragte Rory schwach. Ihm war klar, er sollte wütend auf sie sein – was er zum Teil auch war –, trotzdem breitete sich allerdings langsam, aber sicher ein vergnügtes Lächeln auf seinen schon nicht mehr ganz so angespannten Zügen aus.

»Ja.« Tessa lächelte zurück und sah ausnehmend selbstzufrieden aus. »Und, *voilà*, hier bin ich, eine freie Frau! Bin ich nicht wirklich clever? Dev ist sicher total stolz auf mich, wenn er davon erfährt.«

»Du hast nur so getan, als ob du schwanger wärst, um aus der Serie rauszukommen?«

»Ja – und jetzt können wir den Rest des Sommers zusammen verbringen.« Sie schlang ihm die Arme um den Hals und küsste ihn.

»Wirst du dadurch nicht vertragsbrüchig?«, hakte Rory nach und schob sie entschlossen von sich weg.

»Ich habe nie etwas von einer Schwangerschaft gesagt«, konterte sie unbekümmert. »Es ist ja wohl nicht meine Schuld, wenn die Leute voreilige Schlüsse ziehen.«

»Und was passiert, wenn offensichtlich wird, dass du nicht schwanger bist?«

»Auch daran habe ich gedacht«. Wieder setzte sie ihr selbstzufriedenes Lächeln auf. »In ein, zwei Monaten werde ich anfangen, mit einer dunklen Sonnenbrille rumzulaufen und möglichst traurig auszusehen. Dann werden alle denken, ich hätte eine Fehlgeburt gehabt.«

»Es gibt also wirklich kein Baby?« Inzwischen grinste er über das ganze Gesicht.

»Nein«, antwortete Tessa überrascht, weil Rory so zufrieden war. Sie hatte immer gedacht, er wäre ein Kindernarr. »Nun, diese Nachricht scheint dich ausnehmend zu freuen. Ich bin also offenkundig nicht die Einzige, die keine Kinder will.«

»Mit dir will ich bestimmt kein Kind, du geldgieriges Miststück«, klärte er sie auf.

»Was?« Sein Grinsen stand in derart deutlichem Kontrast zu seinen Worten, sodass sie etwas brauchte, ehe sie verstand.

»Mit dir ganz sicher nicht«, wiederholte er und klopfte gegen die Glasscheibe, vor der der Fahrer saß. »Halten Sie an«,

498

befahl er dem Chauffeur, als der die Scheibe öffnete. Die Limousine blieb stehen, und Rory stieg aus.

»Was hast du vor?«, fragte Tessa ihn entgeistert.

Ohne sich auch nur noch einmal nach ihr umzudrehen, marschierte Rory die Anhöhe wieder hinunter, dorthin, wo die Fotografen und die Kamerateams mit Einpacken beschäftigt waren. Als sie ihn jedoch näher kommen sahen, schaltete das Team des *Promi-Knasts* die Kameras eilig wieder ein.

Er marschierte direkt auf sie zu. »Darf ich etwas sagen?«, wollte er wissen und nickte in Richtung der Kamera. »Senden Sie live?«

»Schießen Sie los.«

Rory blickte direkt in die Linse. »Louise, falls du jetzt zusiehst – Tessa ist nicht schwanger«, meinte er. »Sie hat nur so getan, um aus der Serie rauszukommen. Ich liebe dich.« Er strahlte wie ein Honigkuchenpferd. »Ich komme zu dir zurück, Schätzchen. Bis bald.«

Die versammelten Reporter wurden wild, schossen jede Menge Fotos und riefen ihm unzählige Fragen zu. Nie zuvor hatte jemand erlebt, dass Rory so viel sprach. Mehrere der Frauen tauschten sich darüber aus, wie attraktiv er war, und fragten sich, warum ihnen das nicht bereits viel früher aufgefallen war.

Rory ignorierte ihre Fragen und die Bitten, sich in Richtung irgendwelcher Kameras zu drehen.

»Danke, Mann«, sagte er leise zu dem Typen, der ihn aufgenommen hatte, und drückte ihm kurz die Hand.

Inzwischen war auch Tessa den Hügel wieder herabgestakst gekommen, um zu sehen, was dort unten vor sich ging, und erreichte Rory in dem Augenblick, in dem er kehrtmachte, um wieder zum Wagen zurückzugehen. »Tessa wird alle weiteren Fragen beantworten«, erklärte er, während er sie mitten ins Gedränge schob.

Tessa rang nach Luft, als sie erkannte, dass er tatsächlich die Absicht hatte, sie im Stich zu lassen, doch für einen Rückzug war es eindeutig zu spät, denn die Meute fiel bereits über sie her. »Rory«, rief sie ihm mit hysterischer Stimme hinterher. »Rory!«

Er ignorierte sie allerdings und stieg wieder in die Limousine ein.

»Könnten Sie mich wohl zum Flughafen bringen?«, bat er den Chauffeur, und der sah ihn im Spiegel an.

»Tut mir leid, Sir, aber ich haben den Auftrag, Miss Bond nach Hause zu chauffieren.«

»Ich gebe Ihnen tausend Pfund, wenn Sie mich vorher zum Flughafen bringen.« Für gewöhnlich nutzte Rory weder seinen Ruhm noch seinen Reichtum derart aus, doch er sagte sich, dass dies ein Notfall war.

Der Fahrer dachte nach. »Tut mir leid. Ich kann nicht. Schließlich hänge ich an meinem Job.«

»Hören Sie, wie heißen Sie?«

»Winston.«

»Okay, Winston. Wissen Sie, wer ich bin?« Rory zuckte innerlich zusammen. Diese Frage hatte er noch nie gestellt.

»Sicher – Sie sind Rory Cassidy von den Walking Wounded. Ich habe alle Ihre CDs.«

»Tja, hätten Sie dann vielleicht auch Lust, für uns zu arbeiten?« Er zog ein Blatt Papier aus seiner Tasche und schrieb eilig Louises Nummer auf. »Ich werde alles arrangieren. Rufen Sie einfach unter dieser Nummer an.«

Winston blickte erst das Stück Papier und dann wieder Rory an.

»Und was ist mit Miss Bond?«

Rory blickte noch mal dorthin, wo Tessa vergeblich mit den Journalisten rang. »Lassen Sie sie einfach hier. Sie hat noch alle Hände voll zu tun. Sie kriegen auch noch die beiden versprochenen Riesen, aber fahren Sie jetzt bitte endlich los.«

Winston zögerte nicht länger, sondern wandte sich wieder nach vorn, ließ den Motor an, wendete den Wagen, trat das Gaspedal bis auf den Boden durch und schoss den Berg wieder hinab.

Rory erhaschte einen letzten Blick auf Tessas vor Zorn rotes Gesicht, ließ sie dann aber, als er an ihr vorüberfuhr, in einer dichten Staubwolke zurück.

14

Am zweiten Donnerstag im Dezember bahnte Kate sich einen Weg durch das spätnachmittägliche Gedränge in der Grafton Street. Ein buntes Lichterdach funkelte über ihrem Kopf, und alle paar Meter bellten irgendwelche Weihnachtssänger, begleitet vom Klimpern ihrer Spendendosen, alte Weihnachtshits wie *Jingle Bells* und *Stille Nacht*. Mit prachtvollen Farben und luxuriösen Stoffen dekorierte Schaufenster strahlten wie Leuchtfeuer der Wärme und des Überflusses in der kalten Dunkelheit. Voll beladen mit Taschen und mit Tüten und bis auf die Knochen durchgefroren sehnte Kate sich danach, zuhause zu sein, wo sie sich in ihrem Schlafanzug gemütlich auf das Sofa kuscheln könnte, setzte ihren Einkaufsbummel aber tapfer fort. Sie hatte noch längst nicht alle Geschenke besorgt, denn sie war erst in der letzten Woche von ihrer spontanen Weltreise zurückgekehrt.

Entschlossen, noch ein paar Einkäufe zu machen, ehe sie nach Hause ging, flüchtete sie aus der Kälte ins Brown Thomas, das ihr wie ein warmer, tröstlicher Kokon erschien, und schlenderte, geblendet von dem schwindelerregenden Überfluss an Produkten und bunt verpackten Schachteln, ziellos an den hell erleuchteten opulenten Auslagen der Kosmetikabteilung vorbei. Schließlich hielt sie am Verkaufstresen von Jo Malone und probierte ein Parfüm nach dem anderen aus. Als sie das Aftershave erkannte, das Will immer benutzte, sprühte sie sich etwas davon auf ihr Handgelenk und sog den Zitrusduft tief ein. Dabei lief ihr ein Schauder über den Rücken.

»Suchen Sie nach einem Geschenk?«, riss die Verkäuferin sie aus ihren Gedanken in die Gegenwart zurück.

»Oh ja.«

»Der Duft ist bei Männern ausnehmend beliebt.« Sie wies auf den Flakon, den Kate noch in den Händen hielt. »Ich kaufe ihn immer für meinen Freund. Weil er einfach unglaublich sexy ist.« Sie kicherte verschwörerisch.

»Ja, das stimmt.«

»Ist das Geschenk für Ihren Freund?«

»Oh nein.« Auch wenn es sie schockierte, kämpfte sie gegen die Tränen an. Wann würde es wohl endlich aufhören, derart wehzutun? »Ich suche was für meine Mum.«

»Tja, dieser Duft ist wunderbar, und die meisten Frauen lieben ihn ...«

Sie hörte nur halb zu, als die junge Frau mit ihrer Verkaufsleier begann. Bisher hatte sie Weihnachten immer geliebt, inzwischen aber konnte sie verstehen, dass die Zeit für manche Menschen schwierig war. Alles daran schien einzig darauf abzuzielen, sie dazu zu bringen, Will noch stärker zu vermissen als bisher. All die Dinge, die sie für gewöhnlich liebte, waren ihres Glanzes und ihrer Magie beraubt und plötzlich völlig nutzlos, da sie sie nicht mit ihm zusammen sah. Sie schien ihren Geschmackssinn verloren zu haben, und sogar ihr Lieblingsessen kam ihr mit einem Mal langweilig und fade vor.

Sie bezahlte ihre Einkäufe, beschloss, den Bummel zu beenden, und war gerade auf dem Weg zur Tür, als ihr Handy klingelte.

»Hallo, Kate«, drang Lorcans Stimme an ihr Ohr. »Hast du heute Abend schon was vor?«

»Nein«, sagte sie argwöhnisch und dachte sehnsüchtig an ihre Couch.

»Tja, dann wirf dich in Schale und komm rüber ins Shelbourne, ja? Wir wollen dort nämlich ein bisschen feiern.«

»Was?«

»Carmens und meine bevorstehende Heirat.«

»Was?« Plötzlich war sie vollkommen erschöpft und lehnte sich müde an das Schaufenster, vor dem sie gerade stand.

»Du klingst ja echt begeistert«, stellte Lorcan lachend fest.

»Tut mir leid. Das ist wirklich eine tolle Neuigkeit, ich bin einfach überrascht. Schließlich kennt ihr euch noch nicht lange.«

»Du bist so ungefähr die Zehnte, die das sagt.« Lorcan stieß einen tragischen Seufzer aus.

»Das war wirklich nicht kritisch gemeint – du weißt, wie gern ich Carmen mag. Gratuliere, ich freue mich echt für euch.« Sie versuchte, es klingen zu lassen, als ob sie lächelte, doch ihre Miene blieb vollkommen starr. Gott sei Dank konnte ihr Bruder sie nicht sehen.

»Danke.«

Sie freute sich wirklich für die beiden – weshalb also hatte sie dann das Gefühl, sie würde jeden Augenblick in Tränen ausbrechen?

»Komm einfach, wenn du fertig bist. Wir sind in der Horseshoe Bar. Und bring auch Freddie mit.«

Während sie sich, beladen mit Paketen und schweren Herzens, heimwärts schleppte, kämpfte sie noch immer mit den Tränen. Was zum Teufel war nur mit ihr los? Warum hatte Lorcans Nachricht sie so aufgewühlt? Wieso konnte sie sich nicht ganz einfach für ihn freuen? Tief in ihrem Inneren wusste sie, warum. Es war, weil sie eifersüchtig war – eifersüchtig, weil nicht sie kurz vor der Hochzeit stand. Dadurch wurde ihr Gefühl verstärkt, dass sie ungeliebt und einsam war.

Oh, reg dich ab!, ermahnte sie sich schlecht gelaunt. Schließlich geht's bei dieser Sache nicht um dich. Und es laufen ja jede Menge ungebundener junger Männer draußen rum. Sie war es einfach leid, traurig und verletzt zu sein, und wollte nicht als hoffnungslos verbitterte, vertrocknete alte Jungfer enden, die vor lauter Neid auf das Glück der anderen verging. Als sie den Meetinghouse Square erreichte, war dort eine riesengroße Leinwand aufgestellt, und sie blieb kurz stehen. Es wurde gerade *Die große Liebe nebenan* gezeigt, und Judy Garland sang *Have Yourself a Merry Little Christmas*, wobei ihre Stimme wie ein warmer Trost durch die kalte Luft des Abends drang. Vor der Leinwand auf dem Platz waren Stühle aufgestellt, aber nur sehr wenige hielten der Kälte lange stand. Ein paar kleine Zweier- oder Dreiergruppen kauerten im Dunkeln und hatten sich in dicke Decken eingehüllt. Dankbar für die kurze Rast sank auch Kate auf einen Stuhl und stellte ihre Taschen ab. Aus irgendeinem Grund empfand sie es als tröstlich, sich einen Film anzuschauen, den sie schon so oft gesehen hatte, und gebannt verfolgte sie, wie Judy Garland sich bemühte, Margaret O'Brian, aus deren feucht glänzenden Augen dicke Tränen kullerten, davon zu überzeugen, dass ein Ende ihres Elends absehbar war.

Das glaubst du doch selbst nicht, Judy!, dachte Kate und wischte sich die Tränen, die inzwischen über ihre eigenen Wangen rannen, fort. Als Eigentherapie schluchzte sie sich im Schutz des dunklen Platzes erst einmal die Seele aus dem Leib, denn wenn sie jetzt in aller Ruhe heulte, würde sie es vielleicht schaffen, auf der Feier ihres Bruders irgendwie normal und fröhlich auszusehen.

»Du warst offenbar erfolgreich«, stellte Freddie fest, als sie schwer beladen in die Wohnung kam.

»Es ist ganz gut gelaufen«, antwortete Kate und legte ihren Mantel, ihren Schal und die Handschuhe ab. »Obwohl ich bisher nicht mal die Hälfte habe.«

»Alles in Ordnung?«, fragte er, nachdem sie sich ermattet neben ihm aufs Sofa fallen gelassen hatte.

»Alles okay. Gott, draußen ist es wirklich bitterkalt.« Sie blies sich die kalten Hände warm.

»Du siehst aus, als hättest du geweint.« Freddie bedachte sie mit einem argwöhnischen Blick.

»Oh, auf dem Platz haben sie *Die große Liebe nebenan* gezeigt, und ich habe kurz geguckt. Bei dem Film breche ich ganz einfach jedes Mal in Tränen aus.«

»Oh, ich auch. Warum ziehst du nicht deinen Pyjama an, und wir hauen uns zusammen vor den Fernseher? Zum Abendessen gibt es Mini-Krabbentörtchen, Speckpflaumen, Seezungenhappen und Mini-Quiches«, verkündete ihr Mitbewohner und stand auf. »Hiermit erkläre ich die Kanapee-Saison als offiziell eröffnet.«

Da sie wegen allzu vieler Weihnachtsfeiern und des Einkaufs zahlloser Geschenke im Dezember regelmäßig pleite waren, lebten sie in dieser Zeit traditionsgemäß von den Resten von Kates Jobs und den kostenlosen Sachen, die es auf diversen Partys gab.

»Den Fernsehabend müssen wir leider verschieben«, klärte Kate den Freund mit Grabesstimme auf.

»Oh, gehst du noch aus?«

»Ja, und zwar mit dir. Lorcan möchte, dass wir noch ins Shelbourne kommen.« Sie bemühte sich um einen möglichst fröhlichen Gesichtsausdruck. »Weil er nämlich heiratet.«

»Er heiratet?« Freddie ließ sich wieder auf das Sofa sinken.

»Mmm. Er hat es mir eben am Telefon erzählt.«

»Du scheinst dich nicht wirklich darüber zu freuen.«

»Oh doch, das tue ich. Ich war einfach überrascht.«

Freddie sah sie skeptisch an.

»Ich finde es sogar ganz großartig«, versicherte sie ihm. »Wirklich. Ich freue mich für die zwei.«

»Aber?«, hakte Freddie nach.

»Aber ich bin es einfach leid, mich immer nur für andere zu freuen«, gab sie unumwunden zu. »Ich möchte endlich auch mal selber glücklich sein und dass sich andere für mich freuen.«

»Ich weiß.« Freddie zog ihren Kopf an seine Schulter und zerzauste ihr das Haar.

Sie lächelte ihn dankbar an, da er ihr nicht das Gefühl gab, sie müsse sich schämen, weil sie derart neidisch war. »Ich komme mir inzwischen wie die ewige Brautjungfer vor. Und natürlich schnürt sich mir bei dem Gedanken an diese spezielle Hochzeit alles zu.«

»Warum?«

»Na, du kannst dir doch wohl denken, wen Lorcan als Trauzeugen haben wollen wird.«

»Oh Gott, ja sicher! Scheiße!« Freddie dachte nach. »Wird er heute Abend auch im Shelbourne sein?«

»Nein. Er ist noch auf Tournee mit den Walking Wounded.«

»Das ist wenigstens ein kleiner Trost. Und wann ist der große Tag?«

»Ich war derart verblüfft, dass ich nicht daran gedacht habe zu fragen.«

»Nun, sieh es von der positiven Seite. Carmen hat bisher noch nicht gesagt, dass sie dich als Brautjungfer haben will.«

»Stimmt. Es gibt wirklich keinen Grund, mir derart leidzutun.«

»Nein – und falls sich überhaupt wer leidtun sollte, dann ja wohl eindeutig ich. Ich werde nämlich nicht nur nie die Braut, sondern auch niemals Brautjungfer sein.« Er stieß einen tragischen Seufzer aus.

»Auf meiner Hochzeit schon.«

»Wirklich?«

»Selbstverständlich. Aber mach dir lieber keine allzu großen Hoffnungen. Denn, wenn es so weitergeht, heiratest du bestimmt noch eher als ich.«

Bei Kates und Freddies Ankunft herrschte in der Horseshoe Bar des Shelbourne bereits Hochbetrieb. Lorcan winkte ihnen fröhlich zu, und sie kämpften sich durch das Gedränge bis an seinen Tisch.

Alle anderen waren bereits da: Tom und Rachel, Conor, Helen, Grace und Jack umrundeten das freudestrahlende Paar. Alle wirkten durchaus gut gelaunt, doch mit Ausnahme des Brautpaars wand sich die gesamte Gruppe nach der übertrieben fröhlichen Begrüßung unbehaglich wieder ab, und selbst Rachel schaute verlegen vor sich auf den Tisch.

Ohne etwas von der Atmosphäre zu bemerken, sprang der zukünftige Bräutigam von seinem Stuhl und nahm die beiden letzten Gäste in Empfang.

»Gratuliere.« Kate schlang ihm die Arme um den Hals.

»Danke.« Er sah derart glücklich aus, dass Kates düstere Stimmung schwand.

Dann wandte er sich Freddie zu, und sie ging zu Carmen, die von innen heraus zu strahlen schien »Gratuliere!« Sie umarmte auch die zukünftige Schwägerin. »Ich freue mich total für euch.«

Freddie und sie nahmen auf den Stühlen Platz, die Lorcan irgendwoher organisierte, und er schenkte ihnen Sekt aus einer der Flaschen in dem Kühler ein.

»Also, wann findet die Hochzeit statt?«, fragte sie ihren Bruder, während Freddie Carmens Ring bewunderte.

»Silvester«, klärte Lorcan sie mit einem breiten Grinsen auf.

»Oh mein Gott!«, entfuhr es Kate. »So bald!«

»Und noch immer nicht früh genug«, antwortete er mit einem verliebten Blick auf seine Braut. »Ich weiß wirklich nicht, wie ich es schaffen soll, noch so lange zu warten.«

»Aber müsst ihr nicht vorher noch das Aufgebot bestellen?«

»Das ist bereits alles erledigt. Tatsächlich haben wir die Hochzeit nämlich schon vor einer halben Ewigkeit geplant. Nur haben wir es erst einmal für uns behalten, denn wir wollten nicht, dass uns die Leute wochenlang erzählen, wir wären verrückt, diesen Schritt so schnell zu gehen. Du weißt ja, wie die Leute sind.«

»Allerdings.« Kate seufzte abgrundtief.

Plötzlich leicht verlegen räusperte er sich. »Ich habe Will gebeten, Trauzeuge zu sein«, erklärte er und schaute sie ängstlich an.

Sie nickte stumm und setzte ein bemüht gleichmütiges Lächeln auf.

»Außer es gäbe irgendeinen Grund, aus dem er es nicht werden sollte.«

»Nein, natürlich nicht.«

»Hör zu, ich habe keine Ahnung, was genau zwischen euch beiden vorgefallen ist ...« Unbehaglich brach er ab.

»Nein, das weißt du nicht.«

»... aber Will war völlig fertig, als du plötzlich einfach abgehauen bist«, fügte er in beinahe vorwurfsvollem Ton hinzu.

»Wirklich?« Kate bedachte ihn mit einem kühlen Blick.

»Okay, all das geht mich nichts an«, stellte Lorcan fest, als er ihre verschlossene Miene sah.

»Hast du vielleicht vergessen, dass Wills Freundin Tina genau in dem Augenblick, in dem ich ›einfach abgehauen‹ bin, auf der Bildfläche erschienen ist?«, fragte sie mit scharfer Stimme, wütend, weil sie plötzlich in der Defensive war.

»Tina?« Lorcan hatte tatsächlich den Nerv, in schallendes Gelächter auszubrechen, schließlich blickte er sie jedoch forschend an. »Sag mir bitte nicht, dass du deswegen verschwunden bist.«

»Das war ja wohl Grund genug, findest du nicht auch? Schließlich zog in dem Moment, in dem mein Taxi kam, seine Freundin wieder bei ihm ein. Was hätte ich da machen sollen? Bleiben und ihr helfen, ihre Sachen in den Schränken zu verstauen?«

»Aber das war doch nicht Wills Idee«, erklärte Lorcan ihr. »Er war genauso überrascht wie du, als sie plötzlich bei ihm in der Einfahrt stand. Er dachte, sie würde am anderen Ende der Welt kambodschanische Waisenkinder quälen, und wollte sie bestimmt nicht wieder in seinem Haus.«

Ich will sie hier nicht haben. Schaff sie mir vom Hals! Diese beiden Sätze hatten sie in den vergangenen Monaten beinahe pausenlos gequält. Aber hatte er damit vielleicht nicht sie, sondern seine Exfreundin gemeint? Doch was hatten dann Grace und Rachel mit Tinas Rückkehr zu tun gehabt?

»Auch wenn du das vielleicht nicht glaubst, hatte Rachel die absurde Vorstellung, dass sie die zwei wieder zusammenbringen muss«, ging Lorcan auf ihre unausgesprochene Frage ein. »Ich schätze, sie hat all den Quatsch, der in den Zeitungen gestanden hat, geglaubt, und es sich dann aus irgendeinem Grund zur Aufgabe gemacht, die beiden wieder zu vereinen.«

»Das war Rachel?«

»Ich weiß – so etwas ist vollkommen untypisch für sie. Aber wie dem auch sei, sie hatte das alles völlig falsch verstanden, und Will hat Tina sofort wieder weggeschickt. Ich glaube, dass sie nicht mal aus dem Taxi ausgestiegen ist.« Lorcan lachte fröhlich auf. »Der Wagen hat sofort wieder kehrtgemacht.«

»Gott, die arme Tina!«

»Ich finde, es geschieht ihr recht, dass sie auf ihre eigenen Lügen reingefallen ist.« Er stieß ein verächtliches Schnauben aus. »Ich meine, sie hat diese Märchen in die Zeitungen gebracht und sich dann anscheinend eingeredet, sie wären tatsächlich wahr.«

Vielleicht hatte ihr auch Rachel eingeredet, die Geschichte wäre wahr. Schließlich hast du mich in diese Situation gebracht, also kannst du sie, verdammt noch mal, auch klären, hatte Will an jenem Tag ins Telefon gebrüllt. Damit hatte er Rachel angewiesen, Tina loszuwerden, und nicht sie. Das änderte nichts an der Tatsache, dass er ihr etwas vorgelogen hatte, doch zumindest hatte er nicht über sie in diesem grauenhaften, abwertenden Ton gesprochen, der ihr seither nicht mehr aus dem Sinn gegangen war.

»Dafür hat die arme Rachel gleich von zwei Seiten eins übergebraten gekriegt.« Lorcan kicherte vergnügt. »Will und Tina waren beide stocksauer, und Will hat ihr ganz schön eingeheizt – was bei Rachel, wie du weißt, nicht gerade einfach ist. Zum Glück hat diese Episode sie kuriert, und ich glaube, dass sie sich bestimmt nicht noch mal irgendwo als Kupplerin versuchen wird. Einen dämlicheren Amor gab es ganz bestimmt noch nie.«

Wie lange hätte Will wohl noch mit ihr gespielt, wenn Rachel sich nicht eingemischt hätte?, fragte sich Kate. Vielleicht hatte er ja das Gefühl gehabt, als hätte er sich in die Ecke manövriert, säße in der Falle und müsste deswegen wenigstens noch eine Zeit lang weiterhin so tun, als empfände er tatsächlich was für sie. Vielleicht hatte er sogar, genau wie Tina, angefangen, seinen eigenen Mist zu glauben, überlegte sie.

»Wenn du also Tinas wegen abgehauen bist …«, begann Lorcan in hoffnungsvollem Ton.

»Nein, nicht nur.« Kate schaute ihn mit einem traurigen

Lächeln an. »Aber ich hege keinen Groll mehr gegen irgendwen und möchte nicht, dass irgendwer ihm meinetwegen aus dem Weg geht. Oder ihm sogar eine verpasst.«

»Okay.« Lorcan war bereit, das Thema zu beenden, obwohl er noch nicht ganz zufrieden war.

Während des Gesprächs mit Lorcan hatte Kate bemerkt, dass Grace ängstlich zu ihnen herübersah, und auch Rachel blickte immer wieder sorgenvoll in ihre Richtung, so als wäre sie ein wildes Tier und fiele jeden Augenblich über sie her.

»Kommt Will an Weihnachten zu uns?«, wandte sie sich wieder ihrem Bruder zu.

»Nein, Antonia hat ihn eingeladen, und da konnte er schlecht Nein sagen – zumindest nicht in diesem Jahr. Aber zu Silvester ist er wieder da.«

»Meine Güte, ja. Spielen die Walking Wounded dann nicht im O2? Und wie soll er gleichzeitig auf dem Konzert und bei eurer Hochzeit sein?«

»Er hat gesagt, es geht. In den wichtigen Momenten ist er da.«

»Na, Kate, wie war deine Reise?«, erkundigte sich Helen gut gelaunt.

»Oh, super«, antwortete sie und setzte mit, wie sie hoffte, begeisterter Stimme zu einem Bericht über die von ihr besuchten Orte an. Tatsächlich war sie ziellos durch die Welt geirrt, und es hatte sie erschreckt, dass sie völlig taub für die unzähligen – unter anderen Umständen wahrscheinlich wunderbaren – neuen Eindrücke gewesen war. In den letzten Monaten kam sie sich praktisch wie ein Zombie vor. Sie funktionierte, ohne jemals mit dem Herzen dabei zu sein.

Schließlich wechselte der Trupp zum Essen in das angrenzende Restaurant, Grace und Rachel hielten hingegen Kate noch kurz zurück.

»Keine Angst, ich werde Lorcan nichts von eurer Verschwörung erzählen«, klärte Kate die beiden müde auf.

»Liebling, so wie du es formulierst, klingt es, als hätten wir heimtückisch irgendeinen Plan geschmiedet, um dich unglücklich zu machen«, hielt ihr ihre Mutter vor.

»Und wie würdest du es nennen? Wenn ihr denkt, dass das, was ihr getan habt, ehrenwert und daher vollkommen in Ordnung war, warum habt ihr dann solche Angst davor, dass euch Lorcan auf die Schliche kommt?«

»Du kennst doch Lorcan«, winkte ihre Mutter ab. »Er würde sicher überreagieren und ein riesengroßes Drama aus der ganzen Sache machen. Doch ich möchte einfach nicht, dass er deshalb mit Will in Streit gerät.«

»Nun, das will ich auch nicht, du kannst also beruhigt sein«, gab Kate getroffen zurück, da der Mutter Will anscheinend wichtiger als ihre eigene Tochter war.

»Hast du in letzter Zeit etwas von Will gehört?«

»Nein – oder zumindest nicht mit ihm gesprochen.« Er hatte sie mit Telefonanrufen bombardiert, während sie unterwegs gewesen war, aber sie hatte ihr Handy einfach immer abgestellt und zu ihrer Erleichterung entdeckt, dass es noch immer Flecken auf der Erde gab, die keine Sendemasten hatten, weshalb das auch so schon reizvolle und wunderschöne Vietnam eins der schönsten Ziele ihres Trips gewesen war.

»Nun, du wirst ihn ja auf Lorcans Hochzeit sehen«, tröstete ihre Mutter sie. »Dann könnt ihr die Sache klären.«

»Da gibt es nichts zu klären, Mum. Weil, wie du vielleicht noch weißt, niemals wirklich irgendwas zwischen uns beiden war.«

»Oh, das stimmt nicht, Kate«, widersprach ihre Mutter ihr entschieden. »Es hat dem armen Jungen regelrecht das Herz gebrochen, als du einfach abgehauen bist, nicht wahr, Rachel? Seither kommt er mir wie ein verlorener Welpe vor.«

Kate sah sie unter ihren Wimpern hervor an, sagte aber nichts. Doch als Grace nur hilflos seufzte, brachte sie das mehr als jeder ihrer Sätze aus dem Gleichgewicht, da ihre Mutter äußerst selten ängstlich war.

»Wir wollen doch nur, dass du glücklich bist, Schätzchen«, setzte sie flehend an. »Ich wusste, es würde in einer Katastrophe enden, wenn du diesen Öko heiratest.«

»Ja, das hätte es bestimmt – aber das hätte ich auch von allein herausgefunden, Mum. Und was hast du für eine Entschuldigung?«, wandte sie sich Rachel zu.

»Sie hat nur an dich gedacht, nicht wahr, Liebling?«, beeilte sich Grace zu erwidern, weil Rachel einfach nicht zu trauen war.

»Ich dachte an die ganze Familie«, fügte Rachel schlecht gelaunt hinzu. »Keiner von uns wollte, dass du diesen Blödmann heiratest. Und all das wäre nicht passiert, wenn du dich nicht mit ihm verlobt hättest.« Rachel glaubte offenbar noch immer, Angriff wäre die beste Verteidigung.

»Oh, dann war das alles also meine Schuld?«

Rachel ignorierte die Signale ihrer Mutter, dass sie jetzt besser die Klappe hielte, und schaute ihre Schwester böse an. »Nun, die arme Mum war vollkommen verzweifelt, und ich habe lediglich versucht zu helfen, weiter nichts.«

»Wie dem auch sei, am Ende hat sich ja alles zum Guten gewandt, nicht wahr?«, fragte Grace in hoffnungsvollem Ton.

»Nein, Mum, das hat es nicht. Wie in aller Welt kannst du das nur denken?«

»Oh, jetzt spiel doch nicht das Unschuldslamm«, schnauzte Rachel ungehalten. »Du warst immer schon verrückt nach Will, und jetzt hast du ihn dank meines Plans endlich bekommen. Also könntest du mir ruhig ein bisschen dankbar sein.«

»Dankbar?«

»Ja, genau.«

»Will liebt dich wirklich, Kate«, erklärte Grace.

»Was du wüsstest, wenn du auch nur fünf Minuten länger hiergeblieben wärst«, fauchte Rachel, die über den Riesenanschiss des verlassenen Will noch immer nicht ganz hinweggekommen war. Nie im Leben würde sie noch einmal eine gute Tat vollbringen, denn sie hatte Will und Tina schließlich nur einen Gefallen erweisen wollen, und zum Dank hatten die beiden sie total fertiggemacht. Nie zuvor in ihrem Leben hatte sie jemanden derart außer sich vor Zorn erlebt wie Will an jenem Tag – bis Tina auf der Bildfläche erschienen war. Nun, das war das letzte Mal gewesen, dass sie ihm einen Gefallen getan hatte, hatte sie sich und ihm geschworen. Woraufhin er tatsächlich so dreist gewesen war zu fragen, ob sie ihm das schriftlich geben könnte. Dieser blöde, sarkastische Hund!

»Wenn du gesehen hättest, wie unglücklich er war ...« setzte ihre Mutter an.

»Ich will wirklich nicht mehr darüber reden«, fiel Kate ihr ins Wort. »Wir sollten erst einmal zum Essen gehen. Lorcan fragt sich sicher schon, wo wir so lange bleiben.«

»Aber, Kate ...«

»Bitte, Mum.« Noch ein Wort mehr, und sie würde erneut in Tränen ausbrechen. »Hör zu, ich weiß, ihr habt es gut gemeint, okay? Dabei sollten wir's belassen.«

Ihre Mutter hatte es geschafft, sich einzureden, dass Will tatsächlich etwas für sie empfand – aber schließlich hatte sie schon immer das Talent gehabt, die Dinge zu glauben, die sie glauben wollte, ganz egal ob sie den Tatsachen entsprachen oder nicht. Warum nur hatte Kate diese spezielle Gabe nicht von ihr geerbt? Denn egal wie sehr sie sich bemühte, bekam sie Rachels Worte während des Gesprächs mit Grace an jenem schicksalhaften Tag einfach nicht mehr aus dem

Kopf. Er hat uns rundheraus erklärt, dass er kein derartiges Interesse an ihr hat ...Wir mussten ihn praktisch dazu zwingen, dass er sie mit in die Toskana nimmt – das hatte sie gesagt.

»Ich finde es schrecklich, dich so unglücklich zu sehen, Liebling«, stellte ihre Mutter traurig fest. »Und ich glaube ...«

Zum Glück blieb Kate das weitere Gespräch erspart, auf der Suche nach den Frauen kamen nämlich Lorcan und Freddie wieder in die Bar.

»Na, was heckt ihr gerade aus?« Lorcan schien die aufgeladene Atmosphäre zwischen Grace und seinen Schwestern gar nicht zu bemerken, denn er sah sie fröhlich grinsend an.

»Oh, wir haben nur darüber gesprochen, was wir auf der Hochzeit anziehen sollen«, bot Grace ihr gesamtes schauspielerisches Talent bei ihrer Antwort auf.

»Na komm. Schließlich willst du die Gelegenheit, noch einmal vor Weihnachten mit Messer und Gabel zu essen, doch sicher nicht verpassen.« Freddie zog Kate von ihrem Stuhl und schleifte sie hinter sich her ins Restaurant.

»Ich habe das Gefühl, das alles schon mal erlebt zu haben«, sagte Kate zu Freddie, als sie ein paar Tage später während einer Drehpause mit ihm durch die Kulissen von *Northsiders* lief. »Noch eine Hochzeit im Familienkreis, auf die ich allein gehen muss, obwohl ich am liebsten fantastisch aussehen würde und einen tollen Kerl an meiner Seite hätte, damit Will vor Eifersucht vergeht. Jetzt werden mich wieder all meine verdammten Tanten anschauen und mit mitleidiger Stimme fragen, ob ich nicht auf meiner Reise ›irgendjemand Nettem‹ begegnet bin.«

»Ich kann dir Ken ausleihen, wenn du willst.«

Kate war ehrlich gerührt, schüttelte dann jedoch den Kopf. »Oh, das geht nicht. Danke für das Angebot, aber ich will dir nicht die Gelegenheit nehmen, mit deinem schnuckeligen Partner anzugeben, und außerdem kennt Will ihn schon.«

»Stimmt. Aber super aussehen wirst du auf jeden Fall.«

Sie schüttelte erneut den Kopf. »Das werde ich ganz sicher nicht. Ich habe nämlich einfach keine Zeit, um mir noch was Tolles zum Anziehen zu kaufen. In sämtlichen Geschäften herrscht vorweihnachtlicher Hochbetrieb, ich muss ständig arbeiten, und falls ich überhaupt noch mal in irgendeinen Laden komme, muss ich mich darauf konzentrieren, die Geschenke zu bekommen, die mir bisher noch fehlen.«

Freddie dachte nach. »Keine Angst, ich nähe dir ein Kleid.«

»Oh, bitte mach dir keine Mühe. Ich finde schon etwas.«

»Es macht mir keine Mühe«, widersprach er ihr und drückte ihr aufmunternd die Schulter. »Betrachte es einfach als verfrühtes Weihnachtsgeschenk, okay?«

Kate nutzte die Gelegenheit, endlich mal allein zuhause zu sein, und packte im Wohnzimmer Geschenke ein, als plötzlich die Wohnungstür geöffnet wurde und Freddie mit einem gut gelaunten »Hallo, Schätzchen, ich bin wieder da!« zusammen mit einem blonden Prachtburschen den Raum betrat. »Das ist Jonathan«, stellte er den Typen vor und sah dabei ausnehmend selbstzufrieden aus.

Kate hoffte nur, dass er nicht Ken mit diesem Kerl betrog. »Hallo, ich bin Kate.« Sie stand auf und gab dem Mann die Hand.

»Jonathan wird mit dir auf die Hochzeit gehen.«

»Oh! Wirklich?«

Jonathan grinste gutmütig auf sie herab und stimmte mit einem gleichmütigen Schulterzucken zu. »Sicher, wenn du willst.«

Mit seinem schulterlangen goldblonden Haar, den leuchtend blauen Augen, für die wahrscheinlich selbst Brad Pitt einen Mord begangen hätte, und dem geradezu absurd kantigen Kinn war er ein Bild von einem Mann, und selbst unter seiner Lederjacke und dem dicken Sweatshirt sah man, dass sein Bauch das reinste Waschbrett war.

»Hm, das ist wirklich nett von dir.« Kate blickte ihn mit einem unsicheren Lächeln an. »Möchtest du vielleicht einen Tee, Kaffee oder Wein?«

»Ein Kaffee wäre schön.« Als er freundlich lächelte, bemerkte Kate sein strahlend weißes Hollywood-Gebiss.

»Okay, dann nimm doch erst mal Platz – ich bin sofort wieder da. Freddie, könntest du wohl kurz mit in die Küche kommen?«

Freddie folgte ihr, und sie machte die Tür hinter sich zu, setzte den Kaffee auf, wartete, bis die Maschine zischte, und wandte sich dann erst ihrem Mitbewohner zu. »Okay, was hat das alles zu bedeuten?«

»Nur etwas, um dein Outfit zu vervollständigen, Schätzchen – sieh ihn doch einfach als zusätzliches Schmuckstück an«, schlug er ihr vor und nahm drei Becher aus dem Schrank.

»Er ist doch wohl nicht von einem Escortservice oder so? Muss ich ihn etwa bezahlen?«

»Oh nein«, versicherte der Freund. »Keine Angst, er ist kein Callboy oder so – so weit hat er's bisher noch nicht gebracht.«

Kate sah ihn fragend an.

»Er ist ein angehender Schauspieler – und du weißt, was das bedeutet.« Er zog vielsagend die Augenbrauen hoch.

Kate hatte keinen blassen Schimmer, was das hieß.

»Er arbeitet bereits, wenn's dafür was zu essen gibt!«, zischte ihr Freddie zu, als wäre das vollkommen klar. »Ehrlich, stell ihm einen Teller Suppe und vielleicht noch ein paar Cracker hin, und schon gehört er dir.«

»Aber wo hätte ich so jemanden kennenlernen sollen?«, sorgte sich Kate. »Und wenn jeder mitbekommt, dass ich irgendeinen Kerl für diese Hochzeit angeheuert habe, stehe ich noch blöder da als je zuvor.«

»Du warst doch gerade über drei Monate auf Reisen, stimmt's? Und wenn man durch die Weltgeschichte gondelt, trifft man alle möglichen Gestalten, oder etwa nicht? Als Rucksacktourist geht er doch bestimmt problemlos durch – er sieht schließlich ein bisschen abgerissen aus, findest du nicht auch? Und er ist wirklich toll gebräunt«, stellte Freddie mit verträumter Stimme fest, während Kate den Kaffee in die Becher gab und ein Tablett damit belud.

»Außer Zucker und Milch brauchen wir auch noch Kekse«, meinte Freddie, riss die Schränke auf, fand ein Paket Plätzchen, leerte es auf einen Teller und schnappte sich das Tablett. »Komm, wir denken uns eine passende Geschichte aus.«

»Also, woher kennst du Freddie?«, fragte Kate, als sie mit ihrem Kaffee auf dem Sofa saßen und Jonathan gierig die Plätzchen verschlang.

»Ich war mal mit seinem Kumpel Matthew zusammen.«

Kate wurde starr vor Schreck. »Wie bitte? Oh Gott, dann bist du ... du bist ...«

»Schwul. Ja, ist das ein Problem?« Jonathan bedachte sie mit einem unschuldigen Blick.

»Allerdings! Ich meine, nein«, verbesserte sie sich. »Ich meine, ich möchte dir ganz sicher nicht zu nahetreten, aber, nun, du sollst als mein angeblicher Freund mit auf diese Hochzeit gehen. Es wird bestimmt nicht funktionieren«, stieß sie panisch aus.

»Niemand wird was davon merken«, widersprach ihr Freddie ruhig. »Du hast es doch selber nicht bemerkt, bis er davon gesprochen hat. Er geht problemlos als Hetero durch, und außerdem ist er schließlich Schauspieler.«

»Ja, den Hetero kriege ich sicher hin«, pflichtete ihm Jonathan mit einem nonchalanten Lächeln bei. »Es ist bestimmt nicht schlecht, wenn ich mal den romantischen Liebhaber spielen kann. Habt ihr davon noch mehr?«, wollte er von Freddie wissen, während er den letzten Keks verschlang.

»Bist du sicher?«, fragte Kate besorgt.

»Oh ja, ich treibe jede Menge Sport, und ich habe einen hervorragenden Stoffwechsel.«

»Ich meinte nicht, ob du dir bei den Keksen sicher bist. Ich wollte wissen, ob du sicher bist, dass du die Rolle meines Freundes hinbekommst.«

»Kein Problem«, versicherte er freundlich. »Wenn du möchtest, knutsche ich sogar mit dir.«

Kate hatte das Gefühl, als säße sie in einer Falle.

»Und, was gibt's zu essen auf dem Fest?«

Freddie bedachte Kate mit einem vielsagenden Blick und stand entschlossen auf »Ich hole erst mal neue Plätzchen«, meinte er. »Und ihr zwei denkt euch am besten schon mal eine glaubwürdige Story aus.«

Jonathan nickte zustimmend und wandte sich an Kate. »Also, wo haben wir uns kennengelernt?«

»Nun ich war gerade drei Monate auf Reisen, also vielleicht irgendwo unterwegs.«

»Okay, klingt gut.«

»Ich war in Indien, Thailand, Vietnam, Kambodscha – bist du schon mal in einem dieser Länder gewesen?«, erkundigte sie sich hoffnungsvoll.

»Nein.« Er schüttelte den Kopf.

»Laos? Sri Lanka?«, hakte sie verzweifelt nach.

»Tut mir leid – ich war nur mal in Benidorm und einmal

ein Wochenende auf Ibiza, wobei ich mich kaum noch daran erinnern kann.«

»Macht nichts. Das ist sowieso was völlig anderes.«

»Okay«, erklärte er, schob sich die Haare aus der Stirn und bekam plötzlich einen geschäftsmäßigen Ton. »Sagen wir, wir hätten uns in Thailand kennengelernt.«

»In Thailand?«

»Ja. Ich war zwar noch nie dort, aber ich liebe thailändisches Essen. Und ich habe auch schon jede Menge Drogen ausprobiert, und, oh, ich habe einmal eine buddhistische Phase durchgemacht«, fügte er hilfreich hinzu.

»Super! Dann bist du ja praktisch ein echter Thai!«, meinte sie, dachte aber bei sich: Das wird die totale Katastrophe. Womit habe ich das nur verdient?

»... völlig geschwächt von einer Lebensmittelvergiftung, also habe ich mich, praktisch auf der Schwelle des Todes, in dieses Tuk-Tuk gehievt und den Fahrer gebeten, mich zu einem Arzt zu bringen, und das Nächste, was ich wusste, war, dass er mich im Seidengeschäft von seinem Onkel wieder auslud und darauf bestand, mir die Waren anzusehen, während er den Doktor holte ...«

Himmel, er ist wirklich gut, erkannte Kate, als alle anderen über Jonathans neueste Thailandgeschichte lachten. Er konnte viel mehr über das Land erzählen als sie selbst, obwohl sie doch dort gewesen war.

Inzwischen war sie wirklich froh, dass sie mit ihm zusammen auf dem Fest erschienen war. Er war unglaublich nett und fürsorglich, schien zu spüren, dass sie gegenüber Will unsicher war, und legte schützend einen Arm um ihre Schultern oder drückte ihre Hand, sobald er in die Nähe kam. Bisher lief alles wie geschmiert. Sie hatte es geschafft, Will so gut wie möglich aus dem Weg zu gehen. Als sie in der Kirche angekommen waren, hatte sie ihm möglichst flüchtig einen Wangenkuss gegeben, ihm ihren Begleiter vorgestellt und sich dann eilig wieder abgewandt, und jetzt hatte er seinen Platz am Tisch des Brautpaars, während sie mit Jonathan an einem Tisch mit Helen, Conor, Ken und Freddie saß. Trotzdem spürte sie zu ihrem Unbehagen, dass er ein ums andere Mal zu ihr herübersah.

»Also, Jonathan, wo hast du Kate kennengelernt?«, erkundigte sich Helen jetzt.

»In einer Garküche in Chiang Mai«, erklärte er sofort und sah Kate mit einem liebevollen Lächeln an. »Sie hat dort das beste Pad Thai gekocht, das ich jemals gegessen habe.«

»Du hast in einer Garküche gekocht?«, fragte Helen überrascht.

»Ja. Ich war mit der Frau, der die Garküche gehörte, ins Gespräch gekommen, und sie hat mir spontan gezeigt, wie man thailändisch kocht.«

Sie wünschte sich, sie wäre nicht derart verlegen. Weil es schließlich, abgesehen von dem Treffen mit Jonathan, tatsächlich so gewesen war. Wenigstens saß Rachel nicht bei ihnen, dachte sie. Ihre Schwester hatte skeptisch das Gesicht verzogen, als sie Jonathan gesehen hatte, und beobachtete sie beide weiter argwöhnisch. Und auch ihre Mutter wirkte, als lägen ihr eine Million Fragen auf der Zunge, die sie nur heruntersschluckte, da dies nicht der rechte Augenblick für ein Verhör der Tochter war.

»Und was machst du beruflich, Jonathan?«, wollte nun Conor von Kates Galan wissen.

»Ich bin Schauspieler.«

»Ach ja?« Conors Interesse war geweckt. »Habe ich dich vielleicht schon mal irgendwo gesehen?«

Oh Gott, sie hatte nicht daran gedacht, dass Conor Jonathan nach seiner Karriere ausquetschen würde. Dabei machte er das stets, wenn er mit irgendwem zum ersten Mal zusammentraf.

»Das wage ich zu bezweifeln. Bisher habe ich hauptsächlich gemodelt und bei einigen Projekten meiner Schauspielschule mitgemacht.«

»Und, bist du gut?«, fragte ihn Conor mit der für ihn typischen Direktheit.

»Allerdings.«

Und das stimmte, denn er lieferte genau in diesem Augenblick eine phänomenale Vorstellung ab, fand Kate.

»Dann solltest du mich mal besuchen kommen – vielleicht kann ich dir behilflich sein.«

»Oh, sie fangen mit den Reden an.« Kate war dankbar für die Ablenkung, als sich Will erhob und Carmens strahlenden Vater vorstellte, der eine kurze, aufgrund seines starken spanischen Akzents unverständliche Rede hielt, bevor er das Mikrofon an Lorcan weitergab.

Nach einer Weile war die Reihe an Will selbst, und Kate konnte ihn unverhohlen anstarren. Er war herzerweichend attraktiv, und sie dachte verzweifelt, ich liebe ihn noch ganz genauso wie am ersten Tag.

Er versprach, sich kurz zu fassen, und hielt Wort. »Normalerweise neige ich nicht dazu, irgendwelche Gedichte zu zitieren«, meinte er, »nur ist es einfach so, dass sich alles, was ich für Lorcan – und seine Familie – empfinde, in zwei Zeilen von Yeats zusammenfassen lässt:

*Frag dich, wo des Menschen Ruhm beginnt und endet,
und sieh, dass mein Ruhm nur auf meinen Freunden gründet.*

Ich bin sicher, dass Lorcan und Carmen sehr glücklich miteinander werden.«

Dann wandte er sich gespielt spontan Carmen zu.

»Wir alle kennen Carmen erst seit kurzer Zeit, aber sie

scheint eine wundervolle Frau zu sein, und ich bin sicher, dass sie Lorcan wirklich glücklich machen wird. Wenn nicht, bekommt sie es mit mir zu tun«, beendete er seine Rede und bedachte sie mit einem aufgesetzten strengen Blick.

Die anderen brachen, da sie keine Ahnung hatten, wie sie reagieren sollten, in nervöses Lachen aus, doch als Carmen einfach grinste, löste sich das allgemeine Unbehagen auf, und unter tosendem Applaus nahm Will mit einem kurzen Nicken wieder Platz.

Als man nach dem Essen wieder aufstand, stürzte Freddie auf Will zu. »Deine Rede war einfach brillant«, begeisterte er sich. »Genau die richtige Mischung aus Strenge und Sentimentalität. Die Braut zu bedrohen war einfach genial.«

»Freut mich, dass es dir gefallen hat.« Will warf einen kurzen Blick auf seine Mitbewohnerin und fragte übertrieben lässig: »Und, wie geht es Kate?«

Freddie fragte sich, wie lange er geübt hatte, bis ihm dieser halbwegs gleichmütige Ton gelungen war. Zum Glück hatte er nie daran gedacht, seinen Lebensunterhalt durch Schauspiel zu bestreiten. Denn dann hätte ihm der Hungertod gedroht. »Es geht ihr gut«, gab er zurück. »Na ja, sie ist okay.« Er versuchte, ambivalent zu klingen, schließlich war der arme Will offenkundig derart fertig, dass er es einfach nicht schaffte, noch Salz in seine Wunden zu streuen und ihm zu erzählen, sie wäre total glücklich mit dem neuen Freund.

»Wo hat sie ...« Will musste sichtlich schlucken. »Wo ist sie diesem Typen begegnet?«

»In Thailand. Sie haben sich bei einem gleichzeitigen Durchfall oder so kennengelernt.« Allmählich tat es ihm fast leid, dass er auf die Idee mit Jonathan gekommen war, und ohne dass er wusste, was er tat, fügte er hinzu: »Aber ich kann mir nicht vorstellen, dass es lange halten wird.«

»Glaubst du?«, fragte Will und blickte sehnsüchtig in Richtung Tanzfläche, wo Jonathan die glückstrahlende Kate in seine muskulösen Arme zog. Er hatte sich für so etwas gewappnet. Lorcan hatte ihm erzählt, dass Kate in Begleitung eines Mannes auf die Hochzeit kommen würde, aber nichts hatte ihn auf die Höllenqualen vorbereitet, die er litt, als er sie jetzt mit einem anderen zusammen sah.

»Es ist schließlich nur ein Urlaubsflirt«, erklärte Freddie ihm verächtlich. »So etwas hält nie.«

»Jetzt wäre ein guter Augenblick zum Knutschen«, raunte Jonathan Kate zu. »Er guckt nämlich gerade her.«

»Oh, so weit brauchst du wirklich nicht zu gehen.«

»Kein Problem.« Er legte eine Hand in ihren Nacken und presste seine Lippen sanft auf ihren Mund. »Das gehört zum Service.«

Er war ein guter Küsser, und er gab sein Bestes, denn er bog sie möglichst weit zurück, blieb mit ihr stehen und schob ihr derart inbrünstig die Zunge in den Mund, als hätte er völlig vergessen, wo er war. Kate jedoch wusste noch ganz genau, wo sie sich gerade befand, und hatte das Gefühl, Wills Augen würden sich wie zwei glühende Dolche in ihr Kreuz bohren.

Als sie jedoch die Tanzfläche wieder verließen, wurde ihr bewusst, dass er in eine völlig andere Richtung sah. Er unterhielt sich angeregt mit Freddie und bemerkte offenkundig nicht einmal, dass sie direkt an ihm vorüberging.

Plötzlich war sie vollkommen erschöpft und deprimiert und wollte nur noch heim. Die Party war in vollem Gange, und wahrscheinlich würde niemand merken, wenn sie jetzt verschwand. Sie sagte Jonathan, dass sie nach Hause fahren würde, holte ihren Mantel und verließ das Restaurant.

Es hatte den ganzen Tag gefroren, und jetzt schneite es. Sie stellte sich an den Rand des Bürgersteigs und versuchte, ein Taxi herbeizuwinken, aber es gelang ihr nicht. Sie hatte vollkommen vergessen, dass Silvester war und man deshalb nicht so einfach eine Fahrgelegenheit bekam.

»Ich hoffe, dass du nicht meinetwegen gehst«, sagte eine dunkle Stimme neben ihr.

Sie wirbelte herum und sah, dass Will hinter ihr stand. Sein Atem bildete eine weiße Wolke in der kalten Luft.

»Falls ja, kannst du jetzt wieder reingehen und weiterfeiern«, meinte er. »Ich muss nämlich weg.«

Wie durch Zauberhand tauchte in diesem Augenblick ein Wagen neben ihnen auf, und Kate erkannte Dave, von dem sie nach ihrer Flucht aus der Toskana am Flughafen erwartet worden war.

»Oh nein, ich wollte nicht deinetwegen gehen.« Warum nur rief er ständig derartige Schuldgefühle in ihr wach? »Trotzdem gehe ich am besten noch mal rein. Weil es heute Abend sowieso kein freies Taxi gibt.«

»Warte!« Als sie sich zum Gehen wandte, packte Will ihr Handgelenk. »Wir müssen miteinander reden.«

»Nein, das müssen wir nicht.« Sie entzog ihm ihren Arm. »Ich muss los. Mein – ähm – mein Freund würde nicht wollen, dass ich hier draußen mit dir stehe.«

»Dann scheint er aber ganz schön eifersüchtig zu sein.«

»In der Tat, das ist er.«

»Lass ihn fallen!«, forderte Will sie auf und schaute sie mit blitzenden Augen an.

»Was?«

»Lass ihn fallen und komm mit mir.«

»Warum in aller Welt sollte ich das wohl tun?«

»Weil du nicht ihn liebst, sondern mich.«

Kate fühlte sich besiegt. Sie konnte ihn einfach nicht täuschen, denn, verdammt noch mal, er wusste ganz genau, dass sie noch immer nicht über ihn hinweggekommen war.

»Und ich liebe dich«, sagte er, beugte sich leicht über sie, und während eines grauenhaften und gleichzeitig wunderbaren Augenblickes dachte sie, er neige seinen Kopf zu einem Kuss.

Dann aber brach sie den Bann und blickte eilig fort. »Musst du nicht zu einem Konzert?« Sie blickte auf den Wagen, der am Straßenrand stand.

Will folgte geistesabwesend ihrem Blick, sah sie daraufhin aber wieder an. »Komm mit«, drängte er sie und packte abermals ihre Hand.

Sie schüttelte den Kopf, denn sie traute ihrer Stimme nicht.

»Sie würden sich alle riesig freuen, dich zu sehen, und wir könnten endlich richtig miteinander reden.«

»Es gibt nichts zu reden«, erklärte sie ihm knapp.

»Ich liebe dich«, wiederholte er verzweifelt. »Warum kannst du das nicht glauben?«

Sie stieß einen Seufzer aus. »Wie lange kennen wir uns schon? Und in all der Zeit hast du mich niemals auch nur eines Blickes gewürdigt – oder zumindest keines Blickes, der verraten hätte, dass dir irgendwas auf diese Weise an mir liegt. Auf diesen Gedanken haben dich erst Rachel und meine Mum gebracht.«

»Ach ja?«

»Ach ja.« Er wäre doch ganz sicher nicht so dreist und gäbe plötzlich zu, dass er sich an die Nacht des Schulballs erinnerte, nachdem er jahrelang getan hatte, als wäre nie etwas passiert.

»Bist du dir da ganz sicher?«, hakte er noch einmal nach. »Und was war mit der Nacht des Schulballs?«

»Okay, vielleicht hast du einmal etwas von mir gewollt«, räumte sie widerstrebend ein. »Aber da warst du sturzbetrunken und wusstest nicht mehr, was du tust.«

»In vino veritas«, beharrte er auf seinem Standpunkt. »Es heißt, dass man nichts betrunken tut, was man nicht auch nüchtern tun würde.«

»Und wie erklärst du Karaoke?«

»Karaoke ist ein Phänomen, das niemand erklären kann«, räumte er lachend ein.

Die dicken Flocken, die vom Himmel fielen, legten sich auf seinen Kopf und seine Schultern und schmolzen auf ihren Wimpern und in ihrem Haar.

»Solltest du nicht langsam los?« Sie nickte in Richtung der Limousine, und er sah auf seine Uhr.

»Komm mit«, bat er erneut.

»Nein.« Sie fühlte sich wie ein Eisblock, doch das hatte weder etwas mit dem Schnee noch mit den Minustemperaturen zu tun.

»Aber ich liebe dich!«

In dem schmerzlichen Verlangen, ihm zu glauben, blickte sie ihn forschend an. »Ich weiß nicht«, stieß sie schließlich traurig aus. »Ich schätze, ich würde mich bis an mein Lebensende fragen, ob das wirklich stimmt. Und du dich wahrscheinlich auch.«

»Himmel, nie zuvor in meinem Leben hat für mich etwas derart gestimmt! Was muss ich tun, um dich zu überzeugen?«

Kate bedachte ihn mit einem sehnsüchtigen Blick, als könne sie ihn auf diese Art dazu bewegen, irgendwas zu sagen, womit sie sich wirklich überzeugen ließ.

»Ich glaube, das kannst du nicht«, stellte sie traurig fest.

Will stand kurz davor, in Tränen auszubrechen, oder war es vielleicht einfach nur die Kälte, die die Feuchtigkeit in seine Augen trieb? Er blickte auf die Limousine und winkte seinem Fahrer zu.

Trotzdem blieb er weiter stehen. »Ich hatte bisher noch

keine Gelegenheit, dir das hier zu geben«, meinte er, griff in seine Manteltasche und zog einen schimmernden roten Umschlag daraus hervor. »Das ist dein Weihnachtsgeschenk.«

Kate sah den Umschlag an. »Ich habe nichts für dich«, gestand sie ihm und kam sich plötzlich wirklich schäbig vor. »Ich dachte nicht ...«

»Egal. Ich hatte das hier schon vor einer halben Ewigkeit besorgt. Nimm es bitte an.« Er hielt ihr den Umschlag hin, doch sie schüttelte den Kopf.

»Vielleicht solltest du es jemand anderem schenken.«

»Es ist aber nicht für jemand anderen, sondern für dich. Und es würde auch zu niemand anderem passen«, fügte er hinzu.

»Danke«, krächzte Kate, während sie den Umschlag widerstrebend nahm.

»Willst du ihn nicht aufmachen?«

»Später.« Sie steckte den Umschlag einfach ein. »Es ist wirklich eiskalt hier draußen«, klärte sie ihn zitternd auf. »Ich gehe besser wieder rein.«

Doch in diesem Augenblick geschah ein Wunder, und ein freies Taxi bog in ihre Straße ein. Kate stürzte an den Rand des Bürgersteigs, fuchtelte verzweifelt mit den Armen, und das Taxi hielt.

»Kate!«, rief Will, aber sie stieg eilig ein und zog die Tür hinter sich zu.

Sie atmete erleichtert auf, als das Taxi losfuhr, sah den Umschlag an und hätte ihn am liebsten so weit wie möglich von sich fortgeschleudert, denn sie hatte das Gefühl, als hielte sie eine Zeitbombe in der Hand. Bestimmt war es ein Gutschein, dachte sie und drehte den Umschlag hin und her – was passte sonst wohl auf ein Blatt Papier? Trotzdem war es seltsam, dass er das Gefühl hatte, dieses Geschenk passe zu niemand anderem als ihr. Vielleicht war der Gutschein für eine Boutique, in der es nur Übergrößen gab, ging es ihr selbstironisch durch den Kopf. Dann aber siegte ihre Neugier, und sie riss den Umschlag auf.

Drinnen lag nur eine Karte, auf der eine Adresse stand, und darunter war ein Schlüssel aufgeklebt. Was hatte das wohl zu bedeuten?, überlegte sie und hatte plötzlich trotz der Wärme in dem Wagen eine Gänsehaut.

»Könnten wir wohl bitte zu dieser Adresse fahren?«, wandte sie sich an den Fahrer und hielt ihm die Karte hin.

Sie platzte fast vor Ungeduld, während sich das Taxi langsam durch den dichten Verkehr im Zentrum schob. Schließlich hielten sie vor einem dunklen Haus.

»Das hier ist es, meine Liebe«, erklärte ihr der Fahrer und zeigte auf das Haus. »Sind Sie sicher, dass diese Adresse richtig ist?«

»Ja«, antwortete sie nervös. »Ich glaube schon. Könnten Sie wohl bitte warten?«, fragte sie, stieg aus und hatte derart wackelige Beine, dass sie sich nicht sicher war, ob sie sie trügen, als sie langsam den Bürgersteig hinunterging.

Mit zitternden Beinen steckte sie den Schlüssel in das Schloss. Die Tür schwang auf, sie trat in einen dunklen Raum, tastete nach einem Lichtschalter, drehte ihn herum – und hatte das Gefühl, als befände sie sich auf einmal in einem Traum. Sie stand in einem Restaurant, das sie nie zuvor gesehen hatte, aber trotzdem kannte. Ihrem Restaurant, genau, wie sie es sich immer vorgestellt und Will an jenem Tag in der Toskana beschrieben hatte, als sie mit ihm essen gewesen war. Sie ging in die Küche, schaute sich alles an und lachte glücklich auf, denn er hatte tatsächlich an jedes noch so winzige Detail gedacht.

»Hallo?«, rief eine Stimme, und sie ging wieder nach vorn. Der Taxifahrer war ihr in das Restaurant gefolgt. »Ich wollte nur sichergehen, dass alles in Ordnung ist.«

»Oh ja, alles bestens, vielen Dank«, versicherte ihm Kate mit tränennassen Augen, und als sie in einer Ecke des Raumes eine Treppe bemerkte, fügte sie hinzu: »Ich möchte mir nur kurz noch etwas anschauen.«

Sie nahm zwei Stufen auf einmal, öffnete die Tür, drückte einen Lichtschalter und sah, dass sie auf einem hübschen kleinen Dachgarten mit Tischen und Stühlen inmitten einer Reihe mit Büschen bepflanzter Töpfe stand. Große Heizstrahler standen zwischen den Tischen, und zwischen den Bäumen waren Lichterketten mit bunten Lampions gespannt.

Sie stand da wie erstarrt und blickte mit großen Augen auf den Schnee, der wie weißes Leinen auf den Tischen lag.

»Das ist mal etwas anderes, nicht wahr?«

Sie hatte nicht gemerkt, dass ihr der Taxifahrer hinterhergekommen war.

»Ein wirklich hübsches Restaurant. Gehört es Ihnen?«

»Ja.«

»Und wie heißt es?«

Kate kämpfte mit einem Kloß in ihrem Hals. Es konnte nur eine Erklärung für das alles geben. »Taj Mahal.« Als sie vor ein paar Monaten im Taj Mahal gestanden und die atemberaubende Schönheit dieses Prachtbaus in sich aufgesogen hatte, hatte jemand in ihrer Nähe festgestellt: »Und all das hat jemand aus Liebe gebaut.«

»Dann ist es also ein indisches Restaurant?«

»Oh nein«, klärte Kate ihn lachend auf. »Tut mir leid – das war nur ein privater Scherz.«

»Tja, dann denken Sie sich vielleicht besser einen anderen Namen aus. Wäre sonst ein bisschen irreführend.«

Schließlich gingen sie wieder nach unten, löschten dort das Licht und sperrten von außen ab.

»Und jetzt wollen Sie bestimmt nach Hause«, meinte ihr Chauffeur und rieb sich die Hände.

»Nein. Ich habe es mir anders überlegt. Ich möchte zum O2.«

»Zum Walking-Wounded-Konzert?« Der Mann sah sie im Rückspiegel des Wagens an. »Haben Sie denn eine Eintrittskarte?«

»Nein.«

Er atmete zischend ein. »Dann würde ich mir an Ihrer Stelle gar nicht erst die Mühe machen hinzufahren, Schätzchen«, klärte er sie weise auf. »Die Karten wurden wie Goldstaub gehandelt – das Konzert war schon nach einer halben Stunde ausverkauft.«

»Oh, das ist kein Problem. Ich kenne die Bandmitglieder.«

Darüber, wie sie in den Saal gelangen sollte, hatte sie noch gar nicht nachgedacht. Sie wusste nur, sie musste Will umgehend sehen. Ihre Zweifel an seinen Gefühlen waren geschmolzen wie der Schnee auf dieser Dachterrasse, und sie konnte es kaum noch erwarten, ihm zu sagen, dass jetzt nichts mehr zwischen ihnen stand. Sie erinnerte sich an sein fröhliches Gesicht, als er ihr erklärt hatte, er arbeite an einem neuen Projekt. Das musste ihr Restaurant gewesen sein. Und vorhin, als sie ihn einfach hatte stehen lassen, hatte er ihr verletzt und traurig hinterhergesehen.

Wie hatte sie nur jemals daran zweifeln können, dass er tatsächlich etwas für sie empfand?

Natürlich hatte der Taxifahrer recht gehabt. Ohne Eintrittskarte kam sie nicht hinein, und bei ihren Versuchen, durch den Hintereingang in die Halle zu gelangen, stieß sie auf solide Gegenwehr in Gestalt zweier äußerst muskulöser und extrem gewissenhafter Türsteher. Die Behauptung, dass sie mit der Band bekannt war, stieß bei ihren beiden Widersachern, die bestimmt so einiges von Fans gewohnt waren, auf taube Ohren.

»Ich bin eine Freundin von Will Sargent«, versuchte sie ihr Glück auf einem anderen Weg.

»Natürlich bist du das, Schätzchen«, gab einer der Kerle ungerührt zurück.

Und das stimmte natürlich. Schließlich kannte jeder Walking-Wounded-Fan Will Sargents Namen – und warum stand sie nicht auf der Gästeliste, wenn sie wirklich eine Freundin von ihm war? Alle diese Argumente hatten sie bestimmt schon ein ums andere Mal von ausgeflippten Fans gehört, die versuchten, hinter die Bühne zu gelangen, weil nur dort die Chance auf einen Quickie oder Ähnliches mit Owen Cassidy bestand.

»Könnten Sie ihn bitte wissen lassen, dass ich hier bin?«, flehte sie. »Er wird mich sehen wollen.«

»Tut mir leid.« Einer der beiden Türsteher schüttelte ungnädig den Kopf.

»Hören Sie, meine Liebe«, fing der andere mit beinahe mitleidiger Stimme an. »Heute ist Silvester, und da haben Sie doch sicher Besseres zu tun, als hier herumzustehen und mit uns zu streiten.«

»Genau. Sie kommen auf keinen Fall hier rein, warum fahren Sie also nicht einfach wieder heim?«, schlug ihr jetzt auch der Erste durchaus freundlich vor.

Kate war sich bewusst, dass sie in ihrem Hochzeitsoutfit und vor Kälte zitternd sicher jämmerlich aussah. Wie ein verrücktes Groupie, dessen beste Zeit schon längst vorüber war.

Aber das war ihr egal.

»Was ist mit Louise?«, hakte sie nach. »Könnten Sie ihr wohl sagen, dass ich sie umgehend sprechen muss?«

»Louise?« Mit diesem Namen waren die durchschnittlichen Fans ganz sicher nicht vertraut.

»Mein Name ist Kate O'Neill«, fuhr sie eifrig fort. »Bitte

sagen Sie Louise, dass ich hier draußen bin. Wenn sie mich nicht sehen will, werde ich wieder gehen, versprochen.«

Die beiden Türsteher schauten einander an, kamen dabei offenbar zu einer Entscheidung und nickten einander zu. Dann trat der eine einen Schritt zur Seite, telefonierte kurz auf seinem Handy, und der andere versperrte weiterhin die Tür. Kate wartete ungeduldig ab und atmete erleichtert auf, als einen Moment später tatsächlich Louise erschien. »Kate!«, grüßte sie strahlend, und die beiden Türsteher ließen den Gast endlich vorbei. »Wie schön, dich zu sehen!« Sie umarmte sie und zog sie durch die Tür.

»Louise, ich muss unbedingt zu Will«, brach es aus Kate heraus.

»Gut. Ich hatte gehofft, dass du deswegen gekommen bist.« Louise blickte sie lächelnd an. »Komm mit.« Sie führte Kate in Richtung des Backstage-Bereichs, blieb aber plötzlich wieder stehen. »Nein, warte einen Augenblick. Ich habe eine bessere Idee.«

Hinter der Bühne klingelte Wills Handy, und zu seiner Überraschung zeigte ihm die Nummer, dass es Tina war. »Hallo!«

»Kling nicht so verängstigt«, meinte sie.

Er lachte trocken auf. »Ich bin nur ... überrascht, sonst nichts.«

»Davon bin ich überzeugt. Rate mal, wo ich bin!«

»Keine Ahnung – in Kambodscha?«

»Nein. In der Reha!«, klärte sie ihn fröhlich auf.

»In der Reha?«

»Also bitte, tu doch nicht so überrascht. Es hat sich herausgestellt, dass der einzige Mensch, dem ich was vorgemacht habe, ich selber war.«

»Nun, freut mich, dass du deine Probleme in Angriff genommen hast. Wie geht es dir?«

»Eigentlich ganz gut«, erwiderte sie und klang selbst ein wenig überrascht. Dann folgte ein Augenblick der Stille, und verlegen setzte sie noch einmal an. »Aber wie dem auch sei, eine der Sachen, zu denen sie uns hier bringen, ist, dass wir die Leute um Verzeihung bitten, die wir in der Vergangenheit verletzt haben ... nun, und deshalb dachte ich, dass ich dir einen Anruf schuldig bin.«

Will war erst mal sprachlos, schließlich meinte er allerdings: »Du bist mir gar nichts schuldig, Tina.«

»Wirklich nicht? Ich weiß, dass ich im letzten Jahr der reinste Albtraum für dich war.«

»Ich war auch nicht gerade angenehm.«

»Ich könnte behaupten, dass es nur am Kokain gelegen hat, aber, nun, inzwischen versuche ich, selbst die Verantwortung für mein Verhalten zu übernehmen«, klärte sie ihn reuig auf. »Also, es tut mir leid, dass ich so ätzend war.«

»Falls sich jemand beim anderen entschuldigen sollte, dann ja wohl eher ich. Es tut mir leid, wie es geendet hat.«

»Oh, du warst nicht allein schuld. Ich schätze, uns war beiden klar, dass es keine Zukunft für uns gab. Es war meine Schuld, dass wir nicht bereits viel eher einen Schlussstrich gezogen haben. Doch du weißt ja, wie ich bin, ich konnte noch nie gut loslassen.«

»Nein«, stimmte Will ihr lachend zu. »Das konntest du nicht.«

»Dann sind wir also quitt?«

»In Ordnung, wir sind quitt.«

Tina atmete tief durch. »Also, wie geht's Wie-hieß-sie-noch-einmal?«

»Kate ist, glaube ich, okay. Das heißt, sie hat auf jeden Fall okay gewirkt, als ich ihr vorhin auf Lorcans Hochzeit begegnet bin.«

»Oh! Dann seid ihr also nicht ...«

»Wir sind nicht zusammen, nein. Es ... hat nicht funktioniert.«

»Oh ...« Sie verstummte wieder, fuhr dann hingegen fort: »Wahrscheinlich sollte ich jetzt sagen, dass es mir leidtut, das zu hören, aber ...«

»Kein Problem.«

»Diese Sache mit dem Verzeihen, nun, ich lerne noch.«

»Du machst deine Sache schon sehr gut.«

Tina stieß einen Seufzer aus. »Tja, ich mache dann wohl besser Schluss. Ich glaube, um Mitternacht findet eine Gruppenumarmung oder etwas in der Richtung statt. Nur bin ich mir nicht sicher, ob das nicht zu viel Aufregung für mich ist.«

»War schön, von dir zu hören«, antwortete Will ihr lachend, und das meinte er auch so. »Vor allem, da du fast schon wieder wie die alte Tina klingst.«

»Nun, zumindest bin ich auf dem Weg dorthin. Frohes neues Jahr, Will.«

»Frohes neues Jahr.«

Kate betrat den Saal, und das Gewummere der Bässe, das aus den Verstärkern dröhnte, traf sie wie ein Fausthieb in den Bauch. Die gesamte Halle wirkte wie elektrisch aufgeladen, und das ganze Publikum wand sich in Ekstase, als Owen und Rory quer über die Bühne stapften und Phoenix' volle, fesselnde Stimme über den Köpfen der Menge erklang. Das sinnliche, verführerische Wesen, das die Band bei ihren Live-Auftritten war, zog die Fans in seinen Bann.

Owen spielte die ersten Akkorde einer ihrer größten Hymnen, woraufhin die Menge ein lautes Brüllen ausstieß und mehrere Tausend Arme gleichzeitig gereckt wurden. Unter dem empörten Heulen einiger anderer Frauen, die sie mit einer Mischung aus Neugier und Entrüstung ansahen, wurde

Kate vorsichtig direkt vor der Bühne platziert und setzte ein entschuldigendes Lächeln auf. In ihrem schicken Kleid war sie eindeutig viel zu aufgetakelt für ein Rockkonzert, und inzwischen tat es ihr leid, dass sie sich von Louise dazu hatte überreden lassen, nicht direkt zu Will zu gehen. Sie hätte ihn einfach hinter der Bühne treffen sollen, dachte sie und blickte ängstlich auf die Uhr. Es konnte so vieles schiefgehen. Zur Hölle mit Louise und ihrem Sinn für das Dramatische.

Plötzlich wurden die Gesichter der Bandmitglieder auf den großen Leinwänden durch eine Uhr ersetzt, und die Menge fing brüllend mit dem Countdown an. »ZEHN, NEUN, ACHT ...«

Hinter der Bühne seufzte Will. Dies wäre der Beginn eines neuerlichen Jahres ohne Kate, ging es ihm traurig durch den Kopf. Was also gäbe es für ihn zu feiern? Sie hatte auf der Hochzeit einfach prachtvoll ausgesehen – prachtvoll und todunglücklich ...

»DREI, ZWEI, EINS«, donnerten die Fans. »FROHES NEUES JAHR!«

Die Menge brach in laute Jubelrufe aus, als Sternenstaub und Luftballons von der Decke schwebten und der bunte Glitter auf die Leute niederging. Dann begann die Band mit einer peppigen Version von *Auld Lang Syne*, dem traditionellen irischen Silvesterlied, und die Leute tauschten Küsse aus. Summer kam von der Seite auf die Bühne und küsste Phoenix schüchtern, während gleichzeitig Louise von der anderen Seite kam und einen dicken Schmatzer von ihrem geliebten Rory auf den Mund bekam. Das Publikum fing an zu grölen. Georgie sprang hinter ihrem Schlagzeug hervor, schlang Owen die Arme um den Hals, und der gab ihr einen brüderlichen Wangenkuss.

»In Ordnung.« Owen schnappte sich das Mikrofon und hob die Hand. »Es gibt noch ein Bandmitglied, das heute

Abend mit hier oben stehen sollte. Denn ohne diesen Typen würden auch wir anderen nicht hier stehen. Ich bitte also um gebührenden Applaus für unseren Manager Will Sargent!«, brüllte er, und die Menge brach in lauten Jubel aus.

»Was hat das zu bedeuten?«, wandte sich Will gereizt an den Tourmanager Roy, der neben ihm hinter der Bühne stand. »Das war nicht geplant.«

»Ich nehme an, sie wollen, dass du zu ihnen auf die Bühne kommst.«

Will stieß einen Seufzer aus. Er war nicht in der Stimmung für derartige Spielereien. Aber Owen hatte das Publikum dazu gebracht, dass es rhythmisch seinen Namen sang, und es würde ganz bestimmt nicht eher wieder aufgeben, als bis er vorn erschien.

»Will! Will! Will!«, sang die Menge, angeführt von Owen, wie aus einem Mund.

Also zwang sich Will zu einem professionellen Lächeln, marschierte auf die Bühne und blieb dort blinzelnd stehen. Er hatte sein Jackett und die Krawatte abgelegt, war aber in seinem schicken Hemd und seiner gut sitzenden Hose trotzdem viel zu elegant für das Konzert und setzte, als die Leute johlten, ein selbstironisches Grinsen auf.

»Oh, sieht er nicht einfach fantastisch aus?«, wollte das Mädchen neben Kate quietschend von seiner Freundin wissen.

Owen schlang den Arm um Will und hinderte ihn so an einer Flucht.

»Also, Leute«, sprach er erneut ins Mikrofon. »Jeder sollte zum Jahreswechsel jemanden zum Küssen haben. Wir alle haben bereits unsere Silvesterküsse bekommen« – unter zustimmendem Gejohle wies er auf die Bandmitglieder –, »und auch jeder von euch hat seinen Silvesterkuss gekriegt.« Jetzt zeigte er in Richtung Publikum, und wieder brachen alle in zustimmenden Jubel aus. »Nur der arme Will ist bisher ungeküsst.«

»Ooooh!«

»Und deshalb suchen wir nach jemand Freiwilligem aus dem Publikum.«

Die Menge geriet vollends aus dem Häuschen, und Hunderte von Mädchen reckten kreischend ihre Arme in die Luft.

»Verdammt, Owen, wir sind hier doch nicht im Kaspertheater«, stieß Will zwischen zusammengebissenen Zähnen aus.

»Wer würde unserem guten Will gern einen Silvesterschmatzer geben?«, ging Owen achtlos über den Protest hinweg.

Will bemühte sich verzweifelt, weiter gutmütig zu lächeln, während Rory an den Bühnenrand lief, um sich dort nach einem Mädchen umzuschauen. Dafür würde er Owen nachher eine verpassen – und auch jedem anderen, der etwas mit diesem Mist zu tun hatte, sagte er sich erbost beim Blick auf Louises erwartungsvolle Miene.

Himmel, Will war echt beliebt, erkannte Kate, die die aufgeregten jungen Frauen in ihrer Nähe sah. »Ich, ich, ich«, kreischten sie mit schrillen Stimmen, traten einander auf die Füße und rammten einander die Ellenbogen in die Rippen, als ein muskulöser Wachmann unter Rorys Führung die Ecke, in der sie stand, abzusuchen begann. Aus lauter Panik, dass er sie in der Menschenmasse nicht entdeckte, sprang auch sie verzweifelt auf und ab und winkte Rory hektisch zu. Dann endlich fiel sein Blick auf sie, und er schaute sie lächelnd an.

»Sie«, erklärte er, und der Wachmann streckte einen seiner dicken, muskulösen Arme nach ihr aus. Kate wollte ihn ergreifen, doch in dem Gedränge konnte er unmöglich sehen, welcher Arm zu welcher Frau gehörte, und entsetzt sah sie mit an, wie er seine große Hand um den Arm der jungen Frau an ihrer Seite schloss.

»He!«, schrie sie empört. »Nimm deine Pfoten weg.«

Sie drosch auf den Arm der anderen ein, bis die gezwungen war, die Hand des Typen loszulassen, und ergriff sie eilig selbst. Dann wurde sie wie durch Zauberhand in die Luft gehoben und schwebte einen Moment über der Menschenmenge, bis sie endlich neben Rory oben auf der Bühne stand.

»Hi.« Er sah sie grinsend an. »Ich dachte einen Augenblick, wir hätten dich verloren. Ein Glück, dass du einen derart gemeinen linken Haken hast.«

»Oh Gott, ich hoffe, ich habe das Mädchen nicht verletzt.« Sie blickte zurück in den Zuschauerraum und konnte einfach nicht glauben, dass sie derart aggressiv geworden war.

»Sie wird es ganz sicher überleben. Aber jetzt geh endlich zu ihm, ja?«

Will konnte nicht erkennen, was am Bühnenrand geschah, denn von den Männern, die einen der Fans hatten auf die Bühne heben sollen, wurde ihm die Sicht versperrt.

Bring's am besten einfach hinter dich, sagte er sich. Wer auch immer sich von Rory hatte auf die Bühne holen lassen – sicher irgendein verrücktes Groupie, das auf Owen stand –, würde einen kurzen Wangenkuss von ihm bekommen, und dann wäre es geschafft.

Anschließend traten die Männer auseinander, und er meinte, seinen Augen nicht zu trauen. Die junge Frau, die scheu über die Bühne auf ihn zugelaufen kam, war nämlich Kate. Die letzten Schritte rannte sie und warf sich ihm dann stürmisch an die Brust.

Er sah auf sie herab, und der liebevolle Blick ihrer vor Glück funkelnden Augen warf ihn beinahe um.

»Ich liebe dich«, erklärte er.

»Ich weiß. Es tut mir leid, dass ich dir nicht geglaubt habe.«

Daraufhin begegneten sich ihre Lippen, und die Menge brüllte, während sie einander leidenschaftlich küssten und um sie herum ein Riesenfeuerwerk begann.

»Oh mein Gott! Um ein Haar hätte er mich derart geküsst«, jammerte das Mädchen, dessen Hand der Wachmann ursprünglich ergriffen hatte, seiner Freundin vor und rieb sich dabei den wehen Arm.

»Red doch keinen Unsinn«, schnauzte seine Freundin schlecht gelaunt. »Das war ganz eindeutig nur ein Gag.«

»In Ordnung, Jungs und Mädels, es sieht aus, als hätten sich die beiden vorher schon gekannt«, räumte in diesem Augenblick auch Owen ein. Die beiden küssten sich immer weiter und schienen auszublenden, dass ihnen Tausende von Leuten dabei zusahen.

Erst nachdem die Band die ersten Akkorde einer romantischen Ballade intoniert hatte, machten sie sich wieder voneinander los, merkten, dass die anderen Nicht-Bandmitglieder längst wieder hinter der Bühne waren und alle darauf warteten, dass das Konzert nach dieser Unterbrechung seinen Fortgang nahm.

»Haut ab! Wir haben noch zu tun«, wies Rory sie mit einem gut gelaunten Grinsen an.

Sie verbeugten sich zu donnerndem Applaus und liefen Hand in Hand davon.

»Ich bin total begeistert von meinem Weihnachtsgeschenk«, sagte Kate, als sie in Wills Armen hinter der Bühne stand. »Es tut mir leid, dass ich nichts für dich hatte.«

»Mir fallen sicher ein paar Arten ein, auf die du das wiedergutmachen kannst«, antwortete er und küsste sie erneut.

»Denkst du dabei an irgendwas Besonderes?«

»Es gäbe da durchaus etwas – doch das wäre wahrscheinlich etwas viel verlangt.«

»Ist es sehr pervers?« Kate schaute ihn mit einem verruchten Lächeln an.

»Oh ja.«

»Hast du es vorher schon mal gemacht?«

»Noch nie.«

»Weil es kein Mädchen gab, das bereit gewesen wäre, das zu tun?«

»Weil es kein Mädchen gab, mit dem ich es hätte tun wollen.«

»Glaubst du, dass es mir gefallen wird?«

»Das hoffe ich. Denn es würde mir sehr viel bedeuten.«

»Also gut.«

»Du weißt doch gar nicht, was ich meine.«

»Dann erzähl es mir.«

»Okay – aber vergiss nicht, du hast bereits Ja gesagt.«

»Dazu werde ich auch stehen.«

Er beugte sich zu ihr herab, flüsterte ihr etwas ins Ohr, und sie rang erstickt nach Luft.

»Das ist tatsächlich pervers.«

In diesem Augenblick klingelte ihr Handy, und ihr Mitbewohner meinte: »Frohes neues Jahr, Schätzchen!«

»Hallo, Freddie, frohes neues Jahr!«

»Wo zum Teufel steckst du überhaupt? Ich habe dich schon überall gesucht.«

»Im O2.«

»Oh mein Gott, du bist bei Will!«, stieß Freddie jauchzend aus. »Dem Himmel sei Dank.«

»Und, Freddie, ich habe eine Neuigkeit für dich. Aber setz dich dafür besser hin.«

»Ich sitze schon.«

»Du wirst in Kürze Brautjungfer!«

Die große Liebe, kleine Sünden und ein mehr als mieses Timing …

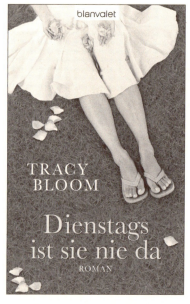

320 Seiten. ISBN 978-3-442-37734-3

Katy hätte nie gedacht, dass sie mit 36 unverheiratet und mit einem acht Jahre jüngeren Freund durchs Leben gehen würde. Als sie ihre große Liebe Matthew wiedertrifft, lässt sie sich von ihren Gefühlen mitreißen. Jetzt ist sie schwanger: Ben oder Matthew? – Das ist hier die Frage. Und Katy muss handeln. Schnell. Aber ein mehr als befremdlicher Kurs in Schwangerschaftsgymnastik und ein Klassentreffen der besonderen Art bringen sie fast um den Verstand. Gut, dass sich ihr schwuler Kollege Daniel in das illustre Chaos einmischt und den dreien zeigt, wie wahre Liebe wirklich aussieht …

Lesen Sie mehr unter: **www.blanvalet.de**